本书为国家社科基金重大项目"《歌德全集》翻译"（批准号 14ZDB090）的阶段性成果

—— 卫茂平 主编 ——

歌 德 全 集

JOHANN WOLFGANG GOETHE
SÄMTLICHE WERKE.
BRIEFE, TAGEBÜCHER UND GESPRÄCHE

书信、日记及谈话（1800–1805）
歌德和席勒 II

◆ 32 ◆

王羽桐 孙瑜 译

上海外语教育出版社
外教社 SHANGHAI FOREIGN LANGUAGE EDUCATION PRESS

图书在版编目（CIP）数据

歌德全集. 第32卷, 书信、日记及谈话：1800-1805：歌德和席勒 II / 卫茂平主编；王羽桐, 孙瑜译. -- 上海：上海外语教育出版社, 2022
　ISBN 978-7-5446-7360-0

　Ⅰ. ①歌… Ⅱ. ①卫… ②王… ③孙… Ⅲ. ①歌德（Goethe, Johann Wolfgang von 1749-1832）－全集 Ⅳ.①I516.14

　中国版本图书馆CIP数据核字(2022)第156950号

出版发行：**上海外语教育出版社**
　　　　　（上海外国语大学内）　邮编：200083
电　　话：021-65425300 (总机)
电子邮箱：bookinfo@sflep.com.cn
网　　址：http://www.sflep.com
项目负责：陈　懋
责任编辑：陈　懋
特约编辑：孟国锋
封面设计：周蓉蓉

印　　刷：上海中华商务联合印刷有限公司
开　　本：890×1240　1/32　印张 37.875　字数 913 千字
版　　次：2022 年 11 月第 1 版　　2022 年 11 月第 1 次印刷

书　　号：**ISBN 978-7-5446-7360-0**
定　　价：**118.00** 元

本版图书如有印装质量问题，可向本社调换
质量服务热线：**4008-213-263**　电子邮箱：**editorial@sflep.com**

汉译《歌德全集》主编序言

卫茂平

歌德(Johann Wolfgang Goethe,1749—1832)是德国文学史、思想史及精神史之俊才,也是欧洲乃至世界文坛巨擘。他还是自然研究者、文艺理论家和国务活动家,并对此留文遗墨,显名于世。

德国产生过众多文化伟人,但歌德显然是德国面对世界的第一骄傲,一如莎士比亚于英国。他在本土受到厚待,在中国亦同。撇开李凤苞(1834—1887)《使德日记》中提及"果次"(歌德)不论,首先以著作对他示出无比热情的,该是晚清名人辜鸿铭。他1898年由上海别发洋行出版的《论语》英译(*The Discourses and Sayings of Confucius*),副标题即是《引用歌德和其他西方作家的话注释的一种新的特别翻译》(*A New Special Translation,Illustrated with Quotations from Goethe and Other Writers*),颇有以德人歌德注中国孔子之势。另外,他1901年的《尊王篇》和1905年的《春秋大义》,同样频引歌德。到了1914年1月,中国第一部汉译德国诗歌选集、应时(应溥泉)的《德诗汉译》由浙江印刷公司印出,收有歌德叙事谣曲《鬼王》。同年6月,上海文明书局推出《马君武诗稿》,含歌德译作两篇:《少年维特之烦恼》选段《阿明临海岸哭女诗》和《威廉·迈斯特的学习年代》中的《米丽容歌》。此后,影响更大的是郭沫若所译《少年维特之烦恼》(上海泰东图书局1922年版)。此书首版后不仅重印数十次,而且引出众多重译,比如有黄鲁不(上海创造社1928年版)、罗牧(上海北新书局1931年版)、傅绍光(上海世界书局1931年版)、达观生(上海世界书局1932年版)、钱天佑(上海启明书局1936年版)、杨逸声(上海大通图书社1938年版)等译本。紧随其后的是郭沫若译《浮士德》第一部(上海创造社1928年版)。它带出周学普《浮士德》汉译全本(上海商务印书馆1935年版)。郭沫若的全译本随后跟进(群益出版社 1947 年版)。总之,在从 20 世纪初至 1949 年的五十年间,不少歌德代表作被译为汉语,比如《史推拉》(1925)、《克拉维歌》(1926)、《哀格蒙特》(1929)、《铁手骑士葛兹》(1935)、《诗与真》(1936)以及《赫尔曼和窦绿苔》(1937)。据本人粗略统计,其中至少有中长篇小说及自传四部、剧本七部、诗歌上百首、诗集三部,另有一些短篇故事和童话。

新中国成立之后,尤其是 20 世纪 80 年代初以来,歌德作品汉译风光无限,很难在此细述。以《浮士德》为例。这部大作之重译在 20 世纪下半叶至少有五部,它们分别是董问樵(复旦大学出版社 1982 年版)、钱春绮(上海译文出版社 1989 年版)、樊修章(译林出版社 1993 年版)、绿原(人民文学出版社 1994 年版)、杨武能(安徽文艺出版社 1998 年版)的译本。进入 21 世纪,《浮士德》重译势头未减,仅本人所收就有陆钰明(长江文艺出版社 2012 年版)、潘子立(天津人民出版社 2013 年版)、马晓路(安徽师范大学出版社 2013 年版)和曹玉桀(北京联合出版公司 2015 年版)的同名译本。

而《少年维特之(的)烦恼》,自 20 世纪 80 年代初以来,复译愈炽。翻检个人所藏,已见有不同译本约二十种,译者分别为侯浚吉、杨武能、胡其鼎、黄甲年和马惠建、劳人、丁锡鹏、韩耀成、仲健和郑信、江雄、王凡、梁定祥、张佩芬、冀湘、成皇、贺松柏和李钥、徐帮学、王荫祺和杨悦等等。拙译《青年维特之烦恼》(北岳文艺出版社 1996 年版)属异名同书。

1999 年,当德国学界隆重纪念歌德 250 周年诞辰之时,我国歌德汉译出版,达其大盛。京沪等地共有三部歌德文集,不约而同,联袂而出。它们分别是:人民文学出版社的 10 卷本《歌德文集》、上海译文出版社的 6 卷本《歌德文集》以及河北教育出版社的 14 卷本《歌德文集》。

　　人民文学出版社版《歌德文集》，第 1 卷收《浮士德》，第 2 卷收《威廉·麦斯特的学习时代》，第 3 卷收《威廉·麦斯特的漫游时代》，第 4 卷和第 5 卷收《诗与真》(上、下)，第 6 卷收《少年维特的烦恼》与《亲和力》，第 7 卷收《铁手葛茨·封·贝利欣根》等剧作四部，第 8 卷收诗歌两百余首，第 9 卷收叙述诗，内含《叙事谣曲》《赫尔曼和多罗泰》与《莱涅克狐》等三部，第 10 卷含歌德"论文学与艺术"的相关论述约六十篇。

　　上海译文出版社的《歌德文集》，为该出版社已出单行本之汇集，书名分别是《浮士德》《威廉·麦斯特》《少年维特的烦恼——歌德中短篇小说选》《歌德诗集》《亲合力》《歌德戏剧三种》(含《克拉维戈》《丝苔拉》和《哀格蒙特》)。

　　河北教育出版社的《歌德文集》，分为第 1 卷《诗歌》，第 2 卷《诗剧》(收《浮士德》)，第 3 卷《长诗》(含《列那狐》《赫尔曼和多罗泰苔》)，第 4 卷《小说》(收《少年维特的烦恼》与《亲和力》)，第 5 卷《小说》(收《威廉·迈斯特的学习时代》)，第 6 卷《小说》(收《威廉·迈斯特的漫游时代》)，第 7 卷《戏剧》(收《情人的脾气》《铁手葛茨·封·贝利欣根》《克拉维戈》和《丝苔拉》等包括残篇在内的十二个剧本)，第 8 卷《戏剧》(收《哀格蒙特》《伊菲格尼》《托尔夸托·塔索》与《私生女》等剧本)，第 9 卷与第 10 卷同为《自传》(分别收《诗与真》的上、下两部)，第 11 卷为《游记》(收《意大利游记》)，第 12 卷题为《文论》(下分"艺术评论篇""文学评论篇""铭言与反思"，收文近六十篇)，第 13 与第 14 卷同为《书信》，共收歌德书信数百封。

　　三地三套文集，如约而至，争奇斗艳，在我国歌德汉译史上，可谓赫赫可碑。但细细查检，仍见如下现实：重译居多，新译殊乏。纵观歌德全部作品，其大量的日记、书信和各类文牍，直至今天，依旧少有汉译；遑论其有些作品的原始版本或者异文；而对其自然科学领域著述的译介,依然乏善可陈。这种局部的复译不断和整体的残缺不全,既造成我们歌德阅读、理解与研究方面的巨大障碍,也有碍中国作为善于吸收世界优秀文明成果的文化大国地位。

其实早在近百年前,田汉、宗白华、郭沫若合著《三叶集》(亚东图书馆 1920 年版),已提建议:"我们似乎可以多于纠集些同志来,组织个'歌德研究会',先把他所有的一切名著杰作……和盘翻译介绍出来……"遗憾的是,此愿至今未成现实。笔者曾在这三套"歌德文集"出版前后,援引上文,难抑感叹:"我们何时能够克服商业主义带来的浮躁,走出浪费人力物力的反复重译的怪圈,向中国读书界奉上一部中国的'歌德全集',让读者一窥歌德作品的全貌,并了却 80 年前文坛巨擘们的夙愿?"①

此愿不孤。之后十年,偶见同调类似表述:"最近在中国可以确定一种清晰趋势,总是聚焦于诸如《维特》和《浮士德》这样为数不多的作品,而它们早已为人熟知。难道我们不该终于思考一下,是否有必要去关注一下其他的、在中国一直还不为众人所知的歌德作品吗?与含有 143 卷的原文歌德全集相比,即使那至今规模最大的 14 卷汉语歌德文集,也仅是掉上一块烫石的一滴水珠。究竟还需要几代中国人,来完成这个巨大的使命?"②由此可见,歌德全集的汉译,越来越成为中德文学及文化交流过程中的学术召唤,并成为改革开放时代中国日耳曼学研究的具体要求。汉译《歌德全集》,若隐若现,有呼之欲出之势。

---

① 卫茂平:《歌德译介在中国——为纪念歌德二百五十年诞辰而作》。载:《文汇读书周报》1999 年 10 月 2 号。
② 顾正祥编著:《歌德汉译研究总目》(1878—2008),中央编译出版社 2009 年版,第 XIX 页。原文为德语,由笔者译出。

　　完成这个使命，先得选定翻译蓝本。歌德十分珍视己作，身前就关注全集编纂。首部 13 卷的《歌德全集》1806 年至 1810 年出版。① 第二部 20 卷的《歌德全集》，1815 年至 1819 年刊行。② 他在晚年投入大量精力，从官方争取到当时未获广泛认知的作家版权，于迟暮之年，推出《歌德全集——完整的作者最后审定版》40 卷。③ 歌德身后，前秘书爱克曼和挚友里默尔，承其未竟，编就《歌德遗著》20 卷，作为上及"作者最后审定版"的 41 至 60 卷，同由歌德"御用"的科塔出版社出齐。④

　　规模更大的歌德全集，即所谓魏玛版《歌德全集》，由伯劳出版社 1887 年至 1919 年发行。⑤ 它分四个部分：一、作品集 55 卷(63 册)；二、自然科学文集 13 卷(14 册)；三、日记 15 卷(16 册)；四、书信 50 卷(按每年 1 卷编成，所以卷帙浩繁)。凡 133 卷(143 册)。

　　其实，歌德的各类著作包括书信等众多文字，即使在上及魏玛版全集中，也非全备无缺。另外，随着歌德作品发掘和研究的深入，新有成果，不断现身。所以，魏玛版之后，到了 20 世纪，歌德作品集或全集的出版，依旧代起不迭。主要有三：

① Goethes Werke, 13 Bde., Tübingen：J. G. Cotta, 1806‑1810.
② Goethes Werke, 20 Bde., Stuttgart und Tübingen：J. G. Cotta, 1815‑1819.
③ Goethes Werke. Vollstandige Ausgabe letzter Hand, 40 Bde., Stuttgart und Tübingen：J. G. Cotta, 1827‑1830.
④ Goethes Werke. Vollständige Ausgabe letzter Hand, Bde. 41‑60, hg. v. Johann Peter Eckermann und Friedrich Wilhelm Riemer, Stuttgart und Tübingen：J. G. Cotta, 1832‑1842.
⑤ Goethes Werke, 4 Abteilungen, 133 Bde., Weimar：Verlag Hermann Böhlau, 1887‑1919.

　　一是汉堡版《歌德文集》,①按作品体裁分类编排,辑有歌德的主
要作品,未录歌德日记、书信和文牍等,计 14 卷,是歌德作品选集,每
卷均有评述。自 1964 年出齐后,历经多次修订,较新的有 1981 年慕
尼黑版。

　　二是慕尼黑版《歌德全集》,②按作家创作年代的时间顺序编制,
实际也是辑录歌德主体作品的文集,兼收部分书信,每卷均有评注。
共计 21 卷(33 册),1985 年至 1998 年刊印。

　　三是法兰克福版《歌德全集》40 卷(44 册)。正文 39 卷 1985 年
至 1999 年排印。③ 它显然与歌德亲自主持的最后一部全集形成呼
应,同为"40 卷",但在辑录规模和笺注水准上,远非昔日全集可比。

　　法兰克福版《歌德全集》,被誉为 20 世纪(目录卷出版于 21 世
纪)最完善的歌德版本,亦即代表目前歌德全集编制的最高水平。它
既是德国日耳曼学人及出版界匠心经营、与时俱进的成果,也是歌德
全集出版史上承前启后的新碑,并有以下亮点:

　　第一,它对歌德文字收录相当完整,囊括了歌德不同体裁的文学
作品,以及美学、哲学、自然科学等方面的文字,还有书信、日记、自
传、游记、谈话录和翻译作品以及从政期间所产生的相关公文,集成
正文,几近 3 万页,规模可谓庞大,内容更臻完备。

　　第二,作品或文本按体裁划分,同时又按照编年体编排,并收录

---

① Johann Wolfgang Goethe: Werke. Hamburger Ausgabe in 14 Bde., Hamburg,
1948 - 1964.

② Johann Wolfgang Goethe: Sämtliche Werke nach Epochen seines
Schaffens. Münchener Ausgabe. München und Wien, 1985 - 1998.

③ Johann Wolfgang Goethe: Sämtliche Werke. 40 Bde., Frankfurt /Main:
Deutscher Klassiker Verlag, 1985 - 1999. 第 40 卷即目录卷 2013 年改在柏
林问世: Das Register zum Gesamtwerk von Johann Wolfgang Goethe,
Berlin: Deutscher Klassiker Verlag, 2013.

重要作品的初版或异版，以此进一步全面呈现歌德的创作思想与生命历程。

第三，邀请德国文学研究专家五十余人，倾力二十余年，对歌德的各类文字，进行详尽评述与注解，提供众多辨证。仅笺注规模就达两万多页，实为歌德研究集大成者。

第四，它有目录卷上、下两册，置于卷末，以约 1555 页的篇幅，提供本《全集》所涉人名（包括写信人和收信人以及谈话对象的人名）、地名、作品名（包括诗歌题目及无题诗歌首行）的完整索引，给出其在本《全集》中的卷数和页码，所涉条目数逾百万，可为查检全集各种内容提供便利。

由此可见，将它选为本翻译项目的底本，既能最终推出一部汉语版《歌德全集》，让汉语读者有机会目睹歌德作为诗人、文学家、国务活动家和自然科学研究者的全貌，也可打造兼具学术性的评注版《歌德全集》汉译本，让我们的歌德研究同时跨上一个台阶。

2006 年初，笔者有幸获得这套法兰克福版《歌德全集》（德国博世基金会赠，2005 年 12 月 10 日由德寄出）。本该更早启动译事，了却已有心愿。只因歌德作品卷帙浩繁，规模庞大，内容复杂，涉及面广。兹事体大，让人踌躇。直到 2014 年，一则躬逢昌达的学术环境，二则得到同仁领导的大力托举，才鼓勇气，正式提出翻译歌德全集的建议。它当年就被国家社会科学基金重大项目（第二批）招标选题库采纳，显然获得学界同人高度认可。

最初想法，是仅做翻译。但考虑到国家社会科学基金重大项目通常涉及研究，所以起先提交的题目，含歌德翻译研究内容："《歌德全集》翻译与歌德作品汉译研究"。有兄弟院校同行，见此招标，参与竞争。后经有关方面协调平衡,此题被分为"歌德翻译"和"歌德研究"两个独立项目,并在 2014 年 11 月同获立项。我们回到原点,专事翻译;竞标同行也有斩获,专事研究。结果可说各得其所,皆大欢喜。

本项目由本人作为首席专家,在上海外国语大学、北京大学和北京外国语大学多位同仁的热情帮助下,尤其在上外党委书记姜锋博士等党政领导的大力支持下,于 2014 年 8 月 24 日填表申请,2014年 11 月 5 日由"全国哲学社会科学规划办公室"作为"2014 年国家社科基金重大项目(第二批)"批准立项。最终题目改为:《歌德全集》翻译。项目批准号 14ZDB090。

这部汉译《歌德全集》,将法兰克福版《歌德全集》作为蓝本,最终分为五个子课题:

一、歌德诗歌与格言(共 4 卷:卷 1、卷 2、卷 3、卷 13)。负责人:王炳钧。

二、歌德戏剧与叙事作品及翻译(共 9 卷:卷 4、卷 5、卷 6、卷 7、卷 8、卷 9、卷 10、卷 11、卷 12)。负责人:谷裕。

三、歌德自传、游记、谈话录与文牍(共 7 卷:卷 14、卷 15－1/15－2、卷 16、卷 17、卷 26、卷 27、卷 39)。负责人:李昌珂。

四、歌德书信、日记及谈话(共 11 卷:卷 28、卷 29、卷 30、卷 31、卷 32、卷 33、卷 34、卷 35、卷 36、卷 37、卷 38)。负责人:卫茂平(兼)。

五、歌德美学与自然科学作品(共 8 卷:卷 18、卷 19、卷 20、卷 21、卷 22、卷 23－1/23－2、卷 24、卷 25)。负责人:谢建文。

另加索引卷(卷 40－1/40－2:人名、地名、作品名)。负责人:卫茂平(兼)。

统计分析表明:法兰克福版《歌德全集》正文达 29972 页,汉译可能将达 20000 千字。与此同时,全集由德国相关领域的权威专家对每一卷进行详尽严谨的注解与评述，共达 21790 页，汉字约有 13000 千字。这部分内容，不会被逐字逐句地译成汉语，而会被作为译本注释和作品解读时的重要参考资料，得以使用。加上译文之外的这些添加内容，这部汉语版歌德全集，其总字数可能达到 30000 千字左右。

截至目前，共有一百多位国内外日耳曼学人参与翻译，另有多位各领域的学者、专家等协助工作。整个项目组人员分别来自京、沪等地和德国的约四十家国内外大学与科研机构。而各位译者，大多是中国的德语教师，其中不乏年逾八旬的前辈名宿，也有三十上下的青年学子。至少在我国德语圈内，可谓老少咸集，群贤毕至。在时代飚进、人趋实惠的当下，有众多同道集聚一起，为这样一项理想主义色彩浓厚的事业出力，作为主持者，倍感信念之力、同道厚爱。每每思之，感喟无穷。谨借此序，深致谢意！

德汉两种语言，在语法、词汇、句法以及对事物的称谓和命名上，差异巨大。两个民族的文化道统，更是有别。加上歌德的文字距今久远，译者之路，榛莽密布，崎岖难行。虽歌德作品汉译非生荒之地，其主作大多已有汉译。但是，相对原语的唯一、永恒和不可改变性，翻译本质上只是某时某刻的选择性结果，都是暂时的，不具终极意义。对研究者来说，旧译本可能更有魅力，因为它蕴含这一代人的审美趣味和文学眼光。而对一般读者来讲，也许符合此时此刻语言发展的译语最为合适。遑论研究新见时常问世，甄别旧译，融合新知，成为必须。而对本项目而言，它其实还面对大量在汉语语境内尚处尘封湮没状态的歌德文字。也就是说，我们所做，绝非集丛拾残、辑佚补缺之事，而常为开启新篇、起例发凡之举。这让译事更加步履维艰。所以本全集的翻译，舛误不当之处，或许难免。也会有个别古奥之词，因目前无法移译，而不得不留存原文，以请明教，开启柴塞。还望读者见谅。

该项目的一大困难，在于逾百名译者之间人名、地名、作品名、标题以及诗歌标题的译文统一。外语中同一读音常可对应不同汉字，而歌德作品及作品人物等的已有译名，往往各不相同。因此，译事第一步是翻译法兰克福版《歌德全集》索引卷（包含全集中所有人名、地名、作品名以及诗歌标题或诗歌首行的索引），以此为基础，确保本全集中各种译名尽量做到统一、规范。这里既有"萧规曹随"的做法，比如"Goethe"依旧是"歌德"；也有"不循旧习"的例子，比如"Lotte"不再是旧译"绿蒂"而是"洛特"。

我们计划，用五至十年时间完成这部《歌德全集》的翻译和出版工作。全力支持该项目实施的上海外语教育出版社，已在 2016 年 8 月 19 日上海书展上首发法兰克福版《歌德全集》德文影印版，为本全集助力开道。

德谚有言：Aller Anfang ist schwer. 汉语是：万事开头难。目前各卷译作逐渐竣事，将陆续推出。这意味着汉译《歌德全集》的实现，不再杳渺。"开头"之难，即将成为过去。

另有德谚云：Ende gut, alles gut. 汉译为：结果好，一切好。就此而言，开端远非全部，结果决定一切。如此说来，"革命尚未成功，同志仍须努力"。

2019 年 4 月于上海外国语大学

约翰·沃尔夫冈·歌德
Johann Wolfgang Goethe

歌德和席勒

1794 年 6 月 24 日—1805 年 5 月 9 日期间
书信、日记及谈话

第二部分

自 1800 年 1 月 1 日至 1805 年 5 月 9 日

Mit Schiller
Briefe，Tagebücher und Gespräche
24．Juni 1794 – 9．Mai 1805

Teil II：
Vom 1．Januar 1800 bis zum 9．Mai 1805

目　录

1800 年

魏 玛
1800 年 1 月 1 日至 4 月 27 日

804. 歌德致席勒

1800 年 1 月 1 日 星期三

昨晚与您一同告别旧年,我内心颇为欣喜。因那是 1799 年,故 9
而我们也送别了整个世纪。愿您元旦如岁尾,将来一如过往。

今天我在戈雷①家用餐,很晚才离开。但我无论如何都会在观
看歌剧时探访您。

祝您安康。值此新年之际,也向您家中可爱的女眷们②致以最
美好的问候与祝愿。

　　　　魏玛,1800 年 1 月 1 日 　　　　　　　　　　　　G

---

① 查尔斯·戈雷(Charles Gore,1729—1807),英国商人、艺术爱好者。
② 此处指席勒的妻子夏洛特·封·席勒(Charlotte von Schiller,1766—1826)和
　夏洛特的姐姐卡洛琳·封·沃尔措根(Caroline von Wolzogen,1763—1847)。

805. 席勒致 A. W. 施莱格尔

1800 年 1 月 1 日　星期三

带着对新年最美好的祝愿,我将《雅典娜神殿入口》①第五章寄给您,期待您的参与。

我没能找到那几部古老的法语小说的原作,然而,却意外得到一本大开本德语古书,书名为《爱之书》②,此书中记载了特里斯坦和伊索尔德的故事。虽然我不知道这是译本还是改写,但是,阅读此书,定会十分有趣,尽管您还没看到它。

到目前为止,我都尽可能保持勤奋,尤其集中精力继续制作《颜色学》的总图表。谢林教授对于此项工作的喜爱给予我很大鼓励。

也许不久后,我就会把我的《哀歌》③的抄件寄给您,烦请您再次拨冗审阅。

请您也告诉我,您和您身边的人在这段时间的打算。

祝您安康,请想念我。

魏玛,1800 年 1 月 1 日　　　　　　　　　　　歌德

---

① 即 Propyläen,歌德在 1798 年末至 1800 年末出版的关于造型艺术的杂志。
② Buch der Liebe, 1587 年出版。
③ 即《罗马哀歌》(Römische Elegien)。

806. 歌德致 F. H. 雅各比[①]

1800 年 1 月 2 日　星期四

正当我被说服再次来到滑冰场时,收到了你亲切的来信。因此,我立即得以在露天,在晴好怡人的天气中,因你的想念而感到愉悦。

得到你的音讯,我非常高兴,因为我们圈子里的朋友也经常想念你。以我多年的爱可以向你担保,当那些苛刻的人都满怀崇敬地想念你时,我总是十分愉快。

你写给费希特的信我已看过手稿。此信思想内容丰富。印刷版于我,又是全新的。尤其通过附件,其形式得以全部完美地展现出来。

相信本性、也需相信至善原本就是高尚的天性,人处在最高阶段时可以有能力将其展现出来。如果我们共同感受到彼此存在于天性中的友谊与爱,及其各自的优点,这始终是令人感到舒服且欣喜的。

自我们有间接接触起,我的精神修养受益良多。狂热、虚伪、狂妄,还有人身上存在的真正的理想的善,在经历中也许不能完全纯粹地体现出来。凡此种种,我曾经坚决表示憎恶,而这些又常常令我感到并不合理。时间教会我们其他一些事情,人们也学到了:真正的敬重是不能没有爱护的。

从我们相识起,我很高兴地去努力追求每一个理想。你可以想见,你对我的想念让我多么快乐,因为你的志向是我曾经所了解到的最纯粹的志向之一。我必须详尽地告诉你我的事情,因为这三四年[②]在我身上发生了一些变化。

当我认识到把造型艺术作为业余爱好来追求是徒劳无益后,我想设法,对我们剩余的至高无上的事物进行最后一次纯粹地观察。

11

---

① 弗里德里希·海因里希·雅各比(Friedrich Heinrich Jacobi, 1743—1819),商人、作家、哲学家。
② 自 1796 年末,雅各比与歌德之间的通信往来中断。

因此，我的朋友迈尔①已于 1795 年先行到达意大利。但当我出发去追随他时，战乱已如此激烈，以致我仅到达了瑞士。结果证明，我们返家是明智之举。

至于我们从这次普通且又特殊的轮船失事事故中解救出来什么，如果你感兴趣的话，可以从《雅典娜神殿入口》中偶尔察知。

尚有一些诗学想法和规划待我处理。是否付诸实施，多久得以完成，那就取决于是否有好运气了。

目前，我正集中精力撰写《颜色学》，心情十分愉悦。经过近十年费心钻研细节之后，我终于看到，之前部分被忽视、部分被刻意掩盖弄乱的，这一出色的、内容丰富的篇章不仅可以圆满完成、得到澄清，还可以与其他自然现象群相结合。这项工作始终是摆在我面前的大事，因此，我希望能够圆满完成。

此外，这项工作使我十分受益。在此过程中，我需要直面经验和理论，并需同时寻求在上述两方面提高自己。在观察事物时，我一向追寻生命起源，因此，鼓励我采用动态的呈现方式，这并不能难倒我。在观察大自然时，这种呈现方式会给予我们极好的帮助。

我希望，这个试验如果日后能记录下来，可以使你身体健康，并度过美好的一天。

如果你不在那么远的北方安家该有多好②，那样我几乎没有可能去拜访你！也许你在那里生活安逸舒适，但因为你并无打算回到莱茵河畔，所以我多么希望能看到你在适合人居的世界中间某个地方，如德累斯顿，这样的地方富有自然与艺术魅力，常有外人到访。

---

① 约翰·海因里希·迈尔（Johann Heinrich Meyer, 1760—1832），瑞士画家、艺术史学家。
② 雅各比于 1794 年 9 月末逃亡至德国北部。

这样我们就可以期待着,每年见上一面。然而,我们现在也绝不能丧失信心,在今后的生活中我们定会在某个地方遇见彼此。(未完待续)

魏玛,1800 年 1 月 2 日　　　　　　　　　　　G.

807. 歌德致席勒

1800 年 1 月 3 日　星期五

对一部明天上演的剧本①,今天人们需听到剧本朗读,确是强硬要求。如果这要求是由莎士比亚提出的就好了。您也需忍耐这次对耐心和痛苦的考验。无论如何您都会遇见我,8 点,或者更晚,您的出现令我十分愉快。这几天,我不仅仅是以一种有趣的方式在默默工作着。迈尔很幽默,今天晚上,我们定会过得相当快乐,只可惜您不在场。

魏玛,1800 年 1 月 3 日　　　　　　　　　　　　G

---

① 此处指作家奥古斯特·封·科策比(August von Kotzebue,1761—1819)创作的《古斯塔夫·瓦萨》(Gustav Wasa)。这部剧作于 1 月 4 日在魏玛上演。

808. 歌德致哥达的奥古斯特王子(草稿)

1800 年 1 月 3 日　星期五

尊敬的侯爵先生,您年末的来信让我倍感欣喜。借此回信机会,我要向您表达最诚挚的谢意。值此新年之际(并非新世纪)①,请您愉快接受我真诚不变的爱与敬仰。衷心希望您身体健康,尽管我久未表达,但对您健康的牵挂却始终留在心间。

生命的进程恰如一块石头,下落时间越长,下落速度越快。我的生活表面看似十分平静,然而却越来越失去控制。早年我在科学、艺术、事务性工作中建立起来的多种联系,如今已越来越紧密地相互融合、相互交错、相互排挤。因此,为了避免出现错杂纷乱,我需要习惯于把一切头绪理顺。

侯爵的意愿似乎已敦促我去做某些看似不寻常的事情——翻译伏尔泰的《穆罕默德》。我需要回报侯爵的极多,感谢他给我提供生活保障。这件事我将完全按照我的意愿,即通过我的意愿来完成。像我这样一个天赋异禀的人,想要表达的愿望并不少。我已把这件事视作义务,定能很好地达到侯爵的要求。

星期一您会收到这个剧本。这项工作是否令我快乐,侯爵先生,有谁能比您更好地做出评判呢? 因为您如此清楚两种语言各自的特点。

请允许我请求您不要将这个样本外传,方便时,再把它寄回给我。如果您对篇章整体作出评论,或对个别之处作出评注,那就太好了。如此,我还应再为您做一件好事。

1 月 30 日我们尊敬的公爵生日之际,这个剧本将进行首演。但是这个剧本还需二次翻译。

尊敬的侯爵先生,祝您安康! 请您想念我,并继续爱护我! 我最

①“官方”认定,世纪更迭在 1801 年 1 月 1 日完成。歌德也认为这个时间是正确的。

强烈的新年愿望之一就是在这一年中能够再次访问哥达,并且得知,我尊敬的恩人和朋友的思想信念未曾改变,希望这一愿望能够实现。

千言万语,化作一句告别。

809. 歌德致 W. 封·洪堡(草稿)

1800 年 1 月 4 日　星期六

几周前,我已收到您从马德里寄来的书信。因当时并无许多重要事宜告知于您,所以我延迟至今才给您回信。

之前我在信中提及,您去西班牙旅行,对我来说,比我亲自前往更有价值。您的来信说明此事真的已成现实。我愿意跟随您穿越法国。当我看到您在比利牛斯山脉漫游时,我忆起,我确有一本关于穿越这条山脉的矿物学之旅的书,此书由拉·佩鲁①撰写,但我还未曾读过。我在其中找到了专用地图、矿物学注释,还有一些尤为引起游人注意的事情。山中个别有趣之处的素描画,如科特雷山谷、甚至维涅马勒峰,都配有描述,虽少得可怜,但也并非毫无特色。

因此,我有更多的兴趣去翻阅游记。一张西班牙地图已钉在我的门上,这样,我就可以随您一同思考。我希望,您能够一直引领我。

15

我甚至再度试图去认识一些西班牙作家。最近,我带着浓厚的兴致,愉快地阅读了塞万提斯的《努曼西亚》。

我们一直十分欢迎您寄来的东西。您亲爱的旅伴②节省下来留给我们备用的东西也很多。

现在向您汇报一下我们的近况:

席勒在这里,他的夫人已恢复健康③,她和她的姐姐也许会给您写信。

这个冬天,我们始终与戏剧相伴。科策比也在这里。他的剧作《古斯塔夫·瓦萨》④将于今天上演。这是一部历史剧,其中会出现三十六个有台词的人物。

---

① La Peyrouse(1744—1818),法国自然科学家。
② 洪堡的妻子卡洛琳·封·洪堡(Caroline von Humboldt, 1792—1837)。
③ 席勒妻子夏洛特在女儿卡洛琳出生后的几周里病情严重,且有生命危险。
④ 参见第 807 封信。

　　1月30号,我翻译的《穆罕默德》上演。紧随其后,席勒的《玛丽亚》①也将被搬上舞台。我们向您承诺,下个冬天,这些剧作将会重演。

　　11月和12月的部分日子,天气晴朗、宜人。现在天已寒冷,降雪,此乃天合时宜,从不间断。也许您现在正在享受着舒适的天气。

---

　　① 席勒的《玛丽亚·斯图尔特》(Maria Stuart)于 6 月 14 日在魏玛首演。

810. 歌德日记

1800年1月5日　星期日至1月7日　星期二

1月5日

〈亲笔〉早上觐见殿下。晚上与席勒讨论《古斯塔夫·瓦萨》。

1月6日

处理若干事务。〈机打〉《穆罕默德》由基尔姆斯①转交给伊夫兰②。致信蒂勒秘书③，寄往莱比锡。〈亲笔〉与奥古斯特④乘坐雪橇。晚上与宫廷顾问席勒先生一起讨论更尖诗体化的悲剧（das gebundenere Trauerspiel），以及或许还能上演的剧目。

1月7日

〈机打〉处理若干事务。与奥古斯特乘坐雪橇。中午在宫廷。晚上与宫廷顾问席勒和枢密顾问福格特⑤特别讨论了磁学、地球理论和1795年利希滕贝格的日历⑥，以及其他。

16

---

① 弗兰茨·基尔姆斯（Franz Kirms，1750—1826），萨克森-魏玛公国官员，1794年起任内廷顾问。
② 奥古斯特·威廉·伊夫兰（August Wilhelm Iffland，1759—1814），演员、剧作家。
③ 业伯拉罕·克里斯托夫·蒂勒（Abraham Christoph Thiele，1729—1805），申贝格-伯尼辛（Schönberg-Börnichen）家族的秘书，莱比锡的书籍批发商。
④ 歌德的儿子奥古斯特·歌德（August Goethe，1789—1830）。
⑤ 克里斯蒂安·戈特洛布·福格特（大）（Christian Gottlob Voigt d. Ä，1743—1819），自1794年起担任枢密顾问。
⑥ 此处指1795年的哥廷根袖珍日历，其中包括天文学家、物理学家和作家格奥尔格·克里斯托夫·利希滕贝格（Georg Christoph Lichtenberg，1742—1799）撰写的四篇文章。歌德于同一天从魏玛图书馆借出此书。

811. 歌德致席勒(亲笔)

1800 年 1 月 8 日   星期三

　　我正想邀请您,因为您不在①,这个夜晚我会过得不愉快。但我为这个崇高的计划②祝福,祝愿它顺利进行。我还有一些自然科学方面的事情要做。明天五点半,请您协助对剧本台词进行试排和修改。

　　　　魏玛,1800 年 1 月 8 日　　　　　　　　　　　　G

---

① 席勒没有来。
② 席勒正在为歌德翻译的《穆罕默德》撰写序言。

812. 歌德致席勒（亲笔）

1800 年 1 月 9 日　星期四

昨天我邀请您参加台词试排，实在很仓促。这项工作明天才进行。诚挚邀请您今晚与我一起度过。八行诗节①进展如何？

如果您想兜风一小时，那我 12 点乘雪橇去接您。

　　　1800 年 1 月 9 日　　　　　　　　　　　　　　　　　　G

---

① 指席勒为《穆罕默德》撰写的序言。

813. 歌德日记

1800年1月9日 星期四至1月12日 星期日

1月9日

讨论牛顿光学第二卷第二部分。饭后与图雷教授①商讨宫殿建造事宜。晚上与宫廷顾问席勒先生主要讨论牛顿的胡作非为,并与他简单讨论了牛顿的第一批实验。

〈……〉

1月11日

尼布尔的旅行②。法国戏剧③。傍晚与席勒一起乘坐雪橇。晚上,《戏剧的冒险》④。

1月12日

如昨天。《穆罕默德》的演员戏服。胡费兰的弟弟⑤来访,随

---

① 尼古劳斯·图雷(Nikolaus Thouret, 1767—1845),建筑学家,宫廷建筑工程师,1798年至1800年任魏玛宫殿建筑工程师。

② 卡斯滕·尼布尔(Carsten Niebuhr, 1733—1815),工程师军官,东方游历者。歌德于1月9日从魏玛图书馆借阅了尼布尔的《阿拉伯半岛及其他周边国家游记》(Reisebeschreibung nach Arabien und andern umliegenden Ländern)第2卷以及《阿拉伯半岛描述。依据自身观察》(Beschreibung von Arabien. Nach eigenen Beobachtungen)。

③ 歌德是否在研读特定几个剧本,未能查明。

④ 1787年7月31日,歌德在罗马听了意大利歌剧作曲家多梅尼科·奇马罗萨(Domenico Cimarosa, 1749—1801)的歌剧《痛苦的人》(L'impresario in angustie)。1791年,歌德翻译并修改了歌词,使之于同年10月24日在魏玛首演。从1797年起,这部歌剧与莫扎特的歌剧《剧院经理》一起上演。

⑤ 弗里德里希·胡费兰(Friedrich Hufeland, 1774—1839),他是克里斯托夫·胡费兰(Christoph Hufeland, 1762—1836)的弟弟,医生。从1799年起,生活在魏玛。

后洛德①来访。下午阅读尼布尔。晚上与席勒讨论《麦克白》②，等等。

---

① 尤斯图斯·洛德（Justus Loder，1753—1832），解剖学家，1778 年起任耶拿大学医学教授。
② 席勒已开始改编莎士比亚的《麦克白》，这部悲剧于 1800 年 5 月 14 日在魏玛首演。

814. 歌德致席勒

1800 年 1 月 13 日　星期一

我来询问您的健康状况,并有多个提议。

您想同去官殿吗? 今天不冷,没有风。我乘雪橇来接您,您将看到好多定会令您感兴趣的事情。这一天剩下的时间我们可以继续讨论。

今天早上,那个听话的小帕利米尔①来拜访我,她真的十分关心这部剧。如果可以在第一幕中掩盖她本来的面目,会很好,我就不会担忧后面的几幕。

我让人从沃尔措根②先生那里取回了戏装,其中一些是可用的。

尚需面谈:尤其是关于我的一种奇怪的感觉,因为我今天开始读《伊菲革涅亚》③。我没取得多大进展——但我不想开始讲话,因为如此种种是必须要说的。

祝您安康。一收到您的回复,我即刻便能去接您。

　　　　　1800 年 1 月 13 日　　　　　　　　　　　G

---

① 此处指卡洛琳·亚格曼(Caroline Jagemann),她在《穆罕默德》一剧中扮演帕利米尔(Palmire)的角色。

② 威廉·恩斯特·弗里德里希·封·沃尔措根(Wilhelm Ernst Friedrich von Wolzogen, 1762—1809),建筑学家、维滕堡官员。1801 年起担任枢密顾问。

③ 指《在陶里斯的伊菲革涅亚》(Iphigenia auf Tauris)。席勒在 1 月 7 日写给歌德的信中写道:"今天我通读了您的《伊菲革涅亚》,我完全不再怀疑,它的上演会取得巨大的成功。为这一需要,只需修改少量台词。"——直到 1802 年初,才再次考虑将这部剧作搬上魏玛舞台的计划。

815. 歌德致 Chr. G. 福格特

1800 年 1 月 14 日 星期二

在此,遵从沃尔措根的建议①,我觉得他的建议符合目的且适当。

也许我们拿海德洛夫也没什么其他办法②,但人们几乎总是可以说:一场推迟的婚礼差不多等同于取消。在我们的剧院里,就有一对遇到了这种情况。

图书馆的改革目录③已完成,在此随信附上。施密特④把它写得十分整齐。如果此时现金周转没有问题的话,那就可以要求,赠予他和登记员⑤一份小礼物,以资鼓励。

在随信附上的报告中,施皮尔克顾问⑥,按他"值得称赞的习惯",提议了一出喧闹的恶作剧,以便他抱病在家,得以研读《先知书》和《约翰启示录》。如果您也同意,那么,就可以规定他,在这本匿名的目录完成前,不知晓图书馆任何其他工作。

因老的宫廷唱诗班领唱⑦已越来越不能胜任此职,而施密特秘书写得一手好字,因此,他能够书写这个目录。必要时,可以承诺给他礼物,以示感谢。这样或许在第一时间就不会缺少一位抄

18

---

① 威廉·封·沃尔措根负责宫殿建造事宜,建议购置细木工板。
② 约翰·海德洛夫(Johann Heideloff, 1770/73—1816),斯图加特画家。自 1798 年起,生活在魏玛。他参与重新设计魏玛剧院,并共同负责宫殿装饰。福格特和歌德担心海德洛夫会因婚期已定而离开魏玛。——海德洛夫于 3 月 3 日与约翰娜·比特纳(Johanna Büttner)结婚,并留在魏玛。
③ 参见本《全集》第 31 卷所收的第 548 封信。
④ 恩斯特·施密特(Ernst Schmidt, 1746—1809),魏玛的图书馆秘书。
⑤ 克里斯蒂安·奥古斯特·武尔皮乌斯(Christian August Vulpius, 1762—1827),小说和戏剧作家。1797 年,任魏玛图书馆登记员。1805 年,任魏玛图书馆管理员。
⑥ 约翰·施皮尔克(Johann Spilker, 1746—1805),魏玛图书馆管理员。
⑦ 约翰·鲁道夫(Johann Rudolph, 1728—1804),萨克森-魏玛的宫廷唱诗班领唱。

写员。衷心祝您安康,期望不久后可以与您共度一个愉快的夜晚。

　　　　魏玛,1800 年 1 月 14 日　　　　　　　　　　　　G

816. 歌德日记

1800 年 1 月 14 日　星期二至 1 月 16 日　星期四

1 月 14 日

　　中午在宫廷。晚上研读迪皮伊①。《穆罕默德》剧本台词进行第二次试排。宫廷顾问席勒先生留下来用餐。

　　〈……〉

19

1 月 16 日

　　〈亲笔〉饭后与一大群一起聚会的人乘雪橇去埃特斯堡。晚上在席勒家。〈机打〉致信翁格尔②先生，随信附上俄耳甫斯、欧律狄克和涅墨西斯③的素描画。同样，通过武尔皮乌斯先生将《穆罕默德》的一本样本寄给德累斯顿的奥皮茨先生。

---

① 查尔斯·迪皮伊(Charles Dupuis，1742—1809)，法国学者。
② 约翰·弗里德里希·翁格尔(Johann Friedrich Unger，1753—1804)，柏林的书籍印刷与出版商。
③ 俄耳甫斯(Orpheus)、欧律狄克(Euridice)和涅墨西斯(Nemesis)，三人均为希腊神话中的人物。

817. 歌德致席勒

1800 年 1 月 20 日　星期一

在此,您收到几样东西。一包封蜡,外面包裹着洪堡的信①。同时,将《伊菲革涅亚》寄回给您。封·埃卡茨豪森先生的艺术②最近才通过《帝国报》③向我们公开,单单借此,《伊菲革涅亚》或许很难恢复重生。

明天排演结束后,如果您能招待演员们,那就太好了。因为他们还了解不多,所以,借此机会,可以做一些适当的协商。

如果您今晚能来看望我,我会非常高兴,因为我现在不在最佳状态。希望低气压能对您的健康有益,那就更好了。

魏玛,1800 年 1 月 20 日　　　　　　　　G

---

① 指威廉·封·洪堡1799 年 11 月 28 日从马德里寄来的信。
② 弗兰茨·卡尔·封·埃卡茨豪森(Franz Karl von Eckartshausen,1752—1803),慕尼黑作家。除纯文学作品外,他还发表了许多神秘主义、心理玄学和中世纪炼丹术方面的文章。
③ 指《皇帝特权帝国报》(Kaiserlich privilegierter Reichs-Anzeiger)。

818. 歌德日记

1800 年 1 月 20 日　星期一至 1 月 29 日　星期三

1 月 20 日

〈亲笔〉处理各种事务。阿尔菲里①。晚上与席勒在一起。

1 月 21 日

阿尔菲里。下午《穆罕默德》排演。晚上与演员们在席勒家。戏剧带来乐趣。

1 月 22 日

早上与布里②见面。绘画。晚上观看《捕猎》③。然后去席勒家，讨论《麦克白》。阿尔菲里。迁就观众。

1 月 23 日

阿尔菲里。晚上排演《穆罕默德》。在舞台上。然后席勒来我家。

〈……〉

1 月 26 日

〈机打〉宫殿建造会议。殿下一同出席。中午与宫廷顾问席勒见面。观赏布里的画作，谈论一些有关画作对象和主题的事情。晚上排演《穆罕默德》最后三幕。

〈……〉

20

---

① 维托里奥·封·阿尔菲里伯爵（Vittorio Graf von Alfieri, 1749—1803），意大利诗人，作家，戏剧家。可能歌德正在研读这位剧作家，为魏玛剧院寻找合适的作品。

② 弗里德里希·布里（Friedrich Bury, 1763—1823），画家，于 1799 年和 1800 年住在魏玛。

③ Der Wildfang，科策比的喜剧，从 1798 年起成为魏玛剧院的保留剧目。

1 月 29 日

〈亲笔〉下午在席勒家。晚上《费加罗的婚礼》①。〈机打〉致信州府顾问孔塔②先生,嵌入一封给特罗姆斯多夫药房③的年轻的亨金④的书信。致信弗里德里希·佩尔特斯⑤,对将《关于拉奥孔》这篇文章收录在……表示感谢⑥。

---

① 莫扎特的歌剧《费加罗的婚礼》(Hochzeit des Figaro)从 1793 年 10 月起在魏玛上演。

② 卡尔·封·孔塔(Carl von Conta,1778—1850),魏玛公使馆参赞。

③ 这家药房的所有人约翰·特罗姆斯多夫(Johann Tromsdorf,1770—1837)是药学家、化学家、爱尔福特(Erfurt)的大学教授。

④ 费迪南德·亨金(Ferdinand Henking)是爱尔福特的特罗姆斯多夫药房(die Tromsdorfische Apotheke)的学徒。在他父母去世后,他的阿姨海伦娜·多萝西娅·德尔夫(Helene Dorothea Delph)在 1798 年 6 月 27 日的信中请求歌德关心这个十七岁的孤儿。

⑤ Friedrich Perthes(1772—1843),汉堡的书籍批发商。

⑥ 佩尔特斯在 1 月 6 日询问,歌德是否同意将他的文章《关于拉奥孔》的法语翻译版本出版。歌德感谢这份"荣幸"。

819. 歌德致图雷

1800 年 1 月 30 日　星期四

在此,请图雷教授让人在穆罕默德的毛皮长袍上镶上仿金花边,关于花边的宽度和式样,你认为最佳即可,并给予裁缝必要的指示。

魏玛,1800 年 1 月 30 日　　　　　　　　　　　G.

820. 歌德日记(亲笔)

1800 年 1 月 30 日　星期四

21　　　　早上写了几封信。处理各种事务。〈机打〉通过信使福格特①把钱连同信件一并转交给封·克内贝尔少校②。〈亲笔〉在剧院。在奥赫③家。下午与席勒讨论物理学。晚上《穆罕默德》上演。

---

① Voigt,伊尔默瑙(Ilmenau)的信使。
② 卡尔·封·克内贝尔(Karl von Knebel, 1744—1834),作家、翻译家,歌德的老朋友。从 1798 年起住在伊尔默瑙。
③ 雅各布·奥赫(Jacob Auch, 1765—1842),自 1798 年起任魏玛的宫廷机械师。

821. 歌德致施泰因霍伊泽①

1800 年 1 月 31 日　星期五

尊敬的阁下：

您对我的提问做出的回复②，我十分满意，理当致谢。同时，我想再请求您替我买一块您认为为可能会制造出来的弹性马掌形磁铁。即使没有买到，我也十分愿意为这次尝试支付报酬，这是理所应当的。

我不能向尊敬的阁下您隐瞒此事的意图。对于那些有着"分配"想法的人、在一定程度上反对这种想法的人以及由这种想法而产生的"共同努力"的想法的人，无需这种尝试。然而，倘若能够把所有可能的东西都拿来观察，对于物质的东西是很好的。一方面是为了满足那些首先想要了解这些东西的人的意愿，另一方面也是为了满足那些与这种想法相悖、想要用手抓住所有东西的人的意愿。

在马蹄铁的加工过程中，或许可以找到一个途径，详细地了解那些同样所希望得到的磁针，但是，出于已发觉到的原因，磁针的制造几乎是不可能的。怀着这种想法，我满足于在心里抽象地想着磁力，但并未思考其自然条件。

或许您已尝试过，给予会对磁针产生强烈影响的蛇纹岩或其他岩石极性，即人工生产洪堡岩石③？我可以把一些使磁针剧烈运动的、漂亮的长皂石石块用作此目的。

在您的第一封信中提到一些储存在您那里的有磁性的石块，并且倾向于向业余爱好者出让其中一部分，因此，烦请您寄给我一份这

22

---

① 约翰·戈特弗里德·施泰因霍伊泽（Johann Gottfried Steinhäuser，1768—1825），法学家、矿冶专业人员、物理学家、数学家、普劳恩（Plauen）律师。
② 施泰因霍伊泽对歌德在 1799 年 9 月 17 日和 11 月 29 日的两封信均做出了回复。
③ 施泰因霍伊泽在 2 月 8 日的回信中，提到了如同洪堡的角闪石一般有磁性或是能够使之有磁性的化石。

些石块的目录和价格。

祝您安康!

魏玛,1800 年 1 月 31 日　　　　　　　J．W．v.歌德

822. 歌德日记(亲笔)

1800 年 1 月 31 日　星期五至 2 月 6 日　星期四

1 月 31 日

收到从莱比锡寄来的戈蒂耶①、马库斯·马尔齐②、彭伯顿③的光学著作。致信普劳恩的施泰因霍伊泽律师④。致信封·洪堡,寄往马德里。饭后,参加宫殿建造会议。去席勒家。晚上参加舞会。

2 月 1 日

早上在宫殿。与殿下散步。中午在宫廷。晚上与席勒在一起。

2 月 3 日

〈机打〉宫殿建造事宜。皮龙的《女诗狂》⑤。莫里哀的《冒牌医生》和《愤世嫉俗》⑥。韦特斯的《康拉丁》⑦。晚上与宫廷顾问席勒在一起。致信德尔夫小姐⑧。其中包含州府顾问孔塔先生的一封信,

---

① 雅克·戈蒂耶(Jacques Gauthier, 1717—1786),法国画家、铜版雕刻家、物理学家、天文学家。
② 约翰·马库斯·马尔齐(Johann Marcus Marci, 1595—1667),布拉格的医学教授。
③ 亨利·彭伯顿(Henry Pemberton, 1694—1771),伦敦的医学教授。
④ 参见第 821 封信。
⑤ 法国作家亚历克西·皮龙(Alexis Piron, 1689—1773)最负盛名的喜剧《女诗狂》(La Métromanie)。
⑥《冒牌医生》(Der Arzt wider Willen)和《愤世嫉俗》(Misanthrop)是法国作家莫里哀创作的两部喜剧。歌德没有将这两部剧纳入魏玛剧院的剧目表。
⑦ 神学家、作家弗里德里希·奥古斯特·克莱门斯·韦特斯(Friedrich August Clemens Werthes, 1748—1817)的悲剧作品《施瓦本的康拉丁》(Conradin von Schwaben)。
⑧ 海伦娜·多萝西娅·德尔夫(Helene Dorothea Delph, 1728—1808),海德堡女商人。

有关年轻的亨金的事情。

〈……〉

2月6日

安排布置植物铜版画。在殿下房间。晚上参加宫殿建造会议。之后拜访席勒,他正在读《麦克白》①的前两幕。

---

① 莎士比亚的这部悲剧由席勒改编,并于5月14日首演。

823. 歌德致席勒

1800 年 2 月 11 日 星期二

倘若今晚您能冒着严寒造访寒舍,那么我希望您 6 点来,以便我 23
们可以一起阅读《麦克白》。

7 点月亮升起时,您将受邀参加一次天文景观观赏活动,观察月
球和土星,因为今晚在我家里会放置三台望远镜。

若是您更喜欢待在温暖的室内,朋友迈尔会陪伴您。他对月球
山脉和天体一直怀有真挚的艺术家的憎恶,如同他对瑞士山脉和严
寒的憎恶一样。

魏玛,1800 年 2 月 11 日 G

824. 歌德致席勒

1800 年 2 月 12 日　星期三

　　找到合适演员来扮演《华伦斯坦》中诺伊布隆这个角色①,这件事现在已刻不容缓。因为按照剧院传统,也许不能再苛求福斯夫人②了。我建议由卡斯佩斯小姐③来扮演,我们最近看过她的表演。她将会很好地诠释这一角色,更何况她同亚格曼小姐④关系很好。通过这次小小的尝试,引导她学习悲剧有节奏的语言,也未尝不是一件好事。

　　今天下午,您会从我这里听到更多消息。

　　　　1800 年 2 月 12 日　　　　　　　　　　　　　　　G

---

① 诺伊布隆(Neubrunn)这一角色原本由弗里德里克·福斯(Friederike Vohs)扮演。但她偶尔代替卡洛琳·亚格曼(Caroline Jagemann)出演苔克拉(Thekla)这一角色,因此不再满足于饰演不那么重要的角色。在 2 月《华伦斯坦》上演时,福斯仍然继续扮演诺伊布隆。

② 弗里德里克·福斯(Friederike Vohs, 1777—1860),演员。此处歌德可能想到,她于 1793 年被魏玛剧院聘请扮演年轻女性的角色。

③ 路易莎·曼浓·卡斯佩斯(Luise Manon Caspers, 1781—1814),魏玛女演员。

④ 卡洛琳·亚格曼(Caroline Jagemann, 1777—1848),女演员,1797 年至 1828 年魏玛宫廷剧院演员。

825. 歌德日记

1800 年 2 月 12 日　星期三

　　早上处理宫殿建造事务。给范德斯特拉斯①寄戏剧。〈亲笔〉《华伦斯坦的兵营》。夜晚与枢密顾问福格特和宫廷顾问席勒一起赏月。

---

① 丹尼尔·范德斯特拉斯(Daniel Vanderstraß)，耶拿医学专业学生。他曾于 2 月 3 日将一本自己创作的戏剧寄给歌德鉴赏。

826. 歌德致席勒

1800 年 2 月 14 日　星期五

24

倘若您今晚 6 点来看望我们,我们衷心地欢迎。

我希望您看到迈尔的《华伦斯坦》①现在已完成的阶段。亲眼看到一幅画如何完成,最终便可以早些知道这幅画的内容。

我也希望听到,您已完成《麦克白》的翻译,并通过这一友情相告,获得更多的生活乐趣。

魏玛,1800 年 2 月 14 日　　　　　　　　　　G

---

① 此处指迈尔为《华伦斯坦》所画的封面铜版画。

827. 歌德日记

1800 年 2 月 15 日 星期六至 2 月 21 日 星期五

2 月 15 日

　　早上处理宫殿建造事务。晚上去看望席勒,他做了放血①。详细讨论了《麦克白》的翻译。有些地方涉及物理。

　　〈……〉

2 月 17 日

　　早上在宫殿。与建筑工程师图雷开最后一次会。席勒身体不适。晚上《华伦斯坦》②。

　　〈……〉

2 月 20 日

　　〈亲笔〉处理宫殿建造事务。晚上在席勒家,他生病了。

2 月 21 日

　　颜色学历史。处理宫殿建造事务。《塔拉尔》③排演。宫殿建造会议。在席勒家。克琉墨涅斯、亚基斯、提比略·格拉古④。

---

① 放血是一种遏制炎症的有效方法,尤其是肺病。

② 此处指《华伦斯坦》三部曲中的最后一部《华伦斯坦之死》。

③ Tarare,意大利歌剧作曲家安东尼奥·萨列里(Antonio Salieri, 1750—1825)的歌剧,于 2 月 26 日首演。

④ 此处可能指歌德与席勒谈话中所提及的名字,也可能涉及席勒即将创作的悲剧素材。克琉墨涅斯即克琉墨涅斯三世(Kleomenes III., 公元前 254—公元前 219)、亚基斯即亚基斯四世(Agis IV., 公元前 265—公元前 240)、提比略·格拉古(Tiberius Gracchus,公元前 163—公元前 133)。

828. 歌德致 Chr. G. 福格特

1800 年 2 月 25 日　星期二

25

　　最近,我希望跟您聊一聊宫殿建造事宜的现状和进展。

　　星期五下午我要参加《塔拉尔》的再次排演,所以早上我们可能有一个小时的时间来商讨。此外,饭后也可,悉听尊便。

　　几天来,我一直十分担心席勒的病情。现在看来,他已病愈,但我害怕会留下后遗症。

　　祝您和您的家人身体健康。但出于义务,今天我得去参加化装舞会,这真的是一个讨厌的任务。

　　　　魏玛,1800 年 2 月 25 日　　　　　　　　　歌德

829. 歌德致 A．W．施莱格尔

1800 年 2 月 26 日　星期三

自新年起，我就希望在短时间内去耶拿看望您，可惜未能如愿。即使是在下个月，我都很难离开这里。因此，我不揣冒昧地将《哀歌》寄给您，关于此，我本想跟您当面聊的。

共有两份样本，您会在其中一份中找到我们已划线标出的句段，在另一份中找到我尝试作出的修正。也许您能找到方法，应对那些到目前为止仍然不顺畅的句段。如果无碍全局，那么我们想姑且放之，留待将来再处理。

待我们再次相见时，我有一些事情要告诉您。我相信，您也同样如此。

祝您安康，并请在您的朋友圈中重温对我的想念！

魏玛，1800 年 2 月 26 日　　　　　　　　　　歌德

830. 歌德致 A．W.施莱格尔

1800 年 3 月 5 日　星期三

26　　　您对我的《哀歌》提出修改建议,这真是帮了我一个大忙。其中大部分我已按此修改。然而现在,我满怀谢意紧接着将第二本文集寄给您。甚至《箴言诗》①随后也会寄去,也许它的修改最需要您的参与。

　　我目前的状态既无诗意也无批判,因此,对我不可逃避的工作给予友好的提示,对我来说更加值得珍视。

　　我热切地期待,您和与您志趣相投的人为我们带来新鲜事物。代我问候大家。

　　我十分同情那位优秀的蒂克②。这段时间我有时会想起他。一个如此杰出的人才,正当壮年,却不能自由快乐地支配精力,遭受这种苦难,为此我很悲痛③。

　　劳烦您告诉谢林教授:温哥华④已在我这里。在地图中只能找到磁针的偏转。这部作品本身我没有读完,并且到现在还未将它寄出,因为这本书有三卷,大四开本。

　　或许谢林先生可以告诉我,他对哪一卷感兴趣,否则我可以按要求将三卷一并寄出。

　　祝您安康! 请您收下我的思念,正如我总是想起您的付出和您对所遇事情的积极参与。

　　　　　　魏玛,1800 年 3 月 5 日　　　　　　　　　　　　歌德

---

① 此处指《威尼斯箴言诗》(Venetianische Epigramme)。
② 路德维希·蒂克(Ludwig Tieck, 1773—1853),作家。
③ 施莱格尔在 2 月 28 日写给歌德的信中提到,蒂克患有痛风,疼痛让他无法工作。
④ 此处指乔治·温哥华(George Vancouver, 1758—1798)的《一次北太平洋和环游世界的发现之旅》一书(A Voyage of Discovery to the North Pacific Ocean and Round the World)。谢林于 1 月 6 日请求歌德帮他借阅此书,歌德于 2 月 15 日从魏玛图书馆将此书借出。

831. 歌德日记

1800年3月6日 星期四至3月9日 星期日

3月6日

画肖像①,宫殿建造,与枢密顾问福格特商讨各种事宜。植物学。斯库尔②的作品。晚上在席勒家。

3月7日

早上画肖像。与施利克夫妇③、封·艾因西德尔④、安辛少校⑤共进早餐。下午参加宫殿建造会议。晚上在席勒家。致信费迪南德·哈特曼⑥先生,信连同画作一道寄往斯图加特。

3月8日

早上在官殿。饭后在席勒家。晚上听歌剧《女人心》⑦。

3月9日

画肖像。再次通读了《母亲的秘密》⑧。继续购买植物学丛书。下午去席勒家。晚上在家。

---

① 布里于2月22日起开始为歌德绘制等身肖像。
② 克里斯蒂安·斯库尔(Christian Schkuhr,1741—1811),植物学家。
③ 哥达的作曲家、室内乐师约翰·康拉德·施利克(Johann Konrad Schlick,1759—1825)和他的夫人雷吉娜(Regina)。歌德于1797年1月8日出席过施利克在莱比锡举办的一场音乐会。
④ 弗里德里希·希尔德布兰特·封·艾因西德尔-沙尔芬斯泰因(Friedrich Hildebrand von Einsiedel Scharfenstein,1750—1828),作家、翻译家。
⑤ 约翰·弗里德里希·安辛(Johann Friedrich Anthing,1753—1805),剪影帅、军人。歌德于1789年与其相识。
⑥ 克里斯蒂安·费迪南德·哈特曼(Christian Ferdinand Hartmann,1774—1842),斯图加特画家。
⑦《女人心》(Cosi fan tutte)是莫扎特后期创作的意大利喜歌剧。
⑧《母亲的秘密》(Das Geheimnis der Mutter)是英国作家霍勒斯·沃波尔(Horatio Walpole,1717—1797)创作的悲剧。歌德和席勒计划改编这部悲剧。

832. 歌德致施泰因霍伊泽

1800 年 3 月 10 日　星期一

尊敬的阁下：

您很快寄给我一块弹性马蹄铁,这让我尤为高兴,因为看到一个已表达出来的想法得以实现总是令人感到愉快的。

如果能够把一块强化的磁铁,或者一块普通的马蹄铁,通过横放在下面的棍子,当作自闭合的磁铁进行观察,并且现在开始能够把这个装置当作一个自然的东西进行观察,这个东西相对地只是由强力砸开,那么,这块弹性马蹄铁的两侧边末端被压紧时比打开时承重会更小。因为在这种情况下,自然要求的闭环已经机械关闭,两极努力对抗彼此,通过这种努力,已放置的小铁棍作为一个连接体与两极稳固地连接在一起。通过压紧的操作,两极趋向相斥就在一定程度上得到满足。

这样的结果是我到目前为止所能做的粗浅的试验得出的。压紧的马蹄铁承重不足张开时的一半。两极彼此之间的关系得到满足,只是这种向外的作用在这种情况下也会持续,正如在其他磁力现象中所发生的那样。

是否可以劳烦您让人再制造一块这样大一点的马蹄铁?

通过把两极压在一起的方式,使得两极粘住,要是能做到这样就好了!然而,这似乎在接触时磁力表现最强时才有可能。

因此,请您一并寄给我四磅重的六根棍子,彼此相连,既可以替代一块大马蹄铁的位置,也可以单个使用。我会立即支付费用,正如我在此已附上这块弹性马蹄铁的两塔勒。

您关于有持续磁力的化石的论文,我已多次拜读,对我很有教益。今后,相关内容还请您不吝赐教。

祝您安康,请您确信我对阁下的特别敬意。

　　　　　　　魏玛,1800 年 3 月 10 日　　　　　　J. W. v. 歌德

833. 歌德日记

1800 年 3 月 11 日 星期二

在宫殿处理各种事务。宴席开始前与王子①一起读书。出席宴 29
席。去宫廷顾问席勒家。去拜访公爵母亲,与她谈论音乐。

① 公爵的长子卡尔·弗里德里希(Carl Friedrich)。

834. 歌德致 Chr. G. 福格特

1800 年 3 月 12 日　星期三

　　我收到来自费希特附寄的信件①，很可能您也已收到类似的一封信。一个如此出色的人，竟然总是做出一些滑稽可笑的事情。我想今天给他回信：我非常高兴，在他居留在此地时能够招待他。此外，我认为，给予他教授头衔②并不令人为难。因此，我想先征求您的同意，以便最终在此事上达成一致意见。

　　　　魏玛，1800 年 3 月 12 日　　　　　　　　　　　　G.

---

① 费希特在此信中询问，他是否可以向歌德辞行，因为他打算永远离开魏玛，前往柏林。

② 随着他的辞职，费希特实际上已经失去了他的教授头衔，虽然这个头衔表面上还没有被撤销。

835. 歌德日记

1800 年 3 月 18 日　星期二至 3 月 19 日　星期三

3 月 18 日

通读《箴言诗》。中午在宫廷。

3 月 19 日

修改《箴言诗》。中午在公爵母亲殿下府上。傍晚在席勒家。

836. 歌德致 A．W．施莱格尔

1800 年 3 月 20 日　星期四

在此，继续将《箴言诗》寄送给您，期待您的热心审阅。我多么希望能够在耶拿与您一起审阅，因为如此情况下的商讨相当具有启发性。

您会发现唯一一首新的箴言诗①，我并没有把它标号，因为您也许会对其中一个词或另一个词发表意见，如果它过于不顺的话，例如那首带有两个"Überall"的箴言诗②。

《巴基的预言》(Die Weissagungen des Bakis) 的数目本应更加繁多，以便把大众弄糊涂，但做这些蠢事的幽默可惜并非总是信手拈来的。

在此也附上《植物的变形》③，可惜它会十分孤立。

祝您安康，并请原谅我的打扰。

魏玛，1800 年 3 月 20 日　　　　　　　　　G.

---

① 这首箴言诗由九句双行诗(Distichen)构成。
② 第 26 首箴言诗的第二句双行诗。
③《植物的变形》(Metamorphose der Pflanzen)这首诗发表在《1799 年的艺术年鉴》(Musen-Almanach für das Jahr 1799)上。

837. 歌德日记

1800 年 3 月 20 日　星期四

植物学的事情。给顾问施莱格尔先生寄《箴言诗》。

838. 歌德致席勒

1800 年 3 月 23 日　星期日

由于我曾下定决心生病,因此,连那个我长期试图回避的医生也在行使他的专制权。我多么希望您能恢复健康,这样不久后,我便可愉快地迎接您的到访。

我需要这段糟糕的时间来整理植物文集汇编,我希望这也能给您带来快乐。如果我们力求用一定的关联性去看待事物,并且这种努力得到一定程度的促进的话,那么,个体越糊涂,也就越令人愉快了。随信附上诋毁魏玛剧院的文章,毫无意义与狂妄自大再合适不过地体现在其中了。

31

祝您安康,请您让我知晓您的身体状况。

1800 年 3 月 23 日   G.

839. 席勒致科塔①(1800 年 3 月 24 日)

1800 年 3 月 23 日 星期日

现在还有一个好建议。如果没有来自外部的有吸引力的支持，去促使歌德再次投身于创作《浮士德》，并且最终完成这项庞大的工作，我怕歌德会完全搁置《浮士德》的创作，尽管他已为此做了许多。正如他之前告诉我的，《浮士德》完成时，将是宏大的两卷，超过两个字母表。然而，他期望获得高额收益，因为他知道，在德国，人们对这部作品非常好奇。我相信，您的慷慨相助②，定能让他在今年夏天恢复创作这部作品。请您自己先估算一下，您认为可以冒险为这样一项大型创作提供多少报酬，然后写信给他。他不喜索取报酬，而更愿听从建议。他也更愿达成整体书面协议。

---

① 约翰·弗里德里希·科塔(Johann Friedrich Cotta，1764—1832)，出版商、政治家。
② 科塔听从席勒的建议，于 4 月 4 日为《浮士德》的出版，给予歌德 4000 古尔登的特别稿酬。

840. 歌德致席勒

1800 年 3 月 24 日   星期一

昨天,您的出现真是让我喜出望外。如果出门不会令您感到身体不适,那么请您今天再来看望我,我会非常高兴。

随信附上戏剧演讲①,由此使我想起去完成我的诗歌集。虽然集子有些单薄,但还过得去。

也许我会决定再写一份闭幕词,用以结束今年的冬季演出。或许这是极其严肃地刁难反对派的最适当的方式。此事还需面谈。

代我问候您亲爱的夫人,请她今晚尽可能去观看喜剧,因为我希望听到她对两个演出作出的公正比较。

32

    1800 年 3 月 24 日   G

---

① 指 1791 年至 1794 年间的序言和闭幕词。出于特殊理由,歌德让人在魏玛剧院朗诵。

841. 歌德日记(亲笔)

1800年3月31日 星期一

早上与内廷顾问基尔姆斯议事。然后与枢密顾问福格特议事。在过去的几天里,一直待在家里。已开始疗养。《植物学》。下午与席勒在一起。特姆勒①首次去给奥古斯特②授课。

---

① 阿道夫·弗里德里希·鲁道夫·特姆勒(Adolf Friedrich Rudolf Temler, 1767—1835),绘画大师。1797 年起,在魏玛授课。
② 歌德的儿子。

842. 歌德致克内贝尔

1800年4月2日星期三

现在望远镜已架好,其外观精美、诱人,因此,人们也希望了解它内在的优点。

它虽精美地呈现出月球,但行星的影像却较模糊,以致人们并不能立即将土星光环非常清楚地辨别出来。或许我们还成功地把这种情况下的模糊和复像保留下来。

通知文章①已写好,随时可用。然而,在我让人打印前,我还想听听你的建议。

从文件中看到,按1个金路易兑换5个古尔登来算②,这台望远镜花费了400古尔登。如果你此刻以400古尔登的流通价出售,那么我想从你那儿买下它,我相信你不会生气。

因为如果你计算利息(在较长时间的期待中被你忽略)的话;如果你预计,宫廷机械师奥赫会向天文爱好者展示这个仪器(并且爱好者比买家出价更高),但最终也要给予他几个百分点的折扣;如果可以预见到,一个陌生的买家也总是会讨价还价;那么我想,你应该接受我的提议,我会立刻把钱寄给你,这样,这件事就了结了。为由我主管的研究所购置一台如此精美的仪器,我深感荣幸。

祝你安康! 这次我就不再多言,不久后我再给你写信,并寄送一些东西。

布雷希特回来时③,麻烦你通过他寄给我一盒给孩子们的植物嫩枝。

魏玛,1800年4月2日　　　　　　　　　　　　　G.

---

① 原文不明。
② "古尔登"此处原文缩写为"rh.",即"莱茵古尔登"(Rheinische Gulden)。按1个金路易兑换5个古尔登,这台望远镜也值80个金路易。
③ 恩斯特·布雷希特(Ernst Brecht),约翰·伊萨克·格宁(Johann Isaak Gerning, 1767—1837,法兰克福商人、作家)的仆人,后来在魏玛经商。格宁想要在4月3日回到魏玛。

843. 歌德致 A．W．施莱格尔

1800 年 4 月 2 日　星期三

为了对您的邮件①表达感谢,在此,我附上这些出色的十四行诗②的第一首,其余的会逐步寄到。当前之事位于大门上方,的确并非无足轻重。同时您还将收到我翻译的《穆罕默德》。既然已翻译,我们希望它圆满完成,得到充分利用。当我们偶尔谈及我们的抑扬格诗行,尤其是其应用于戏剧时,请您让我们以此为基础。

感谢您为我的生活增添色彩。我想,这些书信暂且搁着,直到找到兴趣,以这种方式去做一些新鲜事。

耗费精力再次彻底修改《列那狐》③是否值得,此事我们必须再斟酌。

翻译沃波尔④的文集使我非常高兴。原版大四开本书籍原已吓退我,但选读您为此书所作的序言更为吸引人。

或许这个春天会给您的夫人带来好的影响⑤。我希望不久后能带给您一杯匈牙利葡萄酒⑥。

迈尔和布里两位先生给人印象最好。因为我们所有人现在均未取得多大进展,所以,我们原本希望您不久前可以延长您的行程。我

34

---

① 施莱格尔于 4 月 1 日将《箴言诗与书信连同我的建议》(Die Epigramme und Episteln nebst meinen Vorschlägen)回寄给歌德。除了《箴言诗》、《巴基的预言》(Die Weissagungen des Bakis)和《植物的变形》,歌德之前还寄给施莱格尔两封书信,请他检查诗韵。

② 此处指意大利诗人彼得罗·阿雷蒂诺(Pietro Aretino,1492—1556)的一首十四行诗。

③ 1794 年,歌德创作了叙事诗《列那狐》(Reinecke Fuchs)。

④ 霍勒斯·沃波尔(Horatio Walpole,1717—1797),英国作家、艺术收藏家。施莱格尔翻译了他的《历史、文学与消遣文集》(Historische litterarische und unterhaltende Schriften)。

⑤ 施莱格尔夫人卡洛琳病情恢复得十分缓慢。

⑥ 歌德很有可能于 4 月 28 日启程前往莱比锡前,寄给施莱格尔夫妇匈牙利葡萄酒。

们还非常愿意获悉更多有关西班牙文学的信息。一个自己不会再去游览的国家,喜欢听到有洞察力的游客来描述。

不仅您对语法上的意见,且您对整体的批评意见都会对一部我已开始创作的作品①十分有益,现在我只需有勇气去想到它。然而,在我继续推进这部作品的创作之前,我尚不敢让人看到其中任何内容。

祝您永葆健康,望您和您的朋友们想念我们。

魏玛,1800 年 4 月 2 日   歌德

---

① 此处指《浮士德》。

844. 歌德日记

1800 年 4 月 3 日　星期四

　　长篇小说日志①。《沃波尔文集》②第一卷。饭后与宫廷顾问席勒在一起,讨论《玛丽亚》③、《麦克白》、意大利地区、古代圆形露天剧场等等。致信翁格尔先生,关于《箴言诗》一事④。

---

① 翁格尔于 3 月 22 日寄给歌德由他出版的《长篇小说集》(Sammlung der Romane)的前两部分,并请求歌德为此撰写文章。
② 参见第 843 封信。
③ 指席勒的悲剧作品《玛丽亚·斯图尔特》(Maria Stuart)。
④ 歌德准备将其《威尼斯箴言诗》发表在由翁格尔出版的《九部文集》第 7 卷上。

845. 歌德致席勒(亲笔)

1800年4月5日   星期六

施莱格尔自荐,并寄来他已开始研究的文本。

请您去看戏剧,或者来看望我。我的安排将由您的安排决定。

明天中午我想邀请您。枢密顾问福格特可能会在,也许维兰德也在。

祝您安康,工作比我更积极。我连一个长句都无法写出,更别说一个诗行了。

魏玛,1800年4月5日   G

846. 歌德日记(亲笔)

1800 年 4 月 8 日　星期二

　　早上与迈尔教授在宫殿，然后去雅各布门(Jakobstor)。中午与　　35
维兰德、席勒、布里在一起。

847. 歌德致席勒

1800 年 4 月 10 日　星期四

望远镜已到此地。人们曾经一度只想感受月亮,现在想要看清它。我希望会出现相当多令人好奇之处,以便我们可以吸引漂亮的女士们逐渐来到我们的天文观测台。

如果《麦克白》的配乐①还在您那儿,请您下午将其带来,还有《看门人之歌》②也请一并带来。

我希望,昨晚的音乐③仍旧回荡在今晨。

魏玛,1800 年 4 月 10 日　　　　　　　　　　　　G

---

① 此配乐是作曲家约翰·弗里德里希·赖夏特(Johann Friedrich Reichardt, 1752—1814)为诗人毕尔格(Gottfried August Bürger, 1747—1794)翻译的《麦克白》所作。歌德想要听一听此曲,以决定其是否适合席勒翻译的《麦克白》。

② Das Pförtnerlied,《麦克白》第二幕第五场。

③ 此处指小提琴家保罗·埃米尔·赛奥特(Paul Emil Thieriot, 1780—1831)的音乐会。

848. 歌德致席勒

1800年4月11日　星期五

如果您能来,我会很高兴。将再次演奏。

科塔重获自由①,我很高兴。我收到他寄来的一封有关《浮士德》的书信,很有可能是您让我继续创作这部作品,对此我必须表示感谢。因为今天我的确是出于这个原因回顾了这部作品,并打算继续创作。祝您安康!

G

---

① 科塔由于1799年11月的巴黎外交之旅受到了斯图加特的公爵调查委员会的审查,但随后得以取保,回到图林根。

849. 歌德日记(亲笔)

1800 年 4 月 11 日　星期五至 4 月 18 日　星期五

4 月 11 日

收到科塔的来信。细看《浮士德》。晚上参加一个小型音乐会。与赛德尔①在一起。

36　**4 月 12 日**

早上在我家召开宫殿建造会议。中午与维兰德、席勒、赫尔德、布里在一起。

4 月 13 日

游泳。《浮士德》。

4 月 14 日

《浮士德》。

4 月 15 日

《浮士德》。因新建事宜与布里、舒尔策②会面。与枢密顾问福格特、宫廷顾问席勒、不来梅的迈尔③、茨韦布吕肯的哈鲍尔④共同赴宴。下午与枢密宫廷顾问洛德⑤在一起。

---

① 菲利普・弗里德里希・赛德尔(Philip Friedrich Seidel, 1755—1820),1775 年至 1788 年任歌德的秘书,1789 年起任魏玛的财务专员。

② 卡尔・阿道夫・舒尔策(Karl Adolf Schulze, 1758—1818),宫廷律师,1798 年至 1810 年任魏玛市长。

③ 尼古劳斯・迈尔(Nikolaus Meyer, 1775—1855),不来梅医学家、作家。

④ 弗兰茨・约瑟夫・哈鲍尔(Franz Joseph Harbauer, 1776—1824),耶拿的医学学生,后在耶拿和巴黎当医生。席勒一直与他保持着友好的交往。

⑤ 尤斯图斯・克里斯蒂安・封・洛德(Justus Christian von Loder, 1753—1832),解剖学家,1778 年任耶拿医学教授,众多医学机构的创立者,公爵的保健医生。

4月16日

　　游泳。少量《浮士德》。整理杂物。饭后在赛德尔家。在雅各布门与里德尔①见面。等等。

4月17日

　　游泳。《浮士德》。晚上听音乐会。两位亚格曼②、赫尔德、枢密顾问福格特、阿克曼③、政府顾问福格特④夫妇、阿梅龙根⑤、沃尔措根夫妇、席勒夫妇。

4月18日

　　〈机打〉《浮士德》。下午在官殿。

---

① 科内利乌斯·约翰·鲁道夫·里德尔（Cornelius Johann Rudolph Riedel，1759—1821），魏玛的内廷顾问。

② 卡洛琳·亚格曼和她的姐妹玛莉安妮。

③ 恩斯特·克里斯蒂安·威廉·阿克曼（Ernst Christian Wilhelm Ackermann，1761—1835），伊尔默瑙的法官。

④ 克里斯蒂安·戈特洛布·封·福格特（小）（Christian Gottlob Voigt d. J.，1774—1813）。

⑤ 约翰·弗里德里希·特兹·封·阿梅龙根（Johann Friedrich Taets von Amerongen，1785—1853），魏玛宫廷侍从。

850. 歌德致谢林

1800 年 4 月 19 日   星期六

尊敬的阁下：

短暂的来访并未留出足够的空间,让我把原想告知的事情告诉您。同时由于提问,我也未充分领会您对各种不同事物的观点。

您在留下的作品①中给予我经常且充分与您畅聊的机会,对此,我更为感激。

37 至于我自认所读之广度是否已足够抓住作品本身含义,抑或我感觉到的与作品的亲和是否即将上升至一种真切的同感、积极的复述,这还有待时间来验证。至少我认为,以这种介绍方式,会发现从事艺术与观察自然的爱好的诸多好处。

祝您安康! 在远方对您致以最诚挚的敬意。

随信附上沙彭蒂耶②,望您方便时将其连同其他作品一并寄回。

魏玛,1800 年 4 月 19 日   歌德

---

① 指谢林的《先验唯心论体系》(System des transcendentalen Idealismus)。
② 约翰·弗里德里希·威廉·封·沙彭蒂耶(Johann Friedrich Wilhelm von Charpentier, 1738—1805),地质学家、采矿和冶金专家。此处指其《关于矿石的矿床观察》(Beobachtungen über die Lagerstätte der Erze)一书。

851. 歌德日记

1800 年 4 月 19 日　星期六至 4 月 24 日　星期四

4 月 19 日

《浮士德》。游泳。宫殿建造事宜。致信谢林教授，随信附上沙彭蒂耶。致信布特施泰特的赖曼先生①。

〈……〉

4 月 21 日

《浮士德》。

4 月 22 日

《浮士德》。游泳。下午在宫殿。因道路迁移事宜向殿下报告。晚上与宫廷顾问席勒先生一起讨论谢林对于唯心主义的阐述②。

4 月 23 日

《浮士德》。游泳。处理各种事务。

4 月 24 日

〈亲笔〉《浮士德》。中午面对以下诸人。〈机打〉枢密顾问福格特先生、州府顾问吕尔曼③、副会长赫尔德先生④、政府顾问奥萨恩⑤先

---

① 伊曼努埃尔·戈特利布·赖曼（Immanuel Gottlieb Reimann，1766—?），布特施泰特（Buttstedt，魏玛北方城市）的商人。
② 指在《先验唯心论体系》中的阐述。
③ 约翰·奥古斯特·伯恩哈德·吕尔曼（Johann August Bernhard Rühlmann，1759—1834），魏玛官员。1798 年起任州府顾问。
④ 1789 年，赫尔德任魏玛上教会监理会（Oberkonsistorium）副会长。
⑤ 弗里德里希·海因里希·戈特黑尔夫·奥萨恩（Friedrich Heinrich Gotthelf Osann，1753—1803），魏玛公务员。1794 年起任政府顾问。

生、内廷顾问里德尔先生、内廷顾问贝尔图赫①先生、宫廷顾问席勒先生、洛德先生、瓜尔蒂耶②先生。〈亲笔〉晚上与席勒在一起。

---

① 弗里德里希·约翰·贾斯汀·贝尔图赫（Friedrich Johann Justin Bertuch，1747—1822），企业家、书商、作家。1776 年起任顾问。
② 彼得·阿尔伯特·塞缪尔·封·瓜尔蒂耶（Peter Albert Samuel von Gualtieri，1764/65—1805），普鲁士军官，自 1798 年起执行外交任务。

852. 夏洛特·封·施泰因致其子弗里茨
(1800 年 4 月 26 日)

1800 年 4 月 25 日　星期五

　　昨天我受邀在歌德处参加一场音乐会,此前我已半年未在第三个地方遇见过他。我向他提起你想要的黄铜字母表副本①,他告诉我,这并不易得。他有意把他的原版借给你,到他需要时再归还。今早他已将其寄送给我,此处是他的留言②:因他看起来并不快乐而引起了我的同情。自去年 9 月起,他也经历了一场特殊的不幸:他感觉,他的脸好像总会通向蜘蛛网中。他的爱人③与一名耶拿大学生有染,一些人说,此事令他十分痛苦。另一些人认为,他原本打算与她结婚〈……〉。

　　再见,乖弗里茨,我认识的最优秀的孩子。歌德最后说,没有人好,没有人更好,他总是有令人不适的座右铭。

38

---

① 弗里茨·封·施泰因曾向歌德求要用黄铜剪制的拉丁语字母的字母表副本,原版为歌德所有。
② 此处并未引用歌德的信。
③ 指克里斯蒂安娜·武尔皮乌斯(Christiane Vulpius,1765—1816),歌德妻子。1788 年与歌德相识,1806 年结为夫妻。

853. 歌德日记(亲笔)

1800 年 4 月 25 日　星期五

去听音乐会。公主殿下①、封·贝托尔斯海姆男爵②、封·克内贝尔③小姐、封·施泰因男爵④、封·里德泽尔⑤小姐、封·伊姆霍夫夫人⑥、封·伊姆霍夫小姐⑦、封·沃尔措根夫妇、封·勒文施泰因夫妇⑧、封·勒文施泰因小姐⑨、宫廷顾问席勒和夫人、政府顾问福格特和夫人、枢密顾问福格特、封·沃尔夫斯凯尔⑩、封·泽巴赫、封·弗里奇⑪、两位亚格曼小姐。

---

① 卡洛琳娜·露易丝(Caroline Luise),萨克森－魏玛－爱森纳赫(Sachsen-Weimar-Eisenach)的公主。

② 约翰·路德维希·封·贝托尔斯海姆男爵(Johann Ludwig Freiherr von Bechtolsheim, 1739—1806),1781 年起任爱森纳赫宰相。

③ 马格达莱娜·亨利埃特·封·克内贝尔(Magdalena Henriette von Knebel, 1755—1813),卡洛琳娜公主的侍女。

④ 弗里茨·封·施泰因(Fritz von Stein, 1772—1844),夏洛特·封·施泰因夫人的儿子,歌德的学生。

⑤ 弗里德里克·封·里德泽尔(Friederike von Riedesel, 1751—1820),魏玛宫廷侍女。

⑥ 露易丝·封·伊姆霍夫(Luise von Imhoff, 1750—1803),后者的母亲。

⑦ 安娜·阿玛利亚·封·伊姆霍夫(Anna Amalia von Imhoff, 1776—1831),女诗人。1800 年起任露易丝公爵夫人的侍女。

⑧ 保尔·路德维希·约翰·封·勒文施泰因(Paul Ludwig Johann von Löwenstein, 1752—1820 年后),大地主,1800 年前后在魏玛公国任枢密顾问。其夫人克里斯蒂娜·弗里德里克(Christina Friederike)。

⑨ 前者的女儿。

⑩ 沃尔夫斯凯尔·封·及·楚·赖辛贝格(Wolfskeel von und zu Reichenberg, 1763—1844),魏玛公国的政府官员。

⑪ 卡尔·威廉·封·弗里奇男爵(Karl Wilhelm Frhr. von Fritsch, 1769—1851),魏玛公国官员。

854. 歌德致卡洛琳娜·封·施泰因(亲笔)

1800 年 4 月 26 日 星期六

除《堂吉诃德》①外,我再寄给您一本书,此书将会给您带来某种快乐。

随信附上的字母表②劳烦您寄到布雷斯劳③。帮老朋友一个小忙,我会十分高兴。只要碑文时代仍在延续,就需充分利用。

我的病只是一种心中的不适,因此,也许终究会适应的。祝您在这个美好的季节里身体健康。

魏玛,1800 年 4 月 26 日 歌德

请不要打开这份已包装完好的字母表,在邮寄时,另需裹上一张结实的纸。

---

① 指蒂克翻译的《堂吉诃德》。
② 参见第 852 封信。
③ Breslau,城市名。

855. E. 格纳斯特①

1800 年 4 月 28 日　星期一前②

　　席勒把麦克白这个角色分配给我们的福斯③来饰演〈……〉。第一次戏剧排演时,他还尚未如人们所期望的那样掌握自己的任务,就连提词人用最大声提示也起不到多大作用。然而,福斯因其杰出才华而深受歌德和席勒的尊重,且他性格敏感也为人所知,因此,诗人与经理④对此隐忍不发,并未因马虎懈怠而斥责于他。然而,这个妨碍全剧的弊病在彩排中也显现出来。歌德气得青筋暴起,因为我需行使职权⑤,所以他大声对我喊道:"格,纳斯特先生"(歌德喜欢用顿呼法叫我的名字),"您到我这里来一下!"他、席勒和迈尔坐在正厅,此时第二幕刚刚结束。"这个福斯先生怎么回事?"他斥责我。"这位男士连一句台词都说不出来,他怎么能扮演麦克白呢? 难道要我们在公爵和观众面前丢脸吗? 取消明天的演出,您不必对福斯先生和工作人员隐瞒原因。"席勒试图平息歌德的怒火,称赞福斯有艺术家的沉静,在演出时,他的天赋定会让他冲破这个障碍,因为他对角色的理解的确是出色的。我也赞成席勒的观点。歌德原已起身,准备离开剧院,最终还是听从了席勒的建议。他委托我私下授意福斯。慎重起见,我没有这样做,因为我太了解福斯的火暴脾气了。

---

① 爱德华·弗兰茨·格纳斯特(Eduard Franz Genast,1797—1866),魏玛演员。其父安东·格纳斯特(Anton Genast,1763—1831),魏玛演员、导演。本篇是爱德华出版的他父亲的日记。

② 这个日期源于这种情况:4 月 28 日,歌德前往莱比锡,5 月 16 日才返回。

③ 约翰·海因里希·福斯(Johann Heinrich Vohs,1762—1804),演员,于 1792 年至 1804 年在魏玛宫廷剧院。

④ 诗人指席勒,经理指歌德。

⑤ 格纳斯特并未在《麦克白》中出演角色,而是受命负责技术任务。

莱比锡

1800 年 4 月 28 日至 5 月 15 日

856. 歌德日记

1800 年 4 月 28 日　星期一至 5 月 2 日　星期五

4 月 28 日

前往莱比锡。直至 5 月 16 日的日记均存放在档案材料中。

从魏玛启程。下午临近 4 点到达此处。晚上观看喜剧《父亲之家》①。

〈……〉

5 月 2 日

雷登伯爵②来访，与他一同到访多地，随后与他和霍夫曼校务长③共进午餐。饭后与他一起散步。观看喜剧④。晚上三人再次共同进餐。早前我也曾造访普法尔⑤，察看了这个英国画作选辑。对菲斯利⑥以及每个天才矫饰派艺术家，人们可以说，他正在讽刺地模仿自己。莎士比亚画廊里几乎所有剩余画作的结构编排和处理毫无主题和性格。雷登伯爵对于那些想要出名的人的要求是：他需要忘我。关于各种不同种类的硬煤。据一位在此专业上有名望的地质学家所说，在普鲁士，去年硬煤的开采量相当于 300 万立方米木材。

---

① 《父亲之家》(Das Vaterhaus)是伊夫兰(Iffland)的戏剧作品。

② 弗里德里希·威廉·封·雷登伯爵(Friedrich Wilhelm Graf von Reden，1752—1815)，西里西亚矿山经理，享有普鲁士大臣级别。

③ 塞缪尔·戈特利布·霍夫曼(Samuel Gottlieb Hofmann，1726—1801)，莱比锡大学光学仪器制造者。

④ 指作家弗里德里希·威廉·戈特(Friedrich Wilhelm Gotter，1746—1797)的喜剧《图谋骗取遗产的人》(Die Erbschleicher)。

⑤ 约翰·戈特弗里德·普法尔(Johann Gottfried Pfarr，1759—1811)，莱比锡的艺术品商人。

⑥ 约翰·海因里希·菲斯利(Johann Heinrich Füßli，1741—1825)，苏黎世画家。

857. 歌德致席勒

1800 年 5 月 4 日　星期日

　　经过长时间的孤寂后,这种矛盾对立让我感到十分愉快。我打算下星期仍然留在此地。 41

　　这样一个博览会真是一个微缩世界,人们在此可以十分清楚地看到人类的手艺,而这只不过是熟练操作机械的技能。此外,总的看来,可以称之为精神的东西非常少,看上去一切更多地类似于一种所谓的动物的艺术本能。

　　可以最坦率地说,原本称之为艺术的东西根本不存在于瞬间生产的产品当中。

　　油画、铜版画和诸如此类的艺术品中确有一些精品,但都出自过去各个时代。

　　鲍泽①收藏的一位现居汉堡的画家②的肖像画,效果不同凡响,但似乎也是正在离去的精神在艺术作品中泛起的最后泡沫。

　　在戏剧上,我希望您始终是一位代表。无论整体还是个体,自然主义和松散的、不加思考的行为都不可能继续下去。丝毫没有艺术性和距离感。来自维也纳的一位女士一语中的:演员们的表演,全然不像有观众在场。绝大多数演员朗诵时,丝毫察觉不到观众已理解其朗诵的意图。演员们不断转身,说话滔滔不绝,所谓的自然如此进行下去,直至到重要情节处立即使用最夸张的表演方式。

　　相反,我必须公正地对待观众。十分引人注意的是,人们完全看不到对一位演员有所偏爱,但这可能也很难。人们常常为作者,或者更确切地说,是为作者加工处理的素材喝彩。而演员通常只是在进行夸张表演时才获得热烈的掌声。正如您所看到的,这一切正是固 42

---

① 约翰·弗里德里希·鲍泽(Johann Friedrich Bause, 1738—1814),铜版雕刻家。

② 指法国画家让·洛朗·莫尼耶(Jean Laurent Mosnier, 1743/44—1808),他于 1796 年至 1800 年居住在汉堡。

然正派、但却也未受过教育的观众的写照，仿佛一次博览会把他们都集中到了一起。

〈亲笔〉祝您安康，想念我！

余言当面再叙。

莱比锡，1800 年 5 月 4 日   G

858. 歌德致克里斯蒂安娜·武尔皮乌斯

1800年5月4日　星期日

　　在交托肯普弗①带去的信中,我请你让奥古斯特②和你哥哥来我这里。我每天都盼着他来。这个博览会定会让他十分开心。

　　这个星期我还想待在这里,因此建议你,下个星期初来接我,即:5月11日星期日。你暂且先打听一下:一个马车夫往返莱比锡并在莱比锡待上几日,要价多少。因为如果你在这里待两到三天半的话,你会看到所有,也许还可以买各种东西。只是我得恳求你,不要对任何人提及此事,以便有人突然想到,要随你一起来。

　　这里一切都很贵,尤其找不到任何临时住所。明天我不得不第二次搬家,因为房间已有人预定了好几天了。如果你来这儿,就必须应付这样的事,但是一个人在这儿,总是可以找到一个合适的、好的住所的。

　　写信告诉我你的想法吧。这里有许多魏玛人,很有可能你会在星期三再次收到我托人带给你的信。

　　祝你健康,并代为转达对迈尔和布里的问候。

　　〈亲笔〉我十分期待在这里看到你,因为没有你和孩子在身边,我食不知味。

　　　　莱比锡,1800年5月4日　　　　　　　　　　　　　　G.

---

① 约翰·戈特弗里德·肯普弗(Johann Gottfried Kämpfer, 1764—1823),公爵的侍从。
② 歌德的儿子。

859. 歌德日记

1800年5月5日　星期一至5月8日　星期四

43　**5月5日**

　　早上拜访科塔先生，与科塔先生聊了许多：关于他的巴黎之旅，在巴黎的居留，与赖因哈德①、塔列朗②以及其他重要人物的关系，此外还有公务人员、大臣们、巴黎人和法国人的情况。

　　此后去弗莱舍尔③家做客，在那里见到了汉堡来的年轻的坎佩④，他跟我讲述了巴黎的一些趣事。下午环游大门并去了花园，此前还参加了铜版画拍卖。

　　同时我还读到了年轻的赫德维希的箴言⑤，但并未从中得到很多启发。晚上封·亨德里希先生⑥驾临，我搬进另一个房间。

5月6日

　　看莱比锡地图，观察这个城市的位置。在科塔家商讨为女性日历配置的新铜版画⑦。在埃斯林格尔⑧家看到了伟大的法国的维

---

① 卡尔·弗里德里希·封·赖因哈德伯爵(Karl Friedrich Graf von Reinhard，1761—1837)，自1792年起，担任驻法国外交官。

② 查尔斯·莫里斯·塔列朗-佩里戈尔公爵(Charles Maurice Herzog von Talleyrand-Perigord, 1754—1838)，法国著名外交家，曾任总理大臣。

③ 约翰·本雅明·格奥尔格·弗莱舍尔(Johann Benjamin Georg Fleischer，1758—1803)，莱比锡书商。

④ 弗兰茨·奥古斯特·戈特洛布·坎佩(Franz August Gottlob Campe，1773—1836)，汉堡书商。

⑤ 罗曼努斯·阿道夫·赫德维希(Romanus Adolph Hedwig)于1800年在莱比锡出版的《植物学箴言》(Aphorismen über die Gewächskunde)。

⑥ 弗兰茨·路德维希·阿尔布雷希特·封·亨德里希(Franz Ludwig Albrecht von Hendrich, 1754—1828)，萨克森-魏玛公国军官，1802至1813年任耶拿城防司令。

⑦ 科塔出版了《1801年女性口袋书》(Taschenbuch für Damen auf das Jahr 1801)，为此柏林铜版画画家弗兰茨·路德维希·卡特尔(Franz Ludwig Catel，1778—1856)买到了十二幅铜版画。

⑧ 弗里德里希·埃斯林格尔(Friedrich Eßlinger)，莱比锡书商。

吉尔①。吉罗代②在构图上风格更多,虽为了艺术目的,但有时略显冷淡。热拉尔③想当然地让其作品满足大众,但却已不是艺术作品了。他的热情近乎做作。饭后在铜版雕刻工作室。随后去听音乐会。慰藉很少,与罗赫利茨硕士先生④和赛奥特先生⑤进行了有趣的交谈。音乐会前,谈到了所谓的皮科洛米尼伯爵的黑珍珠⑥。这些珍珠原本是青绿色,闪着淡紫色的光。它们在远离光明面时显得更加明亮,且在光反射时会染上与之临近的物品的颜色,因此,色泽十分奇异美妙。如果仅看到其中一根线,上面穿的珍珠较小,且主要呈现出不纯净的淡紫色,那么就不会很好地理解其价值。另一条穿着较大珍珠的线把其颜色与珍珠的光泽相结合,的确美妙绝伦。

5月7日

44

　　与科塔先生散步,详细讨论各种文学情况。然后为了摸清地形,独自沿普莱瑟河(die Pleise)向上游简短散步。随后去拜访赫尔

① 指 1798 年由法国出版商皮埃尔•迪多(Pierre Didot,1761—1853)在巴黎出版的维吉尔(拉丁语全名 Publius Vergilius,古罗马诗人)的著作《牧歌》(Bucolica)、《农事诗》(Georgica)和《埃涅阿斯纪》(Aeneis)。

② 安•路易•吉罗代-特里奥松(Anne Louis Girodet-Trioson,1767—1824),法国画家。

③ 弗朗索瓦-帕斯卡尔•西蒙•德•热拉尔男爵(François-Pascal Simon Baron de Gérard,1770—1837),法国画家。

④ 约翰•弗里德里希•罗赫利茨(Johann Friedrich Rochlitz,1769—1842),莱比锡作家、音乐评论家,1801 年起任萨克森-魏玛公国顾问。

⑤ 保罗•埃米尔•赛奥特(Paul Emil Thieriot,1780—1831),莱比锡的小提琴演奏名家。

⑥ 皮科洛米尼伯爵(Graf Piccolomini)1800 年前后生活在意大利,有关他与"黑珍珠"刊登在 1800 年 5 月 3 日的《莱比锡报》上。

曼教授①,他正在研究埃斯库罗斯②和普劳图斯③。与他谈论了一些语文学题目,谈论了欧里庇得斯④,最后还谈论了作诗法和韵律学。弗莱舍尔先生告诉我,关于那部音节标准的作品⑤已远销英国。下午去聋哑学校。晚上与桑德尔夫妇⑥、罗赫利茨先生一起先去了玫瑰谷,然后去了一个公共花园,之后与前两位在德•萨克色宾馆共进晚餐。今天我收到了比陶韦试译的《赫尔曼和多罗西娅》⑦。

5 月 8 日

　　因音乐报纸一事到黑特尔⑧的音乐商店,谈论了布赖特科普夫⑨的家人,尤其是刚刚去世的布赖特科普夫。到埃斯林格尔家,法国的维吉尔他要价 140 塔勒,与他讨论了法语版大纲。置办杂物。在弗雷格⑩家谈到了农业。他将尝试经营一个面积为 150 阿克尔⑪的庄

---

① 约翰•戈特弗里德•雅各布•赫尔曼(Johann Gottfried Jakob Hermann,1772—1848),莱比锡语文学家,1798 年成为哲学教授。
② 古希腊悲剧作家。
③ Plautus(约公元前 250—约公元前 184),古罗马喜剧作家。
④ Euripides(约公元前 480—公元前 406),古希腊悲剧作家。
⑤ 指戈特弗里德•赫尔曼撰写的《诗韵学手册》(Handbuch der Metrik)。
⑥ 柏林书商、作家、作曲家约翰•丹尼尔•桑德尔(Johann Daniel Sander,1759—1835)与他的夫人苏菲•桑德尔(Sophie Sander,1768—1828)。
⑦ 法国作家保罗•热雷米•比陶韦(Paul Jeremie Bitaube,1732—1808)将《赫尔曼和多罗西娅》(Hermann und Dorothea)译成法语。
⑧ 戈特弗里德•克里斯托夫•黑特尔(Gottfied Christoph Härtel,1763—1827),莱比锡书商。自 1795 年起担任布赖特科普夫(Breitkopf)出版社社长。
⑨ 克里斯托夫•戈特洛布•布赖特科普夫(Christoph Gottlob Breitkopf,1750—1800),歌德的朋友。
⑩ 克里斯蒂安•戈特洛布•弗雷格(Christian Gottlob Frege,1747—1816),莱比锡银行家。
⑪ 田亩单位,面积大小各地区不同。

园。与桑德尔夫妇共进晚餐。晚上听了年轻的皮克西斯兄弟①的音乐会，他们收获了许多掌声。之后到桑德尔家做客。清晨我还到格贝尔门(Gerberthor)前，从这一面观察莱比锡的位置以及帕特河②流向玫瑰谷方向的河道。

---

① 弗里德里希·威廉·皮克西斯(Friedrich Wilhelm Pixis，1786—1842)，小提琴演奏家和弟弟约瑟夫·彼得·皮克西斯(Joseph Peter Pixis，1788—1874)，钢琴演奏家。
② 帕特河(die Parthe)是普莱瑟河(die Pleise)的支流。

860．V．H.施诺尔·封·卡洛斯费德尔①

1800年4月28日　星期一至5月14日　星期三

我曾经因一篇刊登在《雅典娜神殿入口》上的文章给歌德写过信。我并未收到回复,也不期待任何回复,因为后来我感觉到,我再也不会对他说重要的事情了。然而,关于此事我安慰自己:至少我要关注这个男人。你看!四周后,歌德本人在我的阁楼上出现了。——我十分惊讶。——歌德非常友好且侃侃而谈,能够回想起我给他写过的每一封信中表达的观点,语带满意之意。正如所设想的那样,此次聊天主要把艺术作为谈论对象。——不久前,我以100杜卡特②买到了圭多·雷尼③的第一幅画《福音传教士约翰》(Johannes der Evangelist)。为了买这幅画,我使用了刚刚获得的小份遗产的第三部分。伯蒂格④最先在我家里看到这幅画,现在歌德也满是欣喜地欣赏:今天我还看见他站在我面前,因为他的衣服,他的整套西装尤其传递出这种生气勃勃。他穿着一件不带肩章的深蓝色燕尾服,一件用花束图案装饰的马甲,戴着一顶大三角形帽子,两缕抹过发油的卷发盖住双耳——头发擦过粉——一条长而直的辫子,一条短黑裤子,一双带有棕色卷边的靴子。所有这些不禁让人想到他高大的身形、炯炯有神的目光!当他出现时,第一眼宁可觉得这位诗人是公爵的赛马训练场管理员。伯蒂格和歌德是我结识的第一批在魏玛生活的杰出人士。

45

---

① 维特·汉斯·施诺尔·封·卡洛斯费德尔(Veit Hans Schnorr von Carolsfeld,1764—1841),莱比锡画家、铜版画师。
② 14到19世纪在欧洲通用的金币名。
③ Guido Reni(1575—1642),意大利油画家,以古典理想主义的神话和宗教题材画著称。
④ 卡尔·奥古斯特·伯蒂格(Karl August Böttiger,1760—1835),古典语文学家、考古学家、作家。

魏　玛

1800 年 5 月 16 日至 7 月 22 日

861. 歌德日记

1800年5月16日　星期五

从莱比锡归来。觐见殿下。

862. 歌德致 A．W.施莱格尔

1800 年 5 月 19 日　星期一

　　我并未在魏玛见到席勒,他去了埃特斯堡①,在那里他可以更加 46
不受干扰地工作。因此,关于《艺术年鉴》一事,我不能向您汇报他的
决定②,但我不想完全沉默,所以给您寄去这封短信。祝您在莱比锡
身体安康,这个城市也许很快就会变得更加安静。如果您在我们附
近,我希望您尽快再次到我们这里,以便见到您。

　　　　　　魏玛,1800 年 5 月 19 日　　　　　　　　　　歌德

---

① Ettersburg,魏玛附近村庄。
② 施莱格尔曾在莱比锡问歌德,席勒是否会继续《艺术年鉴》。

863. 歌德致克内贝尔

1800 年 5 月 21 日   星期三

在此,我用分期付款的方式先寄给你 285 塔勒,并请你开具收据,余款我也希望能很快送交给你。

我刚去过莱比锡博览会,十分高兴。我真的很急需再一次接受许多完全陌生的事物和人物。

现在我们这里有魏玛的特权代表①,不久后,耶拿的特权代表到来,随后去爱森纳赫,这样人们就不会知道,夏天去哪儿了。在这期间,我想要身体健康,通过各种方式努力工作,并且希望很快听到你那里的一些琐碎小事。今天我只能言止于此,祝你安康!

魏玛,1800 年 5 月 21 日   G.

---

① 按照级别划分,由大地主、城市当权者和管理者所组成的一个国家的代表,在立法时享有参与决定权。

864. 歌德日记

1800年5月22日　星期四至5月26日　星期一

5月22日

早上处理一些《雅典娜神殿入口》相关事宜，写了一点《浮士德》。

〈……〉

47

5月25日

撰写《魔笛》的引言①。中午会客：枢密顾问福格特和夫人、赫尔德和夫人、科塔先生和夫人、宫廷顾问席勒先生和夫人、顾问施莱格尔。

5月26日

撰写《魔笛》的引言。哈斯洛赫夫妇②来访。〈亲笔〉晚上去埃特斯堡席勒住处。

.

---

① 歌德续写莫扎特《魔笛》的计划开始于1795年。几年来，他一直致力于这项工作，并最终于1800年5月将终稿完成。

② 卡尔·苔奥多·哈斯洛赫（Karl Theodor Haßloch, 1769—1829）和夫人克里斯蒂安娜·玛格达莱妮·伊丽莎白·哈斯洛赫（Christiane Magdalene Elisabeth Haßloch, 1764—1820）同为歌剧演唱家、演员。

865. 歌德致 F. 维尔曼斯①(草稿)

1800 年 5 月 30 日　星期五

尊敬的维尔曼斯先生,您托人转送我一小箱好酒,并通过这种联系方式邀请我为本年度的口袋书撰写一篇文章。

在少量符合此目的的文章中,我选择了《魔笛续篇》的开头。这部童话般的歌剧中的人物为每个人所熟知。因此我认为,观众很有可能也会对他以往的情人的后续命运感兴趣。我先给出新剧作的前言,以便必要时能引起关注和好奇。

此外,委托您按照这篇文章为您的机构所创造的价值支付酬金。同时,我也确信,我们双方的兴趣将来也能共同存续。

祝您安康!

魏玛,1800 年 5 月 30 日

---

① 格哈德·弗里德里希·维尔曼斯(Gerhard Friedrich Wilmans,1764—1830),不来梅出版商。

866. 歌德致 C. L. 卡茨①（草稿）

1800 年 5 月 30 日 星期五

若非还未忘记完成一项任务的承诺，即：刺激一位风景画家的创作欲望，我便不会忆起和您相识的愉快时刻②。 48

开门见山，直奔正题。

在炎热地区，极度寂静已出现在中午时分，这使得居民们对这个时代充满着不祥、恐怖的预感，正如人们所习惯的午夜。潘神，既不想为人知晓，也不想被人打扰，在一天中的这个时间，按照共同的信仰，吹奏他孤独的乐曲。我建议您选择这个对象进行创作③。

潘神坐在一棵神圣的橡树下，吹奏乐曲，这棵橡树定会因其树龄和献给它的誓言而突显出来。画作一侧，场景发生在令人适意的森林地区。一位诗人隐藏在他夫人一边的灌木丛里，正在窥视潘神。诗人的特点可以用桂冠和古琴刻画出来（可能是俄耳甫斯自己）。

画作另一侧，可通过中景表现出迷失在遥远的远方，因为构图本身既要点缀炎热和安静，又需表现寂静与和谐。

这么多描述足以激起您创作的想法并将画作寄送给我，我希望将来能够愉快地看到这幅画作。

如果画作在 8 月底前寄来，它定会在我们的小型展会上展出，大放异彩。今后我还将对于较简单、较华丽的画作表达各种不同想法，如果您将其中一个或另一个实现，并且愿意与我和我们朋友圈里热爱艺术的朋友始终保持联系，我会十分愉快。祝您安康！ 49

魏玛，1800 年 5 月 30 日

---

① 卡尔·路德维希·卡茨（Karl Ludwig Kaaz，1772/73—1810），德累斯顿的风景画家。
② 歌德在莱比锡与卡茨结识。
③ 基于歌德的建议，卡茨创作了《午间寂静》(Mittagsstille)这幅画。

867. 歌德日记

1800 年 5 月 30 日　星期五

　　《魔笛》的前言完稿。弗雷格的朱诺神首像①已到。中午在宫廷观赏了一些油画,尤其引人注目的是《死去的塞西莉亚》②。晚上皮克西斯兄弟演奏。将《魔笛》的第二部分寄给不来梅的维尔曼斯。

---

① 朱诺(Juno),罗马神话中的天后,朱庇特之妻。歌德在莱比锡期间曾多次到银行家弗雷格家做客,他将《迷途的古代天后》(die verirrte alte Göttin)寄给歌德,请歌德鉴定小塑像的等级、身份和年龄。歌德于 7 月 21 日将详细的专家鉴定书寄回给弗雷格。
② 这个雕像存放在罗马圣塞西莉亚(S. Cesilia)教堂的主祭坛下。

868. W. 格林^①致 K. H. G. 封·莫伊塞巴赫^② (1827 年 4 月 22 日)

1800 年 5 月末/6 月初?

〈……〉在众多美好的名人轶事中,我只想引用他(A. W. 施莱格尔)讲述的歌德与席勒之间的关系。歌德像一个温柔的情人一样对待经常生病、爱发脾气的席勒,帮他处理所有事情,保护他,负责将他的悲剧作品上演。但有时歌德也会暴露其粗野的本性。一次,在讨论《玛丽亚·斯图尔特》之后,歌德在回家的路上喊道:如果两个妓女碰在一起,指责彼此的奇遇,那么,我唯独感到惊讶的是,观众会说什么。

---

① 威廉·格林(Wilhelm Grimm, 1786—1859),日耳曼学学者,卡塞尔图书馆管理员。
② 卡尔·哈特维希·格雷戈尔·封·莫伊塞巴赫(Karl Hartwig Gregor von Meusenbach,1781—1847),普鲁士国家公务人员。

869. 歌德日记

1800年6月3日　星期二

在宫廷,耶拿的特权代表会议开幕。晚上在席勒家,他已从埃特斯堡回来。

870. 歌德致拉曼兄弟①

1800年6月4日　星期三

　　在此,我将之前欠下的 36 古尔登 16 格罗申②寄给您,并请开具收据。请您最近再寄给我两个半桶您之前寄给我的埃尔劳尔葡萄酒③。祝您安康!

　　　　魏玛,1800年6月4日　　　　　　　　　J. W. v.歌德

50

① Gebrüder Ramann,爱尔福特(Erfurt)的葡萄酒商人。
② Groschen,旧时德国、法国的银币单位。
③ 指匈牙利产伽尔蒂伯尔公牛血红葡萄酒(Egri Bikavér),在德语区称作 Erlauer Stierblut。

871. 歌德日记

1800年6月8日　星期日

中午待在家里。下午与宫廷顾问席勒先生散步，然后共进晚餐。

872．歌德致 A．W.施莱格尔

1800 年 6 月 10 日　星期二

关于您的事情①，我按照我的想法考虑过，所以我建议您，不要把这件事诉诸宫廷。至于原因，下次我再跟您谈。

既然您当然不能对为您签署的决议完全保持沉默，因此，我建议把随信附上的这篇公文呈送判决委员会。您将很容易看出委员会的意图，但同时，我必须请求您不要改动其中任何文字，即使文风并非最好。如果您想改动，我希望事先看到改过的初稿。

席勒也很高兴地阅读了您的诗，这首诗不久后寄回②。

魏玛，1800 年 6 月 10 日　　　　　　　　　　G.

---

① 指施莱格尔与《文学汇报》的争吵。参见第 787 封信（不在此书）。
② 施莱格尔于 5 月 30 日请求歌德，将他的诗作转交给席勒。歌德于 6 月 24 日请求席勒，将施莱格尔的诗作寄回来。

873. 歌德致席勒（亲笔）

1800年6月12日　星期四

51　　　　把圣餐仪式①搬上戏剧舞台的大胆想法已众所周知，我奉命②请求您，规避这个情节。我现在可以承认，在此事上，我的心情很不愉快。人们事先已对此提出抗议，因此，经过双重考虑，这件事并不可取。您可以把第五幕的内容告诉我吗？今天早上10点之后您能来我这儿吗？这样我们就可以商讨这件事。或许您想要去看看宫殿，今天天气非常好。

G

---

① 《玛丽亚·斯图尔特》中的情节。
② 卡尔·奥古斯特公爵在一封信中提及此事。

874. 歌德日记

1800 年 6 月 12 日　星期四至 6 月 14 日　星期六

12.〈6.〉

　　早上与枢密顾问封·齐格萨先生①在宫殿。饭后接待耶拿特权代表团。晚上宫廷顾问席勒先生来访。

　　〈……〉

6 月 14 日

　　中午耶拿特权代表在我家：格里斯巴赫②、封·齐格萨、封·施莱格尔、封·科彭费尔斯③、施密特、福格特、赫尔德、封·弗里奇④、封·沃尔夫斯凯尔、封·沃尔措根。晚上《玛丽亚·斯图尔特》首演。

---

① 奥古斯特·弗里德里希·卡尔·封·齐格萨男爵（August Friedrich Karl Freiherr von Ziegesar, 1746—1813），耶拿附近的德拉肯多夫（Drackendorf）的绅士，萨克森-哥达-阿尔滕堡（Sachsen-Gotha-Altenburg）官员。

② 约翰·雅各布·格里斯巴赫（Johann Jakob Griesbach, 1745—1812），耶拿的神学教授。

③ 约翰·弗里德里希·科贝·封·科彭费尔斯（Johann Friedrich Kobe von Koppenfels, 1738—1811），枢密顾问。

④ 雅各布·弗里德里希·封·弗里奇男爵（Jacob Friedrich Freiherr von Fritsch, 1731—1814），枢密顾问。

875. 歌德致席勒

1800 年 6 月 15 日   星期日

人们有各种理由对这次演出①表示满意,正如这部剧作让我感到非常高兴。如果今天晚上 6 点您能来我这儿,我会非常愉快。今天中午我在宫廷,很难早些回家。

魏玛,1800 年 6 月 15 日   G

52

---

① 指 6 月 14 日《玛丽亚·斯图尔特》首演。

876．歌德日记

1800 年 6 月 15 日　星期日至 7 月 8 日　星期二

6 月 15 日

早上在宫殿。中午在宫廷。晚上宫廷顾问席勒先生来访。

〈……〉

6 月 21 日

〈亲笔〉宫殿建造。与赛马饲养场管理员一同进餐。全家人一同去基督圣体节。下午拜访席勒，与他在花园散步。晚上独自阅读《小说总览丛书》①。

6 月 22 日

〈机打〉早上考虑为女性日历②所写的文章。阅读《小说总览丛书》。中午在城里，与枢密顾问福格特先生和宫廷顾问席勒共进午餐。晚上和早上一样，在花园。

〈……〉

6 月 24 日

早上处理宫殿建造事宜。下午处理现金交易事宜。晚上与宫廷顾问席勒先生、迈尔和布里共进晚餐。

〈……〉

6 月 29 日

〈亲笔〉殿下启程去爱森纳赫。晚上与席勒讨论《自然的女儿》。

---

① 6 月 19 日歌德从图书馆借阅了《小说总览丛书》(Bibliotheque universelle des Romans) 第 2 卷。

② 参见第 859 封信。

53　**6 月 30 日**

　　宫殿建造事宜。饭后与布里谈论他和我们的近况。晚上与席勒
在一起。

　　〈……〉

7 月 2 日

　　宫殿建造事宜。晚上与枢密顾问福格特道别。与席勒一同
散步。

7 月 3 日

　　〈机打〉早上处理宫殿建造事务。通过伊尔默瑙（Ilmenau）的信
使给马克斯·封·克内贝尔先生带去 200 塔勒。中午在家。公爵夫人
殿下离开。与布里聊他的变动①。晚上与席勒谈论《奥尔良的姑
娘》。

　　〈……〉

7 月 6 日

　　早上与公爵夫人阿玛利亚殿下欣赏布里的油画。与德尔教授商
讨烟囱事宜②。中午与他、席勒和布里共进午餐。下午讨论艺术对
象，随后谈及法国的维吉尔③。

　　〈……〉

---

① 自 1799 年起，布里生活在魏玛。他将于 8 月 4 日前往柏林。
② 哥达的雕刻家弗里德里希·威廉·欧根·德尔（Friedrich Wilhelm Eugen Döll，
　　1750—1816）被委任，为新建的魏玛宫殿设计烟囱。
③ 参见第 859 封信。

7 月 8 日

早上宫殿建造。枢密顾问封·弗里奇先生来到宫殿。中午在家。致信赖曼先生，连同 14 塔勒和装在两个小包裹中的草图。晚上与宫廷顾问席勒先生在一起，进一步探讨《奥尔良的姑娘》。

877. 歌德致科塔

1800 年 7 月 9 日　星期三

54　　尊敬的科塔先生：

　　您在附件中会收到关于铜版画的小文章。我希望,这篇文章会变得更加明快、思想丰富、充满趣味。然而,当这项工作应该在一定时间完成时,却不能如人所愿地完成。妥当可取的做法是,至少可以达到这个目的,即：在一定程度上改变人们讨厌铜版画的印象。

　　祝您安康,并代为问候您的夫人。

　　　　　　魏玛,1800 年 6 月 9 日　　　　　　　　　　　　歌德

878. 歌德日记

1800 年 7 月 9 日　星期三

　　写各种不同的信件。致信法律顾问胡费兰①先生,随信寄去一个装有 40 塔勒利息的包裹。给登记员武尔皮乌斯②寄去 24 塔勒,让他向爱尔福特的拉曼③支付账单。宫殿建造事务。晚上与席勒散步。斯塔尔夫人④的《关于文学》⑤。

---

① 戈特利布·胡费兰(Gottlieb Hufeland,1760—1817),法学家。
② 魏玛图书馆登记员,参见第 815 封信。
③ 克里斯蒂安·海因里希·拉曼(Christian Heinrich Ramann,1764—1816),爱尔福特的葡萄酒商人。
④ 热尔曼尼·德·斯塔尔男爵夫人(Germane Baronne de Staël-Holstein,1766—1817),法国女作家。
⑤ 威廉·封·洪堡于6月 1 日将斯塔尔夫人的《关于受尊重的文学与社会制度的关系》(De la littérature considérée dans ses rapports avec les institutions sociales)一书寄给歌德。

879. 歌德致施泰因霍伊泽

1800 年 7 月 11 日　星期五

尊敬的阁下：

感谢您寄给我几件有磁性的物品,在此,您会收到物款,即：钢棍 3 金路易,有弹性的马蹄铁 2 塔勒。后者因有许多个极而足够有趣。

在您通知我款项收到时,劳烦您也告诉我：人们希望逐渐给钢棍挂上多少磅。现在它们大约承重 10 磅。

因为您希望改变您的状况①,并且在我身边这种情况也时有发生,即：需要能够在各种不同工艺学专业担当监督人的机敏的、可信赖的人。所以,我请求您寄给我一个备忘录,上面登载着您认为可以承担并且完成这项工作的人,也就是说,这样一份名单偶尔也可呈送给一位侯爵或一位大臣……

魏玛,1800 年 6 月 11 日　　　　　　　J．W．v．歌德

---

① 施泰因霍伊泽改变自己的愿望直到 1805 年他获得维滕堡(Wittenberg)教授席位时才得以实现。

880. 歌德致 A. W. 施莱格尔

1800 年 7 月 12 日　星期六

很高兴,《堂吉诃德》已寄到。如果您还需要其他卷本,尽可以向我提要求。

下星期三我将十分高兴地在我这里见到您的弟弟。我想安排我们安静地聊一次。如果信使能在星期三或之前几天把信件送到,让我知道信息的话,我会十分欣喜。

关于那件已谈论过的事件①,我会当面说出我进一步的想法,因为我希望不久后会在耶拿见到您。

您之前要观看的剧目②已经随戏剧图书馆一道迁往劳赫施泰特(Lauchstädt)③。

祝您安康,并代为问候您的弟弟。

魏玛,1800 年 6 月 12 日　　　　　　　　　　G.

---

① 指施莱格尔与《文学汇报》的争吵。
② 施莱格尔曾想要观看科策比的戏剧作品。
③ 自 6 月 22 日起,魏玛宫廷剧院剧目都在劳赫施泰特上演。

881. 歌德日记（亲笔）

1800 年 7 月 14 日　星期一至 7 月 21 日　星期一

7 月 14 日

游泳。电。宫殿建造。晚上与席勒讨论古希腊悲剧和现代悲剧。

56　　　〈······〉

7 月 19 日

过去一周主要处理宫殿建造事务。晚上与席勒在一起。

7 月 20 日

早上理顺、解决各种事情。下午与席勒在一起，晚上讨论《戏剧作品全集》。

7 月 21 日

早上在宫殿。把鉴定书连同小塑像寄给 C. R. 弗雷格①。〈亲笔〉维也纳陌生人②来访。晚上与宫廷顾问席勒在一起。

---

① 参见第 867 篇日记。
② 此处指维也纳神学家文森兹·魏因特里特（Vinzenz Weintridt，1778—1849）和奥地利国家公务员本尼迪克特·封·迈因贝格及霍恩施泰因的萨尔达尼亚（Benedikt von Sardagna von Meanberg und Hohenstein，1766—1812）。两人把翁格尔的信送交给歌德。

882. 席勒致克尔纳①(1800 年 7 月 28 日)

1800 年 7 月 22 日　星期二前

　　我正在为《奥尔良的姑娘》整理素材〈……〉。我对巫术知之甚少,只要是我所需要的,我希望我自己的想象力足够。在著作中几乎找不到任何诗学,歌德也跟我说,对于他的《浮士德》,他在书中完全找不到安慰。

---

① 克里斯蒂安·戈特弗里德·克尔纳 (Christian Gottfried Körner, 1756—1831),法学家,席勒的朋友。

883. 歌德致席勒

1800 年 7 月 22 日　星期二

我迅速做出决定,饭后就去耶拿,因为我在这儿永远也无法获得任何形式的思考。

祝您安康。把所有事情都积极地向前推进,星期六您就会收到我的信息。

魏玛,1800 年 7 月 22 日　　　　　　　　　　　　　　　**G**

884. K.莫根施特恩[①]

1800 年 7 月?

　　维兰德常常是我与法尔克[②]的谈话对象。见到他与歌德在一起,非常有趣。他们并不生对方的气。在一次社交聚会上,歌德面带严肃且郑重的表情讲述了一些事情。一群人围在他身边,维兰德面对他而立。维兰德打断了这名叙述者:"亲爱的! 你这是一副什么面孔!"当然,大家都笑了。

57

----

① 约翰·卡尔·西蒙·莫根施特恩(Johann Karl Simon Morgenstern, 1770—1852),作家、语文学家。他曾多次在魏玛居留,他的回忆可能指的是 1800 年 7 月在魏玛与歌德的见面。
② 约翰内斯·丹尼尔·法尔克(Johannes Daniel Falk, 1768—1826),作家、教育家,自 1797 年起,住在魏玛。

耶　拿

1800 年 7 月 22 日至 8 月 4 日

885. 歌德日记

1800年7月22日 星期二至7月24日 星期四

7月22日

　　早上在宫殿梳理各项事宜。饭后前往耶拿。晚上与枢密宫廷顾问洛德在一起。开始《坦克雷德》①。7月22日前往耶拿。9个½的法国古银币(9½ St. Laubt)。17格罗申银币。

7月23日

　　〈亲笔〉《坦克雷德》。与费尔特海姆②、巴尔丁格③、佐默林④一起散步。参观伦茨的矿物陈列室⑤。晚上在戈特林⑥家。

7月24日

　　《坦克雷德》。斯特芬斯关于矿物学和矿物学研究⑦。奥西安德尔⑧。

---

① 歌德直到7月30日起才开始每天翻译伏尔泰的《坦克雷德》(Tancred)这部悲剧作品。

② 奥古斯特·费迪南德·封·费尔特海姆伯爵(August Ferdinand Graf von Veltheim, 1741—1801)，矿物学家、地质学家。

③ 约翰·戈特弗里德·恩斯特·巴尔丁格(Johann Gottfried Ernst Baldinger, 1738—1804)，医学教授。

④ 塞缪尔·托马斯·佐默林(Samuel Thomas Sömmerring, 1755—1830)，医学家、自然研究者。

⑤ 指耶拿矿物学家约翰·格奥尔格·伦茨(Johann Georg Lenz, 1748—1832)的矿物陈列室。

⑥ 约翰·弗里德里希·奥古斯特·戈特林(Johann Friedrich August Göttling, 1753—1809)，药剂师。1788年起，在耶拿任化学与药学教授。

⑦ 亨里克·斯特芬斯(Henrik Steffens, 1773—1845)，挪威裔哲学家、自然科学家、作家。此处指他于1797年出版的《矿物学与矿物学研究试验》(Versuch über die Mineralogie und das mineralogische Studium)一书。

⑧ 弗里德里希·本雅明·奥西安德尔(Friedrich Benjamin Osiander, 1759—1822)，哥廷根医学教授。此处指歌德正在阅读奥西安德尔的一篇论文。

散步。〈机打〉晚上在枢密宫廷顾问洛德家。弗罗曼①、年轻的封·齐格萨②还有几个在校大学生。

---

① 卡尔·弗里德里希·恩斯特·弗罗曼(Carl Friedrich Ernst Frommann，1765—1837)，出版商。
② 安东·封·齐格萨男爵(Anton Freiherr von Ziegesar，1783—1843)，耶拿的法学专业学生。

886. 歌德致席勒

1800 年 7 月 25 日　星期五

考虑到生命的短暂(这封信的开头像是在写遗嘱)以及自我产生情感的缺失,我在星期二晚上到达耶拿后,即刻前往比特纳图书馆①,拿出一部伏尔泰作品集,开始翻译《坦克雷德》。每天早上都翻译一些,剩下的时间散步闲逛。

从某种意义上来看,这部作品的翻译会再一次对我们有所促进。这部剧作对戏剧的贡献巨大,并以它的方式收到了良好效果。我想在这里再待 8 天,如果神灵没有指引我去做其他事情的话,那么我一定会完成三分之二。此外,我还见到了许多人,并且和他们进行了几次颇为愉快的交谈。

请您也写信告诉我,您的工作②是否已成功完成? 您打算什么时候去劳赫施泰特?

请代为问候您的夫人,想念我。

　　　　耶拿,1800 年 7 月 25 日　　　　　　　　　　　G

---

① 克里斯蒂安·威廉·比特纳(Christian Wilhelm Büttner, 1716—1801),自然科学家、语言学家,自 1783 年起住在耶拿。他以每年 300 塔勒的租金将藏书超过 25000 卷的图书馆转让给萨克森-魏玛公爵。
② 指《奥尔良的姑娘》的准备工作。

887. F.施莱格尔致 A. W.施莱格尔
(1800 年 7 月 26 日)

1800 年 7 月 25 日　星期五

　　歌德在这里,并且还将再待上一段时间。昨天我与他进行了一次长谈,但是小心地避开了所有与政府相关的事宜。似乎他现在创作不多,至少在我向他问起光学时,他抱怨各种阻碍。他一直特别热衷于谈论谢林的自然哲学。

888. 歌德日记

1800年7月25日　星期五至7月28日　星期一

7月25日

〈亲笔〉《坦克雷德》。弗里德里希·施莱格尔。费尔梅伦①、顾问福格尔②、地区专员舍费尔③。内廷顾问基尔姆斯。

7月26日

《坦克雷德》。迈尔④从柏林归来。矿物学和植物学杂物。

7月27日

〈机打〉《坦克雷德》。10点参加矿物学聚会。晚上到布尔高⑤散步。

7月28日

《坦克雷德》。开始翻译第四幕。迈尔教授和建筑监察员⑥来访。到天堂⑦散步。中午与弗里德里希·施莱格尔在一起。晚上在家中又翻译了《坦克雷德》的一个段落。致信内廷顾问基尔姆斯，由于载重限制，随信寄去基希纳的一个备忘录⑧。

---

① 约翰·伯恩哈德·费尔梅伦（Johann Bernard Vermehren，1774—1803），作家、耶拿的哲学讲师。
② 格奥尔格·威廉·福格尔（Georg Wilhelm Vogel，1743—1813），1793年任耶拿市长，1801年任内廷顾问。
③ 约翰·格奥尔格·舍费尔（Johann Georg Schäfer，1753—1828），1794年任地区专员，1796年任建筑大臣。
④ 海因里希·迈尔（Heinrich Meyer）从柏林旅行回来。
⑤ 布尔高（Burgau）是位于耶拿南部、距离市中心5公里远的一个村庄。
⑥ 乔治·克里斯托夫·斯特凡尼（Georg Christoph Steffany，约1749—1807），1799年任建筑监察员。
⑦ 指市中心南部的公园。
⑧ 此处指魏玛的宫廷建筑监察员约翰·安德烈亚斯·基希纳（Johann Andreas Kirchner，1767—1823）的一个备忘录，其内容与宫殿建造工程有关。

889. 歌德致席勒

1800 年 7 月 29 日　星期二

我的工作仍在继续。每天早上竭尽所能地用铅笔写下翻译,然后在安静的时候,把所翻译的内容口授出来,由此,第一份手稿已经完全可以出版。这周末我将完成最后三幕,并且想把头两幕留存,以待新一轮抨击。我对按我们的意图以各种形式帮助我们的整体不置一词。这原本就是一个舞台剧,因为一切都将展示出来。我还能更多地贯彻这部剧作的特性,毕竟我比那位法国人①受到的拘束少。戏剧效果不能只流于表面,因为一切均已估计到,并且能被估计到。作为公开的事件和行为,这部剧有必要要求合唱,我也想负责此事,希望能充分表现剧作的本真和高卢人的首要气质。这将有助于我们积累好的、新的经验。

做这项工作我大约需要四个小时。剩下的时间可以多么多样且有趣地利用,下图一览无余。

这是我在这个充满知识和科学的城市所收礼物的一览表,既是娱乐,又是对身心的给养。

洛德赠送
上等虾蟹,其中我也给您要了一盘。

美酒,

一只被截肢的脚,

一块鼻息肉,

几篇解剖学和外科学文章,

许多不同的名人轶事,

一个显微镜和一些报纸。②

60

---

① 此处指伏尔泰。
② 其中一些礼物与洛德的职业有关:他是耶拿大学的解剖学教授。

弗罗曼

格里斯的塔索①，

蒂克的《期刊》②的第一卷。

Fr. 施莱格尔

一首他自己写的诗，

《雅典娜神殿入口》的校样。

伦茨

新的矿物，尤其是非常漂亮的已被结晶化处理的迦克顿③。

矿物学协会

几篇立足点高、见解深入的文章，

有机会进行多样观察。

伊尔根④

《托比的故事》⑤，

各种轻松愉快的语文学。

植物学园艺师

依次观赏在花园里绽放的许多植物⑥。

---

① 指意大利文艺复兴末期重要诗人托尔夸托·塔索（Torquato Tasso, 1544—1595）的叙事长诗《耶路撒冷的解放》（Befreites Jerusalem），由约翰·迪特里希·格里斯（Johann Diederich Gries, 1775—1842，汉堡作家、翻译家）翻译，1800 年由弗罗曼出版。

② 指路德维希·蒂克作为编者的《诗学期刊》（Poetisches Journal），1800 年由弗罗曼出版。

③ 指按照迦克顿（Chalkedon）这个古港口城市命名的水晶矿物。

④ 卡尔·大卫·伊尔根（Karl David Ilgen, 1763—1834），语文学家，1794 年到1802 年在耶拿当教授。

⑤《托比的故事》（Die Geschichte Tobi's），1800 年在耶拿出版。

⑥ 自 1795 年起在耶拿植物园工作的园艺师约翰·戈特利布·丹尼尔·瓦格纳（Johann Gottlieb Daniel Wagner, 1774—1824）带领歌德观赏了园中植物。

科塔

　　菲利贝尔的植物学①。

偶然

　　布伦塔诺②的《古斯塔夫·瓦萨》③。

文学争执④

　　有兴趣阅读斯特芬斯关于矿物学的小文章。

费尔特海姆伯爵

　　他已印刷成册的文章，思想丰富、诙谐有趣。但可惜轻率、浅薄，
时而又胆怯、离奇。

一些事务

　　让我有机会快乐和生气。

　　最后，我不会忘记您的《门农》⑤，公道地说，它也应算作引人注
目的出版物和这个时代的标志。

　　倘若您让所有这些鬼怪作祟，那么，您可能想到，我既没有独
自待在我的房间里，也没有独自去散步。接下来的几天里，还会有
各种各样奇怪的事情发生，待下个寄信日我再向您详述。同时，我

61

----

　①　让·夏尔·菲利贝尔（Jean Charles Philibert，1768—1811），法国植物学家。此
　　　处指他撰写的《植物学研究导论》一书。
　②　克莱门斯·文策斯劳斯·马里亚·布伦塔诺（Clemens Wenzeslaus Maria
　　　Brentano，1778—1842），诗人。
　③　此处指布伦塔诺对科策比（Kotzebue）于 1 月 4 日在魏玛上演的剧作《古斯塔
　　　夫·瓦萨》的讽刺模仿。
　④　指谢林与《文学汇报》编者许茨（Schütz）之间的争执。斯特芬斯也卷入了这
　　　场争吵，因为谢林建议他，在《文学汇报》上对自己的文章作出评论，却遭到了
　　　编辑的拒绝。
　⑤　《门农》（Memnon）是作家奥古斯特·克林格曼（August Klingemann，1777—
　　　1831）创办的杂志。席勒曾在 7 月 26 日将这本杂志寄给歌德。

也会确定归期。如果这个气压高度对您的身体有益，望您幸福安康！

　　　　耶拿，1800 年 7 月 29 日　　　　　　　　　　　G

890. 歌德日记

1800 年 7 月 29 日　星期二至 7 月 30 日　星期三

7 月 29 日

　　早上《坦克雷德》。伊尔根教授和他的托比①。新一期《雅典娜神殿入口》②。菲利贝尔的植物学③。晚上在洛德家。

7 月 30 日

　　《坦克雷德》第四幕翻译完成。尼特哈默尔教授④。弗里德里希·施莱格尔。菲利贝尔的植物学。巴德尔的著作⑤。散步,在尼特哈默尔博士家参加小型舞会。

---

① 参见第 889 封信。
② 参见第 889 封信。
③ 参见第 889 封信。
④ 弗里德里希·伊曼努埃尔·尼特哈默尔(Friedrich Immanuel Niethammer, 1766—1848),神学家、哲学家。1793 年起在耶拿任教授。
⑤ 弗兰茨·克萨维尔·封·巴德尔(Franz Xaver von Baader, 1765—1841),天主教神学家、哲学家。此处指巴德尔撰写的《生理学初探》(Beiträge zur Elementar-Phisiologie)一书。

891. 歌德致席勒

1800 年 8 月 1 日　星期五

　　昨天早上我已把《坦克雷德》搁置在一旁。第二幕我已译完,有些地方还多译了一点,而第三幕和第四幕还未完成。我认为且确信,这部剧内涵高尚,为此我必须创作几首生动的诗来歌颂,以使开头和结尾比原作内容更为丰富。合唱将十分匹配。想完成所有这一切,但为了不破坏整体,我仍会冷静处理。在这期间,我可以在我们永不后悔的这条路上继续前行并完成这项工作。

　　昨天我处理了几件相似的事务,今天完成了《浮士德》里的一个小情节。如果我从现在开始可以在这里再待上十四天,它将会获得另一番面貌。只可惜我不过是自以为有必要待在魏玛,并为这种自负牺牲了我最强烈的愿望。

　　此外,在各种外在的好事上,这些天也并非徒劳无益。我们对《戴孝的新娘》①考虑了很久。蒂克的《诗学期刊》让我想到了一部古老的木偶剧,我在年轻时也看过:叫做《地狱新娘》②。它是浮士德的反面,或者更确切地说,是玩弄女性的人。一个极其虚荣、无情的女孩将忠诚于她的情人们毁灭,却献身于脾气古怪的、并不熟悉的新郎,而这个新郎最终将她当作魔鬼带走。倘若在这部剧中找不到关于《戴孝的新娘》的主题思想,至少可以有所启发。

　　我读了巴德尔撰写的一篇关于自然界中的毕达哥拉斯正方形的著作③,或者说是世界的四个地区。无论是几年来我已更为熟悉这种介绍方式,还是他有意使我们更进一步了解他的意图,我都很喜欢这部小作品。它有助于引导我理解他之前的著作④,可是到现在,这

---

① Braut in Trauer。席勒计划用这个题目续写《强盗》。
② Höllenbraut。
③ 歌德于 7 月 31 日到 8 月 4 日期间在研究巴德尔的著作《毕达哥拉斯的正方形》(Über das pythagoräische Quadrat)。
④ 指巴德尔撰写的《生理学初探》(Beiträge zur Elementar-Phisiologie)一书。

部著作我即使用尽全力,也还不能抓住所有内容。

致力于昆虫解剖学的一名在校大学生给我剖析并展示了一些昆虫,由此,我在这一学科领域里的书面知识和实际处理都精进了不少。

如果可以雇用这样一个年轻人三个月,那么,令人高兴的事会层出不穷。然而,如果我能在昆虫变蛹之前回来的话,我打算使用他的工作和聪敏①。尽管人们很容易自己做这些事情,倘若并非立即被带到一个陌生的领域。

星期一我将再去拜访您,我不仅会给您带去书面资料,还要跟您讲述一些事情。祝您在这段时间身体安康,想念我!

　　　　耶拿,1800 年 8 月 1 日　　　　　　　　　　　G

---

① 指歌德打算在接下来的一段时间进行昆虫学研究。

892. 歌德日记（亲笔）

1800 年 8 月 1 日　星期五

创作《浮士德》。晚上哲学家小路①。

---

① 指从约翰尼斯广场（Johannisplatz）向北延伸的哲学家小路。

魏　玛

1800 年 8 月 4 日至 9 月 3 日

893. 歌德日记(亲笔)

1800年8月4日　星期一至8月8日　星期五

8月4日

　　早上启程回魏玛。去宫殿。去市政厅。回家。整理杂物。席勒,毕达哥拉斯的正方形①。布里离开。

　　〈……〉

8月8日

　　过去几天一直在处理宫殿建造事宜。晚上与席勒在一起。

---

① 指歌德将巴德尔撰写的著作《关于毕达哥拉斯的正方形》带给席勒。

894. 席勒致他的夫人(1800 年 8 月 16 日)

1800 年 8 月 15 日　星期五

也许今天晚上歌德会乘马车来接我,马上我就可以在城里见到　64
你了。昨晚我离你更近,歌德与我一同乘车兜风,我们在外面他的花
园的树下用餐。尽管天有些凉,但于我无妨。

895. 让·保尔^①致 Chr. 奥托^②
（1800 年 8 月 21 日）

1800 年 8 月 21 日　星期四前

　　赫尔德的成见已达到极致。〈……〉若在一本法国期刊或其他杂志上有些许反对歌德或席勒的声音，这会得到称颂并被四处传播。

　　〈……〉

　　歌德——至少表面上——也不公正。现在他和席勒对伊姆霍夫那首受到赞美的诗^③保持沉默，我将继续赞颂这首诗。"您喜欢雅各比致费希特的信^④吗？"我问他。——"仍旧一样。"——"上帝和魔鬼也仍旧一样，"我说道。于是他出于无助、骄傲、愤怒继续保持沉默。没有一首箴言诗能够触动他。

---

① Jean Paul(1763—1825)，作家，于 1798 年至 1800 年在魏玛居住。

② 格奥尔格·克里斯蒂安·奥托（Georg Christian Otto, 1763—1828），宫廷法学家，让·保尔的朋友。

③ 此处指伊姆霍夫发表在《1800 年艺术年鉴》(Musen-Almanach für das Jahr 1800)上的叙事诗《莱斯博斯岛的姐妹》(Die Schwestern von Lesbos)。

④ 《雅各比致费希特》(Jacobi an Fichte)发表于 1799 年，雅各比在此信中对费希特哲学持批判态度。

896. 歌德日记(亲笔)

1800 年 8 月 23 日　星期六至 8 月 25 日　星期一

8 月 23 日

《颜色学》①。

8 月 24 日

《颜色学》。

8 月 25 日

《颜色学》。饭后塔西佗②。母亲从鲁多尔施塔特旅行归来③。

65

---

① 在中断了很长时间（约二十年）后，歌德再次致力于发表《颜色学》
　（Farbenlehre）的第 2 卷。
② 指《现存的塔西佗作品记载》（C. Cornelii Taciti Opera quae extant）。
③ 母亲指歌德伴侣克里斯蒂安娜（Christiane），她带着儿子奥古斯特（August）
　于 8 月 18 日前往鲁多尔施塔特（Rudolstadt）旅行。

897. 席勒致克尔纳(1800 年 9 月 4 日)

1800 年 9 月 3 日   星期三前

〈……〉为了做事,歌德也去了荒僻的地方,因为他很不幸,在魏玛无法做任何事情。他在四五年内写出的作品全部在耶拿诞生。

耶　拿

1800 年 9 月 3 日至 9 月 6 日

898. 歌德日记

1800年9月4日　星期四至9月5日　星期五

9月4日

早上拜访封·米尔考少校先生①，9点乘车去多恩堡②。晚上返回。关于《浮士德》和《颜色学》的一些事情。

9月5日

〈亲笔〉写了一点儿《浮士德》。在尼特哈默尔博士家。哲学。饭后与弗里德里希·施莱格尔在一起。晚上乘车兜风。胡费兰的实用医疗学③。霍夫曼的色彩和谐④。〈机打〉致信内廷顾问基尔姆斯先生，关于聘请埃勒斯⑤和韦贝林⑥，用特快加急寄回。

---

① 克里斯蒂安·威廉·戈特洛布·封·米尔考（Christian Wilhelm Gottlob von Milkau，1739—1802），军官、魏玛和耶拿的宫廷总管。

② Dornburg，图林根萨勒河畔村庄。

③ 克里斯托夫·威廉·胡费兰（Christoph Wilhelm Hufeland，1762—1836），魏玛医生、耶拿医学教授。此处指他的著作《实用医疗学体系》（System der practischen Heilkunde）。

④ 约翰·莱昂哈德·霍夫曼（Johann Leonhard Hoffmann，1740—1814），画家、莱比锡学者。此处指他的著作《绘画和谐性历史初论》（Versuch einer Geschichte der mahlerischen Harmonie）。

⑤ 约翰·威廉·埃勒斯（Johann Wilhelm Ehlers，1774—1845），魏玛歌唱家、演员、作曲家。

⑥ 卡尔·弗里德里希·韦贝林（Karl Friedrich Weberling，1770—1812），斯图加特演员。

耶 拿
1800 年 9 月 11 日至 10 月 4 日

899. 歌德致席勒

1800 年 9 月 12 日　星期五

66　　　　在经历了各种冒险①后,我今天上午才又回到耶拿的宁静中。我立即尝试做一些事情,但却任何事情都没有做。所幸我能够把您所知道的这八天的情况记录下来,我的《海伦娜》②真的登台了。但如今我的女主人公的处境的美深深地吸引着我,以致当我首先把美转变为丑时,我内心十分难过。我真的毫无兴趣,把一出严肃悲剧建立在已开始的事情的基础上,我将避免增加责任,可怜地履行这些责任总归会消耗生活的乐趣。

我希望您的创作取得进展③。若有可能,您与迈尔为展览的广告出一份力的话,我将会轻松许多。请您通过返回的送信人告诉我您的一些事情。祝您安康!

耶拿,1800 年 9 月 12 日　　　　　　　　　　　　　G

---

① 歌德于 9 月 8 日至 9 月 11 日去了上罗斯拉(Oberroßla)、马特施泰特(Mattstädt)、下罗斯拉(Niederroßla)、魏玛、耶拿和多恩堡。
②《海伦娜诗》(Helena-Dichtung)包含 265 行诗行,出现在《浮士德》第二部的第三幕。
③ 席勒已开始创作《奥尔良的姑娘》。

900. 歌德日记

1800 年 9 月 12 日　星期五至 9 月 14 日　星期日

9 月 12 日

　　早上创作《海伦娜》。中午前后散步。亚里士多德的诗学。往魏玛寄信：因染坊一事致信枢密顾问福格特先生；致信宫廷顾问席勒先生，讨论《海伦娜》。致信登记员武尔皮乌斯先生，询问斯巴达的地形。包括致信武尔皮乌斯小姐。晚上与保卢斯教授①谈论他对新约的改写②。

9 月 13 日

67

　　早上游泳。《海伦娜》。与尼特哈默尔一起散步。晚上从魏玛发送③。

9 月 14 日

　　早上游泳。《海伦娜》。尼特哈默尔。下午独自乘车兜风。晚上在保卢斯博士家。

---

① 海因里希·埃伯哈德·戈特洛布·保卢斯（Heinrich Eberhard Gottlob Paulus，1761—1851），理性主义神学家，1793 年在耶拿任神学教授。
② 此处指保卢斯的著作《关于新约的语文学批评与历史学注释》（Philologisch-kritischer und historischer Kommentar über das Neue Testament）。
③ 指武尔皮乌斯所购书籍的送货。

901. 歌德致 W. 封·洪堡(草稿)

1800 年 9 月 15 日　星期一

六周前已在信中写过我所主管的事情,当我意外从耶拿被召回时,这些事情就搁置在那里了。我原打算写信告诉您一些关于我们的文学和哲学争论,但只是为了让您得知我的音讯,因此我想说得简短些。

您的蒙塞拉特①带给我很大乐趣。描述得很好,人们喜欢阅读且不会脱离想象。自从我准备阅读开始,我便是您的隐士中的一个。

出版一事我有些困扰。我不想失去为《雅典娜神殿入口》写的文章,但这篇文章不能再刊登在目前这一期上,并且我不知道下一期什么时候出版。它也不能一下子全部刊登在《信使》②上,因为它的篇幅大约会占我们的《雅典娜神殿入口》的五页。我想无论如何都制止这件事,直到我收到您的回复。

我无法向您表达,看到您的剩余部分游记我是多么高兴。如果一个在思维方式的要点上与我们志同道合的朋友向我们讲述这个世界和其各个部分,那就十分接近于我们亲自看到。昨天我在一篇西班牙游记中寻找蒙塞拉特山,差不多什么都没找到。我几乎认为,这位旅行记录者没有到过此地。

非常感谢您寄来的塞克斯都的速写③,还带有解释性的描述。在此也看到了法国艺术越来越想向奇妙与感伤转变,这符合本世纪的精神。想要反映既不能印出也不应印出的内容,这一思想似乎贯穿于各个国家的艺术家。

同样也感谢您付出所有努力,帮助我得到一些希腊艺术品的铸

---

① 指洪堡撰写的文章《巴塞罗那附近的蒙塞拉特山》(Der Montserrat bei Barcelona)。
② 文艺批评杂志《德意志信使》(Der Teusche Merkur)。
③ 指法国画家皮埃尔-纳西斯·盖兰(Pierre-Narcisse Guerin,1774—1833)的成名作《马库斯·塞克斯都》(Markus Sextus)。

件。我们想要抑制对这些艺术品的欲望。

此外，请您在巴黎寻找一名通讯记者，以便人们及早获悉艺术和科学在那里的发展状况。虽然所有这些在德国围绕中篇小说和新闻学展开，但以如此糟糕、令人无法接受的方式，在这条不纯粹的路上，是无法从中得知任何事情的。在莱比锡博览会上，我购买了菲利贝尔的植物学①和一本新的物理学百科全书，这两本书使我想到，我可以期待从您那里获得进一步启发。

为了您能够获悉德国的最新情况，随信附上一份由费希特撰写的通知，您很可能马上便会看到。施莱格尔兄弟已从另一方接管了科塔出版社里的一个类似的研究所，他们二人意在创建文学报刊，由格里斯巴赫任总编。胡费兰②现在已脱离了由威廉·施莱格尔和谢林引起的那场大争执。

席勒正在积极创作，我的生活并非那么如我所愿。人年纪越大，就越没有必要的空闲时间进行创作。代我问候您的旅伴③。祝您的护送者身体健康！麻烦您尽早决定您到达的时间点，并告诉我们。

69

耶拿，1800 年 9 月 15 日

---

① 参见第 889 封信。
② 指法学家戈特利布·胡费兰（Gottlieb Hufeland）。
③ 指威廉·封·洪堡的夫人卡洛琳·封·洪堡。

902. 歌德致科塔

1800 年 9 月 16 日　星期二

　　最尊敬的科塔先生,我如此之久都未对一些事情做出答复,收到您最近寄来的女性日历①,我颇感羞愧。无论在耶拿您的信是否在我身边,还是存在因遗忘而忽略某一点的风险,我都不想再耽搁给您回信了。

　　菲利贝尔的植物学以及迪多的维吉尔②已到。因为这两本书均是为侯爵的图书馆所准备的,所以我不能当作礼物接受,因此,我更加感谢您所做的其他事情。劳烦您告诉我价格,这样我们就可以给这两部作品清账了。

　　请您帮忙询问这个版本需要多少铜版画,因为并非所有牧歌都需配有铜版画。虽然我确信这个版本是完整的,但这也许只是为了安慰图书馆管理员。

　　我觉得女性日历编排得很好。它在前面首先把卢克雷蒂娅③、漂亮的几对夫妇、戴上戒指、触摸胸部、贪色引诱,尤其是摇篮里的孩子、让品行规矩的人感到赏心悦目的嘈杂的东西,都出色地编制在一起,这样人们或许就会原谅中间与对话混合的漫画。

　　您明年相当有可能会收到我的一些优美的创作。

　　今年解题的竞争十分激烈④,理应将作品展示在比魏玛观众更多的观众面前。题目共有二十七段,赫克托耳(Hector)的三分之二,

---

① 参见第 859 篇日记。
② 参见第 859 篇日记。
③ Lucretia,传说中的古罗马女性,美貌与美德兼具。
④ 指十七个画家和雕塑家参与的有奖征答。

瑞索斯(Rhesus)的三分之一①。在《雅典娜神殿入口》上的通知与评判都进行得极其细心,我们希望明年能够再激发新朋友和竞赛者。观赏这些作品既给予我们这个亲密的圈子、稍后也给予观众们一次适意的、有教益的娱乐。接下来我将给各报纸发送一则广告。

　　您的友好邀请的确足够诱人,但我在这几年内必须保证自己不受任何干扰,如果我想完成一些对我而言类似麻烦的魔鬼一样的工作,就是《浮士德》与《颜色学》。之前已在这两部作品上花费了大量精力,所以为了不脱离它们,我必须吝惜时间。

　　关于《雅典娜神殿入口》,这一期的报酬完全由您来决定。随后我们想再出版另一期,并且为此时间上也保持统一。

　　祝您安康,想念我!

　　　　耶拿,1800年9月16日　　　　　　　　　　　　G

---

① 歌德和迈尔在《雅典娜神殿入口》中给出了参赛题目:第一个题目是赫克托耳同安德洛玛克的告别(Abschied des Hectors von der Andromache)。《伊利亚特》(Ilias)第6卷,第395行起。另一个题目是尤利西斯和狄俄墨得斯(Ulyß und Diomed),他们夜袭特洛伊军营,杀死瑞索斯(Rhesus)及他的随从并盗走其一批战马。《伊利亚特》第10卷,第377行起。以上内容均出自荷马史诗《伊利亚特》。赫克托耳骁勇善战,是特洛伊战争中的英雄。瑞索斯是色雷斯国王。

903. 歌德致席勒

1800 年 9 月 16 日　星期二

　　通过纯粹与冒险的结合会产生一个并不完全无耻的诗学怪物，您在信中给予我的这份安慰已通过经验在我身上得到证实。从秉齐化作用中出现了一些罕见的现象，对此我颇感兴趣。我十分期待去经历其十四天后的景象。可惜这些现象的广度大于深度。倘若我能预见会度过安静的半年，这些现象会令我十分高兴。

71

　　与尼特哈默尔的哲学讨论仍在继续，我并不怀疑，我将在这条认知道路上理解最近几天的这种哲学①。因为人一次都不能脱离观察自然和艺术，所以十分有必要让自己熟悉这种普遍的、暴力的介绍方式。

　　现在最重要的是向您询问，我是否可以期待下周日在这儿见到您。格里斯巴赫夫人②已经向我和您发出了邀请。我非常希望您在这美好的天气（这似乎已得到证实）打定主意，和迈尔一起过来。您可以乘我的马车，我们在格里斯巴赫家共进午餐，晚上您住在我的宫殿里。如果我们结束商谈，您可以在周一早上启程离开。我不想公布有关奖金的事情③，直到我们能把明年的题目④立即刊登出来。关于《雅典娜神殿入口》的一些事宜，我们完全有必要再次商讨。

　　在此附上我写给洪堡的一封信。真的很倒霉，他最近的一封来信我找不到了，这其中有他再次给我的他的地址。但因为还是老地址，所以也许您或您的妻姐有他的地址⑤。劳烦您加上必要的地址，

---

① 歌德在客居耶拿期间，几乎每天都与尼特哈默尔见面，他向歌德介绍了超验哲学。

② 弗里德里克·尤利亚妮·格里斯巴赫（Friederike Juliane Griesbach，1755—1831），耶拿神学教授格里斯巴赫的夫人。

③ 指在上一封给科塔的信中提及的有奖征答的奖金。

④ 指歌德为 1801 年设置的参赛题目。

⑤ 指卡洛琳·封·沃尔措根（Caroline von Wolzogen，1763—1847），席勒妻子夏洛特·封·席勒（Charlotte von Schiller，1766—1826）的姐姐。她与威廉·封·洪堡的妻子卡洛琳·封·洪堡自幼年时就持续保持往来。

把这封信寄出。

沃尔特曼①的信已寄到这里。能有这样的想法,柏林必定很奇特②。然而一些事既不能做,也不能启动。我谈的是迁到那里的想法。通知③的语气完全是费希特式的。我害怕最有可能有一天,身为理想主义者、动力学家的绅士们将会显得像是教条主义者和书呆子,并且彼此之间偶尔会发生争执。倘若您来这儿,您可以听到、看到各种事情。我完全没有勇气谈论未来。

祝您安康!

耶拿,1800 年 9 月 16 日 G

72

---

① 卡尔·路德维希·沃尔特曼(Karl Ludwig Woltmann, 1770—1817),历史学家、作家。1795 年起在耶拿任哲学教授,1799 年移居柏林。
② 沃尔特曼在信中建议歌德和席勒迁居柏林。
③ 指 1799 年 12 月由费希特发起的、与施莱格尔兄弟和谢林共同创办一份杂志的计划。

904. 歌德日记(亲笔)

1800 年 9 月 19 日　星期五至 9 月 20 日　星期六

9 月 19 日

　　枢密顾问福格特和家人从魏玛来。早上《颜色学》。晚上与尼特哈默尔在一起。

9 月 20 日

　　早上与宫廷顾问施塔克①在一起。《颜色学》。饭后与弗里德里希·施莱格尔和里特尔②在一起。晚上利希滕贝格的遗作(posthuma)③。

---

① 约翰·克里斯蒂安·施塔克(Johann Christian Starcke, 1753—1811),医学家。1779 年在耶拿任教授,1786 年起任卡尔·奥古斯特公爵的御医。
② 约翰·威廉·里特尔(Johann Wilhelm Ritter,1776—1810),耶拿的独立研究者、物理学家。
③ 可能指利希滕贝格的《杂文集》(Vermischte Schriften)的第 1 卷。作者已于1799 年去世。

905. 歌德致克里斯蒂安娜·武尔皮乌斯(亲笔)

1800 年 9 月 21 日 星期日

这个星期我能在这里见到你们,你们和我将会多么高兴,但我不得不放弃我们的相见了。到目前为止,我受到诸多打扰。星期四梅利什夫妇①到访,星期五福格特一家到访。今天一整天都与席勒在一起,尽管我已试图充分利用我的时间,但做的事情仍然很少。代我问候布伦奎尔②,并告诉他:因为公爵殿下接近 10 月中旬才回来,所以我们得推迟在罗斯拉(Rosla)的会面。

再工作十四天后,我骑马去罗斯拉,到时你们也去那儿。布伦奎尔可以来看望我们,随后我们去京特牧师③那里,共度些许快乐时光。

如果你想把我们的马借给迈尔④到这里来,我完全没意见。此后我在这儿看管它们。

把两个已密封的、给公爵夫人和公爵的包裹寄给王室。

最后一个包裹寄给司库大臣瓦格纳⑤,并请他不要打开,直到公爵回来。给枢密顾问福格特先生寄一本我最新的诗集,你知道它放在哪里。也许你在仓库里会弄错,所以让文件保管员把它与其他诗集分开,以便这是一本完整的诗集。

祝你安康,爱我! 寄给可爱的孩子一些甜食。

耶拿,1800 年 9 月 21 日 G.

① 约瑟夫·查尔斯·梅利什(Joseph Charles Mellish, 1769—1823),英国外交家、作家、翻译家。
② 丹尼尔·威廉·布伦奎尔(Daniel Wllhelm Brunnquell, 1753 1818),魏玛的道路建设监察员。
③ 威廉·克里斯托夫·京特(Wilhelm Christoph Günther, 1755—1826),马特施泰特(Mattstedt)的牧师。
④ 指尼古劳斯·迈尔(Nikolaus Meyer, 1775—1855),不来梅的医生、作家。
⑤ 约翰·康拉德·瓦格纳(Johann Konrad Wagner, 1737—1802),奥古斯特公爵的司库大臣。

906. B. R.阿贝肯①

1800年9月21日　星期日

　　1800年9月21日我过得十分愉快。〈……〉歌德当时客居在耶拿，席勒和他的夫人与宫廷顾问迈尔，那个瑞士人，一起从魏玛过来，在他们那儿〈格里斯巴赫家〉共进午餐，我也受邀前往。〈……〉席间只有少量谈话内容令我印象深刻，即：歌德曾忆起莪相②，却以一种不同于《维特》里的方式。饭后一行人踏上这座房子的阳台，此处可以远眺从萨勒河谷直到多恩堡③的迷人景色。在各种颜色的带子和花丛中，歌德让我们见到了相互产生的生理颜色现象。他对我能精准抓住所有现象的眼力表示称赞，这使我感到十分愉快。（当时他还不能称赞我的智慧之眼，我还没有能力，在他的创作中去发现思想和真理。但他后来这样做了）。在花园里、在一个能看到城市的里间喝咖啡。席勒在那些坐在草坪上的朋友们旁边坐下。尽管有点距离，我还是禁不住坐在了同一片草坪上。因为谈话中出现了文学中的新现象，所以他谈到了布罗克斯特曼④，语带赞许。从这样一个人口中听到对一位同乡的称赞，我欣慰不少。

　　许多美好，于我，已成生命中的一部分。最美好的是，我期待还能同时亲见德国的两位天才人物，这令我在回忆中感到幸福。诚然，他们的形象比精神更适合我，这种自然、朴素、对于各种狂妄都保持恰当的风度的自由的本性。

---

① 伯恩哈德·鲁道夫·阿贝肯（Bernhard Rudolf Abeken，1780—1866），语文学家，1808年至1810年任席勒孩子的家庭教师。
② Ossian，凯尔特神话中的古爱尔兰著名英雄、诗人。
③ 萨勒河（die Saale），位于耶拿附近。多恩堡（Dornburg）是萨勒河畔的一个村庄。
④ 西奥博尔德·威廉·布罗克斯特曼（Theobald Wilhelm Broxtermann，1771—1800），作家。

907. 席勒致歌德(1800 年 9 月 23 日)

1800 年 9 月 21 日　星期日

您最近的朗诵给我留下了深刻的印象,古典悲剧的崇高精神从独白中迎面扑来,沉静而强烈地唤起了最深的情感,带来了应有的影响。倘若您仅仅将此种影响和您对于这个悲剧角色的未来发展①所独自进行的探索从耶拿带回,除此之外,别无其他,那么,您在耶拿的居留也是值得的。如果您成功地将高尚与野蛮进行综合,我也不会怀疑,那么也就找到了解开这个整体剩余部分的钥匙。此后,似乎从这一点出发,分析着决定和分配其余角色的感觉和精神,对您来说也非难事。因为这个您自己称之为高峰的点必须从整体的各个部分中看到,同时也能从这一顶点看到所有部分。

---

① 此处指《浮士德》中的海伦娜。

908. 歌德日记

1800 年 9 月 21 日　星期日至 9 月 26 日　星期五

9 月 21 日

　　席勒和迈尔教授来访,在格里斯巴赫家共进午餐。晚上离开。

75　### 9 月 22 日

　　早上创作《海伦娜》。处理一些关于有奖征答的事情。与尼特哈默尔教授在一起。

9 月 23 日

　　早上游泳。创作《海伦娜》。与尼特哈默尔博士在一起。下午通信。给卡塞尔的纳尔①教授先生寄去 20 杜卡特,明年的参赛题目也一并寄去。给科隆的约瑟夫·霍夫曼②先生寄去 10 杜卡特,等等。致信科塔先生,寄往蒂宾根(Tübingen),转达奖金分配的信息。致信图雷教授先生。用来装饰我的房子的箱子和画作已到。

9 月 24 日

　　〈亲笔〉早上创作《海伦娜》。中午和萨尔托里乌斯③一起在洛德家,然后在胡费兰家、保卢斯家。晚上与尼特哈默尔在一起。

9 月 25 日

　　〈机打〉早上游泳。创作《海伦娜》。与尼特哈默尔一起乘车兜

---

① 约翰·奥古斯特·纳尔(Johann August Nahl, 1752—1825),卡塞尔画家、艺术研究院教授。
② Joseph Hoffmann(1764—1812),科隆画家。
③ 格奥尔格·弗里德里希·克里斯托夫·萨尔托里乌斯(Georg Friedrich Christoph Sartorius, 1765—1828),历史学家、国民经济学家,1797 年起在哥廷根任教授。

风。饭后与迈尔博士①一起散步。晚上与弗里德里希·施莱格尔在一起。

9 月 26 日

早上科学考察。与尼特哈默尔一起乘车兜风。通过崇高获得带有乏味的美好。下午《海伦娜》有所进展。与枢密顾问福格特一起进行科学考察：水利工程、图书馆、票据。致信施泰因霍伊泽。致信迈尔教授②，把塔索交给公主③。《雅典娜神殿入口》书评、概览，德国的艺术努力④。因资产支付致信斯特凡尼⑤。致信登记员武尔皮乌斯。因望远镜一事致信奥赫，包含便条。处理各种杂事。致信建筑监察员斯特凡尼。退回菲舍尔⑥的建议。致信武尔皮乌斯小姐，包含所有事。给迈尔教授寄目录⑦。因格马努斯⑧，致信内廷顾问基尔姆斯先生。晚上与洛德一起在保卢斯家。

---

① 来自不来梅的医学家尼古劳斯·迈尔。
② 海因里希·迈尔。
③ 歌德托海因里希·迈尔将格里斯的译作、塔索的《耶路撒冷的解放》的第 1 卷交给萨克森-魏玛公国的卡洛琳公主，参见第 889 封信。
④ 指艺术家参与的有奖征答活动。
⑤ 格奥尔格·克里斯托夫·斯特凡尼(Georg Christoph Steffany, 1749—1807)，魏玛建筑主管、建筑监察员。
⑥ 约翰·弗里德里希·菲舍尔(Johann Friedrich Fischer)，1798 年至 1801 年是歌德在上罗斯拉(Oberroßla)的庄园的承租人。
⑦ 指歌德记录的 9 月 23 日到达的画作目录。
⑧ Germanus，魏玛的陶艺大师。基尔姆斯于 10 月 2 日致信歌德，格马努斯定会在周一到达耶拿。

909. 歌德致谢林

1800 年 9 月 27 日　星期六

76　　　您的杂志①的第二部分我已收到,并在其中找到了许多富有教益的、振奋人心的、令人愉快的内容。倘若您以最喜欢的诗学片段来结束这一期,那么,您就用一种完全纯粹的享受释放了我们。

　　第 22 页及下一页的普遍观察②对我而言是完全出于且为了我的信念而写就的。我希望,我,尤其是我,将会逐渐完全理解您。

　　自从我摆脱了拿来的自然研究方式,像一个单子一样回指自己,在科学的精神领域里徘徊,我就很少感受到向这儿或向那儿的拉力,但却被坚决地拉向了您的理论。我期待一种完全的结合,我希望这种结合是通过我研读您的文章,更愿意通过跟您的私人交往,或早或晚而产生的,正如通过我的性格特征的培养而到达普遍。我行事越慢,越忠实于自己的思维方式而被迫停止不前,这种结合必将越纯粹。

　　尼特哈默尔博士先生的帮助使我对《先验唯心论体系》的认知变得容易,因此我可以越来越多地理解《动态过程的普遍演绎》。此后才是时候详细提出我的赞同或异议。请您继续积极地生活、工作。如果您不会这么快再回到我们这里,那就请您让我们偶尔知悉关于您和您周围的一些事情。

　　请代为问候施莱格尔先生。倘若仍可购得工匠汉斯的小雕像③,那么,拥有它我将十分愉快。

　　　　　　耶拿,1800 年 9 月 27 日　　　　　　　　　　　歌德

---

① 指由谢林出版的《思辨物理学杂志》(Zeitschrift für speculative Physik)。
② 指谢林的文章《动态过程的普遍演绎》(Allgemeine Deduction des dynamischen Prozesses)。
③ 指纽伦堡诗人、工匠歌手汉斯·萨克斯(Hans Sachs, 1494—1576)的一幅木刻的精美雕像。谢林曾写信告诉歌德,如歌德对此雕像感兴趣,他会寄给歌德。

910. 歌德致席勒

1800 年 9 月 28 日　星期日

我已致信武尔皮乌斯,他会即刻从我的书籍中挑出您可能需要的,但您并非会从中得到思想升华。每种语言的题材种类,如同理解方式一样,距离创作如此之远,以致人们一旦内观,就会立即看到面前有很大的一个弯路。因此,当再次找到出路时,就易满足。在我的工作中,我也只有这样,按照普遍的印象行事。一定有人会像洪堡一样有所作为,为我们留下必要的可用之物。至少我想等到他来,并且也希望稍后会有少量为我所用的东西。

天气不遂人愿,我几乎不能指望在这里见到您。因此,我请您最好尽快把您的文章寄给我,并且也鼓励朋友迈尔对他的部分进行进一步修改。样版我已做好,但我不能进行清除和补足,更不能完稿,直到我看到您事先取走的内容,也许相当多。

我与尼特哈默尔的讨论仍在继续,且已向相当好的方向发展。

我昨天见到了里特尔,他的到场令我感到惊奇,是人世间一个真正的知识天堂。

现在我的愿望很受限,如果它们靠我自己去满足的话。然而,对此我不想提及。真诚地希望您身体安康。

　　　耶拿,1800 年 9 月 28 日　　　　　　　　　　　　G

911. 歌德日记

1800年9月28日　星期日至9月29日　星期一

78　**9月28日**

　　早上编辑《雅典娜神殿入口》，接近中午时与尼特哈默尔在一起。饭后前往魏玛进行科学考察。致信哥达的公爵殿下。致信宫廷顾问席勒先生，关于《雅典娜神殿入口》一事。致信内廷顾问基尔姆斯先生。致信登记员武尔皮乌斯先生，请他将所要书籍从我的图书馆中取出，交给宫廷顾问席勒先生：一本是赫尔曼的《诗韵》①，希腊语哈勒语语法，另一本是黑德里希②的希腊语拉丁语百科全书。致信武尔皮乌斯小姐，包含以上全部内容。

　　与公使馆参赞贝尔图赫在一起。晚上在洛德家，他身体不适，与弗罗曼一家在一起。

9月29日

　　早上编辑《雅典娜神殿入口》。与尼特哈默尔教授在一起。下午乘车兜风，随后去洛德家。晚上独自在家。把装有画作③的包裹寄给柏林的拉加德④。

---

① 赫尔曼于1796年发表的《希腊罗马诗歌的韵律》（De metris poetarum graecorum et romanorum）。
② 本雅明·黑德里希（Benjamin Hederich，1675—1748），古代文化研究者。
③ 法国画家莫罗（Jean-Michel Moreau，1741—1814）和查尔斯·韦尔内（Charles Vernet，1758—1836）的画作。
④ 弗朗索瓦·苔奥多·德·拉加德（François Théodore de La Garde，1756—1818后），柏林出版商。

912. 歌德致席勒

1800 年 9 月 30 日 星期二

天气持续如此,也许不能吸引您来此。这几天我写了奖项授予的开头,并勾画了结尾,现在我需等待这个结尾如何与您和迈尔的文章匹配。

倘若我在星期三晚上能收到迈尔的后半篇文章和您的整篇文章,我当然会受到推动,因为我希望在一切形成一个整体后再离开。这样的事情我不能在魏玛完成,这一点我已经知晓,因为我需要修辞学类丛书多于诗学类。我突然想起,我还有洪堡撰写的一篇关于三音步诗的文章。遗憾的是,在抄录时我没有进行修改,因此出现了一些至少在我看来无法补救的笔误。同时随信附上他的《阿伽门农》①的一部分,这两篇文章也许会合您所愿。

此外,我与尼特哈默尔、弗里德里希·施莱格尔谈论了超验唯心主义,与里特尔谈论了高等物理学。因此您可能会想,诗会受到排挤,但仍可期待诗会再次归来。

另外,倘若我愿意,我现在就可以回家。我度过了有益的四周,感觉自己受到了各方的支持。现在我需要领悟一些事情,如果这个冬天我还能在这里待一个月的话,那么将意义重大。祝您安康! 想念我! 以您的方式努力工作!

耶拿,1800 年 9 月 30 日　　　　　　　　　　　G

随信附上去年我对《麦克白》做过的一些评述,某些部分我还需进行评注。请您保存这些评述或者把它们交给贝克尔②。

① 洪堡曾尝试翻译古希腊悲剧诗人埃斯库罗斯(Aischylos)的《阿伽门农》(Agamemnon)。
② 约翰·海因里希·克里斯蒂安·路德维希·贝克尔(Johann Heinrich Christian Ludwig Becker, 1764—1822),魏玛演员。

　　我刚想结束这封信,您的文章就寄到了,这是最大的快乐。我快速阅读了它,觉得它如此出色、优秀、适宜,您自己都未必知道。于是我突然想起,威尼斯的每一方当事人在提出公诉时,都会推举不同性格的两个律师,一个做报告,另一个进行推论。

　　这一次会从我们的三和弦①中产生相当优美的诗句。我想把我的后记中您删掉的部分列入前言,剩余部分列入明年的有奖征答题目,这样也还有一些内容可说。但这一切都得等到我收到迈尔的评论才能成行,我期待明天收到。三个不同的声音将会相得益彰。非常感谢您的鼎力相助。我还想把主题分类,但我害怕在我的样版审校时,我会停滞不前。您那里现在一切都在进行中。

　　祝您安康。请您审阅一下这份粗略的草稿,关于艺术在德国的各种不同情况我已寄给迈尔。

G

〈**附件**〉

《麦克白》的评述

1. 尝试使人无法识别出女巫的声音

2. 使声音的对称排列有些细微差别

3. 给予声音一些起伏

4. 必要时用加长的服饰盖住厚底靴

5. 道纳本(Donalbain)的剑看起来要更新

6. 洛斯(Rosse)和国王必须安排其他人退场

7. 麦克白和班柯(Banko)在与女巫说话时,要更靠近舞台前部。女巫要与他们更紧密地站在一起。

---

① 指歌德、席勒、迈尔三人为《雅典娜神殿入口》撰写文章。

8. 念第一段独白时,麦克白夫人不应向后退。

9. 弗里恩斯(Fleance)需有另一个烛台。

10. "你们把剑给我。"对班柯的这一姿态感到怀疑。

11. "不要这么呆板"。

12. 需购置一个更深的大钟。

13. 作为国王,麦克白出现时应更加奢华。

14. 长餐桌不应镶嵌得如此现代。

15. 中部的装饰品需镶金,以便与鬼形成更鲜明的对比。

16. 蜡烛应直插,需使用更结实的蜡烛。

81

17. 需把班柯的脸化得更苍白一些。

18. 需设法弄到不会倒的椅子。

19. 需做一个更大的盔。

20. 孩子必须继续从包围圈出来,需给他们戴假面,装饰得更加引人注意。顺便把阴影修改得更慢,把人物在性格上修改得更多。

21. 在女巫场景后、马尔康(Malkolm)和麦克德夫(Macduff)出现前,应有一点音乐。

22. 询问是否不应把马尔康表达对于背叛的担忧的那一段独白放在前面。我不知道原因,但我觉得如此一来,这个场景的效果全然消失。

23. 麦克德夫的神情,因为他已意识到自己的死亡。

24. 作为医生,埃伦斯泰因①不必如此弯着腰坐,也不必如此自言自语。

25. 在这个场景中做一些安排和改变。

① 约翰·伯恩哈德·埃伦斯泰因(Johann Bernhard Eilenstein, 1769—1818),魏玛演员。

26．作战的各种各样的动机。

27．为格斗主角响起更有力的声音。

28．不应寻找另一个人出演年轻的西华德（Seiward）一角。在这一段,卡斯佩斯小姐仍被视为是道纳本①。

---

① 曼浓·卡斯佩斯除扮演道纳本外,还扮演年轻的西华德。

913. 歌德日记

1800 年 10 月 1 日　星期三

　　早上与里特尔讨论电疗法。尼特哈默尔。下午又与里特尔在一起。晚上在弗罗曼家。

914. 歌德致席勒

1800 年 10 月 3 日　星期五

我已决定明天,即 10 月 4 日,离开这里。

尽管我尚未完成目前摆在我面前的工作,但这段时间我过得很好,并且在一些事情上有所进展。

82

如果您明晚来看望我,我们就一起商量,此时《巴亚德》让这个世界感到轻松愉快①。在我能想起修改我的方案(已有一个奇特的样子)②之前,我们三人③有必要再一次会面商谈。我所忽视的部分,我们还有空余 5 印张足够填满。祝您安康! 余言面叙!

　　　　耶拿,1800 年 10 月 3 日　　　　　　　　　　**G**

---

① 指科策比的五幕剧《巴亚德》(Bayard),4 月 5 日在魏玛首演,10 月 4 日第五次上演。
② 指歌德设计的有奖征答的题目。
③ 歌德、席勒、海因里希·迈尔。

915. F. 施莱格尔致 F. 施莱尔马赫①（无日期）

1800 年 9 月 3 日　星期三至 10 月 4 日　星期六

　　歌德又来到这里，我和里特尔轮流被请去，与他讨论。但我很少愿意待在他那儿。我能从他那儿得到的，已经实现了，而他从不听我之言，对此我足够确定。从物理学角度来看，他理解得最深，因此里特尔最为高兴。然而深度也有其一定的厚度、宽度和长度。顺便说一下，我已将我描写这位老先生的双行诗寄给你了吗？

　　他看起来极好，尤其在犹豫不决时，

　　冷酷的上帝以焕然一新的面貌在欺骗。

---

① 弗里德里希·丹尼尔·恩斯特·施莱尔马赫（Friedrich Daniel Ernst Schleiermacher, 1768—1834），神学家、哲学家、教育家。

魏　玛

1800 年 10 月 4 日至 11 月 13 日

916. 歌德日记

1800 年 10 月 4 日　星期六至 10 月 24 日　星期五

10 月 4 日

〈亲笔〉早上 9 点从耶拿出发。〈机打〉下午与宫廷顾问席勒先生和迈尔教授开会,讨论竞赛作品①和有奖征答。

〈……〉

83　### 10 月 7 日

与迈尔博士②共进午餐。随后与迈尔教授③前往老售票处和宫殿。晚上与宫廷顾问席勒在一起。

〈……〉

10 月 9 日

早上觐见殿下。处理各项事务。中午与谢林教授在一起。饭后与他一同审阅竞赛作品。随后拜访封·施泰因夫人。晚上与宫廷顾问席勒先生在一起。尚未收到希尔特④对布里画作的描述说明。

10 月 10 日

早上口授各封信件。致信爱森纳赫的顾问德尔⑤先生,感谢他从邦议会代表处寄来 200 塔勒。

---

① 指已展出的、探讨有奖征答活动的作品。
② 尼古劳斯·迈尔。
③ 海因里希·迈尔。
④ 阿洛伊斯·路德维希·希尔特(Alois Ludwig Hirt, 1759—1837),柏林考古学家、艺术史学家。1786 年与歌德在罗马相识。
⑤ 约翰·海因里希·威廉·德尔(Johann Heinrich Wilhelm Dörr, 1755—1819),爱森纳赫出纳员。

10 月 11 日

早上处理《雅典娜神殿入口》相关事宜。与十七个人（姓名参见另一页）共进早餐、午餐。枢密宫廷顾问洛德先生和夫人、保卢斯教授先生和赛德勒①小姐、弗罗曼先生和夫人、宫廷顾问席勒先生和夫人、枢密顾问福格特先生、政府顾问福格特先生和夫人、迈尔医生。**致信枢密宫廷顾问封·埃卡特②先生，关于水利工程一事。**晚上观看歌剧《后宫诱逃》③。

〈……〉

10 月 16 日

〈亲笔〉《颜色学》。中午与康斯坦茨侯爵④和施派尔侯爵⑤在宫廷。晚上写闭幕词的开头，并观看喜剧⑥。

〈……〉

10 月 24 日

84

到目前为止，已完成《颜色学》的一部分，为阿玛利亚公爵夫人贺寿的诗学文章也已完成了一部分。晚上观看《李尔王》⑦。

---

① 露易丝·赛德勒（Luise Seidler，1786—1866），魏玛女画家。
② 约翰·路德维希·封·埃卡特（Johann Ludwig von Eckardt，1732—1800），魏玛政府顾问、矿山委员会成员，自 1783 年起任耶拿法学教授。
③ Die Entführung aus dem Serail，莫扎特歌剧。
④ 指卡尔·苔奥多·封·达尔贝格（Karl Theodor von Dalberg，1744—1817），康斯坦茨的有侯爵封号的主教。
⑤ 前者的弟弟弗里德里希·胡戈·封·达尔贝格（Friedrich Hugo von Dalberg，1760—1812），施派尔（Speyer）教堂主。
⑥ 科策比的喜剧《捕猎》（Der Wildfang）。
⑦ 莎士比亚这部悲剧作品于 1796 年 6 月 18 日在魏玛首演。

917. 歌德致 W. 封·沃尔措根

1800 年 10 月 26 日   星期日

尊贵的阁下,在此,我十分愿意提供给您入场券,并非是要贿赂您,而是为了对您在戏剧方面所给予的帮助表示感谢。凭此券您既可免费观剧,又可免费进入舞厅。请您好好使用此券,并一如既往地给予我友爱。

尊贵的阁下

魏玛,1800 年 10 月 26 日   您最忠顺的歌德

918. 阿玛利亚·封·福格特①

1800 年 10 月 28 日 星期二至 10 月 31 日 星期五

在 1800 年 10 月 24 日公爵夫人阿玛利亚生日庆典上,《帕莱欧夫龙与内奥特佩》的演出出现了非常特殊的情况②。

就在不久前,《骄傲的瓦斯提》③在公爵夫人的沙龙反复上演,所有参与者的表演都十分精彩,歌德受此吸引,随后表扬了他们,还迅速创作出了一部新剧,希望在生日之际给亲爱的侯爵夫人带来惊喜,但距离那时只剩短短几天。为了在如此紧张的时间内尽可能快速地完成这项艰难的任务,并使自己和所有表演者都保持高昂的情绪,歌德采用了以下英雄式的方法。他到宫廷侍女处吃早餐,喝潘趣酒,把人们召集在自己身边,给他们分配角色。他向封·格希豪森④小姐口授,请她记录各个角色,而他自己却在房间里架子十足地来回巡视。

一旦一个角色被确定下来,这个表演者须立即背诵台词;一旦相应的第二个角色被记录下来,他需立刻与前一个角色一起试演。此时,歌德在旁边非常活跃地试演,鼓励并影响着他们。因此,在两个上午后,这部剧作得以完成。经过第三天的集中排练,这部剧真的能够以最出色的状态在 10 月 24 日上演,会令公爵夫人十分高兴。

内奥特佩由宫女封·沃尔夫斯凯尔⑤小姐扮演,

85

---

① 阿玛利亚·亨利埃特·卡洛琳·封·福格特(Amalie Henriette Caroline von Voigt,1776—1840),福格特(小)的妻子。

② 歌德的喜剧《帕莱欧夫龙与内奥特佩》(Palaeofron und Neoterpe)于一周后,即 10 月 31 日才在宫殿上演。

③《骄傲的瓦斯提》(Die stolze Vasthi)是作家弗里德里希·威廉·戈特(Friedrich Wilhelm Gotter,1746—1797)创作的一部喜剧。

④ 露易丝·埃内斯坦·克里斯蒂安娜·尤利亚妮·封·格希豪森(Luise Ernestine Christiane Juliane von Göchhausen,1752—1807),自 1783 年起任阿玛利亚公爵夫人的侍女。

⑤ 亨里埃特·封·沃尔夫斯凯尔·封·及·楚·赖辛贝格(Henriette von Wolfskeel von und zu Reichenberg,1776—1859),露易丝公爵夫人的侍女。

帕莱欧夫龙由布吕尔伯爵①扮演，

格里斯格拉姆由（时任政府顾问）封·弗里奇二世男爵②扮演，

哈贝雷希特由内廷顾问里德尔扮演，

但这一切却在接近最后一刻时因为孩子而失败了。已接受训练的孩子们不愿意戴上丑陋的鼻子面具，因此，歌德认识到有必要立即从剧院里找到一些恰好可以勉强完成角色的孩子，教会他们。

---

① 卡尔·弗里德里希·莫里茨·保罗·封·布吕尔伯爵（Karl Friedrich Moritz Paul Graf von Brühl, 1772—1837），普鲁士海因里希王子的宫廷总管。
② 参见第853篇日记。

919. K. 伊默曼[1]

1800 年 10 月 28 日　星期二至 10 月 31 日　星期五

　　"这位就是激发歌德的热情去创作那些最有感情的诗歌的女士，"说着这句话，他（弗里德里希·米勒[2]）带我去见封·弗里奇大臣的夫人。〈……〉歌德经常与她在宫廷里排演即席剧作，因为她有表演天赋。关于在公爵母亲生日之际上演的《帕莱欧夫龙与内奥特佩》的产生和撰写，她向我讲述了如下故事。这个节日在一年中已被遗忘。在这个节日即将到来前，歌德才想起。于是，他让弗里奇夫人和一位年轻人（歌德在排演戏剧时也常需此人）在一个上午来找他，他当场即兴口述了整个剧本，其中绝大部分以正规的三音步诗的形式记录下来。这两位表演者必须同时记下他们的角色。歌德甚至会将他们关禁闭，直到学会角色为止。实际上，当他们熟悉角色之后，歌德也并没有让他们从房间里出来。

86

---

① 卡尔·莱贝雷希特·伊默曼（Karl Leberecht Immermann，1796—1840），作家。
② Friedrich Müller（1749—1825），画家、诗人。

920. 歌德日记

1800 年 10 月 31 日　星期五

中午在公爵母亲殿下处。晚上参加戏剧节,随后与宫廷顾问席勒先生去化装舞会。

921. 歌德致基尔姆斯

1800年11月2日 星期日

目前为止不可忍受的无序状态,既不能通过催促也无法通过威胁来解决,迫使我从现在起要严厉对待。将来如发生错误,我不会再生气,而是像这两次一样,派个人去值勤,看看这种方法有何效果。布洛斯①的监禁是因一个偶然事件而延长的,裁缝的监禁②我也不能缩短。谁未尽责,谁就是无用的,然而如他所愿,他或许有用。如果这种人在这样一种情况下,偶尔要求我退职,我会让人痛打他一顿,为了让他意识到他还在值班。

尊贵的阁下,我多么希望得到您的赞同,也愿意重视您的说情,因此,我必须借此机会请求您允许我坚定地走上这条我曾选取的路。

看到昔日的一部舞台布景如此复杂的歌剧③如此精彩地上演,并不容易。

如果全体下属员工逐渐在警察局度过一夜,那么我希望我们的事业进行得十分出色。

昨天您寄给我科德曼④的一封书信。我认为他目前服装钱赚得相当好,倘若有人不久后对此事向他说明并从下个圣诞节起把这桩生意让与他做,会显得更好。我想起草一项命令给他,并借此机会跟他说一些好话。

祝您安康!

　　魏玛,1800年11月2日　　　　　　　　　　G.

---

① 约翰·安德烈亚斯·布洛斯(Johann Andreas Blos, 1766—1804),魏玛戏剧大师。
② 布洛斯和戏装裁缝的违法行为并未查出。
③ 萨列里的歌剧《塔拉尔》。
④ 弗里德里希·科德曼(Friedrich Cordemann, 1769—1808),演员。

922. 歌德日记

1800 年 11 月 2 日　星期日至 11 月 8 日　星期六

11 月 2 日

　　早上《浮士德》。中午在家,下午继续写《浮士德》。晚上与宫廷顾问席勒先生在一起。中午内廷顾问格宁①先生来访。

11 月 3 日

　　早上《浮士德》,此后写了几封信。致信海因里希·科尔贝②先生,寄往杜塞尔多夫,关于他的竞赛剧作。——处理剧院事务。中午在宫廷。晚上观看喜剧。

　　〈……〉

11 月 5 日

　　《浮士德》。

11 月 6 日

　　《浮士德》。与殿下在宫殿,然后到访泽巴赫家。

11 月 7 日

88

　　《浮士德》。下午沿新公路一直开到临近勒迪希斯多夫③。

11 月 8 日

　　早上《浮士德》。中午在宫廷。晚上《玛丽亚·斯图尔特》。

---

① 约翰·伊萨克·格宁(Johann Isaak Gerning,1767—1837),法兰克福商人、作家。

② 海因里希·克里斯托夫·科尔贝(Heinrich Christoph Kolbe,1771—1836),画家。

③ Rödigsdorf,魏玛东北部村庄。

923. 歌德致基尔姆斯

1800 年 11 月 13 日　星期四

昨天我在剧院时注意到,朝舞台前部方向的圆口的左边天花板上的一个大裂缝合上了。尊贵的阁下,劳烦您让老瓦匠米勒①察看一下天花板,并说出他的看法。

我还注意到,当中世纪的剧作上演、人们都穿着新戏服时,剑的护手盖很旧且生锈了,就像从军械库拿出的一样。望您能就此事与善于镀金、镀银、抛光的粉刷工人迪贝尔②谈一谈,让他来修复一下我们的军械库。

魏玛,1800 年 11 月 13 日　　　　　　　　　　G.

---

① 约瑟夫·米勒(Joseph Müller),魏玛瓦匠,曾参与宫殿建造。
② 弗里德里希·迪贝尔(Friedrich Diebel),魏玛粉刷工人。

耶 拿

1800 年 11 月 14 日至 11 月 25 日

924. 歌德致科塔

1800 年 11 月 17 日　星期一

最尊敬的科塔先生,不久后您将收到《雅典娜神殿入口》第六期完整版。这一次我们尽可能精致装帧,并从第 7 页起,印刷得更密。凡是与奖项授予相关的部分,都处理得十分认真仔细,也理应如此。因为这项活动会持续举行,赢得艺术家们的信任。会有什么结果,尚不可预见。最大的困难是把造型艺术家从狭隘的利己想法中拉出来,使其专注于必做之事。他们大多只拥有一小部分观众,通常仅由资助人和朋友组成。因此,如果能够给予他们及其作品知名度,以便国家了解艺术家,而艺术家也熟悉其祖国的艺术伙伴,那么,一个更普遍的意义会超过整个行业并广泛扩展。我们希望明年取得更大的进步。

倘若您能设法帮我找到所有艺术家的简短信息,他们自卡尔公爵在符腾堡执政以来,或有影响力或自身得到发展,那么这会使我感到非常愉快。

出生地、出生年份,此外师从何人、学校、作品风格、旅行、去世年份,在世的艺术家的目前情况、最新作品。承担这一工作的艺术鉴赏家越多,就越值得期待。当然也会给予相应的报酬。

倘若您能借助您广泛的关系从慕尼黑、萨尔茨堡、帕绍获得类似的信息,那么这一切随着时间的推移,将会对《雅典娜神殿入口》十分有益。

您是否可以告知我,除《维吉尔》和《菲利贝尔的植物学》外,我还欠您哪些书。

讨厌的漫画人物给您带来烦恼,我感到十分抱歉。我自己对这句并未在第一批样本中找到的话感到惊讶。然而,如果这种可恶的、对于真正的艺术十分有害的品味在德国继续传播开来,那么还会出现一些争执。因为全部乐趣原本建立在解释和曲解基础之上,我们的大人物,无论直接还是间接地遇见他们,都很难将乔治三世及其幕傲的宽容当做榜样①。然而我希望，目前这种情况不会带来任何后果。

通过席勒对每一部剧作的详尽评价，希望我们戏剧方面的竞赛题目是有益的。在给《雅典娜神殿入口》的出版者的信件中，这一期的第 148 页，他的精神和笔迹或许不会被认错。

说到《浮士德》，我的感觉就像经常在旅行中，人越向前移动，事物似乎离得越远。虽然这半年有了一些进展，也并非不重要，但我还未看到这件事会如此快速地得以令人高兴，从而得以圆满完成。

期待尽快得到您的回复，祝您安康！

耶拿，1800 年 11 月 17 日　　　　　　　　　　歌德

---

① 英格兰国王乔治三世被同时代人视为温柔与平易近人的典范。

925. 歌德致席勒

1800 年 11 月 18 日   星期二

可怜的诗最终会逃往何方,我不知道,但它现正处在被哲学家、自然科学家逼入困境的危险之中。虽然我并不能否认,我自己也邀请这些人士,并且自愿沉湎于空想地搞理论的坏习惯,因此,我不能指责任何人,只能指责我自己。然而,当真正好的东西以真正好的方式被推动,我因此能足够愉快地度过我的时间。

洛德希望星期四能见到您。恰如人们所说,枢密顾问福格特也有兴趣。也许你们可以一道进行一次远足,带上迈尔。请您告诉我一些详细信息,以便我们进行安排。

91

如果您来我们这里,您将感受到一百周年纪念日①的热情。真的有一些可以实现的好的想法。

关于《海伦娜》已找到一些好的母题。如果我在这里居留期间能够写完我此前欠下的十二封信,那么,从侧面来看,我也得到了收获。

希望您的全部工作也同样如此。

耶拿,1800 年 11 月 18 日   G

---

① 世纪之交在魏玛会举行一系列戏剧演出和各种公众娱乐活动来庆祝。

926. 歌德致 W.封·洪堡(草稿)

1800 年 11 月 19 日 星期三

亲爱的朋友,这只是一封简短且粗浅的信来回复您上一封 10 月 10 日的来信。

我或许可以想见,离开巴黎是多么困难。结束一次旅行总是和踏上旅程一样麻烦。然而,再次提前见到您我们非常高兴。交流众多经历时,带给您一些到目前为止在德国发生的奇特事件的信息。

很遗憾,我们已多次感谢过的批判—理想主义派,自身并未达成一致。他们的学说的基本内涵本来就很容易被曲解,但却傲慢且轻率地被展示出来。

您的旅行游记我有时会与席勒谈起。对您来说,我们才是真正活跃的参与者。

您有必要读一读蒂克尼斯①的《蒙塞拉特山》②,并与自己的做比较。他的书介绍得已足够详细,但对我来说,通过您的观点,这个事物又焕发新生。

请您不要忘记把巴黎展览的信息寄给我,或带给我。也许蒂克 92 先生③会愿意借此机会给我一些有关法国艺术家的详细记录,告诉我出生地、年龄以及一些发生在他们身上的奇特事件,并在您离开法国后,与我直接通信。

---

① 菲利普·蒂克尼斯(Phillip Thicknesse,1719—1792),英国游记作家。
② 指蒂克尼斯被译成德语版的游记《穿越法国和加泰罗尼亚一部分的旅行》(Reisen durch Frankreich und einen Theil von Catalonien)。
③ 克里斯蒂安·弗里德里希·蒂克(Christian Friedrich Tieck,1776—1851),柏林雕塑家,于 1798 年至 1801 年生活在巴黎,1801 年至 1805 年有时在魏玛,有时在耶拿。路德维希·蒂克的弟弟。

927. 歌德致 P. J. 比陶韦①（草稿）

1800 年 11 月 19 日　星期三

对于一位作家来说，倘若为异国所熟知是十分光彩的，那么，我认为，受到自己的榜样的尊敬则更为荣耀。

尊敬的先生，从前您通过翻译荷马的作品②表达了您对于我们的老师——希腊人与父权习俗的感受，此后，您仍然十分重视翻译我的诗③。

您对我的诗感兴趣，由此，您公正地对待我心中一直活跃的愿望，即：我内心充满着古人的表达方式。

我希望您的译作在法国收获更多赞誉，其内容对于读者大有裨益。在每一个国家，尤其是在一个共和制国家，中产阶级受到重视且自我重视最为重要，然而，对于您的国家的国民，情况似乎并非始终如此。

倘若我年轻一点，我会制定一个计划去拜访您，进一步了解法国的地方风俗、民众的性格特点以及在这样一个大的危机之后他们的道德与精神需求。也许我还会写一首诗，把它作为《赫尔曼与多罗西娅》的附属章节，由您翻译，应该不会没有影响。即使影响有限，译者与作者也都尽力了。

然而，我已不再具有完成这样一个计划所需的力量。也许我必须放弃去巴黎看望您的想法，但我仍要满怀谢意地向您表达最诚挚的问候。

魏玛, 1800 年 11 月 19 日

① 保罗·热雷米·比陶韦（Paul Jeremie Bitaube，1732—1808），法国作家。
② 1786 年，比陶韦译成法语的《荷马史诗》出版，受到广泛认可。
③ 比陶韦把歌德的叙事诗《赫尔曼与多罗西娅》（Hermann und Dorothea）译成法语。

928. 歌德日记

1800 年 11 月 20 日　星期四至 11 月 24 日　星期一

11 月 20 日

《颜色学》。与矿物商人、矿务督察弗尔斯特在一起①。晚上与尼特哈默尔博士在一起。

11 月 21 日

〈亲笔〉宫廷顾问席勒与迈尔教授在这里。中午和晚上在洛德家。〈机打〉致信枢密顾问福格特先生,关于假期延长一事请求他在殿下处说情。致信内廷顾问基尔姆斯先生。致信政府陪审推事封·泽肯多夫②先生,并把节日剧的剧本寄回给他。

11 月 22 日

《坦克雷德》。奥古斯特③来访。与法律顾问胡费兰在一起。〈亲笔〉致信温泽尔曼夫人④,寄往柏林。

11 月 23 日

〈机打〉《坦克雷德》。与保卢斯博士在一起。11 点与奥古斯特一起乘车兜风。晚上在俱乐部⑤。致信内廷顾问基尔姆斯先生,信中内附关于劳赫施泰特(Lauchstädt)剧院建造的报告。

---

① 指在此人处为耶拿矿物博物馆购买矿物。
② 弗兰茨·卡尔·利奥波德·封·泽肯多夫-阿贝达男爵(Franz Karl Leopold Freiherr von Seckendorf-Aberda, 1775—1809),官员、作家,自 1798 年起任魏玛的政府陪审推事。
③ 歌德的儿子奥古斯特。
④ 弗里德里克·温泽尔曼(Friederike Unzelmann, 1760—1815),女演员。
⑤ 教授与大学生在耶拿一家饭店里的会面。

11 月 24 日

《坦克雷德》。收到封·沃尔措根的电报,关于图雷①。由于我已启程,这个消息寄回到家里。**致信桑德尔夫人②,随信附上小戏剧③。**

---

① 电报内容关于宫殿建造事宜因图雷推迟到达魏玛而停滞。
② 柏林书商约翰·丹尼尔·桑德尔(Johann Daniel Sander,1759—1835)的夫人苏菲·桑德尔(Sophie Sander,1768—1828)。
③《帕莱欧夫龙与内奥特佩》。

魏 玛

1800 年 11 月 26 日至 12 月 12 日

929. 歌德致 G. 胡费兰

1800 年 11 月 27 日　星期四

94　尊敬的阁下:

在此,您将收到《雅典娜神殿入口》的最后一期,希望您对此有良好的反馈。

同时请您同意我的一个小请求:这位小施瑙斯①目前住在耶拿,可以算作您的热心听众。他希望能够获得您的允许,偶尔去拜见您,并且期待在他的学术生涯中,获得您的理智建议。

他的父亲②是我的老朋友,无论是对国家还是对我们个人,他都做出过贡献。如今儿子孤苦伶仃,真的是可塑之才。按您平日里对年轻人的善良和关心,如您允许他见您,他会十分高兴。

祝您安康,并向您致以最诚挚的问候!

魏玛,1800 年 11 月 27 日　　　　　　J. W. v. 歌德

---

① 卡尔·奥古斯特·康斯坦丁·施瑙斯(Karl August Konstantin Schnauß,1782—1832),法学家、魏玛的宫廷律师,后者的儿子。
② 克里斯蒂安·弗里德里希·施瑙斯(Christian Friedrich Schnauß,1722—1797),萨克森-魏玛公国官员,1779 年任枢密顾问。

930. 歌德致科贝尔

1800 年 12 月 3 日　星期三

尊敬的科贝尔先生,我将瑞索斯的画作寄回给您,再加上为《赫克托耳》所支付的 14 杜卡特①,这些钱固定在封底。

我觉得这个要价很便宜,但在这个时代,我建议艺术家出价低廉,从而获得并培养好的艺术爱好者。有利的时机已到来,需求越来越大,这样也会收获更多。

在您离开杜塞尔多夫前,您还能寄给我在那里生活的艺术家的一些信息吗? 如:他们的年龄、他们的研究史。您可以用我向您寻求信息的这种方式与我联系。

祝您安康!

　　　魏玛,1800 年 12 月 3 日　　　　　　　　J. W. v. 歌德

95

---

① 杜塞尔多夫画家科贝尔曾带两幅画作参与有奖征答,虽未获奖,但歌德希望买下《赫克托耳的告别》(Hectors Abschied)这幅画。

931. 歌德致席勒

1800 年 12 月 11 日　星期四

如您所知,我希望明天去耶拿,但现在格卢克的《伊菲革涅亚》①还在排演中。如果场面布置得没有活力、缺乏灵巧,也就没有什么可期待的了。因此,我请求您关心此事。或许您 3 点钟也一起来排练现场,以便有一个普遍概念。如果一切进展顺利,那么又有一部歌剧加入一百周年纪念活动。

为确保这部作品进展顺利,会使用所有方法。

G.

---

① 克里斯托夫·维利巴尔德·格卢克(Christoph Willibald Gluck,1714—1787),作曲家。《在陶里斯的伊菲革涅亚》是其创作的歌剧。

932. 席勒致伊夫兰(1800 年 12 月 18 日)

1800 年 12 月 上半月

歌德现在急于完成《坦克雷德》，您对这件事的敦促与激励使我们十分受益，因为没有您的推动，这部作品很容易被搁置，因为歌德曾想在冬天不做与诗学相关的事情，正是由于他的这种想法，所以这件事直到现在真是如此。

耶 拿

1800 年 12 月 12 日至 12 月 26 日

933. 歌德日记

1800 年 12 月 13 日　星期六至 12 月 15 日　星期一

96

12 月 13 日

　　《坦克雷德》。〈亲笔〉6 卷梅西耶的《巴黎新景象》①。维兰德的《阿里斯底波》的第一卷②。

12 月 14 日

　　〈机打〉《坦克雷德》。〈亲笔〉跟昨天一样。

12 月 15 日

　　〈机打〉《坦克雷德》。致信伊夫兰院长先生③,寄往柏林,并把《坦克雷德》的第三、四幕寄给他。致信温泽尔曼夫人,寄往柏林,并把《埃格蒙特》寄给她④。

---

① 路易·塞巴斯蒂安·梅西耶(Louis Sebastian Mercier,1740—1814),法国戏剧家。歌德于 12 月 6 日从魏玛图书馆借出梅西耶创作的《巴黎新景象》(Le nouveau Paris)中的 6 卷(共计 14 卷)。
② 指马丁·维兰德的《阿里斯底波和他的几个同时代人》(Aristipp und einige seiner Zeitgenossen)。
③ 伊夫兰于 1796 年任柏林国家大剧院院长。
④ 温泽尔曼曾在 11 月 11 日请求歌德将其作品《埃格蒙特》改编成舞台表演剧本。

934. 歌德致席勒

1800 年 12 月 16 日　星期二

　　我在此居留的头几天通过基尔姆斯得到消息,伊夫兰想要在 1 月 18 日加冕典礼之日上演我的《坦克雷德》。我已把两幕寄给他,想着随后将剩余部分再寄给他。如果之前他让我知道他有这一打算,就可以再加上合唱队,由此这部剧将更有活力和分量。

　　此事或许能够成行。但是,为了不让自己以这种方式出丑,我至少还要在这里停留八天,以便完成整部剧,因为我根本不能放下。为了让此事成行,我决定这几天彻底孤寂地生活,无论是哲学家还是物理学家,一句话,除了洛德,任何人都不见。我正处在一个带有浪漫主义悲伤色彩的圈子中,我正在做的事和我已做过的事,在一定程度上,给人以好的印象。因此按时完成最为必要。

　　基尔姆斯写信告诉我,伊夫兰还未做任何准备,因此,我建议,力图将此事推迟到 5 月。因为我完全不知道,他或任何一个重要的柏林演员怎么要在 1 月来,如果他们想在 1 月 18 日加冕典礼上上演《坦克雷德》或任何一部重要剧作。请您同意内廷顾问基尔姆斯就此事与您谈一谈,我也将促成这次谈话。

　　请您代我问候迈尔①,并请您和迈尔一起关心《伊菲革涅亚》的演出。因为这部剧是一部抒情悲剧,所以您一直会有足够的乐趣关注排练和演出。

　　暂无其他事情相告,祝您身体健康!

　　　　耶拿,1800 年 12 月 16 日　　　　　　　　　　　　　G

---

　　① 海因里希·迈尔。

935. 歌德致弗里德里克·温泽尔曼(草稿)

1800 年 12 月 16 日　星期二

亲爱的夫人,非常感谢您的第二封来信。您收到这本《埃格蒙特》,由于伊夫兰在此,此事才得以施行①。

我仔细看了一下,以便考虑,还能做些什么以便于演出。为了使剧本呈现最佳效果所做的工作让我感到十分吃惊。

您愉快地接受这个剧本现在的样子,让它呈现出作者在他那个时代想要表明的意思。祝您身体健康,想念我! 麻烦您有时间把手稿寄回给我。

耶拿,1800 年 12 月 16 日

---

① 伊夫兰在魏玛做访问演出。出于这个原因,席勒改编这部剧作。

936. 歌德日记

1800 年 12 月 16 日　星期二至 12 月 18 日　星期四

12 月 16 日

98

　　完成《坦克雷德》第二幕。〈亲笔〉把信寄到魏玛。〈机打〉致信奥古斯特,寄回题词留念册①。致信基尔姆斯,关于伊夫兰、《伊菲革涅亚》等。致信福格特,关于一些学术事宜等。致信席勒,关于《坦克雷德》《伊菲革涅亚》等。〈亲笔〉顺带还有伊拉斯谟·弗兰齐斯齐的《可怕的普罗透斯》②和贝克的《有魔力的世界》③。

12 月 18 日

　　把《坦克雷德》第二幕寄给伊夫兰。

---

① 歌德儿子奥古斯特曾请洛德在留言册上题词。
② 伊拉斯谟·弗兰齐斯齐(Erasmus Francisci, 1627—1694),纽伦堡作家,曾创作《可怕的普罗透斯》(Der Höllische Proteus)。普罗透斯,希腊神话中变幻无常的海神。
③ 巴尔塔萨·贝克(Balthasar Bekker, 1634—1698),荷兰医生、作家,曾创作《有魔力的世界》(Die Bezauberte Welt)。歌德于 1801 年 2 月 14 日从魏玛图书馆借出以上两本书。

937. 歌德致席勒

1800 年 12 月 22 日　星期一

随信附上的这本优美的小册子①也许即将寄到宫廷您手上,您可以暂时留它几天。不可否认,部分内容写得十分出色。

我至少还需三天才能完成我的《骑士》②。在这短短的几天中,悲剧的痛苦③真的很折磨我。倘若没有答应伊夫兰④,我早就可以完成翻译,又出现在您面前了。因为立即让人准确地校正、抄写所有内容,且再次通读,耽搁了我。您知道这样一份工作是如何进行的。相反,如果全神贯注地去完成它,那也很好。我们年初就需要上演这部作品。原本我犹豫了很久,按照我的方式,对于一个开头来说,余下的工作太浩大了。人们不相信在这样一部作品中会插入各种线索,直到他们自己去把线索一一解开。

这是我对过去八天的自白。我希望,您也会跟我讲述一些事情和更好的方法。

我的孤独生活仍在继续,我只在天气最好的一天散步过一次。弗里德里希·施莱格尔、哈鲍尔⑤和尼特哈默尔来看望过我。

为了给予一百周年纪念活动一份大力支持,星期五我会带上谢林。

此外,为了尽可能利用这漫漫长夜,我读了很多书。祝您安康,希望不久后再次与您共度夜晚。

耶拿,1800 年 12 月 22 日　　　　　　　　　　G

---

① 指奥古斯特·威廉·施莱格尔的一部讽刺作品。

② 指翻译伏尔泰的《坦克雷德》。

③ 此处影射亚里士多德在《诗学》(Poetik) 中所使用的概念: der tragische Jammer。

④ 伊夫兰建议,歌德翻译的《坦克雷德》在 1801 年 1 月 18 日举行的加冕盛典上演出。

⑤ 弗兰茨·约瑟夫·哈鲍尔(Franz Joseph Harbauer, 1776—1824),耶拿的医学学生,后在耶拿和巴黎当医生。

938. 歌德致安娜·亨丽埃特·许茨①

1800 年 12 月 22 日　星期一

倘若有人总是宁愿给予一个同意的回答，而非一个否定的回答②，那么，我很抱歉，我现在正处于后一种情况。

公爵殿下十分确信，戏剧娱乐与学术目的不符，所以他不能破例。

尊敬的宫廷顾问夫人，不久后我再找其他机会，以某种方式来满足您的愿望。

向您致以最诚挚的问候！

耶拿，1800 年 12 月 22 日　　　　　　J. W. v. 歌德

---

① Anna Henriette Schütz（1751—1823），耶拿诗学教授克里斯蒂安·戈特弗里德·许茨（Christian Gottfried Schütz，1747—1832）的夫人。
② 许茨夫人请歌德在新年之夜在她家演出一部喜剧。

939. 歌德日记(亲笔)

1800年12月24日 星期三

《坦克雷德》完成。波尔塔的《自然魔法》①。

---

① 《自然魔法》(Magia naturalis)是意大利自然哲学家波尔塔(Giambattista della Porta)的主要著作。歌德仅仅记下了这个标题,还是通读了这部作品, 无法确定。

940. 歌德致 J. F. 罗赫利茨[①]

1800 年 12 月 25 日　星期四

　　您相信,我会十分关心您突然遭遇的这次特殊的命运变化[②]。既然关系已断,您就不要再犹豫去建立其他联系,首先应疏解自己。如果您偶尔给我写信,我会非常愉快。虽然我不是最好的、最忠实的通信者,但我们偶尔可以讨论戏剧艺术,在这方面,您之前已经做了很好的尝试。

　　正是在这个意义上,我想再次表达我的愿望,希望您参与奖项的竞争[③]。因为做这件事,会激发您的想象力空间,使您摆脱这段时间可能一直在困扰您的其他想法。

　　我想让这部尚未命名的、小的新剧本上演,并非因为我认为这个剧本比前一个差,而是为了更加纯粹地看到它会带来什么效果。

　　我会做一些小改动,稍后会告知您原因。

　　随信附上此前您寄过来的钱[④]的收据。我们的办公处会利用充足的盈余举办一个庆祝活动。

　　关于您的事情[⑤]我能写下来的,相信一位有教养的男士自己也会说出来,而出于我多年的经验想对您说的,我却不能写下来。也许不久后我们会在某地见面,我们会真心地信任彼此。

　　祝您在新世纪一如既往身体健康,像现在一样,带着智慧和天赋参与到赐予人的事情中。向您致以友好的问候。

　　　　　　耶拿,1800 年 12 月 25 日　　　　　　　　歌德

---

① 约翰·弗里德里希·罗赫利茨(Johann Friedrich Rochlitz, 1769—1842),莱比锡作家、音乐评论家,1801 年起任萨克森-魏玛公国顾问。
② 指罗赫利茨与他的未婚妻在 12 月婚礼即将举行前分手。
③ 在本年度最后一期《雅典娜神殿入口》上,歌德发布了 1801 年喜剧竞赛的通知。
④ 罗赫利茨被任命为萨克森-魏玛公国的顾问,这笔钱是签发这道政令的费用。
⑤ 指罗赫利茨与未婚妻分手。

魏　玛

1800 年 12 月 26 日至 1801 年 3 月 25 日

941. 歌德致 N. 迈尔

1800 年 12 月 30 日 星期二

101　　尊敬的医生先生,一段时间以来,我们一直在为您担忧,直到收到您的上一封来信,终于使我们不再担忧。虽然情况还不安定,但听到您身体十分健康,我非常高兴。希望利用您身边的战事①使得您外科医学方面的经验得到最好的发挥。

劳烦您草拟一份对马库斯②和勒施劳布③这两位先生的描述,主要介绍他们做老师的情况,既包括在讲台上,又包括在病床边;既涵盖彼此对比,又有与我们在耶拿的其他著名学术教师的比较。如您能将这份报告寄给我,真是帮了我们一个大忙。只是我必须请求您,对任何人都不要提起这个任务。

祝您身体健康,并向您致以诚挚的问候!

魏玛,1800 年 12 月 30 日

歌德

---

① 迈尔原打算从魏玛去维也纳,但只到了班贝格,在那里做了野战医生。
② 阿达贝尔特·弗里德里希·马库斯(Adalbert Friedrich Marcus, 1753—1816),班贝格医生。
③ 安德烈亚斯·勒施劳布(Andreas Röschlaub, 1768—1835),班贝格医生。

942. 歌德日记

1800 年 12 月 30 日　星期二

　　中午在宫廷。《创世纪》①排练，然后在宫殿。晚上与宫廷顾问席勒先生在一起。

---

① 海顿的清唱剧《创世纪》(Schöpfung) 即将于 1801 年 1 月 1 日上演。

943. H. 斯特芬斯①

1800 年 12 月 31 日　星期三

　　这个世纪真正的开端我是和我的耶拿朋友们一起度过的,也就是在魏玛参加了一个由宫廷举办的化装舞会。我获准事后再着重描述这个夜晚。安排妥当的、由歌德设计的一幕作为舞会开场。

　　〈……〉午夜过后,歌德、席勒和谢林退场到隔壁小室。我可以加入他们的聚会。桌上放着几瓶香槟,谈话变得更加活跃。作为北欧人,我酒力超群,始终比这几位长者清醒。此时,两位重要人物发生的变化引起了我的注意。歌德毫无拘束、轻松愉快,当然也有些傲慢,而席勒变得越来越严肃认真,不厌其烦地对广义的、教条的美学进行阐释。他们最大的相似之处在于席勒对克洛卜施托克②的公开批评。当歌德用他报告中任意一个巧妙的反驳把他弄糊涂时,席勒并未被扰乱。谢林始终保持平静的态度,我几乎觉察不到他有任何变化。胡费兰医生刚刚正想听从召唤去柏林。他晚一点走进来,这位出色的男士如此受欢迎,他毫不避讳地表达对普鲁士的反感。他脾气很好,因而成为我们开玩笑的对象。

　　这个夜晚对我来说变得更为重要,因为不久后我在弗赖贝格(Freiberg)获悉,这个夜晚给歌德带来了多么危险的后果。如果我没有弄错的话,这是他生命中第一次经受如此重病,这场大病的后果就是,死亡即将到来的想法多年来一直让他十分痛苦。

---

① 亨里克·斯特芬斯(Henrik Steffens,1773—1845),挪威裔哲学家、自然科学家、作家。
② 弗里德里希·戈特利布·克洛卜施托克(Friedrich Gottlieb Klopstock,1724—1803),诗人。

944. 歌德日记

1800 年 12 月 31 日　星期三

晚上与宫廷顾问席勒先生和谢林教授共进晚餐。

945. J. H. 福斯(小)①致博尔姆②
(1804 年 5 月 1 日)

103 **1800 年 12 月末?**

　　你仍然认为歌德是拘谨的、冷漠的大臣,是吗?人们普遍这样说。柏林的坦率③以低劣的方式广泛传播这个谣言。然而,这其中有一些真实性。期待歌德(如毕尔格④所做)会无能地付出、软弱地让步、真诚地偎依的人,通常就被骗了。可以以我为例,三年前我离开席勒后,首次来拜访歌德,我也认为他是这样的人。他的眼睛让我反感,这是庞然大物对未准备好的眼睛的印象。我充满敬畏地离开他,但是并不喜欢他。后来我经常看到他,却从未克服我的害羞,也未唤起我纯粹的信任。

---

① 约翰·海因里希·福斯(小)(Johann Heinrich Voß d. J.，1779—1822)，语文学家,1806 年起在海德堡任教授。
② 约翰·弗里德里希·博尔姆(1782—1855)。
③ 此处影射科策比(Kotzebue)和默克尔(加利布·黑尔维希·默克尔，Garlieb Helwig Merkel，1769—1850，作家)共同出版的杂志《坦率的人》(Der Freimüthige)，几年来一直批评歌德。
④ 戈特弗里德·奥古斯特·毕尔格(Gottfried August Bürger，1747—1794)，诗人。

1801 年

946. 歌德日记

1801年1月2日　星期五至1月6日　星期二

1月2日

处理各种事务,与封·沃尔措根先生谈论宫殿建造事宜。

104

1月3日

我的炎症①加重。耶拿的哈鲍尔先生在我们这儿。

1月4日

中午聚会,宫廷顾问维兰德先生、枢密顾问福格特先生、宫廷顾问席勒先生和谢林教授参加,我因炎症加重没能出席。封·沃尔夫斯凯尔先生在我这儿,商谈社团事宜②。谢林教授离开魏玛。

1月5日

一天中大部分时间都躺在床上。殿下和宫廷顾问席勒先生来看望我。

1月6日

病情不见好转,因此大部分时间都卧床。

---

① 歌德患上了丹毒。
② 1800年初在魏玛成立了一个面向贵族和市民阶层的社团,共有五十名会员,均为高官。歌德和席勒是荣誉会员,但几乎不参加社团活动。

947.卡洛琳·赫尔德①致克内贝尔
(1801年1月22日)

1801年1月7日　星期三

105　　歌德的病开始时是炎症,是在1月1日海顿的《创世纪》演出时患上的,现在已逐渐转变成丹毒瘤,并伴有发烧和痉挛咳嗽。病情发展很快,以防窒息,他不能再躺在床上。他的医生胡施克②认为有必要放血,但他不想。1月7日,由于瘤和化脓,左眼十分危险,这个瘤的炎症蔓延到头部和颈部的所有腺体。严重的情况出现在下午。医生开具处方:大量放血并随之洗脚。这两种方法救了他。在这个夜晚和清晨,他已经不认识人了,之前还好的右眼现在也被疾病侵袭,通过这只眼睛,他看到眼睛的血管在墙上是红色的,就像一切在他眼前都是略呈红色的。在放血和洗脚后的这个夜晚,脚上出现了一个丹毒状的瘤,脸上的瘤逐渐在消退。皮肤呈现一种棕色,这同样十分危险。第一天我们谈到这种状况时,施塔克③认为他有生命危险,施塔克害怕他会中风,因为头、大脑和胸腔都受到了严重侵害。

---

① 玛丽亚·卡洛琳·赫尔德(Maria Caroline Herder,1750—1809),约翰·戈特弗里德·赫尔德(Johann Gottfried Herder,1744—1803)的妻子。
② 威廉·恩斯特·克里斯蒂安·胡施克(Wilhelm Ernst Christian Huschke,1760—1828),歌德和席勒在魏玛的家庭医生。
③ 约翰·克里斯蒂安·施塔克(Johann Christian Starcke,1753—1811),医生,1786年起任卡尔·奥古斯特公爵的御医。

948. 歌德日记

1801 年 1 月 7 日 星期三至 1 月 9 日 星期五

1 月 7 日

眼睛的炎症最严重,痉挛咳嗽也很剧烈。

1 月 8 日

过去的一夜十分不平静,一点也没睡,咳嗽仍然很严重。

1 月 9 日

和星期四一样,这个夜晚也不平静,这是最严重的时刻。早上 8 点睡了三个小时。痉挛有一点缓解,眼睛也下垂了三分之一。

949. 席勒致科塔(1801 年 1 月 10 日〔8 日?〕)

1801 年初

106　　　可惜歌德现在病得很重,他的医生们害怕会发生不幸。即使他现在脱离危险,也会十分虚弱,并且容易感染疾病,这会阻碍他的工作。这是一种炎性高烧,左眼爆发严重的丹毒,并伴有疼痛抽搐。医生害怕外部炎症会侵入大脑,或者会中风。今天已是第六天,在下一封信中我告诉您他的身体状况。

950. 歌德日记

1800年1月10日　星期六

过去的一夜同样只睡了几个小时,咳嗽有所减轻,但吞咽很困难。所有茶点都不能吃。

951. J. Chr.洛德致席勒(1801 年 1 月 13 日)

1801 年 1 月 11 日　星期日

　　近来我发觉,没有人在我们敬爱的病人身边给予他足够的尊重,猜出他的小需求,不强求地照顾他,并且足够按时地遵照医生的处方。

952. 歌德日记

1801 年 1 月 11 日　星期日

总体来说，过去的一夜是近来最平静的一夜。午夜过后，睡了三个小时。一天中大多时候也是睡着度过的。

107

953. 夏洛特·封·施泰因致其子弗里茨
（1801 年 1 月 12 日）

1801 年 1 月 11 日　星期日或 12 日　星期一

　　我并不知道，我们之前的朋友歌德对我来说是如此珍贵，他已患病九天，这场重病使我内心无比伤痛。痉挛性咳嗽，同时伴有水痘丹毒使他无法卧床，只能一直保持站立的姿势，否则就会窒息。脖子肿得和脸一样大，里面长满了水泡；左眼像一个巨大的果仁凸出来，流出血液和杂质。他常常谵语。人们害怕他脑部发炎，便为他进行放血治疗，用芥末按摩双脚，由此双脚肿大，情况似乎有所好转。但这个夜晚痉挛性咳嗽却再次出现，我十分害怕，因为他昨天刚刚剃须。在我离开他身边前，我会写信告知你他病情趋于好转还是去世。这些天来，席勒夫人和我已经为他流了很多眼泪。现在我感到十分遗憾的是，新年时他曾想来看望我，我却因头痛卧病回绝了他，如今我可能再也见不到他了。

954. 里默尔①

1801 年 1 月 7 日 星期三至 1 月 12 日 星期一

或许最为重要的是那个对救世主的顿呼②。1801 年初,他身患重病。在谈及他生命的这一时期时,他的夫人一再证实,他疼痛难熬,出现了高烧性谵妄,带着真正的热情对救世主说出了最激动人心、感人肺腑的话语。那时没有人想到去记录这些话语,他的夫人对此很遗憾。比其他任何事情都应记录下来的是,在他的内心有一种怎样的基督教宗教信念,以及在如此境况中,这种信念是如何受到推动得以毫无虚伪、毫无保留地表达出来。

---

① 弗里德里希·威廉·里默尔(Friedrich Wilhelm Riemer,1774—1845),1801 年至 1803 年任威廉·封·洪堡家的家庭教师,1803 年至 1805 年任歌德秘书和其子奥古斯特的家庭教师。
② 修辞学中,把不在场的人当作在场的人招呼。

955. 歌德日记

1801年1月12日　星期一

过去的一夜十分不安，一夜未睡，伴随着又一次干咳。早上感觉还好，剩下的一天大部分时间都在睡觉。

956. 席勒致克尔纳（1801 年 1 月 13 日）

1801 年 1 月 13 日 星期二前

也许你已听说，歌德突然生了重病，有几天情况十分危险。开始时虽像水痘，但随后出现了抽搐、咽喉发炎。为他治疗的施塔克害怕会发展成脑炎。但这三天来，一切又趋于好转。他听说，我会给你写信，因此让我代为问候你。

957. 歌德日记

1801 年 1 月 13 日　星期二

过去的一夜未眠,但也不是没出汗,所以白天感觉还好。

958. 夏洛特·封·施泰因致其子弗里茨
（1801 年 1 月 14 日）

1801 年 1 月 12 日　星期一至 1 月 14 日　星期三

　　歌德的病情有所好转，但必须要到二十一天才能确定痊愈。炎症损伤了他的头和横膈膜，因此这段时间仍可能出现问题。昨天他胃口很好，喝了我带去的汤。他的眼睛也有好转，只是他还很悲伤，哭了三个小时，尤其是看到奥古斯特的时候。奥古斯特最后只能求助于我：这个可怜的男孩引起了我的同情，他十分悲痛，但他已习惯于借酒消愁。最近他在他母亲那个阶层的俱乐部喝了十七杯香槟，我尽全力阻止他喝酒。

959. 夏洛特·席勒致弗里茨·封·施泰因 (1801 年 2 月 17 日)

1801 年 1 月 12 日 星期一至 1 月 14 日 星期三

您已知道,歌德病得很重,因此我们十分害怕。这个病接近脑炎,施塔克及时救了他,对他施用了十分关键的放血治疗。席勒在与他的友谊中,由于能够贴近他的精神,因此获益良多,他再也找不到任何能与他如此深交的朋友。由于席勒的缘故,我能感觉到我们会失去多少歌德的精神,倘若我感觉不到,失去他也就不会让我如此痛彻心扉。我也由衷地爱着歌德,以致我很难想象没有他的世界。无论我在这里是否会比在耶拿更少见到他,我都会通过席勒的转达感受他的精神生活。席勒几乎每天都陪在他身边。我们女性是否能毫无顾忌地进入他的家,取决于他的家庭内部情况①。虽然席勒从未见过这个家的女主人陪伴在侧,用餐时她也从未出现过,但其他人可能不会相信,即使在我们这样的人分担这种陪伴时,她也会躲起来。您最好知道,在这里的人情况如何,他们多么焦急地等待,等等。人们不会受到各种虚构的侵害。

---

① 此处夏洛特·席勒在影射歌德处在魏玛的上流社会,他与克里斯蒂安娜·武尔皮乌斯的关系不恰当。

960. 歌德日记

1801 年 1 月 14 日　星期三至 1 月 15 日　星期四

1 月 14 日

过去的一夜大部分时间在睡着。继续出汗,早上感觉还好。

1 月 15 日

这一夜同样也睡着,一切都趋于好转。

961. 伯蒂格致 Chr. G. 海涅[①]
（1801 年 1 月 16 日）

1801 年 1 月上半月

　　事态如此，我十分怀疑他（L. F. 胡贝尔[②]）会获准得到公使参赞一职[③]。在所有此类事件中，歌德能独自为公爵处理。十天前他病入膏肓，但现已得救，差点失去他让公爵觉得他更加珍贵。歌德完全是为了朱庇特的童仆（维兰德如此称呼施莱格尔兄弟）的利益。这对兄弟对胡贝尔有多愤怒[④]，没能表达出来，他们的想法传达给了歌德[⑤]。再加上胡贝尔那篇出色的书评对《威廉·迈斯特》赞美不足，侮辱有余。歌德憎恨我，并且默许施莱格尔兄弟诬蔑我是维兰德的持盾牌的扈从。

111

---

① 克里斯蒂安·戈特洛布·海涅（Christian Gottlob Heyne，1729—1812），古语文学家，1763 年起在哥廷根任教授。
② 路德维希·费迪南德·胡贝尔（Ludwig Ferdinand Huber，1764—1804），作家。
③ 此处指卡尔·奥古斯特公爵无意晋升胡贝尔。
④ 胡贝尔一直对施莱格尔兄弟持批评态度。
⑤ 不仅胡贝尔对施莱格尔兄弟的批评，还有他刚刚发表的、表扬与批评兼具的关于《威廉·迈斯特的学习年代》的书评都惹恼了歌德。

962. 歌德日记

1801 年 1 月 16 日　星期五

和昨天一样。

963. 歌德致伊丽莎白·戈雷①（草稿）

1801 年 1 月 17 日　星期六

经历了一场可怕的身体危机后，我重获健康。在此期间，似乎失去个体，这种状态长达十天。或许我可以说，倘若不是左眼的肿瘤让我想起旧病的威力该多好。但医生们断言，不久后这只眼睛会恢复自然状态。在此，向尊敬的戈雷一家和哥达的奥古斯特王子致以最诚挚的问候！

魏玛，1801 年 1 月 17 日

---

① 伊丽莎白·玛丽亚·戈雷（Elisabeth Maria Gore，1754—1802），女画家。

964. 歌德日记

1801 年 1 月 17 日　星期六

枢密宫廷顾问洛德先生、枢密宫廷顾问施塔克先生、枢密顾问福格特先生、宫廷顾问席勒先生在我家。

965. 卡洛琳·赫尔德致克内贝尔
(1801 年 1 月 21 日)

1801 年 1 月 19 日 星期一

歌德还活着,为此我们要感谢上帝。没有他魏玛不会变好。当情况变得混乱时,他总是那个设限的人。

112 前天,我先生去看望了他——发现公爵和席勒也在——这样的"三和弦"对他来说很陌生——不寻常——他心情不悦地回了家,直到夜里睡觉时心情才有所舒缓。

966. 歌德日记

1801 年 1 月 19 日　星期一至 1 月 25 日　星期日

1 月 19 日

与宫廷顾问席勒先生、赫尔德、公爵殿下在一起。开始翻译特奥弗拉斯图斯①的颜色学小书②。

1 月 20 日

布兰迪斯的第三卷③。晚上与宫廷顾问席勒先生在一起。

1 月 21 日

与内廷顾问封·艾因西德尔④先生和宫廷顾问席勒先生在一起。觐见殿下。

1 月 22 日

觐见殿下。晚上欣赏乐队队长克兰茨⑤、马蒂采克⑥小姐和本达⑦小姐的音乐会。与梅利什⑧先生、宫廷顾问席勒先生在一起。

① Theopharast，古希腊哲学家，亚里士多德的学生。
② 这本书歌德从魏玛图书馆借阅了三次，他用这部作品来续写《颜色学》。
③ 指医学家约阿希姆·迪特里希·布兰迪斯(Joachim Dietrich Brandis，1762—1846)翻译的达尔文的《动物生理学或有机生物定律》(Zoonomia, or the laws of organic life)。
④ 弗里德里希·希尔德布兰特·封·艾因西德尔-沙尔芬斯泰因(Friedrich Hildebrand von Einsiedel-Scharfenstein，1750—1828)，作家、翻译家。
⑤ 约翰·弗里德里希·克兰茨(Johann Friedrich Kranz，1752—1810)，魏玛的小提琴家、作曲家。自 1799 年起任宫廷乐队长。
⑥ 弗兰齐斯卡·马克西米莉安妮·马蒂采克(Franziska Maximiliane Matiegzeck)，女演员，于 1794 年至 1801 年在魏玛宫廷剧院。
⑦ Benda，魏玛女演员。
⑧ 约瑟夫·查尔斯·梅利什(Joseph Charles Mellish，1769—1823)，英国外交家、作家、翻译家。

1 月 23 日

与殿下和宫廷顾问席勒先生在一起。

1 月 24 日

早上 4 点公爵殿下出行。此前枢密顾问福格特先生在我家。晚上眼睛第一次睁开。

1 月 25 日

一整天大多时间在阅读。晚上与宫廷顾问席勒先生在一起。

967. 夏洛特·封·施泰因致其子弗里茨
（1801 年 1 月 27 日）

1801 年 1 月 26 日 星期一 113

　　昨天我与席勒夫人看望歌德。当他重回这个世界之时，他请求我们的友谊重新开始，患难之交不常有。但他的眼睛还在发炎，主要是表面皮肤而非眼球。他长达五天不省人事，当他恢复意识时，他只知道一种特殊的感觉，能忆起诸如风景之类一般事物等。当他再次感受到个人的生命时，他感到悲伤。昨天我觉得他很愉快，但易怒，因为他很生气在这儿上演科策比的剧作①。《显示的癖好》②我没有看过，所以不知道他在多大程度上说得对。

---

① 1 月 10 日科策比的悲剧《奥克塔维亚》(Octavia) 第一次在魏玛上演。
② 1800 年 9 月 25 日科策比的喜剧《访问或显示的癖好》(Der Besuch oder Die Sucht zu glänzen) 在鲁多尔施塔特 (Rudolstadt) 首演，于 1800 年 10 月 1 日和 13 日在魏玛仅上演两次。

968. 歌德日记

1801 年 1 月 26 日　星期一至 1 月 28 日　星期三

1 月 26 日

口授《颜色学》。封·施泰因夫人和宫廷顾问席勒夫人来看望我。与来自远方柏林的贝特曼①先生和枢密宫廷顾问洛德先生在一起。

1 月 27 日

早上口授《颜色学》。公使馆参赞格宁来看望我。晚上与公爵夫人阿玛利亚、封·沃尔夫斯凯尔小姐、内廷顾问封·艾因西德尔先生、宫廷顾问席勒先生在一起。

1 月 28 日

早上翻译特奥弗拉斯图斯。致信伊曼努埃尔·赖曼,寄往布特施泰特,有关在上罗斯拉的用小推车种树一事。傍晚与宫廷顾问席勒先生在一起。晚上继续翻译特奥弗拉斯图斯。

---

① 海因里希·爱德华·贝特曼(Heinrich Eduard Bethmann,1774—1826),柏林演员。

969. 歌德致公爵夫人露易丝(草稿)

1801年1月29日　星期四

尊贵的殿下赐予我这份运气,再次写信给您。诚挚感谢您对我目前如此有问题的命运的仁爱和垂怜。

如今我又恢复体力,我能感受到再次经历这一天的快乐。对我来说,这一天一直是一个节日①,在这一天我比平日加倍希望尊贵的殿下身体健康。望尊贵的殿下和您家人幸福与日俱增。

我以官殿建造委员会的名义呈献一幅画,望您收下,这幅画放在您身边实为得宜。画框将按照普通式样更改。

希望不久后能再次亲自晋谒殿下,当面重述我是多么长命,等等。

　　　魏玛,1801年1月29日

①1月30日是公爵夫人露易丝的生日。

970. 歌德致科塔

1801 年 1 月 29 日　星期四

新的世纪,于我,并不太好,因为我在头几天突发恶疾。这场并非出乎意料的疾病长达九天,期间我几乎不省人事,甚至深深怀疑生命是否会延续。然而,在这个月的下半月我又恢复了健康,重获新生。

在我康复期的前几日,我收到了那本戈蒂耶①,随即粗略地通读了一遍。购买这本书,显示出您特别的服务,同时,为了如此实用的普卢科凯特②的作品的译本,我要向您表达诚挚的谢意。

我希望不久后能获悉维吉尔奖励③,以便我们结清小账,并能整顿好这里的王室图书馆。

我不理解,那位友好的费尔梅伦④为何声称我是他的《年鉴》的重要参与者。我还记得,他向我谈及此意图时,我曾表示将来为此写一篇文章,并非无可能。但今年,尤其是当下这种情况,我绝不会有此想法。我要避免提早尝试为《艺术年鉴》写文章,直到我体力恢复。我只希望能为您的女性日历提供一些素材。

此外,我们相距如此遥远,实在遗憾。如住得近,我们便可利用一些机会来解决小事。如今登载在泽肯多夫的口袋书中的这部小戏剧⑤,连同由梅利什先生翻译的英文译本和在《高雅世界报》上刊载的铜版画,合为一体,用宽间隔的板式印刷,并点缀些许戏谑和恭维,

---

① 雅克·法比安·戈蒂耶·德·阿格提(Jacques Fabien Gauthier d'Agoty,1717—1786),法国画家、铜版雕刻家、物理学家、天文学家。此处指其著作《颜色的形成或产生》(Chroagénesie ou génération des couleurs)。
② 威廉·戈特弗里德·普卢科凯特(Wilhelm Gottfried Ploucquet,1744—1814),蒂宾根的医学教授。
③ 参见第859篇日记。
④ 约翰·伯恩哈德·费尔梅伦(Johann Bernhard Vermehren,1774—1803),作家、耶拿的哲学讲师。
⑤ 指《帕莱欧夫龙与内奥特佩》。

实为范本。不能单就此事通信，因为一切取决于时机，所以需让此事随意掠过。

在我的书面名录里还找到一些目前还没有弄到的、较老的法语书籍。也许您会像买到戈蒂耶的书一样，幸运地买到这些书。在下一封信中告知您书名。

祝您安康，不久即会平静地收获您的劳动成果！

魏玛，1801 年 1 月 29 日　　　　　　　　　　歌德

971. 歌德日记

1801年1月29日　星期四至1月31日　星期六

116

1月29日

早上翻译特奥弗拉斯图斯。与卡斯佩斯小姐讨论阿美奈得①这个角色。晚上与宫廷顾问席勒先生一起参与排演。致信图雷教授，报告画作与图样已到。**致信科塔先生**，寄往蒂宾根，信中写道：戈蒂耶和普卢科凯特的书已收到，要价如所愿；费尔梅伦的《年鉴》一事；10月24日为节日而写的戏剧②一事；以及其他杂事。

1月30日

早上贝克尔先生③离开。《坦克雷德》。与枢密顾问福格特先生在一起。饭后与格宁先生在一起。与宫廷顾问席勒先生一起参与排演。

1月31日

查阅各种不同的法国戏剧④和库赞的《新词词典》⑤。写几封信。晚上《坦克雷德》演出，演出结束后与宫廷顾问席勒先生在一起。

---

① Amenaide，《坦克雷德》里的人物。这部剧于1月31日在魏玛首演。
② 指《帕莱欧夫龙与内奥特佩》。
③ 指海因里希·贝克尔。
④ 歌德为魏玛剧院挑选保留剧目。
⑤ 指笔名是库赞·雅克(Cousin Jacques)的法国作家路易·阿贝尔·贝弗鲁瓦·德·赖尼(Louis Abel Beffroy de Reigny，1757—1811)的《人与物的新词词典》(Dictionnaire néologique des hommes et des choses)，歌德于2月5日从魏玛图书馆借出此书。

972. 歌德致母亲①（亲笔）

1801 年 2 月 1 日　星期日

亲爱的母亲，我亲笔给您写这封信，是为了让您相信，我目前的身体状况尚可。

这场病来得并非毫无征兆，因为我的身体已有一段时间不完全正常。倘若去年我能与更早时候一样去洗温泉浴，也许我的身体会更硬朗，就不会生病。但因我没有诉说原委，所以即使医术最高的医生也不知道该建议我做些什么。有人想动员我去派尔蒙特（Pyrmont），但这次旅行却因懒惰、公务和经济问题而受阻。于是，危急关头的决定就听任于偶然了。

在各种黏膜炎性症状出现后，去年年底，疾病终于爆发了。我几乎记不得那危险的九天九夜，关于此，您已收到消息。

我一恢复意识，病情就很快好转。现在我体力相当好，脑力似乎不久后也会恢复如初。

令人颇感奇怪的是，在这个月，类似病症在我们附近和相当遥远的地方都出现过。

在这个危急关头，我亲爱的小女人②是多么善良、细心、体贴，您可以想象，我怎样称赞她不辞辛苦地照顾都不够。奥古斯特同样也表现得很勇敢，在我重获生命时，他们俩给了我很多快乐。

公爵殿下、王室、城市和邻居们在我生病期间给予我的关心给我带来了很大慰藉。至少我可以自夸，人们对我有好感，且把我的存在看得十分重要。

因此，我们也想从这里拿取最好的，想看看，我们是如何逐渐重获新生的。

我希望您能健康快乐地度过这个冬天。因为观察社会和做事均

117

---

① 卡塔琳娜·伊丽莎白·歌德（Katharina Elisabeth Goethe，1731—1808）。
② 指克里斯蒂安娜。

未受到妨碍,所以我想,不能毫无收获和乐趣地度过这几个月痛苦的日子。

在此奉上《坦克雷德》的招贴。在我生病前不久,我刚刚完成这部剧的翻译。代我问候所有朋友!

魏玛,1801 年 2 月 1 日   G.

973. 歌德致谢林

1801年2月1日　星期日

衷心感谢您对我病情的关心！很期待几天后再次与您相见，希望一切顺利成行。可惜上次我们道别时，病魔侵袭，威力很大，很快我便失去了存在的意义。您在这里期间，我也感到自己的脑力完全用不上。

经过这些天的尝试后，一切似乎都已走入正轨。当然这得在以后才会显现出来。我身体上的病症日趋消退，体力逐日增强，因此，我们想看看，通过对精神和身体的呵护，我们逐渐会达到多远。

请您偶尔写信给我，写写您最近对什么感兴趣，由此在我心中也会产生越来越多的共同点。

我饶有兴趣地读完您为埃申迈尔①的文章做的附录。如果我需要一个比喻的话，那么我就像一个在黄昏走上熟悉的路径并顺利找到正路的人，无需去清楚辨别任何一个所路过的事物。

费希特在《文学汇报》上的预告②让我有所思考，并给我带来了乐趣。

为了至少可以做一些事情，这几日我开始翻译特奥弗拉斯图斯那本颜色学的小书。这是一个奇特而又困难的任务，但完成它也并不会没有收获。

祝您安康，请您不久后再与我交谈。

　　　　魏玛，1801年2月1日　　　　　　　　　　　歌德

---

① 卡尔·奥古斯特·封·埃申迈尔（Karl August von Eschenmayer，1768—1852），蒂宾根的医学和哲学教授。

② 指费希特对其《知识学》（Wissenschaftslehre）最新阐释的预告。

974. 歌德日记

1801年2月1日 星期日至2月4日 星期三

2月1日

与顾问克劳斯①先生、公使馆参赞格宁先生、内廷顾问基尔姆斯先生在一起。下午与财务专员赛德尔②、泽肯多夫、宫廷顾问席勒先生在一起。**致信谢林教授先生**,寄往耶拿,随信附上斯特芬斯的杂志③的校样。

2月2日

与封·哈克④先生在一起。中午乘车兜风。饭后与保卢斯教授先生、封·沃尔措根夫妇在一起。晚上与宫廷顾问席勒先生短聚。然后睡了片刻,饭后读了几篇塞万提斯的短篇小说。**致信顾问歌德夫人⑤**。杂志由邮政马车运送邮寄。一封信由信使骑马邮寄。

2月3日

早上口授几封信。**致信根茨⑥教授先生**。与内廷顾问基尔姆斯先生在一起。中午与宫廷顾问席勒先生一起散步。晚上封·格

---

① 格奥尔格·梅尔基奥尔·克劳斯(Georg Melchior Kraus, 1737—1806),画家,魏玛自由画院院长。
② 菲利普·弗里德里希·赛德尔(Philip Friedrich Seidel, 1755—1820),1775年至1788年任歌德的秘书,1789年起任魏玛的财务专员。
③ 指由谢林和斯特芬斯共同出版的《思辨物理学杂志》(Zeitschrift für speculative Physik)。
④ 弗里德里希·卡尔·恩斯特·封·哈克(Friedrich Karl Ernst von Haacke),哥达的宫廷总管。
⑤ 指歌德母亲。
⑥ 约翰·海因里希·根茨(Johann Heinrich Gentz, 1766—1811),柏林建筑学家。他于1801年至1803年掌管魏玛宫殿建造事务。

希豪森①小姐和封·伊姆霍夫②小姐来看望我。

2月4日

口授几封信。接近中午时与内廷顾问里德尔先生和布伦奎尔先生在一起。12点与前者一起散步。傍晚与宫廷顾问席勒先生和枢密顾问福格特先生在一起。

① 露易丝·埃内斯蒂娜·克里斯蒂安娜·尤利亚妮·封·格希豪森(Luise Ernestine Christiane Juliane von Göchhausen，1752—1807)，自 1783 年起任阿玛利亚公爵夫人的侍女。
② 安娜·阿玛利亚·封·伊姆霍夫(Anna Amalia von Imhoff，1776—1831)，女诗人，自 1800 年起任露易丝公爵夫人的侍女。

975. 歌德致赖夏特①

1801 年 2 月 5 日　星期四

并不是每个人都能从旅行中获得像我从我的小小缺席中所获得的这种益处。

我与死神擦肩而过,立即遇到了这么多关心我的人,他们的恭维让我确信,我不仅仅为自己,还为他人而活。不仅熟人和朋友,还有陌生人和疏远的人,都对我表示了友好,如孩子出生时没有憎恨,如孩提时的幸福在于好感多于厌恶。因此,在我重获新生之时,我也该享受这份幸福,消除反感,踏上新的征程。

在这个意义上,我很高兴收到您的来信②,告诉您自己,这封信是用真情实意写就的。像我们这样从前建立起来的关系,如同血的友谊,只能受到非自然事件③的干扰。倘若自然和信念再次建立起来,会更加令人感到高兴。

我受的苦,我很少会说。我并非毫无预警地突然在新年刚过患上此病。我的身体在与如此多样的罕见症状抗争,就连最有经验的医生在一段时间里都怀疑我是否还能康复。这种状况持续了九天九夜,我几乎什么都不记得。最高兴的是,在恢复意识那一刻,我又找回了自己。

有人讲到哈勒④曾从楼梯上摔下,撞到了头,在他站起后,立即按顺序说出中国皇帝的名字,为了试验记忆是否受到损伤。

如果我做类似试验,不应责怪我。在过去的十四天,我也有时间

---

① 约翰·弗里德里希·赖夏特(Johann Friedrich Reichardt, 1752—1814),音乐家、作曲家、作家。1775 年任柏林乐队指挥。
② 写于 1 月 25 日。此前由于赖夏特支持法国大革命,受到了歌德和席勒的猛烈抨击,他与歌德长达五年的友谊一度中止。赖夏特想借由这封信,恢复与歌德的关系。
③ 指法国大革命。
④ 阿尔布雷希特·封·哈勒(Albrecht von Haller, 1708—1777),瑞士诗人、医学家、植物学家。

和机会去忆起那些将我连结到生活、公务、科学和艺术的线条。没有任何一条线像表面一样是中断的,组合一如从前延续;创作似乎也偏安一隅,也许是为了不久后它的影响令我感到愉快。

但我们想把彼此作为久病初愈的人来对待,对这么快的重建感到满意,在一场大病过后,在忙碌的懒散中,违背春意地闲逛。

病后我感受到的第一个较高需求就是寻找能满足心灵的音乐,如果情况允许的话。请您把您最新创作的曲子寄于我,我想和几个朋友借此举办一场晚会。

请您代我向那些在柏林熟悉的和不熟悉的、关心并爱护我的人致以最诚挚的谢意!

唯愿这么多看重我的存在的朋友们将来也生活得快乐且有收获。

再次感谢您在这个时间点对我的亲近,希望您永远健康!

　　　　魏玛,1801 年 2 月 5 日　　　　　　　　　　　歌德

976. 歌德日记

1801年2月5日　星期四至2月8日　星期日

2月5日

　　早上与宫廷园艺师迪特里希①、税务顾问卢德库斯②在一起。处理其他各种事务。中午觐见殿下。傍晚与宫廷顾问席勒先生和尼特哈默尔教授在一起。然后觐见殿下。致信乐队队长赖夏特先生,寄往柏林,感谢他对我的病的关心。

2月6日

　　早上处理杂事。与内廷顾问基尔姆斯在一起。中午乘车兜风。晚上与宫廷顾问席勒先生在一起。

2月7日

　　早上写了一些《浮士德》。下午与封·沃尔措根先生在一起。晚上观看《魔笛》。第一次又置身喜剧。

2月8日

122　　殿下启程去柏林。早上写《浮士德》。下午与内廷顾问基尔姆斯、宫廷顾问施塔克在一起。与小施瑙斯③共进午餐,谈论他打算去米兰旅行。饭后埃勒斯④先生来访。傍晚与宫廷顾问席勒先生在一起,讨论他的新剧作⑤。

---

① 弗里德里希·戈特利布·迪特里希(Friedrich Gottlieb Dietrich, 1765—1850),植物学家。1794 年起任魏玛宫廷园艺师。
② 约翰·奥古斯特·卢德库斯(Johann August Ludecus, 1741—1801),1785 年起任魏玛税务顾问。
③ 卡尔·奥古斯特·康斯坦丁·施瑙斯(Karl August Konstantin Schnauß, 1782—1832),法学家、魏玛的宫廷律师。
④ 约翰·威廉·埃勒斯(Johann Wilhelm Ehlers, 1774—1845),魏玛歌唱家、演员、作曲家。
⑤《奥尔良的姑娘》。

977. 歌德致席勒

1801 年 2 月 9 日　星期一

　　请您顶住,这场风暴①终会过去。我原本希望今晚在我孤独时能见到您。如果不是我这种残破的状况夺去了几乎所有希望和勇气,也许我会尤其为了让您高兴而想要并能够工作。

　　昨天我进一步思考了您向我叙述的主题。似乎按照我的方式我也会想到这些,因此我全部赞同。我现在希望也能从头开始了解这部剧的结构。

　　魏玛,1801 年 2 月 9 日　　　　　　　　　　　　　　　G

---

① 席勒再次患病。

978. 歌德日记

1801 年 2 月 9 日　星期一至 2 月 10 日　星期二

2 月 9 日

晚上《浮士德》。

2 月 10 日

早上《浮士德》。处理一些宫殿建造事宜。晚上做我自己的事。

979. 歌德致席勒

1801 年 2 月 11 日 星期三

我很有兴趣听您朗读①,尤其是因为此前我想请您亲自至少从头开始向我讲述这个计划。只是今天我不能出门,因为早上施塔克给我的眼睛做了一个有点疼的手术,我希望是最后一次。由于天寒,禁止我出门。所以,我派车五点半去接您,这样您可以吃完饭再回家。我期望这次朗读不仅为您的工作进程,也为您自己的创作带来诸多益处。

魏玛,1801 年 2 月 11 日　　　　　　　　　　　　G

123

---

① 歌德曾建议席勒,在同一天为他朗读《奥尔良的姑娘》的前三幕。

980. 歌德致 Chr. H. 拉曼①

1801 年 2 月 11 日　星期三

　　尊敬的拉曼先生,现将为您上次寄来的埃尔劳尔葡萄酒②支付的这笔款项,9 卡洛林③寄给您,这样我还有 12 格罗申结存。如果您现在有上好的埃尔劳尔,请您寄给我几瓶样酒。同时我希望您再寄给我几瓶维尔茨堡葡萄酒(这种酒我在宫廷顾问洛德先生家喝过)和几瓶上好的施泰因葡萄酒④,价格一并附上。小箱子里的这六瓶酒或许可以冷藏保存。

　　祝您安康!

　　　　魏玛,1801 年 2 月 11 日　　　　　　　　　　　　歌德

---

① 克里斯蒂安·海因里希·拉曼(Christian Heinrich Ramann, 1764—1816),爱尔福特的葡萄酒商人。
② 参见第 870 封信。拉曼葡萄酒商店已于 1800 年 10 月 14 日将酒寄给歌德。
③ Karolin,结算单位,价值相当于 11 古尔登。
④ Steinwein,施泰因地区产的酒,施泰因是德国著名的酿酒地。

981. 歌德日记

1801 年 2 月 11 日　星期三至 2 月 19 日　星期四

2 月 11 日

早上《浮士德》。宫廷顾问施塔克为我包扎眼睛。4 点半法尔克①先生来访。6 点宫廷顾问席勒先生来访。〈亲笔〉朗读前三幕。

2 月 12 日

早上写《浮士德》。阿布法尔②。下午和晚上独自一人。

2 月 13 日

124

写《浮士德》。

2 月 14 日

〈机打〉早上《浮士德》，此后处理各种事务。

〈……〉

2 月 16 日

《浮士德》。致信科塔先生，关于戈蒂耶、账目③，还包括给胡贝尔特④的信。

2 月 17 日

早上《浮士德》。晚上与宫廷顾问席勒先生在一起。

---

① 约翰内斯·丹尼尔·法尔克（Johannes Daniel Falk，1768—1826），作家、教育家，自 1797 年起，住在魏玛。

② Abufar，公元 8 世纪阿拉伯炼金术士 Abu Musa Dschafar al-Sofi。

③ 参见第 970 封信。

④ 原文为 au Citoyen Hubert。此处究竟指谁，并不清楚。

2 月 18 日

早上《浮士德》。中午散步,傍晚耶拿的法律顾问胡费兰先生来访。**致信顾问歌德夫人**,寄往法兰克福,随信寄去《帕莱欧夫龙与内奥特佩》的一幅铜版画。

2 月 19 日

早上《浮士德》。11 点亚格曼小姐来访,与她讨论《坦克雷德》。下午马蒂采克小姐来访。此后乘车兜风,6 点半去阿玛利亚公爵夫人殿下处吊唁①。晚上在劳伦斯②家用餐。

---

① 阿玛利亚公爵夫人的母亲于 2 月 16 日去世。
② 詹姆斯·亨利·劳伦斯(James Henry Lawrence, 1773—1840),英国作家。自 1799 年起,偶尔住在魏玛。

982. 卡洛琳·施莱格尔①致 A．W．施莱格尔（1801 年 2 月 27 日）

1801 年 2 月 21 日 星期六或 22 日 星期日

谢林又在歌德家待了几天〈……〉。

〈……〉歌德很健康、友好,滔滔不绝地打趣着所有不好的诗人。他看上去面容有点消瘦。为了不再想起这种状况,他已搬离病中所住的房间。席勒说,他所有幻想的主题是自然哲学,自然和哲学。

---

① 多萝西娅·卡洛琳·阿尔贝蒂娜·施莱格尔（Dorothea Caroline Albertine Schlegel，1763—1809），女作家。1796 年与奥古斯特·威廉·施莱格尔结婚，1803 年离婚。

983. 歌德日记

1801 年 2 月 21 日　星期日至 2 月 23 日　星期一

125

2 月 21 日

早上《浮士德》，此后与内廷顾问基尔姆斯先生和格策①商讨劳赫施泰特(Lauchstädt)剧院建造一事。晚上观看《坦克雷德》演出。与谢林教授先生和宫廷顾问席勒先生在我家吃夜宵。致信伊曼努埃尔·赖曼先生，寄往布特施泰特，关于田庄事宜②。

2 月 22 日

早上《浮士德》。与弗罗里普③医生和谢林教授在一起。晚上与宫廷顾问席勒先生在一起。

2 月 23 日

《浮士德》。与耶拿的里特尔、枢密顾问福格特、施塔迪翁伯爵④和封·哈勒⑤先生在一起。

---

① 约翰·格奥尔格·保罗·格策(Johann Georg Paul Goetze, 1761—1835)，1777年至 1794 年是歌德的侍从，自 1794 年起任魏玛的道路建造公务员。
② 1801 年，赖曼成为歌德在上罗斯拉的庄园的承租人。
③ 路德维希·弗里德里希·弗罗里普(Ludwig Friedrich Froriep, 1779—1847)，耶拿的医学教授。
④ 约翰·菲利普·卡尔·约瑟夫·封·施塔迪翁伯爵(Johann Philipp Karl Joseph Graf von Stadion, 1763—1824)，奥地利政治家。
⑤ 卡尔·路德维希·封·哈勒(Karl Ludwig von Haller, 1768—1854)，瑞士大臣、出版人。1800 年至 1806 年在奥地利工作。

984. 歌德致魏玛宫廷内务部

1801 年 2 月 24 日　星期二

　　王室宫廷部门经过判断与确认后,打算宣布对隶属于此部门的乐队队长克兰茨在此事件①中的决定。因我全权委托这个部门,所以从我这方面出发,我必须指出,我认为乐队队长在此事件中的行为特别值得谴责,因为他没有权利以引发丑闻和错乱的方式去批评歌唱演员和乐队,此事产生的影响比他想改正错误的影响坏得多。

　　魏玛,1801 年 2 月 24 日　　　　　　　　　　　　　　　　G

---

① 魏玛乐队队长克兰茨与卡洛琳·亚格曼因莫扎特的《唐璜》的节奏而发生争吵,此后受到剧院经理和公爵的指责。此事导致克兰茨被暂时解职。

985．歌德致阿玛利亚·封·伊姆霍夫（草稿）

1801 年 2 月 26 日　星期四

126

修改一首诗①，如正谈到的这首，或是仅仅提出修改建议，并不是残破的情境下所做的事情。寻找其中一些好的地方也是徒劳，我在偶然打算修改的第三章里所画的虚线和小勾，不想说明任何事情。

倘若您明天晚上 6 点与封·沃尔措根夫人来我这儿喝茶，我们便可以讨论一下要做什么，或许也可以开始修改，以便至少可以寄出一部分。

您简短的一句话将决定我一天的安排。

魏玛,1801 年 2 月 26 日

---

① 指伊姆霍夫的叙事诗《莱斯博斯岛的姐妹》(Die Schwestern von Lesbos)，曾发表在《1800 年艺术年鉴》上，参见第 895 封信。现在作者打算自己出版，希望得到歌德的帮助。

986. 歌德日记

1801 年 2 月 26 日　星期四至 2 月 27 日　星期五

2 月 26 日

　　早上《浮士德》。中午威尼斯的泽诺比奥伯爵①来访。

2 月 27 日

　　口授几封信。晚上茶聚：封·伊姆霍夫小姐、宫廷顾问席勒夫妇、枢密顾问福格特，一直待到晚饭时分。

---

① 阿尔维塞·路易吉·迪·泽诺比奥伯爵（Alvise Luigi Conte di Zenobio，1757—1817），威尼斯人。

987. 歌德致席勒(亲笔)

1801 年 2 月 28 日　星期日

您积极参与《雅典娜神殿入口》,我铭记于心。我给您寄去部分刚刚运来的葡萄酒,请您笑纳。希望您能来我这儿品尝剩下的几种酒。

魏玛,1801 年 2 月 28 日　　　　　　　　　　　　　G

988. 歌德致 A. W. 施莱格尔

1801 年 2 月 28 日　星期日

　　您对我这场意外①的真诚关心，我毫不怀疑，也感谢您对此事的情感表达。这场病十分凶险，但我觉得，我恢复得比预期快。

　　您收到的纪念碑的图纸②附有迈尔的专家意见，对此我也同意。只是我不禁要作出补充：一件艺术品本应美好，将其降级至一个野蛮国家、露天放置，我认为这是罪恶的，尤其是在当下这个不知道下一年度地皮和土地会归属谁的时代。

　　若是一个虚墓，若允许玩弄哀痛，那么我建议，要让金钱和艺术对家族和朋友，而非浴客和牧师产生影响；我建议，用尽全部花费，包括材料、想法、艺术和技术去购买一对骨灰盒，大小正好可置放于房间内，把它们作为自己家里忧伤的享受和一个重要的装饰物。

　　一个定要表现不同事物中那个最值得称赞和最充满希望的、她生命中最爱的活动；另一个则要表现遗物的情况。

　　我突然产生这种想法，一个像沙多③教授这样技艺高超的人，在公平的条件下，如布告所示，很愿意为您效劳。在我们的房子和庄园里，绝不会如此富有艺术感，以至于我们不得不把有教养的东西挤到十字路口去。

　　请您原谅我这个坦率的意见！然而，每个人都有自己的方式去观察这个世界的事物。您会去做那些按您自己的想法认为最好的事情。

　　如果我能成功地创作几首抒情诗，且对您有用，到时我会寄给

127

128

---

① 指生病。
② 这个纪念碑是要为 1800 年 7 月 12 日去世的奥古斯特·伯默尔（Auguste Böhmer, 1785—1800）而建。她是卡洛琳·施莱格尔与已故前夫伯默尔的女儿。
③ 约翰·戈特弗里德·沙多（Johann Gottfried Schadow, 1764—1850），柏林雕塑家。

您。此刻手边没有一首留存，因此，我能否为您效劳尚取决于偶然。

我很高兴您给予我的节日剧一些赞美之辞。演出效果连我自己都感到惊喜。我希望，将类似的东西加入更多的人物改编成一部更大的剧作。

因此大体上我们已放开戏剧的有奖征答，以便留有更多的活动空间。也许我们在第一时间懂得去观察和评价从构思到完成的各个阶段。

您对法国戏剧的优点所说的话，我相当了解：转换成德语，这是如此奇妙，以至于教会德国人去尊重他们并不具备的一些品格比任何时候都难。在这个国家的民众中，有原创和模仿的自身混合。

这次就谈这么多了。祝您安康，代我问候您的夫人。请您让我时常听到您的讯息，不久后再来我们这里。

G.

989．H. 施密特①

1801 年 3 月 1 日　星期日？

　　我决定投身戏剧,但此前并不是没有研究过两位明智的先生的建议②。我怎么能在魏玛对这两位先生的选择有所犹豫呢! 难道席勒不生活在这里,他没有友好地接待我吗? 我求助于他,敢于向他征求意见。这位细心谦虚的先生不想独自承担此事,承诺与歌德一起商量。〈……〉不久后,我真的收到邀请,去席勒家。那是一个星期日下午,5 点。歌德也来了。我朗读了一些,做了独白,并读了莎士比亚《约翰王的生与死》(Leben und Tod des Königs Johann)中的一些场景。此后,歌德详尽且更多的是带着显而易见的内心兴奋之情表达了他对于投身戏剧事业这一步的看法,随后把这些看法用在了我身上。他认为,即使他想在此添加诗人的理解、相应的外表、好嗓音,他也不能绕过两点担忧,即:倘若我现在没做好准备就踏进这个世界,生活本身就会将我抽离他的充满魅力的圈子,同时不再得到好感和喜爱,而我正需要这份好感和喜爱的支持,以使我在通往目标的道路上坚定不移,因为看起来我完全缺乏模仿欲望和模仿天赋,而今,戏剧艺术主要是建立在此基础上,这会给我造成困难。他还烦冗地做了展开说明,随后离开我们这里,正如他所说,去毗连的夫人们的房间。在这期间,最值得爱戴和尊敬的席勒努力向我忠实而详尽地对歌德的想法和表述做进一步解释,但不允许有任何一个补充。此时,他显现出乐于助人的一面,对此我发自内心地感动。

　　〈……〉从这天晚上开始,歌德对我来说更加值得爱戴和尊敬,因为我如此直接地看到并感受到,席勒是多么爱他。

　　歌德回来时,倘若我仍想坚持自己的意愿,他允许我每周去拜访他两次,与他一起讨论背诵下来的角色,真是太令人高兴了。

129

----

① 海因里希·施密特(Heinrich Schmidt，1779—1857),耶拿的法学学生。1801年起在维也纳当演员,此后在埃森施塔特(Eisenstadt)当导演和剧院经理,最后回到维也纳。
② 1801 年,施密特去维也纳前,歌德和席勒把他培养成演员。

990. 歌德日记

1801年3月1日　星期日

130　　　　早上研究光学。午后在宫廷顾问席勒先生家。晚上茶聚：公使馆参赞贝尔图赫先生、顾问克劳斯先生、法尔克先生、爱尔兰人汉密尔顿先生①、封·梅利什先生、宫廷顾问席勒先生。

---

① 此人不详。

991. 歌德致席勒

1801年3月7日　星期六

天色已晚，今天已没有希望再听到您的消息，所以我想在此报告最新发生的事情。

斯图加特的哈特曼先生①已到，我已见过他和他的画，您可以更进一步了解。

我又考虑了奖项问题，暂时认为，从我们诗人所处的经验心理学立场出发，这个问题很好解决。如果那个人带来形式、这个人带来材料，那么，人就站在哲学家和历史学家中间，处在原本的内容领域。

对我来说，在所有时代和地方都讨论过的、不可改变的自然状态就是基础，整幢楼必须在此基础上修建，但这更多地用于回答问题，而非提出问题。

我渴望得知，这个改变是如何触动您的，希望是最好的。

祝您安康，希望不久后得到您的回复。

　　　魏玛，1801年3月7日　　　　　　　　　　　G

---

① 克里斯蒂安·费迪南德·哈特曼（Christian Ferdinand Hartmann，1774—1842），斯图加特画家。

992. 歌德日记

1801年3月7日　星期六至3月8日　星期日

131　**3月7日**

　　早上《浮士德》。中午散步。晚上在剧院。与斯图加特的哈特曼先生在一起。

3月8日

　　《浮士德》。看哈特曼的画。下午乘车兜风。晚上茶聚：顾问克劳斯先生、法尔克先生、枢密顾问福格特先生、政府顾问福格特先生、哈特曼先生、沃尔夫①先生、内廷顾问里德尔先生。

---

① 约翰·康拉德·沃尔夫（Johann Konrad Wolf，1768—1815），卡塞尔雕塑家、灰泥艺术家。他申请承担宫殿装饰的任务。

993. 歌德致卡尔·奥古斯特公爵

1801年3月9日　星期一

尊敬的亲王,希望这封信到达时,您已恢复健康,这样您就可以在休闲之余尽情享受富裕的柏林。

布吕尔伯爵①带来的根茨的图纸②,我会保存到管理人拉伯③到来。根据沃尔夫提供的图纸,我们给上面一层向着锥型顶的四边墙角装上一些天花板和横角线。灰泥工也在忙着,因此,一刻时间都没耽误。

根茨教授会在我们这里待半年的消息着实令我高兴,因为这样一来,每天出现的难题这位大师会自行解决,工程就会完成得更安全、更快速。

关于我,我越来越接近完全康复,似乎已成功。这个即将到来的春天给予我最好的希望。下眼睑的瘤和淤青还没完全消退。

斯图加特的哈特曼已到。他先前在罗马完成的大作和后来的几幅画都显示出这位年轻人的卓越天赋。

接下来我会给封·格罗图斯夫人④写信表示感谢⑤。如此信开头,我同样以对您完全康复的祝愿来结束这封信。

　　　　魏玛,1801年3月9日　　　　　　　　　　　　歌德

---

① 卡尔·弗里德里希·莫里茨·保罗·封·布吕尔伯爵(Karl Friedrich Moritz Paul Graf von Brühl, 1772—1837),普鲁士海因里希王子的宫廷总管。
② 柏林建筑师根茨为宫殿的内部布置所画的草图。
③ 马丁·弗里德里希·拉伯(Martin Friedrich Rabe, 1775—1856),柏林建筑师,受聘参与魏玛宫殿建造,他于3月到达魏玛。
④ 苏菲·利奥波尔蒂娜·封·格罗图斯(Sophie Leopoldine von Grotthuß, 1770—1828)。
⑤ 布吕尔伯爵给歌德带来了封·格罗图斯的礼物。

994. 歌德日记

1801 年 3 月 9 日　星期一

　　早上《浮士德》。写几封信。致信秘书蒂勒先生,寄往莱比锡,关于各种书籍代购事宜。致信内廷顾问封·沃尔措根先生,寄往柏林。与枢密顾问福格特一起散步,欣赏哈特曼的画。与哈特曼先生共进午餐。晚上在剧院。

995.夏洛特·席勒致其丈夫
(1801 年 3 月 10 日)

1801 年 3 月 8 日　星期日至 3 月 10 日　星期二

关于泰克拉,在这有很大不满。① 我希望,出于公爵夫人的原因,可以以某种方式调解此事,这样她就不会生气,因为如果歌德不让步,就很不礼貌,会让她丢面子。〈……〉星期日公爵夫人向封·勒文施泰因夫人②倾诉,她说,如果亚格曼不出演的话,她会很丢面子。她向姐姐③抱怨:歌德和你不支持她。姐姐向她解释:你在剧院行事不自由。〈……〉姐姐昨天与迈尔谈起公爵夫人星期日对她说的话,迈尔把这些告诉了歌德。据说,歌德这个早上已给公爵夫人写信。〈……〉

迈尔之前在我这儿。歌德发了很大脾气,他说,他不会让步,因为否则他会受到其他女演员的烦扰,他已厌倦提携一事,此前在格希豪森和公爵夫人那儿提携鲁多夫④已经让他十分痛苦,等等。他说得不对,这是毋庸置疑的——如果你想介入此事,那么要考虑到公爵夫人这个因素再做〈……〉。我无法理解歌德,基尔姆斯在说谎,因为公爵夫人委托他与歌德谈一谈,而歌德却说没有人向他求助过。——他还在病中,也要体谅他〈……〉。

133

---

① 关于《华伦斯坦》里泰克拉(Thekla)这个角色分配的争吵。在 3 月 14 日《皮柯乐米尼父子》和 3 月 21 日《华伦斯坦》上演时,这个角色是由卡洛琳·亚格曼的竞争对手弗里德里克·福斯扮演的,这违背了席勒的意愿。
② 1800 年前后在魏玛公国任枢密顾问的保尔·路德维希·约翰·封·勒文施泰因(Paul Ludwig Johann von Löwenstein, 1752—1820 年后)的夫人克里斯蒂娜·弗里德里克(Christina Friederike)。她与公爵夫人相熟。
③ 夏洛特·席勒的姐姐卡洛琳·封·沃尔措根。
④ 露易丝·多萝西娅·乌尔里克·埃米莉·鲁多夫(Luise Dorothea Ulrike Emilie Rudorff, 1777—1852),1791 年起在魏玛宫廷担任歌唱演员,受到公爵母亲阿玛利亚的赏识。1793 年 8 月,她宣布只演主角,显然是得到了王室和露易丝·封·格希豪森的支持。1798 年 2 月,她与卡尔·路德维希·封·克内贝尔结婚。

996. 歌德日记

1801 年 3 月 10 日　星期二

　　早上《浮士德》。再次与哈特曼先生共同进餐。下午在老花园散步。

997. 歌德致席勒

1801年3月11日 星期三

我原本希望在这美好的日子里,您会有很大进展①,但您的来信告诉我,并非如此。也许突然就会有所进展,正如我也是类似情况。

斯图加特的哈特曼在这儿,您不认识他,真是很遗憾。一个高大、粗壮的年轻人,二十八岁,人们会觉得他更像是一个音乐家,而不是画家。他的行为举止很天真,在艺术理解上,他找对了领域,但并非始终选对方法。他的大作值得一看。这幅画虽没有什么可责备的地方,但并不很愉快。

与他交谈,实在很愉快。我遵循最重要的几点,以便与这样一位优秀的天才、这样一个好人,建立真正的关系,并且将来也能够保持联系。最好是,如果真理是真的,他也什么都不失去。那么多人都违抗真理,因为如果他们认可真理,他们就会失败。

我的《浮士德》进展缓慢。即使我每天只写很少,我也会探求坚持下去的意义和收获。

关于奖项问题,我们意见一致。可做如下要求:

简练清楚地描述人的存在,从中发展的文化现象。把它看作当下或演替的全部,或同时二者兼具。

和您一样,我也确信,这条路最先通往目标,并且可以期待,在无限的素材中有一个可理解的描述。

我从迈尔那儿听说,哈特曼告诉迈尔,我们的艺术判断在斯图加特引起了震动和不满。如果人们能听到细节,就可以发现,他们是被一种多么可怜的思维方式所诱骗。他们把您的文章当成是伯蒂格的。与写作风格相比,如果他们并非更擅长造型艺术风格,那看起来就很空洞。人们总是对人抱有幻想,尤其是对时间。这么多个体中,每个人都有不同的兴趣去让这个或那个有价值,由此所产生的混乱

134

---

① 指席勒正在创作《奥尔良的姑娘》。

是无穷的。

　　同时您会收到一部悲剧①,我认为,在其中您会惊讶地从一个空空的桶中听到《华伦斯坦》的回响。

　　最后,望天气好、度过美好的创作时光。

　　　　魏玛,1801 年 3 月 11 日　　　　　　　　　　　　　　　G

---

① 作家卡西米尔·乌尔里希·博伦多夫(Casimir Ulrich Boehlendorff, 1775—
1825)的悲剧作品《乌戈利诺·盖拉德斯卡》(Ugolino Gherardesca)。盖拉德
斯卡家族是意大利托斯卡纳最有地位的贵族世家之一。乌戈利诺·盖拉德斯
卡(? —1289)是比萨的专横统治者,于 1284 年出任保民官。作者于 2 月 18
日把手稿寄给歌德,同时指出这部剧是以《华伦斯坦》为样本创作的。后来,
歌德在《文学汇报》上给予这部剧尖锐的批评。

998. 歌德日记

1801 年 3 月 11 日　星期三至 3 月 12 日　星期四

3 月 11 日

135

　　早上《浮士德》。中午乘车兜风。与哈特曼先生吃饭。下午在老花园。致信宫廷顾问席勒先生,寄往耶拿。

3 月 12 日

　　早上《浮士德》。中午与枢密顾问福格特先生一起乘车兜风。下午处理各种有关艺术的事情。

999. 歌德致席勒

1801年3月14日　星期六

首先我发自内心地祝愿您的工作①进展顺利。《浮士德》我也写了一些，虽慢，但也一直在向前推进。

哈特曼的到来对我们来说也许比对他自己更有益，因为我们了解到了一个卓越人才并未受到良好教育的思维方式。此外，有时我突然想起，本应在艺术基础上建立一个秘密团体，可笑的是，许多艺术家完全不能更上一个级别，一定不能把团体交给最有能力的人，而是当他最终成功地宣布，他已赢得这个团体。说话、写作、印刷会有一些用处，但用处不大，但我们也不会为此后悔。

我们已立即让哈特曼在这儿构思，即：一个有点彼此相抵触的事物——和他一样，阿德墨托斯不顾房子里的尸体，接纳了赫拉克勒斯②，并且款待了他。因此，我们是怎样做到的，您将来会听说，写出来太烦冗了。

祝您在独处时和在学术团体中均安康，想念我们。

魏玛，1801年3月14日　　　　　　　　　　G

---

① 指创作《奥尔良的姑娘》。
② 阿德墨托斯（Admetos）和赫拉克勒斯（Herkules）是希腊神话中的人物。

1000. 法尔克致 W. 克特①(1801 年 3 月 16 日)

1801 年 3 月 15 日　星期日

　　过去的几年里,我经常思考,为什么我们两人之间,枢密顾问先生和我,还没能建立起真正的关系②(请你原谅,我把我们两人相提并论)。我深知,这位撰写了《格茨》和《维特》③的作家远超过我。然而,我并不属于那些屏息静听大师话语的年轻人,好似他像神秘的预言家一样能够预卜命运。你是了解我的。我是一个冒失的来自但泽(Danzig)的孩子,一旦有不同意见,我会坦率反驳,也曾反驳过歌德。于是就出现了这种情况:他称赞的,我嘲讽,反之亦然。因此,我们之间偶尔会发生争吵,更严重一些甚至绝交,这也就不足为奇了。

　　我写的是"有",用了现在时④。我可以这么做,是我运气好。因为这段时间以来,我们的关系得以破冰,见面机会越来越多。已经有一些卑鄙的家伙嘲讽道:"我巴结歌德。"现在我嘲笑他们。我想起了我正直的母亲最喜欢的一句谚语:妒忌好过怜悯。所以我们昨天晚上像十四天前一样,去歌德位于弗劳恩普兰广场边上的舒适的家参加茶聚,与宫廷顾问席勒、克劳斯、贝尔图赫以及其他魏玛的达官贵人在一起。昨天女士们也参加了。我的卡洛琳⑤重新被主人的魅力所深深着迷。

　　的确〈……〉我既是在较大圈子里,也尤其是在亲切友好的私下促膝谈心中学习越来越敬仰和钦佩歌德。这个男人胸怀世界。近距离了解他的人会发现,在他的心中上下翻腾着何种矛盾、何种对立。

---

① 弗里德里希・海因里希・威廉・克特(Friedrich Heinrich Wilhelm Körte, 1776—1846),哈尔伯施塔特(Halberstadt)的文学史家。

② 自从 1797 年法尔克从哈勒搬到魏玛以来,他与歌德的关系时而亲近、时而疏远。直到 1801 年才建立起真正相互信赖的关系。

③ 指《铁手格茨・封・贝利欣根》和《青年维特的痛苦》。

④ 原句为:Kein Wunder, dass es manchmal Steit zwischen uns gibt . . . .

⑤ 法尔克的妻子卡洛琳・伊丽莎白・法尔克(Caroline Elisabeth Falk, 1778—1841)。

137　　一方面是他雄心勃勃的、艺术上和道德上的追求。这就是创作了《伊菲革涅亚》《塔索》《浮士德博士》(可惜在一个片段里)的作家。而另一方面：多么讽刺的脾气，多么讽刺的作品，多么幽默！你觉察到，我在此想到了浮士德的旅伴靡菲斯托。但是，他身上值得惊叹之处已在七年前我第一次拜访他时让我感到惊喜：歌德完全不是我们德国人通常所想象的那种作家，毫不优柔寡断、毫不感伤、毫不体弱。他是一个坚定的、身强力壮的人，喜欢亲力亲为做事。倘若伟大的英国人莎士比亚在他的《哈姆雷特》中〈……〉向我们展示了行为受到思想的麻痹：那么歌德让这两个彼此对抗的精神力量在最幸福的和谐中获得了统一。亲爱的朋友，你能理解在这样一位男士身边的幸福吗？你的约翰内斯•法尔克。

1001. 歌德日记

1801 年 3 月 15 日　星期日

中午乘车兜风。与哈特曼先生吃饭。晚上茶聚：政府顾问福格特夫妇、枢密顾问福格特、法尔克夫妇、宫廷顾问席勒夫人、封·施泰因夫人、封·武姆布①小姐、亚格曼小姐、施勒特②小姐、公使馆参赞贝尔图赫先生、顾问克劳斯先生、哈特曼先生、沃尔夫先生。

---

① 克里斯蒂安娜·封·武姆布(Christiane von Wurmb, 1778—1855)，1797 年在鲁多尔施塔特任宫廷侍女。
② 克洛纳·施勒特(Corona Schröter, 1751—1802)，女演员，自 1776 年起在魏玛。

1002. 歌德致席勒

1801 年 3 月 18 日　星期三

虽然《佛罗伦萨女人》①作为在尘世出生的人登场,但它的家谱②可以好好制作,通过这种血统关系还可以产生奇特的生物。

138　　我读了约一百页,与您的判断一致。一些情景设置得很好,我好奇作者是否善于去利用这些情景。如果一个大学生看到这样一个英雄,他定会多么高兴! 因为他们所有人都喜欢看上去大概是这个样子。

相反,我给您寄去另一本出版物③,如其所说,它从天上来④,但我认为,它带有过多这种旧式尘世的色彩。我觉得,这部小作品的作者像是处在经验与抽象之间的炼狱里、一个令人非常不快的中间地带。无论内容还是形式,都不习惯。

我希望,施莱格尔能从这次斗争⑤中获益,因为即使是从他最好的朋友们那里,我都没有听到过有人称赞他作为讲师的才能。

您不在这里,我们甚是想念,但我仍希望您尽可能长时间待在那里。至少对我来说,最近的一段孤独时光最有益,我发自内心地希望您也会如此。

《浮士德》的创作我还没有中止,但只有小小的进展。哲学家们对于这部作品很好奇,所以我很留神。

哈特曼的第一稿草图已谈论了很多,如果他学会通过诗的象征来提升散文的真实,那么这将是令人高兴的事。

---

① 女作家多萝西娅·维特(Dorothea Veit,1763—1839)的小说《佛罗伦萨女人》(Florentin)于 1801 年 1 月出版。
② 指其接近歌德的《威廉·迈斯特的学习年代》。
③ 赫尔德季刊《阿德剌斯忒亚》(Adrastea)的第一部剧作。
④ 阿德剌斯忒亚是希腊女山神的名字。
⑤ 席勒曾在 3 月 14 日给歌德的信中讲述了施莱格尔就任教授后的首次公开课上,哲学系的教授们为难他。

　　此外,我最近对迈尔说:"我们反对新艺术,就像尤里安反对基督教①,只是我们比他更明确一点。一定的思维方式变得普遍,能够长期保存,并能如此长时间真的被视为人类自然本性的一种存在,这实在是怪异。如谈论奖项问题,那么,这就是可以追求的要点之一。"

　　祝您安康,请您随心所欲地享受学术活动。

　　魏玛,1801 年 3 月 18 日　　　　　　　　　　　　　　　G

---

① 罗马帝国皇帝尤里安在位时背弃基督教信仰,被视为"叛教者"。

1003. 歌德致席勒

1801 年 3 月 25 日　星期三

　　我刚做打算,去罗斯拉八天。这之后,我们可能会再次见面,对此我十分期待。

　　倘若您在耶拿居留期间并不像您所期望的取得那么多收获,这就是诗的意愿的普遍命运。然而,必须充满感谢地接受较少的回报。

　　我给您寄去一本十分有趣且有教益的葡萄牙游记,但未必会激起游览这个国家的愿望。

　　在思考文化现象所能涉及的人的坚持时,我到目前为止只找到了四种基本状态:

<blockquote>
享受

努力

放弃

习惯
</blockquote>

　　这样一种观察是特殊的,因为事件中的差别消失,但人们企图达到某种一致。

　　祝您安康。这段时间发生了一些事,将会成为娱乐的素材。

　　　　魏玛,1801 年 3 月 25 日　　　　　　　　　　　　**G**

上罗斯拉
1801 年 3 月 25 日至 4 月 14 日

1004. 歌德致苏菲·封·格罗图斯①

魏玛,1801 年 3 月 28 日 〈星期六〉

公爵殿下的到达让我重新想起我还欠您一份感谢,感谢您友好的来信和怡人的礼物,让我感到十分愉快,这足以证明您对我的想念。

我并不是一个勤奋的通信者,我固有的坏习惯——用沉默来对抗心不在焉,似乎在逐年加强,因此,对我来说,只剩下更加努力地创作一些作品,或早或晚,对我有益,并能带来一些乐趣。

望您持续关注我的生活和作品,生活已再次稳固,通过作品我与这个世界最真实地连接在一起。祝您安康、幸福,您和您的亲人想念我。

歌德

---

① 苏菲·利奥波尔蒂娜·封·格罗图斯(Sophie Leopoldine von Grotthuß, 1770—1828),1797 年与普鲁士军官弗里德里希·封·格罗图斯(Friedrich von Grotthuß)结婚。1795 年歌德在卡尔斯巴德(Karlsbad)与其相识。

1005. 歌德致安娜·伊丽莎白·封·蒂尔克海姆[①]

1801 年 3 月 30 日 星期一

尊敬的朋友,时间过了这么久,收到您的亲笔来信,我十分高兴。几年前,封·埃格洛夫斯泰因[②]夫人让我相信,您在德国居留期间[③]有时会想起我。每当忆起之前的关系,我对此都由衷地感到高兴。

过去的几年您受了很多苦,同时,如我所知,您也表现出果敢的勇气,这为您带来荣耀。

您的家人获救,您的孩子们都很听话,在您身边长大,您多么值得拥有这份幸福。

现在我还想让您更加满意,因为我有利于科赫尔[④]先生的愿望[⑤]达成:他的函件已到我这儿,虽然最好应得到推荐,但我害怕,一方面这个职位暂不会解决,直到主管德国事务的新人物来决定和确认;另一方面,众多竞争者中的一些人通过更近的关系寄希望于一种候补资格。尽管如此,我也不想耽误,在现有的关系中,去引起可能发生的事。

祝您安康,今后也要想念我。在经历这么多风暴之后,与您的家人享受和平的果实和事物的新秩序吧。

魏玛,1801 年 3 月 30 日

141

---

① Anna Elisabeth von Türckheim(1758—1817),1775 年曾与歌德订婚,不久后解除婚约。

② 亨丽埃特·封·埃格洛夫斯泰因(Henriette von Egloffstein, 1773—1864),1794 年与伊丽莎白·封·蒂尔克海姆在埃尔朗根(Erlangen)相识。

③ 伊丽莎白 1778 年与斯特拉斯堡银行家伯恩哈德·弗里德里希·封·蒂尔克海姆(Bernhard Friedrich von Türckheim, 1752—1831)结婚。1794 年因逃离法国的恐怖统治,伊丽莎白和其家人首先来到了法兰克福,在亲戚家住了约六个星期。随后又去了埃尔朗根,1795 年 10 月成功回到了斯特拉斯堡。

④ 戈特洛布·克里斯蒂安·科赫尔(Gottlob Christian Kocher),法学家,1801 年至 1806 年任哥达-阿尔滕堡公使馆秘书。

⑤ 伊丽莎白在埃尔朗根流亡期间与科赫尔结识。她请歌德帮忙,帮助科赫尔谋求公使馆秘书一职。

1006. 歌德致席勒

1801年4月3日 星期五或4月4日 星期六

祝贺您顺利回到魏玛,希望不久后与您再次相见。您来看望我也可,我再次前往这个城市也可。

住在这里对我的身体有益,部分因为我整天都在户外活动,部分因为我被生活中的俗事所累,因此长期未曾体会到的舒适安逸与无关紧要出现在我的近况中。

关于您上一封信中所提及的问题,我与您的观点并不完全一致,我还要更深入一些。我认为,天才作为天才所做的一切都是无意识发生的。天才的人也可按照习惯考虑、出于信念理智行事,但这一切仅仅是附带发生的。没有一部天才的作品能通过反省及其接下来的结果得到修改、免除其错误,但天才能通过反省和行动逐渐得以提升,以致最终创作出堪为典范的作品。这个世纪的天才越多,个体得到的促进就越多。

关于人们现在对诗人提出的重大要求,我也认为,这些要求不容易造就一位诗人。诗歌艺术要求,在它应行使的主体中,某种好心的、爱上现实的局限性,在这背后隐藏着绝对。从上而来的要求破坏了无辜的创作状态,为了纯粹的诗歌,以永远不会是诗歌的东西来代替诗歌。正如我们在我们的这些日子里遗憾地发觉,相近的艺术正处于这种情况,最广义的艺术也是如此。

这就是我的信条,此外它没有任何进一步的要求。

我期待您最新作品①中的诸多精彩之处。这部作品得到很好的理解,如果您有足够的闲暇,它自身将会十分圆满。这段时间《浮士德》也发生了一些事。我希望,不久后在大缺口中仅缺少一场辩论戏,它被视为一个独立作品,并非即兴出现的。

这段时间我也并没有无视这个出色的奖项问题。为了让我的观

---

① 指《奥尔良的姑娘》。

点获得实证支撑,我已开始观察欧洲国家,增长知识。读过林克①的游记后,我了解到一些关于葡萄牙的情况,现在将转向西班牙。若是从内部进行这样的观察,我每天都会更加确信,一切都会缩至多么狭窄的空间里。

里特尔探访过我片刻,把我的思想引导到颜色学上。赫舍尔②的新发现得到了我们年轻自然研究者的继续与扩展,并与经验很好地连接在一切,这个经验我已向您说起过多次了。博诺发光石在光谱的橘黄色一面不接受光,但可能在紫红色一面接受光。因此,物理颜色与化学颜色一致。在这件事上,我不遗余力。在评价新经验时,这份努力给我带来最大的益处,正如我也立即想出了新的、继续完成此事的试验。我计划今年至少再写《颜色学》的几个章节。我希望不久向您朗读最新一章。

143

望您星期四与迈尔教授一起来看望我。请您与他商量一下,我已写信告知他详情。

〈亲笔〉祝您安康。

　　　　上罗斯拉,1800 年 3 月 6 日　　　　　　　　　　G

---

① 海因里希·弗里德里希·林克(Heinrich Friedrich Link,1767—1851),自然研究家、化学教授。
② 威廉·赫舍尔(Wilhelm Herschel,1738—1822),英国天文学家,出生在汉诺威,发现了红外线。

1007. 歌德日记（亲笔）

1801年4月4日　星期六

早上《浮士德》。《里斯本图表》①。

---

① Tableau de Lisbonne en，歌德于3月31日从魏玛图书馆借阅此书。

1008. 歌德致 Chr. G. 福格特(小)(草稿)

1801 年 4 月 5 日　星期日

尊敬的阁下：

　　得到您父亲病情已好转的消息①，我由衷地感到欣慰。此前，关于他患有危险病症的传言让我非常害怕。即便自己也逃脱不了死亡，我也不愿失去一个朋友，他的参与和合作对我来说异常珍贵。因此，他逐渐康复的消息让我多么高兴。

　　请代我向他及您的母亲夫人致以最美好的祝愿。望您时而给我带来进一步越来越好的消息，并保有对我的想念。

　　　　上罗斯拉，1801 年 4 月 5 日

---

① 克里斯蒂安·戈特洛布·福格特(大)3 月末患病，下腹绞痛并伴有风湿疼痛。4 月 7 日，福格特给关心他病情的人(歌德)写信告知病情已好转。

1009. 歌德日记（亲笔）

1801 年 4 月 7 日　星期二

144　　　《浮士德》。保罗皇帝①去世。在泉水周围劳作②。晚上与亚麻织工③在一起。枢密顾问福格特、封·沃尔措根。每笔支出的回报 (per exp. retour)。

---

① 俄国沙皇保罗一世，于 3 月 23 日到 24 日的夜里因遭到暗杀而去世。
② 指在歌德的田产劳作。
③ 指歌德的邻居约翰·海因里希·赫特(Johann Heinrich Herter)。

1010. 卡洛琳·赫尔德致克内贝尔
（1801 年 4 月 15 日）

1801 年 4 月 10 日　星期五

　　格宁终于在星期一启程前往法兰克福。我有几分高兴，因为否则的话，这首一百周年颂歌①永远不会完成〈……〉。格宁星期五还探访了歌德和维兰德，在那儿朗诵了这首颂歌。当时歌德认为，伟大的席勒的戏剧艺术没有得到赞美，并且诗句"如果不将缪斯称为 x"②太硬，格宁也这么认为。但我们并没有对最后一句诗进行改动，正是升调更加提高了赫尔德这个名字③，我绝不允许修改。对席勒作出了如下诗句：

席勒的歌在缪斯的祭坛边响起，

在那里对他来说智慧、艺术和最高的诗艺，

每一个都插入了花环。

　　康德留下④——他不能受到更高的赞美了——这完全是在对他的巨大批判⑤的意义上——歌德不理解这些，可以被埋怨。席勒和尼特哈默尔必须向他解释。〈……〉

　　现在没什么可说的了。歌德的批判对我的丈夫来说是燃烧的烟斗。〈……〉

---

① 格宁的百周年颂歌《18 世纪》大部分是在克内贝尔的帮助下创作的。1800 年末或 1801 年初格宁把这个作品交给赫尔德，请他修改。

② 此处的 x 所替代的符号无法正确显示。可参见法兰克福版《歌德全集》第 32 卷第 144 页。

③ 赫尔德改动的版本是："Wer wird aus der Zeiten verwebtem Dunkel/Licht und Wahrheit wecken? Der Dinge Wagschaal/Setzen? Maß dem Herzen des Menschen? Wer wird/Lehren der Weisheit//Mit der Charis Zauber den Hörern reden? /Wer die Menschenhuld uns zur zehnten Muse/Bilden? — wenn nicht nennte der Hymnus deinen/Namen，*O Herder* !"

④ 格宁在诗中极少提及康德。

⑤ 指赫尔德对康德的批判。

〈……〉您现在没有忙于买田产！出于对您的田产的考虑,我必须向您揭露维兰德和歌德的近况①。〈……〉

145　歌德用 14000 塔勒的超高价买入罗斯拉,房子和马厩破旧,一切都年久失修,位置也很差。为此他已支付了 6000 塔勒。但现在他应付清 4000 塔勒,在阿波尔达(Apolda)和临近区域的退休官员这一类人那儿筹集这笔钱!! 他的承租人已两年没有向他支付租金,他在宫廷法院对其提出诉讼。他虽赢得诉讼,并把承租人扔出来,但需为此承担杂费和烦恼。这意味着,现在他想自己管理这份田产——由武尔皮乌斯小姐管理,但邻居预测不会成功,因为他和您都不懂农业。关于他的流言蜚语经常让我们感到很遗憾,大多时候他受到两面评价,我们需要做的是,让另一面的人相信。

① 维兰德在经济上遇到困难,于 1803 年 2 月卖出田产,为此获得 30000 塔勒。

1011. 卡洛琳·赫尔德致克内贝尔 (1801 年 4 月 22 日)

1801 年 4 月 10 日 星期五

我们一定不会抛弃维兰德,如果他没有受到歌德的推动和拖延,那么,他的第一感觉是如此纯粹和美好——他给我写信,提到他对阿德剌斯忒亚①的第一感觉是,如此纯粹和真实。〈……〉这封信写后不久,歌德在奥斯曼施泰特(Ossmannstädt)拜访了他,邀请他去罗斯拉,再次拜访他,等等。简而言之,我通过格宁发觉,维兰德为歌德和席勒说话。

歌德永远都在玩弄着追求者的艺术,当他觉得,现在就是时候,因为除了他的小集团外,另一个小集团做出了一些成绩。哦,亲爱的,我们中了这个追求者的诡计。低级、虚荣!

前天我从他那儿听说一次游历,截至目前,对我们来说是陌生的、不可能的——我们之前相信他具有高尚的品格!

---

① Adrastea,古希腊神话中的女山神。

魏　玛
1801 年 4 月 15 日至 4 月 21 日

1012. 歌德日记

1801 年 4 月 21 日   星期二

146   晚上与席勒,还有维兰德在一起。

上罗斯拉

1801 年 4 月 22 日至 4 月 30 日

1013. 歌德致 F. M. 封·克林格尔

1801 年 4 月 23 日　星期四

尊敬的老朋友：

　　若是您在过了这么长时间后收到我的几行文字，那么，您将会愿意接待这位转交者，宫廷顾问福格特先生，一个值得尊敬的朋友和同事的儿子，一个卓有功勋的年轻人，并且乐于根据您的认识和关系在他在彼得堡（Petersburg）居留期间帮助他。

　　如果您想获悉我目前的一些状况，那么他能给您最好的消息，也希望他回来时，让我了解您的情况。

　　祝您安康，保持对我友好的想念。

　　　　魏玛，1801 年 4 月 23 日

1014. 歌德致基尔姆斯

1801 年 4 月 25 日 星期六

我不愿意错过格恩①先生扮演萨拉斯特罗②,如有可能,我会去观看《塔拉尔》③。我正在处理我的田产事务,如果这件事将来不让我担心的话,那么在一段时期里我必会操心。

若是您能帮忙,为所期盼的根茨教授,那位负责当前事务的建筑监察员,置办一些家具,进一步的需要自会显现。

祝您安康,请告诉我今天《魔笛》的演出情况。

147

上罗斯拉,1801 年 4 月 25 日   G.

---

① 约翰·格奥尔格·格恩(Johann Georg Gern,1757—1837),魏玛和柏林的歌唱家。
② 4 月 25 日《魔笛》演出时,格恩扮演萨拉斯特罗(Sarastro)这个角色。
③ 萨列里的这部歌剧于 4 月 27 日上演。

1015. 歌德致玛丽安·封·埃本贝格①（草稿）

1801 年 4 月 27 日　星期一

　　经历一场磨难之后，我又成为一个生气勃勃的人了，希望也能再次收到您的来信。因此，请您接受这个简短的问候，把它当作一个几乎要失去的朋友的生命信号。请您让我知晓，您目前的状况，以及您是否愿意今年来探访我们这个地区。

　　祝您安康，想念我。

　　　　　魏玛，1801 年 4 月 27 日

---

① 卡洛琳·埃斯佩兰斯·玛丽安·封·埃本贝格（Caroline Esperance Marianne von Eybenberg，1770—1812），苏菲·封·格罗图斯的姐妹。

1016. 歌德致席勒

1801年4月27日　星期一

　　当您享受各种各样非同寻常的戏剧的乐趣时,我必须留在农村,用各种各样的诉讼和庭外的争执、拜访邻居以及其他切合实际的笑话作为消遣。倘若我有可能做这件事,我将在星期六回来。请您告诉我,《纳旦》进展如何①,是否在继续创作勇敢的姑娘②。关于我的情况,我只能说,在这里居住,对我的身体没有坏处,我对此很满意,因为我无论如何都不能期待我正在康复的身体状况会有任何奇迹发生。祝您安康,期待不久后您的几行文字。

　　　　上罗斯拉,1801年4月27日　　　　　　　　　　　　G

---

① 席勒正在改编莱辛的《智者纳旦》。
② 席勒已于4月16日完成了《奥尔良的姑娘》。

1017. 歌德致席勒

1801 年 4 月 28 日　星期二

148　　　　这些天我同粗鲁的本性和令人恶心的"我的""你的"发生着争执，由此，经历了歌唱和舞蹈艺术的反面。今天我才摆脱了我之前的承租人，现在还有一些事情要处理、考虑，因为新的承租人在施洗约翰节①才会入住。因此，我觉得星期六我不会来。在我回来前，请您暂时照管《纳旦》的试读活动，因为倘若没有引导，人们根本没有办法。这是一件吃力不讨好的事情，但却不能完全摆脱。

您的《姑娘》②的演出我还不想完全放弃。虽然困难很大，但我们已经克服了足够大的困难，然而，信仰、爱和希望不会因戏剧经验而增多。既然您自己能够比经受这样一个教训做得更好，我确信，这取决于在我现在的半天里是否最好地适用于此。但如果我们再次聚在一起，这件事就好商量了。

在这里，我经受不住散步的诱惑，因为人们之前在干燥和潮湿的天气里不迈一步，在阳光照射的阴影里也不迈一步。现在这件事引领我向前，我必须待在这里，直到建造工作完成，否则就会把事情搞糟。祝您在一个更好的世界里身体健康，为了我们的快乐，请您寻求新的创作。

上罗斯拉，1801 年 4 月 28 日　　　　　　　　G

---

① 6 月 24 日。
② 指《奥尔良的姑娘》。

1018. 席勒致克尔纳(1801 年 4 月 27 日)

1801 年 4 月

　　歌德又恢复了健康,这段时间,《浮士德》他写了很多,但这部作品仍然是他面前一件不尽不竭的工作。因为按照计划,已印出来的部分至多仅是整体的第四部分,目前所完成的还没有印出来的多。此外,他还忙于研究光学和自然历史学,这些一定意义很大。

　　对于哈特曼,你与我一样。我也不认识他,因为那时我不在耶拿。人们高度称赞他的天赋,歌德认为他是一个能干的青年。

魏　玛

1801 年 3 月或 4 月

1019. H. 施密特

1801年3月或4月

我付出了多大努力才征得歌德的允许,一周拜访他两次,除了已告知的事情外,我不能特别提及。我们通常是在他的书房,然后也到花园散步。因为之前我已经因与赫尔德商谈时回忆起《哈姆雷特》的著名独白,所以允许我,现在提出这段独白,再次作为歌德一些评述的理由。

我按照施莱格尔的译本说台词,同时采用这样的姿势:右手托着下巴,左手支撑着右臂,在肘尖处下垂着。歌德并不赞同这个姿势,他没有指责我整段独白的绝大部分都保持这个姿势,因为演员坚持一种姿势传递给观众一定的安静感和安全感,这或许有益于表达。在表演悲伤的角色时,这种坚持比经常改变站姿和手势尤其会产生更大的效果,倘若这些姿势不是由于特殊原因决定的话。但如果不是所有事情和每件事情都相符,我一定不会相信,我现在通过选择和完成这种既定姿势会更加接近目标。比如:现在在右肘下的手攥成一个拳头,然而这是违背美的所有原则的。"这只手必须保持这样!"他说,并且把他的手伸向我,最中间的两根手指并拢,但大拇指和另外两根手指分开,此外,还有一点儿弯曲地下垂着。"这样,手与整体和谐,同时形式正确、优美,但手这样弯曲和变形看起来比实际做容易。在长期接触绘画,尤其是古典艺术作品后,会使我们获得这样一种关于身体各个部分的形态,因为在这儿,模仿自然和理想的形式美都不适用。姿势和表情改变时,尤其需要注意的是,这是有准备地、缓慢地发生的,而非仅仅在演讲过程中建议作适度的调整,以便获得耐力以提升效果。"他尤其建议我,尽可能保持上臂不动,勿使手臂遮掩身体或横贯于身前。身体必须一直尽可能放松,保持身体的三分之二朝向观众,以便避免所有侧影。为了掌握表情表演,并让手臂的表演灵活且独特,他建议,在练习角色时,面对一面镜子说话,此时,演员会发现每一个不正确的动作,并选出最恰当的姿势。然而前提是,他之前已很好地仔细研读过他的任务、他的性格。此外,他还建议我,在生活中永远不要失去对姿态和表情表演的观察,而要始终观察自己,因为这能使舞台上的任务变得极其简单。尤其在表演一段独白时,必须想着,现在独自站在框里,因此是独自一人接受观众眼睛的检验。关于这段独白的朗诵,歌德的第一句评述就击中了翻译的问题:"我们的肉的遗传素质,这是我们内心最希望的目标。""这是缺单词的,如果 es 不在此处,请您加入一个'sind',因为舞台的第一句话要易懂,因此每一个音节的完美发音、每一个必不可少的单词越多,是必要的。不允许对听众隐瞒任何事情,以便听众能够大部分理解能理解的内容。"他尤其警告我不要使用任何方言,他尤其憎恶萨克森方言中 e 的发音,如 geben、leben(在萨克森经常发成 gäben、läben)。首先,在学习角色前,这个角色的台词一开始就应说得相当慢且确定,同时声调尽可能保持低沉,为了能足够提高声调。在背诵时,主要需注意重读等不能错,每个单词正确、符合意思地说出来,否则,陈述和发音一直会错误百出。

　　正如后来的经验教给我的,给初学者最重要的建议是准确、精确地背诵,这当然是歌德视为前提的。

魏　玛

1801 年 4 月 30 日至 5 月 26 日

1020. 卡洛琳·施莱格尔致 A. W. 施莱格尔 （1801 年 5 月 5 日）

1801 年 5 月 2 日　星期六

152

我们星期六去魏玛〈……〉。

这天，歌德来到了这个城市，在剧院席勒的包厢探望了谢林，因为他想留下谢林。谢林拒绝留下，因为谢林与我一同回来。于是，歌德非常友好地打听我，并让我问候你。后来，他从剧院正厅向我打招呼。谢林跟他说起尼古莱①，这给他带来了乐趣，他立即提出请求。

---

① 谢林提到了费希特的文章《弗里德里希·尼古莱的生活和独特想法》(Friedrich Nicolais Leben und sonderbare Meinungen)。

1021. 歌德日记（亲笔）

1801 年 5 月 11 日　星期一

早上与根茨在宫殿。晚上与席勒在花园。

1022. 歌德致夏洛特·封·施泰因（亲笔）

1801 年 5 月 12 日   星期二

我怀着愉悦的心情，将于今天下午 4 点拜访您和封·泽肯多夫夫人①。

1801 年 5 月 12 日   歌德

---

① 苏菲·弗里德里克·封·泽肯多夫–阿贝达（Sophie Friederike von Seckendorff-Aberdar，1755—1820）。

1023. 歌德日记

1801年5月16日　星期六

　　早上在宫殿。中午在宫廷，随后科塔先生和米勒①教授来看望我。在阿玛利亚公爵夫人殿下处。《华伦斯坦》。晚上在宫廷顾问席勒先生家用餐。致信巴奇②教授，寄去100塔勒。

---

① 约翰·戈特哈特·米勒(Johann Gotthard Müller，1747—1830)，斯图加特铜版画雕刻家。
② 奥古斯特·约翰·格奥尔格·卡尔·巴奇(August Johann Georg Karl Batsch，1761—1802)，医学家、植物学家、耶拿教授，耶拿自然研究会会长。

1024. 卡洛琳·赫尔德致克内贝尔
（1801 年 5 月 28 日）

1801 年 5 月 17 日 星期日

153

不久前,我的丈夫在市府办公楼一个内部聚会上用餐,席勒和歌德也在场,歌德又高谈阔论了。当时正在谈论新体系①,这些人说:新体系比其他所有体系更为突出的是,它完全独立地、不紧随旧体系地存在。从中您看到,我们直接受到神圣精神的接纳、由它孕育而生! ——阿门!

---

① 指谢林的哲学体系。

1025. 歌德日记

1801 年 5 月 17 日　星期日至 5 月 22 日　星期五

5 月 17 日

〈亲笔〉在市府办公楼。中午、晚上与米勒、科塔、根茨在一起。晚上与席勒在音乐会花园。

5 月 18 日

〈机打〉早上在宫殿。晚上与宫廷顾问席勒先生在一起。致信科塔先生。

〈……〉

5 月 22 日

早上在宫殿。博尔曼①。晚上与宫廷顾问席勒先生在一起。

---

① 刘易斯·博尔曼(Lewis Bollmann),来自美国费城的商人。他向歌德请求一个拜访他的时间。

1026. 卡洛琳·施莱格尔致 A. W. 施莱格尔
（1801 年 5 月 25 日）

1801 年 5 月？

　　我突然想起，露易丝①在胡费兰家听到枢密顾问福格特谈起，歌德去拜访他并询问他，下面这些对女演员们制定的规章是否合法。她们总是不想演出，之前请简短的病假，他一定会记恨她们。把一个猎人置于床前，这个猎人给她们端药，她们必须支付猎人的酬劳，因为他不能指派她们像男士们一样值勤。

154

---

① 露易丝·维德曼（Luise Wiedemann, 1770—1846），卡洛琳·施莱格尔的妹妹。她于 4 月末到达耶拿，住在胡费兰家。

耶　拿

1801 年 5 月 27 日至 5 月 30 日

1027. 歌德致策尔特①

1801 年 5 月 29 日　星期五

　　您通过给法施②建纪念碑③完成了一件非常值得称赞的作品，也让我感到十分愉快。

　　对一个逝去的人的生活的怀念集中在如此细微之处，以至于这份爱戴一定会使遗体转生在世，将神化的凤凰呈现在我们眼前。每一个平常人可以希望，将来以这种方式被朋友、学生、艺术同伴来描述。

　　一个重要人物亡故后，那些悼词立刻孜孜不倦地描述人们臆测的、称颂的这个人一生中所做的好事坏事，用虚伪的正义粉饰其所谓的美德和错误，比死亡还糟糕的是，由此破坏了一种品格，这种品格只有在那些彼此对抗的性格生动地结合时才能被想到。面对一个如此可爱的、再次复活的个体，那些悼词显得多么恶劣。

　　十六声部弥撒曲的出现以及由此发展起来的歌唱团体尤其让我感到轻松愉快。我是多么乐于看到法施最后成功地实现了这一想法，他很高兴。

　　在前一封信中（很遗憾，我还没有回复您），您问道，是否并非看似一部歌剧的东西放在我的文件下面？

155　　　您会在维尔曼斯④的口袋书里找到《魔笛》第二部分中的前几个场景。对于一个严肃的歌唱剧本，《徒劳无益》⑤，其中按照较古老的希腊悲剧形式，合唱作为主要对象出现，几年前我已写出草稿。但两

---

① 卡尔·弗里德里希·策尔特（Karl Friedrich Zelter，1758—1832），建筑师、作曲家。

② 卡尔·弗里德里希·克里斯蒂安·法施（Karl Friedrich Christian Fasch，1736—1800），作曲家。

③ 策尔特写了一部关于法施的论著，在柏林发表。

④ 格哈德·弗里德里希·维尔曼斯（Gerhard Friedrich Wilmans，1764—1830），不来梅的出版商。

⑤ Danaiden，这个剧本的草稿并未留存下来。

个剧本中我没有完成任何一个。一定要与作曲家一起生活,为一个特定剧院工作,否则,不能很容易地做出一些事情。

请您偶尔给我寄来一些您创作的曲目,这会让我十分愉快。此外,我没有生活在音乐氛围中,一整年时而复制这种音乐,时而那种音乐,但没有作品的地方,不能生动地感受到艺术。

祝您安康,想念我。

魏玛,1801 年 5 月 29 日 　　　　　　　　　　　　歌德

1028. 歌德致霍尔克罗夫特①（草稿）

1801年5月29日　星期五

　　我满怀谢意地寄回已告知我的《赫尔曼和多罗西娅》的译本，借此，尊敬的先生，请您允许我做一些思考。

　　对我来说，人们可以按照两种原则翻译，其中一种是人们想把一个外国作者的纯概念流传给他的国家，弄清楚外国状况，同时准确地与原著结合；但是，人们也可以把这样一部外国作品当作一种题材处理，按照自己的感受和信念，将其改变成接近于我们的国家，并且作为原著，同样能被我们国家所接受。

156　　似乎您属于后者。据我判断，虽然您保留了我的诗的进程，但却完全表示出戏剧的特性，我的人物的轻率意见被严格地、显著地、说教式地流传下来，从容的、叙事诗的动作转变成一种更严格的、更从容不迫的步伐。

　　按照我对英国文学的认识，我可以推断，您在此看到了您的国家的特征。保存序言中的充分解释和您在您的译作中加入的附注，令我十分愉快。

　　此外，从我所理解的观点来看，我能判断出大多数与原著不一致的地方。只是我不能理解，您为什么从第126诗行起直到第142诗行，要预示小城之前的火灾，因为在原著中，这个早已过去的事情只是附带提及，对于移民迁徙的描述原本通过这一部分继续下来。但我也由此留下了一些教训。现在呈现在我面前的是我的诗的四个译本，也许我可以利用任何一个关于这四个译本的机会，公开说出我的想法。

　　祝您安康，致以最诚挚的想念。

　　　　耶拿，1801年5月29日

---

① 托马斯·霍尔克罗夫特（Thomas Holcroft，1745—1809），英国作家、翻译家。

1029. 歌德致亨里克·斯特芬斯(草稿)

1801 年 5 月 29 日　星期五

　　您私下里对我表示出的各种信任令我十分愉快,公开的信任更让我感到荣幸①。非常感谢您认可我作为您的同事。我将认真阅读您的作品,如时间和情况允许,我会做一些评述。

　　对自然的观察要求我们思考,为了仅仅还能使用方法,迫使我们丰富各种方法,对此,我们意见完全一致。但在观察自然时,会唤起一些想法,我们认为这些想法有相同的确定性,是更大的确定性。当我们寻找并且整理所找到的东西时,以这些想法为思想准则,由此,人们似乎在一个更小的圈子里打交道。

　　目前我已开辟出一条对我来说研究自然的唯一可能的方法,却发现自己独自一人在这个广阔的世界里。为了更加快乐,在接下来的几年里,结交年轻人时,我必须感觉收到了回报。这些年轻人也活跃在这些领域,与我保持一致,我可以拥有更纯粹的信任。他们被出乎意料的宝藏充实着,从完全陌生的地区向我靠近,与我未约相会。

　　请您偶尔让我知晓您的进展,一定要对我保持强烈而真诚的关怀。

　　　　耶拿,1801 年 5 月 29 日

157

----

① 斯特芬斯于 4 月 30 日将他的文章(Beiträge zur inneren Naturgeschichte der Erde)寄给歌德,并题词:"献给枢密顾问封·歌德先生"。

魏　玛
1801 年 5 月 31 日至 6 月 5 日

1030. 歌德致克内贝尔

1801 年 6 月 2 日　星期二

在我启程前往派尔蒙特(Pyrmont)前(医生让我去那里),我还为你整理了一包裹书,涉及各种不同内容。也许其中几本你还没有看过,你会十分喜爱的。

我的健康状况尚可,到目前为止,我尽可能好好利用时间。现在一些事情进展很快,尤其是在产生涉及自然的想法上。只是很遗憾,我们彼此不能更近一些,我也不是一个快速的通信人和可自由移动的骑手。否则,我们可以更加频繁地告诉彼此一些特殊的事,因为我听说,关于卢克莱修的工作①你还在继续,定会创作出一些精彩之处。

祝你安康,我回来后,你会再听到我的消息。

魏玛,1801 年 6 月 2 日

---

① 克内贝尔正在翻译拉丁诗人、哲学家卢克莱修(Lucretius)的哲理长诗《物性论》(De rerum natura)。

1031. 歌德日记

1801年6月2日　星期二

早上觐见殿下。中午也在那里用餐。晚上与宫廷顾问席勒先生在一起。

1032. 卡洛琳·施莱格尔致 A．W．施莱格尔 （1801 年 6 月 11 日）

1801 年 6 月 5 日　星期五前

在之前确认他的儿子为婚生后，歌德于上周启程，只有这个儿子和他的盖斯特①随行。魏玛人说，歌德的财务状况很差，也就是因为那个武尔皮乌斯，她生活上毫无秩序，赡养着她所有的亲戚。〈……〉歌德经过哥廷根，不久后便可以以相同的路径路过瑟德②。

---

① 约翰·雅各布·路德维希·盖斯特(Johann Jakob Ludwig Geist, 1776—1854)，1795 年至 1804 年任歌德的侍从和秘书。
② Soeder，希尔德斯海姆附近田庄(Gut bei Hildesheim)。

哥廷根之旅
1801 年 6 月 5 日

1033. 歌德日记

1801 年 6 月 5 日　星期五

〈亲笔〉由魏玛启程，前往派尔蒙特。

顺便提到。日记的空白处将由一本完整的日记所填满。参见特殊的一卷档案①。

8 月 30 日返程。

159

〈机打〉6 月 5 日星期五。早上 5 点从魏玛启程，8 点到达爱尔福特（Erfurt），前往蒂芬塔尔（Tiefenthal）②，那里种植许多葡萄、果树。前往维特恩（Wittern）③，那里种植许多茴香、葡萄。前往大法内尔（Groß Fahnern）④，一个富庶的地方，路很好。前往格雷福音托纳（Gräfin Tonna）⑤，中午在鲁汶（Löwen）落脚，女店主身材高大、强壮（女地神）。格雷福音托纳位于一个优美、富饶的河谷，是一个富庶的、非常大的村庄。朗根萨尔察（Langensalza）是一个古老的、但十分干净的城市，隶属于萨克森的选帝侯。房屋是按照古老的风格建造的，即总是有一个楼层顶在另一个前面。居民似乎大多以农业和畜牧业为生，但也有许多商业。这里的市政厅是最实用并且漂亮的楼房之一，相当坚固地伫立在空旷的、位于城市中央的广场上。在右边会看到托马斯布吕克城（Stadt Thomasbrück）⑥，这应该是图林根最古老的城市。穿过申恩施泰特（Schönstädt）⑦，同样是一个富裕的、大的、坐落于富庶平原上的村庄。一位屈恩（Kühn）先生⑧在这里

---

① 这一卷档案题为《1801 年派尔蒙特之旅档案》（Acta der Reise nach Pyrmont 1801），在歌德的侍从兼秘书盖斯特手上。

② 爱尔福特北部村庄。

③ 指维特罗达（Witteroda）。

④ 图林根朗根萨尔察附近村庄（Dorf bei Thüringen/Langensalza）。

⑤ 哥达附近村庄。

⑥ 指塔姆斯布吕克（Thamsbrück），图林根朗根萨尔察附近城市。

⑦ 图林根朗根萨尔察附近村庄。

⑧ 具体不详。

有田产。前往戈特尔恩(Gottern)，大地方，约有三百座房屋，因这里种植许多洋葱，人们把当地居民称作踩洋葱的人。晚上 7 点前往米尔豪森(Mühlhausen)①，住在懒洞旅店。店主克雷曼(Kleemann)②。这座城市也很古老，它的名字很有可能是由遗留下来的许多磨臼而来，这些磨臼全部由发源于城市上方的一条小溪推动。这是非常健康的好水，在三个不同时代，每年都举行感恩节仪式。男教师和女教师与他们的学生排成队列，来到泉水的源头，孤儿们尤其与老师们一起。这个城市位于富庶地带，位置适中，有许多教堂和宏伟的城墙。位于所谓的肉铺上的糟糕的剧院，与布兰肯海因(Blankenhayn)③那里的情况差不多。

① 图林根城市。
② 具体不详。
③ 图林根城市。

哥廷根
1801 年 6 月 6 日至 6 月 12 日

1034. 歌德日记

1801 年 6 月 7 日　星期日

160　　　7 日星期日。早上重复与雇佣的仆人①一起散步,进一步观察单个景物。乌尔里希花园②里的毕尔格③纪念碑。颇为奇特的是将纱巾与坛把手系住的绳子,它构成了整体中引人注意的部分。

拜访枢密司法顾问海涅④先生。谈论事情的政治局势,尤其是汉诺威。

拜访宫廷顾问施勒策⑤先生,并未受到接待。

拜访宫廷顾问布卢门巴赫⑥先生。参观他的颅骨收藏、不同民族的素描画和油画以及其他稀奇古怪的东西。

拜访枢密司法顾问皮特⑦,他在这个年纪⑧仍然头脑清醒,记得过去的各种状况和事件。拜访萨尔托里乌斯教授⑨。

饭后文德尔⑩先生来访——海涅的学生,来自希尔德堡豪森

---

① 此处原文 Lohnbedienten 一词指在一个陌生城市居留的限期内雇佣的仆人。
② Ulrichs Garten,哥廷根的城市花园。
③ 戈特弗里德•奥古斯特•毕尔格(Gottfried August Bürger,1747—1794),诗人。
④ Christian Gottlob Heyne(1729—1812),古语文学家,1763 年起在哥廷根任教授。
⑤ 奥古斯特•路德维希•施勒策(August Ludwig Schlözer,1735—1809),哥廷根历史教授。
⑥ 约翰•弗里德里希•布卢门巴赫(Johann Friedrich Blumenbach,1752—1840),解剖学家、自然研究家,自 1776 年起任哥廷根医学教授。
⑦ 约翰•斯特凡•皮特(Johann Stephan Pütter,1725—1807),哥廷根国家法教授。
⑧ 皮特已七十六岁。
⑨ 格奥尔格•弗里德里希•克里斯托夫•萨尔托里乌斯(Georg Friedrich Christoph Sartorius,1765—1828),历史学家、国民经济学家,1797 年起在哥廷根任教授。
⑩ 约翰•安德烈亚斯•文德尔(Johann Andreas Wendel,1780—1827 后),哥廷根语文学家、哲学作家。

（Hildburghausen）。3 点去拜访宫廷顾问布卢门巴赫，进一步仔细观察他的颅骨收藏、乳齿象的牙齿、其他各种不明之物，尤其是化石。

随后去博物馆，参观南太平洋诸岛人民的工业制品。

所有纺织品都特别美。

在布卢门巴赫家喝茶，观看南太平洋诸岛的矿物、许多滑石形的岩石，尤其是美丽的软玉。一小颗石雨（Steinregen），陨石，一种带有微量铁和黄铁矿的灰色微粒凝灰岩。

晚上在布卢门巴赫家用餐。

1035. 歌德致席勒

1801 年 6 月 11 日　星期四

161　　在我离开哥廷根前,我必须给您音讯。到目前为止,我身体十分健康。我看到了最奇特的教育机构,结识了绝大部分教授。人们对我满怀好感和佳愿,我承认,我已许久没有感到身心如此舒服、愉快。

教育机构非常值得钦佩,您将听我口头说起这些人。可惜我的记录似乎并没有像上一次去瑞士的旅行时增加那么多,那时我的状况是,尝试利用全部精力。现在我的精力重新恢复,我很满意。然而,倘若我只能观察哥廷根的全部情况,那么对我来说,这次旅行就已益处非凡。现在在观察这些情况时,我已感觉我的精神十分愉快。

我的旅伴奥古斯特让我代为问候卡尔①。奥古斯特让我心情放松并引开某种观察,所以我努力较少,他也负有责任。但从某种意义上来看,他受益,并且我与人们的关系通过他变得比也许原本没有他更加温和、愉快,因此他很高兴。祝您安康,请您代为问候您的夫人。我回来时,您的努力成果会让我很高兴。

哥廷根,1801 年 6 月 11 日　　　　　　　G

---

① 卡尔·弗里德里希·路德维希·席勒(Karl Friedrich Ludwig Schiller, 1793—1857),席勒的儿子。

1036. 卡洛琳·施莱格尔致 A．W．施莱格尔（1801 年 6 月 22 日）

1801 年 6 月 6 日　星期六至 6 月 12 日　星期五

　　歌德已在哥廷根停留八天,他是怎样开始的呢?〈……〉大学生们定是在温克尔曼①的策划下为他带去一段音乐,因为他已宽衣,于是他派盖斯特带着他的问候下去。但学生们当然想听到他亲自说话,也许他头上戴着睡帽,没穿短裤。他也参观了普通俱乐部,在那儿所有会员都向他致以欢呼。此外,他可能有各种东西要看,洛德夫人②认为,图书馆一定会让他十分忙碌,因为我只能相信,一段时间以来,他正从事真实的科学研究③。

162

---

① 奥古斯特·温克尔曼(August Winkelmann, 1780—1806),1799 年至 1801 年在耶拿学习,1801 年夏季学期在哥廷根注册入学。
② 夏洛特·路易斯·洛德(Charlotte Luise Loder，1773—1830 后),耶拿医学教授洛德的第二任妻子。
③ 指自然科学研究。

派尔蒙特

1801 年 6 月 13 日至 7 月 18 日

1037. 歌德日记

1801 年 6 月 15 日　星期一至 6 月 21 日　星期日

6 月 15 日星期一

喝井水,与格里斯巴赫夫妇、里希特夫妇①一起散步,翻译一些特奥弗拉斯图斯,饭后在蒸汽洞。蒸汽只超过地面约 18 英寸。与来自比克堡(Bückeburg)的传教士许茨②先生一起散步。

重新认识封·魏因海姆女士③,前鲍尔将军夫人。

16 日星期二

雨天。喝了井水,翻译一些特奥弗拉斯图斯。11 点游泳,天气不好,林荫路上人很少。大多时间在翻译特奥弗拉斯图斯。

17 日星期三

天气很糟糕,狂风、倾盆大雨,喝了点酒,散步。早上研究《颜色学》的历史。饭后翻译特奥弗拉斯图斯。

〈······〉

163　21 日星期日

早上喝了井水,下午在林荫路,翻译一些特奥弗拉斯图斯,没有继续游览参观。与格里斯巴赫谈论圣经文本的评注。

---

① 奥古斯特·戈特利布·里希特(August Gottlieb Richter, 1742—1812),哥廷根医学教授。他的妻子亨丽埃特·伊丽莎白·里希特(Henriette Elisabeth Richter)。

② 约翰·戈特弗里德·许茨(Johann Gottfried Schütz, 1769—1848),比克堡的新教传教士。

③ Frau von Weinheim,俄国将军弗里德里希·威廉·封·鲍尔(Friedrich Wilhelm von Bauer)的遗孀。

1038. 歌德致克里斯蒂安娜·武尔皮乌斯

1801年6月25日 星期四

　　一封关于剧院事务的紧急公函需寄给内廷顾问基尔姆斯先生，因此，我也想将一封给你的信附上，一并寄出。

　　希望这次疗养对我有益，尽管在进行疗养时我感觉并不舒服，因为它占据了我的头脑，一点也不能让我工作。

　　奥古斯特非常高兴。长时间睡觉、散步、喝点井水、吃樱桃和草莓、游泳等对他来说极为有益。

　　昨天我们在这里的一座小山上待了四分之五个小时，见到了化石和水晶，寻找并发现它们是最大的乐事。

　　约八天来，天气都很好，待在这里相当舒服，因为离这里很近的地方中间有非常多绿树成荫的道路。

　　纺织品改变了我的想法，因为在过去的几天里有非常漂亮的、印有图案的真丝薄绸和麻纱到货，我将在其中为你挑选一条连衣裙。有人建议我再等等，因为还有一些商人可能会带来更新、更有品味一点的。此外，我们经常想起你，奥古斯特每天都为你的健康干杯。

　　我们的生活方式很简单。早上6点起床，8点喝井水，9点吃早饭，来回踱步、讨论直到11点。然后隔一天游泳到12点，1点在家吃饭，如愿度过饭后几个小时，晚上时而在这个区域里散步。

　　派尔蒙特周边地区十分舒适，附近有各种稀奇的东西、矿物、遗迹和一些类似之物。

　　到明天，我已经在这里十四天了，你会时而听到我过得如何，我有什么打算，以便你能做自己的安排。祝你安康，想念我们。

　　　　派尔蒙特，1801年6月26日　　　　　　　　G.

164

1039. 歌德日记

1801 年 6 月 26 日　星期五至 7 月 2 日　星期四

〈亲笔〉26 日星期五

喝了酒、游了泳。奥古斯特再一次去吕德（Lüde）①。晚上与格里斯巴赫、许茨讨论折射原理。

〈……〉

〈机打〉29 日星期一

喝了酒、游了泳，接近中午时与刑事顾问施马林②聊天。晚上观看喜剧。

〈……〉

2 日星期四

早上喝了酒，与格里斯巴赫和许茨探讨奖项设置、文化级别。察看住处。晚上宫廷侍从肯普弗③来访。

---

① 指吕格德（Lügde），派尔蒙特附近村庄。
② 戈特黑尔夫·埃伯哈德·施马林（Gotthelf Eberhard Schmaling，1760—1822），哈尔伯施塔特（Halberstadt）的检察官。1796 年至 1801 年任刑事律师委员会顾问。
③ 约翰·戈特弗里德·肯普弗（Johann Gottfried Kämpfer，1764—1823），卡尔·奥古斯特公爵的侍从。

1040. 歌德致席勒

1801 年 7 月 7 日　星期二或 8 日　星期三或 12 日　星期日

　　我真心为您作出的决定祝福。我在德国西北部游历,您去北部,这相当美好,我们稍后可以相互告知一些事情,并比较情况。

　　疗养使得我的全部工作效率不高,因此,我在这儿不太满意,但我不能忘记某个惬意的、有趣的谈话。比克堡的传教士许茨,格里斯巴赫夫人的弟弟,是一个非常有教养的、可爱的人。尤为奇特的是当人们暗自将他与他的兄弟姐妹进行对比时。其他一些人物我们当面再谈。

　　谈到我产生的一项成果,似乎是我越来越多地对自己的理论化感兴趣,而越来越少对别人。人们开玩笑,为生活之谜担忧,少数人关心那些消失的话语。因他们现在全部都做得十分恰当,所以不必让他们感到迷惑。

　　这次游历和疗养会对精神和身体产生什么影响,我感觉,我完全有理由节省,做下一件最必要的事情。脱离某一种义务,让我感觉十分愉快;反之,我不愿从事一种新义务。但当我们再次相聚,计算我们的收获和我们的精力时,一切自会显现出来。

　　我对《海洛和利安得》①十分好奇,希望您已经随信寄给我了。关于您的戏剧,我不知道您是否会谈到马耳他人②和那位冒名顶替的王子③。因此,若您在此有所进展,会带给我双重惊喜。

　　派尔蒙特的全部情况已展现在我的面前。回程时希望我会补足哥廷根缺少的部分。我将更加从大体上、并且仅从艺术层面来探寻

165

---

① 海洛和利安得是希腊神话中一对令人称颂的情侣。此处指席勒运用这一题材创作的诗《海洛和利安得》(Hero und Leander)。

② 席勒近来在继续创作《马耳他人》(Die Maltheser)。

③ 指席勒的悲剧《沃贝克》(Warbeck)。此作品描述的是英格兰都铎王朝亨利七世的王位觊觎者沃贝克的故事,他假扮王室子弟,冒名顶替已在伦敦塔遇害的约克公爵理查德。

卡塞尔，因为探寻另一面的时间不足。

166　　　此外，我的记录很少，大部分都是游泳列表和喜剧卡片。

这里的剧院有许多看似外表相当好、可臻完美的人。团队整体上很好，但却没有产生任何令人愉快的作品，因为自然主义、马虎的工作、个性的错误方向，或干巴巴或做作地在这儿四处活动、起作用，妨碍了整体的共同作用。

我十分期待您对柏林剧院所做的描述。

期待公爵明天或后天到来，倘若他已适应环境，我想回到哥廷根。布卢门巴赫的颅骨收藏再次引发了某个古老的想法①，我希望，在进一步的观察中，会收获一个又一个成果。霍夫曼②教授将会让我进一步熟悉孢子植物，由此填补我在植物学知识方面的一个大空白。我在图书馆为我的《颜色学》所需找寻的，也已经记录下来，将会更加快速地找到。我不否认，我想在哥廷根度过一季，因为那里有许多东西需要收集。

公爵已经到来，情况是所有人都已到达：他有希望并且非常快乐，而我，作为一个即将离开的人，找到了很大的收益，每一天的片刻都会变得很长。因此我期待解脱，也许会在 15 日星期三发生。倘若我有一些要说的话，我会从哥廷根再写一封信。

祝您安康，旅途愉快。请代我问候您的家人，想念我。

　　　　派尔蒙特，1801 年 7 月 12 日　　　　　　　　　G

---

① 指歌德对化石的兴趣。
② 格奥尔格·弗兰茨·霍夫曼（Georg Franz Hoffmann，1760—1826），植物学家，1792 年起在哥廷根任教授。

1041. 歌德致克里斯蒂安娜·武尔皮乌斯(亲笔)

1801 年 7 月 12 日　星期日

　　离开派尔蒙特前,我还想亲自给你写几句话。我的身体状况尚　　167
可,希望疗养会有好结果。在此期间最好的是运动和散心。我见到
了许多人,与许多人交谈,各种方式都很满意。唯独天气很糟糕,现
在最恶劣。奥古斯特很乖,给我带来了很多快乐,再次见到他时,你
一定会十分惊讶。

　　这里开销适中,但我也很节约。我已经给你买了一些东西。你
可以亲自在卡塞尔买一些,在那儿,所有东西都和这里一样,很好
购得。

　　我于 15 日星期三前往哥廷根,在那里再待一段时间,无论如何
你都会及时听到,什么时候你会在卡塞尔与我相见。我会不厌其烦
地把一切都写信告诉你。你只告诉教授先生①:他暂且做好准备,与
你一起来。我们两个都十分期待再次与你相见。小奥古斯特只盼望
我们在卡塞尔的天气比这里好。

　　祝你安康,请你照管一下花园,我希望不久后与你在那里愉快地
漫步。

　　　　派尔蒙特,1801 年 7 月 12 日　　　　　　　　　　G.

　　我还要再补充几句,我想告诉你,我们两个都很爱你,经常为你
的健康干杯。我唯愿再回到你身边,我们一起快乐地度过余下的夏
天。我尤其期待卡塞尔的重逢。

　　小奥古斯特在这儿很乖,但他不想再和我一起旅行。

　　公爵兴致很高,很快乐,相反,我最近相当不愉快。天气破坏了　　168
一切:疗养、散步、社交,今天刮风下雨。我已叫人生火。

---

① 约翰·海因里希·迈尔。

　　我将怀着愉悦的心情再次见到科彭费尔斯①的粮仓山墙,将你拥入怀中,告诉你,我永远爱你,越来越爱你。

G.

---

① 约翰·弗里德里希·科贝·封·科彭费尔斯(Johann Friedrich Kobe von Koppenfels, 1738—1811),枢密顾问。

哥廷根

1801 年 7 月 19 日至 8 月 14 日

1042. 歌德致克里斯蒂安娜·武尔皮乌斯(亲笔)

1801年7月24日 星期五

现在我已在这里待了八天,身体状况尚可。尽管派尔蒙特并没有使我完全康复,但我一定希望(正如医生所说),最好的效果随后出现。我还想在这里静静地待上一段时间,暗自努力,我在图书馆有最好的机会。从这里寄出的信有时会很慢,因此,我想提前告诉你我的计划:我希望,你在8月15日星期六到达卡塞尔,我也会在同一天到达。你可以在国王广场邮局,古隆夫人①家投宿,她会先到,安排住处。这样我们就有两个房间,一个给你和小奥古斯特,一个给我和教授。请代我向他致以最美好的问候!告诉他,他可以放松自己,与你一起来。但不要告诉任何人,我这么长时间外出未归。随身带一些钱,大约100古尔登,让我们的邻居古隆为你写一封信,但这封信你在最后的几天里才会需要。

我非常期待与你再次相见,并与你在卡塞尔面对如此之多的、美丽新事物度过几天。我会带给你一件非常漂亮的衬裙和一条大围巾,都是最新款式。你可以在卡塞尔买一顶小帽子和一件连衣裙,那里有最新的商品。

奥古斯特很可爱、很乖,与所有人都建立了友谊。你再见到他时,你会十分高兴,他长胖了。祝你安康,保持对我的爱,请相信,我对你的爱永不改变。收到这封信后,请立即给我回信,以便我也知道,你过得如何。把信寄到乐器制造商克拉默②先生的地址,在林荫路边。

哥廷根,1801年7月24日 G.

---

① 勒内·弗朗索瓦·古隆(Rene Francois Goullon,1757—1839,阿玛利亚公爵夫人的厨师)的母亲。

② 约翰·保尔·克拉默(Johann Paul Krämer),哥廷根的乐器制造商。

1043. 歌德日记

1801 年 7 月 30 日　星期四

　　7 月 30 日星期四。致信枢密顾问福格特先生。与昨天一样，早上绘制了几幅画，以便能够更清楚地描述现象和理论。晚上与艾希霍恩①夫妇、里希特夫妇、胡戈②夫妇、迈斯特③、萨尔托里乌斯、霍彭施泰特④、几个大学生在宫廷顾问封·马尔滕斯⑤家。今天晚上下了一场可怕的倾盆大雨。

---

① 约翰·戈特弗里德·艾希霍恩(Johann Gottfried Eichhorn，1752—1827)，神学家、东方学家、历史学家。
② 古斯塔夫·胡戈(Gustav Hugo，1764—1844)，哥廷根法学教授。
③ 格奥尔格·雅各布·弗里德里希·迈斯特(Georg Jakob Friedrich Meister，1755—1832)，哥廷根法学教授。
④ 卡尔·威廉·霍彭施泰特(Karl Wilhelm Hoppenstedt，1770—?)，哥廷根法学教授。
⑤ 格奥尔格·弗里德里希·封·马尔滕斯(Georg Friedrich von Martens，1756—1821)，哥廷根法学教授。

1044. 歌德致 J. H. 迈尔

1801 年 7 月 31 日　星期五

　　非常感谢您带来的关于您目前状况的消息。现在我至少可以说,我的身体尚可。一方面因为图书馆和学术活动,按照我的方式,又让我置身于适当的工作中,对我来说,这已发展为最好的疗法;另一方面,恰如医生所说,温泉浴场很长时间后才会起作用,因为我可以说,在我的生活中,比之前在派尔蒙特并不容易感到心情不悦。

　　关于颜色学的历史,我在图书馆进行了相当多且愉快的合作。若是在这里待上一段时间,无论是对我们还是对这么多其他人,探讨科学会变得有吸引力。对于已发生的事情,当人们方方面面都感到舒服时,那么几乎就会忘记,应该发生什么。

　　现在只有一个请求:宫廷顾问海涅还没有看过弗拉克斯曼①,他对此非常好奇。劳烦您把沃尔夫版②打包,用邮政马车直接寄给他,并尽可能付邮资。我想对他展现出客气有礼,因为这里的图书馆的人都十分乐于助人,并向我承诺,将来我回魏玛后,也会将我需要的所有书籍寄给我。

　　席勒去了德累斯顿而没有去波罗的海,我由衷地感到高兴。如果他还在那里,请您代我向他致以最美好的问候。我们其他人永远不能如此沉醉于这个世界,以致我们不会至少一只脚驻足在艺术领域或科学领域。我一定是弄错了,在那后面,这些学科所能获取的很少。

　　祝您安康,请您来卡塞尔。这对我们二人都是十分振奋且有

---

① 约翰·弗拉克斯曼(John Flaxmann, 1755—1826),英国雕塑家、画家。此处指弗拉克斯曼的《荷马史诗》系列画作。
② 弗里德里希·奥古斯特·沃尔夫(Friedrich August Wolf, 1759—1824),古语文学家,自 1793 年起在哈勒担任哲学和教育学教授。此处指沃尔夫在歌德和迈尔的支持下,出版了弗拉克斯曼的《荷马史诗》画作,并于 1799 年或 1800 年将这一出版版本寄给了迈尔。

益的。

　　请您代我问候在蒂弗特(Tiefurt)^①的阁下,向根茨先生致以最美好的问候!

　　　　哥廷根,1801 年 7 月 31 日　　　　　　　　　　　G.

---

　① 魏玛附近宫殿。

1045. 歌德日记

1801 年 8 月 3 日　星期一

　　3 日星期一。早上《颜色学》。公爵殿下和封·埃格洛夫斯泰因①先生到来。与他们在图书馆。致信斯特格曼②小姐。下午与萨尔托里乌斯教授先生和胡戈教授先生在一起。

---

① 沃尔夫冈·戈特洛布·克里斯托夫·封·及·楚·埃格洛夫斯泰因（Wolfgang Gottlob Christoph von und zu Egloffstein，1766—1815），魏玛的宫廷顾问，1802 年起任内廷总监。
② 阿玛利亚·斯特格曼（Amalia Stegmann），歌唱家。

卡塞尔

1801 年 8 月 15 日至 8 月 21 日

1046. 歌德致 A．W.施莱格尔

1801 年 8 月 18 日　星期二

171　　非常感谢您的来信,得知您已愉快地返回①,我十分高兴。不久后,我也将再与您见面,期待我们愉快而又充满教益的交谈。

温泽尔曼夫人决定来我们这里,这让我十分高兴。劳烦您尽快向她转达我最美好的问候。虽然我在下一封邮件中也会给她写信,但这封信后天下午才会寄出,且取决于她会先收到我们二人当中的哪一封信。祝您安康,我一回到魏玛,就请来看望我。我会立即查询您要的那本书。

卡塞尔,1801 年 8 月 18 日

---

① 施莱格尔于 1800 年 7 月离开耶拿,并于近日返回。

哥 达

1801 年 8 月 24 日至 8 月 30 日

1047. 卡塔琳娜·封·贝托尔斯海姆[①]

1801 年 8 月 29 日　星期六

　　我在男爵〈格林〉[②]家结识了歌德。当时他在那里吃午饭,我坐在他旁边。封·格林先生已告诉他,我了解他的许多部作品,因此我想,告诉他我正在饶有兴致地阅读《赫尔曼和多罗西娅》十分合适。——他的回答并不十分令人振奋,继续去谈论这个话题,因为他带着适中、庄重的声音说道:"哦,您读过这个!"

---

① 卡塔琳娜·海伦娜·亚历山德拉·贝托尔斯海姆(Katharina Helene Alexandria Bechtolsheim),爱森纳赫宰相约翰·路德维希·封·贝托尔斯海姆男爵(Johann Ludwig Freiherr von Bechtolsheim, 1739—1806)的儿媳。

② 弗里德里希·梅尔基奥尔·封·格林男爵(Friedrich Melchior Baron von Grimm, 1723—1807),作家。

魏 玛

1801 年 8 月 30 日至 10 月 18 日

1048. 歌德日记（亲笔）

1801 年 9 月 8 日　星期二

172　　　　画风景。翻译一些特奥弗拉斯图斯的《颜色学》。晚上在蒂弗特。

1049. A. W. 施莱格尔致 L. 蒂克
(1801 年 9 月 17 日)

1801 年 9 月 8 日　星期二

　　大约十四天前,你的弟弟①到达魏玛。八天前的星期二,他与卡特尔②(他在魏玛为建造宫殿工作,你的弟弟住在他那儿)一起回到耶拿,而我恰好同一天去魏玛探访他,因此在那儿与他擦肩而过。坏天气阻碍我当天晚上返程,因此我在歌德家度过了这一天,在另一个早上返回耶拿。幸运的是你的弟弟还在等我〈……〉。他没有立即离开魏玛,因为他在制作歌德的半身像,为此需要花费他八天时间。

　　〈……〉我这里没有校样③,〈……〉我把校样放在了歌德那里。

---

① 克里斯蒂安·弗里德里希·蒂克(Christian Friedrich Tieck, 1776—1851),柏林雕塑家,于 1798 年至 1801 年生活在巴黎,1801 年至 1805 年有时在魏玛,有时在耶拿。
② 路易斯·弗里德里希·卡特尔(Louis Friedrich Catel, 1776—1819),柏林建筑师。
③ 指由施莱格尔和蒂克出版的《1802 年艺术年鉴》。

1050. 歌德日记

1801 年 9 月 9 日　星期三

早上《颜色学》。

1051. J. H. 迈尔致席勒(1801 年 9 月 10 日)

1801 年 9 月 10 日　星期四

　　最尊贵的朋友,受枢密顾问先生委托告诉您这个消息。如您所知,我接上他,我们一起已于约十或十二天前回来,看到了一些美好且令人愉快的事,令我们内心十分振奋。我应进一步问候您,询问您的身体状况,向您致以最好的祝愿。最后告知您,通过奥古斯特·威廉·施莱格尔的商谈,温泽尔曼夫人将于本月 20 日到来,并且想要扮演几个角色。为此,最好的朋友,您也受到最诚挚的邀请。

　　我迫不及待与您再次相见,并且从您那里获悉,那些地区情况如何,艺术和科学在那里进展如何。此后,愿向您汇报派尔蒙特、哥廷根、卡塞尔、爱森纳赫和哥达的情况——

173

1052. 歌德日记

1801 年 9 月 10 日　星期四至 9 月 15 日　星期二

9 月 10 日

《颜色学》。下午研究有奖征答事宜。

〈……〉

9 月 12 日

早上写一些《颜色学》。中午在宫廷。

〈……〉

9 月 14 日

耶拿的沙德①博士来访。写一些《颜色学》。晚上与迈尔博士在一起。

9 月 15 日

早上《颜色学》。中午在宫廷。下午作画。

---

① 约翰·巴蒂斯特·沙德(Johann Baptist Schad，1758—1834)，1799 年起在耶拿担任哲学讲师，1804/05 年在哈尔科夫(Charkow，俄国城市，今属乌克兰)任教授，后来在柏林，自 1820 年起在耶拿。

1053. 席勒致克尔纳(1801 年 9 月 23 日)

1801 年 9 月 20 日　星期日至 9 月 23 日　星期三

　　我觉得歌德看起来比旅行前健康。我还没能与他多做交流,因 174
为除了剧院事务和由此带来的聚会外,已寄来的参赛作品展出也让
他十分忙碌。现在共计收到二十二件参赛作品,除了一整个大厅装
满的纳尔①、卡特尔②、布里的另一些艺术作品③和许多其他作品外,
部分作品真的很美、值得观看。这个艺术展似乎已被接受,几年后,
一个最新艺术作品的普遍艺术展将很容易在我们这里得到实现。歌
德要求支付入场费,这项收益将计入奖金中。

---

① 约翰·奥古斯特·纳尔(Johann August Nahl, 1752—1825),卡塞尔画家、艺术
　研究院教授。
② 路易斯·弗里德里希·卡特尔(Louis Friedrich Catel, 1776—1819),柏林建
　筑师。
③ 除参赛作品外,还有三十三幅画作和雕塑品作为新大师的作品展出,其中绝
　大部分用于装饰魏玛宫殿。

1054. 歌德日记

1801年9月27日　星期日至10月5日　星期一

9月27日

　　早上与蒂克①在一起。耶拿的洛德先生、司法顾问胡费兰先生、谢林教授先生、顾问施莱格尔先生、弗罗曼先生与夫人到来。随后去展会。与宫廷顾问席勒先生和宫廷顾问维兰德先生共进午餐。晚上观看歌剧,温泽尔曼夫人出演。

9月28日

　　早上与蒂克在一起。中午在宫廷。晚上在宫廷顾问席勒先生家。致信鲁尔曼②先生,寄往不来梅。

　　〈……〉

10月2日

　　与根茨教授先生在一起。中午在宫廷。晚上《两兄弟》台词试排③。与宫廷顾问席勒先生在一起。

175

　　〈……〉

10月5日

　　早上与蒂克先生在一起。将博洛尼亚石(Bologneser Stein)和关于此石的文章寄给布卢门巴赫先生。去盖尔摩罗德尔山谷④。中午在宫廷。下午完成《化石》⑤。晚上与宫廷顾问席勒先生在一起。

---

① 指雕刻家弗里德里希·蒂克。
② 路德维希·鲁尔曼(Ludwig Rullmann, 1765—1822),不来梅画家。
③ 艾因西德尔(Einsiedel)根据罗马戏剧家泰伦斯(Terenz)的喜剧《两兄弟》所写的喜剧《两兄弟》(Die Brüder)于10月24日第一次上演。
④ Gelmerodaer Schlucht,位于魏玛附近。
⑤《一块化石》(Eine Versteinerung)是歌德去过盖尔摩罗德尔山谷后所写的记录。

1055. 伯蒂格致 J. F. 罗赫利茨
(1801 年 10 月 8 日)

1801 年 9 月 24 日 星期四至 10 月 8 日 星期四

关于歌德和席勒两位先生对您和您剧本①的态度是好还是坏，我均不得而知。您知道，我对他们的了解有多么少，因为我相当远离他们。歌德完全投身于他的艺术展，显而易见，三个星期以来，进入喜剧之家的房间每个人需花费 8 格罗申。奖项的分配或许急需多次重要竞争〈……〉。一旦获悉一些有关您的信息，我会即刻告知您。歌德(而非席勒)牢牢被施莱格尔掌控。据说，他们小团体中的一员，雕塑家蒂克，作家的弟弟，现在在这儿为歌德做半身像，整天坐在他面前。

---

① 罗赫利茨的喜剧《爱好或新魔笛》(Liebhabereyen oder die neue Zauberflöte)。

1056. 歌德致 G.萨尔托里乌斯(草稿)

1801 年 10 月 10 日　星期六

我必须向来探访我的一些年轻人透露音讯,尊敬的阁下,我已很长时间没给您音讯。虽然我沉默至今,但对您友善的好意的感谢仍然十分强烈,一点都没减少。

176　　我立刻又回到从哥廷根启程的那一天,晚上是在德兰斯费尔德(Dransfeld)①度过的。倘若您偶尔与名人结伴,在天气好的时候,登上这座山(用作哥廷根铺石路的采石场就位于山上),那么,您一定会心旷神怡。从那里鸟瞰我即将离开的这个地区,令我感到十分愉快。普勒斯②、文德③还有莱讷河底的一些东西、哥廷根、海因山④,随后,在临近地区,德赖格莱兴⑤,许多地方,在更替的凹地,哈恩施泰因(Hahnstein),林木茂密的山脉,贝尔莱普什(Berlepsch)等等,哈尔茨山脉的多样的山尽收眼底。

奥古斯特想用裸眼辨认出部分海因山,他在此处找寻化石,声称清楚地看到了文德庄园的马厩房。

我们二人都不愿离开哥廷根,从某种意义上来说,我们在这里感到很舒服。

我们整个小家庭在卡塞尔团聚了,在我的朋友迈尔的陪伴下,我能欣赏并研究艺术和自然作品。

同样伴随着好天气,我在爱森纳赫附近看到了公爵在维尔黑尔姆斯塔尔⑥的新公园、老工厂区鲁尔(Ruhl),登上瓦尔特堡(Wartburg),回忆起过去的时光。

---

① 哥廷根附近村庄。
② Plesse,哥廷根附近城堡遗址。
③ 哥廷根附近村庄和修道院。
④ Heinberg,哥廷根附近。
⑤ Gleichen,哥达附近。
⑥ Wilhelmsthal,爱森纳赫附近城堡。

　　我在哥达的恩人和朋友家度过了大约八天,两个重要的机构让我赏心悦目:塞山(Seeberg)上的天文台和施内普芬塔尔(Schnepfenthal)的教养院。

　　在魏玛,已寄到的画作在等着我,把它们移至玻璃柜并陈列在那里,是一件小事。随信寄上一份一览表。如若有人尚未失去艺术兴趣,那么这里偶然汇集的藏品有相当大的吸引力,有理由进行各种重要的观察,尤其是当人们能够保持无党派,且完全想公平合理的话。

　　温泽尔曼夫人9月末也到达这里,进行了大约七次演出。她完全独特的、有分寸的、理智的、恰当的、自然的表演令我异常欣喜。倘若我能详细说明她的功劳的话,我会赞赏她在面对表演同伴时,带着最大的轻松,这种生活方式十分令人喜欢。即便不必说话时,她也善于用手势对每一个人表现出彬彬有礼,由此给整体增添了活力。

　　但我不能继续沉醉于这种戏剧艺术评论。

　　雕刻家蒂克先生刚刚从巴黎回来,现在在为我雕塑半身像。由此我便有机会与他多多谈论那个世界的奇特的首都。如果他的作品像我期待的那样获得成功,请您允许,我把一个上过石膏的朋友寄到您家中。

　　这一次您会收到最新的哲学现象,它们来自东南部,将威胁德国的西北部。也许这其中的一个或另一个现象在哥廷根还是一个新事物。

　　祝您安康,请您尽可能不切断我们之间已连结上的这条友谊的纽带。请代我问候胡戈教授先生,期待在我返回时,哥廷根能够好好地接待。

　　麻烦您按照随信附上的一览表在凯斯特纳拍卖会①上出价,我

① 指于1800年去世的哥廷根数学家亚伯拉罕·戈特黑尔夫·凯斯特纳(Abraham Gotthelf Kästner,1719—1800)的图书馆的拍卖。

将充满感激,偿还垫款。对于那些抢手的书籍,请您让我知晓价格。

178　里泽蒂的作品《光之感应》①也在纪念拍卖会上,我想拥有这本书。我已口头请求罗伊斯②教授先生帮我把这本书买到,麻烦您提醒他此事。我愿意出一个杜卡特,或许也可以更多。请您原谅我给您带来的麻烦,祝您安康。

　　　　　魏玛,1801 年 10 月 10 日

---

① 意大利物理学家乔瓦尼·里泽蒂(Giovanni Rizzetti,1675—1751)的作品《光之感应的物理数学样本》(Specimen physico-mathematicum de luminis affectionibus)。

② 耶雷米亚斯·大卫·罗伊斯(Jeremias David Reuß,1750—1837),哥廷根大学图书馆管理员。

1057. 歌德日记

1801 年 10 月 11 日　星期日

　　早上口授各种书信。致信宫廷顾问布卢门巴赫先生,致信萨尔托里乌斯教授先生,寄往哥廷根。下午与宫廷顾问席勒先生一起乘车兜风。晚上《药剂师与医生》①。哥达的恩斯特小姐②。

---

　① Der Apotheker und der Doktor,作曲家卡尔·迪特斯·封·迪特斯多夫(Karl Ditters von Dittersdorf,1739—1799)的歌剧。
　② 具体不详。

1058. 歌德致加利钦侯爵夫人①(草稿)

1801 年 10 月 14 日　星期三

　　敬爱的朋友,今年夏天我与您如此接近,然而阻碍我拜访您的原因并非天气和路程,而只是需在派尔蒙特好好完成疗养的义务。

　　德·塞雷特侯爵②见到您很高兴,他向我确认了您对我的想念,这使我感到荣幸。同时我也获悉,已切割的宝石的美丽藏品仍在您手中。

　　回程时,我有机会与哥达的公爵进行交谈。这位先生从我们的祖国所享有的更加和平的前景谈起,又转到艺术作品,带来这种类型的一件宝物,他不会不喜欢。

　　因此,最敬爱的朋友,您可以仍与此前一样,愿意出让这个所念的藏品:烦请您通过任何一位您信任的人将进一步确切的信息传递给我,并确定价格。请您继续保持对我的思念,由此您会完成我最为关切的愿望之一。

179

---

① 阿德尔海德·阿玛利亚·加利钦侯爵夫人(Adelheid Amalia Fürstin von Gallitzin, 1748—1806),于 1785 年与歌德相识。
② Marquis de Sérent,歌德称之为 Duc de Sennet。

耶 拿

1801 年 10 月 18 日至 10 月 22 日

1059. 歌德日记

1801 年 10 月 18 日　星期日至 10 月 19 日　星期一

10 月 18 日

　　早上觐见殿下，随后去耶拿。下午处理一些与《颜色学》相关的事情。

10 月 19 日

　　早上《颜色学》。临近中午与枢密宫廷顾问洛德和宫廷顾问希姆利①在一起。饭后与小施洛瑟②在一起。傍晚与谢林教授在一起，随后在枢密宫廷顾问洛德家吃晚饭。

---

① 卡尔·古斯塔夫·希姆利（Karl Gustav Himly，1772—1837），眼科医生，1801 年起在耶拿任教授。
② 克里斯蒂安·弗里德里希·海因里希·施洛瑟（Christian Friedrich Heinrich Schlosser，1782—1829），在耶拿学习医学专业。他是法兰克福律师、陪审员希罗尼穆斯·彼得·施洛瑟（Hieronymus Peter Schlosser，1735—1797）的小儿子。

1060. 歌德致谢林

1801 年 10 月 20 日　星期二

在我此次寄送的这份手稿①上可以发现,数字与西蒙·波尔蒂奥②在其翻译中所做的分科有关,在我做这项工作时,这些数字方便我找到。但将来必须去掉这些数字,因为它们会误导,而非促进。

劳烦您在遇到这些数字的地方做上记号。还有许多地方能够做进一步修改。倘若黑格尔博士先生明天早上来看望我,我会十分高兴。

耶拿,1801 年 10 月 20 日　　　　　　　　　　　歌德

---

① 指特奥弗拉斯图斯的译稿。
② Simon Portius(1497—1554),意大利学者。

1061. 歌德日记

1801 年 10 月 20 日　星期二至 10 月 22 日　星期四

180　　**10 月 20 日**

　　早上完成特奥弗拉斯图斯的《颜色学》的翻译。11 点阅读顾问施莱格尔的《约恩》①。饭后与年轻的施洛瑟兄弟②在一起，随后乘车兜风。写《自然的女儿》。晚上在法律顾问胡费兰家参加维德曼夫妇③的告别晚宴。

10 月 21 日

　　早上《自然的女儿》。11 点与黑格尔博士见面。饭后与内廷顾问福格尔在工作院④。晚上《自然的女儿》。

10 月 22 日

　　早上《自然的女儿》。11 点去格里斯巴赫家。

---

① 奥古斯特·威廉·施莱格尔的戏剧《约恩》(Jon) 于 1802 年 1 月 2 日在魏玛首演。

② 耶拿法学专业学生约翰·弗里德里希·海因里希·施洛瑟(Johann Friedrich Heinrich Schlosser, 1780—1851) 和他的弟弟耶拿医学专业学生克里斯蒂安·弗里德里希·海因里希·施洛瑟(Christian Friedrich Heinrich Schlosser, 1782—1829)。

③ 克里斯蒂安·鲁道夫·威廉·维德曼(Christian Rudolf Wilhelm Wiedemann, 1770—1840)，不伦瑞克(Braunschweig)的妇科医生、自然研究家。其妻子露易丝·维德曼(Luise Wiedemann, 1770—1846)，卡洛琳·施莱格尔的妹妹。

④ 福格尔在 1799 年推行了在耶拿孤儿院这幢楼里建造一个与性病医院有关的工作室的项目。

魏　玛

1801 年 10 月 23 日至 10 月 30 日

1062. 亨丽埃特·封·博利厄-马可内[①]

1801年10月28日　星期三前

〈……〉那段时间〈似乎〉再次唤起了歌德身上对于社交的感觉。现在人们比平时更加经常地看到他，就连在以前从未因他的出席而增光的地方也能见到他。其中，宫廷侍女封·格希豪森家的小阁楼就是这样一个歌德会出现的地方，一个由各类人组成的团体在所谓的友谊日在此处相聚，共进早餐。虽然开始时这里团结、快乐的人们并不特别喜欢这位奥林匹斯的朱庇特的出现——人们如此戏谑地称呼歌德——，但由于多年来他显得更加欢乐、虽倨傲但更加友善，因此，由接近而产生的害羞逐渐消失，人们毫无保留地沉醉于好心情，这位有修养的女主人在咖啡桌上准备了美味摩卡，这使得所有来宾都很兴奋〈……〉。

一天早上，很偶然，除了我以外，只有几位女朋友来到格希豪森家吃早点〈……〉。歌德也来了，对于今天他是女性群体中唯一一名男子，他表示很满意。随后他解释道，这对他来说正是最合适的时候，因为他早就希望私下里与我们说说理性的话。但他只说出了最过分的事，让我们越发感到意外。我们中大多数人还从未见过他有如此兴致，现在我们只能跟自己解释，在他接受自己现在的迂腐、刻板、拘谨前，过去他一定是多么有吸引力、多么可爱。正如人们在平凡的生活中所说，在他热烈的谈话中，他越说离题越远，最后终于谈到现在社会境况的不幸。他用最显眼的色彩叙述了目前到处都可感觉到的思想空虚和意气消沉，并着重强调了曾经的社交生活。正当他在此像教授在讲台上讲授时，他越发生气，直到最终倾诉出对于傲慢鬼的全部愤怒。这种人毁了来自世间的知足与快乐，但反而偷偷

---

① Henriette von Beaulieu-Marconnay（1773—1864），第一次婚姻是与戈特利布·弗里德里希·利奥波德·封·埃格洛夫斯泰因伯爵（Gottlieb Friedrich Leopold Graf von Egloffstein, 1766—1830），后于1804年与汉诺威林务官卡尔·威廉·封·博利厄-马可内（Karl Wilhelm von Beaulieu-Marconnay）成婚。

带入了最无法忍受的无聊。他认为，必须用团结一致的力量与这种恶魔进行斗争，否则恶魔还会继续造成更多不幸。他立刻建议我们，为了快乐地度过即将到来的令人伤感的冬天，我们应成立一个协会，恰如在过去的美好时间里有过如此多的协会一样。倘若仅有一对理智的人做出开端，那么随后剩下的人会继承下去。他突然转向我，手伸向我，补充道：他的看法的真实性会立即得到证实，如果我想接受他成为伙伴，并且给他人作出好的榜样的话。——虽然这个建议令我十分意外，但我仅把它视为一个短暂的、有意的一时之念的闪现，并没有视为玩笑。因此，我毫不迟疑地把手放在他的手上，嘲笑着这份努力。他努力地要求在场其他女士，她们中的每一个都同样选出一位倾慕者，因为按照众所周知的宫廷抒情诗人习俗，我们的协会必须建立一个爱苑，必须如此称呼，因为这个名字表明诗学的倾向和不受约束，成员间应充满着这种无拘无束。此外，爱神是否能够并且可以提出他在后者中的权利作为要求，可能留待听任于小的、诡诈的上帝的权力了。——

　　倘若这位所谓的为人好的女士远远没有习惯于粗鲁的对待，倘若在表现出最好的自己这门艺术上她并没有达到高超的技艺，那么因为她的年龄和丑陋的外表，歌德的要求可能会得罪我们的女主人，她会感觉受到了伤害。由于她性情好争吵，她也足以能够适应那些人变化无常的脾气和突然产生的想法，这些人在一定程度上像歌德一样令人敬佩，对她来说也许显得也还是那么荒谬。因此在目前这种状况下发生了这一幕，她立即同意了他的建议，并解释了她自己奇怪的举止：她准备好答应这个号召，因为她肯定能指望找到一位珍贵的塞拉东①。其他几位漂亮的女士只想碰碰自己的运气，是否有

182

————————
① Seladon。法国作家于尔菲（Honoré d'Urfé, 1567—1625）在 1607 年至 1627 年出版的小说《阿斯特雷》(L'Astrée)中的人物，指思慕的情人。

这样愿意服务的仆人供她们支配,而非她。——

　　歌德用最热烈的掌声接受了这个幽默的解释,立刻起身走到我们乐于助人的女主人的写字台前,在这里他以最快的速度即席写下了如下爱苑的规章:

183

　　第一,成立的这个协会由纯粹的搭配完整的成对搭档组成,每周一次,晚上看完戏剧后,在歌德居所聚会,并在那里用晚餐,晚餐的饭菜由女士们提供,酒由男士们提供。

　　第二,允许每个成员带一位客人,但只能在这个必要条件下,即:这位客人令各方都感到愉快并受到他们的欢迎。

　　第三,在聚会期间,不允许提及涉及政治问题或其他有争议的问题,从而使协会的和谐不受干扰。

　　第四,且最后,双方选出的成对搭档应该有义务只是如此长久地保持在这个封闭的结合关系中的耐力,直至春天的气息预示温暖季节的到来。在这个季节里必须听任每一部分保留到目前为止戴上的**枷锁**,或者换成新的枷锁。

　　当歌德为我们朗读这个奇怪的文件时,他带着引人注目的架子和令人印象深刻的坚定强调了划线的地方,对此我禁不住微笑以对。此时我必须想到箴言诗,他在其中说过:"德国人郑重地开始一切"——在思考时我也加入了玩笑,因为我始终将他今天的行为仅仅视为是一时之念的闪现,如同产生,它同样会消失得很快。

耶 拿

1801 年 10 月 31 日至 11 月 10 日

1063. 歌德日记

1801 年 10 月 31 日　星期六至 11 月 3 日　星期二

184　**10 月 31 日**

　　早上整理各种事宜,随后去耶拿。《自然的女儿》。晚上在枢密顾问洛德家。

11 月 1 日

　　早上《自然的女儿》,随后去散步。与顾问施莱格尔和蒂克①在一起。饭后与内廷顾问福格尔一起散步。晚上在俱乐部②。

11 月 2 日

　　早上写诗③。与咨询委员会顾问封·贝克④在一起。11 点殿下与枢密顾问福格特先生一起来访。中午与他们在洛德家吃午餐。从魏玛寄出:致信卡塞尔的纳尔先生,寄去 15 杜卡特;同样致信科隆的霍夫曼先生,寄去 15 杜卡特。

11 月 3 日

　　早上《自然的女儿》,处理一些涉及《雅典娜神殿入口》的事宜。与医生弗罗里普⑤先生见面,11 点咨询委员会顾问封·贝克先生从彼得堡来访。晚上在枢密司法顾问胡费兰家。

---

① 奥古斯特·威廉·施莱格尔和弗里德里希·蒂克。
② 由教授们组成的社交圈。
③ 指《自然的女儿》。
④ 恩斯特·克里斯蒂安·塞缪尔·安德烈耶维奇·封·贝克(Ernst Christian Samuel Andrejewitsch von Beck, 1768—1853),法学家、历史学家。1800 年起担任俄国外交事务咨询委员会顾问。
⑤ 路德维希·弗里德里希·弗罗里普(Ludwig Friedrich Froriep, 1779—1847),耶拿的医学教授。

1064. 歌德致亨丽埃特·封·埃格洛夫斯泰因

1801年11月6日 星期五

敬爱的朋友,我把您的情书带到了耶拿,以便在我寂寞时会因此而感到开心,且不会寄回一封完全无益的回信。

如果我们想在我们当中愉快地见到维兰德①,那么,我们将来必须让我们的道德文章更加有意义。请您顺便接受附上的这篇尝试,在其中我寻求用一部生活的喜剧来挖掘出这个**冰冷的坟墓**,同时用象征来表达我对我们的协会的愿望。

185

我会尽早回到魏玛,以便在我们下一次相聚前与您和您的朋友们再谈论一些事情。向您的朋友们致以最美好的祝愿!

希望这个如此偶然但却自然聚在一起的协会能够持久,经常陪在您身边的这个古老的心愿由此能够达成。

耶拿,1801年11月6日 歌德

---

① 亨丽埃特·封·埃格洛夫斯泰因原本希望正在经历丧妻之痛的维兰德成为这个"星期三小聚会"的成员,以使他的心情舒畅起来。维兰德夫人于11月8日去世,维兰德没有参加这个聚会。

魏 玛

1801 年 11 月 10 日至 1802 年 1 月 17 日

1065. 歌德致亨丽埃特·封·埃格洛夫斯泰因

1801 年 11 月 10 日　星期二

　　告知您我已到达魏玛,同时向您报告,协会已准备好一切,明天晚上在熟悉的时间举行招待会,我已把这些视为我的义务。祝您度过最美好的夜晚!

　　　　魏玛,1801 年 11 月 10 日　　　　　　　　　　歌德

1066. 歌德致席勒

1801 年 11 月 10 日　星期二

在您生日前我到达魏玛,因此我没有错过向您口头和书面寄送我最美好的祝福,对此您确信不已。同时,邀请您明天,作为第二个节日,前来参加熟悉的友谊聚会。

魏玛,1801 年 11 月 10 日　　　　　　　　　　　　G

1067. 席勒致克尔纳(1801 年 11 月 16 日)

1801 年 11 月 11 日   星期三

186　　　我们寻求帮助,最好让我们在这儿度过冬季。歌德联合一些相处和谐的朋友们成立了一个俱乐部或是社交小聚会,每十四天聚在一起,共进晚餐。目前进行得十分愉快,尽管客人中有部分人十分参差不同,因为公爵本人和侯爵的孩子也在被邀请之列。我们不想被人打扰,努力歌唱,尽情痛饮。这件乐事也会令我写出各种抒情小诗,在稍大一点的作品中还从未有过。

1068. 歌德日记

1801 年 11 月 12 日 星期四至 11 月 13 日 星期五

11 月 12 日

　　早上口授书信。下午在剧院排演。晚上与宫廷顾问席勒先生在一起。

11 月 13 日

　　打包参赛画作,随后乘车兜风。晚上与宫廷顾问席勒先生在一起。致信法兰克福的顾问歌德夫人。致信迈尔博士先生,班贝格邮局 R。

1069. 歌德致露易丝公爵夫人(草稿)

1801 年 11 月中旬

　　按照殿下的指令,我在重要的画作中购置了三幅精美的铜版画①。在此我不揣冒昧地向您报告它们的价格。

　　此外,我还斗胆从弗劳恩霍尔兹②处转让了莱奥纳多·达·芬奇的《最后的晚餐》,这是一幅非常好的复制版,因为我确信这幅画好的复制版很快就会十分短缺,各方对此需求很大。

　　价格是 40 萨克森塔勒,但这取决于殿下的决定,你们看过后是否愿意留下这幅画。

187

---

① 这三幅画用来装饰新建宫殿中公爵夫人的房间。
② 约翰·弗里德里希·弗劳恩霍尔兹(Johann Friedrich Frauenholz, 1758—1822),纽伦堡艺术品商人。

1070．H．C．鲁滨逊①

1801 年 11 月 20 日　　星期五

　　这是我人生中最有趣的日子之一，因为我拜访了歌德——维兰德和赫尔德。〈……〉

　　拜访克劳斯家〈……〉。随后与佐伊梅②和施诺尔③去迈尔教授家，在我们等待了一段时间并且欣赏了一系列参赛画作后，迈尔教授带我们去歌德家。我们的拜访很短暂，仅仅意识到这个时代最伟大的文学家就坐在面前，已是极好。歌德本人是我见过的最魁伟的人。他身材高大、有肥胖倾向，他的眼睛是我见过表现力最丰富的眼睛，他的嘴唇表达出轻视和欢乐。一言以蔽之：他对我的影响是，我完全没有能力对他说一句话，仅仅是费力地张开嘴唇。我的感觉比我不能完全赞成我的同伴的聊天还要更加痛苦。施诺尔冗长繁复地谈论一幅他作的画，佐伊梅则谈起他困难的生活、他的贫困，等等。歌德的声音很弱，至少这唤起了温柔的印象，然而这与他外表相同的身份和高贵不符。

---

① 英国律师、作家亨利·克拉布·鲁滨逊（Herry Crabb Robinson，1775—1867）于 1800 年至 1805 年间在德国生活，特别是在耶拿攻读德国哲学。本文是其11 月 20 日的日记节选。

② 约翰·戈特弗里德·佐伊梅（Johann Gottfried Seume，1763—1810），莱比锡作家。

③ 维特·汉斯·施诺尔·封·卡洛斯费德尔（Veit Hans Schnorr von Carolsfeld，1764—1841），莱比锡画家，铜版画师。

1071. 歌德日记

1801 年 11 月 20 日　星期五至 11 月 21 日　星期六

11 月 20 日

口授给耶拿大学图书馆管理员埃尔施①先生的方案,中午在宫廷。晚上茶聚:枢密顾问福格特先生、根茨教授先生、军事顾问根茨②先生、宫廷顾问席勒先生、宫廷顾问维兰德先生、主席封·赫尔德③先生。与宫廷顾问席勒先生一同进餐。

188 ### 11 月 21 日

上午处理宫殿建造事宜。中午在家。晚上在宫廷顾问席勒先生家。致信埃尔施博士先生,寄往耶拿,涉及图书馆事宜。

---

① 约翰·塞缪尔·埃尔施(Johann Samuel Ersch,1766—1828),目录学家,1800年在耶拿大学担任图书馆管理员。
② 弗里德里希·根茨(Friedrich Gentz,1764—1832),政治家、出版人。1793 年起担任军事顾问。柏林建筑学家海因里希·根茨的哥哥。
③ 自1801 年起赫尔德担任上教会监理会主席。

1072. 歌德致 F．H．雅各比

1801 年 11 月 23 日　星期一

绿色的信纸我已很久没有看到,因此让我十分高兴,只是我原本希望信中的内容也会令人欢喜。你健康而又快乐的老年出了问题,这让我很难受,希望你的旅行能够获得一个连你自己似乎都没有期待的成效。

你从巴黎回来后,请让我知晓你的状况,因为你在那里的生活条件能保证你进一步认识某些情况。

倘若你有一位朋友,他也十分喜爱艺术,如你向我提到的卡特勒梅尔•德•坎西①(如果我读得正确),那么,通过他我会获得简短的指导,可以把这份指导给予一位去巴黎旅行的年轻艺术家②,以便他以最快速度适应那里的状况。

现在某个人匆忙跑去那里,让他沉浸于自己的好运中,但无论这里还是那里,都有一个人,人们希望他做一些事情。请你的朋友允许,偶尔将姓名地址写给这样一个人,并向他推荐一些预防措施,如此这将对我是一份特殊的厚意,我也将以最大的满足来利用它。

目前一位杜塞尔多夫画家,名字叫做海因里希•科尔贝,正在巴黎居留,他是我们这里的获奖人之一,天赋极佳,似乎秉性也很好。倘若你让他来,告诉他或向他展示一些友好之意,那么你在那里也会因这位年轻人而高兴。

此外,祝愿你在那里一切顺利、开心。

189

至于我,在去年生了一场大病后,休养得还好。这个夏天在派尔蒙特度过了多数时间在下雨的、不舒服的五个星期,但却在哥廷根度过了获益匪浅的、非常满意的五个星期。

---

① 安托万•克里索斯托姆•卡特勒梅尔•德•坎西(Antoine Chrysostome Quatremère de Quincy, 1775—1849),法国考古学家、艺术史学家。
② 雅各比在回信中写道,卡特勒梅尔•德•坎西已准备好为歌德推荐的年轻人提供帮助。

　　能够在这样一个知识的海洋中，无忧无虑地向着所有我们感兴趣的地方扬帆航行，这是多么惬意啊。

　　你所熟知的，过去我身上的诗学-科学的天性，我会继续培养。学习更多地去认知，取得的成果反而更少，因此生命的每个季节都有其好处和短处。

　　每年的艺术展以它的方式给人机会进行唯一的娱乐，由此给我们带来了很多乐趣和益处。

　　我处理的其他事务也涉及自然、艺术或科学。

　　我怎样对待哲学，你很容易想到。如果哲学首先致力于分离，那么我不能与其融洽共处，也许我可以说：哲学以在我的自然进程中干扰我的方式伤害了我。但是如果哲学统一、或者更多的是提高、确定我们原始的感觉，即我们与自然为一体，并且将这种感觉转变为深刻、安静地观察，在观察中不断地对比和区分，期间我们感受到神的生命，即使不允许我们进行这样一种观察，那么我也欢迎哲学，你可以预计我会参与你的工作。

　　非常感谢你寄来的这篇文章，我还没看过这本年鉴①。

　　自从希姆利先生在耶拿以来，我去过那里几次，多次见到他。我非常喜欢他，我也读了他的一些文章，在我看来，他做得很好。只是我认为，从他的演讲中总结出，他对哲学有些反感，这或早或晚定会给他带来不利。

　　任何一个有经验的人，当他成为一个优秀的人时，他是并且一直都是一位尚不自知的哲学家。我允许这样的人给予哲学，尤其是哲学现在呈现在我们这个时代的样子，一种理解，但这种理解不能变为反感，而必须消解为一种宁静的、谨慎的好感。倘若不是如此，那就

190

---

① 雅各比在汉堡出版的《1802 年口袋书》(Taschenbuch für das Jahr 1802)。

准备着踏上这条通向庸俗的路吧。在这条路上一个好的头脑只会变得越来越糟糕，比他以一种不相宜的方式避免能够给他的努力带来帮助的更好的社交圈更加糟糕。

　　你的孙子①我仅见过几面，与我们朋友的儿子②见面更多。这三个施洛瑟③和两个福斯④组成了我所认识的最棒的年经人社交团体之一。陪审员施洛瑟⑤的小儿子是最新哲学的小狂热分子，他投入了如此多的精神、热心、思想，以至于我和谢林在此看到了我们的奇迹。他的哥哥本性安静、理智，我发觉，他被弟弟叫来耶拿，参与到这种带来幸福的教育。我妹夫的儿子似乎不否认他的爸爸。我觉得，他性格直爽，对经验感兴趣。对于他应该抛弃所有向他灌输的哲学，他似乎一点都不吃惊，最终他的小堂兄很有可能会强迫他。

　　关于两个福斯，在我看来，其中一个有些过于紧张，另一个有点摸不透。倘若不是对这些年轻人的偏爱和与他们的关系，如何解决

---

① 指雅各比长子的儿子弗兰茨·雅各比（Franz Jacobi）。
② 指爱德华·施洛瑟（Eduard Schlosser，1784—1807），他是歌德妹夫法兰克福作家约翰·格奥尔格·施洛瑟（Johann Georg Schlosser，1739—1799）与第二任妻子约翰娜·卡塔琳娜·西比亚·施洛瑟（Johanna Katharina Sibylla Schlosser，1744—1821）的儿子。
③ 除爱德华·施洛瑟外，还有约翰·格奥尔格·施洛瑟的哥哥希罗尼穆斯·彼得·施洛瑟（Hieronymus Peter Schlosser，1735—1797）的两个儿子，耶拿法学学生约翰·弗里德里希·海因里希·施洛瑟（Johann Friedrich Heinrich Schlosser，1780—1851）和耶拿医学学生克里斯蒂安·海因里希·施洛瑟（Christian Heinrich Schlosser，1782—1829）。
④ 作家、翻译家约翰·海因里希·福斯（大）（Johann Heinrich Voß d. Ä.，1751—1826）的两个儿子，古典哲学学生约翰·海因里希·福斯（小）（Johann Heinrich Voß d. J.，1779—1822）和医学学生威廉·费迪南德·路德维希·福斯（Wilhelm Ferdinand Ludwig Voß，1781—?）。
⑤ 希罗尼穆斯·彼得·施洛瑟是法兰克福律师、陪审员。

这一现象的好奇也会使我关注他们。

　　我们的施洛瑟①给我写了信，这几天我正想着给她回信。请代我向你身边可爱的妹妹②和小克拉拉③（在你给她写信时）致以最好的祝愿。在我们这里，我几乎无法期待会见到你，在其他地方我们想见一次面——祝你安康，在你的激励下，不久后我会开始写一封新信给你。

　　　　魏玛，1801 年 11 月 23 日　　　　　　　　　　　　G.

191

---

① 约翰娜·卡塔琳娜·西比亚·施洛瑟在给歌德的信中希望歌德能给儿子爱德华一些照顾。
② 苏珊娜·海伦尼·雅各比（Susanne Helene Jacobi，1753—1838），她陪同雅各比去巴黎。
③ 指雅各比的女儿克拉拉·弗兰齐斯卡·雅各比（Klara Franziska Jacobi）。

1073. 歌德日记

1801 年 11 月 23 日　星期一

　　早上与内廷顾问先生①商讨一些关于纳旦②的事情。中午在宫廷。傍晚内廷顾问封·沃尔措根先生来访。晚上在皇宫用餐。致信罗伊斯③教授先生，寄往哥廷根。致信枢密顾问雅各比先生，寄往巴黎。

---

① 弗兰茨·基尔姆斯。
② 莱辛的戏剧《智者纳旦》在席勒改编后，于 11 月 28 日在魏玛首演。
③ 耶雷米亚斯·大卫·罗伊斯(Jeremias David Reuß，1750—1837)，哥廷根大学图书馆管理员。

1074. 歌德致约翰娜·施洛瑟(草稿)

1801 年 11 月 24 日　星期二

亲爱的朋友,令郎来到耶拿使我更多地想起以前他与他的堂兄们来看我,由此形成一个朋友圈的时候。这些年轻人或多或少与他们的父亲相像,彼此之间有着家族的相似性,这十分奇妙。因为福斯的两个儿子也到我那里,于是他们就成立了一个小团体,这个小团体似乎并不缺乏严肃性。观看喜剧与进行其他娱乐活动时都未见到他们,到目前为止,我仅仅在耶拿与他们聊过。我将会时不时观察他们,并评定他们的进步。

此外,科学方面的事情进展如此之快且奇特,以致一方面必须高兴地表扬年轻人,因为他们获得了难以置信的益处;但另一方面不得不害怕他们无节制地利用这些益处而受损。处在这个位置上,也许我能够部分通过自己、部分通过朋友给予这些年轻人一些好的影响。

192

十分不巧,我们没有在哥廷根相聚。偶然给自己开这种无聊的玩笑,因此,也许它本可以也给我们带来这种美好的乐趣。获悉我们只是稍稍错过,我很懊恼。

雅各比将前往巴黎,我收到一封他寄自亚琛的来信。很遗憾,他很不满意自己的健康状况。昨天我再次给他写信,同时也想念你。

我非常高兴,由于你的细心,你从你的孩子们和孙辈们那里获得了如此多而又纯粹的感谢。请代我问候他们,也请你想念我。

我也有理由对我的命运感到满意,因为我的身体在经受了一些危险状况后,幸运地挺了过来,恢复了健康。

再次祝你安康!

魏玛,1801 年 11 月 24 日

1075. 歌德日记

1801 年 11 月 27 日　星期五

下午《纳旦》排演。晚上与宫廷顾问席勒先生在一起。

1076. 歌德致 W. 封·洪堡(草稿)

1801 年 11 月 29 日　星期日

错过在魏玛与您的见面令我十分不快。彼此分别这么久,聊天正是为了相互了解对方目前的情况。这里的朋友向我讲述了一些关于您的情况,然而我对您在旅行中夺来的宝物十分好奇,希望不久后就会读到一些关于它们的信息,这会使我更加愉快。

193

关于我,您很容易能想到,开始做一些新事并不容易,我的愿望只能是一段时间之后通过一次友好的考试,这样人们会认为我并非一成不变。

您想把根茨先生介绍给我,对此我非常感谢。一个人本身给人留下多好的印象,一个朋友的推荐对相识的开始阶段就多有利。

由衷感谢这部葡萄牙的著作①,我理解得相当好。非常高兴看到一个我们感兴趣的事物同时也引起了其他人的关注。这位朋友所犯的错误,许多人、许多相近学科在同一件事情上也会遭遇到。他没有发展一个局部现象,而是立即创建了一个假定,一个理论名言;没有按照严格的顺序提出一个奇特现象,而是想用这个现象作为一个咒语去征服整个学科。

请您告诉我更多有关他的生活状况的信息! 我想尽早在哥廷根探寻那些翻译。

您更为了解的蒂克②在我们这里待了一段时间,作为艺术家和人才他引起了强烈的兴趣。他拥有很好的天赋,这是他之前忠实培养的。只是他过于年轻冲动,随意做出否定判断,这种判断经常预示着一种很大的局限性。这不仅伤害他的内心,使他无法接受好的、受支持的建议,我在许多不同场合已觉察到。同时在涉及团体时,也

---

① 葡萄牙自然研究家迪奥戈·德·卡瓦略·埃·萨姆帕约(Diogo de Carvalho e Sampayo, 1750—1807)的《关于颜色的自然形成的记录》(Memoria sobre a formação natural das cores)。歌德在《颜色学》中整理了其中一些摘录。
② 指柏林的雕刻家克里斯蒂安·弗里德里希·蒂克。

会部分伤害他的外在,他在完全没有必要和目的、对手、敌人和严格的法官的情况下生气。

　　倘若您能给他一些影响,那么这对于他将是一份很大的功绩,因为据我观察,他同时也非常敏感,也许无法忍受在他向森林呼喊时,却从森林里发出响声。然而,当那个评论所有人的人自己创作的时候,当所有人一定会有所影响,对于他来说,那些限制他的条件并不适用于他,而同样地,在评论他时,人们拿绝对当作标准。

　　非常感谢格拉彭吉赛尔①博士先生。请您告诉我,我们是否有希望不久再见到您。请您偶尔写信给我,以便我们逐渐又习惯彼此。

　　向您的夫人致以最美好的问候。

　　　　魏玛,1801 年 11 月 29 日

194

---

① 卡尔·约翰·克里斯蒂安·格拉彭吉赛尔(Karl Johann Christian Grapengießer,
　1773—1813),柏林的医学教授。

1077. 歌德日记

1801 年 11 月 29 日　星期日至 12 月 2 日　星期三

11 月 29 日

中午与施洛瑟先生和福斯先生①在一起。晚上茶聚：军事顾问根茨先生、根茨教授先生、司法顾问魏兰②先生、政府顾问福格特先生夫妇、宫廷顾问席勒先生夫妇、亚格曼小姐、顾问克劳斯先生。

11 月 30 日

《自然的女儿》。

12 月 1 日

《自然的女儿》。致信封·洪堡先生、致信高蒂耶里③少校先生、致信宫廷顾问希尔特④先生、致信乐队指挥赖夏特先生，通过军事顾问根茨先生转交。

12 月 2 日

《自然的女儿》。

---

① 克里斯蒂安·海因里希·施洛瑟和约翰·海因里希·福斯(小)。
② 菲利普·克里斯蒂安·魏兰(Philipp Christian Weyland，1765—1843)，法学家、战事顾问。
③ 朱塞佩·高蒂耶里(Giuseppe Gautieri，1769—1833)，意大利自然研究家。
④ 阿洛伊斯·路德维希·希尔特(Alois Ludwig Hirt，1759—1837)，柏林考古学家、艺术史学家。1786 年与歌德在罗马相识。

1078. 歌德致谢林

1801 年 12 月 5 日　星期六

　　非常感谢您寄来的年鉴，它是一种炼狱。参与者既不在地面上，
也不在天上，不在地狱，而是在一种有趣的中间状态，部分尴尬、部分
令人欣喜。

　　然而，费尔梅伦的《艺术年鉴》①没有最好地显示出来。来自弗
里德里希·施莱格尔实验室的灼热气体②不能使气球浮动，带着如此
多负载进入高空。

　　希望我们的悲剧③能够进展顺利。这里是角色分配：

　　　　约恩（Jon）　　　　　　亚格曼小姐

　　　　苏托思（Xuthus）　　　　福斯

　　　　克瑞乌萨（Creusa）　　　福斯夫人

　　　　皮提亚（Pythia）　　　　特勒④夫人

　　　　福巴斯（Phorbas）　　　格拉夫⑤

　　　　阿波尔（Apoll）　　　　还未决定

　　完整的寄往柏林的电报会在星期一，最迟在星期四发出。

　　祝您在这短暂的几天里心情愉悦！带着这份祝愿向您表达我的
想念。

　　　　魏玛，1801 年 12 月 5 日　　　　　　　　　　歌德

①　费尔梅伦出版了一期《艺术年鉴》。
②　弗里德里希·施莱格尔在费尔梅伦的《艺术年鉴》上供献了五首诗。
③　指奥古斯特·威廉·施莱格尔的戏剧《约恩》。
④　玛丽·露易丝·特勒（Marie Luise Teller，1753—1810），女演员。
⑤　约翰·雅各布·格拉夫（Johann Jakob Graff，1768—1848），演员。

1079. 歌德致 L. 蒂克

1801 年 12 月 17 日　星期四

尊敬的蒂克先生,回复您的问题,我有一些难堪①。这段时间弗罗曼在我这儿,我坦率且又详尽地向他说出了我的想法,因此现在我简而言之。

我永远都不会建议您接受一个需要如此多圆滑世故的职位,如果想要轻而易举地伴随它而非贡献一生。然而年轻人也许希望达到某个目的,在度过几个考试年后能够获得所期待的享受,这我也不能完全劝阻。

关于推荐,我也许不能凸显,因为根据向我提出的不同建议,我拒绝以任何形式参与其中。倘若您能得到那个职位,并且我能为您做些事情,那么,我将很高兴去做。我们希望不久后在这里与您的弟弟相见,处理宫殿建造事宜。

歌德

---

① 12 月 9 日蒂克从德累斯顿写信给歌德,他听说在法兰克福正在寻找一名戏剧导演。蒂克想要申请,并且请求歌德推荐。歌德在 12 月 16 日口授了一封回信,信中小心地拒绝了蒂克的请求。

1080. 歌德致 J．F．罗赫利茨

1801 年 12 月 17 日　星期四

尊敬的阁下，因您的剧本①给予我的期限到新的一年，对此我欠您一个解释。到现在为止，对这一年的艺术展品进行评价占去了我和我的朋友们大量时间。新的一年，这篇文章②会作为副刊发表在《文学汇报》上。这段时间以来，我们在戏剧方面进行了一些大胆的、但完成得十分高兴的行动。封·艾因西德尔先生根据泰伦斯写的《两兄弟》③和一部缩略版的《纳旦》，这两部作品已演出过多次，一次比一次更好。

关于《浮士德》，我只能说这么多：在最近一段时间里集中精力写了一些，但距离完美、或者仅是完稿还有多远，我真的不知道。

祝您安康，请您收下我这份友好的思念。

魏玛，1801 年 12 月 17 日　　　　　　　　歌德

我还得表达一个愿望，我希望您愿意帮我实现它。温克勒的拍卖④结束时，我非常想拥有这次拍卖的目录，上面写有价格。在过去的罗斯特的拍卖⑤上，我已给蒂勒秘书⑥和其他人类似的委托。但没

197

---

① 罗赫利茨的一部喜剧作品参与了 1801 年的戏剧有奖竞赛。
② 《1801 年魏玛艺术展和 1802 年有奖竞赛》（Weimarische Kunstausstellung vom Jahre 1801 und die Preisaufgaben für das Jahr 1802）这篇文章由歌德和海因里希·迈尔共同撰写，发表在 1802 年 1 月 1 日的《文学汇报》上。
③ 参见第 1054. 10 月 2 日的日记。
④ 莱比锡商人戈特弗里德·温克勒（Gottfried Winkler，1731—1795）的藏品拍卖会于 1802 年 5 月 17 日举行。
⑤ 莱比锡艺术品商人卡尔·克里斯蒂安·海因里希·罗斯特（Karl Christian Heinrich Rost，1742—1798）建立的莱比锡工艺美术品商店的拍卖自 1799 年起每年举办一次。
⑥ 亚伯拉罕·克里斯托夫·蒂勒（Abraham Christoph Thiele，1729—1805），申恩贝格-伯尼辛（Schönberg-Börnichen）家族的秘书，莱比锡的书籍批发商。

有一次达成目的,原因我也不知。也许您可以通过您的关系帮到我。我非常愿意为提供帮助的人支付酬劳,即使您认为这份帮助并不值钱。

1081. 歌德日记

1801 年 12 月 17 日　星期四至 12 月 23 日　星期三

12 月 17 日

　　关于奖项分配写了几封信。致信顾问罗赫利茨先生,寄往莱比锡。致信蒂克先生,寄往德累斯顿。致信谢林教授先生,寄往耶拿。中午与宫廷顾问席勒先生一起乘车兜风。

　　〈……〉

12 月 23 日

　　关于竞争。与内廷顾问基尔姆斯在一起。中午与宫廷顾问席勒先生一起乘车兜风。

　　〈亲笔〉年末《自然的女儿》第一幕。《约恩》试演。

1082. 歌德致谢林

1801 年 12 月 30 日　星期三

《约恩》于星期六上演，到现在为止，补写了不少于四个作者。我的包厢已为您和您的朋友们准备好。如果您在喜剧演出后留在我们这里过夜，我们十分欢迎。话不多说，因为不久后我希望当面问候您。

魏玛，1801 年 12 月 30 日　　　　　　　　歌德

1083. 歌德致 Chr. G. 海涅（草稿）

1801 年 12 月

198

尊敬的阁下：

　　我在哥廷根居留期间以及在我启程后您对我的诸多关照，我或许还没能报答这两份令人高兴的情谊。在这封信中，我向您报告我们最慈和的执政公爵夫人已到达哥廷根，与她的姐妹在那里见面，决定进行一次冬季旅行。

　　这个季节有多么不利，她就多么希望了解那里优秀的疗养院。当我只观察自己时，我更加期待将来在魏玛多一个有效的证人，倘若某个人觉得我从哥廷根预言的事情似乎有些夸张。因为我确信，我们的侯爵夫人被告知得如此细致，参与了所有好的、美的事情，可惜带着某种不安从那里启程，并将高兴地赏识那些长期有时间参加您的疗养院的人，他们的价值人们也许能感受到，但没有人敢僭越。

　　为了保证我的感谢与忠诚，我仅仅加上我的祝福，希望不久后我们再相见。

1084. 法尔克

1801 年 12 月?

　　封·科策比先生又一次来到魏玛。在丧偶的宫廷里侍奉的封·格希豪森小姐①用各种方式将让他加入这个圈子②的愿望公之于众。通过施加影响,她成功地将团体中几个其他成员的兴趣吸引到这件

199 事上。在这样的情况下,尤其因为歌德和席勒十分重视将这个团体已经建立起来的好声誉持续保持下去,并且人们至少在思想上已经看到从远处来临的暴风雨,所以,附注作为雕像上的新条款受到了欢迎:"至少在不是没有其他成员先前的普遍首肯时,任何人都不能把既非本地人也非外地人带进这个封闭的圈子。"这个规定原本是针对科策比的,也许对于任何人都不是秘密。但是科策比敏感地注意到此事,因为待在魏玛,却不被接受进入这个圈子,当时对他来说是一种荣誉点。歌德的匆匆一语,足够快地刮到科策比的耳朵里,更加刺激到他的虚荣心。因为众所周知,在日本,除了皇帝的世俗宫廷外还存在达赖喇嘛③或君主的宗教宫廷,通常是他暗自施加更大的影响。歌德曾经开玩笑说:"倘若科策比不知晓同时设法进入宗教宫廷,那么,他被接受进入日本的世俗宫廷,也无法帮他做任何事情。"然而,歌德仅仅指的是他和席勒主导的这个晚上圈子。但这对于一个像科策比这样天性虚荣、敏感的人却意味着火上浇油。事实也正是如此,这个伟大的男性一时狂妄随口说出的一句话,他认为有着过于严肃的意义。

　　从现在起他下定决心,不去冲开那个圈子,而是在日本建立一个新的宗教宫廷。〈……〉某些偶然状况对这个计划有利,计划的发起

200 人善于聪明地、巧妙地以他的方式利用这些状况。由于歌德的一个

---

① 露易丝·封·格希豪森是丧偶的公爵母亲阿玛利亚的侍女。
② 指"星期三小聚会"。
③ 达赖喇嘛并不在日本,而是在中国的西藏。此处究竟是法尔克书写错误还是信息有误,尚不能确定。

置顶的解释,短时间以来,这个圈子的男性与女性之间出现了互相解释。这个团体中的女性一方接受科策比的请求时而严肃、时而玩笑,得到了推动,且一直没有停止,因此,歌德一方最后十分恼怒,他做出如下声明:"必须忠于曾经被认可为有效的规则,否则宁愿停止整个团体,这也许也是可取的,因为一种持续时间过长的忠诚对于女性来说也有些辛苦,随之而来的事情十分无聊。"——火上又加上一块新炭,这把火已被多方彻底吹旺! 尤其是女士们表现得尤其敏感。其中一位最漂亮、最值得爱的女士甚至讽刺地仿效华伦斯坦的情绪,透露出反对歌德的意思:

　　当灵魂与肉体分开时,
　　此刻将会显现,灵魂栖居在何处!①

---

①《华伦斯坦之死》的第三幕第十三场华伦斯坦的独白:"当头脑与四肢分离时,
　　此刻将会显现,灵魂栖居在何处。"(Wenn Haupt und Glieder sich trennen, /
　　Da wird sich zeigen, wo die Seele wohnte.)

1085. 席勒致科塔(1801 年 12 月 10 日)

1801 年

　　您向我询问歌德和他的作品。很遗憾,自从他生病以来,他完全不再工作,也不准备工作。倘若他没有大改变,我害怕他那些最优秀的计划和前期工作不能完成。

　　他几乎控制不住情绪,他的慢性子使他犹豫不定,他花费大量精力在许多他喜欢从事的事情上,对科学事物进行研究①。对于他还会圆满完成《浮士德》一事,我不抱希望。

---

① 指歌德 1801 年花费大量时间写《颜色学》,以及准备和举办魏玛艺术展。

1802 年

1086. 歌德致席勒

1802 年 1 月 1 日　星期五

昨天我们非常想念您,对您的缺席①感到十分遗憾,因为我们想 201
到您一定是身体不太舒服。

我希望您明天能够出席这个演出②。

在此,我寄出您需要的部分欧里庇得斯③。您阅读原文,这相当
好。这一次我还没有看过原文,希望对比能够给予我们一些思考。

非常高兴即将在新的一年里再次当面问候您,并在这一美好的
时刻庆祝我们友谊的延续。

随信附上尚值得推荐的获奖作品的轮廓④。

魏玛,1802 年 1 月 1 日　　　　　　　　　　G

---

① 阿玛利亚·封·伊姆霍夫希望邀请"星期三小聚会"成员参加除夕晚会,歌德完
　成了她的心愿。席勒因突发高烧而未能出席。
② 1 月 2 日奥古斯特·威廉·施莱格尔的《约恩》首演。
③ 歌德寄出的是《欧里庇得斯悲剧集》的希腊语-拉丁语版本,欧里庇得斯的戏
　剧《伊翁》(Ion)在第 2 卷。
④ 在艺术展中获得半奖的画作作为封面铜版画刊登在 1 月 1 日的《文学汇报》
　的号外。

1087. 歌德日记（亲笔）

1802 年 1 月 1 日　星期五

《自然的女儿》。《约恩》彩排。

1088. 谢林致 A. W. 施莱格尔
（1802 年 1 月 4 日）

1802 年 1 月 2 日　星期六

　　卡洛琳会写信告诉您歌德所做的一些少数词语的改动〈……〉。在演出时，从极其明确的考虑直到单个细节的关照，卡洛琳同样会写信告诉您。〈……〉歌德尽了最大的努力，他应得到您的感谢。此前我也很少或从未见过他对一部戏剧的成功如此高兴、像这次成功一样令他的心情如此愉快。

202

1089. 歌德日记

1802 年 1 月 2 日　星期六

《自然的女儿》。《约恩》上演。谢林教授先生来访。

1090. 歌德致贝尔图赫

1802 年 1 月 3 日 星期日

尊敬的阁下：

考虑到我们之间的关系一直维持良好，请您允许我看一看即将刊登在《奢侈品与时装杂志》上的有关魏玛剧院的杂记手稿①。尊敬的阁下，这样一来，在我为这个剧院付出各种各样的努力之时，虽不一定是无意，但却可以通过您的介绍，得知一些令人不快的信息，正如我再次遇到温泽尔曼事件这种情况②。

希望您帮忙愉快地处理此事，为此，请您原谅我以前发表的意见。

      魏玛，1802 年 1 月 3 日   歌德

---

① 歌德预料到伯蒂格会在由贝尔图赫出版的《奢侈品与时装杂志》(Journal des Luxus und der Moden)上刊登对《约恩》的批评文章。
② 在 1801 年《奢侈品与时装杂志》的 10 月刊上，伯蒂格十分友好地评论了温泽尔曼为期十天的巡回演出的上半场(温泽尔曼夫人在魏玛宫廷剧院工作)。下半场的评论没有登载，不排除歌德阻挠发表这篇评论的可能。

1091. 卡洛琳·施莱格尔致苏菲·伯恩哈迪[1]
（1802 年 1 月 4 日）

1802 年 1 月 2 日　星期六或 3 日　星期日

亲爱的伯恩哈迪，有传闻称，《约恩》的作者在您身边[2]，因此，我想知道，听到一些有关《约恩》在魏玛的首演消息，对您来说是否并非无趣。

203　因此，我必须立即着手告诉您，这是我在这个剧院观看过的最完美的演出，这个剧院有理由因其和谐的教育而著称。演出似乎得到了真爱的指点，在此期间定会花费的那些不可言说的努力在某种程度上是成功的。它能够给出一份十分光彩的证明，这通过真诚的努力得以办到。

但是对这部剧的兴趣从一开始还是由一些更为美好的事情，即由亚格曼小姐极其快乐的性格所决定。可能没有更加精彩的约恩了〈……〉。

〈……〉此前我们从歌德那儿听说，格拉夫扮演的福巴斯（Phorbas）是最好的角色，我们也这样认为。〈……〉

歌德指导亚格曼小姐，在剧开始时，恰如在神庙上班，最后像阿波罗（Apollo）一样走进山口——在此处停留几分钟。由此，开头的回忆很好地与结尾联系起来，同时通过更为引人注目的一致把父与子相结合。

歌德通过这种方式掌握了这部剧，并且寻求用这部剧的精神去鼓舞这些演员。他生活且活动——首先对于作者来说——在其中，作为那个看不见的阿波罗。

这是十分透明的一天，我们出游去看《约恩》。〈……〉谢林立即

---

① Sophie Bernhardi(1775—1833)，女作家。
② 卡洛琳的丈夫奥古斯特·施莱格尔在柏林与伯恩哈迪维持着一段情人关系。

去拜访歌德〈……〉。

　　昨天一整天谢林都待在歌德家,还给我带来了各种信息。首先他证实,已经发现这部剧得到普遍喜欢并留下了令人愉快的印象,这一点我在这里也听到了。

　　值得注意的是,关于宴席的叙述①在剧院正厅(市民阶层就坐的部分)获得了热烈的掌声。迈尔,靡菲斯托②,注意到这一点〈……〉,在他们看来像是一场射击比赛。〈……〉

204

　　此外,歌德连一行都没忽略。他只是对少数一些地方做了改动,其中有阿波罗的演讲中的一句话,将"由于我表露出的预先参与(Vorgenossenschaft)",改为:"由于我表露出的对新娘的好感。"

　　他用自己爱开玩笑的方式对此处改动进行了解释,我很喜欢他的这种方式〈……〉。

　　他暂时不会让《两兄弟》③再上演了,因为这部剧上一次演得很差。

　　他很彬彬有礼地谈论了他们逐渐对演员和观众的过高要求。他们首先需要上演席勒的三个剧本④(然而他们并未理解就将这三个剧本上演了),尤其强迫他们去听。既然他们也将《约恩》放在其中,人们就能再次在此基础上制作出一些优秀的东西。

　　公爵夫人生日之际,由席勒改编的戈齐⑤的《杜兰朵》(Turandot)将以意大利的面目上演。

① 苏托思(Xuthus)关于丰盛宴席的报告在第三幕第四场。
② 靡菲斯托(Mephistopheles)是海因里希·迈尔的绰号。
③ 参见第1054.10月2日日记。
④ 指《华伦斯坦》、改编的《麦克白》和《玛丽亚·斯图尔特》。
⑤ 卡罗·戈齐(Carlo Gozzi,1720—1806),意大利喜剧作家。

1092. 卡洛琳·施莱格尔致 A. W. 施莱格尔 （1802 年 1 月 4 日）

1802 年 1 月 2 日　星期六或 1 月 3 日　星期日

剧本《约恩》的演出留下了一个十分纯真的印象，我祝你快乐。倘若这部剧将在柏林上演：歌德没有收到那边的回复①。〈……〉

歌德满怀对你和这部剧的爱做了这件事。我不知道科策比在那儿说了什么，但是有可能演员们开始时很叛逆，据说那位亚格曼小姐愚蠢到将约恩视作一个不知感恩的角色，但他解决了一切。〈……〉此外，歌德丝毫没有透露报酬。他没有说，但你应该赠予他，因为他的确表现得很好。他提到，为了他们的票房，这部剧花费了他们大量开支，这我也相信，因为所有东西都是新的。

〈……〉

歌德保证，到这一刻为止，他没有告诉席勒和迈尔，这部剧是谁写的。即使保持沉默，他自己也从中获得了很多乐趣，但是这无情地为人所知。所有大学生都知道，怎么能不同呢？

谈到席勒有多满意——让我惊讶的是，歌德说，这位老人很喜欢（似乎他并没有每天见到席勒）。迈尔，那位教授，说，第二幕时他在席勒身边，这一幕席勒非常喜欢。

〈……〉

歌德将于几周后的 12 号过来②，因为他完全不想为《杜兰朵》③操心。

---

① 歌德在 1801 年 12 月已将施莱格尔的《约恩》寄给伊夫兰（Iffland），但柏林的消息直到 1802 年 3 月才到魏玛。
② 歌德于 1 月 17 日才前往耶拿，在那里一直待到 1 月 28 日。
③ 由席勒改编的这部剧于 1 月 30 日首演。

1093. 歌德日记

1802 年 1 月 3 日　星期日至 1 月 11 日　星期一

1 月 3 日

　　早上与谢林教授先生商谈。饭后他离开。晚上与宫廷顾问席勒先生在一起。

1 月 4 日

　　《自然的女儿》。中午在宫廷。晚上在皇子太傅封·沃尔措根①家。

1 月 5 日

　　早上《自然的女儿》。中午在家，饭后坐雪橇。晚上在措贝尔②家茶聚。

1 月 6 日

　　早上《自然的女儿》。中午在宫廷。傍晚去宫殿。晚上见几位客人：枢密顾问福格特先生、政府顾问福格特先生和夫人、内廷顾问封·沃尔措根先生和夫人、宫廷顾问席勒先生和夫人、咨询委员会顾问封·贝克③先生。

1 月 7 日

　　《自然的女儿》。处理一些宫殿建造相关事宜。坐雪橇。晚上与宫廷顾问席勒先生在一起。

---

① 威廉·封·沃尔措根于 1801 年被任命为皇子太傅。
② 封·措贝尔男爵（Baron von Zabel，Zobel?）。
③ 恩斯特·克里斯蒂安·塞缪尔·安德烈耶维奇·封·贝克（Ernst Christian Samuel Andrejewitsch von Beck，1768—1853），法学家、历史学家。1800 年起担任俄国外交事务咨询委员会顾问。

1月8日

早上《自然的女儿》。中午在宫廷。与殿下讨论一些宫殿建造相关事宜。晚上在家。

1月9日

早上《自然的女儿》，随后坐雪橇去观景楼。晚上观看《塞维利亚理发师》①。

1月10日

写几封信。与根茨教授先生在一起。与建筑监察员斯特凡尼先生、市长舒尔策②先生、行政委员申克③先生共进午餐。晚上与宫廷顾问席勒先生在一起。

1月11日

《自然的女儿》。中午在宫廷。致信弗里德里希·蒂克先生，连同誊清稿④，涉及他在这里的宫殿建造工作。致信哥达的公爵殿下，关于加利钦侯爵夫人的宝石藏品一事⑤。

---

① 歌剧《塞维利亚理发师》(Barbier von Sevilla)是意大利作曲家乔瓦尼·帕伊谢洛(Giovanni Paisiello，1740—1816)于1782年创作的歌剧，自1799年起在魏玛上演。

② 卡尔·阿道夫·舒尔策(Karl Adolf Schulze，1758—1818)，宫廷律师，1798年至1810年任魏玛市长。

③ 约翰·弗里德里希·威廉·克里斯蒂安·申克(Johann Friedrich Wilhelm Christian Schenck，1758—1834)，魏玛的行政委员。

④ 宫殿建造委员会的任务誊清稿并没有流传下来。

⑤ 参见第1058封信。

1094. 歌德致贝尔图赫

1802年1月12日 星期二

当我再次请求您将来通知我这些文章的信息时,浮现在我眼前的是,在这样一种情况下预料到一个卑鄙无耻的人,就像您的剧评作者一样。您现在寄给我半打印版,我只能说这么多:倘若您不愿意亲自处理这件事,将这篇文章撤下,我即刻面见公爵殿下,把所有事情都交给最高领导人处理。因为我想,或立即免于处理这件事,或让这样卑鄙无耻的前途获得保障。倘若这个在任何时候都很勤快地歪曲事实之人在《文学汇报》或是他想的地方虚构他的技巧,在魏玛我绝不会容忍,假如我被看作是一个公众人物的话。我请求您在4点前对此事做出解释。4点钟声一响,我的抗议就将到达公爵殿下那里。

魏玛,1802年1月12日 J.W.v.歌德

1095. 伯蒂格致 J. F. 罗赫利茨
（1802 年 1 月 21 日）

1802 年 1 月 12 日　星期二

　　我〈……〉去观看了受到高度称赞的奥古斯特·威廉·施莱格尔的《约恩》的首演。〈……〉受到那种胡言、也许是令人不安的疾病题材的刺激，我怀着对我们剧院经理尽可能的爱护之情为《时装杂志》撰写了一篇这部剧的评论。在这个世界上，我不愿因为任何事与剧院经理陷入公开的斗争之中。然而，尚在文章离开印刷厂前，歌德即已收到消息，他如此可怕地对我大怒，给贝尔图赫写如此具有威胁性的便条，以至于这个人立即将这张带来祸害的文章撤销。尽管他拥有审查自由，本应行事完全不同，但歌德威胁道，如若事情不照办，他会立即辞去剧院经理一职。这件事在这儿已引起轰动，激怒了每一个不是施莱格尔朋党的奴隶的人。很有可能有人也会向外讲述关于此事的一些消息。在此，我最严格保密地将我自己留存的校样告诉您〈……〉。请您判断是否其中有对歌德不敬的话语，是否看似并非一切其实只是过于褒奖？

208

1096. 卡洛琳·赫尔德致克内贝尔
(1802 年 1 月 23 日？)

1802 年 1 月 12 日　星期二

在《阿德剌斯忒亚》(Adrastea)①第四部分刊载的《戏剧》(Drama)一文应该且一定会得到您的赞同和支持。但如今关于《约恩》的两份很好的报纸已出版②，因为我丈夫不想与歌德有任何关系。

您想一想！伯蒂格在《时装杂志》上写了一篇关于《约恩》的评论，他一定不可避免地说出了真相。——文章确定时，歌德向贝尔图赫索要。在他收到文章后，他给贝尔图赫写信：倘若他此时不将这篇评论压下，那么他会即刻面见公爵，辞去剧院经理一职。他还想将来亲自在《时装杂志》上提供剧院信息，并且在下一刊中以《约恩》作为开端。

您看，这就是我们剧院的真相！

但这一切是一个大秘密，然而却已渐渐耳耳相传。

---

① 1801 年至 1803 年出版的由赫尔德文章构成的杂志。
② 赫尔德并没有公开发表对施莱格尔这部剧的看法。也许这种表述导致的结论是，卡洛琳·赫尔德想到另一方发表批评。实际上却没有。

1097. 卡洛琳·施莱格尔致 A．W.施莱格尔（1802 年 2 月 8 日）

1802 年 1 月 12 日　星期二

这封信只是简明扼要地向你报告以下与《约恩》相关的消息。

伯蒂格不得不为《时装杂志》撰写一篇关于《约恩》的报道，其首先阐明：倘若想与欧里庇得斯（Euripides）做得不同，就要做得更好，你没有做到，包括所有属于此类的讨论在内；第二，你的剧作最有失体统。然而直至这一刻仍然对这篇文章感到满意，因为歌德获悉此事，他如此愤怒，甚至最后用爆粗话来发泄怨气。他告诉公爵和福格特，倘若这些贪小便宜的人总是接踵而来并且坐到他们提供的最好的东西上，他不想再与整个管理层有任何关系。他要求将来所有在魏玛出版的关于剧院的信息都通过他的审查。人们愿意给予他这个权力，他还唆使他们反对伯蒂格，反对他的阴谋诡计。（因为此人对演出自身大加褒奖）。在此，他向贝尔图赫宣布了正式决定，如我现在从弗罗里普夫人①处得知，他亲自承担了剧院文章，尤其是《约恩》。这个月的《时装杂志》正等待着他的文章来出版，他也向他们承诺提供戏装画②。

---

① 夏洛特·弗罗里普（Charlotte Froriep, 1779—1839），耶拿医学教授路德维希·弗里德里希·弗罗里普（Ludwig Friedrich Froriep）的妻子，贝尔图赫的女儿。

② 这幅画出自弗里德里希·蒂克之手。

1098. E. 格纳斯特①

1802 年 1 月 12 日 星期二?

1802 年 1 月 30 日 他〈席勒〉凭借由他改编的戈齐的《杜兰朵》脱颖而出。观众十分喜欢这部悲喜剧〈……〉。潘塔隆（Pantalon）、塔尔塔利亚（Tartaglia）、布里格拉（Brigella）和特鲁法尔丁（Truffaldin）这四张脸谱也传递了极大的喜悦之感。〈……〉第一次对台词试排时歌德对这些角色的扮演者说："现在我们要完全特别地注意观察这四张脸谱。在意大利我在他们身上找到了很大乐趣，他们始终让我感到轻松愉快。首先需要注意的是，这四个人物在性格、动作、表情和朗诵上表现出层次。"现在他为我们朗读这些场景，同时展示出一种如此强烈的滑稽感，以致喜悦之情在所有人中间蔓延开来。在此期间他自己也非常开心。"现在，"他说，"我们的席勒尝试用这种方式照做这些意向，但并没有复制我，每个人都依照自己的天性。"由于身体不适，席勒没能参加第一次台词试排。第二次台词试排他亲自主导，他完全掌控了整体，歌德直至正式演出前的彩排才又一次到场参加。

210

---

① 爱德华·弗兰茨·格纳斯特（Eduard Franz Genast，1797—1866），魏玛演员。

1099. 歌德致维兰德

1802 年 1 月 13 日　星期三

亲爱的老朋友，我消除些许顾虑，以使你关注一个事件，也许对于我们二人来说其中可能会产生一些不快。

《约恩》发表时，四处先生①的党派思想可以活动羽翼，这是可以预见的。首演时这只虎猴就已在剧院正厅来回跑，以其迂腐的点评干扰人们欣赏魏玛还未有过的表演。因他没有做到，他就将一篇评论插进《时装杂志》，这篇评论对于领导层是极其侮辱的，贝尔图赫早早从鲁多尔施塔特(Rudolstadt)回来，将其移除。

看来那个心怀恶意的人不胜愤怒，此时，他还要进行一定的题材式的评价。也许你很熟悉这种很成问题的戏剧论证，你很善于对此作出评论。

因为他现在弄错了进入《时装杂志》的路径，并且这一次似有把这件事留待最高领导解决之意，因此我不希望他选择《信使》②作为他装载不洁之物的容器。要是他能随意利用这些对外刊物就好了！

到目前为止，我容忍了这件事。仅仅是因为它似乎被置于极端，我才迅速作出反应。此刻我不希望我以攻击这个流氓的方式而使一个敬仰和爱戴的作为法宝的名字③与我对立。

请你原谅我这友好的告发。为此，我必须克服自己不爱说话的惰性。或许早一点的提示能够减少你和其他人的某些烦恼。

我希望不久后在此与你相见，呈上这部遭受强烈抨击的作品，我不再关心它，因为我已努力开始进行这部作品的演出。即使我在一个奉侯爵委托的机构做出许多牺牲进行管理，至少可以期待适当得体地对待我的同国人。

---

① Herr Überall，指伯蒂格。
② 伯蒂格是杂志《新德意志信使》(Neuer Teutscher Merkur)共同出版人。
③ 此处指维兰德。维兰德是杂志《新德意志信使》的创立者和主要出版人。歌德想要避免伯蒂格通过在《信使》上发表他对《约恩》的评论为自己设防。

再次祝你安康,希望你不久后能够下定决心,从女神温暖的环境中出来,将自己置于严寒的魏玛。

　　魏玛,1802 年 1 月 13 日　　　　　　　　　　　　　　G.

1100. 歌德日记

1802年1月14日　星期四

　　早上《自然的女儿》。乘坐雪橇。中午与封·丹克尔曼①先生、公使馆参赞格宁先生、迈尔博士先生等人一起乘坐雪橇。**致信书商桑德尔②先生**，寄往柏林。

---

① 阿道夫·封·丹克尔曼（Adolf von Dankelmann，1779—1820），萨克森-科堡的公使馆参赞。
② 约翰·丹尼尔·桑德尔（Johann Daniel Sander，1759—1835），柏林书商、作家、作曲家。

1101. 歌德致苏菲·桑德尔①

1802 年 1 月 15 日 星期五

由您精心准备的这些宜人的礼物②让我平常简朴的长餐桌看起来不止一次的造作,因此迫使我进行一些特别的观察。

因为我们不怀疑我们已经到达一种文化的高度,所以,我们惊奇地发觉,我们正在以一定的方式接近野蛮粗鲁的民族的习俗。在这些民族中,有些地方丈夫正处在由他心爱的配偶照料的时代,他应该首先服侍她。在我们这里教父(Pate)给教父(Gevatter)送礼③,而非传统上的颠倒过来的顺序,这似乎已成为习俗。

然而,由于人们善于顺应这类事情,因此,我可以确定,寄来的美食味道极佳。只是第一条鱼对我并不是最有益,很有可能因为我理解还不要吃它,并且由于它的出色有一些嘴馋而被享用。吃第二条时我已经熟练多了,与其搭配而端上的磨过的酱汁善于驯服它。

在派尔蒙特我经常思念您。这个地方怎可能如此奇特,产生并形成好教母,我差不多是清楚的。我认识您的亲人和侄女。此外,我没有好好接待封·布赖滕鲍赫④夫人,她途经魏玛,没有告诉我她在本地的消息。

向您亲爱的丈夫、充满希望的埃米丽和您致以最好的祝愿。

魏玛,1802 年 1 月 15 日　　　　　　　歌德

①Sophie Sander,(1768—1828),约翰·桑德尔的夫人。
②歌德收到桑德尔寄来的一批鱼和小萝卜。
③桑德尔曾请求歌德担当其刚出生女儿埃米丽(Emilie)的教父。
④克雷蒂安娜·封·布赖滕鲍赫(Chretienne von Breitenbauch),1800 年丧偶。

1102. 席勒致克尔纳(1802 年 1 月 21 日)

1802 年 1 月上半月

　　下个月我们要在这里上演歌德的《伊菲革涅亚》：出于这个原因，我重新专注地阅读了它，因为歌德觉得有必要改动其中一些内容。令我感到十分惊讶的是，它不再像以往一样给我留下有益的印象，尽管它仍然是一部富有感情的作品。但它如此惊人地现代、非希腊式，以至于人们不理解怎么可能将它与一部希腊剧比较。它只是相当合乎道德的，但感觉的力量、生命、活动，它缺少使一部作品列入一部真正戏剧的一切。歌德自己早就跟我含糊地谈及于此，但我仅仅将其视为是一种奇特的想法，完全没有看作是假装客气，在进一步的观察后向我证明确实如此。然而，这部作品在它出现的这个时间点是一颗真正的流星，时代本身，大多数声音，现在还不能忽视它。通过为它加入普遍的、高的、诗的特征，不顾及其戏剧形式，它也会被视作是一部诗一样的思想大作，在所有时代都会异常珍贵。

1103. 歌德日记

1802 年 1 月 16 日　星期六

宫殿建造事宜。晚上《坦克雷德》。与宫廷顾问席勒先生共进晚餐。

1104. 歌德致维兰德

1802 年 1 月 17 日　星期日

　　亲爱的朋友、兄弟,非常感谢你友好的来信,倘若我的信给你造成了一些麻烦,我再次向你致歉。在此,我寄给你这篇关于上一次艺术展的文章,希望你会友好地接受它。我们处理事情的方式得到了你的赞同,我希望我们这一次也能体面地做好这件事。

　　祝你安康。我去耶拿,大约十四天,为了处理比特纳图书馆①一事。希望我回来后,或许能在魏玛与你见面。

　　　　　　魏玛,1802 年 1 月 17 日　　　　　　　　　　　歌德

---

① 克里斯蒂安·威廉·比特纳(Christian Wilhelm Büttner,1716—1801),自然科学家、语言学家,自 1793 年起住在耶拿。他以每年 300 塔勒的租金将藏书超过 25000 卷的图书馆转让给萨克森-魏玛公爵。此次涉及图书馆藏书的重新整理工作。

耶　拿
1802 年 1 月 17 日至 1 月 28 日

1105. 歌德致克里斯蒂安娜·武尔皮乌斯

1802 年 1 月 19 日　星期二

214　　　我把马匹和雪橇留在那里真是相当好,这里完全是温暖的融雪天气,你们那里也不会不同。

　　我的午餐一直都只是在有需要时才可食用,昨天一份辣根毁了我整个下午。格策①给我买了上好的熟的干香肠,可能只是价格有一点过高。你做的香肠一直是最好的。请你在进行新一次的宰杀时注意做成好香肠,因为我早饭已经习惯于吃它。

　　在小聚会时,各种各样的好食物被端上桌,因此,晚餐更好。只是晚上我必须小心提防,不在我可以找到吃的东西的地方吃饭,在我想吃饭的地方我什么吃的都没有。

　　请你把野猪肉寄给我,这样我便可以向洛德表示客气。请你询问内廷顾问②：他想不想卖给你一些鱼子酱? 如果你为我准备鱼子酱,那么,我也会带给你几瓶香槟。

　　　　　　　耶拿,1802 年 1 月 19 日　　　　　　　　　G.

---

① 约翰·格奥尔格·保尔·格策(Johann Georg Paul Goetze, 1761—1835),1777
年至 1794 年歌德的仆人,自 1794 年担任魏玛道路建设管理员。
② 指弗兰茨·基尔姆斯。

1106. 歌德致席勒

1802 年 1 月 19 日 星期二

在耶拿克内贝尔的旧室①里，我始终是一个幸福的人，因为在这个世界上，再也找不到如此富有创造性因素的空间可以让我感谢。倚在一根白色窗柱上，写下自 1798 年 11 月 21 日以来在这个房间我做过的所有有些意义的事情，实乃轻松愉快。倘若我早些开始做这些登记，那么，在我看来，吸引我们关系的一些事情就会记录在其中了。

关于魏玛剧院的一则笑话我已开始口授，与此同时，多么蹩脚地做出一副令人惊讶的、严肃的面孔。由于我们有真实的成果做后盾，因此，看起来有一点愚蠢并且用各种方式使自己条条道路畅通无阻，这总是好的。

此处附上仿古希腊风格的戏剧②的抄本。我很好奇，您会从中找出什么。我在有些地方观察到，这个剧本非常人道。倘若它还过得去，那么我们想试一试，因为我们已常常看到，这样一种冒险行为的作用对于我们和整体来说都是无法估量的。

我观察了比特纳和大学的图书馆，力求实现为国内现存的三个图书馆编制一个切实可行的目录的想法③，通过这一方式，我也需深入观察文献非常丰富的经验。即使人们提出的要求再高，一些令人尊重的努力和成果也会合其心意。

在总是标新立异的耶拿青年的精神中愉快地度过了这些夜晚。就在星期天，我在洛德处一直待到夜里一点，团体也在这里呼吁历史知识的几个章节，对此我们现在已不谈论。在对谈话进行反思时，我突然想到，倘若把多年经历的事情　目了然地、幽默地记录下来，这

215

---

① 在耶拿宫殿里。
② 指《在陶里斯的伊菲革涅亚》(Iphigenie auf Tauris)。
③ 在耶拿宫殿里，除比特纳图书馆外，还有一个自然历史图书馆。歌德想为耶拿和魏玛两地的图书馆编制一个统一的目录的想法最终没有实现。

会是一部多么有趣的作品啊！

　　信差即刻会到，我得赶紧向您道声安康。

　　　　耶拿,1802 年 1 月 19 日　　　　　　　　　　G

1107. 歌德日记

1802 年 1 月 19 日 星期二

早上同昨天。下午去魏玛科学考察。随信将《伊菲革涅亚》寄给席勒。因换了新目录,随信将纪念册寄给枢密顾问福格特。给奥古斯特写信,附上一块蓝色石膏,以上全部寄给武尔皮乌斯小姐。〈亲笔〉晚上与保卢斯一起在洛德家。

216

1108. 歌德致 Chr. G. 福格特

1802 年 1 月 22 日　星期五

　　昨天管理员科赫①拆开了比特纳住处的封印,以便摆出一些需要修理的东西,我也随他进入室内。我可以确定,即使最流利的舌头和最灵巧的笔尖都无法描述找到这些房间时的状态。它们看起来绝不像一个人住过的,而仅仅是书和纸张的居所。桌子、椅子、箱子、盒子、床,一会儿有些秩序、一会儿随机摆放、一会儿杂乱无章,上面覆盖着这些文学珍品,下面是各种旧货破烂,尤其是许多洋琴和手摇风琴。所有这一切通过煤灰这一元素合并在一起。那些旧衣服令人发笑,但尤其使特拉比乌斯②感到高兴,这些衣服是赠给他的。起居室里的天花板、墙壁、地面和壁炉看上去都是黑的,许多门厅因潮湿和动物垃圾③表面已开裂。够了,有些东西要清扫,直到一位干净的军人④能够接续这个脏乱的文人。

　　此外,在这一刻我感觉到,我们最慈和的先生通过快速给出这个住处在您最恭顺的仆人那里失去了信用,这是多么艰难啊!倘若我们能够保留它半年,那么整件事情会通过在那里建一个工作室的方式逐渐得到解决,这团乱线也会逐渐松开。现在我们应该在几天内迁出,即使万分小心,也几乎不可避免把原本就杂乱无序的状态弄得更乱。昨天想起了洛德-伦茨曾经的教室⑤,这是我们在这里唯一的慰藉。我们在室内找到的书被匆忙堆放到最狭窄的空间里,我让人给我一些木板,以便在支架上暂时为已获得的书提供储藏地。

217

---

① 约翰·克里斯蒂安·威廉·科赫(Johann Christian Wilhelm Koch),魏玛的建筑管理员。
② 约翰·尼古拉斯·特拉比乌斯(Johann Nikolaus Trabitius,1739—1807),耶拿城堡主人。
③ 比特纳在其住处饲养了许多动物。
④ 指新被任命的耶拿城防司令弗兰茨·路德维希·阿尔布雷斯特·封·亨德里希(Franz Ludwig Albrecht von Hendrich,1754—1828)将会搬进比特纳住处。
⑤ 解剖学家洛德和矿物学家伦茨授课的大教室也坐落于这个城堡内。

但是如果我向您保证：这位老人在这里时随意堆放六千到八千卷书，而我们却全然不知，因为它们还没有被记入目录，那么，您会说什么呢？因此，还可以找到一些未打开的箱子，它们从拍卖地来到这里。

考虑到编制统一目录这一大计划，现在我打算为所有书作序。然而这是一项大工程，其可能性完全取决于埃尔施博士①的个性。此外，在大学里对此事有普遍好意。医学系已承诺从图书馆资金中预支 400 塔勒。在给予我许可后，我将针对仅仅是一定量的复制品给出一个解释。这项工作的方式是，几乎每小时都教授新事物、推荐新规则。倘若我的安排能够获得殿下和您的赞同，我将十分高兴。

在建立比特纳图书馆过程中需要我们支出一定费用，关于此事我所想到的，我想全部呈上。

我想向瓦尔特②教授了解询问。

望您病情逐渐好转，对您致以最美好的祝愿。

　　耶拿，1802 年 1 月 22 日　　　　　　　　　　　G.

---

① 约翰·塞缪尔·埃尔施（Johann Samuel Ersch，1766—1828），目录学家，1800年在耶拿大学担任图书馆管理员。
② 弗里德里希·路德维希·瓦尔特（Friedrich Ludwig Walther，1759—1824），吉森（Gießen）的经济学教授。

1109. 歌德日记

1802 年 1 月 22 日　星期五至 1 月 23 日　星期六

1 月 22 日

218

与斯特凡尼在一起。处理图书馆事宜。下午将几封信寄往魏玛。致信枢密顾问福格特先生,关于图书馆事宜。致信宫廷顾问席勒先生,附上印第安诗。给奥古斯特写信,寄给他一块刻有字迹的石头。致信武尔皮乌斯小姐,包含以上所有事情,预定星期一的马车。

1 月 23 日

早上与斯特凡尼在一起。处理图书馆事宜,随后散步。饭后与公使馆参赞贝尔图赫在一起。晚上与宫廷顾问伊默利先生、枢密宫廷顾问洛德、谢林教授先生在我家共进晚餐。

1110. 歌德致拉普①（草稿）

1802 年 1 月 25 日 星期一

最尊敬的先生，已很久未给您写信，尤其是当我欠您一封似乎必要的回信时，这就显得更加不可原谅了。我只能因我过去一年所处的状态而道歉。一种致命的疾病中断了我的生命线，通过逐渐的休养，我得以将其缓慢地再次连结起来。一次浴疗旅行前后持续了一季，虽将我置于一个有益健康的散心状态，但对工作来说，却绝非有利。直到现在我才能说，我再次完全进入到我之前的工作状态中。

在这段开场白后，请允许我几乎不无惭愧地说，我在旅行中收到您附有几页其他文件的来信，但这封信已找不到了。因此，麻烦您再次向我说明为我提供垫款②的日期，即使这个日期也能从科塔先生的计算中得出，我目前请他在附寄的、推荐订购的信中提供这个数据。倘若您能将引起这次支付的信件复本一并寄给我，我理应会清偿所有账目。

同时，还有另一个请求，即：有人推荐我们一位斯图加特的裱糊师，如果我没记错的话，他的名字是维尔纳夫（Villeneuve）。目前我们的官殿建造工作正在全力推进，因此，问题首先是：能够在多大程度上信任这个手艺人？关于这个问题您可以从顾客和行家那里收集到一些评价。其次，成问题的是：这个人，他想在什么条件下去工作和监督，这些在长达几年的时间里十分必要。

倘若您短时间内能给我答复，那么，由此您将重新赋予我责任。

借此机会我希望听到，您在您的家庭圈和朋友圈都感觉很好，他们有时也会想起我。请您一定代我问候他们，并请您收下我多年的好意。

耶拿，1802 年 1 月 25 日

----

① 戈特洛布·海因里希·拉普（Gottlob Heinrich Rapp，1761—1832），商人、艺术爱好者、作家、斯图加特官员。
② 拉普在 1799 年 7 月为歌德向科塔支付了 234 古尔登。

魏 玛

1802 年 1 月 28 日至 2 月 7 日

1111. 歌德日记

1802 年 1 月 31 日　星期日

　　早上与内廷顾问基尔姆斯先生、政府顾问福格特先生在一起,随后与迈尔教授①先生乘车兜风。晚上与宫廷顾问席勒先生在一起。

---

①海因里希·迈尔。

1112. F. 德·拉莫特·富凯[①]

1802 年 2 月 1 日　星期一

节日后的大约两天，我前去公爵午宴，此前我每天都受到邀请。一位相当魁梧的男士也进入了会议室，他身穿当时还很常见的、却已变得不太时髦的绣花宫廷礼服，腰里挂着宝剑，帽子夹在腋下。我恰好与莱斯博斯岛的女神[②]在交谈，所以只是稍稍回应了刚刚到来的这个人的有点隆重的问候，带着与所有其他人一样的应有的礼貌。我没有继续注意他，此时，他从容地走近我身边的女士，立即向她打招呼，好像我根本没有与她在说话，或者我完全不在这个世界上存在一样。我有一点受伤，移步到一边，只是以为某一个正在变老的法官进来干扰了我的谈话。对于将来关于此事无恶意的玩笑有所保留，人们必须容忍这样的事。但是，一眼看向莱斯博斯岛的女神，——她正冲着打断我们谈话的这个人妩媚地、显然十分尊敬地微笑。再看一眼我原本以为的法官，——正是歌德。——

〈……〉

在随后的宫廷宴会上，他几乎坐在我正对面。此外，他问阿玛利亚·封·伊姆霍夫小姐："您读过我们的伙伴，印度诗人查亚德瓦[③]的一些东西吗?"

220

[①] 弗里德里希·德·拉莫特·富凯(Friedrich de la Motte Fouqué, 1777—1843)，柏林作家。

[②] 指女诗人阿玛利亚·封·伊姆霍夫，她在席勒的《1800 年艺术年鉴》里出版了叙事诗《莱斯博斯岛的姐妹》。

[③] 查亚德瓦(Jajadeva)，12 世纪的印度诗人。

1113. 歌德致席勒

1802 年 2 月 2 日　星期二

　　您的两个新谜语①有着第一批谜语的漂亮错误，尤其是眼睛②的那个，即：这两个谜语蕴含人们所喜爱的事物的直观形象，在此基础上几乎能够建立一种新的诗歌种类。第二个谜语我第一次读就已猜出，第一个谜语第二次读也猜出了。我希望您把彩虹放在第一位，这样虽容易猜出，却令人高兴。然后是我的谜语③，虽然光秃秃的，但却不容易猜出。接下来是闪电，它不会立即被猜出，却在任何情况下都会留下一个非常美好、高大的印象。

　　我希望您明天中午与我一起用餐，以便我们再次与迈尔些许惬意地坐在一起。您会受到奇特酱汁的款待。当我想到下周初再去耶拿，我便更盼望此事成行。

　　　　魏玛，1802 年 2 月 2 日　　　　　　　　　　　　G

221

　　〈亲笔〉我还注意到，奥古斯特在读到一半时就已猜出您的两个谜语了。

---

① 席勒为《杜兰朵》第二次演出寄去了两个谜面，谜底分别是彩虹（"由珍珠筑成一座桥 Aus Perlen baut sich eine Brücke"）和闪电（"所有长蛇中的一条长蛇 Unter allen Schlangen ist eine"）。

② 谜面是"你看得出柔和背景上的这幅画吗？"（Kennst du das Bild auf zartem Grunde?）。

③ 谜面是"这是许多兄弟中的一个兄弟。"（Ein Bruder ist's von vielen Brüdern），谜底是闰日，即 2 月 29 日。

1114. 歌德日记

1802年2月4日　星期四

晚上与宫廷顾问席勒先生在一起。诵读迈尔的《18世纪艺术史》①。

---

① 海因里希·迈尔的论文《18世纪艺术史草案》(Entwurf einer Kunstgeschichte des achtzehnten Jahrhunderts)。

1115. 席勒致科塔(1802 年 2 月 5 日)

1802 年 2 月 5 日　星期五前

在歌德那里我想做我能做的事,为了给您的《女性日历》①弄到一篇他的文章。但我还未看到文章从何而来,因为他完全没有投入诗的创作。伯蒂格的冒失众所周知,他有意利用和传播所有事,这给歌德为之斗争的好事带来了坏处。而您向伯蒂格透露了《雅典娜神殿入口》的进展,因为歌德对进展和伯蒂格均无好意,所以这件事惹恼了他。

此外,倘若您通过亲自写一封短信再次让歌德忆起您,或许会有好处。

---

① 在科塔的《1803 年女性口袋书》(Taschenbuch für Damen auf das Jahr 1803)里并没有歌德的文章。

耶 拿

1802 年 2 月 7 日至 2 月 21 日

1116. 歌德日记

1802 年 2 月 7 日　星期日

　　早上乘车兜风。中午与教会监理会成员京特①共进午餐。晚上与宫廷顾问席勒先生在一起。

---

① 威廉·克里斯托夫·京特（Wilhelm Christoph Günther，1755—1826），1801 年任魏玛宫廷传教士和教会监理会成员。

1117. 歌德致席勒

1802年2月12日 星期五

通过买房①您现在在魏玛定居下来,这使我非常高兴,我多么想在这儿处理这件必要的事。

222

格策②会尽最大可能帮忙③,请您稍后把房门和花园的钥匙寄给我,以便带有意向者过去。

这几天我仅仅完成了一篇关于魏玛剧院的小文章,已将其交给贝尔图赫。这是我投过去的一个球,要看看接下来从中会产生什么。

与其说图书馆的工作困难,不如说是令人不快,主要是伤脑筋,因为仅仅缺少空间就阻碍了书籍适当地摆出。此外,我也已经采取了我的措施。但同时糟糕的是,这里的人中没有一个人可以聘用。他们本来很勤快,此外,他们的时间分配也的确为他们带来了声誉。这几天我从各个方面仔细考虑了这件事,为了我从事的工作并非有希望开始,而是定会成功地开始。祝您安康,请您与我一起通过这些世俗之物来解决困难,〈亲笔〉以便我们再次得以超越世俗。

耶拿,1802年2月12日 G

---

① 席勒于2月11日决定购买梅利什的房子,3月19日签订购房合同,4月29日搬家。
② 约翰·格奥尔格·保尔·格策(Johann Georg Paul Goetze, 1761—1835),1777年至1794年歌德的仆人,自1794年担任魏玛道路建设管理员。
③ 席勒曾写信给歌德,请他帮忙委托格策出售席勒在耶拿的房产。格策的努力暂时没有成功,直到6月19日席勒的花园房才得以卖出。

1118. 歌德日记

1802 年 2 月 12 日　星期五至 2 月 15 日　星期一

2 月 12 日

完成关于剧院的文章。与公使馆参赞贝尔图赫先生在一起。中午与贝尔图赫和弗罗曼在洛德处。致信枢密顾问福格特先生，涉及图书馆事宜。致信武尔皮乌斯小姐，连同给奥古斯特的一盒矿物一并寄给她。

〈……〉

223　2 月 15 日

与内廷顾问基尔姆斯先生、根茨教授、建筑监察员斯特凡尼先生、拉伯①先生开会，涉及劳赫施泰特剧院(Lauchstädter Theater)建造一事。中午在洛德处，傍晚在保卢斯教授处。

---

① 马丁·弗里德里希·拉伯(Martin Friedrich Rabe，1775—1856)，柏林建筑师，受聘参与魏玛宫殿建造。

1119. 歌德致 Chr. G. 福格特

1802 年 2 月 16 日　星期二

当我不能期待很快在这湿冷的日子里见到您,尤其因为大雪使出行受阻,此外您也有许多事情要做,而您却给我留下希望,或许一段时间后见面是可能的。

倘若殿下对我们的机构①满意,这会使我十分高兴。我至少知道,没有更好的事情说明。为了教会自己,我希望在这项全权委托于我们的工作中得知:如何通过一种特定的策略节省时间、努力和资金。不久后,我很高兴,一些进一步的鉴定会出来。

我们劳赫施泰特的建造工作②现在也已经开始,对此,其实我的害怕不少,因为在这儿正在谈论并非适当的搭架和整理,而是创造和建造,并且思想不完全一致、人过于马虎草率地工作、在一个陌生偏远区域的不利地点。倘若我保持健康和幽默,那么,我想一步步地紧跟这项工作,只是为了清楚明白不能成功的事情或者过于昂贵的玩笑。倘若您得知一些有关我们木材交易的事,那么,也许基尔姆斯③会用简短的几句话说明,进一步的信息会写信详细告诉您。

当您决定向我读托恩④的鉴定时,我的内心深处已回想起殿下。因为您不久前提到他,所以我已打算与他交流。不幸已发生过一次,因此,借此机会去认识那个世界地区的黑暗,将会是奇特且有益的。

倘若对于这些及类似文章和论文的正直的作者来说,能够产生令他和我们所有人高兴的事,那么,我将不会是最后一个参与此事的人。

224

---

① 指比特纳图书馆的事情。
② 指劳赫施泰特剧院的新建。
③ 基尔姆斯负责购置建造劳赫施泰特剧院的木材。
④ 克里斯蒂安·奥古斯特·托恩(Christian August Thon,1755—1829),爱森纳赫的宫廷顾问、政府顾问。按照福格特和歌德的意愿,他于 1802 年成为魏玛的枢密助理顾问。

　　我把这位木工①寄给您，附上一封短信。如您有片刻时间，烦请您与他见上一面，以示善意。这是那些拥有天真本性的人中的一个，人们愿意对他们说一句提醒和鼓励的话。

　　原状书籍在这里打包，需要箱子、运货车、建筑监察员想要给我寄过来的做书架用的木板，1¼寸，这一切都已与他商量过，现在应当在正常进行。

　　可以考虑的小厅清理完后，这位木工应立即刨平木板和其中的防滑钉，这是他非常欢迎的，因为他可以在接下来不好的时间里与他的人在屋檐下工作。我不知道我以前是否说过，我不想与木工，尤其是这里的木工，有任何关系，且这位木工应当搭起整个脚手架，文学瑰宝需要在上面展示。

　　请您代我问候殿下。倘若殿下启程②之前没有什么命令，同时还需要鄙人在魏玛低微的能力，那么我想请求准许我继续隔离一段时间进行文学创作。因为我已投入其中，所以我希望把与此相关的工作在这次会议上再次带到一个能够迎合自己的定点。一些符合目的的事情已发生，接下来符合目的的事情会持续，即使在四周内可能看不到。

225　　夜曲进行得尚可。在市场上，他们先向殿下欢呼，随后向那位离职的副校长欢呼，他做了一个过于冗长、或许有些地方会产生误解的演讲。接下来他们向新校长欢呼，他按照自己的方式，讲话亲切、并不太长。最后他们提着灯笼，而非火把，来到宫殿庭院，在那里他们本能够用一些策略围成一个相当漂亮的圈，它看起来会很好，因为雪

---

① 歌德向福格特推荐了一位年轻人，名叫康拉德·弗兰克（Conrad Franke），希望他在魏玛目前众多木工活中学习。
② 卡尔·奥古斯特公爵放弃了在接下来的几天里去爱森纳赫的旅行。

和明亮的天气对他们有利。但他们似乎对此准备很少,少校对于进行带有演说术的致谢也准备不足。他相当言简意赅地表达了他的谢意:"我感谢先生们的小心,我对你们负有责任。"这大概就是他说的全部。音乐没有再次启奏,正是因为一些人确信:随后他还会说一些话。

我才意识到,这张信纸已写满。不想给这辆满载的货车再添加挂车,否则我还会谈到有关伦福德①、费尔诺②、维尔纳夫③以及一些其他事情。望您不久后让我听到,您身体状况相当好。

耶拿,1802 年 2 月 16 日   G.

---

① 本杰明·汤普森·伦福德伯爵(Benjamin Thomson Graf von Rumford,1753—1814),英国物理学家。他发明了一种由有营养的、但便宜的配料(骨头、血、土豆、麦糊等)调制的汤,被命名为"伦福德汤"(die Rumfordische Suppe)。福格特曾在之前给歌德的信中告知:"宫殿建造佣工在这个星期获得伦福德汤。"
② 卡尔·路德维希·费尔诺(Karl Ludwig Fernow, 1763—1808),艺术史学家、艺术作家。费尔诺自 1794 年起住在罗马,此处涉及 1802 年他受聘到耶拿任教授。
③ 参见第 1110 封信。

1120. 歌德致克里斯蒂安娜·武尔皮乌斯

1802 年 2 月 16 日　星期二

　　亲爱的宝贝,今天我已把车给你派回去,一部分原因是为了把建筑监察员①带过去,另一部分是为了卖掉这辆在这里对我完全没用的马车。因为在天气不好时、在被雪和水损毁的地区,没有兴趣乘车兜风,然而你更需要这辆车去看喜剧②、参加舞会。此外,我现在身体相当好,正在完成一个个我之前计划的事情。只是在诗的事情上完全没有进展,或许还会有意料之外的事情出现。祝你安康,请你再仔细一点告诉我,你们过得怎么样。最好把在城里转送和到邮局寄送的附件③都处理一下。

226

　　　　耶拿,1802 年 2 月 16 日　　　　　　　　　　　　G.

---

① 指斯特凡尼。
② 克里斯蒂安娜于 2 月 17 日观看了戏剧家弗兰茨·克拉特(Franz Kratter, 1758—1830)的喜剧《马林堡的姑娘》(Das Mädchen von Marienburg)。
③ 指歌德于 2 月 16 日写的信的附件,其中三封流传下来,分别是给格策、基尔姆斯、福格特的信。

1121. 歌德日记

1802 年 2 月 17 日　星期三

　　早上《自然的女儿》第二幕。琼斯①的作品,尤其是《牧童歌》②原作。饭后与费尔梅伦博士在一起,随后与保卢斯博士谈论他的评论的第三部分③相关内容。晚上在洛德的田庄参加"星期三小聚会"。

---

① 威廉·琼斯(Wilhelm Jones,1746—1794),英国东方学家、法学家。
②《牧童歌》(Gita Govinda)是印度作家查亚德瓦(Jajadeva)创作的一部戏剧,由威廉·琼斯译成英语。此处的原文是指英语译文。
③ 保卢斯的重要作品《关于〈新约〉的语文学-批评与历史学评论》(Philologisch-kritischer und historischer Kommentar über das Neue Testament)的第 3 卷。

1122. 歌德致席勒

1802 年 2 月 19 日　星期五

　　我尊敬的朋友,这一次我不能赴您之约。我安装了一台脚踏纺车,需要立即将线缠绕在纱框上,纺完捻杆上的纱,否则又会一片混乱,已做好的部分必须重新来过。我想给我们的太子写信道别①。请您代我问候封·沃尔措根先生,祝他一路平安②。

　　在这里居留我感到非常高兴,甚至有一些诗的东西呈现出来,我又用熟悉的曲调创作完成了几首诗歌③。您也把一些这类的东西④带进这个小圈子的中心,这相当美妙。

　　我和谢林一起度过了一个十分美好的夜晚。颇具深度中的清晰明了,总是令人愉悦的。我会经常见到他,倘若我不期待诗的要素,且哲学破坏了我这里的诗学,也许是因为哲学促使我进入了客观现象。我从来未能保持纯粹的抽象推论,而是必须立即为每个句子寻找直观形象,因而即刻逃往自然。

　　保卢斯将他关于《新约》的评论的第三部分⑤呈交于我,我与他也进行了一次十分愉快的谈话。他从根本上了解这个本质,即:在那些地方、那些时代,在家,《圣经》里如此多人们在理想的普遍性上习惯于惊叹的东西如今在一个特别的、个体的当下显得可以理解。他用他介绍方式的整体,非常美妙地解答了我的一些疑惑,以致我能够相当愉快地与他达成了一致。关于一些在这样一项工作中作为基础的原则,口头上也给予了一些令人满意的解释。最后,一个包含这

227

---

① 太子卡尔·弗里德里希(Carl Friedrich)于 2 月 24 日启程前往巴黎,开启他的成长之旅。
② 封·沃尔措根先生陪同太子出行。
③ 由于太子启程,"星期三小聚会"提前到 2 月 22 日星期一,歌德献诗两首,并配上了中世纪流浪歌的曲调。
④ 席勒为太子送行时献诗一首——《献给魏玛的太子,当他前往巴黎旅行时》(Dem Erbprinzen von Weimar, als Er nach Paris reiste)。
⑤ 参见第 1121 篇日记。

样一个整体在其中的个体总是受欢迎的。

　　《牧童歌》的英文版①我也已读过,可惜要指责那位达尔贝格②马虎拙劣的工作。约内斯在他的前言中说:起初这首诗他是逐字翻译的,随后略去在他看来对于他的民族来说过于贪婪、过于大胆的部分。现在这位德语译者不仅仅再次忽略从这方面看来他觉得可疑的,他还完全没有理解使人产生疑问的部分,并且译错。或许我来翻译这个主要因德国的粉霉病而枯萎的结尾,以便原译者至少能够漂亮地出现在您面前,如英译者让他一样。

　　今天就写这么多了! 但我还要补充,有时会谈及您的花园出售。有人怀疑您是否会得偿所愿,但人一定要期待最好的事情。必要时我会命人到胡费兰③处取钥匙。〈亲笔〉祝您安康。

　　　　耶拿,1802 年 2 月 19 日　　　　　　　　　　　　G

① 参见第 1121 篇日记。
② 卡尔·苔奥多·安东·玛丽亚·封·达尔贝格帝国男爵(Karl Theodor Anton Maria Reichsfreiherr von Dalberg, 1744—1817),1802 年任美因茨大主教选帝侯和神圣罗马帝国大总理。
③ 戈特利布·胡费兰。

1123. 歌德日记

1802 年 2 月 20 日　星期六

228　　　早上《自然的女儿》。封·欣岑斯特恩①少校先生、封·帕彭海姆②
少校先生、内廷顾问里德尔③先生来访。中午在洛德处。晚上与谢
林教授在一起。

---

① 弗兰茨·奥古斯特·哈特维希·乌尔里希·封·欣岑斯特恩（Franz August
Hartwig Ulrich von Hintzenstern, 1770—1830），萨克森-魏玛的王子伯恩哈
德（Prinz Bernhard）的老师，1801 年起成为少校、宫廷总管。
② 威廉·马克西米利安·封·帕彭海姆（Wilhelm Maximilian von Pappenheim,
1764—1815），1802 年起成为少校、魏玛的宫廷总管。
③ 内廷顾问里德尔在 1787 年至 1799 年间是萨克森-魏玛太子卡尔·弗里德里
希的老师。

魏 玛

1802 年 2 月 21 日至 3 月 3 日

1124. 歌德日记

1802年2月21日　星期日至2月24日　星期三

2月21日

　　早上7点半与洛德一起从耶拿出发前往魏玛，处理宫殿建造事宜。晚上与宫廷顾问席勒先生在一起。

　　〈……〉

2月24日

　　太子殿下启程。与迈尔教授一起乘车兜风。中午接待几位客人：策尔特①先生、司法顾问胡费兰②先生、宫廷顾问席勒先生、根茨教授③先生。晚上观看喜剧④，此后在宫廷顾问席勒先生处用餐。

---

① 卡尔·弗里德里希·策尔特（Karl Friedrich Zelter，1758—1832），建筑师、作曲家。
② 戈特利布·胡费兰。
③ 海因里希·根茨。
④ 莱比锡商人、作家克里斯托夫·弗里德里希·布雷茨纳（Christoph Friedrich Bretzner，1748—1807)的喜剧《多疑的情人》(Der argwöhnische Liebhaber)。

1125. F. K. J. 许茨①致 F. 雅各布斯② （1802 年 4 月 19 日）

1802 年 2 月 25 日　星期四

〈在《约恩》上演后〉不久，封·科策比先生交给〈剧院〉经理一部反对施莱格尔等人的没有萨蒂尔（Satyre）的羊人喜剧（satyrisches Lustspiel）③：《小城居民》④。歌德将这部剧还给科策比，其中不仅划掉部分内容，而且还以某种方式作了修改，即：他的隔空要弄作为对科策比自身的重击而倒下。"只是这样：它应该上演！"您可以想见，封·科策比先生对于如此批驳他的手稿是如何的盛怒，他多么强烈地让没有悔恨地恨人⑤显现出来。现在真正立即上演的是"科策比的坏脾气"，而非《小城居民》。

---

① 弗里德里希·卡尔·尤里乌斯·许茨（Friedrich Karl Julius Schütz，1779—1844），耶拿的大学生、哲学讲师。
② 克里斯蒂安·弗里德里希·威廉·雅各布斯（Christian Friedrich Wilhelm Jacobs，1764—1847），哥达和慕尼黑的语文学家、中学教师。
③ 萨蒂尔是希腊神话中耽于淫欲的森林之神，有尾巴和山羊足。羊人喜剧是希腊戏剧中由森林之神担任合唱的滑稽剧，作为悲剧三部曲后的附加剧。
④ 即《德国小城居民》（Die deutschen Kleinstädter），1803 年 11 月 7 日在魏玛首演。
⑤ "没有悔恨地恨人"（Menschenhaß ohne Reue）影射科策比最成功的戏剧作品之一《恨人与悔恨》（Menschenhaß und Reue），这部剧自 1791 年 5 月起在魏玛上演。

1126. A. 封·科策比

1802 年 2 月 25 日　星期四

229　　　　这部剧已被董事会友好地接受,角色全部写出,并按作者的说明得到分配。不久后他也收到请求,亲自对剧本进行台词试排,以便向演员们说明他希望以何种声音来表演这部剧。封·科策比先生已为此效劳,已对台词进行试排和其他排演,已画第四幕的布景,甚至连首演的日期也确定了。几天前封·科策比先生偶然在一次聚会上与封·歌德先生相遇,歌德把他带到一边,非常礼貌地向他解释,他必须删去《德国小城居民》中的一些内容,也因此索回了所有角色,以便在删去处做记号。封·科策比先生一点都不感到惊讶,他认为已经删去了所有不合时宜的内容,但也应该有一些内容被真正保留下来。因此他认为,在人们让他完成台词的试排和其他排演后,此时做删减为时已晚,因为由此一来,他在面对演员时会受到轻视。按照他的理解,领导须在之前阅读剧本,在他们写出角色和分配角色前,等等——对此,封·歌德先生坚定地回答道:他的原则是,不让任何一部代表一个党派或与新文学有关的剧作在他的舞台上发声。——科策比反驳道:这也许并非一直是封·歌德先生的原则,因为譬如他在《戏剧的冒险》[1]这部歌剧中通过那位著名的武尔皮乌斯先生坚决插入一个场景,在此场景中古利(Gurli)[2]受到嘲讽。——这令封·歌德先生十分惊讶,他很尴尬,为了说一些事情而说道:"古利的性格似乎

230　已属于整个世界。"——科策比虽然不十分理解这意味着什么,但却认为,也许每个角色都可以这么说。来来回回又谈了一些,其结果却

---

[1] 1787 年 7 月 31 日,歌德在罗马听了意大利歌剧作曲家多梅尼科·奇马罗萨(Domenico Cimarosa, 1749—1801)的歌剧《苦恼的剧院经理》(L'impresario in angustie)。1791 年,歌德翻译并修改了歌词,使之于同年 10 月 24 日在魏玛首演。从 1797 年起,这部歌剧与莫扎特的歌剧《剧院经理》一起上演。

[2] 古利是科策比喜剧《印度人在英国》(Die Indianer in England)中的一个人物。

无效,封·科策比先生应只是先自己打量已作出的改动,这也是他承诺的。——封·歌德先生遵守诺言,把剧本寄给科策比,在其中他亲手删去又重新进行了创作。

1127. 歌德日记

1802 年 2 月 25 日　星期四至 2 月 27 日　星期六

2 月 25 日

　　中午与策尔特先生、封·艾因西德尔先生、宫廷顾问席勒先生、胡费兰先生在宫殿,去听音乐会。晚上与策尔特、席勒在一起。

2 月 26 日

　　早上在执政宫廷。中午与策尔特、席勒在一起。晚上在宫殿。

2 月 27 日

　　早上在罗马式房子①,散步。一整天与策尔特先生一起度过。

---

① 罗马式房子(Römisches Haus)在魏玛的伊尔姆公园(Ilm-Park)里。

1128. 卡洛琳·施莱格尔致 A．W.施莱格尔（1802 年 3 月 4 日）

1802 年 2 月 24 日　星期三至 2 月 28 日　星期日

策尔特对他整个居留感到十分愉悦。

〈……〉

格里斯①刚来，向我讲述了所有关于策尔特居留的事情。胡费兰立即抓住他，与他一同前往魏玛，完全一反常态，待了两天。格里斯认为，他是有意利用这个机会，再次向歌德靠拢，歌德很久以来与他保持明显距离。就这点而言他是成功的，因为人们不能排挤他。他应该对他的所见所闻昏头昏脑，如此神秘地提及所有事，好像他已经达到了第三级。歌德和席勒应该对那位策尔特颇有好感。歌德似乎已将《浮士德》的一些内容告知于他，并给他新的需要谱曲的诗歌②，但这些诗歌应该还未问世。他们也想为他制作一部歌剧。简而言之，这位高大的、安静的栋梁之才已产生出相当多感动。对我们而言，他的出现无害、普通。他曾说，他不知道他是靠什么挣得这一切。

231

---

① 约翰·迪特里希·格里斯（Johann Diederich Gries，1775—1842），汉堡作家、翻译家。1795 年至 1806 年主要待在耶拿。

② 策尔特为歌德的两首诗——《牧人悲歌》（Schäfers Klagelied）和《早春》（Frühzeitiger Frühling）谱曲。

1129. 歌德日记

1802 年 2 月 28 日　星期日

中午在宫廷。策尔特先生离开。晚上与宫廷顾问席勒先生在一起。

1130. 歌德致克里斯蒂安娜·科策比①（草稿）

1802 年 3 月 3 日　星期三

尊贵的公使馆参赞夫人，因为您自以为恰好告诉我②：我在一件事情上**完全错**了，而这件事我正是按照我的信念管理我的部门，所以，我也必须恰好向您保证：我既不能也将不会忍受这种见面；明确地不允许发生这种形式的任何不加思索的强求，无论现在还是将来；倘若有人无礼地强迫我跨出我喜欢保持的限度，我会特别不悦。

魏玛，1802 年 3 月 3 日

---

① 安娜·克里斯蒂安娜·科策比（Anna Christiane Kotzebue，1736—1828），奥古斯特·科策比的母亲。

② 科策比的母亲在一封信中指责歌德对《德国小城居民》的干涉和侵犯。

1131. 伯蒂格致 J．F．罗赫利茨
（1802 年 3 月 8 日）

1802 年 3 月 4 日　星期四前

232

　　〈……〉您希望拥有的,歌德的剧院——圣旨①在此,这里如此称呼。在这里出现了一件十分讨厌的轰动事件,尤其在演员当中。他们只是表扬了伊夫兰和温泽尔曼小姐,对他们的杰出努力却视而不见。

　　也许歌德希望在这里还会上演您的剧本②,至少我觉得这是从我们的朋友基尔姆斯的意见中得知的,他已将您的上一封信寄于我。

　　科策比不能容忍歌德在他最新的、实在奇怪的剧本《小城居民》中的任意修改——这些修改涉及歌德揣测到是暗指他的红人施莱格尔兄弟的地方——。因为科策比现在也不允许他的任何作品在我们的剧院上演,所以事实上最可怕的旱灾和饥荒已到来。

　　歌德现在完全受制于谢林-施莱格尔的小集团,这个小集团的灵感使他每天在他的规则中变得更加专横、更加残暴。所有无关方都越来越抱怨这样,因为这一切所产生的更加严重的后患可以预见。歌德现在几乎长久地待在耶拿,在这里他能够被笼罩在香云中!

---

① 指歌德刚刚在《奢侈品与时装杂志》上发表的文章《魏玛的宫廷剧院》(Weimarisches Hoftheater)。
② 罗赫利茨的喜剧《爱好或新魔笛》(Liebhabereyen oder die neue Zauberflöte)。

1132. 亨丽埃特·封·比利–马可尼①

1802年3月4日 星期四前

〈……〉他〈科策比〉在他的沙龙的下一次聚会中非常简要地向我们陈述了请求：为表示敬意，他要在3月5日举办席勒的生日会。我们想借此支持他，因为庆祝会上会呈现这位令人尊敬的作家的卓越戏剧作品的单个场景。倘若没有我们的帮助，无法达到庆祝会的高潮。

〈……〉

〈……〉我被分配到出演《奥尔良的姑娘》的贞德一角，因为席勒在第一次朗读剧本时解释道，在他设计女主人公时，我的个性始终浮现在他眼前。歌德也愿意发表意见，我完全是为这个角色而创作的。后者甚至经常指责我受到一种愚笨的偏见的阻碍，没能给予他和观众高度享受，以贞德形象在公开场合露面。因此，我抓住第一次机会告诉他，他的愿望会偶然实现，他会看到我作为奥尔良的姑娘在剧院出现。

事实上，对于这个喜讯他似乎也十分惊喜，表示出十分关切，急于想知道已设计好的庆祝会的细节。因为他事无巨细地打听，让人向他描述我的服装，不仅给予我他的建议，最后还主动提出我们详细商谈，想要寄给我头盔的模型。饰演贞德，这个头盔可以打扮我，我也真的在另一天收到了它。以我的天真、无拘无束，我把他的参与意见视为现金。倘若我少一点单纯，我就不会相信歌德想用这样一种伪装和企图来完全迷惑我。反之，我感受到了他生动表达出的兴趣和已收到的建议的鼓励，以至于我能够以高度的热情和自信投身于我的角色的研究和与之必要的活动。

233

---

① 参见第1062封信。

1133. 卡洛琳·施莱格尔致 A．W.施莱格尔
（1802 年 3 月 11 日）

234

1802 年 3 月 4 日　星期四前

　　我想再次给你写信,是为了告诉你自科策比生命中最奇怪的这一年以来他的生命中最奇怪的这一周。也许你对此已有耳闻,但我不会让这件事使我自己烦恼。你必须知道,他真心关心在魏玛建造一幢非常杰出的房子,这样他每个星期都可以举办一次贵族茶会和一次市民茶会。他已获得贵族头衔①,为了他的夫人也能够进入官廷。因为与歌德的事情没有成功,他便愚蠢地向席勒献殷勤。譬如弗罗曼也声称,他非常崇拜他,他超过这个世界上所有戏剧作家。如今他在席勒命名日举办一场庆祝会,期间表演《奥尔良的姑娘》《唐·卡洛斯》等剧中的场景,甚至还戏剧式地朗诵《大钟歌》(die Glocke),人们谈及为此而制作的一个硬纸板大钟。伊姆霍夫小姐、埃格洛夫斯泰因夫人②以及几乎所有贵族都是表演者,市政厅的大厅充当表演场地。他暂时与他商量,但没有明确指出,他想让人架起一个剧院。这个剧院从埃特斯堡(Ettersburg)运过来,在市政厅前卸载,但顾问和市民并不准许,因为剧院会损坏大厅。科策比谈判,但未取得任何成果。现在整个庆祝会一片狼藉,因为其他地方的建议他并不接受,原因是此刻传言四起,即:歌德作为建筑总监激励市议会做这件必要的事,他打算再次完全扮演被迫害、被妒忌的角色。通过这件事,整个魏玛也陷入动乱。参与者,尤其是女士们,已经购置了精美

235

的物件,各方也耗费了大量开支。不敢大声辱骂的人私下里骂,最愚蠢的谣言和评论四下传播:歌德应该是妒忌,不仅妒忌科策比,更多的是妒忌席勒,因为这是针对他的,他立即逃到这里③,他总是干这

---

① 科策比在 1785 年作为爱沙尼亚(Estland)省政府省长被授予贵族头衔。
② 即亨丽埃特·封·比利-马可尼,参见第 1062 封信。
③ 指耶拿。

样的事。现在还有另一件事也同时发生了。科策比创作了一部剧：《小城居民》，极有可能被宣称为疯人院。歌德把其中所有人物划掉，你可以想见，这些人物指的是谁——是的，一部阴谋剧向魏玛观众指出歌德自己的一个房屋故事。科策比同意删去一些，但坚持保留一些，这正是歌德完全不能容许的。现在他已将剧本拿了回去。关于此事，在公爵母亲的一个音乐会上歌德和科策比之间发生了争吵，科策比的妻子也介入其中，她保证她的丈夫不会再向魏玛剧院提供任何剧作。这还不够，老科策比夫人给歌德写了一封信——想必你也能估计到。如此，上帝陷入一群泼妇当中①。他已回复她，这读起来一定很有趣。这位老夫人在事先不知晓他儿子已想屈从于魔鬼的情况下做了这件事，只是事已发生。

---

① 此处是惯用语还是引言，不明。可以确定，不仅仅是影射圣经故事。按照圣经故事，一个来自耶路撒冷的男人在去以色列的途中被拦路抢劫。

1134. 伯蒂格致克内贝尔(1802 年 3 月 17 日)

1802 年 3 月 4 日　星期四前

施莱格尔兄弟在《雅典娜神殿入口》上歌唱：

认不清歌德的人，只有歌德。

我，我认识到，曾经如此令人尊敬、伟大的歌德现在完全不再是一个自我神化的流派中用香熏制成的道德偶像。我不是歌德的仆人，因为我不能是歌德的仆人。

236　　怎样公开轻视、践踏一个人①，这位歌德，也只是能够在我们太子聚会的梦中想一想。因为歌德不仅再次在公爵那里，且在他的夫人那里赢得了他曾拥有的全部重视。远离这些魔鬼吧！

---

① 也许是伯蒂格自己。克内贝尔被问及，2 月 22 日太子卡尔·弗里德里希告别时伯蒂格是否在场。

耶　拿

1802 年 3 月 4 日至 3 月 23 日

1135. 歌德致克里斯蒂安娜·武尔皮乌斯

1802年3月9日 星期二

关于我在这里度过的这些天,我没有许多要说的,我读了一些东西,但没有工作。此外,在这里非常愉快,因为封·齐格萨夫人①与她的小女儿在这里,住在洛德处,发起一些聚会。此外我想,倘若我只有耐心,那么,我这一次的居留也并非没有益处。

请你寄给我一瓶亨德里希的金水②,并且写信告诉我你们那里的情况。

也别忘了寄给我一些菜肴,罐头青豆。火腿很好,早餐一直在吃。

〈亲笔〉祝你安康,想念我。

耶拿,1802年3月9日　　　　　　　　　　　　　G.

---

① 马格达莱纳·奥古斯塔·封·齐格萨(Magdalena Augusta von Ziegesar, 1751—1809),萨克森-哥达-阿尔滕堡(Sachsen-Gotha-Altenburg)官员奥古斯特·弗里德里希·卡尔·封·齐格萨男爵(August Friedrich Karl Freiherr von Ziegesar, 1746—1813)的妻子。
② 很有可能歌德已收到耶拿司令亨德里希赠送的加有香料的利口酒。

1136. 歌德日记

1802 年 3 月 13 日　星期六至 3 月 15 日　星期一

3 月 13 日

　　处理与比特纳遗物相关的一些事宜。晚上与谢林教授先生在一起。

　　〈……〉

3 月 15 日

　　在家。谢林的《布鲁诺》①。黑格尔的怀疑主义②。布朗的元素③。

237

---

①《布鲁诺,或论事物之神圣的与自然的原理：一篇对话录》(Bruno oder über
　　das göttliche und natürliche Prinzip der Dinge. Ein Gespräch)。
②黑格尔的论文《怀疑主义与哲学的关系》(Verhältniß des Skepticismus zur
　　Philosophie)。
③爱丁堡医学教授约翰·布朗(John Brown，1735—1788)的著作《医学元素》
　　(Elementa medicinae)。

1137. 歌德致席勒

1802 年 3 月 16 日　星期二

　　您坚决随身携带一个新题材①的消息使我感到十分愉快,既对于您也对于我们。我希望会取得成功。

　　自从我将自己从魏玛风暴②中解脱出来,我便生活得相当欣慰、高兴、也不太空闲。几首小诗相继出现,虽不能视为作品,但却可作为标志,对此我十分满意。

　　市长③作为第二个阿斯库拉普,或许您欠他一只公鸡④,因为他从上面得到应有的惩罚⑤。3 月 5 日您过得如此快乐,对此您心中可能怀有感激之情。

　　借此机会我又一次想到:当人们从历史中要求事件的原因、动机、情况时,这是一个多么奇特的东西。我离之前的种种事件如此之近,确实卷入其中,原本始终还不知晓事件之间是如何联系在一起的。或许您比我快乐。

　　谢林写下了一篇对话录:《布鲁诺,或论事物之神圣的与自然的原理》。从中我所理解的,或者说我认为理解的,是精华,与我内心深处的信念不谋而合。但对于我们其他人来说,将来是否有可能通过所有部分来跟随这种布局,并将其真正想象成一个整体,对此我必存有疑虑。

238　　此外,我不必多说,每当晚上 7 点,我心中时常燃起希望,期待在我这儿能见到您和我们尊贵的大师⑥。另外,这里的几位女士比我

---

① 席勒已开始为《威廉·退尔》做准备工作。
② 指科策比 3 月 5 日为席勒策划的庆祝会。
③ 卡尔·阿道夫·舒尔策。
④ 阿斯库拉普(Aesculap)是希腊神话中的医神,公鸡是其祭品。
⑤ 舒尔策在决定不将市政厅大厅提供给席勒庆祝会使用当天被任命为顾问。
⑥ 海因里希·迈尔。

们的女朋友们更加喜欢唱歌,与此同时,幸而更加富有音乐才能,由此我内心中的歌唱兴趣偶尔也被激起。

可惜承诺过的这本书①我还未能找到。

---

① 法国历史学家、国王的图书馆长皮埃尔·迪皮伊(Pierre Dupuy,约 1580—1651)的《最著名的古代和现代宠臣的历史》(Histoire des plus illustres favoris anciens et modernes)。

1138. 歌德致克里斯蒂安娜·武尔皮乌斯

1802 年 3 月 17 日　星期三

昨天由于信使离开,我多次受到打扰,因此忘记了一些事情,今天补上。

首先,我想要一些钱,大约 2 卡洛林。

第二,一块漂亮的火腿。

第三,一些豆子菜肴。最后,我之前在家一直吃的唯一美味。在外有时还有一份好的便餐。

此外,我现在状况良好,逐渐想起启程,更多的是这一次工作进展不大。

代我问候奥古斯特,告诉他,我希望明天能为他买到他所期待的东西。

耶拿,1802 年 3 月 17 日　　　　　　　　　　G.

1139. 卡洛琳·施莱格尔致 A．W.施莱格尔（1802 年 3 月 18 日）

1802 年 3 月 11 日 星期四至 3 月 18 日 星期四

为了你在上次所提及的科策比的人物①当中想象不到大象，我要告诉你，小而盲的蚊子是什么样的。这位老先生虽然像一堵墙一样沉默，如此精明，让谢林想要从他那里知晓的一切从谢林口中讲述出来。但尼特哈默尔夫人②告诉我，她已在格鲁纳③夫妇那里听到朗读这部剧作，十分无聊。这是一个悲惨的、完全次要的、一位诗人的角色，这位诗人谈及许多十四行诗(歌德每次为此作诗)，出版一本虔诚的年鉴④，最后用荣誉门⑤相威胁。他如此坚持的最后一点正是歌德完全不能容许的。——是的，歌德对谢林说，小城居民对于小城居民是非常危险的，但他即使在酒醉和兴高采烈时，也未能被引诱说出那两封信。

伊夫兰真是个滑头，对《约恩》他如此犹豫不决⑥，对《雷古卢斯》⑦却如此过分赞扬。歌德无情地嘲笑《约恩》的鉴定，这看起来十分文雅，同时他如此失礼、透露本性，以致做得相当慷慨。他让人通过基尔姆斯写信告知，在那儿报酬会支付给你。

239

---

① 在《德国小城居民》中被戏仿的浪漫主义者。
② 耶拿神学家弗里德里希·伊曼努埃尔·尼特哈默尔的妻子。
③ 克里斯蒂安·戈特弗里德·格鲁纳（Christian Gottfried Gruner, 1744—1815），耶拿医学教授。
④ 影射奥古斯特·威廉·施莱格尔和路德维希·蒂克共同出版的《1802 年艺术年鉴》。
⑤ 奥古斯特·威廉·施莱格尔于 1800 年出版的讽刺作品《荣誉门与凯旋门》（Ehrenpforte und Triumphbogen für den Theater-Präsidenten von Kotzebue bey seiner gehofften Rückkehr ins Vaterland）是对前一年科策比发表的戏剧小册子《北极驴或今天的教育》（Der hyperboreische Esel oder die heutige Bildung）的回应，科策比原想用这本小册子嘲笑浪漫主义者（尤其是施莱格尔兄弟）。
⑥ 直到 5 月 15 日伊夫兰才允许《约恩》在柏林上演。
⑦ 维也纳戏剧家海因里希·约瑟夫·科林（Heinrich Joseph Collin, 1771—1811）的悲剧作品《雷古卢斯》（Regulus）于 2 月 24 日在柏林首演。

1140. 歌德致席勒

1802年3月19日　星期五

　　我不久后将决定不再在此地居留,再次回到您身边。我期待我们一起度过夜晚,更加期待我们彼此交流一些新鲜事。

　　倘若这个感兴趣的团体①已在一定程度上克服了本月5日的冒险行动,那么我们不久后想再进行一次野餐,试一试我带来的新诗歌。您已把您的诗歌交给策尔特了吗?② 因为不想奏出克尔纳作曲的曲调?③

　　您回复和平的邀请④时,我希望您拥有相当好的幽默感和相当结实的拳头。倘若您用一封信能办妥,那就相当好了。这封信与所有包装物相配,对此我总是献出并许愿更大的仇恨。

240　　我很高兴听到,您想要您的约翰娜,对我们来说也是,有可能进入剧院⑤。我们必须寻求以某种东西出众,因为对于这个演出我们犹豫了太久。

　　关于《伊菲革涅亚》我不可能开始做什么,倘若您不敢做这件事,想要修改一些带有双重含义的诗节并且指点排练,那么我不认为这样可行。但现在的情况十分良好,或许它为其他剧院所需要,正如此

---

① 指对科策比策划的席勒庆祝会感兴趣的团体,部分由歌德的“星期三小聚会”成员组成。3月5日的事件后,“小聚会”不复存在。

② 席勒把《四个年代》(Die vier Weltalter)和《与龙的斗争》(Der Kampf mit dem Drachen)这两首诗交给策尔特谱曲。

③ 克尔纳已为《与龙的斗争》和《歌手》(Der Sänger)(原来的标题是《四个年代》)谱曲。

④ 柏林出版商翁格尔(Unger)在3月6日给席勒的信中写道,他希望席勒和歌德能为由奥尔登堡(Oldenburg)政府顾问格哈德·安东·封·哈勒姆(Gerhard Anton von Halem, 1752—1819)出版的杂志供稿。席勒在3月17日给歌德的信中转达了这个愿望。但歌德和席勒并未参与其中。

⑤ 席勒于1801年4月完成了《奥尔良的姑娘》。原本计划在魏玛的上演遇到了一些困难。直到1803年4月23日这部悲剧才在宫廷剧院上演。

前《纳旦》的情况①。进一步观察，《拉达米斯特与泽诺比》②是一部十分怪异的剧作、做作艺术的顶峰，与之相反，伏尔泰的剧作却显露出纯粹的自然。这部剧给人留下印象深刻的地方很有可能是主角的该隐境况③和情绪不稳定的性格，这让人想起第一位杀弟者的命运④。此外，我还看不到任何理由将其提升至德国剧院。

　　祝贺您认识了神圣的贝恩哈德⑤，我们想要看到，从他那里去体会不同寻常（Specialiora）。

　　我们这里的神学朋友处境糟糕。格里斯巴赫脚部生病，保卢斯与他的夫人一同受苦⑥。她身体十分不适，以致我为她的生存感到害怕。本性还可以维持一段时间，直至她第二次积聚一种调皮的性格。

　　策尔特留下了十分活跃的印象。到处可以听到他的曲调，我们必须感谢他，我们的诗歌和谣曲通过他被逝者唤醒。

　　图书馆事务已理清。木板和梁沿萨勒河（die Saale）而下，运输至劳赫施泰特的新剧院。请您为我们这项工作帮忙，尽您所能为您之前的事情工作。尽管我知道这有多难，但您必须通过思考和练习逐渐找出戏剧行业的诸多技巧，以便天才和纯粹的诗的心境无需去

241

---

① 汉堡剧院显露出对席勒改编过的莱辛剧作《智者纳旦》有兴趣。
② Radamist und Zenobie，法国剧作家普洛斯佩·约利奥·德·克雷比永（Prosper Jolyot de Crébillon，1674—1762）的悲剧作品。
③《圣经》中该隐将其亲弟弟亚伯杀害，但在克雷比永的剧作中并非涉及兄弟谋杀，而是父亲无意中杀死了儿子。
④ 指该隐后来受上帝惩罚。
⑤ 神圣的贝恩哈德（der heilige Bernhard），中世纪修道院院长、传道士、神秘主义者，他是西安教团最有名的僧侣。席勒曾写道："这些天来我对神圣的贝恩哈德进行了研究，认识他我十分高兴。"
⑥ 原本猜测夫人患病，后来证实为怀孕。

操作每一件事。

此外，我阅读并撰写了一些东西。对我来说非常奇怪的是看到布朗的《医学元素》的原著。期待从中出现一个颇为杰出的神灵，创造词汇、表达、惯用语，为了描述他的信念不太连贯地使用它们。从其继承者强烈的老一套术语做法中人们感受不到任何东西。此外，这本小书上下文很难理解，因此我已把它放置一边，因为我不能在此书上花费应有的时间和精力。

自我口授这封信起，我便决定星期二回魏玛。在此事先诚挚邀请您共度这个夜晚。

倘若您想询问：朋友们是否想星期三晚上在我家相聚？无论是或否都会让您知晓。

我期待不久后与您见面，因此，我不再赘言。

耶拿，1802 年 3 月 19 日　　　　　　　　　**G**

1141. 歌德日记

1802 年 3 月 19 日　星期五

合并精神病院的地方通告。

魏 玛

1802 年 3 月 23 日至 4 月 5 日

1142. 歌德致科塔

1802 年 3 月 30 日　星期二

242　　　　最尊敬的科塔先生,或许您已知晓,我已用抑扬格的形式改编了伏尔泰的两部悲剧《穆罕默德》和《坦克雷德》。现在这两部剧再次列入我们剧院的演出列表中,通过排演,给我的印象更加活泼生动,因此,我不得不对其做最后的加工和润色,不反对将其付印出版,而更多的是,请求与我交流的人来自多方,因此,我把这两部剧交与您。

我建议按照《华伦斯坦》的方式印刷,因为这部剧合起来构成一卷,如果不按其内涵,但至少按照开本来看,可以与席勒的那部杰作相比。倘若您愿意,可以立刻开始印刷,手稿已完成。

我会在复活节后的第三个星期日以 500 萨克森塔勒转让这两部剧。

祝您安康!

　　　　　　魏玛,1802 年 3 月 30 日　　　　　　　　　　　歌德

1143. 歌德日记

1802年4月3日　星期日

早上在宫殿。《穆罕默德》演出。晚上聚会：宫廷顾问洛德夫妇、弗罗曼夫妇、根茨教授、宫廷顾问席勒夫妇、内廷顾问基尔姆斯先生。

上罗斯拉

1802 年 4 月 6 日

1144. 歌德致克里斯蒂安娜·武尔皮乌斯

1802 年 4 月 6 日　星期二

243　　我在这里过得很好,因为我已经完成了一些工作,这使我十分愉快。

看到赖曼的准备①,我十分喜欢,他比他哥哥②好得多,因为他会逐渐安装他想要的东西。

这周我想待在家里,希望星期六你带奥古斯特来此地接我。如果宫廷顾问席勒先生和迈尔教授先生星期日愿意出门做运动,那就相当好了。我们可以星期日晚上乘两辆马车一起回家。

无论如何你要带过来一些饭菜和酒,正如你通过转交的人寄给我这些饭菜,还有三瓶红酒。

但是我们怎样把内部被砍掉的灌木带下来呢?

祝你安康,代我问候奥古斯特。

　　　　　上罗斯拉,1802 年 4 月 6 日　　　　　　　　G.

---

① 1801 年,伊曼努埃尔·赖曼(Immanuel Reimann,1766—?)成为歌德在上罗斯拉田庄的承租人。

② 伊曼努埃尔·赖曼的哥哥克里斯蒂安·弗里德里希·赖曼(Christian Friedrich Reimann,1762—1831),上罗斯拉牧师。

奥斯曼施泰特
1802 年 4 月 8 日

1145. 维兰德致伯蒂格(1802 年 4 月 11 日)

1802 年 4 月 8 日　星期四

　　然而,歌德在上个星期四下午拜访了我,既出乎意料又十分愉快。我们一起快乐且友好地度过了几个小时,谈起了一些事情,但却完全没有提及过去几个星期、几个月的各种戏剧冒险行为。偶然提到科策比时,他匆匆带过,自然且友好。同样,在触及施莱格尔的《约恩》和我的欧里庇得斯翻译时,也十分自然。似乎他完全没有意识到任何需要辩解的事情。我几乎认为,这真的是他的事情。似乎他也喜欢听到我想要开始欧里庇得斯的《海伦》,他宣称这部作品是他最喜欢的剧作,并且认为这部作品能够适时进入剧院上演并非不可能。

1146. 歌德日记

1802 年 4 月 8 日　星期四

在奥斯曼施泰特(Oßmannstedt)宫廷顾问维兰德先生处，晚上从此处出发回罗斯拉。

阿尔施泰特
1802 年 4 月 16 日

1147. 歌德日记

1802年4月16日　星期五

早上前往阿尔施泰特(Allstädt)。在此处过夜。

劳赫施泰特

1802 年 4 月 17 日至 4 月 18 日

1148. 歌德日记

1802年4月17日　星期六

早上从阿尔施泰特出发前往劳赫施泰特。在三天鹅(drey Schwanen)。中午梅泽堡(Merseburg)修道院院长封·古特施米特①、行政官罗特②先生和他的兄弟③先生在我这里用餐。

---

① 克里斯蒂安·弗里德里希·封·古特施米特(Christian Friedrich von Gutschmid, 1756—1813)，梅泽堡修道院院长。
② 卡尔·戈特洛布·罗特(Karl Gottlob Rothe)，劳赫施泰特的司法官。
③ 前者的兄弟克里斯蒂安·戈特弗里德·罗特(Christian Gottfried Rothe)，劳赫施泰特的律师。

魏 玛

1802 年 4 月 18 日至 4 月 26 日

1149. 歌德日记

1802 年 4 月 18 日　星期日至 4 月 19 日　星期一

245　**4 月 18 日**

　　早上 10 点半从此处出发。晚上 10 点到达魏玛。

4 月 19 日

　　中午在家。傍晚在宫廷顾问席勒先生处。

1150. 歌德致布卢门巴赫(草稿)

1802年4月20日 星期二

大约二十年前,我习惯偶尔在伊尔默瑙(Ilmenau)常住一段时间。我被告知,人们在马尼巴赫(Manebach)硬煤矿井(哥达一边)中遇见一根笔直挺立的树干,已被原地保护起来并在开采时绕过。

当我前往此地时,我发现它大约4英尺高,微微向地平线倾斜,稳固地露出地表。我让人将它分开、拔出来、带往耶拿。

在变干过程中,它为矿物本质规律所决定。由于各种不同的穿刺伤,它已分成许多部分,这些部分与其先前的有机体毫无关联。

我不再进一步描述,在此将这样一节已分离出来的部分寄给您。

倘若不允许将这个残余物称为棕榈状的东西,那么,短短地紧密挤在一起的生长行列似乎表明什么?

魏玛,1802年4月20日

为了便于对比,在此放上来自同一煤矿的另一段管状茎秆植物,但却细得多。

您稍后会在这个箱子中找到的这块凝灰岩是从先前描述过的大木块①上取下,牙齿在前、所谓的蹼足在后附着在上面。我希望不久后将后者的素描画寄给您。

关于上面曾提到的牙齿,在此也附上许多年前在这个地区找到的另一块凝灰岩上的几块试样,然而人们却不知晓确切地点。去年在阿波尔达(Apolda)发现的第三块凝灰岩上的牙齿也不比前两块少。奇怪的是,这三块残留物彼此可以完全区分开来,无论是每一块以不同的方式保存,外表特殊,还是之前它们的本质各不相同。

---

① 歌德曾在《一块化石》这篇记录中描述过,1801年8月初人们在一山谷中找到一个微圆、微长的物体,被视为是矿化作用改变后的柳树根。

特伦钦①的玉髓球表明有一座斑岩和杏仁岩山,后者的一小块样品也位于那里。

转化成火石的珊瑚是如何出现的,我并不知晓。倘若这些珊瑚在松散的沙地上,我怎么能在克拉科夫②这个地区找到许多火石呢?

这个箱子里还剩下一些地方,因此,我放进几块海泡石,或许会帮上朋友们的忙。

---

① Trentschin,斯洛伐克西部的一座城市。
② Krakau,位于波兰。

1151. 歌德日记

1802 年 4 月 21 日　星期三

早上 9 点向萨尔托里乌斯教授先生展示竞赛作品①。中午与他一同进餐。晚上处理戏剧冒险活动。

---

① 歌德并未将 1801 年有奖竞赛所收到的参赛作品寄回给艺术家，而是在 1802 年将所有作品展出。

1152. 歌德致赫尔德(亲笔)

1802年4月26日　星期一

247　　　尊敬的老朋友,你想要帮忙引导我的儿子进入基督教会①,并以一种比传统规定更为自由的方式②。为此我衷心地感谢你,并且期待,在你的帮助下,他以一种与他现在所受教育同时进行的方式,走出对于孩子来说担忧的这一步。接下来他将会与他的老师一起向你进行自我介绍,请你友好地接待他,以想念我的方式随意处理一切。

魏玛,1802年4月26日　　　　　　　　　　歌德

---

① 6月13日赫尔德为奥古斯特举行了坚信礼仪式。
② 坚信礼仪式并未在教堂,而是在歌德家中举行。

耶　拿

1802 年 4 月 26 日至 5 月 14 日

1153. 歌德日记

1802 年 4 月 26 日　星期一

前往耶拿。

1154. 歌德致 A．W.施莱格尔

1802 年 5 月 3 日　星期一

您的多封书信我都未回复,请您原谅,因为我对您的思念没有减少,并且参与了所有与您相关的事。您的作品《约恩》的上演发展成一件棘手的事,恰如一部真正狂想诗形式的作品,永远不想完结。

倘若您能安排在圣灵降临节时待在魏玛,那么您就会遇见我。或许之后也有可能上演您的《约恩》。

倘若您能为我拿到杰内利①的简易的装饰草图②,那么只要有可能,我将把这个想法用于我们的剧院。剧场是我们表演最薄弱的一面,我想将来用一个更加优秀的将其替换。

请您尽快将《阿拉尔柯斯》的后续部分③寄给我,我尽早安排其上演,角色已分配好。这部剧的简练紧凑使我十分愉快,相比而言,《屋大维》④的扩散漫射给我的感觉不及此剧,尽管可以从细节处承认蒂克的天赋。

请代我向他的雕塑家弟弟⑤致以最美好的问候,并催促他尽快来。我希望公爵殿下⑥视察回来时,一些事情已做完。

祝您安康,想念我,望您尽情享受在柏林受到的款待。

请您偶尔代我问候您的弟弟。他还有几本书,部分是我的,部分属于图书馆。望他能将这些书尽快归还于我。

耶拿,1802 年 5 月 3 日　　　　　　　　　歌德

248

---

① 汉斯·克里斯蒂安·杰内利(Hans Christian Genelli, 1763—1823),柏林建筑学家、艺术作家。
② 《约恩》在柏林的上演由杰内利负责设计装饰草图。
③ 弗里德里希·施莱格尔的悲剧《阿拉尔柯斯》(Alarkos)将于 5 月 29 日在魏玛首演,此时还缺少七个诗节。
④ 指路德维希·蒂克的喜剧《屋大维皇帝》(Kaiser Octavianus)。
⑤ 指弗里德里希·蒂克,他于 6 月 13 日到达魏玛,继续宫殿装饰工作。
⑥ 公爵 4 月初离开魏玛,到萨克森-魏玛管辖区域视察,5 月底回到魏玛。

1155. 歌德致席勒

1802年5月4日　星期二

首先衷心地祝贺您乔迁之喜①！我非常高兴能在一个新的、宜人的、朝阳的、面向绿地的住所里见到健康、积极工作的您。

但现在我希望从您那里听到一些关于戏剧的事情。关于《伊菲革涅亚》您如何预测，正如我们之前预料的那样，它有些延迟。关于毕尔格夫人②您有何评价？她的形象我自己十分期待。

在布置图书馆时，那些几乎可以与意大利人神一般的懒惰相较的人以一种令人恼怒的方式与我对立。我给出了最好的意见，即：这项工作按照已规定的时间，在一个时间顺序中，产生并培养这样的人，他们按时间、每小时地、只做完最最必要的事。我将尽可能长时间待在这里，因为我确信，如果我离开，整个工作或多或少会再次停滞。

249

此外，关于我自己和我的周围，发生了一些事情。几首诗再次到来③，并且我在宁静的夜晚研究了北方神话学的起源，因为我恰好在我面前找到了它，我认为，对此我已相当清楚。因此，当我回来时，我多么想证明自己。在这样一片田野上仅仅一次打下一根桩，架起一根柱，根据此柱偶尔能够弄清方向，这有多好。

这样一份图书馆工作使我们其他人很感兴趣，即使只能按分钟看书。我觉得我的身体研究、矿物学研究、自然历史学研究的影响十分有益。所有的游记对我来说仿佛看到了张开的手掌。

在这个繁花盛开时节，此地绝美，这是现在十分令人振奋的。我不能告诉您从您上层的阁楼中望出去，因为我听说，您已把这个阁楼

---

① 席勒已于4月29日搬家。
② 埃莉泽·毕尔格(Elise Bürger，1769—1833)，戈特弗里德·奥古斯特·毕尔格的第三任妻子，演员、作家。
③ 指歌德有两首诗发表在1803年出版的《1804年口袋书》(Taschenbuch auf das Jahr 1804)上。

授予一位哲学家作为封地①。

祝您安康，请给我回复。

耶拿，1802 年 5 月 4 日

听说洛德带着他的岳父和妻儿去了华沙，我们的女朋友保卢斯的病其实是生了一个健康的男孩，也许这些对您来说并不是新闻了。

① 这个阁楼位于席勒在耶拿的花园房，是其书房。

1156. 歌德日记

1802 年 5 月 5 日   星期三

致信内廷顾问基尔姆斯,通过一封快递寄去《阿拉尔柯斯》的角色和角色分配。致信宫廷顾问席勒先生,包含前面发生的事。

1157. 歌德致席勒

1802 年 5 月 9 日　星期日

非常感谢您对于《伊菲革涅亚》的认真细心，下个星期六我会像 250另一个耶拿当地人一样来到剧院，希望能在您的包厢里见到您。

关于《阿拉尔柯斯》，我与您的观点完全一致。只是我认为，我们必须敢于做所有事情，因为对外没有任何事情的原因是成功或不成功。对我来说，在这件事情上我们所获得的似乎主要是，我们允许人们说并且听到人们说这种极其有约束的音节群①。此外，人们也可以将此认为是对这种题材的兴趣。

总的来说，我在这里过得很好，倘若我能将我的居留时间延长几个星期，那么我会过得更好。

祝您安康，生活越来越好，想念我们。

耶拿，1802 年 5 月 9 日

我希望手头上这本书不会从其他方面搅扰到您，以便您首先将这部押韵的混乱作品②作为一部完全疯癫之作③经由我手收到。在前人作品的外部形式上，我还从未见过如此颠倒往复的疯狂，因此谁会为这样一部作品说话呢？

G

---

① 施莱格尔在《阿拉尔柯斯》中运用了大量押韵诗节，不同的诗节形式中插入了换韵格式。

② 安东·封·克莱因（Anton von Klein，1746—1810，作家、语言研究学者）的作品《阿特诺》（Athenor）。

③ 歌德写了一篇书评，对克莱因的这部诗作全盘否定。

1158. 歌德致席勒

1802 年 5 月 11 日　星期二

《伊菲革涅亚》是否还能在 15 日星期六上演,我希望能够从您这里得知,随后我会到达,以便在您身边期待我生命中拥有的几个最精彩效果。对我来说,亲临现场胜过以往的情况。

251　　　我对现在居于此地十分满意。工作①比我之前预想的进展得快,尽管如果想要严格一点,成果还很少。但如果想到在这样的情况下人们仅仅在实施过程中,从手工劳动者到文学工作者,每个人都能被指定、被引导、被推动、被纠正并再次被鼓励,那么仅有一定程度地推进,也会满意。

图书馆秘书武尔皮乌斯的表现具有示范作用,他已在十三天内写出了 2134 张卡片。这意味着书籍标题已全部在单张卡片上写出。在这段时间四个人完成了约 6000 张卡片,人们可以在这些卡片上看到应该做什么。

这大量的书籍过去是杂乱无章地遗留下来,现在我们来到现存的、更加古老的书堆旁。在此期间,整体必须在表面上对人有所影响,如同一种浴室,一种更加困难的环境,人在这里活动,在这里感觉更轻松,因为受到承载。

在这段时间我学习并且做了一些事。倘若我能在某一个夜晚与您和迈尔交流我的新发现,且能了解您的新发现,那么对我来说没有比这更好的事了。或许对我们所有人来说,这样的事每隔三个星期被集中安排在一起,只会更加令人高兴。

祝您安康,请您通过信使带给我简短的几句话。

耶拿,1802 年 5 月 11 日　　　　　　　　　G

---

① 指比特纳图书馆的整理工作。

1159. 歌德致克里斯蒂安娜·武尔皮乌斯(亲笔)

1802 年 5 月 11 日　星期二

倘若《伊菲革涅亚》15 日星期六上演,那么你星期四下午过来,客居在凯尔女士①家中,你的哥哥②会更加详尽地向你讲述。倘若你又一次在耶拿度过愉快的几天,那么我会非常高兴。把可爱的孩子也带上,我们想为他安排住处。

倘若剧院突然有事发生,《伊菲革涅亚》无法在星期六上演,那么我仍想在这里待八天,因为我的工作进展顺利。你星期四来,所以你可以从宫廷顾问席勒先生那里得到最准确的消息。

我十分期待再次见到你和孩子,我的心情很好,因为相对来说我已做了许多事。倘若我再在这里待十四天,那么这部剧③就会完成。祝你安康,爱我。

　　　　耶拿,1802 年 5 月 11 日　　　　　　　　　　　　G.

你的哥哥十分帮忙,睡在我们后面的小房间里,这样那边不会很冷清。

给我带上几瓶波特和马德拉(Port und Madera),宫廷总管、少校先生④非常喜欢喝这两种酒。

你的哥哥会向你讲述,凯尔女士多么好地招待了我们。

---

① 夏洛特·弗里德里卡·凯尔(Charlotte Friederika Keil,约 1760—1805),弗兰茨·路德维希·阿尔布雷希特·封·亨德里希的管家。
② 克里斯蒂安·奥古斯特·武尔皮乌斯。
③ 指《自然的女儿》。
④ 指弗兰茨·路德维希·阿尔布雷希特·封·亨德里希。

1160. 歌德致 A. W. 施莱格尔

1802 年 5 月 13 日　星期四

一段时间之前您寄给我的这部喜剧①我想把它搬上舞台,看看效果。我不能如此分发这两个必须以男性装扮出现的女人,以致我本能够抓住已建立起来的成功的希望。倘若作者想在其他剧院尝试上演,我想不到任何反对的理由。

因为与其他与之竞争的剧作相比,它是非常奇特的。剧院已收到十三部剧,还未演出其中任何一部,尽管必须给予几部作品一些报酬。

这些作品给我们带来了快乐和教导,然而,倘若人们想公开谈论这些剧作,需要花费更多的时间证明结果可能是值得的。也许有其他机会时,我可以附带提及于此。

我十分同情那位蒂克的情况②,由于他的缺席,我相当难堪③。请您将此事告诉他,并重复我的意愿,希望他快点上路。他记得,比起之前的竞争者我更喜欢他。按照公爵殿下启程时的坚决意见,认为已找到蒂克先生投入全部工作,当他回程时可能会以一种令我十分尴尬的方式谈及这些情况。的确,我只剩下一段很短的时间去期盼,让蒂克先生确定一个最后的日期,我并不愿意这样做,但如此拖延下去责任不能由我承担。

祝您身体健康、有活力,想念我。

　　　　耶拿,1802 年 5 月 13 日　　　　　　　　　　歌德

---

① 施莱格尔在柏林的女朋友苏菲·伯恩哈迪(Sophie Bernhardi, 1775—1833)的喜剧《唐娜·劳拉》(Donna Laura)。
② 蒂克在其母亲去世八天后又失去了父亲。
③ 弗里德里希·蒂克直到 6 月 13 日才到魏玛参与宫殿的修建工作。

魏 玛

1802 年 5 月 15 日至 5 月 18 日

1161. 歌德日记

1802 年 5 月 15 日　星期六

　　早上从耶拿回来。晚上《伊菲革涅亚》,随后与宫廷顾问席勒先生在一起。

1162. 席勒致科塔（1802 年 5 月 18 日）

1802 年 5 月 17 日　星期一或 5 月 18 日　星期二

　　我与歌德谈到了您，现在可以告诉您他对于这些延期作品的确定想法。您完全有必要下定决心到这里来，无论您想要与他走多远。让您的这个决定变得轻松一些，正是我今天这封信的意图。

　　歌德打算明年出版一本诗歌年鉴，这些诗歌均已配上有名的民间曲调。我已听过这些诗歌中的一部分，极好，可以说，诗提升了曲调本身，甚至比原来人们为此编写的歌词更加搭配曲调。这本诗歌年鉴的内涵、歌德的名字、每个人都能立刻唱诵的情况（因为这些曲调已很古老，且正在传唱），可以期待这本年鉴销量一定很大。因此，您可以给他他想要的 1000 塔勒，这不成问题，虽然在费用出来之前必须卖出许多份。

　　但是现在有一个条件让我产生疑虑，即：歌德想让您在明年之内出版另外两部作品，也许更多，这些作品远远没能获得宫廷许可，很有可能拥有和《雅典娜神殿入口》一样的命运①。其中一部作品是《上一世纪的艺术史》（Geschichte der Kunst im verflossenen Jahrhundert），迈尔已开始起草，并附上歌德自己的文章。从内涵来看，这部作品确实有十分优秀的内容可以期待，但一个大问题是，《雅典娜神殿入口》一定拥有的最大内涵是否会成为销售的保证。《雅典娜神殿入口》中关于古代画家以及诸如此类的文章体现出一种精神，那本《艺术史》将在这种精神中写就。虽然歌德还将为这部著作附上一篇十分值得关注的文章，他现在还从中制造了一个秘密，但您一到这里，我愿意告知您这个秘密，以便您知道一切。为这部著作他只要了一个相对的报酬，但我了解他，100 卡洛林他几乎不会满足。

　　现在虽然我不认为您会在这部作品上亏损，尽管我没有预先看

254

255

---

①《雅典娜神殿入口》这本杂志对于科塔来说在商业上是失败的。

到大收益,尤其也不会因这部作品有大收益,因为在接下来的六至八年里,他的作品全集一定会出版,这其中所有那些著作会再版。但从另一部他同时想让您出版的作品来看,需要担忧的更多,如果您需要为他出版一些诗学作品的话。这部作品是《切利尼》①,他现在想要完全地、带有附注地将其出版。虽然他认识到,对于这部作品他的要价远远少于对一部原创作品,也顾及您已为其中发表在《时序》上的一部分②支付过很好的报酬。这部作品约占 1 个阿尔法贝特(Alphabet)③,也许他会让给您 50 卡洛林左右,但是印刷和纸张您的花费会超过 100 卡洛林,这些钱可能很难赚回来,因为就连《时序》,部分出于这些《切利尼》文章的原因,也失去了销售额。您必须将您在这部作品上能够承受的损失计算到这本诗歌年鉴中,并且随后自问,这本年鉴在上述提到的情况下是否是一次好的投机买卖。

但您或许并不在乎所有这些风险,期待歌德的《浮士德》一次就能将所有损失挽回。但他能否完成这部诗作还未可知。您可以相信,不顾先前的情况和您损失的书款,他不会将这部作品以更加低廉的价格卖给您,对于其他任何一个出版商,他的要价会很高。为了恰好说出,与歌德做不成好买卖,因为他非常了解自己的价值,并且自我评价很高,不会顾及图书交易的运气,对此他只有一个非常模糊的概念。还没有一个书商与他保持联系,他不满意任何一位,某位书商可能也不满意他。对他的出版商豁达不是他的事。

256　　　　〈……〉

① 由歌德翻译的意大利金匠、奖章制模师、雕塑家本韦努托·切利尼(Benvenuto Cellini,1500—1571)的自传。
②《切利尼》的大部分已在 1796 年和 1797 年发表在《时序》上。
③ 计八开本的 23 印张,每张 16 页。《切利尼》总计 650 页,即超过 40 印张。

我想当面告诉您,现在我认为您必须向歌德阐明自己。由于您的缘故,升天节后的星期六①他一定会在这里。

---

① 指 5 月 29 日。

劳赫施泰特

1802 年 5 月 19 日至 5 月 21 日

1163. 歌德日记

1802 年 5 月 19 日　星期三至 5 月 21 日　星期五

5 月 19 日

早上 4 点从魏玛启程前往劳赫施泰特,晚上 5 点到达。

〈……〉

5 月 21 日

早上修改《穆罕默德》①,在建筑工地徘徊,考虑房子周边的坡度。下午与格策前往沙登多夫(Schadendorf)②所谓的采砂砾场。回程时前往所谓的熔岩爆裂的断层处,部分熔岩是非常坚硬的砂石,部分松散,呈现已废弃底板的样子。

---

① 歌德准备在 6 月份将其付印出版。

② 劳赫施泰特南部村庄。

吉比辛施泰因(Giebichenstein)^①

1802 年 5 月 22 日至 5 月 24 日

---

① 位于哈勒附近。

1164. 歌德日记

1802 年 5 月 22 日　星期六至 5 月 23 日　星期日

5 月 22 日

早上前往吉比辛施泰因。与哈勒的沃尔夫教授①在一起。

5 月 23 日

与哈勒的沃尔夫教授在一起。

---

① 弗里德里希·奥古斯特·沃尔夫（Friedrich August Wolf，1759—1824），古代
语文学家，自 1793 年起在哈勒担任哲学和教育学教授。

劳赫施泰特

1802 年 5 月 24 日至 5 月 26 日

1165. 歌德日记

1802 年 5 月 24 日　星期一至 5 月 26 日　星期三

257

5 月 24 日

12 点从吉比辛施泰因出发,3 点到达劳赫施泰特。

5 月 25 日

收拾东西。沃尔夫教授先生来访,过夜。

5 月 26 日

早上与沃尔夫教授先生在一起。饭后与格策商讨建筑工事接下来的需求和进程。

魏　玛

1802 年 5 月 27 日至 6 月 5 日

1166. 歌德日记(亲笔)

1802 年 5 月 27 日 星期四至 5 月 28 日 星期五

5 月 27 日

从劳赫施泰特前往魏玛。与乐队指挥赖夏特在一起。

5 月 28 日

《阿拉尔柯斯》试演。

1167.　亨丽埃特·封·比利-马可尼

1802 年 5 月 29 日　星期六

〈……〉以写作为乐的科策比已在这个冬天完成了两部戏剧——《十字军武士》(Die Kreuzfahrer) 和《瑙姆堡前的胡斯信徒》(Die Hussiten vor Naumburg)，并将这些无意义的作品交与剧院经理，为了在他待在魏玛期间这些剧作能够上演。——如果考虑到当时歌德主掌所有剧院活动，那么无法理解科策比怎么能够满怀希望地自以为他的愿望会得到满足。可以预见之事已成真。经理带有歉意地将其手稿寄回：目前不能排练悲剧，因为只能轮到喜剧——这一说明被这条消息所驳斥，即：施莱格尔译自西班牙语的一部悲剧①正在排练，也就是《阿拉尔柯斯》〈……〉。科策比最敏感的一面受到了伤害，他摘下了克制的面具，将最强烈的愤怒倾泻到施莱格尔兄弟身上，并通过引用歌德的一句名言(据说是：**当我吐唾沫时，其他人必须将其像长生不老药一般吞下**)把他们与大师的友好关系称为卑鄙的阿谀奉承，把他们称为"卑鄙的阿谀奉承之人"。这种有失身份的说辞在科策比的运作下很快口口相传，有利于那些自己的不快经历似乎印证这件事的真实性的人与科策比远比现在更加亲密地交好，为了至少满意地听到，把这位从前人们不能使其成为侏儒的巨人变小。

因此，歌德到处(也在我们的圈子里)有密探。这些密探不仅仅向歌德密告说过、做过的所有事情，还试图用谎言添枝加叶地汇报，——歌德被劝诱，将每一个进出科策比住所的人视为敌人或此次密谋的参与者，按照他的假报告人的说法，这些人在那里策划反对他。

〈……〉同样应受到惩罚的罪行是我们对于剧院和演员的严厉批评。作为他的宠儿，这些演员受到的其他人的评价应该与他的一样

258

---

① 此处原文有误。施莱格尔的《阿拉尔柯斯》并非译自西班牙语，而是取材于 16 世纪的一部西班牙小说。

259 好。再加上我们中间经常谈到悲剧《阿拉尔柯斯》〈……〉。人们讨论
这部作品作为西班牙文学的诗学价值,越来越怀疑其是否适宜公开
表演,因为思想丰富的译者自己认为,古代悲剧的野蛮题材也许并不
适合现代舞台。

所有这些过错,即使是不知不觉中所犯的,歌德都写在黑色的登
记簿里保留下来,一有机会就为此对我们进行全部惩罚。

〈……〉魏玛观众喜爱这个剧院,他们建立起来的好品味的一部
分归功于剧院。观众已习惯最迫切地提前研究每一部新剧的模样,
因此也研究了已预告的《阿拉尔柯斯》。所以,这部剧第一次登上舞
台的那一天人们迫不及待、翘首期盼,当它最终临近上演时,这座德
国的雅典的半数居民蜂拥而至,剧院几乎无法容纳这么多人。——

在我写下这件事时,早已发生过的一切再次出现在我面前。天
生赋予我的能力能够把所有经历过的事情带上无法磨灭的印记铭刻
在记忆中。尽管自那天起萦绕在我脑海中已多年,但我仍像当时一
样,在记忆的清晰镜子中真的看到过于拥挤的剧院呈现在眼前。我
看到在挤满人的正厅中间,歌德严肃且庄重地正襟危坐在扶手椅上。
楼上,科策比俯身在阳台的栏杆处,试图通过生动的手势表情使他的
出席引人注目,直至大幕升起,第一幕开始。

观众中一片寂静,他们急切的期待由此显露,但似乎并未得到满
260 足〈……〉。这种安静逐渐过渡到拥挤在一起的人群的嘈杂活动,这
本身已非吉兆,尽管还没有人敢违反规定。但是,当剧作继续进行
时,这一场景出现了,在这个场景中报告,阿拉尔柯斯即将去世的夫
人传讯"老国王"出庭,他出于害怕而死,最终彻底死去——此时长久
忍住的激昂情绪突然爆发,一阵无法抑制的哄堂大笑从顶层楼座倾
泻而下,响彻整个剧院。而此时,科策比的幸灾乐祸之情显而易见,
像一个着了魔的人,拼命地鼓掌。

　　然而这仅仅持续了片刻,因为接下来歌德通过发号施令的叫喊:安静!结束了这异常的大笑。——随着这唯一的一句话,所谓的魔法师梅林①平息了噪声,这位不幸的阿拉尔柯斯现在可以不受干扰地决定他在舞台上的存在。

---

① Merlin,中世纪亚瑟王传说中的魔法师、预言家。

1168. E. 格纳斯特

1802 年 5 月 29 日　星期六

　　这部剧(《阿拉尔柯斯》)首演,当被提名的一派在一处大笑时,歌德在他的包厢里愤怒地一跃而起,用他那雷鸣般的吼声大喊:"不要笑!"

1169．A.封·科策比

1802 年 5 月 29 日 星期六

〈……〉但在我们继续讲述之前,必须使读者了解那里的剧院的一些惯例。禁止一切大声地反感表示,只允许鼓掌。〈……〉

为了体面地引导人们恰当鼓掌,这位经理先生让人在剧院正厅差不多中间的位置上为自己摆放了一个极好的圆沙发,不得已时他便坐到沙发上,手臂尽可能地向高处伸展,尽可能响亮地给出鼓掌信号。同样其他人考虑到现在这位经理先生有重要影响,因此,所有害怕或者喜欢利用这种影响的人都十分尊重他。信号一响起,他们便出于礼节表示赞同。但是这部《阿拉尔柯斯》过于明显地违背了鼓掌的感受,所以即使经理先生的辛勤努力必须获得赞誉,但在今天晚上最多也只能使人听到 12 到 16 个人偷偷地鼓掌,因为这些手的所有者不能克服一定的羞愧感。〈……〉然而,因为所有人大批地死去,所以最后不幸地来了一位信使,讲到国王:

"出于害怕而死,彻底死去。"

这一行像电火花一样在整个人群中闪过,倘若人们还要更长时间地把笑憋回去,那么恐怕普遍会窒息而死。在这最紧急关头,人们忘记了那个圆椅子,连同上面坐着的那个人:突然,通过一阵响亮的充满回声的大笑,观众们松了一口气。经理先生极其反对观众(报告人自己也看到了这一幕),确是徒劳;他目光愤怒,大声地发出嘘声,命令安静﹡,也是徒劳:他必须让人平息这场暴风雨。

﹡ 在某本同样讲述这件突发事件的期刊中写道,他大喊:"此处不应该笑!"——这是有可能的,但报告人却没有听到。

261

1170. 席勒致克尔纳(1802 年 7 月 5 日)

1802 年 5 月 29 日　星期六

262　　　　然而,歌德因《阿拉尔柯斯》丢了面子。关心施莱格尔兄弟是他的毛病,他亲自厉害地责骂训斥了他们。但这部剧在这里完全没有任何称赞,仅仅上演了一次。

1171. 歌德日记(亲笔)

1802 年 5 月 29 日 星期六

《阿拉尔柯斯》试演。中午与宫廷顾问席勒和科塔在一起。晚上《阿拉尔柯斯》上演。

1172. E. 格纳斯特

1802 年 5 月 30 日　星期日

　　当我在另一天将我的报告呈送给歌德时，他对我说："现在我对昨天的演出感到满意，其他人对此说了什么，与我和你们无关。"他非常无所谓地说出来，但我的确感觉到这次失败令他很生气。观众对于他的冒险尝试说了什么，对他来说完全不是无所谓——我有机会观察到这点——是的，他甚至十分在意观众的声音。

1173. 歌德日记

1802年5月30日　星期日至6月5日　星期六

5月30日

〈亲笔〉早上与许多人在一起：赖夏特、洛德、矿务顾问福格特①。
与赖夏特、谢林、黑格尔一同进餐。

6月1日

〈机打〉早上在封·伊姆霍夫小姐处吃早餐。中午在宫殿。晚上
在家。

〈……〉

263

6月5日

早上觐见殿下，随后与内廷顾问基尔姆斯先生商谈，10点启程
前往耶拿。

---

① 约翰·卡尔·威廉·福格特（Johann Karl Wilhelm Voigt，1752—1821），矿物学
　家、伊尔默瑙的矿务顾问、克里斯蒂安·戈特洛布·封·福格特（大）的弟弟。

耶　拿
1802 年 6 月 5 日至 6 月 12 日

1174. 歌德日记

1802年6月6日　星期日至6月7日　星期一

6月6日

序幕已开始,关于劳赫施泰特新剧院开幕。

6月7日

劳赫施泰特新剧院开幕的序幕。晚上在弗罗曼处。

1175. 歌德致席勒

1802年6月8日 星期二

信使启程,我不能错过这个机会,用寥寥数语向您报告,我的工作目前进展良好。我已把整部剧①从头到尾口授了一遍,现在正准备更加平等地将它上演。我必须完全遵循散文,尽管通过散文和韵律形式的变换作品能够成功。希望我的包裹星期六到达,星期日进行台词试排。无论如何这个表演将拥有即兴作品的特征,同时它能够取得成功。此外,我诅咒并且咒骂在新旧部分和环节中的整个勾当。如果人们没有从我的工作中看出有意的、受欢迎的愤怒,那么我将以此为荣。祝您身体健康、生活愉快、幸福。

264

耶拿,1802年6月8日 G

---

① 指为劳赫施泰特新剧院开幕准备的剧目。

1176. 歌德日记

1802 年 6 月 8 日　星期二至 6 月 10 日　星期四

6 月 8 日

序幕继续。

6 月 9 日

〈亲笔〉序幕继续。

6 月 10 日

同一件事。

1177. 歌德致席勒

1802 年 6 月 11 日　星期五

我的工作推进得很好,尽管比我此前想象的详尽很多。

接近结尾的几个主题尚需完成,此外一切均已解决,已写进角色中。

星期日晚上我希望向您诵读这部作品,请您不要拒绝,因为星期一我必须进行台词试排。然而,倘若有可能允许这项工作进行十四天,那么,尚有一些事可以做。但我不能随便完成所有主题。我将设计超过二十场,但都是非常小的场,人们却至少从中看到人物各种各样的来回跑动以及主题的多样性,因为他们并非不得已地来去。祝您安康! 也许我可以说,我是怀着更加自由的心情进行这项工作,因为您似乎赞同这种想法和设计。

耶拿,1802 年 6 月 11 日　　　　　　　　　　G

265

1178. 歌德日记(亲笔)

1802年6月11日　星期五

序幕。晚上在德拉肯多夫(Drackendorf)。

德拉肯多夫
1802 年 6 月 12 日

1179. 歌德日记

1802年6月12日　星期六

晚上从德拉肯多夫返回耶拿,并从那里前往魏玛。

魏　玛
1802 年 6 月 13 日至 6 月 21 日

1180. 歌德日记

1802年6月13日　星期日

　　给小奥古斯特举行坚信礼仪式。与教会监理会成员京特①先生、凯斯特纳教授②和夫人、艾泽特③先生共进午餐。晚上与宫廷顾问席勒先生在一起,诵读序幕。

---

① 威廉·克里斯托夫·京特(Wilhelm Christoph Günther,1755—1826),1801年任魏玛宫廷传教士和教会监理会成员。

② 约翰·弗里德里希·凯斯特纳(Johann Friedrich Kästner,1747—1812),魏玛中学教师。

③ 阿道夫·弗里德里希·西奥菲尔·艾泽特(Adolph Friedrich Theophil Eisert,约1775—1825/40),魏玛中学教师,自1797年起任歌德爱子奥古斯特的家庭教师。

劳赫施泰特

1802 年 6 月 21 日至 7 月 8 日

1181. 歌德日记

1802 年 6 月 21 日　星期一

早上出发前往劳赫施泰特。

1182. E. 格纳斯特

1802年6月26日　星期六

　　6月20日小团体前往劳赫施泰特,在那里新落成的剧院于6月 26日以序幕《我们带来的》(Was wir bringen)和歌剧《狄托》 (Titus)①开幕。歌德于23日随后到来,为了亲自指导试演。人们从莱比锡、哈勒、整个周边地区蜂拥而来,观看这次演出。可惜剧院无法容纳大量观众,朝向走廊的门、就连外面的门都必须打开,拥挤如此严重。但在那里得到座位的可怜观众什么都看不见,但却全部都可听到。因为剧院的墙很薄,除剧院外,人们可以听懂台上所说的每一句话。为了能够避免无资格的人与那些站在外面的人结伙,请求从附近的沙夫施泰特(Schaafstedt)官方调集二十名萨克森轻骑兵,他们拔出军刀,包围剧院。

　　〈……〉

　　歌德在阳台上就坐。序幕结束后,观众起立,目光朝向歌德,向他欢呼三次。他站在前面说道:"希望《我们带来的》这部剧始终令热爱艺术的观众满意。"说完这句话,他后退,来到台上,向工作人员表达他的满意之情。

266

---

　　① 指莫扎特创作于1791年的歌剧《狄托的仁慈》(Die Milde des Titus)。

1183. 歌德致席勒

1802 年 6 月 28 日　星期一

内廷顾问今天早上启程,我不能一句话都不带给您就让他走。他可能会向您详细讲述开幕情况。天气对我们很有利,序幕很幸运。虽然结尾可能会更好,但与我必须按时完成的压力相较,这个结尾对我来说还算成功。倘若我可以预见一切,那么,我会叨扰您,直到您为我修改完最后一个主题。或许现在就可以这样做。

今天我与沃尔夫一道已开始通读颜色学小书①,并由此获得了很大益处和修改全文的保证。我还很期待我们的会议取得一些好结果。倘若变得更安静,下封信我再更多地言及于此。

整个年轻人的世界都希望见到您,但我必须坦率地承认,我没有相当的勇气邀请您。自从我不再有工作以来,我便不知应开始做些什么。

您将会收到一把我的花园和花园房的钥匙,您要让自己在这里过得尚可,享受山谷中的安宁。我大概很快就会返回魏玛,因为对于我们来说,在外部世界找不到特殊的幸福,到处只能拼凑地遇到已拥有的东西。我还想要花几天时间住在哈勒。祝您安康,想念我。希望听到您已成功做出一些事。

　　　　劳赫施泰特,1802 年 6 月 28 日　　　　　　　　　　G

---

① 指古希腊哲学家特奥弗拉斯图斯(Theopharast)关于颜色学的著作。

1184. 歌德日记

1802年6月28日　星期一至6月30日　星期三

6月28日

第一次游泳。与沃尔夫教授开会,讨论颜色①。此外,在家。

6月29日

与沃尔夫教授讨论颜色。观看喜剧《磨坊女》②。与我的家人③
在家。

6月30日

早上游泳。饭前散步。观看《两个科林斯贝格》④。

268

---

① 指阅读颜色学小书。
②《磨坊女》(Die Müllerin)是意大利作曲家乔瓦尼·帕伊谢洛(Giovanni
　Paisiello,1740—1816)的一部喜歌剧。
③ 克里斯蒂安娜和奥古斯特于6月21日陪伴歌德来到劳赫施泰特。
④ 科策比的喜剧《两个科林斯贝格》(Die beiden Klingsberge)。

1185. 歌德致席勒

1802年7月5日　星期一

所有事情都如同婚姻,结婚时想着已完成的事很了不起,现在困难才真正开始。之所以这样,正是因为世界上没有任何事单一存在,任何一件起作用的事都需被当作开始,而非结束。

请您原谅我在这封信的开头进行这番务实的反省,今年压在我身上的几件或多或少有些重要的事务使我不免有此思考。我原以为事情已结束,但现在才看到会发展成一个怎样的未来。

昨天晚上我经受住了第九次演出①。共收入1500塔勒,每个人都对剧院②很满意。人们坐着,认真地看和听,花了钱总还能找到一个位置。五百至六百五十人当中没有一人抱怨不舒适。

我们的演出有:

《我们带来的》和《狄托》。————————————	672 人
————和《两兄弟》。————————————	467 人
《华伦斯坦》 ··	241 人
《磨坊女》 ···	226 人
《两个科林斯贝格》 ·······························	96 人
《坦克雷德》 ··	148 人
应要求《华伦斯坦》 ·································	149 人
《奥伯龙》③ ··	531 人
《陌生人》 ···	476 人

关键在于,这些天对剧本进行适当地选择,这样将来可望有好的

---

① 伊夫兰的喜剧《陌生人》(Der Fremde)。

② 指劳赫施泰特的新剧院。

③ 《奥伯龙》(Oberon)是维也纳音乐家、作曲家保尔·付拉尼茨基(Paul Wranitzky, 1756—1808)的歌剧。

收入。我完全不担心在这个地区规定用于这种享受的资金会更多地269
入账。大学生们傻里傻气，对于他们来说，人们不能是敌人，可以用
一些技巧很好地引导他们。头几天他们十分安静，随后便发生了几
件可原谅的顽皮事件，但我却相当重视。这几起事件并非像雪球一
样缓缓向前移动，而仅仅在当下，如果想要公正一些的话，在一定程
度上受到了外部情况的挑衅。较有教养的那部分学生为了讨我喜欢
想要做所有事，因此带着一定的胆怯道了歉。无论在言语上还是在
行动上，我都试图总体上原谅这件事，因为从我这方面来说，仅仅是
做试验而已。

　　在这么多陌生人中，我也以一个陌生人的身份坐进剧院里，通过
这种方式，我也对我们的团体本身做了一个自己的试验。我觉得，我
还从未如此清晰地观看整体和个体的优缺点。

　　我自己之前关于诗学作品的愿望在此再次变得强烈：您可能立
刻开始更加专注地工作，或许我可以说，在戏剧方面带来更多更有成
效的作品。一部诗学作品的梗概首先着眼于广度和宽度，在草稿和
终稿之间会产生偏差，这完全有损于令人满意的效果。其他人知道
我们在做什么，同时感觉到某种不快，观众处于一种动摇不定的状
态，由此，对于创作不利①。请您将我在此处即兴说的话变成我们今
后交谈的文本。

　　您将从附信中看到，迈尔不满他在这里的居留②，然而温泉浴对
他十分有益。倘若他不是在这里的药房购买昂贵的派尔蒙特水，而

① 在《华伦斯坦》演出时显现出，席勒倾向于篇幅无限加长，这与舞台要求相冲
突。歌德凭经验知晓，超过三个小时的演出观众定会降低注意力。
② 海因里希·迈尔正在劳赫施泰特疗养，他在 7 月 4 日写给席勒的信中写道：
"他已忍受了七十个星期的无聊。"

是适时沉醉于来自不来梅的一小箱波特酒①，那么他会是另一副模样。但可以确定的是，最自由的人（同样最不带偏见的人）恰恰在涉及自身时需屈服于偏见。因此，我们不能妄自尊大，因为我们也能遇到同样的情况。

之前已激起的在这里见到您的愿望，在年轻人中间十分强烈。但我尚不知晓应该怎样邀请您，是否应该邀请您。请您让返回的送信人带信给我，您是否有一定倾向。然而对您来说，并不能得到什么，总是进行一次消遣。此外，定会为您准备好住所和好餐食。倘若我们三人将来可以一起聊一聊直接所见的事物，那会十分美好。

这几天我要去哈勒，以便可能像去年看哥廷根一样好好看看那里。对于我来说，在那里、在单个事情上也可以收获很多。

我已和沃尔夫一起审阅了颜色学小书。主要结果是：按他的标准，这部作品真的很古老，对于亚里士多德学派有价值。正如您可能想到，这部作品令我十分高兴，但他更愿意将其归于亚里士多德，而非继承者。

同我一样，他也认为这部小作品是一个完整的整体，甚至受誊写的损害很小。他立刻就接受了我的用以改进文本的三个补正，其中一个尤其愉快地接受，因为我必须用白替代黑。他说，提及这些改动时，他有时将这种对立当作大胆的玩笑使用，现在在自己的经历中真的找到一个例子，其手稿中黑替代了白，这极其有趣。

271　接近这样一个人有不可估量的收获，因此，我想要至少尽多种可能拉近这层关系，以便相互理解、相互信任。

---

① 不来梅的尼古劳斯·迈尔提供了约一百六十瓶上好的波特酒，歌德预定了这批酒，席勒和海因里希·迈尔承诺买下其中的二十瓶或四十瓶。

　　我期望在哈勒的居留还有一个美好的收获。库尔特·施普伦格尔①关于植物学的书信几乎是我在这十四天里读过的唯一一本书。正如我们所说,他是理智的人当中有自己个性的人,通过理智把自己推进角落,以至于他必须坦率承认,在这里他现在不能继续,他只可以观察自己,这样他会感觉到这个想法怎样给他指出一条幸福的出路。但是正是理智对于自己本身的这种作用我尚未实际上遇到,很显然,在这条路上,最出色的尝试、经验、推理、分离和结合一定会发生。使我对他产生好感的是他仔细研究他的圈子的强烈责任感。我急于想结识他本人。

　　在此我将布兰德斯关于哥廷根现状的作品②寄给您。但在这部小作品里却可深刻感觉到官方报告的客观。作为扼要重述,整体让我感觉很高兴,我在一年前就已在那里发现了这部作品。但作者本应感觉到人们一定怀着美好的意愿读他的作品,因此那诋毁,尤其是针对我们的诋毁③并不正确。倘若哥廷根人在某件事上做得足够,绝不做得过多,那么当然倒可对此搞一个外交骗术。但如果我们在许多事上做得不够,在某件事上做得太多,那么我们的情况自然不能胜任体面像样的描述。但在何种程度上值得尊重,并始终值得尊重,我们有时想让这些先生感受到。

①　库尔特·波利卡普·约阿希姆·施普伦格尔(Kurt Polykarp Joachim Sprengel,1766—1833),植物学家、医生,1789 年起任哈勒医学教授,1797 年起任植物园园长。
②　汉诺威启蒙文学评论家、作家恩斯特·布兰德斯(Ernst Brandes,1758—1810)的作品《关于哥廷根大学现状》(Über den gegenwärtigen Zustand der Universität Göttingen)。
③　布兰德斯在他的文章中和耶拿大学进行论战,因为他认为,耶拿大学的一些专业过于理论化,不注重实践。此外,耶拿的大学生联合会也受到抨击。

272　　我必须结束此信，因为今天晚上我还得去看《捕猎》(Wildfang)①，否则我还要再写上一页。祝您安康，请告诉我您的近况。

　　　　劳赫施泰特，1802 年 7 月 5 日　　　　　　　　　　G

---

① 科策比的喜剧。

1186. 克里斯蒂安娜·武尔皮乌斯致 N. 迈尔(1802 年 7 月)

1802 年 6 月 26 日　星期六至 7 月 8 日　星期四

　　我已和枢密顾问、奥古斯特在劳赫施泰特待了三个星期,每天都想要给您写信。但早上游泳,随后必须走,然后去吃饭,在那里打扮,去看戏,再吃晚饭,随后还可能去舞会。〈……〉有许多年轻的伯爵小姐在这儿,她们都相当漂亮,许多军官不在。但哈勒的大学生大多数都很聪明,不论在舞会上还是在剧院里,枢密顾问对他们的举止都十分满意。星期日比约克兰德斯(Biörklands)[1]来到这里,也参加了舞会,但之前并未受到邀请,因此只能将就着与贝克尔和埃勒斯聊天。经过枢密顾问的劝说,我和格茨[2]受到感动,很快为他们派去了我们的舞者,因为他们看起来太郁郁不乐。格策说:不,也要有一个小惩罚,因为每次舞会上我们都受邀四到五次,如果没有马上来,还有人来接。但每次舞会我们都一直期望您的到来。每次舞会我与一个接一个的人跳舞,因为他们对我来说都一样。您对我彬彬有礼,向我表示我的位置。您对枢密顾问高呼万岁。这里的剧院变得十分漂亮,上千人可以观看——第一部剧,以枢密顾问创作的序幕开篇,题目是:《我们带来的》,共有八百人观看——我们坐在阳台上的一个非常漂亮的包厢里,序幕结束时,大学生们喊道:"最伟大的艺术大师,歌德万岁!"他之前坐在很后面,但我站起来,他必须向前,表达谢意。喜剧演出后,舞台灯亮,照亮了枢密顾问的画像,他的名字也闪耀着光芒。我们在沙龙吃饭,这里的一切再次点亮,整个大厅都用花朵和彩带装饰。亚格曼小姐也在这里待了十四天,也跳了许多次舞。

　　现在枢密顾问在哈勒待了几天〈……〉。

273

----

① 原文不详。
② 玛丽亚·克里斯蒂安娜·伊丽莎白·卡洛琳·格茨(Maria Christiane Elisabeth Caroline Goetze, 1783—1804),自 1797 年起在魏玛当演员。

哈　勒

1802 年 7 月 9 日至 7 月 11 日

1187. 歌德日记

1802 年 7 月 17 日　星期六

早上在学术博物馆。晚上前往吉比辛施泰因。

1188. J. L. Chr. 蒂洛①致里默尔②
(1802 年 8 月 9 日)

1802 年 7 月 9 日　星期五至 7 月 17 日　星期六

　　魏玛公爵命人在劳赫施泰特兴建了一个新剧院,歌德在一段时间内亲自领导。今年这座城市多次带给我愉悦感。

　　歌德在哈勒待了八天,客居在沃尔夫家中。我多次在沃尔夫、马德维斯③和尼迈尔④的聚会中见到他,只有一次与他聊天,在他身上学到热爱和崇拜一种极其有趣的性格。我主要从他那里感受到一种安静的温暖,他在一定程度上对所有重要的事感兴趣,在谈话时抓住要点,并参与共同的研究。他的形象有点骄傲,他的相貌,尤其是他的眼神一会儿表现出庄严,一会儿表现出他对自然天真的喜爱。他的身体并没有他的精神让人推测出的精明程度,他的口头表达也没有人们从他的文字中所了解的轻松。在他的判断中,我找到一种彻底的不偏不倚和公正,竭尽全力四处强调最平常的善,当作人类进步的丰富成果感恩地接受。他要来的时候,这里的人都很反感他,当他离开后,却都对他十分有好感。

274

---

① 约翰·路德维希·克里斯托夫·蒂洛(Johann Ludwig Christoph Thilo, 1775—1854),作家。

② 弗里德里希·威廉·里默尔(Friedrich Wilhelm Riemer, 1774—1845),1801年至1803年任威廉·封·洪堡家的家庭教师,1803年至1805年任歌德秘书和其子奥古斯特的家庭教师。

③ 马蒂亚斯·威廉·封·马德维斯(Matthias Wilhelm von Madeweis, 1746—1830),普鲁士军事顾问,哈勒邮政局局长。

④ 奥古斯特·赫尔曼·尼迈尔(August Hermann Niemeyer, 1754—1828),哈勒神学教授。

吉比辛施泰因
1802 年 7 月 18 日至 7 月 20 日

1189. 歌德日记

1802 年 7 月 18 日　星期日至 7 月 19 日　星期一

7 月 18 日

在吉比辛施泰因。与沃尔夫一家在一起。

7 月 19 日

前往朗根博根（Langenbogen）的褐煤矿，随后去韦廷（Wettin）的硬煤矿。拜访矿务总长格里洛①先生。返回吉比辛施泰因。晚上与吉尔贝特②教授一起做试验，通过电镀燃烧金子。

---

① 约翰·威廉·格里洛（Johann Wilhelm Grillo，1742—1828），哈勒附近的韦廷的矿务总长。
② 路德维希·威廉·吉尔贝特（Ludwig Wilhelm Gilbert，1769—1824），哈勒物理学教授。

1190. J. G. 格鲁贝尔①

1802 年 7 月 18 日　星期日至 7 月 19 日　星期一

　　有一次,乐队指挥赖夏特告诉他〈奥古斯特·拉方丹②〉,几天后给他带来一位汉堡商人。赖夏特也真的带着一位陌生人来看他,只用他没听懂的几句话做了介绍,他觉得这很平常。大家走进花园,这位陌生人对漂亮的林荫路感兴趣,但他在一行人的最后驻足,长久地观察风景,随后提到,此处呈现出如此雄伟壮观的建筑群,此前从未见过,就连在意大利也没见过。谈话从此处转到艺术和古代,拉方丹惊讶地听着,这位商人的知识和思想如此丰富,他对此人的兴趣逐渐增加。向别人询问姓名,完全有悖于他的习惯,但这一次在离别时他说道:"先生,您引起了我如此大的兴趣,以至于我不能不请问您的名字。"——我的名字是:歌德。——"我的天啊,赖夏特说,在我进门的时候我已告诉您了。"——"您说,您说了什么! 您之前通知我一名汉堡商人要来,在进门时您什么也没说,只是嘟哝了几句。如果您将来通知歌德要来,那么请您说清楚,先生! 您只需说出他的名字。但是——他转向歌德——从根本上来说,我很喜欢这种误解:因为倘若我之前就知道您的名字,那么我仅仅会期待我所听到的。"此刻他赶快对他的夫人说:"快来,小菲克,歌德!"然而这位夫人只看到了——某位批评家也只看到了——他的辫子。

①　约翰·戈特弗里德·格鲁贝尔(Johann Gottfried Gruber,1774—1851),作家、辞书学家。
②　奥古斯特·海因里希·尤里乌斯·拉方丹(August Heinrich Julius Lafontaine,1758—1831),哈勒作家。

劳赫施泰特

1802 年 7 月 20 日至 7 月 24 日

1191. 歌德日记

1802 年 7 月 20 日　星期二

　　早上在地方花园。观赏在这个地区挖掘出来的各种各样的德国古董。两点从吉比辛施泰因出发。晚上与迈尔教授和我的家人共进宵夜。

1192．K.门德尔松·巴托尔迪①

1802 年 7 月 22 日　星期四前后

〈1830 年歌德对菲利克斯·门德尔松说：〉〈……〉当我在劳赫施泰特担任剧院经理时，大学生们请求我上演《强盗》：由于有可能会造成轰动，我原本不想做。但因为他们承诺会保持平静，所以我说：你们是人才，是有魅力的人，倘若你们能相当平静，我就上演这部剧。当时剧院座无虚席，观众屏住气息，甚至庄严地合唱了"自由的生活"②。因为他们如此乖巧，并且也带来了资金，所以他们在第二天受到了表扬。

276

---

① 卡尔·门德尔松·巴托尔迪（Karl Mendelssohn Bartholdy，1838—1897），德国作曲家菲利克斯·门德尔松·巴托尔迪（Felix Mendelssohn Bartholdy，1809—1847）的长子。
② 出自《强盗》第四幕第五场开篇强盗们合唱的歌。

从劳赫施泰特到魏玛的旅途中

1802 年 7 月 25 日

1193. 歌德日记

1802 年 7 月 25 日　星期日

早上 5 点从劳赫施泰特出发。中午在黑伦高瑟施泰特（Herrengosserstedt）。在布特施泰特（Buttstädt）的药店投宿。晚上 9 点到达魏玛家中。

魏 玛
1802 年 7 月 26 日至 8 月 2 日

1194. 歌德日记

1802 年 7 月 26 日　星期一至 7 月 27 日　星期二

7 月 26 日

　　早上通读《坦克雷德》①。下午与宫廷顾问席勒先生在一起，随后散步。

7 月 27 日

　　游泳。《坦克雷德》。晚上散步。

---

① 歌德准备将《坦克雷德》的译本出版，他于 7 月 28 日将手稿寄给科塔。

1195. 歌德致 N. 迈尔

1802 年 7 月 30 日　星期五

　　听闻您开始做医生工作，我感到十分欣慰。您已经获取了许多　　277
知识，因此，一定会赢得您的同乡的信任。请您让我不时听到您成功
的消息。

　　您想要帮忙，偶尔给我们供酒，因此，首先请您接受我对已寄来
的酒的感谢。

　　随信附上一份列表，上面记录着到目前为止已到货的酒，烦请您
把价格写在旁边。

　　烦请您将您信中提到的上好的波特酒让一位可靠的车夫寄给
我，同时记上金额，并且指出我应该通过哪种方式支付。

　　我希望偶尔收到其他品种的酒，因此我们想进一步与您商谈。

　　倘若您能顺带把已编好的草席寄给我，那么我会十分高兴。祝
您安康，请想念我们。

　　　　魏玛，1802 年 7 月 30 日　　　　　　　　　　歌德

1196. 歌德日记

1802 年 7 月 30 日　星期五

　　阿玛利亚公爵夫人殿下来我处茶聚。致信约瑟夫·罗伯特·朗格尔①先生，关于有奖比赛的画像草稿。致信枢密顾问福格特先生，涉及一些杂事，随信附上萨尔托里乌斯关于维尔肯②一事的书信抄件③。致信迈尔博士，关于寄送葡萄酒一事。致信加利钦侯爵夫人。

---

① Joseph Robert Langer(1783—1846)，画家。1802 年至 1804 年参与魏玛造型艺术有奖比赛。

② 弗里德里希·威廉·维尔肯(Friedrich Wilhelm Wilken，1777—1840)，哥廷根教授东方语言的讲师。

③ 萨尔托里乌斯于 7 月 12 日写信给歌德，关于维尔肯的教学工作给予了详细答复。此事涉及在卡尔·大卫·伊尔根(Karl David Ilgen，1763—1834)离职前往舒尔普福塔(Schulporta)后，耶拿大学东方学教席空缺，需填补职位，但最终维尔肯没有得到这个教席。

1197. F. 蒂克致 A. W. 施莱格尔
(1802 年 8 月 2 日)

1802 年 8 月 1 日 星期日　　　　　　　　　　　　　278

　　两天来,歌德又待在这里,但还未让别人听到任何有关他自己的特别的事。昨晚我在他那里忍受了一场相当无聊的晚宴,只有男性、宫殿建造的艺术家和几位顾问出席〈……〉。温泽尔曼的半身塑像在我家放着,还未完成,请你帮我一个忙,把它打包,给我寄过来,我想要把它送给歌德。

1198. 歌德致 W. 封·沃尔措根

1802 年 8 月 2 日　星期一

尊贵的阁下：

您领略到围绕在您身边的各种有趣的事，您想将其与我分享的愿望鲜明地证明了您对我的友谊。倘若我年轻一点儿，我很有可能听从召唤①。但单就我目前的处境，各种考虑完全阻挡了我。归来的人向我讲述那里的情况，我定会满足。

在第二封信中，您十分想念目前还在巴黎的几件精美的复制品②。正如我所愿，在我们这里也有对于这些艺术珍品的明确的兴趣。但就我们目前的处境来看，我并不认为可以做出这样的购买决定。倘若您顺便寄给我《阿尔勒的维纳斯》(Venus von Arles) 的头像，我会特别高兴。或许与镜子一同运来③，这样运费不会太贵。

听说您与画家科尔贝相识甚欢，我十分高兴。上一封他写给我的信也印证，您热情的接待令他非常振奋。我只是希望您对他的好意一如既往。

现在见到尊夫人在您身边，您十分高兴。祝愿您和夫人身体健康、心情愉快，这样便能精神矍铄地为如此多重要的事情开心。我请求向我们的太子辞行，作为这个团体中最年轻的一员，他也会从此次居留中获取最多的享受。

烦请您转达我对封·帕彭海姆先生④最诚挚的问候。

也许您有时会听到这里发生的这样那样的事。我不愿多说，因为我自己几乎是个外乡人。六个星期以来，我并非没有任何不快地

---

① 沃尔措根陪同太子卡尔·弗里德里希去巴黎，他在 5 月 25 日写给歌德的信中明确表达了希望歌德去巴黎的愿望。
② 沃尔措根在信中提到为魏玛博物馆置办的几件仿古塑像。
③ 放置在宫殿中的镜子在巴黎购进。
④ 威廉·马克西米利安·封·帕彭海姆（Wilhelm Maximilian von Pappenheim，1764—1815），1802 年起成为少校、魏玛的宫廷总管。

经历了劳赫施泰特剧院建造非常复杂的冒险过程、开幕、这一新时代剩余的序言。然而,事情已步入正轨,事业似乎已获成功。

当我们用少量资金演出一些连我们自己都感觉不到快乐的、凑合的剧目时,每天晚上您只需选择您喜欢看哪一部剧,我时常羡慕您这种状况。

祝您安康。请您代为问候尊夫人。请想念我们,让我们偶尔获悉您的消息。

魏玛,1802 年 8 月 2 日　　　　　　　　　　　歌德

耶 拿

1802 年 8 月 3 日至 8 月 27 日

1199. 歌德日记

1802年8月3日　星期二至8月6日　星期五

8月3日

早上10点前往耶拿。

280　　　　〈……〉

8月5日

〈亲笔〉游泳。谢林的杂志①。谢林和黑格尔的杂志②。与格里斯巴赫在植物园。

8月6日

游泳。想到了欧仁妮③。福斯的诗④。给家里写信。与弗罗曼在植物园。

---

① 指刚刚出版的《思辨物理学新杂志》(Neue Zeitschrift für speculative Physik)的第一期,其中包含谢林的论文《对哲学体系的进一步阐述》(Fernere Darstellung aus dem System der Philosophie)。

② 指黑格尔在《哲学评论》(Kritisches Journal der Philosophie)杂志第2卷第1期上发表的文章《信仰与知识》(Glauben und Wissen)。

③ 欧仁妮(Eugenie)是《自然的女儿》中的主人公,1803年3月歌德完成了这部剧作。

④ 作家、翻译家约翰·海因里希·福斯(大)(Johann Heinrich Voß d. Ä., 1751—1826)的《抒情诗》(Lyrische Gedichte)。

1200. 歌德致席勒

1802 年 8 月 10 日　星期二

如您所知,开始时我无意将我的序幕①付印,但现在我想向您报告如下事情,并想听听您对此的看法:

许多人要求读这部作品,尤其是在看到《高雅世界报》上的文章②之后。此时我在最后一次诵读时也再一次获得了一些信心:确实还有一些奇怪的现象是一纸空文。因此,我不再反对将手稿寄给科塔,他想把这部作品像《穆罕默德》和《坦克雷德》一样,用小八开本印刷。我不反对附有铜版画的略大一些的版本,因为这一直很贵,这样做更加合理,这些事也由此一再拖延。因为我主要关心的是脱离这种乐趣,而集中精力去做其他事情。关于报酬您有何看法,合理报酬可要求多少? 可以劳烦您与迈尔讨论一下这件事,并告诉我您的想法吗? 可惜在我这儿几乎感受不到一点创作的痕迹,然而我还想再耐心地观察一段时间,希望接下来的时间里能够有所产出。

祝您安康,请想念我。

耶拿,1802 年 8 月 10 日　　　　　　　　　　　G

---

① 指劳赫施泰特新剧院开幕时上演的《我们带来的》。
② 指赖夏特在《高雅世界报》(Zeitung für die elegante Welt)上谈到魏玛剧院在劳赫施泰特的首次演出时大加称赞。

1201. 歌德致科塔（亲笔）

1802 年 8 月 13 日　星期五

281　　自劳赫施泰特剧院开幕的序幕上演以来，看过和未看过这部作品的人有多重需求，因此，我决定将手稿寄给您，以便将其付印，越早越好。同时，我也请您考虑附寄的评注。

　　关于报酬，可以达成一项协议。对我本人来说，决定一个价格很难，所以，从我这方面来说，我想听从宫廷顾问席勒先生的建议。

　　接下来您会收到为《文学汇报》撰写的一则小广告。

　　《穆罕默德》现已在我手中，整洁、细致的印刷令我感到十分高兴。

　　祝您安康，请想念我。收到手稿后，请您尽快告知。

　　　　耶拿，1802 年 8 月 13 日　　　　　　　　　　歌德

　　〈机打〉我在 7 月底寄出的《坦克雷德》也许已经到您那里了吧。

〈附件。草稿〉

　　关于序幕印刷的几条一般和特殊的评注：

　　可以与《穆罕默德》和《坦克雷德》同样开本尺寸印刷，但请您考虑，是否可以用大一点的字体。出于多方面考虑，为前两部剧作选择的开本尺寸非常合适，但我觉得这个尺寸对于散文来说太小了。在这部序幕中出现的抑扬格诗行绝大部分都是六音步，因此总归得被打破。

282　　所有铅笔笔画，无论是划在句子下面的，还是穿过套叠的长句的，以及出现在各处的其他铅笔记号，均无任何意义，之前已尽可能找出来擦掉。这些标记仅仅是为提台词的人提供方便。排字工人和修正人只需看用墨水写的或修改的字。

　　这篇散文是写在折叠页的半面上的，但从第 21 张（对开两页），尤其从第 23 张起，当诗行被向前移时，一定不能弄错。不能出现手

稿上的字行被打破的情况。在印刷版中，所有诗行都连续排列。为了避免出现任何错误，我已请人再次抄写了第 26 张的第一页。

出现在对话前、在这里仅用首字母代表的名字，需要印出全名，标注在每一次讲话上面，具体如下：

V.	Vater. 父亲
M.	Mutter. 母亲
N.	Nymphe. 仙女
Ph.	Phone. 逢
P.	Pathos. 帕索斯
1K.	Erster Knabe. 第一个男孩
2K.	Zweiter Knabe. 第二个男孩
R.	Reisender. 游客

墨丘利代替游客出现的地方，已经在手稿中说明了。

用以标明场次、人名、情节的区别的铅字大小按照为对话选择的铅字大小为标准。

1202. 歌德致席勒

1802 年 8 月 17 日　星期二

虽然我不能称赞我在这里居留期间的创作,我本来并不知晓我为什么在这儿,但我想让您再次听到我的消息,总的来说,我想告诉您我目前的状况。

283　到今天为止,我已经在这里待了十四天。我需要许多时间作出一种姿态,因此我想看看,从现在开始工作是否会受到赞美。几件不愉快的外部意外事件刚好比其他事情带给我的影响更大,有时也会妨碍我。就连早上游泳也不利于我下定决心。

至此您得到的是负面消息。相反,我发明了一些未来有望得到的东西,尤其是在自然历史学专业,一定的观察和经验并非没有成果。昆虫变形学说中的一些空白我已如愿填补。如您所知,在这项工作中,已找到的公式变得更加可用,显得更加充实,人们被逼迫创造新的公式,或者更多的是增强旧公式。或许我可以很快从两次手术中给出令人高兴的例子。

序幕我又通读了几遍,并寄给了科塔。现在也许已在广阔的世界里传播。

关于报酬,我还未定,只是说:从我这方面来说,我在任何情况下都想听从您的建议。反正来来回回也只能谈到一些事。

我很好奇,缪斯是否对您更加有益①,在过去的几天里她是否也会给我带来一些灵感。

一支和平占领军队②的出现将会给您带来几天的愉悦。至于我,有可能的话,我想悄悄等待这次考察旅行,然后询问事情是如何进行的。

祝您安康。请您回信,由于与您相距甚远,您的话语对我是个慰

---

① 席勒正在致力于创作《墨西拿的新娘》(Braut von Messina)。
② 爱尔福特(Erfurt)和艾希斯费尔德(Eichsfeld)被普鲁士并吞。

藉。这遥远的距离也只能通过有价值的成果在一定程度上得以原谅和补偿。

　　耶拿,1802 年 8 月 17 日　　　　　　　　　　　　　　G

1203. 歌德日记(亲笔)

1802 年 8 月 27 日　星期五

284　　　比较解剖学文章①。晚上启程回魏玛。

---

① 歌德在洛德的支持下,写了一篇比较骨骼学文章(Aufsatz zur vergleichenden Knochenlehre)。

魏 玛

1802 年 8 月 28 日至 10 月 11 日

1204. 歌德致策尔特

1802 年 8 月 31 日　星期二

　　尊敬的策尔特先生，自从您未听闻我的消息以来，我没有远游，大多数时间都待在家附近。在劳赫施泰特我主管了新剧院的建造，为其开幕作序，同时，与往常一样，在这样的事件中，用自己少量的快乐负责让他人感到快乐。随后，我在耶拿暂居了一段时间，文学方面和图书事业方面都很孤独，但这一次噪音和安静都没有产生让音乐家能够在其中找到愉悦的东西。我们可以期待，冬天的友好社交会再次让我们置身于一种抒情诗般的状态，倘若您将您的打算付诸实施，再次来我们这儿，这就一定会发生。请您有时间跟我确认此事。

　　关于您接收小斯特凡尼①一事，请您接受我最诚挚的谢意。若您能告诉我有关您熟悉的这位年轻人的演出消息，我会加倍感谢您。这个冬天您会推荐给他哪些大课？这些课要多少费用？可以通过提前打招呼为他争取到一点减免和一次免费进场听课吗？希望您不久后将您对此事的想法告诉我。

　　我为劳赫施泰特剧院开幕创作的序幕已付印，您即将看到。开始时我无意将其出版，因为一切需从机会、时机、人物的个性、音乐的力量和其他有意义的表达出发全盘考虑，现在也许写在纸上的内容已经走向世界，尽可能好地发挥影响。

　　请您尽快回复。

　　　　　　魏玛，1802 年 8 月 31 日　　　　　　　　　　　歌德

285

---

①　策尔特聘用卡尔·奥古斯特·克里斯蒂安·斯特凡尼（Karl August Christian Steffany，1784—1830，魏玛建筑监察员乔治·克里斯托夫·斯特凡尼的儿子）在柏林模型制作大师卡尔·路德维希·里希特（Karl Ludwig Richter）那里工作。

1205. 歌德日记

1802年9月8日　星期三

《切利尼》①。乘车兜风。在宫廷顾问席勒先生处。

---

① 歌德在准备出版由他翻译的切利尼的自传。

1206. 席勒致科塔(1802 年 9 月 10 日)

1802 年 9 月 10 日　星期五前

　　歌德告诉我,他已将他的剧作交给您,并由您来决定报酬。他之前问过我,他大概可以要求多少报酬,我跟他说,60 卡洛林,他似乎对此很满意。您是否想要超出这个报酬,由您来决定。这部剧当然需扩大,以尽可能最大的印张数量印刷。在粗略地审阅一遍后,我估计这部剧可以构成估摸 6 印张、小八度①,印得宽一点。我从权威人士那里知道,柏林和莱比锡的书商在争抢这部剧,歌德没有被他们的提议所迷惑,这就是一个好的征兆。

---

① 共 80 页。

1207. 歌德致谢林

1802年9月18日　星期六

非常感谢您寄来的几卷《孪生兄弟》①。我希望,译文在整体上
适用于剧院演出②。从前面我浏览过的几页来看,我觉得诗节内部
的语言不够优美和清楚,但也许后面会有所好转,开头部分之后可再
次通读修改。

关于已知的这个事件③,我希望与您面谈。下星期三您可以过
来吗? 无论如何都想邀您来我家吃饭,即使我自己也可遇到不能在
家吃饭的情况。

望快点与您相见,祝您安康。

魏玛,1802年9月18日　　　　　　　　　　　　　　歌德

286

---

① 谢林此前将由他翻译的莎士比亚喜剧《错误的喜剧》(The Comedy of
Errors)的第一幕寄给歌德。莎士比亚的这部剧是以古罗马喜剧作家普劳图
斯(Plautus)的喜剧《孪生兄弟》(Menaechimi)为基础创作的。
② 在歌德担任剧院经理期间,莎士比亚的这部剧并没有在魏玛剧院上演。
③ 指卡洛琳·施莱格尔与她的丈夫奥古斯特·威廉·施莱格尔正式分开。

1208. W. 封·洪堡致 C. G. 封·布林克曼①
（1802 年 10 月 2 日）

1802 年 9 月 19 日　星期日至 9 月 21 日　星期二

我已在魏玛待了三天,《阿拉尔柯斯》并不像那些先生们认为的那么不好②。〈……〉

〈……〉

对于歌德来说,这份年表也并非无益。《阿拉尔柯斯》让他感到惊讶,他有时就会有这种感觉。现在他还说,不能攻击任何单一细节。一切均可以用卡尔德隆③、但丁、莎士比亚的诗节证明。这一点可以承认,只是总是他们的漫画诗节,然后把一切拼凑在一起。但他现在憎恶这部作品。他同意,这部作品曲解了艺术所有真正的原则,并且认为派系是有害的,因为派系总是以真正的原则为出发点。蒂克的《林中标记》(Die Zeichen im Walde)对他来说也有相似的感觉。因为席勒始终没能读完,所以歌德开始时保护这部作品。但是对此有过错的仅是派系的坏对手④和剧院。歌德固执己见地反对前者,说得太过分了。在剧院里很古怪。在《阿拉尔柯斯》根本不想坚持,不顾歌德所付出的最终努力完全失败之后,他突然产生了这种想法:安装一个人工的枝状吊灯,从上面给东西照明。但上面的灯光也无法赶走下面的野蛮人,因此只能保持原样了。

《约恩》仅被看作是精美的马赛克,带有胶合得很好的缝。蒂克的《屋大维》⑤,按照歌德的名言来说,也由于疲累没能读完。

---

① 卡尔·古斯塔夫·封·布林克曼(Carl Gustav von Brinckmann, 1764—1847),作家、外交官。
② 指弗里德里希·施莱格尔的这部悲剧作品在5月29日的上演失败。
③ 佩德罗·卡尔德隆·德·拉巴尔卡(Pedro Calderon de la Barca, 1600—1681),西班牙剧作家、诗人。
④ 指浪漫派的激烈反对者,尤其是科策比和伯蒂格。
⑤ 指蒂克在1804年发表的喜剧《屋大维皇帝》(Kaiser Octavianus)。

〈……〉

我的爱人还提醒我歌德关于《阿拉尔柯斯》所说的话。原话一字不差：必须咒骂这部作品。

1209. W. 封·洪堡致席勒(1803 年 4 月 30 日)

1802 年 9 月 19 日　星期日至 9 月 21 日　星期二

　　您在信中提到关于歌德的种种①,我感到万分抱歉。但在我最近在魏玛对他观察后,我倒并不那么意外。他的行为当时使我相当痛心。这是一种不着调,从中他的性格绝对更多地由本性而非决心所决定,只是偶然能被外部环境或任何一个他内心产生的精神活动所挽救。〈……〉魏玛本地有些状况②,无需我指出您就能想到,这对他产生的影响不好。〈……〉我发觉没有任何事情能让他如此生气,除非当他认为人们对他提出要求时。至少他认为,在魏玛一直是这种情况。

---

① 席勒在 1803 年 2 月 17 日写给洪堡的信中提到,歌德轮番做各种事情,并不集中精力专注于任何事,生活十分安逸。
② 指经常让歌德不得不离开魏玛的一些棘手的事情,如 1802 年关于他与克里斯蒂安娜·武尔皮乌斯同居的流言蜚语,以及来自科策比和伯蒂格一派的攻击。

1210. 歌德日记

1802 年 9 月 19 日　星期日至 9 月 21 日　星期二

9 月 19 日

洪堡一家来访。

9 月 20 日

288

中午在宫廷顾问席勒先生处。晚上也如此。

9 月 21 日

早上参观展览①。中午洪堡一家和席勒一家在我家用餐。傍晚阿玛利亚公爵夫人殿下来茶聚。晚上上述这些人在一起。

---

① 1802 年有奖竞赛的作品展览。

1211. 歌德致贝克尔和格纳斯特(亲笔,草稿)

1802年9月22日　星期三

　　马尔科米小姐①在侯爵宫廷剧院管理部门非常顺从地宣布了一段由她封闭、到目前为止仍然保密的关系,在此向两位修道院朗诵组成员②,格纳斯特先生和贝克尔先生,告知此事,以便今后在卡片上用米勒夫人③来注明她的名字,以观后续。

　　　　　魏玛,1802年9月22日　　　　侯爵宫廷剧院委员会

---

① 安娜·阿玛利亚·马尔科米(Anna Amalia Malcolmi, 1780—1851),魏玛女演员。
② 德语词 Wöchner 指修道院成员,他在修道院每周进行的唱诗班祈祷时,朗诵或唱起个人需朗诵或唱起的部分。
③ 马尔科米嫁给了拜罗伊特男演员尤里乌斯·米勒(Julius Miller)。

1212. J. G.沙多①

1802年9月22日 星期三

　　迈尔②通知我们,第三次访问是去封·歌德先生家。路易斯·卡特尔也同去。仆人立即问道,我是否在,并打开了大厅门。迈尔随即出现,我看到了布里的一幅提香(Titian)临摹画、来源于拉斐尔的普绪克(Rafael's Psyche)的四幅色彩鲜明的画,然后是温泽尔曼的半身塑像。封·歌德先生露面,脚步很快,穿着蓝色大衣和靴子。"你们的来访让我十分愉快,"他说,随后让我们坐下。他的第一个问题是询问策尔特的状况,关于此事我曾给他写过一封信。谈话也一直停留在此事上,原本他就说话很少。我想要转移话题,问他能否允许我按尺寸绘制他的头像。他愣住了,半笑半讥讽地说,这是令人产生疑虑的,因为柏林的先生们会从中进行一番诠释,即使在魏玛他们也有人与加尔的学说③有联系,这个人是弗罗里普博士,他现在正在出游。在这个提议前,他已被仆人叫走,很长时间都没回来,以至于迈尔指给我们看另一个房间,在这里他自己在门上边作画,并在地面上画了一个美杜莎头像。当封·歌德先生再回来时,他因事务繁忙向我们致歉。因为我们已起身,所以这段谈话也就突然搁置了。我们还想在饭前骑马去耶拿拜访封·科策比先生,需要做些准备,他也没有再让我们坐下,所以我中断了谈话,我们告别。他说:"你们还可以在这里待一会儿。"等等。卡特尔认为,我的提议妨碍了他的工作,或许是这样吧。

289

---

① 约翰·戈特弗里德·沙多(Johann Gottfried Schadow,1764—1850),柏林雕塑家。
② 海因里希·迈尔。
③ 指解剖学家弗兰茨·约瑟夫·加尔(Franz Joseph Gall,1758—1828)创立的颅相学。

1213. 歌德日记

1802 年 9 月 22 日　星期三

在宫廷顾问席勒先生处用餐。

1214. J. G.沙多

1802 年 10 月 2 日　星期六前

　　10 点半维兰德到来,我集中注意力,以便既好又快地工作①。如此重要的第一稿设计我自己十分满意。任何人都没打扰我们。下午伯蒂格告诉我,在蒂弗特(Tiefurt)老公爵夫人处突然发生了一场激烈的争吵,歌德似乎特别明确地因为此事去那里,他把我称为一个小气的、嫉妒的、烦人的人。她,公爵夫人,不允许维兰德让我为他制作塑像。他自己陷入窘境,因为蒂克做这个塑像曾是公爵的意愿。够了,封·歌德先生把此事弄到这种地步,以致公爵夫人和维兰德自己都不知道他们该做什么,不该做什么,直到公爵偶然想起去看望他的母亲。作为一位明智的人,他对此事十分惊讶,表达了他的想法。他们所有人没有什么可说的,这件事仅与维兰德有关,他愿意坐在谁面前,随他的便。同样,沙多也是一个可以做任何他能想到的塑像的人。

　　现在伯蒂格尤其指责我在克拉默②处茶聚时谈及此事,当时迈尔也在场,这样一来歌德马上就会得知。倘若我沉默不语,会更明智一些。我回答他,我似乎很惊诧,人们对于这件事的重视让我几乎晕厥,关乎可以被观察的明智,在更重要的情况下我习惯于省去这种明智,在这里这种明智也不会被察觉,除非我被建议这样,因为对我来说,这似乎是恶意的。

290

---

　　① 沙多正在制作维兰德的塑像。
　　② 约翰·海因里希·克拉默(Johann Heinrich Krahmer),柏林建筑师。

1215. 席勒致科塔(1802 年 10 月 8 日)

1802 年 10 月 8 日　星期五前

现在他十分严肃认真地忙于《切利尼》的出版,他为这个译本做了很多,通过出色的注释和附件提升了这本书的价值。但因为他在加工这部作品时倾注了爱与许多研究,所以他不想带有瑕疵地出售它。因此,倘若他或者您过于短暂地处理此事,那就很可惜了。

1216. 歌德日记

1802 年 10 月 9 日　星期六至 10 月 10 日　星期日

10 月 9 日

291

中午聚会：宫廷顾问布卢门巴赫先生和家人、枢密顾问洛德先生、哥廷根的里希特和夫人、根茨教授先生、上教会监理会成员京特先生、内廷顾问基尔姆斯先生、枢密顾问福格特先生。晚上在剧院。

10 月 10 日

早上与宫廷顾问布卢门巴赫先生在盖尔摩罗德尔山谷。

耶　拿

1802 年 10 月 12 日至 10 月 14 日

1217. 谢林致 A．W.施莱格尔
（1802 年 10 月 13 日）

1802 年 10 月 12 日　星期二或 10 月 13 日　星期三

今天,我在此发布了您的文章①〈……〉。

〈……〉您为何没有断然决定,针对许茨②和《文学汇报》,重启与科策比的争辩③? 许茨将始终可以坚持反对我们从真诚原则出发所进行的研究探讨,因为他并不害怕去挖掘卑鄙无耻的最深层原因。对付玩笑时,这种卑鄙的英雄主义也并非无懈可击。这种方式的大举动永远解放了我们。——在此,不可再观察利益。您尽管去做您想反对许茨的事,他将无能为力,举步维艰,表现得十分愤怒,但他一定不会再走进控告的圈套。我们也有一种相当稳妥的方法来反对一些事,即:断然拒绝这里的论坛。不能指望魏玛政府方面的一个措施:政府采取彻底的忽视原则,只是希望完全不再从耶拿听到任何事情——但是我所写的其实也是歌德的想法,他现在正在这里小住几日。对于您的文章,除了您不是极端的故杀之外,他别无指摘。

在这件事上,歌德的确做得较少,因为归根结底他处于和我们完全相同的境况。由于他独自一人待在魏玛,就连与他贴近的熟人或多或少都采取骑墙态度。据我所能觉察到的,他想着在一个恰当的时间离开,至于去哪儿,我并不知晓。——倘若您一下子完成所有事,那么,您会得到他和所有明智的人的赞同。

①《致公众:对耶拿〈文学汇报〉上的名誉侵害事件的指责》(An das Publikum. Rüge einer in der Jenaischen Allg. Literatur-Zeitung begangnen Ehrenschändung)。这个 28 页的宣传册由科塔出版,10 月初发行。文章内容关于《文学汇报》传播的谣言:由于错误的诊断和治疗,谢林对 1800 年 7 月 12 日卡洛琳•施莱格尔之女奥古斯特•伯默尔之死负有责任。

②克里斯蒂安•戈特弗里德•许茨(Christian Gottfried Schütz, 1747—1832),耶拿哲学教授、诗学教授,《文学汇报》联合创始人。

③施莱格尔曾于两年前写过一部讽刺作品,以回应科策比在一部喜剧里对浪漫派的戏仿。两部作品的发表引发浪漫派和反浪漫派之间激烈的争辩。

　　歌德无法停止谈论这部西班牙剧作①。他说，看到圭多②时，人们认为没有人会画得更好了；看到拉斐尔，认为古典不会更好了。因此，到了卡尔德隆：不仅仅莎士比亚，而且如果有可能的话，还有更多人要让位于他！——在构思上有着捉摸不透的才智，虚构创作上的天才。——够了，这一次人们不能指责他表扬得太冷酷。他认为，上演这部剧是不可能的，因为这部剧仅仅是凭借其异国式的题材而在人群中产生一定影响，但就其所论述的自由，恰恰让新教教徒觉得有伤风化。他似乎并不满意您给予施瓦德克③的答复④。他说，您参与劝导人，通过这种方式使人堕落。倘若您骗取这个小伙子的钱财，然后再亲自归还给他，这他就太愿意看到了。

　　您设想一下沙多的陈词滥调⑤，他在第一次受到欢迎后便请求歌德，允许他测量歌德的头部尺寸。对此，歌德说，沙多对他的请求正如奥伯龙向苏丹请求要他的几个白齿和一把头发⑥。在他给歌德留下这个印象之后，他在面对歌德时，一定表现得像对待一位酒友一样。

---

① 指西班牙剧作家卡尔德隆的《十字架的崇拜》(Die Andacht zum Kreuze)，由施莱格尔翻译。
② 意大利油画家圭多·雷尼(Guido Reni，1575—1642)。
③ 卡尔·奥古斯特·威廉·施瓦德克(1768—?)，柏林演员。
④ 7月1日和3日，施莱格尔在《高雅世界报》上匿名发表了一篇关于柏林国家大剧院的报告。8月14日，他被告知，施瓦德克已获悉这位评论者的名字。9月4日和7日，这家报纸以《剧院事务。有趣且令人振奋》为题刊发了两篇施瓦德克写给编者和《奥古斯特·威廉·施莱格尔教授先生的回复》的信件。
⑤ 参见第1212封信。
⑥ 在维兰德的小说《奥伯龙》里，骑士余庸(Hüon)为了完成查理大帝的要求，向巴格达的哈里发要四颗白齿和一把银发。

魏 玛

1802 年 10 月 15 日至 10 月 17 日

1218. 歌德日记

1802 年 10 月 15 日　星期五

293　　　　从耶拿归来。

1219. 歌德致 C.布伦塔诺

1802 年 10 月 16 日　星期六

　　在一年多前寄来的喜剧作品中,此处提到的这一部①因其良好的幽默感和愉悦的乐曲而尤为出众。公开的剧评没有进行,因为寄来的作品中似乎没有一个经受得住在剧院表演。由于我们没有权利拆开封条,因此,我们等待着,直到剧作被要回,这样的事在逐渐发生。依照您的意愿②,您也会收到您的剧作。感谢您为我们带来的快乐。

　　魏玛,1802 年 10 月 16 日　　　　　　　　J. W. v.歌德

---

① 1801 年秋,布伦塔诺以喜剧《让你们喜欢》(Laßt es euch gefallen)参与戏剧
　有奖竞赛,1804 年这部剧以《旁斯·德·利昂》为题在哥廷根出版。
② 布伦塔诺在 9 月 8 日请求要回他的喜剧。

耶　拿

1802 年 10 月 17 日至 10 月 23 日

1220. 歌德日记

1802 年 10 月 17 日　星期日至 10 月 20 日　星期三

10 月 17 日

　　上午召开宫殿建造事宜会议。前往耶拿。致信布伦塔诺先生，寄往马尔堡，随信附上喜剧：《让你们喜欢》。致信阿卡奇先生写信，寄往奥格斯堡，随信附上一本护照①。

　　〈……〉

10 月 20 日

　　11 点与谢林教授先生一起乘车兜风。下午在格里斯巴赫家。

---

① 歌德写给卡尔·弗兰茨·阿卡奇(Karl Franz Akáts，1776—1845)的信没有流传下来。阿卡奇，匈牙利裔演员，1803 年被聘请到魏玛剧院。10 月 6 日，阿卡奇请求以弗兰茨·格吕纳(Franz Grüner)这个名字为他签发一本护照。11 月 6 日，他因病推迟魏玛之行，并为此道歉。

1221. J. H. 福斯(小)致 Chr. F. 黑尔瓦格①(1802 年)

1802 年 10 月 17 日　星期日至 10 月 23 日　星期六

歌德和家父彼此越来越有好感。最近,歌德带着他最喜欢的儿子在这里②待了八天——现在,人们又在期盼他。在我没有想到施托尔贝格③时,我从未能评价歌德。我觉得,专家的特定相似性如此突出。歌德本性中有些许冷淡,但进一步熟悉后冷淡就消失了。他现在正专注撰写他的光学④,人们都很期待这部作品。他和谢林不懈地实验,两个如此杰出的头脑、两位如此富有激情的自然研究者是值得期待的。

---

① 克里斯托夫·弗里德里希·黑尔瓦格(Christoph Friedrich Hellwag, 1754—1835),奥伊廷(Eutin)医生。
② 指耶拿。
③ 指弗里德里希·楚·施托尔贝格伯爵(Friedrich Graf zu Stolberg, 1750—1819),诗人、翻译。自 1800 年他改信天主教后,与福斯一家交好。
④ 1802 年,歌德只是偶尔继续撰写《光学论文》(Beiträge zur Optik)。

1222. 谢林致 A. W. 施莱格尔
(1802 年 11 月 29 日)

1802 年 10 月 17 日　星期日至 10 月 23 日　星期六

　　关于这篇艺术展的报告①——然而,认真看这篇报告是一件乐事〈……〉。您绞尽脑汁猜想其作者了吧？——在这里,此事可以十分肯定。人们普遍认为,作者是伯德②,他在《巨人——神祇战争》中展现出一些幽默感。对此您怎么说？——没有证据表明他丝毫不懂艺术,很有可能艺术家们(沙多?)帮助了他。无论如何,这个人是综合的。——歌德似乎也是这种看法,因为据说他说过,这件事是一个淘气鬼做的。在我们南方方言中,这个词的意思就是一个堕落的家伙。他的天性并不恶劣,但由于意图卑鄙,使自己成为无用的人。

---

① 报告于 10 月发表在《高雅世界报》上。这是一篇学术性的、带有讽刺意味的书评,尤其把海因里希·迈尔作为打击对象。从风格和笔迹来看,伯蒂格是书评作者的可能性最大。

② 苔奥多·海因里希·奥古斯特·伯德(Theodor Heinrich August Bode, 1778—1804),作家、翻译家,自 1802 年起待在魏玛。1800 年,在他二十二岁时,他匿名发表了一部针对施莱格尔兄弟的讽刺性作品《巨人——神祇战争》(Gigantomachie)。

1223. 谢林致 A．W. 施莱格尔
（1803 年 1 月 7 日）

1802 年 10 月 17 日　星期日至 10 月 23 日　星期六

　　因为您不再继续用这篇报告，或许我可以告诉您：最近，他〈歌德〉在一次关于艺术展历史的非常普通的谈话中谈到一些疏忽失职的事情，他似乎暗指与他交好的创作者。唯独可以确定的是，他并没有想到任何一个您直接的朋友（我从弗里德里希·蒂克那里听说，据说，有些人假装把他和他的哥哥当作那篇报告的创作者①）。正如您所知，他喜欢给予自己老年人的资格，所以，如果这个词除了非常普通的意义之外还有进一步的涉及（我不这么认为），那么，也许暗指的是哈特曼②，现在人们更为普遍地认为他是创作者，我同样是从蒂克那里获悉的。他以最好的情绪真正地参与、同意，对后面几篇文章③发表了意见，因此，我不理解蒂克怎会有理由以歌德对他不大好的情绪④作为前提。

---

① 参见上一封信。
② 即使画家费迪南德·哈特曼与海因里希·迈尔的关系不是最好，但那篇讽刺性报告的作者也绝不可能是他。他曾于 1799 年至 1801 年参加有奖竞赛，画作也曾获奖。
③ 这篇报告分成五次，分别于 10 月 7 日、9 日、12 日、14 日和 16 日发表。
④ 这种不大好的情绪或许是因弗里德里希·蒂克是文艺批评家这个谣言而产生的。

魏 玛
1802 年 10 月 23 日至 1803 年 4 月 17 日

1224. 歌德日记

1802年10月23日　星期六

　　早上从耶拿出发。中午与乐队指挥赖夏特在一起。晚上观看戏剧①。

---

① 上演的是演员、舞台剧作家威廉·福格尔（Wilhelm Vogel，1772—1843）的剧作《义务与爱情》(Pflicht und Liebe)。

1225. K. 封·米弗林①致 W. C. F. 封·德恩贝格男爵②(1802 年 11 月 6 日)

1802 年 10 月 24 日　星期日

　　按照我的任务我需向魏玛公爵报到,因此我在到达这里后立即前往魏玛,公爵把我留在那里四天。我见到了维兰德和席勒,与歌德在宫廷吃了几顿饭,同时私下与他结识。然而,主要是与封·伊姆霍夫小姐(撰写《莱斯博斯岛的姐妹》的可爱的诗人)的相识令我十分感兴趣。在第一次与歌德相识时,他有一些非常不愉快的事。他像牵线木偶一般死板,他说的话冷酷而又高雅。伊姆霍夫小姐告诉我,他经常被侵犯,她可以证明他心地美好、有深刻的感受力。但她必须承认,她也觉得他在宫廷里不快乐。

---

① 弗里德里希·卡尔·费迪南德·封·米弗林(Friedrich Karl Ferdinand von Müffling, 1775—1851),普鲁士军官。
② 威廉·卡斯帕·费迪南德·封·德恩贝格男爵(Wilhelm Caspar Ferdinand Freiherr von Dörnberg, 1768—1850),普鲁士军官。

1226. 歌德日记

1802年10月24日　星期日

　　早上在宫殿，在剧院，在迈尔教授那里。中午在宫廷。晚上与宫廷顾问席勒先生在一起。

1227．K. 松德斯豪森①

1802 年 10 月 26 日？　星期二

　　有一段时间，源自武尔皮乌斯小说②的歌剧《厅堂女妖》③在魏玛拥有一个更为亲密的朋友圈。〈……〉

　　一次，她（女演员格茨④）的弟弟⑤悄悄走进剧院，又笑着回来。他从远处就对着我们喊："今天歌德在剧院里唱歌了！"

　　他真觉得是这样。这首美妙的歌曲——《水声淙淙》⑥是由歌德插入的，十分相配。这是一把开启女妖传说的钥匙，很明显，在水平面奇特的神秘力量中，女妖传说有理由幻想。**格茨**把**贝尔塔**⑦唱得如此质朴、天真，以至于人们听了无法不感动。

　　但是**歌德**很长时间都不满意。"也许十次"——现场目击者说——"她必须一再从头开始，总是达不到他的要求。最后他亲自上场演唱，还做了手势。"——骑士哈特维希⑧急忙来到侧幕后，喊道："谢天谢地，您来了！歌德亲自唱贝尔塔啊！"

297

---

①卡尔·克里斯蒂安·松德斯豪森（Karl Christian Sondershausen，1792—1882），作家、魏玛宫廷侍从。

②《胡尔达，美丽的水中仙女或：胡尔达，多瑙河的仙女》（Hulda, das schöne Wasserfräulein oder: Hulda, die Nymphe der Donau），1804 年在莱比锡出版。

③歌剧《厅堂女妖》（Die Saalnixe）于 11 月 6 日首演，武尔皮乌斯为其音乐配了新词。

④指魏玛女演员玛丽亚·克里斯蒂安娜·伊丽莎白·卡洛琳·格茨（Maria Christiane Elisabeth Caroline Goetze）。

⑤威廉·格策（Wilhelm Goetze，1785—?），歌德儿子奥古斯特的玩伴。

⑥歌德叙事谣曲《渔夫》中的第一句。

⑦《厅堂女妖》中的一个人物。

⑧《厅堂女妖》中的一个人物。

1228．F.蒂克致 A．W.施莱格尔
（1802 年 10 月 27 日）

1802 年 10 月 27 日　星期三前

请你即刻写信告诉我，你或者杰内利是不是《高雅世界报》上关于这里的展会的那篇文章的作者。在此，我非常期待下一封邮件能得到确切的信息。如果你不是作者，那很好。请你给你的弟弟写信，或者如果他在柏林①，让他给我写信，或者托别人告诉我，他是否与德累斯顿的哈特曼和布里一同参与了此事。我要求他一定要马上给出回复，重要的是我要知道我有什么可做的。——歌德在谈到这些与你弟弟和哈特曼一起放肆做事的无赖时，十分愤怒，我刚刚说过的事情就是其中一件，他认为，我也参与其中。迈尔装作很冷静，说这件事愚蠢、无聊，他不理解歌德怎么能这么生气。公爵觉得很好笑，随即取笑了歌德。〈……〉我很少见到歌德，他不会把事情告诉我，这是不言而喻的，他随后会吃惊的。〈……〉

只能在西班牙诞生的你的神的十字架②让我度过了两个美好的夜晚。我只读过两遍，第一次是我收到这部剧的晚上，由于你催促，第二天早上我就把它寄给了歌德。第二次是歌德催促我，他想把它寄给谢林。

298

---

① 弗里德里希•施莱格尔曾在巴黎。
② 指施莱格尔翻译的西班牙剧作《十字架的崇拜》。

1229. 歌德致策尔特

1802年·11月3日　星期三

　　我最尊敬的策尔特先生,您向我求助的这件事①很平常,但值得思考。人太快脱离那些他还能感谢为他提供某个建议和支持的那些人,但这种坏习惯充当了他的运气,在他曾经必须自助并且缺少建议和支持时。不论青年还是老年,这个困难一直存在,想自主的人也善于控制自己,这一点在教育中被疏忽了,原因不止一。我思考的方式消除了我所有希望,即希望书写能够起到反抗遥远和一定程度的陌生的作用。当下取得了一些成绩,但仅仅是通过坚持不懈的探讨得来的。

　　那位小斯特凡尼的退隐本性我也从他和其他年轻人身上发现了。每一位有教养的人立即夺去他们所有的自由,他们不愿意待在感觉回来太遥远的地方,感觉或许就是一种对立。

　　我多么愿意与您详细讨论这样的事情,因为它与一切相连,但书面上很难探讨。

　　我还没有失去希望,这个冬天在我们这里见到您。迈尔教授结婚了,已搬走②。所以,您找到了一个尚可的住处。

　　您或许已经知道,福斯③已离开奥伊廷,在耶拿安家。他热切地盼望与我们其他人一起再次见到您。

　　请您原谅我现在没有把任何一首小诗寄给您。我正打算细心加工整理这些小诗中的一部分,把全部小诗放在一起加以对照,直到我对每一首在风格上尽了全力为止。

　　倘若您送您的儿子到这个圈子,那么,请您让他顺便来我这里

299

---

① 策尔特在10月6日的信中向歌德征求建议,他怎样才能让他当泥瓦工的继子卡尔·路德维希·弗洛里克(Karl Ludwig Flöricke, 1784—1812)走上正路。1812年,弗洛里克自杀身亡。
② 迈尔自1791年来到魏玛后,常住在歌德家。
③ 约翰·海因里希·福斯(大)。

一趟。您善良地进一步关心了小斯特凡尼。请您尽快来看望我们。

魏玛,1802 年 11 月 3 日   歌德

1230. 歌德致弗里德里克·温泽尔曼

1802 年 11 月 10 日　星期三

　　您的儿子①,亲爱的小朋友已顺利到达。他的为人和品行都很讨人喜欢,我已经让人给他读了一些东西,他也从各种不同的任务中进行了相当好的摘录。我希望他很快成为戏剧行家,实现我们的愿望,倘若他只是恰当使用自己的话。

　　我让人每月支付 24 塔勒给教师凯斯特纳②,他会亲自给您写信。其中 19 塔勒 8 格罗申是伙食费、住宿费等,剩下的 4 塔勒 16 格罗申用于音乐课和其他课。我听说,您还给这个小伙子一笔可观的零用钱,如果他学会经营的话,他就能够用这笔钱负担一些费用,您还要负责购置衣服等。希望他能通过他的进步来回报您为他做的这一切吧!

　　由于三个月支付了 50 塔勒,我附寄一张汇票。圣诞节临近时,您会听到更多关于我的消息。如果这个小伙子成长为差不多能够出现在您身边,我会多么高兴啊!

　　〈亲笔〉祝您安康,想念我。临近新年时,您会再次收到我的信。

　　　　魏玛,1802 年 11 月 10 日　　　　　　　　　　歌德

---

① 十六岁的卡尔·温泽尔曼,歌德把他培训成一名演员。他在魏玛剧院一直待到 1821 年。
② 约翰·弗里德里希·凯斯特纳(Johann Friedrich Kästner, 1747—1812),魏玛中学教师,卡尔·温泽尔曼住在他家里。

1231. 歌德致 A．H.尼迈尔

1802 年 11 月 15 日　星期一

300　　　　我非常愿意利用这个机会,附寄几本小书①,从而让阁下忆起今年我们在哈勒、劳赫施泰特和魏玛②度过的美好时光,至少对我来说,这段时光产生了一些令人愉悦和有益的事。您对这些戏剧作品的意义和价值的评价高于其他作品,在您阅读这些戏剧时,您或许会再次回忆起我们一起探讨普遍与扩展的那些时刻,因为这几部小作品只是表达了特别与受限。以一种如此令人高兴的方式形成的关系,我多么希望明年可以继续,并且能够亲自将安德罗斯岛的姑娘③引进劳赫施泰特剧院。

　　　　信任您乐于助人,我斗胆再增加一个愿望,据我所知,您对这个愿望并非完全陌生。倘若您的情况允许,那么,同意让我在我的作品集里展示小墨丘利④会让我十分快乐。他会在他的同类的陪伴下待在这里,因为到目前为止,他仅仅被单一、孤独地保存。对此,我不揣冒昧地寄送一部重要作品⑤,出于教育目的,很需要这部作品,既适于娱乐,又适于教导。此处附上标题,并非为了博取您的好感,而是为了获悉,这部作品是否会放于您的图书馆里。此外,倘若我还能做任何有裨益、有帮助的事,我会义不容辞。

　　　　请您代我问候您的挚友,并请收下我和我的家庭常住客⑥友好的想念,以他们的名义,我的问候必须加倍。

　　　　　　　　　　魏玛,1802 年 11 月 15 日　　　　　　　　　歌德

---

① 歌德邮寄了他在科塔处出版的伏尔泰译作《穆罕默德》和《坦克雷德》,很有可能还有《我们带来的》,6 月 26 日劳赫施泰特剧院以此为序开幕。
② 歌德和尼迈尔 7 月 10 日和 15 日在哈勒,7 月 24 日在劳赫施泰特,9 月初在魏玛。
③ 指尼迈尔的戏剧作品《安德罗斯岛的陌生女人》(Die Fremde aus Andros),1803 年 6 月 6 日在魏玛首演,6 月 23 日在劳赫施泰特复演。
④ 在 11 月 30 日的回信中,尼迈尔表示愿意将"小信使神"转让给由歌德提供的书。
⑤ 参见第 1246 封信。
⑥ 克里斯蒂安娜和奥古斯特。

1232. 歌德致宫廷乐队成员(草稿)

1802 年 11 月 15 日　星期一

　　侯爵宫廷剧院委员会极其反感,他们听闻,几天前,他们下属的　301
侯爵宫廷乐队成员敢于在喜剧院里约定集会。在此,坚决谴责这一
不妥做法和类似非法集会,例如：由全体成员签名或以他们的名义
递交的每一个意见,所有严肃事件,在非随意命令的威胁下,坚决予
以制止。对此,在侯爵宫廷办公处登记注册,对小愿望进行解释说
明,到目前为止,随便每个人用不用这个方法。

　　魏玛,1802 年 11 月 15 日

1233. 歌德日记

1802 年 11 月 15 日　星期一至 11 月 19 日　星期五

11 月 15 日

〈亲笔〉欧根妮①。

11 月 16 日

修改《切利尼》第一部。

11 月 17 日

〈机打〉《切利尼》。

11 月 18 日

《切利尼》。4 点《纳旦》试演②。

11 月 19 日

《切利尼》。中午在殿下房间用餐。致信科塔先生,同信一道寄送《切利尼》第一部。致信小朗格尔先生,寄回参赛作品③。

---

① 歌德于 1803 年 3 月完成了《自然的女儿》。
② 席勒改编的《纳旦》下一次演出在 11 月 20 日。
③ 杜塞尔多夫画家罗伯特·朗格尔以画作《奥德修斯与波吕斐摩斯》(Odysseus und Polyphem)参与了 1802 年的有奖竞赛。

1234. 夏洛特·封·施泰因致其子弗里茨
（1802 年 11 月 21 日）

1802 年 11 月 20 日　星期六

　　昨天晚上席勒夫人在我这里喝茶，我们俩不想去看喜剧①，宁愿安静地悼念我们团体中一个可爱的人的逝去②。席勒夫人告诉我，歌德觉得这样不合适，并且认为这个童话每天都在重复。然而，我认为，他的感觉多于他所说的话，但他现在已经把话一次扔掉了。

---

① 指《智者纳旦》上演。
② 伊丽莎·戈雷（Elise Gore，1754—1802）同一天去世。

1235. 亨丽埃特·封·克内贝尔致克内贝尔
（1802 年 12 月 1 日）

1802 年 11 月 20 日　星期六

在魏玛，生命从完满的脉搏里涌出，工作和效果上升成最高努力，而非习俗。就在这里谈论逝者或被安葬之人。当人们在伊丽莎·戈雷去世那天与歌德谈起她并且想要悼念她的故去时，他立即拒绝谈论，而且说，人怎么能一直只聊同一个童话。就在此前不久，戈雷一家向他表示了好意和愉悦之情。但是，所谓的享受完满的生命之时，没有什么能干扰他。

1236. 歌德日记

1802 年 11 月 27 日　星期六

　　也像之前所有天一样，写《自然的女儿》。致信封·亨德里希少校先生，寄往耶拿，其中附夹一张写给伦茨教授先生的便条，关于加利钦的藏品①。致信宫廷画师席林格②先生，寄往厄林根（Oheringen）。致信霍夫曼教授③先生，寄往哥廷根。

---

① 阿玛利亚·加利钦侯爵夫人的丈夫，俄国外交官德米特里·阿列克谢耶维奇·加利钦侯爵（Dmitri Alexejewitsch Fürst Gallitzin, 1738—1803）是耶拿矿物学团体主席，他与耶拿矿物学协会主席约翰·格奥尔格·伦茨对宝石藏品的接受进行了协商。这批藏品作为礼物于 11 月到达。
② 约翰·雅各布·席林格（Johann Jakob Schillinger, 1750—1829），厄林根的宫廷画师。
③ 哥廷根植物园园长格奥尔格·弗兰茨·霍夫曼（Georg Franz Hoffmann, 1760—1826）。

1237. 歌德致克内贝尔

1802 年 11 月 28 日　星期日

303

　　这几本小书①或许可以作为我这么长时间没有写信的托辞。我想要等到合集出版，但由于单个剧作的印刷进度很慢，所以延迟至今。

　　我希望你可以参与到这些作品中来，在这漫长的冬夜找到一些愉悦。

　　今年，劳赫施泰特剧院的建造和比特纳图书馆的设立这两项工作花费了我数月，然而，我离开魏玛并不远。或许到了我们再次见面的时间了。

　　由于加利钦侯爵馈赠的藏品，耶拿的矿物学顾问团又获得了显著的扩充，正如在这个专业，某个新的、有趣的团体正显露出来。

　　你会和我们一起为我们的好教授巴奇的突然离世②而深表遗憾。

　　由于迈尔成婚，我的家发生了很大变化，而我将来一定会缺少一个这么可爱的朋友的亲密陪伴。家庭常住客有特性，如血亲一样，不得不去交往，因为好朋友更少见，如果决定先去拜访或邀请他们的话。

　　我们这里发生的其他事，或许你已经通过其他朋友有所耳闻，因此，很难再有新鲜事留待我向你报告了。

　　最近在我们这里，通过不止一种方式促进艺术研究。展会③不算卓越，但很好且足够有教益，也有一些新老事物流入到我这里。

---

① 参见第 1231 封信。
② 医学家、植物学家、耶拿教授、耶拿自然研究会会长奥古斯特·约翰·格奥尔格·卡尔·巴奇（August Johann Georg Karl Batsch, 1761—1802）于 9 月 29 日去世。
③ 艺术展于 9 月 24 日开幕，10 月 31 日结束。

　　最重要的是米奥内的古硬币硫黄膏收藏①。虽然第一次交货只 304
有1400个，但这批货品十分值得珍视，因为其包含了意大利、西西
里、希腊、亚洲、埃及和余下的非洲北部海岸的硬币，这些文献对于艺
术史异常珍贵。

　　这封短信这一次你就凑合看吧，让我快点听到你的一些事，这样
我们之间的通信就不会再次产生一条这么长的裂缝。

　　　　魏玛，1802年11月28日　　　　　　　　　　　G.

---

① 1800年1月25日歌德直接向巴黎国家图书馆钱币藏品保管员苔奥多·埃德
　　姆·米奥内（Théodore Edmé Mionnet，1770—1842）预定一套藏品，在魏玛图
　　书馆展出，但这套藏品直到3月底或4月初才到达。

1238. 歌德致弗里德里克·温泽尔曼

1802年12月2日　星期四

亲爱的小朋友,如您从附上的纸条所见,令郎现在已登台,并展现出他是好样的。他天生具有一些无需努力便可获得的品质,倘若他完善这些品质,寻求去战胜阻碍他的东西,那么,您可以体会到他身上的快乐。

我在有些地方试验过他的才能后,有了一个简单想法,给他《两张车票》①中居尔格(Gürge)这个角色,在《亲缘树》②和《市民将军》③中也扮演这个角色,同时可以学习一些东西。第一次他过于仓促地扮演这个角色,但是因为每个人似乎可以背出这部剧,他表现得十分大胆、机智、乖巧,也愉快地突出了几个天真的主要地方,所以,他赢得了宠爱和喝彩,我希望这份宠爱和喝彩不会减少。

他表现出对于马林堡的姑娘④的兄弟的兴趣,这个角色是我们的贝克尔让给他的。他与贝克尔关系不错,我希望他们的友好关系能够长久保持。在他上场前,每一次我都会听听他的角色,无论在剧院还是在房间,以便看到从何开始。尤其在一开始,由于技术原因,不应缺少持续的回忆。此外,在他展示才能时,可以多多听凭运气和熟练。

如您所知,作为剧院经理只能经历到很少的快乐与宽容,因此,我希望今后他不会让我失去我所期待的满意。

临近圣诞,我要与他的房主家长教师凯斯特纳详细谈一谈,到那

---

① Die beiden Billets,作家克里斯蒂安·莱贝雷希特·海涅(Christian Leberecht Heyne,1751—1821,笔名：安东·瓦尔 Anton Wall)的独幕喜剧。
② Der Stammbaum,瓦尔的又一部独幕喜剧。
③ Der Bürgergeneral,歌德于1793年发表的喜剧。
④ 弗兰茨·克拉特(Franz Kratter,1758—1830)的喜剧《马林堡的姑娘》(Das Mädchen von Marienburg)由乌尔皮乌斯改编,自1794年2月8日首演起,就成为魏玛观众最喜欢的剧目之一。

时教师便会有更多机会了解他。

　　请向您先生转告我的来信和问候。每个人都想在这个小孩身上看到他父亲的影子。在我们这儿他会茁壮成长的!

　　我握住您的手,亲吻您令人喜爱的眼睛。

　　　　魏玛,1802 年 12 月 2 日　　　　　　　　　　　歌德

1239. 歌德致 J. F. 罗赫利茨

1802 年 12 月 6 日　星期一

在您的上一封信中,您表达了您对于朗诵与歌唱的矛盾的观点,这种观点是否真实、正确,我不想判定。但我能说的就这么多:我自己的观点也倾向于此。一旦我的处境安定下来,我即刻告诉您我的态度。

今天,我有一个小请求,如下:

由于巴奇的离世而空缺的耶拿伯爵花园新植物学院的职位,有人推荐来自莱比锡的**施瓦格利辛博士**①。关于他的文学履历以及他的旅行和其他努力,我们差不多都已得到报告。但现在我想从您那里获取一些秘密的信息,关于他这个人、他的外表、他的生活方式、他的学术报告。

306

在分配这一职位时,除了要考虑整体的利益之外,我还得想到我自己的情况,因为这个学院自成立以来一直由我领导②,我对这些知识的偏好让我对一个有德行并且会交际的人有所期待。

下一封信关于那部歌剧③。

向您致以深切的想念。

　　　　　　魏玛,1802 年 12 月 6 日　　　　　　歌德

---

① 克里斯蒂安·弗里德里希·施瓦格利辛(Christian Friedrich Schwägrichen,1775—1853),哥廷根自然史教授。
② 1791 年歌德受命成立植物学院,自 1794 年起,他与福格特一同领导和监督这个学院。
③ 罗赫利茨曾寄给歌德由他谱曲的索福克勒斯(Sophokles)一部悲剧的一场。

1240. 歌德日记

1802 年 12 月 6 日　星期一

〈亲笔〉与内廷顾问基尔姆斯和政府顾问福格特开会,讨论剧院事宜。〈机打〉致信策尔特先生,寄往柏林。婚礼歌曲。致信顾问罗赫利茨先生,寄往莱比锡,关于施瓦格利辛博士。

1241. 卡洛琳·封·赫尔德致克内贝尔
（1802 年 12 月 15 日）

1802 年 12 月 11 日　星期六

　　上星期六,矿物监督维尔纳①从巴黎来,途经这里。他和我的丈夫在歌德家,三人共进了午餐,福格特拒绝了邀请。歌德以前反对维尔纳学说②,但现在却转而妥协,对维尔纳非常好,单独与他谈论他的学说长达几个小时,半个上午。饭桌上,他是一个独立的人、高贵的人,等等。简言之,我丈夫几乎没能领悟这一学说。

---

① 亚伯拉罕·戈特洛布·维尔纳（Abraham Gottlob Werner, 1750—1817）,矿物学教授。
② 维尔纳是德国地球构造学的创始人,他认为,地球表面和所有岩石的形成都是由水的作用而产生的。因此,他也是水成论的创始人。歌德是水成论学说的积极追随者,所以,歌德与维尔纳在谈论维尔纳学说时能够达成一致也就不足为奇了。

1242. 基尔姆斯致伊夫兰(1802 年 12 月 13 日)

1802 年 12 月中旬

　　我们之间的一个秘密！歌德厌倦了剧院,想要向公爵建议,把剧院交与贝克尔和格纳斯特,他们曾是修道院朗诵组成员,由他们承担这个企业的盈利和亏损,但公爵很难应允这件事。

307

1243. 歌德致席勒（亲笔）

1802 年 12 月 16 日　星期四

衷心感谢您的友好参与。非常高兴，一个小姑娘降临在我们家①。到目前为止，一切都好。您的想念会让这个小生命感到相当愉快。

G

---

① 歌德和克里斯蒂安娜的第五个孩子，三天后天折了。

1244. 歌德致席勒(亲笔)

1802 年 12 月 19 日 星期日

我们的状态不好,或许您昨天在看歌剧时就察觉到了。这个新生命将不久于人世,她的母亲,平时多么冷静,现在遭受着身体和情绪的双重打击。她诚挚地问候您,并感受到您的参与的价值。

今天晚上我期待您能来,朋友们在场,会填补我生性的缺失。

1802 年 12 月 19 日   G

1245. 歌德致科塔

1802 年 12 月 24 日　星期五

　　随今日启程的邮件,《切利尼》的第二卷连同这一章必要的标题一并发出,在一个特殊的本子里。这个本子便是第一卷的内容。第三卷和第四卷连同我的附注(作为第二卷的内容),将会逐渐寄出。

308

　　我收到第一批稿件,仔细了解到开本尺寸之后,会即刻把肖像和扉页图样寄出。

　　17 和 18 世纪艺术史的草稿,以及其他一些东西,我也希望能够在恰当的时间寄出,以便在下一次展会上出版。我期待一切都与《切利尼》的印刷字体和开本尺寸保持一致。〈亲笔〉关于此事,1 月底确定。

　　〈机打〉虽然在这段时间,诗的缪斯对我并不特别有利,但我仍希望顾问会将其变成一本口袋书,即使这本口袋书并不全部由诗歌组成,或许也可以配上其他满意的创作。对此,我一旦确定下来,就马上告知。

　　汇寄的钱①我已收到,在此,我郑重签收,并诚意感谢。

　　〈亲笔〉祝新年快乐。

　　　　　　　魏玛,1802 年 12 月 24 日　　　　　　　　　歌德

---

　　① 科塔已在 11 月 25 日的信中确认汇出这笔钱。

1246. 歌德日记

1802年12月24日　星期五

致信尼迈尔教授先生，寄往哈勒。寄送罗凯贾尼①。给科塔先生写信，寄往蒂宾根，《切利尼》第二卷一并寄出。同一封信，复函。致信歌德顾问夫人。

---

① 或许指意大利艺术学家洛伦佐·罗凯贾尼(Lorenzo Roccheggiani)的《收集一百张表，代表古埃及人、埃特鲁里亚人、希腊人和罗马人的宗教、民事和军事习俗，取自古代浮雕》(Raccolta di cento tavole rappresentanti i costumi religiosi, civili, e militari degli antichi Egiziani, Etruschi, Greci e Romani tratti da antichibassirilievi)。

1803 年

1247. 歌德日记(亲笔)

1803年1月2日　星期日

《欧仁妮》①。第四幕。

---

309

① 歌德于3月结束悲剧《自然的女儿》(Die natürliche Tochter)的创作。

1248. 歌德致格纳斯特及贝克尔(草稿)

1803 年 1 月 3 日　星期一

　　宫廷委员会之所以对剧院目前时不时出现的明显不足与疏忽选择沉默地视而不见,是因为剧院成员们大多仍心怀善愿,其努力亦足以令人称赞。

　　遗憾的是,最近一些过错总是重复出现,甚至进入公众视野,至此,订立以下规则变得刻不容缓:

　　但凡有成员利用休假以外的时间出游;错过整场彩排,或是在重大彩排中迟迟不现身;在演出中的任意一幕消失不见或是演出迟到;在更衣室中或舞台上因为不得体的行为引起骚动:所有上述行为将于隔天附上详细情况说明并上报,以保证周末之前可根据事实状况及时做出相应斥责或惩罚。

　　　　　　　　魏玛,1803 年 1 月 3 日　　　　　　　　委员会

1249. 歌德日记

1803年1月3日 星期一

〈亲笔〉旧硬币①。〈机打〉致信谢林教授。致信宫廷顾问布卢门巴赫先生以及歌德顾问夫人,后两封信都经由奥古斯特。

310

---

① 可能是指根据巴黎国家博物馆原版浇印的古希腊硬币,歌德通过科塔从苔奥多·埃德姆·米奥内处购得。

1250. 歌德致基尔姆斯(亲笔)[①]

1803 年 1 月 5 日　星期三

要说把剧院的机器和装饰也算作家具,这在我看来既不顺应天性,也不符合规矩。两者都是剧院的必要组成部分,不可分割。

如此一来,剧院底层大厅的长凳也可被看成是家具的一部分了。

当然,装饰的价值多少还是可以估算的;可是机器怎么办呢? 我认为,为了不耽误进程,可以派人做一份劳赫施泰特的饰物清单,估算翻新成本,在总数 10000 塔勒[②]中予以扣除。

魏玛,1803 年 1 月 5 日　　　　　　　　　　　　　G

---

① 信下有"基尔姆斯的笔记,说到格纳斯特与林登茨威格(Johann Christian Lindenzweig, 1762—1839)〈……〉根本不想给劳赫施泰特的剧院家具投保火险,因为这个保险机构本身不保险;然而基于卢德库斯的保荐还是进行了投保。"——林登茨威格是魏玛剧院的出纳,卢德库斯是魏玛的财政官员,1803 年成为"会计"。
② 可能是之前估算的被保险物的总价值;现在要把装饰品从中扣除。

1251. 歌德致席勒(亲笔)

1803 年 1 月 6 日　星期四

请告知我您的近况。我唯一的慰藉便是这枚古币护身符,它以一种舒适的、令人心醉的方式引领我走进遥远的地域与时代。请告诉我:您今晚是否愿意来拜访我? 若您仍想沉浸于独自的安宁;我也诚挚祝愿您成功。①

　　魏玛,1803 年 1 月 6 日　　　　　　　　　　　　G

---

① 此时席勒正在创作《墨西拿的新娘》(Braut von Messina)。

1252. 歌德致席勒

1803 年 1 月 13 日　星期四

311　　　昨天我听说您重又拾起了去年想要在每周六喜剧演出后召集一个晚间聚会的念头①。我忘了向您询问此事。

　　请告诉我您的计划进展到哪一步了？听闻公爵殿下也有类似打算，希望你们的两个计划能顺利会师，不要半途而废。

　　祝您健康。

　　　　魏玛，1803 年 1 月 13 日　　　　　　　　　　　　　　G

---

① 卡尔·奥古斯特在1月12日给歌德的信中写道："〈……〉据说周六晚上喜剧演出后在市府大楼的某个房间内会有一个以你和席勒为中心的俱乐部，请告诉我这一传言是否属实。我十分迫切地想要知道，是因为我正暗自酝酿着同一地点、同一夜晚、同一中心的同一计划。"这一计划很有可能得以实现（3 月 5日席勒在日记中写道："在俱乐部"），但并未发展为值得一提的组织。

1253. 歌德致亚当·恰尔托里斯基侯爵(草稿)

1803 年 1 月 13 日　星期四

　　尊贵的殿下,您天赋异禀,能记住所有有幸觐见您的人,而与此同时您在所有享有过如此幸运的人们心中更是留下了伟大的不可磨灭的印记①。

　　您像最至高无上的饰品般闪耀在魏玛的社交圈中,所有有此殊荣参与其中的朋友们每每回忆起那一段美好的时光,都会欣然谈论许久。

　　当我们从您那同样尊贵而亲切的家人②处获悉您仁慈的问候时是如此狂喜,以至于再一次唤起了与你们这对尊贵夫妇相处的美好日子,殿下作为如此诸多美好的施予者与幸福的传播者一定在筹划此次庆典前就已经预见了这一切。

　　请最尊贵的阁下接收我最热忱的感谢,请您不要忘记我,同时也为我因为庆典事务诸多而迟迟未发的回信迫切地恳求您的宽恕。

　　当我使用殿下和其他一些人一样娴熟掌握的这门语言③时一定会有一些偏差,但我自认已找到了最佳的表达,怀着忠诚与尊敬真诚地附上我的署名。

312

---

① 歌德于 1785 年在卡尔斯巴德结识了波兰政治家及奥地利将军亚当·卡齐米日·恰尔托里斯基侯爵(Adam Kazimierz Czartoryski, 1734—1823),后者 1802 年 11 月 10 日给歌德来信。
② 亚当·恰尔托里斯基侯爵向歌德引荐了信使,其女婿斯坦尼斯劳斯·科斯卡·萨留施·封·扎莫伊斯基伯爵(Graf Stanislaus Kostka Saryusz von Zamoyski),后者何时来到魏玛则不得而知。
③ 恰尔托里斯基使用法语。

1254. 维兰德致露易丝·封·格希豪森
（1803 年 1 月 18 日）

1803 年 1 月 18 日　星期二前

　　最近我从出人意料的、预言着不幸的传闻中获悉枢密顾问歌德的相关消息，深感〈不安〉。几天后我从友人伯蒂格那儿确认一切只是空穴来风，歌德身体硬朗，精神矍铄，我才敢对您说，人们说得就好像歌德不得不去小说《项狄传》中著名的哈缶·什牢坑驳鸠的鼻岬给自己安个新鼻子。①流传在魏玛这座城市的谣言就像一个恶毒的教母，人们似乎并未对此引起足够重视。

---

① 劳伦斯·斯特恩的第四部作品《绅士特里斯舛·项狄的生平与见解》(The Life and Opinions of Tristram Shandy Gentleman)讲述了德国鼻子研究者哈缶·什牢坑驳鸠以及他在"鼻岬"获得了一个新鼻子的故事。

1255. 歌德致 J. J. 维勒默(草稿)

魏玛,1803 年 1 月 24 日　〈星期一〉

　　就因为在我们这儿无法演出而寄回的可爱的小作品①,我认为看在我们多年老友的关系上有义务进一步加以说明原因:

　　我们尽量避免在剧院上演可能在大批观众面前贬低科学研究的一切作品,一方面是基于我们自身的原则,另一方面也因为耶拿大学近在咫尺,如果我们在这儿企图以演出轻侮或取笑那里的某些人正致力研究的内容,会显得十分不敬。

　　诚然,某些试图揭示自然界秘密的研究一方面因其自身原因,另一方面因为企业家们的招摇撞骗显得愚蠢可笑,若是喜剧家们附带地进行稍稍挖苦,人们也不该多加苛责。对这一点我们也绝非冥顽不化;但是我们至今一直小心翼翼地避免任何或多或少涉及哲学与文学争议以及医学的最新理论等内容。出于同样的原因我们也不愿意人们嘲笑加尔的美妙学说,更担心因此引起一些德高望重的观众们的愠怒,尽管它也许与拉瓦特尔的学说一样缺少一个确实的基础。

　　感谢您借此机会想到我,今后我也会一直友好地挂念您。

313

---

①　维勒默(Johann Jakob Willemer,1760—1838),法兰克福的银行家,1789 年任普鲁士枢密顾问,1800 年至 1802 年及 1804 年剧院的高级导演之一。他 1月 13 日给歌德寄去了卡尔·施泰因(Karl Stein,1773—1855,作家)挪揄颅相学家弗兰茨·加尔的喜剧《头颅学》(Schädellehre)。该剧后于 1805 年在柏林发表。

1256. 歌德致策尔特

1803 年 1 月 24 日　星期三

　　我无法沉默地等候您的到来①,更何况我有无尽的感谢要向您表达。

　　您寄来的歌曲②令我与众人欢欣鼓舞,且已多次在我为了迎接您的到来而准备至今的小型音乐会上进行刻苦排演。当然,我诚挚地期盼着您的到来能为这一系列演出画上完美的句号。

　　您会顺便带一些不太重的多声部乐器吗? 期待您的到来为我们的圈子增色添彩。

314

　　我不再多言,以便让这封已经耽搁了一天的信件能在今日送出,就这么多了。您所熟悉的寓所,连同一间小小的卧室已经布置妥当,即便您不事先通知也可随时到来。目前我自己的状态十分良好,下个月定能安宁、专注地享受与您共度的时光。请告诉我您会到来,并已做好安排在我们这儿逗留些许时日,越快越好。

　　期待很快能与您亲口分享趣事,祝您健康,早日启程。

　　　　魏玛,1803 年 1 月 24 日

　　请把您为我们的朋友赫尔德、福斯和席勒谱写的美妙乐章一同带来,好让他们也能通过您的美妙音乐重拾创作之激情。③

---

① 尽管保证 2 月会来访,策尔特最终 5 月才来到魏玛。
② 策尔特于 1802 年 12 月 18 日寄来了歌德的《婚礼之歌》(Hochzeitlied)以及《薪新的阿玛迪斯》(Der neue Amadis)的谱曲。
③ 策尔特随回信寄去了席勒的《骑士之歌》(Reiterlied),《海洛与利安德》(Hero und Leander),《信仰之言》(die Worte des Glaubens),《勇斗恶龙》(der Kampf mit dem Drachen)以及《远古的歌者》(Die Sänger der Vorwelt),歌德的《渴望》(Sehnsucht),《歌者》(der Sänger)的谱曲以及歌德《美丽小花》(Das Blümlein Wunderschön)和《少年和磨坊小溪》(Der Junggesell und der Mühlbach)的重新谱曲,最后他还寄来了一些十四行诗的配乐(包括赫尔德的一首)。

1257. 歌德致席勒

1803 年 1 月 26 日　星期三

好几次我想询问您的近况,现在终于付诸行动。若是您有兴趣详知一二,我便讲讲最近身边都发生了些什么:

《切利尼》的附录部分至今仍在缓慢推进。我也读到、想到了一些有用之词。

一些新的铜版画送到了我这儿,正好供我把玩研究。

来自卡塞尔的品相欠佳的维纳斯头像已被我充满爱意地清理修缮一新,这样至少还能略添几分美意。① 我不得不部分地让这模糊不清保持原状,鉴于现存之精美的基本形式,这种模糊不清可以适应这种矛盾的情状。

我给洪堡捎去了一封长信。

硬币方面乏善可陈;然而每次观赏把玩都有新的参悟。

克拉德尼博士②来了,还带来了四卷本详尽的《声学》。我已读了一半,届时将亲口告诉您关于其内容、方法、形式的一些有趣之处。他与埃克尔③一样都属于天性喜悦的那一类人,甚至不知道自然哲学的存在,而只是一味全神贯注地寻找、发掘现象,好在今后以其天性使然、天赋所赐那般加以归纳、利用。

您能想到,无论在阅读此书时,还是在长达几小时的谈话中,我总是朝着我原来的方向钻研,同时我为自己未来的方向设立了几个相当不错的标记。

315

---

① 对此事歌德在第二天写给 W. 洪堡的信中做了更详细的描述。
② 恩斯特·佛罗伦·弗里德里希·克拉德尼,来自维滕堡的物理学家,形成了自己的音色理论——《关于音色理论的发现》(Entdeckung über die Theorie des Klanges),并撰写了《声学》(Die Akustik)。
③ 约瑟夫·黑拉里乌斯·埃克尔,奥地利钱币学家、考古学家。歌德在研究其收集的硬币时使用了 1802 年 12 月 20 日从魏玛图书馆借出的埃克尔的专著《古钱币知识》(Doctrina nummorum veterum)。

　　我把他的来访看成是一个好兆头,因为我们正期盼着策尔特的到来。

　　刚才我又从头思考了一遍颜色学,觉得在许多纵横交错的意义上大获启发。

　　您愿意抽出十五分钟时间见见克拉德尼吗? 这样您也能亲自认识这位坚定地为自己以及其工作范畴代言的个体。因为他很愿意从耶拿出发前往鲁多尔施塔特,也许您能为他写句引荐之言?

　　虽然我可能马上又会或多或少想起想和您说的话,但这次就写到这儿吧!

　　祝您健康! 请您详细说说您的近况,既然我们俩都拒绝出门,至少像那个陷入爱河的人①一样,越过遮挡,互相通信吧。

　　　　魏玛,1803 年 1 月 26 日　　　　　　　　　　　　　　G

---

① 歌德在此影射皮拉摩斯(Pyramus)与提斯柏(Thisbe,古巴比伦传说中的悲剧情侣),同时也借用 A. W. 施莱格尔翻译的莎士比亚《罗密欧与朱丽叶》(Romeo und Julia)中朱丽叶的话:"你是谁,隐没在夜色中,撞进了我的胸膛?"

1258. J. L. 盖斯特致无名氏
（1803 年 1 月 28 日）

1803 年 1 月 26 日　星期三

声名如雷贯耳的来自维滕堡的克拉德尼博士这几天带着他最新发明的名为克拉维琴姆佩尔的乐器来到这儿，并将于下周日在市议会大楼的票友音乐厅进行演奏。他似乎在早前与枢密顾问先生多有交往①，这几天也多次在他家中用餐。

---

① 1795 年 5 月 29 日耶拿植物园园长卡尔·巴奇通知歌德克拉德尼将要来访，至于当时两人是否真的会面，难做定论。

1259. 歌德日记(亲笔)

1803年1月26日　星期三

迄今尚未外出。早上以《切利尼》附录为主。克拉德尼。《声学》。

1260. 歌德致威廉以及卡洛琳·封·洪堡（草稿）

1803 年 1 月 27 日　星期四或 1 月 29 日　星期六

若不愿 1 月尚未与您通信便匆匆过去，我就不得不即兴挑一个晚上，乘着大家都去观看喜剧演出，下定决心握起笔杆，哪怕我甚至不知道要说些什么。我又能对你们说些什么？你们正享受着我会因为自己的缺席而懊悔终身的一切。当我看到罗马的巨幅全景图，或是其他什么图片，尤其是我的儿子正在研究古罗马时代的古物，每一天我都半带着不满呼喊道：只要我的朋友们愿意，他们就可以走在这条路上！这一生我都期盼着哪怕只看上几分钟卡瓦罗山的斗兽场，你们却轻松惬意地绕着它漫步，在那儿考虑着是否去赴下一场盛宴，而我们这些可怜的北方人却只能靠面包屑过活，这绝非是餐桌上掉落的残渣，而确是我们用辛劳、时间与努力创作而得的。如果你们愿意随时为我写上你们生活的哪怕只言片语，那么我也愿意毫不犹豫地向你们叙述以下诸事，不必担忧它们是否值得跨越千里送到你们的手上。

新年以来我的身体一直不适，无法出门。好在居家生活并未受到多少影响。家里有 1400 枚米奥内的古代硬币硫黄拓印，能一睹其风采令人获益匪浅。我长时间地欣赏，从各个角度观察，直到感觉需要他人的帮助，便拿起埃克尔的著作，醉心于其宽广的经验，编排得当的报告，正直的学究态度以及由此而来的直入人心的忠诚。

发现我的见解与其一拍即合，同时整个历史需求又是如此强烈而目的明确，真是一种由衷的喜悦。

此外，迈尔关于艺术时期区分标志的锐利见解亦引起了相当热烈的讨论。

因此从这方面看，至少在小范围内，一切还不是太糟糕！另外这些天我收到了一些大师们亲手制作的铜版画，得以愉快地从中探视他们的天性与作品的独特之处，同时重温知识整体。

我把一些创作的时光献给了《切利尼》新版的翻译，在附录中添加了一些对于当时的时代与艺术情况的解释。若您将来在罗马读

317

到，请务必多多包涵。它更像是余响，而非曲调本身。

318　　席勒应该会亲自给您写信。我已经好几天没见到他了，他把自己关在家里，为了完成一部开局良好的作品①。

　　迈尔这两天结婚了，不能免俗地忙着自己的家事。

　　以上便是你们从我这个来自超过十四天没有下雪的晴冷北方的寂寞朋友这儿得到的第一批消息。我会继续在每个月末向你们寄来这么一纸自白②，也恳请你们为我做同样的事。我知道自古以来若人们想等远方的朋友先给自己写信，那么他们根本就不会动笔。所以我衷心感激你们二人从佛罗伦萨寄来的信以及所有友好的回忆③。你们深知我的喜好，如果能时不时寄些过来，我将感激不尽。请您开门见山地告诉我您代办的名字④，我好把费用结算给他。也许费尔诺⑤能带回点什么来？毕竟人们总是希望通过一些美好的东西令自己重新魅力四射。在游览卡塞尔时我注意到了一个非常漂亮的大理石头像，一个真正的维纳斯，现在我拥有它的浇铸副品；可惜

---

① 席勒 2 月初完成了《墨西拿的新娘》。

② 歌德的愿望并未实现，他的下一封信写于 3 月 14 日，之后再未有 1803 年的信件流传下来。

③ 友好的回忆指的不仅是关于佛罗伦萨艺术品的描述（其中包含一尊属于切利尼的耶稣受难像），还指洪堡为了满足歌德的特殊愿望而做的努力。1802 年 11 月 22 日他写道："我还没得到过切利尼的硬币"；1802 年 12 月 10 日洪堡在梵蒂冈普鲁士总督处职位的前任威廉·乌登捎来的信中就说道：歌德的"委托"已经收到了。"他会向您进行详尽的汇报。"乌登 3 月末（?）前往魏玛拜见歌德；参见夏洛特·封·席勒 3 月 31 日给弗里茨·施泰因的信。

④ 洪堡没有说。——洪堡不在时，俩兄弟曾经的老师戈特洛布·约翰·克里斯蒂安·昆特（Gottlob Johann Christian Kunth, 1757—1829）管理着其在泰格尔的产业。歌德与昆特的关系并无描述。

⑤ 费尔诺接受了耶拿大学的任职后于 7 月中旬离开罗马，9 月初抵达魏玛。歌德希望他"带回点儿什么"的愿望是否得到满足不得而知。

的是真品已经有些损毁，而副品完成地又过于笨拙。尽管如此我仍然十分高兴。能与这些价值无可估量的真品如此接近，你们是多么幸福！请替我吻朱斯蒂尼亚尼的密涅瓦之手①。

罗马城内所谓的向导、艺术家以及艺术贸易现状如何？请写信告诉我，无论你们在七丘之上，还是在台伯河谷，无论是在莫勒桥还是一直到罗马城外的圣保罗教堂，请你们想念我，最重要的是，祝你们健康。

　　魏玛，1803 年 1 月 27 日

　　至此的信是写给你们这两位朋友的，接下来的内容则主要针对亲爱的夫人。

　　您关于西班牙绘画的汇报为我留下了宝贵的财富，对此的感谢无法言尽。当论及某些重要作品的来源时，人们总是乐意四处请教打听。在此我也有一些问题希望您能从罗马给予答复。

　　首先我想请您告诉我一些在世的，尤其是德国艺术家们的事儿。② 有谁还留在那儿？有谁初来乍到？他们的性格和作品如何？他们最擅长什么？有哪些作品？如果想要预定他们的作品需要支付

319

---

① 在罗马的朱斯蒂尼亚尼宫。参见歌德——同时收录于《意大利游记》中——1787 年 1 月 13 日在写给魏玛朋友圈的信中描述：在朱斯蒂尼亚尼宫中有一尊令我肃然起敬的密涅瓦雕像。

② 卡洛琳·封·洪堡在 4 月 20 日的信中提到了约翰·克里斯蒂安·赖因哈德（Johann Christian Reinhart, 1761—1847，德国画家及铜版画家），格奥尔格·奥古斯都斯·瓦利斯，亨德里克·沃德（Hendrik Voogd, 1766—1839，长期生活在罗马的画家），西蒙·丹尼斯，迪迪埃·博盖，菲利普·弗里德里希·黑奇（Philipp Friedrich Hetsch, 1758—1838，历史与肖像画家，席勒在卡尔中学的同学），克里斯蒂安·戈特利布·希克（Christian Gottlieb Schick, 1776—1812，来自斯图加特的画家，自 1802 年起生活在罗马）以及贝特尔·托瓦尔森（Bertel Thorvaldsen, 1770—1844，长期生活在罗马的丹麦雕塑家）的"一些消息"。

多少钱？我尤其想了解赖因哈德的情况。请您也关注一下一个斯图加特人①，他一定会崭露头角，只是我忘了他的名字。

从前在科尔索大街上有一个艺术商②，人们叫他热那亚人，他卖的大多是旧货。他还在吗？他的店现在怎样？

这一场革命的洪流中会出现类似的新事物吗？

即使洪堡没时间，也请您务必每月给我写信。您也会定期收到我的信，至少了解我的情况。其他的朋友们也会从其他方面继续编织您与我们缔结的友情之线。

您也许已经知道，封·沃尔措根夫人③回来了，但也许您并不清楚在她的共和之旅结束后，她已成为坚定的专制统治反对者。我必须在这里告诉您，这样若下次这位《阿格尼斯·封·莉莉安》④的作者以夏洛特·科迪⑤的姿态令我们大吃一惊时您也不会太过惊讶。

请不要吝啬为我描写一些您这里的四季与气候，人们总是很愿意了解陌生国土的天空。昨天在我们这儿持续不断的干冷后出现了第一条雪橇道。在此奉上最真挚的祝愿，祝您健康。

320

魏玛，1803 年 1 月 29 日

---

① 菲利普·弗里德里希·黑奇，席勒在卡尔中学（Karlsschule）的同学，1787 年至 1794 年在母校任中学教师。

② 卡洛琳·封·洪堡在回信中并未提起他。这里可能是指弗里德里希·明特尔在 1786 年 12 月 14 日日记中提到的艺术商："在热那亚人那儿买了几枚硬币的仿制品，蒂施拜因和歌德也在。"

③ 卡洛琳·封·沃尔措根 1802 年 6 月至 9 月旅居巴黎，后在斯图加特及保尔巴赫居住数月后于年底回到魏玛。

④ 卡洛琳·封·沃尔措根的这一长篇小说最先匿名发表于席勒的《时序》（Horen, 1796/97），扩展版后独立出版于柏林翁格尔出版社。

⑤ 对于 1793 年 7 月 13 日刺杀了马拉的夏洛特·科迪（Marie Anne Charlotte Corday d'Armont, 1768—1793，法国贵族之女，刺杀了马拉），卡洛琳·封·沃尔措根并未发表只言片语。

1261. 歌德日记(亲笔)

1803 年 1 月 31 日　星期一

因克拉德尼给策尔特去信。给封·洪堡的信发往罗马。草稿自留。

1262. 克里斯蒂安娜·武尔皮乌斯致 N. 迈尔

1803 年 2 月 7 日　星期一前

　　首先衷心感谢您寄来的黑线鳕和比目鱼,还有品质上乘的银鳕鱼,我已经让人精心烹饪了大的那条,并邀请了下列客人前来品尝:

林务主管封·施泰恩先生

林务主管封·弗里奇先生

骑兵上尉封·弗里奇先生

贝克尔先生以及

埃勒斯先生

　　枢密顾问先生当天也一如既往地兴致高昂,而我和林务主管封·施泰恩亦为了您的健康举杯共饮。

　　〈……〉

　　如果您坚信我们亲爱的枢密顾问会对科策比事件①保持沉默,那您可说对了。要是他三十年来理会每一桩针对他的不当评论,该失去多少时间与精力啊。这个冬天他正更努力地创作一些定会给您以及其他朋友带来乐趣的作品。② 您知道的,他总是不断向前,从不瞻前顾后。

---

① 科策比于 1 月 4 日、1 月 10 日在刚创立的《正直人》上发表了两篇针对歌德的檄文:《一个但愿是捏造的事件》(Eine Begebenheit, von welcher wir wünschten, dass sie erdichtet wäre)(涉及 1802 年 1 月 2 日的《约恩》公演以及歌德对伯蒂格剧评的打压)以及《魏玛舞台上的阿拉尔柯斯》(Alarcos auf der Weimarischen Bühne)。

② 这几个月歌德的主要创作是《自然的女儿》。歌德于 3 月完成了这出悲剧。

1263. 歌德致科塔

1803年2月7日　星期一

《切利尼》的前九页已经送到,其印刷与排版甚得我意,只是遗憾　321
有几处令人颇为不快的印刷错误,罗列如下:

对开页(Fol)45. Lin. 15. zu umfassen 改为 umzufassen

59.　——　　8.　——孤单————共同

67.　——　　3 ——Antonius——Antinous

69.　——　　22 ——虔诚————女士

79.)——　　7.　——桥————长凳

其他小错误不再赘述。最后几页我还没有通读,现在几乎感到
有些害怕。

最尊敬的科塔先生,请让您的校对员们时刻将仔细谨慎铭记在
心。一个对自己的作品还有些重视的作家也会怀着同样的谨慎通读
手稿,以保证他的想法能更完美清晰地得以表达。如果看到作者反
复推敲琢磨的段落恰恰因为这种不谨慎而未能给读者带来享受,这
是多么令人难受的感觉。

《德尔菲娜》①的样本也已送到,我还没来得及向它的作者表示
感谢。祝福她健康平安。

魏玛,1803年2月7日　　　　　　　　　　　　G

---

① 斯塔尔夫人的长篇小说。

1264. 歌德致 N. 迈尔

1803 年 2 月 7 日　星期一

尊敬的博士先生,您又一次寄来馈赠,为此我们深表感谢。我敢保证,在过去的几小时中我们多次怀着愉快与感激的心情想起您寄来的上乘鱼鲜与可口美酒。

322

我多想也给您寄去一些我们这儿中部山地的东西①！至少如果有什么能给肉体或是精神带来愉悦的、可运输的东西,我们定不会忘了为您留一份。您的缪斯之神时不时的小创作以一种非常友好的方式更新了我们对您的想念。广而告之(die Werbung)②(我更愿称其为申请 Bewerbung)是我们带来的③的一种相当优美的变形,就我的评判来看很适合当地民众。

然而因为您这儿善良的民众们毕竟可能有一些不熟悉诗歌,所以我唯一的建议便是希望您不要用晦涩的音节规范阻碍人们接近这门高贵的艺术。虽然您精通八行诗、十四行诗、三行诗等诸多种类,但因为反复要求相同的韵脚,您的表达可能难免言不由衷。即便有时巧妙地转意,诗句也往往读来晦涩不明,这会令不专业的读者迷惑,令专业的读者不满;因此我建议您在此类情况下选用最轻松最自由的诗行形式,而只将那些高难度的诗行作为调剂。

请原谅我这看来也许有些迂腐的注解,希望随信附上的信件将我们的善意传递给弗格萨克的罗特博士④,也因此请您尽快给我一

---

① 不久后迈尔收到了铜版画。参见克里斯蒂安娜·武尔皮乌斯 2 月 26 日以及 4 月 13 日给他的信件。

② 迈尔的新年序幕,1 月 1 日上演于不来梅。

③ 歌德在劳赫施泰特剧院 1802 年 6 月 26 日开幕时上演的序幕。

④ 阿尔布雷希特·威廉·罗特(Albrecht Wilhelm Roth),弗格萨克的医生。歌德在 1802 年 11 月 9 日给迈尔的信中向后者打听他是否是接替巴奇的合适人选,迈尔在 11 月 20 日的回信中对候选人做出了褒奖的评价。(参见第 1239 封信)

个答复。但愿在今天的邮差出发前我能写完一封简短的附信,您能从中了解一些我们这儿冬天的景象和娱乐活动。

衷心祝您健康,祝您收获创作成功的喜悦。

魏玛,1803 年 2 月 7 日 歌德

〈附信〉

我们功勋卓越的巴奇去世后,耶拿的新植物学院已近荒芜。老植物学院非常局促的环境以及其他学术情况使得铺设这样一所新学院的需求迫在眉睫。宫廷花园的上半部分已经用来修建学院,您一定记得它的美丽。屋子是按旧法建造的,但是对于一个不那么大的家庭来说已经足够宽敞舒适,这一切想必您早已了解。

为了弥补失去巴奇教授的损失,我们现在将目光投向弗格萨克的罗特博士。通过他远扬的名声,更重要的是通过他的著作我们了解了他在植物学上的独到见解。除了这样一个杰出人物的履历外,我们还尤其考虑到他为自己铺设了一个私人花园这一事实。由此可推断他对于园艺艺术的实用及技术方面必不陌生。

同时对于一个想要通过他的知识与个性大展身手的人来说,我们的学院也恰恰是他所期待的去处。

这一学院只依附于本地宫廷,目前来说与大学并无关联。与已故的巴奇一样,学院院长将被授予哲学教授之职。

同时每月还提供 200 古尔登薪水以及免费住所。

此外,院长每月还将获得 200 古尔登用以负担花园的日常开支,其中包括雇佣一名能干的年轻帮手的薪水,他的任务是参与打理花园的事务,与日工一块儿干一些必要的手工活。

最尊敬的博士先生,您是否愿意助我们一臂之力,在私下无人时试探一下罗特博士,若他并不反对,也请问他:他是否能及时到我们

324. 这儿来①，好在夏天开办讲座课。在此我冒昧地期待尽快从您这儿了解到最终的决定。

　　最后还有一点补充，想必罗特博士应该很乐意考虑：即他是否信任自己的授课天赋，这一方面当然是为了交流他的知识，另一方面则是为了签订授课合同。这样不仅我们关注的学术目的得以完成，同时他也可在此职位上发挥作用，受到尊敬。

　　祝您健康。

　　　　　魏玛，1803 年 2 月 7 日　　　　　　　　　歌德

---

① 罗特并没有来，这一职位最终由弗里德里希·约瑟夫·舍尔福尔（Friedrich Joseph Schelver，1778—1832，医生、植物学家，1802 年成为耶拿的医学教授，1806 年前往海德堡）接替；参见第 1273 封信。4 月 2 日迈尔给歌德的信中写道："关于上次罗特博士是否介意接受那一职位的询问，我尚未获得进一步消息，一旦我了解到些什么，将立刻向您汇报。"迈尔是否得到进一步消息尚不可知。

1265. 歌德致阿玛利亚·封·伊姆霍夫

1803年2月15日　星期二

　　当我正惦记着您的时候,便收到了您亲切的简信。亲爱的朋友,请不要将此视为巧合。之前因为期待着策尔特的到来①,我至今不曾为我们亲爱的卡洛琳公主和她的随从奉上一场小型音乐会②,毕竟他那大师级的指导才能保证达到最佳效果。然而现在我们只能依靠自己了,客人们应该也能预想到我们的良苦用心。也许当我给您写这封信的时候,您正活跃于埃特斯堡的社交圈。希望当您略感凉意回到家中时能在温暖的炉边欣喜地收到我的问候。

歌德

---

① 策尔特5月末才到来。
② 参见歌德致席勒的信(第1267封,1803年2月28日)。

1266. 席勒致 W. 封·洪堡(1803 年 2 月 17 日)

1803 年 2 月 17 日　星期四前

令人痛心的是歌德越来越放任自己的无所事事,他总是交替做着一切,却不能全神贯注地投入在一件事上①。他现在真正成了一个僧侣,活在纯粹的冥想中,虽然仍在创作,却失去了对外部的影响。三个月来他虽未抱恙,却寸步不离他的房屋。关于他在做些什么,想必他已告诉您。如果歌德还相信他能创造一些美好的可能,还相信他的行动能产生一些影响,那么在魏玛这块土地上便还能实现某些艺术,尤其且恰恰是戏剧方面的抱负。然而有一些不详的中断的预兆。我一个人无能为力,现实迫使我不得不常常想着在世上寻找另一个住处和圈子;若要有合适之处,我便不惜离开此地。②

---

① 歌德当时正在创作《自然的女儿》,这部悲剧于 3 月完成。对此席勒并不知情。

② 该信的下一句话是:"可惜意大利,尤其是罗马并非适合我的国家。我的身体状况并不适应当地,而其审美情趣也于事无补,因为我对雕塑艺术毫无感觉。"——1804 年席勒曾动过前往柏林赴任的念头,在公爵答应加倍每年给他的资助后最终留在了魏玛。

1267. 歌德致席勒

1803 年 2 月 28 日　星期一

　　我打算缺席明天的聚会，一心排练一些音乐；我非常渴望听到新的男高音①和《骑士之歌》的全新作曲②。

　　我希望能尽快与您聊聊昨天的试读会③，也许周四或周五也可以在我这儿举办一场，届时诚邀您的女眷④一同前来，此外再邀请一位朋友，这样就可以一同就这一话题展开一场愉快的讨论，反正我们也很少这么做。

　　如果您今晚的工作结束得不那么晚，还愿意到我这儿小坐片刻，我将十分欢迎。

　　　　魏玛，1803 年 2 月 28 日　　　　　　　　　　　　　　G

---

① 弗兰茨·勃兰特（Christoph Ludwig Franz Brand，1750—?）1803 年至 1804 年间在魏玛做演员。他来自法兰克福，歌德的母亲在 2 月 18 日的信中将其强烈推荐给歌德。2 月 26 日勃兰特在彼得·封·温特的歌剧《中断的祭祀日》（Das unterbrochene Opferfest）中扮演莫尔尼，完成了在魏玛剧院的首演。
② 策尔特附于 2 月 3 日的信中寄出。之前克尔纳与克里斯蒂安·雅各布·察恩也为《骑士之歌》谱过曲。
③ 指《墨西拿的新娘》；试读会在席勒处举行。
④ 指夏洛特·封·席勒和卡洛琳·封·沃尔措根。

1268. 席勒致 W. 封·洪堡(1803 年 8 月 18 日)

1803 年 2 月

326　　　您一定会非常喜爱歌德的《自然的女儿》。〈……〉在我给您寄去上封信后,您曾对他的创造力丧失信心,值此之际他带着全新的作品出现,令您,也同样令我大感震惊,因为像对全世界一样,他对我也严守秘密。10 月份作品将印刷出版。①

① 这出悲剧 10 月中旬刊登于科塔出版社的《1804 年度口袋书》(Taschenbuch auf das Jahr 1804)中。

1269. Chr. A.武尔皮乌斯致 N.迈尔
(1803 年 2 月 26 日)

1803 年 2 月

我万分同情枢密顾问先生。他已经七周没有迈出房门了,最近当他来到花园散步时甚至晕倒了。

〈……〉

丧偶的公爵夫人①似乎开始**公开**叫板 G,那里一切都站在科策比②一方。应该把所有这些人都喂给他吃了。这里的人根本配不上 G! 那个**无赖**在这儿甚至还有他的**党羽**③;您能相信吗? 只有大公坚定地站在 G 一方,禁止 K 踏上他的国土。④

---

① 指安娜•阿玛利亚以及她的宫女和侍从。
② 参见第 1262 封信。
③ 其中伯蒂格是最积极的一位。
④ 这一说法并不符合事实。4 月科策比还在耶拿逗留。

1270. 席勒致策尔特(1803 年 2 月 28 日)

1803 年 2 月末

327

您的失约让许多敬爱您的朋友的愿望落了空,也导致一些基于您的到来而定的计划最终流产。在这些计划中有一项来自我,歌德对此也甚为上心——我有一出使用古典悲剧合唱的悲剧①,这一在古典舞台行之有效的方式此前也曾获得成功。〈……〉我们认为用歌唱的方式背诵合唱曲中那五到六首充满诗意的幕间插曲并用一种乐器伴奏并非没有可能。此外我们信赖您权威的鉴定和天才的灵感。您的缺席摧毁了这一希望,如今我们只能让全体合唱团员单纯地诵咏这一作品。但或许您对这一作品颇有兴趣,会以音乐演出让我们大吃一惊。②

歌德和我说了许多您寄给他的优美歌曲,他正在安排人们排练,并保证这周会举行一场真正的庆典。您为《世界四大时代》和《欢乐颂》的谱曲精彩绝伦,令我大为振奋。这周我还会听《勇斗恶龙》以及《骑士之歌》。

---

① 指《墨西拿的新娘》。
② 策尔特一开始对席勒的建议表现出极大兴趣,也确实花了几个月的时间致力于"将这一作品的合唱曲转换为音乐形式"(8 月 7 日致歌德);但策尔特最终放弃了这一项目。

1271. 歌德致席勒

1803 年 3 月 10 日　星期四

今天的排练进展顺利,我毫不怀疑戏剧能在 19 日上演①。如果您今天晚上来我这儿,我们可以从头到尾再探讨一下,毕竟我现在对此记忆犹新。请您告诉信使什么时候来接您。

　　魏玛,1803 年 3 月 10 日　　　　　　　　　　　　　　G

①《墨西拿的新娘》。这出悲剧于 3 月 19 日首演。

1272. 歌德致策尔特

1803 年 3 月 10 日　星期四

我能理解离开熟悉的亲友,在这个季节前去探访外乡的友人确实要下一番决心,但这次您拒绝的信件却让我分外悲伤。此外,我们本可以通过交流赢得更广泛、更高尚的艺术,我在这个冬天特别忙于歌剧与管弦乐团的组织,这并非为了眼前,而是致力将来,对此您的帮助不可或缺。

早年古老的那句谚语:要去对的铁匠铺!① 的重要性令我如醍醐灌顶;但若铁铺远在千里,带着器具根本无法企及,这样的领悟又有何用。

因此我不能放弃见您的希望,我想在此提出一个您会欣然接受的建议。

如果您能或多或少抽出一点儿时间来我们这儿游玩②,那么以我目前的地位,同时考虑到您的到来能为那些我魂牵梦萦的机构带来的巨大好处,我认为我至少有义务承担您来回旅途的费用,并为您安排本地的住宿。您就当旅途的周折和对您宝贵时间的占用与您在我们这儿能享受到的愉悦相互抵消了吧;如此这般我们便觉得亏欠您少些,也许我们还能为了日后能更常见面达成一个协议,这样即便对您无甚大用,至少为您省去了经济上的困扰。

请您考虑一下,告诉我您对这个建议的想法。希望得到您肯定的回答,关于时间您完全不用为难,从现在到圣灵降临节的每一天我们都期待您的到来。

您的房间正安静地等候着款待您。

所有的朋友都热忱地思念着您。这一思念经由昨天重新上演的

---

① 意思是:"前往真正能获得所寻求的信息或者有力的帮助与支持的地方,寻求专业人士的帮助。"

② 策尔特 5 月底踏上行程。

《骑士之歌》组曲以及《侏儒》①再度燃起。席勒表达了强烈的谢意。

　　我们这儿新来了一位男高音。他的嗓音美妙动人,却难掩生涩。能否请您为他和我们做一些提点? 他应该如何发展? 关于我们希望您能履行的职责,我且只提这其中一环。

　　鉴于太子的婚礼②以及今年最后三个月所需举办的各项庆典,改善我们的剧院,尤其是其音乐的重要性已无须赘言,正如已无须再重复之前的建议与请求。

　　应您的要求随信附上您亲切的曲谱③。

　　如果您试着阅读赫尔德出版的民歌集以及其他一些散落的篇章,一定会找到令您感兴趣的内容。我非常希望在我的小型音乐会上那位朋友能惊喜地再次从您的音乐中听到自己的作品。

　　请您认真地告诉我您对马拉夫人④的看法。

　　〈亲笔〉祝您健康,请尽快让我听到您令人愉快的答复。

　　　　魏玛,1803 年 3 月 10 日　　　　　　　　　　歌德

---

① 歌德的《婚礼之歌》(Hochzeitslied)。
② 婚礼 8 月 3 日于圣彼得堡举行。11 月 9 日新婚夫妇(太子卡尔·弗里德里希与俄国沙皇之女玛丽亚·帕夫诺娃)隆重迁居魏玛。
③ 策尔特在 2 月 3 日的信中提出希望得到一份他为歌德的诗歌《回忆》(Erinnerung)(日后称为《追思 Nachgefühl》)所做曲谱的副本。
④ 女演员兼女歌手格特鲁德·伊丽莎白·马拉(Gertrud Elisabeth Mara, 1749—1833)。她 1 月曾在魏玛逗留,并从魏玛继续前往柏林。策尔特在 4 月 1 日的信中附上了两份他撰写的关于马拉在柏林的第二场、第三场音乐会的剧评的剪报。

1273. 歌德致 F. J. 舍尔福尔(草稿)

1803 年 3 月 10 日   星期四

尊敬的博士先生,通过您的论文,通过我所尊敬的人们以及一次简短的谈话我认识了您,我感到强烈的愿望在心中翻腾:您是属于我们的;唯一的问题是:您是否能长期满意地主持因为善良的巴奇的去世而空缺的、如今您和一些其他竞争者正在申请的这一职位。

330

与此相对,宫廷委员会在任命这一职位时还有一些其他考量,以至至今未能作出决定。如果您,尊敬的博士先生能决定接管这一令人忧心忡忡的机构两年左右,他们的顾虑也将迎刃而解,而双方亦不必担心现有合同在到期前就作废。

在此期间,您将与巴奇教授享受 200 塔勒的同等待遇,同时我们也很愿意为您提供免费住所,相应地,您需承担尽可能推动学院发展、努力迎合大学需求的所有职责。

若非这一全新机构完全脱离大学组织而由一个直系委员会①管理,这样的协议是几乎无法想象的。

如果我们在建立这样一个机构时的唯一目的便是当殿下对某一重大事件表示出个人兴趣时,能秉持应有的严谨全力以赴;那么当合同到期时,我们定是希望能在双方满意的前提下加以延长,是的,使其成为胜任之人的毕生事业。

请您告知我您的大致决定②;我好尽快安排某些特殊事宜,若您认可便可尽早到来。

魏玛,1803 年 3 月 10 日

---

① 所谓委员会的职责是指以歌德与福格特为首的"监管",自 18 世纪 90 年代起(到 1816 年)委员会不断扩大管理范围,包括耶拿的植物学院、自然科学博物馆、图书馆、天文台、兽医学校以及魏玛的剧院、美术学校、硬币陈列馆和图书馆。

② 舍尔福尔的书面回应并未流传。——3 月中旬(?)歌德从福格特处获得消息,公爵"就舍尔福尔之事赞许地首肯了。"

1274. 歌德致 W. 封·洪堡(草稿)

1803 年 3 月 14 日　星期三

　　我还没给您捎去一封信,2 月就过去了。《切利尼》的附录和最终编辑事宜令人应接不暇。我希望您能带着愉悦阅读其中的某些篇章。现在这项工作告一段落,马上又有一些其他事接踵而至。

　　前不久克拉德尼博士来到这里。借由重新发明的乐器,他让大众认识了他,并赢得了旅费;不然凭借其他依靠《声学》赚取的收入,他只能坐在家里无所事事,忍饥挨饿。在一本四开本的书①中他非常认真、完整、出色地论述了这一物理学部分。如果人们想要寻求一个更高的出发点,把听觉和它的条件视为一个生命体的分支,那么现在很有可能做到这一点,因为所谓的准备工作已经完成。当然,这仍需后辈们努力地推敲完善。

　　最近我也再次把玩了他发现的带着琴弓、刻在带漆的玻璃板上的人物形象。它完美地展示了最简单的构造在少量改动的条件下能够带来多么多样的变化。

　　在我看来这一令人瞠目结舌的现象背后没有其他秘密。

　　我们正直能干的策尔特最近也正为更高意义上的听觉而忙碌。他为我和席勒的一些歌谣所谱的乐曲鼓舞了我们的冬日时光。他精准地抓住了同一诗节中反复出现的整体个性,使人们在每一独立部分中都能感受到它的存在。而其他人则在所谓的通谱中通过突兀的细节破坏了整体印象。

　　我们曾盼望他冬天到来;但是他的行程却被耽搁,为此我失去了许多的享受、教诲与支持。

　　您 1 月 28 日的信件在 3 月〈1 日〉4 日的今天才送到,由此可见邮差行走得多么缓慢。一般来说投递不会超过十六天。

331

---

① 指《关于音色理论的发现》(Entdeckung über die Theorie des Klanges)。

332　　　请您在圣三山①接受我的问候！我也曾经常来这儿漫步。

感谢您带来的关于艺术家们和艺术本身的消息！我会将您的来信单独装订，因此请您继续为我讲述当地的状况，好让我慢慢地获得一个全面的认知。

听说您将与费尔诺会面，在此我祝愿您二人好运，同时希望你们能好好聊聊。尽管您前不久打听了这一事件，可是您自己对于费尔诺与德国，尤其与魏玛结下了何种罕见的矛盾并不知情。全德意志人民，哪怕我不想称他们为空想理论者，至少也是教学法的忠实拥趸，无论深浅，已分为阵营清晰的两大部分。然而他们却始终在吸引与排斥两端摇摆不定，以至于人们前一夜还带着同情与好感平静地进入梦乡，一早醒来便已成为反对者。

我对费尔诺心怀最真挚的善意，然而大家是否能友好相处却绝不取决于我们。不同派别分裂成各种小型团体，导致无休止的挑拨、招揽与出丑。在此过程中，除了那些本已一无所有的人，没有任何人是赢家。

祝福圣三山上的您！愿您免受那些荒谬运动的侵扰。

如果费尔诺打算动身，请您让他为我捎来之前我恳求您为我搜集的各色古董小件。

---

① 洪堡之前写道："〈……〉我们紧挨着格雷戈里亚纳大街圣三山的尖碑〈……〉。"参照歌德在 1787 年 2 月 13 日《意大利游记》中所写："人们正在圣三山挖一尊新的方尖碑的地基。"

1275. 歌德致弗里德里克·温泽尔曼

1803 年 3 月 14 日　　星期一

亲爱的小朋友,您精致的礼物①为我带来了最愉快的惊喜,您寄来的不仅是一件堪称典范的杰作,同时也是爱意的明证。人们很难看到这样一个在造型、颜色、镀金以及工艺上如此完整的作品。

我很高兴您在《伊菲革涅亚》②的演出服装上使用了饱和色。从居家便衣到高贵华服,可怕、空洞、令人感伤的白色始终伴随着我们。人们对彩色避之不及,是因为优美高雅地使用它们太难了。

有时传来您的爱子因轻率莽撞犯下一些小错的消息,请您保持耐心。在我看来,这些来到陌生环境的孩子们就好像在房间里飞翔的小鸟;它们撞向所有的玻璃,在它们了解到并非所有透明的东西都可穿透之前没有撞得头破血流就已经足够幸运了。

我对教育学,尤其是戏剧教育学的了解足以令我明白事实上一切皆在于学会发现自身的缺陷,一旦意识到这一点便已或多或少接近成功,因为意愿能很快与正直、有益的见解互相结合。

目前在我们剧院有六名被公认能有所成就的家伙。如果我的舞台更大些,至少得有这样的五十人。因为一旦一个人身上发生了什么,无论轻重,都会影响到其他人,而事实上就如上文所说,关键就在于慢慢唤起每个人对自己的关注,一场比起个人,在大众身上进行要简单地多的手术。

当您想到我只是想要唤起母亲的耐心和宽容,且一直在很大程度地身体力行,便一定会原谅这番在我看来几乎显得迂腐刻板且夸夸其谈般的自省。有朝一日您的卡尔完成戏剧课的全部课程,一同到过劳赫施泰特以及鲁道尔施塔特,当他认识到为了长久地赢得喝

333

334

---

① 弗里德里克·温泽尔曼在 3 月 4 日给歌德的信中寄去了一个印有 A. L. 希尔特斯绘制的她扮演的伊菲革涅亚形象的咖啡杯。

② 歌德的《在陶里斯的伊菲革涅亚》(Iphigenie auf Tauris)于 1802 年 12 月 27 日在柏林首演,1802 年 12 月 31 日及 1803 年 1 月 18 日再演。

彩,人们必须要有一些超越自我的本领,那么我们所期待的也许就会很快发生。至今我仍怀揣美好希望,我不在意教育时间多久,关键问题是我们能否到达理想的时代? 您应该及时听听我对此的坦率看法。

祝您健康,请继续满怀爱意地思念我。

魏玛,1803 年 3 月 14 日　　　　　　歌德

1276. 歌德致席勒（亲笔）

1803 年 3 月 22 日　星期二

　　附上《被拯救的威尼斯》①。有时间请您大致翻阅一下，今天晚上我们可以讨论。我非常盼望见到您。该死的欢呼②让我这几天心烦意乱。请您指定马车接您的时间。

　　　　魏玛，1803 年 3 月 22 日　　　　　　　　　　　　　G

---

① 托马斯·奥特维(Thomas Otway，1652—1685，英国剧作家、演员)的悲剧《被保存的威尼斯，或称一个被发现的密谋》(Venice preserv'd, or，A Plot discovered)——由 J. J. M.瓦莱特改编——1794 年 10 月 14 日至 1795 年 1 月 15 日于魏玛上演。此后并未再演。
② 《墨西拿的新娘》3 月 19 日首演后一位观众(来自耶拿的卡尔·尤里乌斯·许茨)高声祝颂诗人万寿无疆。由于此举动不得体，公爵授意市警备司令官 F. L. A. 封·亨德里希给予其严肃警告。

1277. 席勒致克尔纳(1803 年 3 月 28 日)

1803 年 3 月末

九天前《墨西拿的新娘》在这儿首演,前天再次演出。反响空前热烈〈……〉。对我来说最为触动的是在《墨西拿的新娘》演出时我第一次感悟到何为真正的悲剧。合唱团恰如其分地结合了整体,一种崇高的、令人敬畏的认真贯穿着整部情节。歌德也深有同感,他认为戏剧的立足之地因为这场演出而获得了新的提升。

这周我们的舞台上也将有歌德的新剧上演:自然的女儿①。对此请你保密直到消息公布。

335

---

① 戏剧于 4 月 2 日首演。

1278. 歌德日记

1803 年 3 月 31 日　星期四

欧仁妮排练。致信蒂勒秘书。① 在德累斯顿拍卖会上定了一些铜版画。

---

① 歌德的信暂未发现。蒂勒在 6 月 1 日给歌德的信中称他买了"一些罗马教皇的硬币"，但他并未听说"德累斯顿铜版画拍卖会"。同见蒂勒 7 月 2 日的后续信件。

1279. 夏洛特·封·席勒致弗里茨·封·施泰因 （1803 年 3 月 31 日）

1803 年 3 月

这周您将收到他〈席勒〉的新作〈……〉。他敢于在 1500 年后再次把合唱团搬上戏剧舞台是一个划时代的创举。在我眼中反响是巨大的，歌德认为它将对戏剧作品设立一个新的要求，人们会慢慢完全习惯于此。歌德的喜悦无以言表。下周六将上演 G 的新作，首先是第一部。这还是个秘密，它的名字叫《欧仁妮》。席勒也不知道 G 几乎三个月大门不出，也不去宫廷觐见正是忙于创作这部作品。对我来说得知他还在工作就已满足，因为如果这样一个充满力量的男人休息停工，每个人都会痛惜因此流失的时光。

1280. C.布伦塔诺致萨维尼(1803 年 6 月 14 日前后)

1803 年 3 月

　　在谦逊的行家眼里,歌德的《欧仁妮》①是他迄今为止,也是世界多年以来呈现出的最伟大的作品。不久后第一部分将在科塔出版社以年鉴的形式出版,其他两部分也已完成,只是还需要最后的润色。这部作品是如此杰出,以至于当歌德向演员们朗读时自己也悲伤地潸然泪下;这是听说的关于他的最美好的事儿。自我对他听闻越多,了解越细,我便愈发觉得他是最简单、最高贵、最纯粹的人,只有蠢货才会谣传他的傲慢与冷漠。

---

① 即《自然的女儿》。

1281. 歌德日记

1803 年 4 月 1 日　星期五至 4 月 2 日　星期六

4 月 1 日
《欧仁妮》正式演出前的彩排。

4 月 2 日
《欧仁妮》上演。

1282. 歌德致卡洛琳·亚格曼

魏玛,1803 年 4 月 3 日　星期日

　　怀着激动的心情,敢问您在昨日的旅途中①休息得可好? 您凭借努力使我创造的画面变为现实,请允许我向您表达我的谢意。

　　尽管我还未听到很多声音,但所有人都一致表达了对您的赞赏,祝您、我好运。希望很快能再见到您。

① 卡洛琳·亚格曼扮演了《自然的女儿》中欧仁妮的角色。

1283. 法尔克

1803 年 4 月 3 日? 星期日

337　　后来我在《自然的女儿》演出结束后找到了他。他坐在一条从魏比希特①带来的蛇面前，花了好几个小时研究、观察，并用一根羽管喂食。他一开始觉得往前凸起的眼睛充满灵性，接着是尾巴，但事实上不是尾巴，只是来自植物世界的令人讨厌的附属品，就好像一个脑袋嫁接在一根笨拙的树干上——这真是一种神圣的观察方式。

---

① 魏玛东北部的森林地带(蒂弗特方向)。

1284. 歌德致玛丽安·封·埃本贝格

1803年4月4日　星期一

　　因为您送来的巧克力,我得以享用了好几个星期理想的早餐,对此一直未及表达我的谢意。而今您亲爱的来信又不期而至,再次提醒我履行这一愉快的义务。

　　在诸多讨人喜欢的个性之余,您还拥有一项非常特殊的品质——我之前也曾直截了当地赞赏过这一点——您十分重视朋友们异想天开的小愿望,为了满足它们不惜付出殷勤的努力。您自己也许并不知道这一品质是多么稀有。人们爱他们的朋友,尊重他们,愿意为他们两肋插刀,甚至不计代价,但若说到满足朋友们心血来潮的爱好,突发奇想的念头或是随便什么怪点子,我不确定,也许绝大多数人都显得太随意,太马虎,太乏味,太过虚伪地正派了。他们不会想到,正是这些不着边际的想法得以实现才能带来至高的享受。

　　借着这段冗长,但还不算太迟的反省道出我的感谢,感谢您为我捎来应允过的硬币①以及觅得的仿制珠宝。正如您在信中写到的,您能否完全买下最后展示给您看的由各部分互相串联起来的项链?我会在下个包裹里放上 3 个杜卡特,这应该是它大概的价值,并让封·雷策②先生捎来。

　　如果根茨先生③能在我们这儿多待些时日该多好! 他出发后我才想起几个问题,若是他在,一定能像之前一样给出令我完全满意的回答。一旦人们不再愿意旅行,那么像他这样的旅行家就成了最受欢迎的到来。只可惜这样的人太少了。

338

---

① M. 封·埃本贝格在3月5日的信中写道一位维也纳的朋友收集了25枚希腊和罗马的硬币,想要赠送给歌德作为礼物;约翰·卡尔·封·德·贝克(哥达的政府顾问)会在回程时带回。写信时硬币还未送到,但随后马上就会到达。

② 雷策,维也纳书籍审查官,歌德发往维也纳的邮件的中转人。

③ 弗里德里希·根茨,与 M. 封·埃本贝格交好。1801 年 12 月他从柏林前往维也纳之前曾在魏玛待了十四天。

　　说到我自己,这个冬天我过着相当离群索居的生活,此外还完成了一部有些特别的作品,正如随信附上的纸条上所言,它已于昨日上演。

　　欧仁妮的角色意义重大,亚格曼小姐的演绎十分出色。亲爱的朋友,若您今后读到这部作品①,请您评判这位"自然的小女儿"是否有资格列入您的姐妹行列。我只能说,她非常年轻,而我尝试着通过各式各样的母题将这个仰望世界的女性从孩子气的、甚至可以说幼稚的天真引领至英雄主义的品格。总体来说反响不错,但为了在我们的剧院常演,可能还有一些细节需要修改。至于是否也能延伸至其他剧院,让我们拭目以待。②

　　在过去的十四天里,戏剧的彩排甚至准备工作占据了我大量的时间,以至于我始终未能写完这封早已开头的信件,今天我若不快速果断地结束,只怕又将耽搁。就此搁笔,再次感谢您的善意与友好,致以最亲切的问候。

　　再次祝您健康。

　　　　　　　　魏玛,1803 年 4 月 4 日　　　　　　　　　　歌德

---

① M. 封•埃本贝格在 12 月 10 日给歌德的信中对该作品给予了高度评价。
② 作品最终只在柏林上演过,10 月 22 日首演。

1285. 歌德致夏洛特·封·席勒(亲笔)

1803年4月5日　星期二

　　我们这个时代的诗人已越来越少能听到一个期待已久、真挚关切的声音,正因如此您的一纸问候①令我格外高兴。它就像是我隐秘而忠诚的工作的美好回报。请接受我衷心的感谢,也请原谅我对讲座始终犹豫不决。持续不断的工作以及诸多彩排已让我心生厌倦。我希望能尽快摆脱这种情绪,好来到您和您的家人身边开始新的享受。祝您健康。

　　　　　魏玛,1803年4月5日　　　　　　　　　　　歌德

①夏洛特·封·席勒在《自然的女儿》上演前一天给歌德发去了衷心祝愿成功的问候。

1286. 歌德致 R. 朗格

1803 年 4 月 12 日　星期二

最尊敬的朗格先生,现向您汇报这儿的艺术爱好者们对于您寄来的珍贵绘画①的欣赏结果。它们到达很及时,在观赏时我们获得了颇多享受。如今它们已整装待发,希望能够顺利到达。

您的《卢克雷蒂亚》②也在我这儿悉心保管,我打算在这美丽干燥的季节将它寄回。您是否愿意告知我一个法兰克福的地址③,好从那儿小心地继续转送。还是说信任我们的邮政马车,直接从这儿不经中转寄往您处?

您对新的任务,即波吕斐摩斯这一作品④的描述让我充分了解到您的天赋更倾向于抓住作品中的历史面貌而非诗意面貌。

请忠于您的天性,不要理会那些您无法感知的任务。⑤

340　总的说来指定任务总是令人颇伤脑筋的事儿。若认真说来,每个人只能自己寻找自己的任务。您的经验想必也告诉您那些能让我们在阅读诗人或是历史编撰者的作品时拍案称绝的画面往往是出乎意料的,

---

① 杜塞尔多夫的画家罗伯特·朗格在 3 月 15 日的信中请求歌德,请就"去年 12 月寄给您的绘画的真实下落发来一条令人安心的消息"。

② 朗格的作品《卢克雷蒂亚之死》(Tod der Lucretia)于 1801 年的某次展览上展出。

③ 9 月 2 日朗格请求道:"烦请您把《卢克雷蒂亚》寄给法兰克福的雅各布·科尼尔先生,告诉他接下来由耶格尔先生派车去取,并与他结算费用。"歌德立刻派人寄出。

④ 关于 1802 年的艺术展以及 1803 年最新的有奖征答,1 月初《文学汇报》的副刊中这样说道:"阴险地用葡萄酒让库克罗普斯平静下来的奥德修斯是致力于人体构造的艺术家们的第一项任务;根据荷马史诗的动机来看库克罗普斯的海岸则是属于风景画家们的。"对此朗格于 3 月 15 日写道:"最新的任务已经让我重新开始工作,但不知是我不成熟的艺术理解力的束缚,还是物件本身的原因——每一次尝试后我都变得愈发胆怯,一种彻底的自我怀疑几乎要吞噬我自己。"

⑤ 朗格于 9 月 2 日写道,这一建议并未阻止他继续尝试寻找"波吕斐摩斯任务的解决办法"。

从整体来看几乎显得不由自主的,就好像是从我们自身喷涌而出一般。

　　请继续您至今展现的那些令您的作品得以脱颖而出的独特之处,请您坚信我们会以真诚的关切注视着您的进步。

　　我很高兴听说杜塞尔多夫重获更多的艺术瑰宝。①

　　请代我向您尊贵的父亲大人致以问候,请多多挂念我们!

　　　　魏玛,1803 年 4 月 12 日　　　　　　　　　　歌德

　　作品将各元素巧妙地编排在一起。简单、不经雕饰的房间,朴实的家具,人物的结构,与严肃的场景十分相配的强有力的打光,这一切都值得赞赏,体现了真正的艺术鉴赏力。然而若是两位女士以及靠在母亲身上的孩子的表情能稍许缓和,变得更真挚温柔些,也就是说,如果能去除那些妨碍人物身上其他美好的、令人称颂的品质的戏剧化笔触,那么作品整体便会显得更为优雅。与此相对,坐在地上的孩子就十分天真童趣。科廖兰激动的表情与快速的运动展现了他斗士的性格;然而既然把他设想为英雄,那么他的肩膀似乎显得有些过窄,胸部曲线不够突出,手臂轮廓也许可以再高贵些,小腿要更强壮,尤其是顶着脚的左腿。内衣垂落的褶皱十分生动;但若去除一些下半部分,突出光照面,简单宽阔一些会更好;小男孩的衣袍也显得修饰过度。两位女性衣物的褶皱都十分美丽,只需在母亲身边的阴影处做一些加深,就能突出身体的形状,在亮光部分也可去除一些多余的细节。②

341

①　1794 年法国人炮击杜塞尔多夫时,杜塞尔多夫学院的藏品被转移到格吕克施塔特的丹麦城堡。1801 年 5 月城市占领宣告结束后,这些珍宝被送返。在 1802 年 3 月成为封·贝格大公的约阿希姆·缪拉的领导下藏品数量得以增加。——1805 年画廊迁往慕尼黑。

②　评论来自海因里希·迈尔。

1287. 克里斯蒂安娜·武尔皮乌斯致 N. 迈尔（1803 年 4 月 21 日）

1803 年 4 月中旬

〈……〉我十分担心枢密顾问先生，他有时十分疑心自己的健康，这让我痛苦不堪，但既然这是一种病症，我也欣然愿意为他做一切事情。然而我没有能够并愿意倾诉的对象。请您不要对此做出回应，绝不能告诉他他病了；但是我觉得他会再次大病一场。最近您的信送到时他十分高兴地对我说："你看看博士先生是多么不在意给你的回信，你还记得吗，我早就对你预言过了，很快你就会干脆收不到回信了。"〈……〉

您的葡萄酒①令枢密顾问先生十分高兴，它真是好酒。〈……〉

〈……〉枢密顾问先生的新作②一旦印成，就会立刻给您送去。〈……〉

---

① 迈尔说道："既然我无幸成为您的医生，但又十分想为您的重新康复做些什么，我便自作主张做个药剂师，给您送来一小箱各色病人喝的酒〈……〉。"
② 指《自然的女儿》。作品于 10 月中旬出版。

1288. 歌德致卡洛琳·亚格曼(亲笔)

1803 年 4 月 17 日　星期日

　　亲爱的美丽的孩子,祝愿您无论走到哪里,都能获得您昨天在 342
《欧仁妮》中的表演所为我带来的同等的愉悦。请您与宫廷财政顾
问①先生愉快地商议后续事宜。您临行前②我会再见到您,祝您身体
健康。

　　　　魏玛,1803 年 4 月 17 日　　　　　　　　　　　　歌德

---

① 弗兰茨·基尔姆斯。
② 同天卡洛琳·亚格曼请求歌德准许其5月2日至6日休假前往哥达。

耶　拿
1803 年 4 月 17 日至 4 月 23 日

1289. 歌德日记

1803 年 4 月 17 日　星期日

早上前往耶拿。

1290. 埃内斯坦·福斯

1803 年 4 月 19 日？　　星期二

　　当时歌德正要将《自然的女儿》交付印刷,福斯①很乐意完成他的心愿,挑一个时间与他一块儿阅读剧作;他尤其想要使用他对诗律的观点。当他第一次打算这么做的时候,正巧在楼梯上遇见了我。根据以往的经验他知道我习惯在男士们互相阅读交谈时坐在他们边上。"这次,他说,您不能出现,但是下次朗诵会上我会请您到场就坐并发言。"这次决定的是《列那狐》,两人对此有着截然不同的看法;福斯认为歌德选择六步诗行就已经错失了正确的音调。从来没有听过朗诵这部作品,对于福斯来说这便是歌德不甚满意的证据。歌德不希望从他那儿听到关于这部作品的评价,福斯觉得这无可厚非,因为正如他自己表述的,这部作品给他留下了他甚至无法在与我的谈话中重提的印象。这种观点的分歧不可能建立亲密的交流,必要时最多也只能是友好的相处。

343

---

① J. H. 福斯(大)。

1291. 歌德日记(亲笔)

1803年4月19日　星期二至4月21日　星期四

4月19日

　　福斯。诗律。晚上在〈……〉①〈机打〉致信阿玛利亚公爵夫人殿下(执政)。《自然的女儿》最后两幕。致信枢密顾问福格特先生。植物学院相关。致信武尔皮乌斯小姐,附于上封书信中。

4月20日

　　〈亲笔〉矿物陈列室。舍尔福尔的文章②。中午去洛德那儿,接着拜访福斯。《古老的地理学》。在弗罗曼家中。聊了许久《自然的女儿》。晚上《施勒策的一生》③。荷马,赫希俄德。阿那克西曼德,赫克特斯(Errores Ius④),奥诺马克里托斯。欧多克索斯。迪凯亚霍斯。提摩西尼⑤。

---

① 在手稿中此处为空格。——也许当天歌德约好要去拜访洛德但最终没去?参见武尔皮乌斯4月26日给迈尔的信:"〈……〉洛德办了一个宴会;所有教授都谢绝了汤,只有L.(洛德)与科策比,行政官格鲁纳,耶稣会会士、书商弗罗曼不得不把汤独自喝完。歌德来到宫殿,听说此事,便令人通报他的到来。L.吓得半死,令人告诉歌德:'他邀请了科策比先生。'第二天我去了耶拿,而科策比则厚颜无耻地来到魏玛。"

② 鉴于雇佣舍尔福尔接替巴奇一职之事,(参见第1273封信),歌德研读了舍尔福尔"作为公告计划大纲"递交的一份"框架"。对此(以及针对与舍尔福尔的商谈)歌德于4月23日完成了一份文件报告。

③《奥古斯特·路德维希·施勒策,公开与私密的一生,自述,断篇第一》(Öffentliches und privates Leben, von ihm selbst beschrieben. I. Fragment),哥廷根,1802。

④ 拉丁语:"错误(作为)权利。"这里很有可能是指米利都的赫克特斯的地球学说以及附于书中的,紧接着阿那克西曼德(Anaximander von Milet,约公元前610—约公元前546,希腊哲学家)诞生的圆形地图。

⑤ 也许歌德与福斯谈论了提到的上述作者。福斯的《赫希俄德的世界地图》于1804年4月末作为耶拿文学汇报的《知识报》副刊出版。

4 月 21 日

　　《施勒策的一生》结束。就图书馆事宜致信武尔皮乌斯秘书。拜访福斯。《抑扬格学说》。与谢林散步。晚上拜访弗罗曼。

魏　玛

1803 年 4 月 24 日至 5 月 1 日

1292. 歌德致玛丽安·封·埃本贝格

1803 年 4 月 25 日　星期一

由封·贝克先生①寄来的硬币收藏到的正是时候,它们点亮了我一些阴沉的时刻,也为我们这些硬币爱好者的小团体带来受益匪浅、愉快惬意的谈话。请您向这位精心挑选了这份邮包的好心的先生转达由衷的感谢! 他就像一位植物学行家,快速地穿梭于科学的花园中,在田地里摘下不同种类的鲜花,捆绑成意义非凡的花束。从最受欢迎的雅典的猫头鹰开始,人们快速穿越过古希腊的君王与城池,穿越过古罗马的家庭与皇帝,保存完好的样本提醒着人们流淌的岁月中的一切。

也许通过类似的善意,我可以时不时获得一些人们想要脱手的硬币目录②,并以标示价格买到它们。我们的目标并非稀有的硬币,我们只是想获得那些来自雕刻艺术盛行的古希腊与古罗马时代的保存良好的样本。

我已记不清在第一封信中就我的研究写了些什么,若有重复之处,还望您谅解,这样您的朋友也能看到他的恩惠并未被滥用。

以我现在的状况,想要欣赏更大些的艺术品已不切实际;因此观察硬币就成了一项获益匪浅的娱乐,人们可以从中很好地学习艺术史,尤其可以充分地训练对于大理石的鉴赏力。之前我自己也收集了一些硬币,这儿的朋友们也喜欢学习这些知识,愿意拥有它们。我们设法收到了第一批米奥内的拓板,由此便已能一窥现有藏品之宽广。庞大的哥达陈列室近在咫尺,本廷克伯爵夫人③的收藏也众口相传,将要陈列出售。

借助此类场合与契机,人们已渐渐有所了解,更何况埃克尔精湛

---

① 约翰·卡尔·封·德·贝克,哥达的行政专员。
② M.封·埃本贝格于1804 年 4 月 3 日从维也纳寄来一份在售硬币藏品清单。
③ 夏洛特·索菲·封·本廷克伯爵夫人(Gräfin Charlotte Sophie von Bentinck,1715—1806)。——伯爵夫人的硬币收藏于年初交予出售。

的著作大大简化了这些知识。

　　亲爱的,关于这一点看来已经聊得够多了,请您再容我多言　345
一句:

　　为了以相同的方式更多地了解近代艺术史,我正在着重搜集十
五六世纪常见的铜铸教皇勋章①。当然必须是教皇生前铸造,而绝
非后代艺术家们依照已故教皇肖像仿制的收藏品。若您的朋友碰巧
觅得此类小物,请好心告知我,我也很愿意支付合适的价钱。

　　关于这些研究与喜好就说到这儿吧,就如我其他的天性一样,我
很乐意将它们联系起来展现给您。

　　下次再说其他您会感兴趣的事。十分感谢您如此友好地倾听我
微不足道的、静谧的愿望。

　　衷心祝愿您健康。

　　　　魏玛,1803 年 4 月 5 日　　　　　　　　J. W. v.歌德

---

① 12 月 10 日 M.封·埃本贝格遗憾地写到她的"热爱硬币的朋友"没能搞到教
　皇在世时代的勋章。

耶　拿

1803 年 5 月 1 日至 5 月 2 日

1293. 歌德日记(亲笔)

1803年5月1日　星期日至5月2日　星期一

5月1日

　　建筑会议。会后前往耶拿。傍晚拜访亨德里希,晚些时候拜访洛德。艾希霍恩博士。之前矿物陈列室。

5月2日

　　早上10点与舍尔福尔一同出发前往瑙姆堡,道路难行。晚上在舍费尔①。

---

① 瑙姆堡的旅舍。

劳赫施泰特

1803 年 5 月 3 日至 5 月 5 日

1294. 歌德日记(亲笔)

1803年5月3日　星期二至5月4日　星期三

346　**5月3日**

下午到达劳赫施泰特。巡视剧院,询问目前状况。

5月4日

早上继续昨天的工作。中午宫廷财政顾问基尔姆斯先生到访。逐点梳理事务①。各项决定。

---

① 有关劳赫施泰特戏剧季的准备工作(6月11日至8月11日)。参见1803年《四季笔记》(Tag und Jahreshefte 1803):"这次我只(在劳赫施泰特)停留必要的时间,为了与我的同仁宫廷顾问基尔姆斯先生一同安排对于建筑物以及环境的一些相关要求与愿望。"参见第1295封信。

1295. 歌德致克里斯蒂安娜·武尔皮乌斯

1803年5月5日 星期四

克服了艰辛的旅程之后，我们总算到达劳赫施泰特。我非常同情我们的马匹；多亏马车夫想尽办法小心赶车，才得以一路顺利前行，马匹们也状况良好，胃口大开。很幸运这些天天气干燥。盖斯特和布洛斯①步行了半程，我也不得不常常走路前进。

劳赫施泰特令人感到十分惬意。菩提树已半绿，其余则冒着新芽。栗子树已开始开花，池塘边的果树金字塔已全部绽放。

新来的园丁证明了自己的勤奋，一切看上去都比去年显得更整齐干净。把下面所谓的小树林中的全部灌木都砍除是个尤其聪明的想法，这样就能越过众多美丽的菩提树道一览无遗地看到远处的草坪。

剧院与公路间建了一座菩提树公园，还不算太糟糕。老剧院被拆除了，现在看上去就好像广场被夷为平地，已经快融化殆尽的老黏土山丘也完全被铲平了。够了，看来萨克森的绅士们也得以我们为榜样好好活动活动了。

整个冬天过后房子状况尚好，我觉得如果再粉刷一下，从外面看上去应该也很不错。

今后你会看到粉刷一新的大厅，你还会看到为了更好地招待客人而做的许多类似考量。我明天去哈勒以及吉比辛施泰因，而非五日。之后将会怎样我自己也无从得知。给奥古斯特带去最真挚的问候，祝身体健康，生活愉快。

劳赫施泰特，1803年5月5日 G

---

① 约翰·安德烈亚斯·布洛斯，魏玛的剧院经理。

吉比辛施泰因/哈勒

1803 年 5 月 5 日至 5 月 8 日

1296. 歌德日记

1803年5月6日 星期五至5月8日 星期日

5月6日

　　前往哈勒。图书馆与硬币。沃尔夫教授宴请封·马德维斯夫人①。枢密顾问施马尔茨②。柯尼斯堡及其他普鲁士轶闻。回到吉比辛施泰因。晚上《自然的女儿》第一幕。

5月7日

　　〈亲笔〉前往哈勒。拜访施马尔茨,雅各布③,赖尔④,拉方丹⑤。晚上彼得斯山⑥。

5月8日

　　前往哈勒。封·莱泽先生⑦的矿物陈列室。中午在吉比辛施泰因的客人:施马尔茨,沃尔夫。尼迈尔⑧及夫人饭后到来。

---

① 哈勒的普鲁士军事顾问以及邮政局长马蒂亚斯·威廉·封·马德维斯的妻子。
② 苔奥多·安东·海因里希·施马尔茨(Theodor Anton Heinrich Schmalz, 1760—1831),到1803年止为柯尼斯堡的法学教授,之后前往哈勒。
③ 路德维希·海因里希·雅各布(Ludwig Heinrich Jakob, 1759—1827),哈勒的哲学教授。
④ 约翰·克里斯蒂安·赖尔(Johann Christian Reil, 1759—1813),哈勒的医学教授。
⑤ 奥古斯特·海因里希·尤里乌斯·拉方丹,作家。
⑥ 哈勒附近的一座山。
⑦ 弗里德里希·威廉·封·莱泽(Friedrich Wilhelm von Leysser, 1731—1815),植物学家、矿物学家及哈勒盐务局局长。
⑧ 奥古斯特·赫尔曼·尼迈尔,神学家。

劳赫施泰特

1803 年 5 月 9 日

1297. 歌德日记（亲笔）

1803年5月9日　星期一

348　　　前往劳赫施泰特。与木工、泥瓦工以及园丁重申工作要点。福斯的韵律学①。利维乌斯第一个十年②。

---

① 约翰·海因里希·福斯，《德语语言计时——颂歌与哀歌副刊》（Zeitmessung der deutschen Sprache. Beilage zu den Oden und Elegieen），柯尼斯堡1802。
② 歌德很有可能在阅读利维乌斯（Titus Livius，公元前59年—公元17年，罗马史学家）的代表作《自建城以来》（Ab urbe condita）。利维乌斯在这部以残篇形式流传下来的作品的第一部分以五年和十年为单位划分历史事件。

梅泽堡/瑙姆堡

1803 年 5 月 10 日

1298. 歌德日记(亲笔)

1803年5月10日　星期二

前往梅泽堡与瑙姆堡。

魏　玛

1803 年 5 月 13 日至 5 月 15 日

1299. 歌德致贝尔图赫

1803年5月13日　星期五

尊贵的阁下，

各种事件敦促我向您秘密地表白心迹。

情绪激动的耶拿教师与其他科学界友人间的分歧一直以来都令我深感痛心，因为一所优秀的学院显然不得不因此遭受一些损失。遗憾的是报纸期刊某些未经深思熟虑的表述又激发了新一轮的矛盾。作为个人，我只能默默惋惜由此而生的不幸。

然而，如今我所掌管的事务中的一个状况引起了我的关注。因巴奇教授去世，落户于王室花园的全新的植物学院的教席亟待重新任命。被派往耶拿行使监督的委员会在通信中注意到有人想要毁坏学院在外的名声①，并期望以此吓退那些想要接替职位的人们。

王室派来的委员会根本不想调查这些影射从何而来，便认为尤其有必要提醒《文学汇报》的编辑们②关注一切有关学院或是目前任职的舍尔福尔教授的学术论文的投稿。不让任何不愉快的哪怕小事阻碍或伤害这个正处于萌芽阶段的机构，这是我们明确的心愿。

尊贵的阁下，我以官廷委员会的名义恳请您知悉这一情况，我也随时准备回报您的恩德。

魏玛，1803年5月13日　　　　　J. W. v.歌德

---

① 并不清楚名声败坏是如何发生的。——歌德通过福格特4月28日的信就已经知道洛德被召往哈勒。参见其于5月7日写给贝尔图赫的信件，在信中似乎已知情这一尚在保密进行的事件。此外参见贝尔图赫6月2日给歌德的回信以及第1309封信。

② 指的是除了贝尔图赫自己以外的报纸共同创始人，发行人许茨以及戈特洛布·胡费兰。

又及。舍尔福尔教授将会就其讲座课导论写一篇简短的大纲，我并不介意《文学汇报》上刊登一则相关告示。①

G

---

① 贝尔图赫在回信中直截了当地拒绝了歌德的建议。

耶　拿

1803 年 5 月 15 日至 5 月 29 日

1300. 歌德致席勒(亲笔)

1803 年 5 月 15 日   星期日

我最亲爱的朋友,但愿这次的这些稿件①能替代我的存在。请带给科塔最美好的问候,此外也请听听他的决心与决定。我状态尚可,只是得更多地关注外面的动向与契机。如果一直这样下去,我的所有注意力都将局限于佐默林的水上了。② 我的思想蠢蠢欲动。我希望在这八天里大干一场,拟出颜色学的稿件,还要狠狠抨击一下那件事;现在它就像一份无法偿还的罪责一样压在我的心头。

祝您健康,活跃,惦记着我。

耶拿,1803 年 5 月 15 日   G

---

① 参见下文第 1301 封信。
② 佐默林的著作《论灵魂的器官》(Über das Organ der Seele,柯尼斯堡,1796)中的代表论点便是灵魂在大脑洞穴的液体中有自己的一席之地。歌德又一次着手研究其著作与洛德将要前往哈勒有关(参见第 1299 封信)。在 6 月 8 日的信件中(第 1310 封信)歌德表示希望佐默林成为洛德的继任者。

1301. 歌德致科塔(亲笔)

1803年5月15日 星期日

署名者就一次出版委托出版社科塔先生下述工作:

《我们带来的》,序幕,

《本韦努托·切利尼》翻译,

《自然的女儿》,五幕悲剧,

一些新歌曲。

一与二已经印刷完成,三将以口袋书形式印刷,四作为口袋书一部分内容印刷,另一部分由宫廷顾问维兰德先生撰写。已与科塔先生就相关事宜进行过商谈。

两部口袋书都将在弗罗曼先生处印刷,必要事项已在莱比锡与科塔先生约定完毕。

为此科塔先生需向署名人以叶塔勒支付400卡洛林的金额,4个叶塔勒换一个卡洛林。在此还需扣除科塔先生多次提供的预支部分连同垫款,因此希望得到一个最终的清算。

此外科塔先生在此以叶塔勒支付100卡洛林,附上相关收据,至于剩余部分可向莱比锡的财政顾问弗雷格先生分阶段支取。

可以即刻开始印刷工作。

此外埃勒斯先生将二十四首歌曲编排为吉他曲①,以50金塔勒的价格转让给科塔先生,其中一半希望能当面支付。选取的歌曲与口袋书中的歌曲相互关联,因此如果这些乐谱也能在弗罗曼先生处

351

① 《吉他配乐歌谣集,威廉·埃勒斯编曲》(Gesänge mit Begleitung der Chitarra von Wilhelm Ehlers)。该书于1803年12月出版,其中包括歌德的十首诗歌以及席勒的一首诗歌,由魏玛的演员兼歌手约翰·威廉·埃勒斯谱曲。目录中有如下说明:"未能收录所有诗节的歌谣可在1804年维兰德与歌德的口袋书中找到完整版本。"与说明相呼应,《口袋书》中写道:"书中的许多歌曲能以耳熟能详的曲调吟唱,其中一部分可在《歌谣集,威廉·埃勒斯吉他伴奏》中找到。"

印刷就再好不过了。

　　　　　耶拿,1803 年 5 月 15 日　　　　　　　　　　　　歌德

〈附件。收据〉

　　兹证明以叶塔勒支付的 100 卡洛林头款已在双方满意的情况下支付完毕。

　　　　　魏玛,1803 年 5 月 15 日　　　　　　　　　　　　歌德

1302. 歌德日记

1803 年 5 月 15 日　星期日

中午赴宴：宫廷顾问席勒先生，谢林教授等。前往耶拿。

1303. J. H. 福斯(大)致 H. Chr. 博伊
(1803 年 5 月 16 日)

1803 年 5 月 16 日　　星期一

今天下午歌德来了。他昨天刚从劳赫施泰特回来,想和我们继续诗律学的研究。接下来他想尝试结合了抑抑扬格①以及交替出现扬抑格与抑扬格②的三音步诗行③。我希望他能成功。他说他的演员们已渐渐能听懂并感知诗句的高贵韵律。我渴求着能亲耳听到、亲身经历艺术家与观众之间的羁绊。席勒戏剧中④的单调合唱看来是未能达到应有的效果。引见了马雷佐尔⑤并参观了学校的赫尔德打断了我们的谈话。昨天我们和他在财政顾问福格尔先生⑥这儿饱餐了一顿。〈……〉今天只是说了些无关痛痒的话,因为财政顾问先生在场,而赫尔德与歌德之间又开始剑拔弩张。我不确定赫尔德是否也想避开我,但看上去似乎是这样的。这过于谨慎的彬彬有礼也引出来一句形象的句子:既然两位先生都是诗人,而我则恰恰不是,就这样——歌德在此开玩笑似地回答道,似乎为了掩饰其嘲讽之意。人们至少有必要想想这些;感谢老天赐予巴赫小巷以安宁。

352

---

① 抑抑扬格指重音在第 3 音节的 3 音节音步。
② 指由一个扬抑格和一个抑扬格组成的音步,经常贯穿整首诗歌。
③《浮士德》(Faust)第二卷第三幕,即所谓的"海伦娜篇"中有一部分是以三音步(六音节无押韵诗行)写成。早在 1800 年残篇《中世纪的海伦娜》(Helena im Mittelalter)就已诞生,全篇几乎全由三音步组成。然而在这一部分中并未出现抑抑扬格以及抑扬格扬抑格交替的诗行。歌德在其 1807/08 年创作,1809 年出版的"节日戏剧"《潘多拉》(Pandora)中使用了上述诗行格式。
④《墨西拿的新娘》。
⑤ 约翰·戈特洛布·马雷佐尔(Johann Gottlob Marezoll, 1761—1828);前一日他以教会监理会顾问,教区牧师以及大牧师的身份被引荐至耶拿。
⑥ 格奥尔格·威廉·福格尔,耶拿市长。

1304. W. 封·彼得曼

1803 年 5 月 15 日　星期日至 5 月 17 日　星期二

根据歌德自述，赫尔德在人们对歌德的《自然的女儿》纷纷赞许之后所说的话深深伤害了他。据枢密财政顾问夫人里德尔①（原姓布夫）称赫尔德这样说道：“说到底比起你的《自然的女儿》②，我更为喜欢你的自然之子③。”

---

① 阿玛利亚·里德尔（Amalia Ridel，1765—1848），魏玛财政顾问科内利乌斯·约翰·鲁道夫·里德尔的夫人。

② 在第 1305 封信中关于此则赫尔德评论歌德的最新悲剧的轶事报道可信度更高。很难想象赫尔德会与他的夫人卡洛琳对此作品有如此截然不同的立场。后者在多封书信中都表达了对作品的无比欣赏。例如在 4 月 12 日给克内贝尔的信中她写道：“歌德的新作给我带来了纯粹、崇高，许久未能享受到的乐趣。他无与伦比的天才又觉醒了。〈……〉这是一部真正的高贵而经典的作品——向歌德致敬——以此开端评判，这是他迄今最为杰出优美的创作。请您相信，它是艺术之光，在它面前席勒的鬼火也熄灭不见。”

③ 指歌德之子奥古斯特。

1305. W. 伯德

1803 年 5 月 15 日　星期日至 5 月 17 日　星期二

里德尔女士〈……〉向他〈尤里乌斯·格鲁努斯·施特策〉解释赫尔德与歌德间彻底疏远的原因时如是说:歌德在耶拿的教授圈中①朗读了他的《自然的女儿》,赫尔德也在场。歌德朗读完毕后,所有人都称颂作品出类拔萃,只有赫尔德沉默不语。"怎么样,老朋友,"歌德与他攀谈道,"你一言未发,难道你不喜欢它吗?""哦,不!"赫尔德回答道,"你的《自然的女儿》可比你的自然之子好多了!"②

---

① 歌德与赫尔德于 5 月 15 日至 17 日共同住在耶拿宫殿中,这几天间并未在教授圈中举行《自然的女儿》的朗读会。
② 歌德在日后的笔记《与赫尔德的关系》(Verhältniß zu Herder)中影射了他的这次评论:在耶拿共处时,赫尔德"沉静、正直"地说出了对该作品最好的评价,令歌德十分感动。"然而他并不打算过久地给予朋友这种直击内心的衷心喜悦,因为他的总结陈词虽然口吻轻松愉快,内容却令人作呕,至少在那一刻彻底摧毁了一切。"

1306. 歌德致席勒

1803 年 5 月 20 日 星期五

今天傍晚我寄给科塔的文章会和我的信件一块儿到来。在此通 353
过前往魏玛取回颜色学文件的信使向您致以最诚挚的问候,也希望
能从他那儿获知您的一些消息。

最新的戏剧①反响如何? 此外可还遇到了什么稀奇的事儿?

我想主要通过以下办法推动颜色学②研究:我会从文件中抽取
需要的部分,多余的文稿则付之一炬。我要让人把留下的部分以统
一形式抄写,并整理归档。之后人们就会发现许多工作已经完成,他
们填补空缺的勇气也会随之增长。祝您健康,惦记着我。

耶拿,1803 年 5 月 20 日 G

---

① 席勒翻译的皮卡尔的戏剧《叔侄互换》(Der Neffe als Onkel)5 月 18 日于魏
玛首演。在回信中席勒写道:"我的小喜剧把观众逗得乐不可支,反响相当
不错。"
② 歌德花了许多年才完成他的著作(其完成方式与信中所言相差无几)。1810
年《论颜色学》(Zur Farbenlehre)两卷本在科塔出版社出版。

1307. 歌德日记(亲笔)

1803 年 5 月 20 日　星期五

派车前往魏玛。晚上谢林教授。

1308. 歌德致席勒

1803 年 5 月 22 日　星期日

　　我只想用三言两语对您说：我觉得这次我在颜色学的研究上取得了相当的成功。我已站得足够高，能够历史性地将我过去的存在与作为视为一个第三者的命运。那天真的无能、笨拙，那激情的狂热、信任、信仰、努力、勤勉、蹒跚与踯躅，接着又是那狂飙突进，这一切都在字里行间留下了趣味十足的观点；然而无情的是，我只摘取整理那些对于我现在的立足点有用的东西，剩下的立刻付之一炬。想要炼得真金，就不能怜惜炉渣。

　　当我摆脱这些纸张，我就赢得了一切；因为最大的弊端正在于我的能力还尚且不及，便已不停地着手撰写文章，使其得以相传。曾经这种方法可谓无往不利。然而现在一个章节时常有三篇论文，其中第一篇生动地展示了现象与实验，第二篇的方法更胜一筹，行文也更为出色，第三篇站在一个更高的立足点上试着将前两者融会贯通，却未及要害。现在应该拿这些尝试怎么办？为了吸取它们的精华，必须有勇气、力量与决心将它们全部烧毁，毕竟遗憾终难避免。当我完成了我所能完成的，我就会想要重新得到它们，进行历史性的回顾。只要没完全消灭这些文章，目标就无法达成。

　　我的喜怒哀乐就说到这儿吧。请您尽快写信告诉我您的近况。

　　赫尔曼和他的随从们①的表现并不理想。黄金时代②并未给他

354

----

① 克洛卜施托克的悲剧《赫尔曼的战役——为戏剧舞台而生的英雄颂歌》（Herrmanns Schlacht. Ein Bardiet für die Schaubühne）。有可能人们借 3 月 14 日诗人忌日之契机正筹划该剧的演出。席勒在 5 月 20 日的信中写道："我读了《赫尔曼的战役》，不得不遗憾地坚信它完全不适用于我们的目标。这是一部冰冷、无情，甚至丑陋的作品，缺乏意识的观照，缺乏生命与真实，作者以无情与冷酷来处理其中所包含的几处令人感动的场景，不禁令人愤慨。"

② 此处歌德很可能带有讽刺意味地借鉴了维兰德在 1797 年《新德意志信使》（Neuer Teutscher Merkurs）11 月刊中对于克洛卜施托克献给格莱 （转下页）

的后代们带来什么特别的滋养。

祝您健康。

耶拿，1803 年 3 月 22 日　　　　　　　　　　　　　G

（接上页）姆的颂歌《美酒与圣水》（Der Wein und das Wasser）（第 193—196 页）的评
价：他很高兴将"这首我们祖国最伟大的诗人献给开启了诗歌艺术黄金时代
的、唯一尚在人世的先驱的尚未印刷的颂歌推荐给在 18 世纪的糟粕中仍保
有来自更好的时代的对于可贵的缪斯艺术的灵魂与心灵的那一小群读者"。

魏　玛
1803 年 5 月 30 日至 7 月 3 日

1309. 歌德致贝尔图赫

1803 年 6 月 7 日　星期二

尊敬的阁下，

多年来您第一次误会了我，不然您不会向我寄出这样一封令人费解的来信①。

我的口号是齐心协力（Gemeinsinn）！若此言不虚，或许能与世界意识（Weltsinn）融会贯通。

为了日后与您当面商谈，此处不再赘言；相信我们会最快取得一致。恭祝健康。

　　　　　魏玛，1803 年 6 月 7 日　　　　　　　　　J. W. v. 歌德

---

① 6 月 2 日贝尔图赫以拒绝的口吻回复了歌德 5 月 13 日（第 1299 封信）的来信：《文学汇报》"从未如歌德怀疑的那样参与过关于大学教授职位的纷争与口角"。

1310. 歌德致佐默林

1803 年 6 月 8 日　星期三

尊敬的老朋友,请允许我亲昵地开场。　　　　　　　　　　　　355

　　枢密宫廷顾问洛德前往哈勒①接替梅克尔的职位②,自然地,在这样的场合我想到了您,我不由得要问:佐默林有没有可能成为我们中的一员呢③?

　　烦请您告诉我您对这一可能性的看法,后续事宜我将继续报告。即便我们无法立刻提供给您王室的待遇,也无法就这一点向您允诺,但仍有可能做一些在这儿并不常见的事儿。

　　恳请您答复我这一预先的试探;接着后续事项会陆续进行,我愿在希望中度过愉快的几日。

　　〈亲笔〉一如既往地,致以最好的祝福。

　　　　魏玛,1803 年 6 月 8 日　　　　　　　　　　　　歌德

---

① 6 月 1 日洛德在给 Chr. W. 胡贲兰的信中写道:"我尊敬的朋友,一切都很顺利。〈……〉昨天早上 6 点我和内阁顾问拜梅尔先生交谈〈……〉,大约十五分钟后主要问题便谈妥了。"洛德在 1803 年至 1804 年的冬季学期前往哈勒。

② 菲利普·弗里德里希·苔奥多·梅克尔(Philipp Friedrich Theodor Meckel, 1756—1803),哈勒的医学教授,于当年年初去世。

③ 在几次谈判后佐默林拒绝了前往耶拿的邀请。谈判由于佐默林回信的缺失而未能得以完整记录。1804 年洛德的后继者是雅各布·菲德利斯·阿克曼(Jakob Fidelis Ackermann, 1765—1815),然而一年后他就接受了海德堡的邀约。

1311. 歌德致翁格尔

1803 年 6 月 8 日   星期三

最尊敬的翁格尔先生,您寄来的精美的克莱斯特作品集①令我万分惊喜。无论是诗歌抑或书信都将我们带回了一个与现在截然不同的时代。

我本希望在过去的莱比锡展会上②见到您,为此我也已行至哈勒,只是一些状况使我不得不从那儿立刻返家。

您这枚如此紧凑、小巧而精致的普鲁士徽章③是您杰出天才的又一新的证明。我在数倍放大之下观察其拓印,再一次为您的精雕细刻所倾倒。遗憾的是我们的时代已几乎再无将如此绝妙的技艺与更高的艺术目的相结合的可能。

356   眼下我正享受着有策尔特先生④在家做伴的喜悦。深深扎根于他的作品中的优雅唤起了普遍的赏识。与人交往中,他是如此侃侃而谈,而非教条刻板。我该说些什么才能让您更了解他呀。

再次真诚地感谢您亲切的惦念。

　　　　　魏玛,1803 年 6 月 8 日　　　　　　　　　　歌德

---

① 翁格尔在 5 月 6 日的信中寄去了埃瓦尔德·克里斯蒂安·封·克莱斯特的《全集及与格莱姆的通信中的作家一生》(Sämtliche Werke nebst des Dichters Leben aus seinen Briefen an Gleim,威廉·克特,2 卷,柏林,1803)。该版并未留存于歌德图书馆中。

② 歌德上一次前往莱比锡春季展会还是 1800 年的事。

③ 翁格尔制作的木雕,同样随 5 月 6 日的信寄出。

④ 策尔特很可能于 5 月 29 日或 30 日抵达魏玛,并在魏玛待了十四天不到(可能到 6 月 11 日)。1803 年的《四季笔记》中这样写道:"同策尔特的关系也更近了一步,在他逗留的十四天中,人们在艺术及道德上的互相了解增进了不少。"

1312. 歌德日记

1803 年 6 月 9 日　星期四

致信弗罗曼先生,《自然的女儿》第一幕。

1313. 歌德致克尔纳(草稿)

1803 年 6 月 16 日   星期四

经由我们的席勒,我时不时地获悉您与您的家人一切都好,为此我感到由衷的欣慰,我只愿再次拜访您的计划能够最终成行。① 我多么希望优秀的策尔特能陪伴左右,与他相识一定会给您带来许多欢乐。

如您所知,眼前的送信人、来自哥廷根的萨尔托里乌斯②教授先生是一位在历史与国家治理领域贡献卓越的作家,即便没有其他推荐,也请您妥善友好地接待他。比起维也纳,我更希望这名能干的男子在德累斯顿获得成功,毕竟他在前者曾生过一场大病③。

请偶尔给我写信倾诉想念之情,向您尊贵的家人送上最诚挚的问候。

魏玛,1803 年 6 月 16 日

---

① 歌德 1810 年 9 月才再次前往德累斯顿。
② 萨尔托里乌斯当时身在德累斯顿。歌德将写给克尔纳的信寄给他,请他继续传送。
③ 萨尔托里乌斯在 6 月 1 日从维也纳寄出的信中写到了这场疾病。信中还提到他会在前往柏林的旅途中在布拉格与德累斯顿停留,并恳求"一些推荐"。

1314. 歌德致克里斯蒂安娜·武尔皮乌斯（亲笔）

1803 年 6 月 21 日　星期二

对于糟糕的天气①你们自然得有些耐心，想想你们在大厅里或其他什么地方的交谈，一切很快都会好起来的，只要你喜欢，就尽管待在那儿吧，我很乐意看到这一点。在家中我们都很想念你，欧内斯廷②为了照顾我们已消瘦了不少，由于储备不够，连我也得时常去买些新的蔬菜或是其他什么。但这也算得上一件乐事，每当这时奥古斯特也总是十分起劲。他会自己给你写信的。我们几乎形影不离，他是那么健谈而乖巧。他也很想去劳赫施泰特③。我得先等待席勒的行程④，接着才能考虑我自己的。现在我正在写一部小作品⑤，我想看看自己能走得多远。请继续每天给我写信，哪怕只言片语。我十分愿意听听你是如何打发时光的。祝你健康，想念着我。我衷心地爱你。

魏玛，1803 年 6 月 21 日　　　　　　　　　　　　　　G

埃勒斯不必为他的样册担心⑥。
问候大家。

① 6 月 11 日克里斯蒂安娜前往劳赫施泰特参加戏剧节的开幕式，她在 6 月 17 日的信中写道："这儿的天气令那些每周轮值导演们〈格纳斯特与贝克尔〉十分不悦。现在这儿有十二位洗浴客。"
② 克里斯蒂安娜的妹妹。
③ 奥古斯特 7 月 14 日前往劳赫施泰特，并于 7 月 26 日与母亲一同返回魏玛。
④ 席勒 7 月 2 日前往劳赫施泰特，7 月 14 日返回魏玛。
⑤ 据马克斯·莫里斯推测这里指的是戏剧《狮子椅》(Der Löwenstuhl)。
⑥ 克里斯蒂安娜在 6 月 20 日的信中写道："埃勒斯请你问一下宫廷顾问席勒先生是否已将样册委托给科塔先生。"这里指的是威廉·埃勒斯的《歌谣集》(Liederbuch)。

357

1315. 歌德致策尔特

1803 年 7 月 1 日　星期五

　　尊贵的先生,我的朋友,请您愉快地接受枢密顾问沃尔措根先生①捎来的小礼物②。

　　您爱抽克内贝尔先生的施巴尼奥尔③,现在我们又找到了一批货。在哪儿? 当它最终送到您手上时您就知道了。请您把它放进那个罐子里,每当您独自一人或是高朋满座想要取一点儿时,请常常想起我的爱意与尊敬。这总是无比惬意的时刻④。

　　播种者播种后便离开了,留下种子生根发芽;您在我们这儿播撒的好些种子已茁壮成长⑤,只可惜您无法亲眼看见。

　　请尽快告诉我您的近况,祝您与家人健康幸福。我的家人向您问候。

　　　　魏玛,1803 年 7 月 1 日　　　　　　　　　　歌德

358

---

① 威廉·封·沃尔措根7月4日启程前往圣彼得堡。他将作为魏玛宫廷的使者在那儿完成关于太子卡尔·弗里德里希与女大侯爵玛丽亚·帕夫诺娃婚礼的谈判。

② 很有可能就是那个所谓的"罐子"。策尔特收到后就这一"高贵美丽的礼物"向歌德道谢。

③ 施巴尼奥尔(Spaniol):一种西班牙的鼻烟。策尔特在 1804 年 7 月 22 日的信中请求歌德告诉自己"一年前"送来的"施巴尼奥尔"的来源。1804 年 8 月 8 日歌德热情地给予了答复。

④ 此处歌德绝对有讽刺之意。歌德是一名狂热的烟草反对者;例如他非常讨厌席勒对鼻烟的喜爱。

⑤ 参见第 1311 封信。

1316. 歌德致 C. G. 封·布林克曼(草稿)

1803 年 7 月 1 日 星期五

高贵的、尊敬的先生,

通过封·伊姆霍夫小姐的来信,得知您仍惦记着我们,也十分愿意回想起在魏玛度过的时光①。若您重回故地,您会发现您在我们中从未离开。

请允许我向您推荐来自哥廷根的萨尔托里乌斯先生。读了他的著作,您一定会认可他在国家宪法与历史领域的贡献。

若您能在其逗留柏林期间②将其介绍给您尊贵的朋友圈,我将不胜感激。我期待着能再次直接收到关于您近况的消息。向尊贵的阁下致以崇高的敬意,您最忠诚的仆人 J. W. v. 歌德敬上。

魏玛,1803 年 7 月 1 日

---

① 1798 年 2 月布林克曼在从柏林前往巴黎的途中在魏玛与耶拿逗留,并在此期间与阿玛利亚·封·伊姆霍夫交好;1803 起他,担任瑞典驻柏林代办。

② 在 10 月 4 日的回信中布林克曼写道:他"9 月才"收到歌德的信,而萨尔托里乌斯"早已到了维也纳";此时他在前往魏玛的途中。萨尔托里乌斯自己 9 月 24 日在柏林写道:"布林克曼先生向外交官们引荐了我,我与策尔特先生共同度过了许多愉快惬意的时光,同时希·特先生也终于完成了他的工作。"——在回到哥廷根前,萨尔托里乌斯于 10 月中旬前往魏玛并停留了一个星期。

1317. 歌德致克林格尔(草稿)

1803 年 7 月 2 日　星期六

　　距离我们千里之外的圣彼得堡①如今似乎越来越近,多次往返两地之间已非难事,而留下的人们则更频繁地收到消息,获得更准确的认识。

359

　　尊敬的老朋友,所以这次我也能直接给您捎去话语,我们的王子及他的随从会亲口向您传达我最亲切的问候。

　　与圣彼得堡的联谊对我们有着至关重要的意义,我们非常珍惜您以忠诚的品格所做的一切与我们有关的贡献。

　　其他毋须赘言,我迫切地期待收到您友好的来信。

　　魏玛,1803 年 7 月 2 日

---

① 克林格尔自 1801 年起在圣彼得堡担任军校学生团第一任校长;7 月 4 日太子卡尔·弗里德里希与他的随从(其中包括威廉·封·沃尔措根)启程前往此地。

1318. 歌德致武尔皮乌斯(亲笔)

1803 年 7 月 3 日　星期日

既然此刻我正巧得空能给你写信,我就简单地和你说一下,我今天会去耶拿。当然我早就该去那儿了。是时候得把口袋书的事儿安排妥当。我会把孩子一块儿带上,不会在那儿久留。

今天你们那儿想必一定星光熠熠①。枢密顾问封·席勒先生也会到场,祝你度过一个愉快的周日。

你把写给我的信给轮值导演们②,然后一同打包给宫廷财政顾问先生③,他会立刻发往耶拿。

你应该已经收到十二瓶红酒,我看看是否能借此机会再给你送来六瓶。

祝你健康,想念着我! 我衷心地爱着你,热切期盼着再度拥有你④。

　　　　魏玛,1803 年 7 月 3 日　　　　　　　　　　　　歌德

---

① 这一天在劳赫施泰特上演席勒的《墨西拿的新娘》。诗人也来到了演出现场。
② 从 1797 年起魏玛剧院每周轮流更换导演,即所谓的"轮值导演",其中包括演员贝克尔、格纳斯特以及沙尔(到 1799 年 10 月为止)。
③ 基尔姆斯。
④ 克里斯蒂安娜 7 月 26 日回到魏玛。

耶　拿

1803 年 7 月 3 日至 7 月 9 日

1319. 歌德日记

1803 年 7 月 3 日　星期日

360　　　　7 月 3 日前往耶拿。

1320. 歌德致席勒

耶拿,1803 年 7 月 5 日　星期二

就创作的各类稿件的印刷事宜我来到此地,希望与弗罗曼①达成协议。他十分擅长这一领域,且并不缺少合适的排字工人。因此可以不必太费周章地完成此事。

洛德刚从哈勒回来,他在那儿租了一处房屋。我们聊了他的近况,对于他的事终于尘埃落定我感到由衷的高兴。哪个花花公子愿意像我们其他奇特的②阿尔戈号的船员们那样拖着自己的小舟越过地峡③? 那是那些古老的、无力的船员们的冒险,新潮的开明技术对此嗤之以鼻。请您一定要去哈勒游览,您一定会找到相应的时机。我到底会不会去? 我也不知道。如今我的唯一心愿便是以我的方式利用尚存的三个月时光勉强完成外界交给我的工作。

那部令古德语重获新生的戏剧④的修改颇为轻松,我不知道应该说它是自我组织还是自我结晶呢? 无论如何,虽然不同学派的语言使用不尽相同,但结果却是一样的。

此外,比起自由我们更相信天性,这令我们感到舒适。一旦自由蠢蠢欲动,也马上就会被视为天性,否则我们全然不知该如何自圆其说,因为我们很容易就会像巴兰⑤一样陷入明明该诅咒却去赐福的

361

---

① 歌德在弗罗曼处印刷了《自然的女儿》以及《1804 年口袋书》(Taschenbuch auf das Jahr 1804)。

② 此处本为空白,歌德在 1828/29 年编辑第一版通信集时在之后用铅笔填上了"奇特的"(wunderlich)。

③ 阿尔戈号上的船员们是伊阿宋领导下的希腊英雄。为了取得金羊毛,他们驾驶船只前往柯尔基斯。在回程中,为了绕开博斯普鲁斯海峡,他们被迫抬着自己的船从黑海来到马尔马拉海。

④ 歌德此时正忙于修改《格茨·封·贝利欣根》(Götz von Berlichingen),该剧于 1804 年 9 月 22 日登上魏玛舞台。

⑤《圣经·民数记》(参见 4. Mose 22. f.)22—24 章中的主要人物,他是一位非以色列籍的先知,拥有诅咒与赐福的能力,他虽受聘诅咒以色列人,但仍按照神的旨意祝福以色列人。

境地。

祝您的旅途充满乐趣；毕竟对您来说动身前往人们称之为世界的地方始终是一种巨大的弃绝。前往那个乏味的，稍纵即逝的碎片。若您①不想把它看成一个整体，也许还是相当美好的。

关于附件我无须赘言，它自身已足够有力。对此刻的您来说也许却是过多了。

我只愿您的身体不要太过劳累，有可能的话愿您在琐事纷扰中寻得惬意。我不期待您的来信，只希望再见时能得到您友好的欢迎。我有一些值得一说的事儿要告诉您。

G

---

① 为了第一版，歌德把 sie（它，本指代世界）改为 Sie（您），原先把"wollten"变为"wollte"的改动在寄信前又取消了（无意的？）。

1321. 歌德致克里斯蒂安娜·武尔皮乌斯(亲笔)

1803年7月7日　星期四

昨天我收到了你的信,感到十分愉快。请继续每天写信告诉我你遇到的事儿,之后我们一起阅读日记,就会唤起此时的回忆。我会想办法寄出这封信,十分好奇它何时能送到你的手中。①

我注意到这儿的调情有些过分,你要当心不要被人盯上。按你的描述现在的劳赫施泰特应该十分安宁,这样你也可以方便地走街串巷;看来也有足够多的消遣。请敞开心扉享受这一切。钱并非难事,只需我在场便可支付,②计算或是其他事务则由施蒂希林③和基希纳④处理。

我到耶拿已经有几天了,这儿一切安好。柏林的枢密顾问胡费兰⑤也在此地,每晚都会举行盛大的茶会或是类似活动。

362

我的写作正在推进,我想周六就回去,下封信里你会听到更多我的近况。

当我发现自己因为你的喜悦与满足而欢欣鼓舞时,我才意识到自己是多么衷心地爱着你。

卢德库斯⑥和普罗布斯特小姐⑦又给你带来一些葡萄酒。下次有机会我看看是否能再给你送去一些。

请问候宫廷顾问席勒先生！我希望他和你一样喜欢劳赫施泰

① 克里斯蒂安娜在回信中写道她第三天就收到了信。
② 马匹的钱"只支付了三个星期",克里斯蒂安娜写道,得追加付款。
③ 康斯坦丁·施蒂希林(Karl Wilhelm Stichling, 1766—1836),魏玛的财政官员。
④ 约翰·安德烈亚斯·基希纳,魏玛的建筑监理;此时他主要管理宫殿建设的财政事务。
⑤ 医科生克里斯托夫·威廉·胡费兰,1801年由耶拿前往柏林。
⑥ 约翰·克里斯蒂安·路德维希·卢德库斯,魏玛的财政官员。
⑦ 威廉明妮·普罗布斯特(Wilhelmine Probst),陪伴克洛纳·施勒特至去世的女伴,与克里斯蒂安娜相熟。

特,在那儿多待一些时日。

也请给西利①带去最美好的问候。祝你健康,爱着我,想念着我,就如我怀揣爱慕思念着你。奥古斯特也在这儿,他非常乖巧。

耶拿,1803 年 7 月 7 日　星期四

请记得你何时收到此信。但愿它来得正是时候。

G

---

① 女演员弗里德里克·彼得西利,昵称西利(Johanna Sophia Friederike Petersilie,1785—1857/67)。

1322. 歌德致佐默林（草稿）

1803 年 7 月 8 日　星期五

尊敬的老朋友，我终于得以就解剖学教授岗位①一事提出更为明确的提议。学院的主管们认为最好且最为明了的办法便是向您当面算清由大学财政、学院以及通讯费用组成的工资以及这一教职的作用。

如果他们总计评估在 3000 塔勒左右，那么已无需赘言；可以说这比想象的数额更大。

同时魏玛以及哥达宫廷一方还会向您提供 1000 塔勒的特殊津贴，这已是无需斡旋的最高金额。

此外还有耶拿宫殿一处侧楼中独立、体面、舒适的住所。宽敞的大教室，开阔的陈列空间，在这附近还会放置公爵的动物解剖学藏品。这些美丽、挑高的房间位于跑马场的上方。

人们也将很乐意授予您枢密宫廷顾问的头衔，这是我们大学中的最高荣誉。

当然，在如此重大的变化时刻您一定会首先考虑您的方便，在此我就不再继续列举我方的理由。只是有一点我可以断言：在所有的王室中②，在大学里，在民众间还从未有过像希望拥有您这般如此强烈而统一的愿望。

因此请允许我恳求您速速寄来令人安心的答复，毕竟时光飞逝，冬季学期即将到来了。

希望能尽快听到关于您近况的好消息，我时常友好地想念着您。

魏玛，1803 年 7 月 8 日　　　　　　歌德

① 耶拿的医学教授洛德接受了来自哈勒的聘用。参见第 1310、1320 封信。佐默林在回复歌德 6 月 8 日信件时（第 1310 封信）显然并未对此事做出拒绝的回应。
② 耶拿大学有四个所谓的"拥有国"：萨克森-魏玛-爱森纳赫、萨克森-科堡-萨尔费尔德、萨克森-哥达-阿尔滕堡以及萨克森-迈宁根。所有四方必须都同意通常由魏玛推举的新的教授任命。

魏 玛
1803 年 7 月 9 日至 8 月 7 日

1323. 歌德致克里斯蒂安娜·武尔皮乌斯(亲笔)

1803 年 7 月 20 日　星期三

尽管我乐于看到你一切都好,也曾希望你和奥古斯特一同前往德绍旅行,但若你能提早回来我会非常高兴;因为可想而知我是多么思念你。

地产交接①进展顺利。作为公证人的基希纳(财政顾问)好好玩了一把他的戏法,最后我款待了一些冷食。我把钱带走了,由于一些情况交杂,我只拿到了很少的一些利息。等你回来后我们一起好好整理一下我们的家政支出,彻底清除过去的负债。

请行行好,最后一周不要过分地跳舞,以适度的享乐结束你的逗留吧。问候奥古斯特。我怀着衷心的爱慕期待你的到来。

364

魏玛,1803 年 7 月 20 日　　　　　　　　　　G

---

① 7 月 16 日歌德将自由地上罗斯拉卖给迄今为止的租赁人伊曼努埃尔·戈特利布·赖曼的交易经公证确定。参见 1803 年的《四季笔记》:"〈……〉我对于该地失去兴趣,这该是他(赖曼)所期待的,于是六年后我把土地转让给了他,除了时间和乡村庆典的欢愉,并无其他损失,何况为了这欢愉还是要付出些代价的。"

1324. 歌德日记（亲笔）

1803 年 7 月 22 日　星期五至 7 月 27 日　星期三

7 月 22 日

《格茨》。早上前往蒂弗特。埃格洛夫斯泰因①。进宫。梅克伦堡什未林王子②。根茨教授，蓝色房间③格吕纳④及其同伴⑤。与宫廷顾问封·席勒散步。《退尔》⑥的结构。

7 月 23 日

在宫廷。和大理石琢磨工人们一起。《格茨》。进宫。什未林王子。席勒。关于结构⑦。接着关于《格茨》，着重第五幕。

7 月 24 日

散步。施蒂希林。商量给赫尔达的汇款事宜⑧。颜色学。化学。审阅来自意大利的信件。格吕纳及其同伴。席勒。《退尔》的结构。

〈……〉

① 沃尔夫冈·戈特洛布·克里斯托夫·封·及·楚·埃格洛夫斯泰因，魏玛的财政总管及宫廷顾问，自 1802 年起同时担任内廷总监。

② 卡尔·奥古斯特·克里斯蒂安，大公弗里德里希·弗兰茨一世之子。

③ 可能是指露易丝公爵夫人的起居室，即所谓的蓝色房间。

④ 演员卡尔·弗兰茨·封·阿卡特斯（人称格吕纳）；他于 1803/04 年供职于魏玛剧院。

⑤ 皮乌斯·亚历山大·沃尔夫（Pius Alexander Wolff，1782—1828），演员、剧作家，1803 年至 1816 年生活在魏玛，后去往柏林。

⑥ 席勒于 5 月开始了戏剧《威廉·退尔》（Wilhelm Tell）的前期准备工作；8 月末他开始正式创作。

⑦ 也许这里应补充"《退尔》的"结构。

⑧ 1801 年 6 月 1 日歌德从弗里德里克·伯恩哈迪娜·苏菲·封·赫尔达·楚·勃兰登堡处获得2000塔勒的借款以填补因自由地上罗斯拉经营不善而导致的经济债务。歌德期待着该片土地出售确定后所得的资金，于 6 月 8 日宣布借贷合同作废，同时"最顺从地"解释道："我会记着在期限过后〈的三个月后〉偿还本金及应付的利息。"

7月27日

一早来到宫廷。和克里斯蒂安王子一起。埃格洛夫斯泰因伯爵夫人。格吕纳及其同伴。晚上与席勒散步。聊了许多劳赫施泰特的奇遇。

1325. 歌德致策尔特

1803年7月28日 星期四

　　尽管我时常追随着您的思想①,却可惜总是错过向您书面表达 365
我的想念;今天只是借随信附件之契机写下只言片语。我会继续这
一观察,并只会尽可能简短地触及几个关键点,具体细节届时您会自
行了解。

　　关于莫扎特的传记②我并未有更多耳闻,但是我会设法打听这
部作品及其作者。

　　您美丽的王后③非常享受她的旅行,没有人比我母亲更高兴了,
这定是她在人生的最后几年中能遇到的最愉快的事。

　　请您时常给我来信,每隔几月寄给我一些喜剧招贴。也请您毫
无保留地写信告诉我《自然的女儿》的演出情况。反正我本来就想缩
短一些场景,即便其演绎精彩非凡,但也必定显得有些过于冗长了。

　　您能简单地向我描述一下首席小提琴家的职责与义务吗? 只需

---

① 策尔特在7月1日至7月9日的信中描述了他从魏玛返回柏林的旅程,期间
他还绕道前往德累斯顿逗留了一周。

② 《莫扎特的精神。简要生平及其作品的美学阐释。给年轻音乐家的教育手册。
附肖像》(Mozarts Geist. Seine kurze Biografie und ästhetische Darstellung
seiner Werke. Ein Bildungsbuch für junge Tonkünstler. Mit dessen Porträt)
爱尔福特,1803。这部匿名出版的书籍来自伊格纳茨·费迪南德·阿诺德
(Ignaz Ferdinand Arnold, 1774—1812,爱尔福特的律师,音乐家传记作者);
书中印有献词:"沃尔夫冈·封·歌德,缪斯女神的挚爱,最纯粹艺术品位之父,
最庄严的歌手〈……〉"(第二部分的献词献给了奥古斯特·埃伯哈德·穆勒,莱
比锡的音乐家,1804年担任托马斯大教堂唱诗班领唱。)策尔特在其7月1
日至7月9日的信中提到该书。

③ 6月24日歌德的母亲详细汇报了普鲁士王后路易斯在维尔黑尔姆斯巴德的
访问:"王后的出现就像群星中的太阳——她见到我很高兴〈……〉。我是如
此激动,以至于一时间不知该欢笑还是哭泣——在这样的氛围中王后命人把
我请去了另一间房间——这时国王也来了——王后走向一个衣柜,取出一条
价值连城的金项链,接着目瞪口呆!!!她亲手将项链戴在我的脖子上——我
感动得热泪盈眶——不知该如何感谢才好。"

告诉我多少能评判并领导这样一个人的必要信息就足够了①。

马拉夫人周二在劳赫施泰特演唱,具体情况还不得而知。

我已从封·沃尔措根先生这儿得到了您的歌曲集②,在此以我以及朋友们的名义向您表示最衷心的感谢。

没时间考虑创作。最后我希望您寄来我的歌曲的校样,同时恳请您在它们出版销售前保守秘密。祝您健康,惦记着我。

　　　　　魏玛,1803 年 7 月 28 日

366　〈附信〉

如今您的面前放着印刷好的《墨西拿的新娘》,这样您就能更准确地评判此剧作者所取得的成就,同时从前言中获悉他的所思所想以及它们在多大程度上与您的品性相契合。鉴于您的书信,我也想随意谈谈我对此作品的想法,只需寥寥数语我们便会心意相通。

在这部希腊悲剧中合唱通过四个时代得以呈现。

在第一个时代,诸神与英雄主宰世间,家族史、壮举以及神秘的命运插上幻想的翅膀,少数人物登场,在现代呼唤着逝去的远古。此处在埃斯库罗斯的《七将攻忒拜》中能找到相近的例子。这也许就是戏剧艺术的开端,古时的风格。

第二个时代以庞大的合唱向我们展示了作品的神秘主人公;这与《复仇女神》及《乞援女》有异曲同工之处。此处我更乐意寻找崇高

---

① 歌德提出请求很有可能是由于克兰茨离开魏玛去往斯图加特,而德图什又晋升为管弦乐队指挥后导致首席小提琴手职位空缺,据推测策尔特很快就满足了他的请求。

② 策尔特的《小叙事谣曲及歌谣集》(Sammlung kleiner Balladen und Lieder)(汉堡,1803)。

的风格。合唱是独立的,是人们的兴趣所至,人们可以说这是戏剧艺术的共和时代,统治者与诸神只是配角。

在第三个时代中合唱成为配角,人们的兴趣投向了家庭以及它们各自的成员与首领,民族的命运与他们的命运只是松散地捆绑在一起。合唱变得无关紧要,诸侯与英雄的人物形象以其封闭式的庄严得以凸显。此处我想寻找美丽的风格。索福克勒斯的作品正处于此等级别。当普罗大众只能旁观英雄及其命运,无论面对特殊或普遍的天性都显得无足轻重,他们便转而投向内省与沉思,承担起一名有资格、受欢迎的观众的角色。

在第四个时代,情节越发退回到个人利益之上,合唱往往成为令人厌烦的习俗,或是继承得来的清算物。它变得可有可无,甚至在一个生气勃勃的诗意整体中被贬为无用、累赘、毁灭性的存在,例如当它必须保守一个根本不感兴趣的秘密或是类似的事件。在欧里庇得斯的作品中能找到许多例子,例如《海伦》以及《陶里斯的伊菲革涅亚》。

367

从中您能看出,若是人们想要重新亲近音乐①,就必须做出前两个时代的尝试,这是可以通过相当简短的清唱剧得以实现的。

　　魏玛,1803 年 7 月 28 日　　　　　　　　　　　　　G

---

① 歌德在此信以及下封信中继续做出的解释最终并未能推动策尔特为席勒的《墨西拿的新娘》谱写合唱曲的计划——该计划最终未能实现。

1326. 歌德日记（亲笔）

1803 年 7 月 28 日　星期四至 8 月 3 日　星期三

7 月 28 日

　　给策尔特写信，寄去关于希腊合唱曲的一篇。思考《格茨》。佐默林的回复。中午进宫。散步。晚上席勒。散步。关于合唱等等。

　　〈……〉

7 月 30 日

　　致布卢门巴赫。政府顾问劳恩①。乘车送奥古斯特前往布赫法尔特②。进宫用膳。封·古特施米特③。陆军下级军官。拜访封·施泰因夫人④。晚餐后与 V⑤ 散步。

　　〈……〉

8 月 1 日

　　统领者搬进新宫。中午宴席晚上市民音乐。

8 月 2 日

　　中午进宫。在亚格曼小姐处。晚上矿业股东⑥音乐。

368

---

① 约翰·卡尔·克里斯蒂安·劳恩(Johann Karl Christian Lauhn，1756—1833)，魏玛的政府顾问。
② 布赫法尔特，位于魏玛南部 10 公里处的村庄。
③ 克里斯托夫·西吉斯蒙德·封·古特施米特男爵(Christoph Sigismund Freiherr von Gutschmidt，? —1812)，萨克森军官。
④ 当天夏洛特·封·施泰因给她的儿子弗里茨写信道："歌德又把罗斯拉卖了，比买入时多挣了 1000 塔勒，他很高兴终于摆脱了那些动物和一切毫无诗艺的经营。"
⑤ 克里斯蒂安娜·武尔皮乌斯。
⑥ 矿业联合公司最初的股东们；这里指的可能是伊尔默瑙矿业公司的成员们。

8 月 3 日

〈机打〉寄出信件及其他邮件。下午钢琴弹奏《艾玛》①。《维尔茨堡的独眼巨人》②。晚上宫廷顾问封·席勒先生。

① 有可能是阿尔贝蒂娜·奥古斯特·封·施塔夫（Albertine Auguste von Staff，1755—1836，宫廷女官）的一首诗歌。由何人谱曲不得而知。
②《奥德修斯与波吕斐摩斯》(Odysseus und Polyphem)，约翰·马丁·瓦格纳1803年的有奖征答题作品；瓦格纳于 7 月 28 日寄来获奖的图画。

1327. 歌德致策尔特

1803 年 8 月 4 日　星期四

　　请您今天拨冗姑且读完下文我的遗传学阐释。自然——以及艺术品,当它们已经完成时人们是无法认知的;必须在其诞生之时抓住时机,才能或多或少得到要领。

　　随信附上大印章①的一些印刷件。这可能令人想起一些事儿;然而我希望它能为您所用,不会引起您的不悦。

　　关于今年颇有难度的有奖征答,我已收到一幅超越预期的优秀图画:《奥德修斯与波吕斐摩斯》。真正的艺术鉴赏力悄然潜入德国真是令人欢欣鼓舞。注意。它出自一位尚未在我们这儿参赛过的青年人之手。

　　我这儿有一封耶拿律师②关于费希特事件③的信件。据我所闻,房屋交易如今取得了有利的转折。

---

① 这里说的是策尔特的合唱协会的一枚印章。其形象为骑在海豚背上弹奏里拉琴的阿里翁。其母题可能出自于弗里德里希·布里对于安尼巴莱·卡拉奇的《海上的阿里翁》(Arion auf dem Meere)的仿作;自 90 年代以来该仿作很有可能已被歌德收入麾下。1804 年 2 月约翰内斯·封·穆勒将印章带往柏林。在通信中也时有提及的小印章是否也来到柏林则不得而知。

② 即约翰·弗里德曼·戈特弗里特·扎尔兹曼(Johann Friedemann Gottfried Salzmann, 1740—?,耶拿律师)费希特在遇到不愉快的家庭纠纷后第一时间告诉了扎尔兹曼。但他的信并未流传。7 月中旬福格特给歌德的信中写道:"扎尔兹曼关于费希特事件的答复犬子已忠于原样地随信附上。"

③ 费希特 1799 年前往柏林,并于 1800 年 3 月将其在耶拿的住所卖给了当地的公证人约翰·恩斯特·威廉·克里格(Johann Ernst Wilhelm Krieg, 1761—1812)。根据司法程序,后者必须支付约定的付款金额。参见费希特 7 月 23 日写给席勒的信。——同一时间费希特还激起了另一场与耶拿出版商及书商克里斯蒂安·恩斯特·加布勒(Christian Ernst Gabler, 1763—1837)的诉讼;后者未经允许翻印了费希特的《科学理论》(Wissenschaftslehre)。

您如何评价《魔笛》第二部分的音乐①? 在此衷心祝您健康。

　　魏玛,1803 年 8 月 4 日　　　　　　　　　　　　　　G

〈附信〉

　　就像希腊悲剧脱离诗歌一样,我们当今倒也有一个戏剧如何力求摆脱历史,或者更具体地说摆脱叙事的奇特范例。我们发现在复活节周或是天主教会中颂唱受难记正是如此。三个独立的人,其中一人代表福音教传教士,一人代表基督教,第三人则是介于两者之间的斡旋人,而全剧一如您所熟知地以合唱(图尔巴②)展现。为了让您更快地了解,我在此附上一小段③。

　　福音教.彼拉多就对他说:

　　中间人.这样,你是王吗?

　　福音教.耶稣回答说:

　　基督教.你说我是王。我为此而生,也为此来到世间,特为给真理作证。凡属真理的人就听我的话。

　　福音教.彼拉多对他说:

　　中间人.真理是什么呢?

369

---

① 策尔特在 8 月 10 日的回信中对于席卡内德(Emanuel Johann Schikaneder,1751—1812,演员、导演、歌剧作者)的《魔笛》续曲《迷宫或是与自然力的斗争》(Das Labyrinth oder Der Kampf mit den Elementen)以及彼得·封·温特(Peter von Winter,1754—1825,曼海姆与慕尼黑的宫廷乐师)的音乐提出了批评。该小歌剧于 7 月 18 日在柏林首演,在接下去的几个月里在民众中获得了巨大的成功。

② 原文为 turba,是合唱的一个专业概念,与反映或评论故事情节的大合唱不同,图尔巴在受难曲、清唱剧或其他宗教音乐中用于展现直接参与所发生之事的人群。

③ 歌德在下文引用了《约翰福音》(das Johannes-Evangelium,18,37—40)。

　　福音教.说了这话,又出来到犹太人那里,对他们说:

　　中间人.我查不出他有什么罪来。但你们有个规矩,在逾越节要我给你们释放一个人,你们要我给你们释放犹太人的王吗?

　　福音教.他们又喊着说:

　　图尔巴.不要这人,要巴拉巴!

　　福音教.巴拉巴是个强盗。

　　如果您现在将福音教传教士的功能全放在开头,作为开场白引入普遍历史,并通过人物的接近与离开,运动与行动,使由他强制性地输入的临时限定变得无用;那么您就已经十分出色地引出了戏剧。

　　就我所知,人们已经在受难清唱剧中开辟出此条道路;但若能真正走出家园,走进作品,一定还能创作出一些新颖而杰出的方法。

1328. 歌德日记

1803 年 8 月 7 日　星期日

　　早上舒尔策顾问和根茨教授①，因新的射击馆图纸。下午拜访　　370
枢密顾问福格特。5 点前往赫尔茨辛②，接着前往耶拿。

---

① 卡尔·阿道夫·舒尔策，魏玛市长，前一日提醒歌德要在海因里希·根茨动身前
　　往柏林前务必搞到"期盼良久的射击馆的草图"。
② 魏玛北部的森林地带，射击馆即选址于此。

耶 拿

1803 年 8 月 7 日至 8 月 11 日

1329. B. G.尼布尔致多萝西娅·亨斯勒
(1809 年 11 月 15 日)

1803 年 8 月 8 日 星期一①

　　洪堡②说这是一次令他自己都感到震惊的奇特的真情流露。布伦夫人让她的艾达③在他面前搔首弄姿,见他不置可否,便洋洋自得地问道:您倒是说说,歌德,该拿这样的一位女孩怎么办?"转过头别看她。"

---

① 这一日期源自歌德 8 月 8 日的日记:"布伦夫人和她的家人来我这儿做客。很有可能洪堡从弗里德里克·布伦自己这儿听说了这则轶闻。后者 1805 年再次前往意大利,而此前她也曾在此生活过多年。"
② 威廉·封·洪堡。
③ 弗里德里克·布伦的女儿阿德莱德(艾达)·卡洛琳·约翰妮·布伦(Adelaide (Ida) Caroline Johanne Brun, 1792—1857)。

1330. 弗里德里克·布伦①

1803 年 8 月 8 日　星期一

　　我们在耶拿停留了一天，当天下午及晚上在歌德位于宫殿之上的高楼中度过——美好、难忘的时刻！歌德对我们十分温和亲热，而自我们在卡尔斯巴德的温泉见面后飞逝而过的八年时光就仿佛在莫甘娜的神奇花园②里与他擦肩而过。洞察敏锐又喜爱孩子的歌德当时常常与我最年长的两个孩子一同嬉耍玩闹，而在此期间我们只是通过友好的问候互通消息。如今他以真挚的、父辈般的宠爱接纳了你（艾达）这个年幼的新人，并带着友好的回忆微笑地认出那个不安分的男孩如今已出落成了颀长的青年。

　　当时只有我们几个。他兴致高昂地与我的儿子以及他的大学同学、地质学者莱因哈特（伟大的维尔纳③的两位勤勉的学生）一同观赏奇特的博物学藏品。也正是在这些藏品的包围中他接待了我们。然而正当你羞涩地慢慢靠近一头饱餐的非洲虎时，诗人的教育意识觉醒了！他把你抱上这头美丽无比的动物，围上我们的披肩，将你配与老虎，不断摆弄出阿里阿德涅④不同的、魅惑的姿态；而此时他眼中除了你们再无他物，勾勒着那些美好的想象画面，对于我们观众来说便是成为普罗米修斯⑤或是代达罗斯⑥雕塑的崇高形象。他还想从你这儿看到姿态的循环，他那双美妙的眼睛包围着你，仿似一道光环。

371

---

① 弗里德里克·布伦《清晨之梦的真相与艾达的审美发展》（Wahrheit aus Morgenträumen und Idas ästhetische Entwicklung），阿劳，1824 年，第 223 页起。
② 莫甘娜：中世纪骑士小说中的人物（亚瑟王的姐姐，骑士兰斯洛特鄙弃的爱人），人们相信能在空中看到她的宫殿。（因此 Fata Morgana 意即海市蜃楼。）
③ 弗赖贝格的地质学家及矿物学家亚伯拉罕·戈特洛布·维尔纳。
④ 忒修斯的爱人，她给了忒修斯一团线球，让他闯入迷宫后一路拖下毛线，借此帮助他成功返回逃出迷宫。
⑤ 泰坦巨神的一员，从宙斯处偷取火种带到人间；经常被视为人类的创造者。参见歌德的赞美诗《普罗米修斯》（Prometheus）。
⑥ 建筑大师、发明家；他发明了用蜡制成的翅膀，他的儿子伊卡洛斯戴着翅膀飞行，因为离太阳过近而惨遭不测。

1331. 里默尔①

1803年8月8日   星期一

他本也是厌恶喃喃自语的〈……〉。然而此刻他自己也不经意地陷入令人讨厌的喃喃自语中，〈……〉只因他无法完全克制那淘气的评语。〈……〉我可以复述一个〈……〉稍显恶毒的例子〈……〉，因为这件事他和我说了不下一遍。有一位夫人②让她那位秉着孩童般的天性与热爱全心全意以汉密尔顿夫人③为楷模成长起来的年轻女儿④，与其说她是女孩，莫若说她还是个孩子，在他面前搔首弄姿，并询问他的意见。大声说出天赋异禀的赞许后他转开脸嘟囔着补充道："逼着人转过脖子。"耳朵不太灵光的夫人只听到了脖子二字，看来一定是被和脖子相称的赞誉之词给蒙蔽了，这也机缘巧合地令这位善良的夫人心满意足。

---

① 弗里德里希·威廉·里默尔《关于歌德。遗物拾遗》(Über Goethe. Ungedrucktes aus dem Nachlaß)，1918，第61—63页。
② 弗里德里克·布伦。
③ 艾玛·汉密尔顿夫人(Emma Hamilton，约1765—1815)，英国驻那不勒斯公使威廉·汉密尔顿的夫人，英国海军上将纳尔逊的情妇，那不勒斯-西西里王后玛丽亚·卡洛琳的密友。她在史学界的重要意义在于她于1799年参与了对那不勒斯共和党人的残暴谋杀。——与第1330封信联系起来看，里默尔很有可能在影射歌德的《意大利游记》：她〈汉密尔顿夫人〉十分美貌，身材姣好。他〈她的丈夫〉给她定做了一件希腊式的长袍，她穿着十分合身，然后她松开长发，拿起若干披肩，摆出不同的姿态、手势与表情，以至于人们最终觉得自己仿佛在做梦。人们看到无数艺术家们渴望的成就如今在眼前完整地走动，并令人惊奇地变换着姿态。或立或跪，或坐或躺，认真、悲伤、戏谑、放荡、忏悔、引诱、威胁、恐惧等，一个接着一个，一个滋长一个。
④ 艾达·布伦。

1332. 歌德日记(亲笔)

1803 年 8 月 9 日　星期二至 8 月 10 日　星期三

8 月 9 日

372

颜色学化学①。晚上在福斯家。

8 月 10 日

早上格里斯巴赫。颜色学化学。晚上与洛德枢密顾问夫人前往德拉肯多夫②。

---

① 歌德正在撰写《颜色学》导论教学法部分的第 3 章(化学颜料)。1810 年《论颜色学》两卷在科塔出版。
② 耶拿东南部的一个村庄,在此处时歌德经常在齐格萨一家的庄园中逗留。

魏　玛

1803 年 8 月 11 日至 11 月 11 日

1333. 歌德日记

1803 年 8 月 11 日　星期四至 8 月 21 日　星期日

8 月 11 日

　　早上离开耶拿。晚上铜币①到家，欣赏把玩。晚上宫廷顾问封·席勒先生。关于耶拿变革②。

---

① 8 月 4 日福格特在给歌德的信中写道："如果德累斯顿的〈硬币〉目录中还有您喜欢且尚未订购的，今天晚上的邮车还来得及。"但是歌德此次订购的硬币几乎不可能这么早到。更可能是纽伦堡的硬币到了：7 月 11 日赫德维希(海因里希)·约翰·威廉·托恩告诉他的弟弟克里斯蒂安·奥古斯特7月 19 日将在纽伦堡举行一场硬币拍卖，期间也将拍卖 16 世纪的教皇钱币。得知这一消息后，歌德在 7 月 23 日给纽伦堡书商恩斯特·克里斯托夫·格拉特瑞尔的信中请求后者烦心操办一下"铜币购买之事"。关于此次努力的结果，歌德在 1803 年《四季笔记》中写道："从马丁五世到克莱门斯十六世的教皇钱币的原版〈……〉并未为我一人所得，其中还包括红衣主教与神父、哲学家、学者、艺术家、奇怪的女士们，清晰的、保存完好的样品〈……〉。"

② 8 月 9 日席勒问歌德："对于《文学汇报》迁离耶拿您有何看法？"几天前魏玛市长福格尔给福格特写信道："我不知道尊敬的阁下是否已得知宫廷顾问许茨同意以 3000 法郎的薪水前往维尔茨堡，并想要将《文学报》迁往那里。〈……〉人们也纷纷议论司法顾问胡费兰先生以及保卢斯博士也有意前往。"福格尔还不知道的是谢林也早已(自 5 月来)动了去维尔茨堡的念头，他也无从得知人们甚至还准备召唤尼特哈默尔。事实上所有人都走了：谢林，保卢斯，胡费兰(以及 1804 年 9 月尼特哈默尔)前往维尔茨堡，许茨和大学图书管理员埃尔施带着《文学汇报》追随洛德前往哈勒。为了防止最糟糕的事发生在耶拿大学(以及萨克森-魏玛公国)，歌德在之后的几个月内殚精竭虑。他的付出所获得的最重要的成果是创办了《耶拿文学汇报》(Jenaische Allgemeine Literatur-Zeitung, JALZ)。在 1803 年《四季笔记》中，歌德回顾道："这件事〈《文学汇报》迁址〉事关重大，说再多也不为过：这一平静的引言说明耶拿大学此刻正受到分崩离析的威胁。〈……〉8 月的前半段已经过去，一切都取决于到圣米歇尔节的未来六周能否做出相应的反抗。突然不速之客也来了。自从去年成为所有魏玛活动死敌的科策比无法安静地庆祝自己的胜利，他趾高气扬地在那天的《正直人》(Freimüthige)上说：'因为承诺主编的巨大优待，《文学汇报》迁往哈勒，这下耶拿大学彻底完蛋了。'我们这边一切疑虑都已打消；我们有充分的理由质问那些始作俑者这是否就是他们的目的？而既然这些人无法否认，就告诉他们，把《文学汇报》保留在耶拿直到复活节这一打算对我们一文不值，同时我们保证将自力更生，使《文学汇报》在耶拿继续发展。"

8 月 12 日

　　早上化学颜色。中午进宫。劳赫施泰特的演员们回来了。

8 月 13 日

　　化学颜色学。拜访雷登伯爵。中午进宫。晚上在罗马之屋。**致信耶拿书商弗罗曼先生。**

8 月 14 日

　　化学颜色学。拜访雷登伯爵夫人。硬币整理完毕。雷登伯爵。格吕纳和他的同伴。晚上席勒与迈尔。

8 月 15 日

　　化学颜色学。中午进宫。晚上与舒尔策顾问一同在新的射击馆广场。〈亲笔〉**致信矿物监督赖尔①。感谢他的作品。**

8 月 16 日

373

　　〈机打〉信件与杂物。**致信纽伦堡书商格拉特瑙尔先生。感谢寄来的硬币。**10 点与舒尔茨顾问先生来到赫尔茨辛。傍晚时分与宫廷顾问封·席勒先生散步。

　　〈……〉

---

　　① 约翰·克里斯蒂安·赖尔，哈勒的医学教授，给歌德寄来他的专著《关于精神错乱的心理疗法使用》(Über die Anwendung der psychischen Kurmethode auf Geisteszerrüttugnen)，作品并未保存在歌德图书馆。

8 月 18 日

〈亲笔〉早上《格茨》第三幕。斯特拉斯堡的阿诺德①。克劳斯顾问②。中午进宫。晚上埃特斯堡,因为布罗肯山上的信号③。

8 月 19 日

早上骑马。在射击馆。〈机打〉晚上茶会。〈亲笔〉伯恩斯托夫伯爵夫人④。戈雷⑤小姐。封•沙尔特夫人⑥。席勒与迈尔赴宴。

〈……〉

8 月 21 日

舒尔策顾问。施吕特⑦。因格吕纳及沃尔夫斯⑧与宫廷财政顾问基尔姆斯商谈。中午见艾泽特⑨。硬币。迈尔教授。宫廷顾问席勒。克勒的《硬币赏玩》。

---

① 约翰•格奥尔格•丹尼尔•阿诺德(Johann Georg Daniel Arnold, 1780—1829),哥廷根的大学生,后为斯特拉斯堡的历史及法学教授。席勒通过他给歌德捎来 8 月 9 日的信。
② 可能指格奥尔格•梅尔基奥尔•克劳斯。
③ 可能是人们在做通信尝试。
④ 沙里塔斯•埃米莉•封•伯恩斯托夫伯爵夫人。
⑤ 埃米莉•戈雷。
⑥ 弗里德里克•苏菲•埃莱奥诺雷•封•沙尔特,原姓伯恩斯托夫(Friederike Sophie Eleonore von Schardt, geb. Bernstorff, 1755—1819),萨克森-魏玛官员恩斯特•卡尔•康斯坦丁•封•沙尔特及夏洛特•封•施泰因夫人最年长的兄长的妻子。
⑦ 约翰•海因里希•施吕特(Johann Christian Heinrich Schlütter),魏玛的印染大师。
⑧ 事关两位演员的聘用。
⑨ 阿道夫•弗里德里希•特奥菲尔•艾泽特。

1334. 夏洛特·封·施泰因致其子弗里茨
(1803 年 8 月 28 日/29 日)

1803 年 8 月 27 日　星期六

〈……〉昨天我与黑尔维希夫妇①在席勒家饮茶；这时歌德也来了，他把席勒叫去隔壁房间，开了一瓶酒开始长谈，此后便再也没有回到我们中来，这显然让黑尔维希十分不悦，聚会时歌德总是扫大伙儿的兴。内心的真诚善意会令人举止得体，而歌德的内心却只有软弱，很长时间以来我都错把它当成善意〈……〉。

昨天席勒的家人告诉我，令歌德深受触动并叫走席勒的原因是普鲁士国王决定把整个《文学报》机构从我们这儿夺到哈勒，这对耶拿是一个巨大的损失，该如何应对这件坏事还不得而知。

374

---

① 瑞典军官卡尔·戈特弗里德·封·黑尔维希（Carl Gottfried von Helvig，1764—1844）及其夫人阿玛利亚，原姓伊姆霍夫，两人于 8 月中旬成婚。

1335. 歌德日记(亲笔)

1803 年 8 月 28 日　星期日

　　宫廷顾问艾希施泰特,《文学报》事宜。中午访客。傍晚晚些时候席勒。关于那件事。

1336. 歌德致策尔特

魏玛,1803 年 8 月 29 日　星期一

我必须在一开始表达对您的歉意。最近我们这儿发生了许多疯狂而奇特的事儿,以至于我甚至无暇顾及不在此处的最尊贵的您。

首先感谢您的歌曲,它们已经按照您的指示分发,剩余的也已妥善保管;同样感谢您关于音乐指挥的文稿,一旦我们重新开始练习,我定会将它牢记于心,同时也希望有可能获得您进一步的说明解释。

大印章已经完整干净地交到我手中;等小印章一完成便一并寄送给您。

费希特就《欧仁妮》给席勒写了一封十分优美动人的信。请您为此向他表达谢意,并请转告他我们十分惦记他的事。可惜凡律师染指之物往往潜伏着厄运。

您对于将《文学报》迁往哈勒①一事有何见解? 我们这些了解内幕的人对于普鲁士王室竟会通过名望、假ché、江湖骗术以及纠缠不休来欺骗几乎所有人感到无比惊讶。人们就像对待拉奥孔②或是其他可移动的艺术品般占领并转移这一机构。

我们同样会在耶拿继续,因为最积极的编辑,即宫廷顾问艾希施泰特先生留了下来,所以一切依然照旧③。我希望新加入的人员与新准备的资金能助此事顺利开局。

若您愿意站在我们这一边④,您将受到最衷心的邀请。若您能用剧评的方法将如今亟待评判的音乐问题以某种特定的秩序传达给大众该多好啊!

375

---

① 自 1804 年起《文学汇报》在哈勒出版发行,曾经的发行人之一克里斯蒂安·戈特弗里德·许茨应召前往哈勒。
② 在《托伦蒂诺和平条约》中教皇庇护六世不得不履行其对拿破仑的义务,让人将大量罗马的艺术品运往巴黎,其中包括著名的拉奥孔群像。
③《文学汇报》迁往哈勒后,1804 年初《耶拿文学汇报》开始在耶拿出版。
④ 尽管歌德日后又多次请求,但策尔特始终没有成为《文学汇报》的一员。

　　我将积极参与此事,席勒、福斯、迈尔①都将同心并力,希望来年能比今年更胜一筹。请您转告费希特②他也在受邀之列,届时席勒会去信详细说明。

　　若您在柏林找到有识之士,无论是何专业,只要他厌恶许茨-贝尔图赫-伯蒂格之流的陈设饼③的酸腐之气,就请您说服他加入我们。您甚至可以公开宣扬此事。我们很快会制定出这个决定继续理想事业的群体所享有的特权④,接着将出版一份临时性的公开声明,我也会很快向您汇报后续之事。

　　请告诉我:谁是《挽毒者的自白》的作者⑤? 一个全面的能人。

　　翁格尔先生⑥给我写信邀约第八卷。我既无法拒绝,又无法答应。无法拒绝是因为我确实十分希望凑满这个数字,而无法答应则因为我下部完全有理由感到满意的作品被科塔拒绝了。是否能请您为此在翁格尔先生面前美言几句,使他不要误解我的沉默。

376

---

① 席勒从未给《耶拿文学汇报》撰稿,福斯(大)只是偶尔参与,海因里希·迈尔则非常积极。
② 费希特从未在《耶拿文学汇报》上发表过文章。
③ 每个安息日摆放在犹太教堂祭台上的十二片面包。
④ 参见8月25日至9月1日间与此相关的大量书信与文件。9月1日公爵了结了这一授权诉讼程序,他通知歌德:“深信呈上报告中所诉诸因,我批准颁布建立《文学报》新机构的建议。”10月7日大公签署了“关于《耶拿文学汇报》的特权”。
⑤ 弗里德里希·布赫霍尔兹(Paul Ferdinand Friedrich Buchholz, 1768—1843),柏林作家。
⑥ 翁格尔于7月10日询问歌德:“您是否愿意考虑将《自然的女儿》以及其他能与之一共编入一册的文章交予我社作为您最新作品的第8卷出版?”——在1792年至1800年间翁格尔出版了《歌德新作》(Goethes neue Schriften)的前7卷。但之后并未出版第8卷。

希望《切利尼》①能给您带来触动，为此我愿意做出一切妥协。我花在改编上的时间是我一生中最幸福的时光之一，我会继续为它耕耘。如果您在阅读时感到悲伤，我亦十分理解，同时希望随后欢乐的效应能如期而至。

此外您关于整体和细节的悲叹我也完全感同身受。衷心祝您健康。

G

---

① 很有可能歌德在策尔特逗留魏玛期间赠予其这部5月出版的作品。在7月15日的信中策尔特不吝溢美之词地称赞了它。

1337. 歌德日记

1803 年 8 月 29 日　星期一至 8 月 30 日　星期二

8 月 29 日

〈亲笔〉信件。晚上射击馆。宫廷顾问席勒。

8 月 30 日

〈机打〉中午进宫,瑞典国王夫妇①在场。晚上观看《华伦斯坦》。

---

① 古斯塔夫·阿道夫四世及其妻子弗里德里克前一天到达魏玛;他们也前往观
看了《华伦斯坦》的演出。8 月 31 日启程回国。

1338. 歌德致西尔维·封·齐格萨（亲笔）

1803 年 8 月 31 日　星期三

　　我美丽的朋友，收到您亲切的来信是我的至高喜悦。已即刻阻止戈拉①，而我则时刻待命完成其他任务。

　　向您的母亲致以我最忠诚的问候，并向她呈上治理棍②，我希望很快能亲自享受到您的房间由此获得的安宁。

　　关于站点③我有下列建议：

　　1　拜访　　　　　　　注意　6 号是未知的无名物，每个人必须自己寻找或创作。

　　2　相识

　　3　习惯

　　4　好感

　　5　激情

　　6

　　7　友情

377

　　亲爱的小姐，若您如今正认真考虑这一重要事件，并和您富有同情心的邻居们做着后续准备，那么这已进一步促成了我们的下一次会面。

　　在此期间请您寻找最美丽的场地。高山、谷底、岩石、树木、视野以及局限，这一切都应考虑在内，才能使每一处都展现出设立在此的站点的真实个性。

　　祝您健康，愿您为所有人爱戴。

　　　　魏玛，1803 年 8 月 31 日　　　　　　　　　　您的

　　　　　　　　　　　　　　　　　　　　　　　　　　歌德

---

① 卡尔·戈拉(Karl Golla)，来自斯图加特的镀金匠，他参与了宫殿内部的装饰工作。西尔维·封·齐格萨之前写道，他不必前往德拉肯多夫，因为原本安装镜子的计划改成竖立雕像。

② 对于捕蝇胶棒的一种戏谑叫法？

③ 事关德拉肯多夫公园的扩建，这里说的是设立不同的隐喻形象。

1339. 歌德及 Chr. G. 福格特致
卡尔·奥古斯特公爵

1803 年 8 月 31 日　星期三

尊敬的殿下，

　　从最恭顺的报告中您已足以了解耶拿事件，尤其是《文学报》正处于一条非常正确的道路上。随后送到的文件卷宗也将提供更多的陈述。若未出现必须加速处理的麻烦，署名者将等待艾希施泰特①的正式建议，以便能重新商讨此事。

378　　那些心怀不轨逃离耶拿的教授们正利用我方谨慎、客观的沉默增加人们对一场虚假的沉沦的动摇与恐惧，扩散人们对于一场可能的救赎的怀疑。

　　我们认为在此以细节来烦扰尊贵的殿下有失礼节，这也与我们的公开表态完全一致。

　　因此署名者在此贸然最恭顺地请求尊贵的殿下：请您尽快签发因需在耶拿继续《文学报》而决定的特权，支持那些在如此危险的时刻敢于以一己之力担此重任的爱国之士。

　　可推举艾希施泰特教授为代表，通过一纸书约予以限定，整体则留由更高层决定。

　　还有一要事迫使我们不得不尽快呈上这份最恭顺的报告。尊贵的殿下的生日即将到来，矿物学协会将在官殿举行一场盛大的聚会，善良的学者及市民秉持信任与希望筹划着小型的庆典；若能在这一天向公众宣布一项完整的决议，那我们便坚信一切都会一鼓作气赢得威望，呈现出全新的姿态。

---

① 海因里希·卡尔·亚伯拉罕·艾希施泰特，耶拿的语文学教授，曾被预定为《耶拿文学汇报》的出版人。歌德恳请在 9 月 2 日星期五促成会谈。——根据 10 月 14 日的批示艾希施泰特获得了曾属于许茨的雄辩术与诗学教职。

　　我们不得不承认谎称毁灭即将到来①使得人们纷纷离去，他们用承诺煽动教授，讲师，辅导老师以及大学生们，虽然并不奢望就此获胜，也要以此将一人的不知所措变为众人的极度不安。

　　在此怀着崇敬署名的作者们保证这一危急时刻以最高的谨慎行事，为当下及未来做出最好的考量。

尊贵的殿下
最恭顺最忠诚最服从的
J. W. v. 歌德
C. G. 福格特

魏玛，1803 年 8 月 31 日

---

① 科策比 8 月 19 日在他的《正直人》(132 号)中写道：许茨与《文学报》已经"迁往哈勒"，耶拿也已"凋零"；更甚："耶拿大学只能获得极低的支持，自然越来越沉沦；因为不仅是上文提到的两位学者(许茨与埃尔施)以及枢密顾问洛德都甘为普鲁士效劳，而且另有五到六位最杰出的教师(例如司法顾问胡费兰，教授保卢斯等)都已归入巴伐利亚麾下，享受优越的待遇〈……〉。"

1340. 歌德致 F. L. A. 封·亨德里希(草稿)

1803年8月31日 星期三

379 尊贵的阁下,

您在这一危机时刻表现地如此正直爱国①,所有想要维护我们受到致命威胁的大学的人们都对您感激不尽。

与此相对,我认为在此刻的情况下可以暂时告知您殿下已经决定在耶拿继续出版《文学汇报》,并将授予一个可靠的群体以专门特权。新的一年现有的运行将完全停止,目前已兢兢业业投身该报的宫廷顾问艾希施泰特先生将继续主编工作,当然各方积极的配合也不可或缺。请您把这些告诉所有忠于大学和这座城市的市民,在翘首期盼我们杰出的公爵即将到来的生日庆典的同时他们也一定会为这次重生欢欣雀跃,这从某种意义上正昭示着耶拿的精神本质。

明天前往您处的秘书武尔皮乌斯会向您做更详尽的汇报,我最尊敬的少校先生,衷心期待周六您能在我处下榻。

以我们美好耶拿的新希望之名就此搁笔。

魏玛,1803年8月31日

---

① 亨德里希于8月30日致信歌德(或福格特):"大学会派一个代表团进宫,请求逼迫科策比先生说出这一消息的始作俑者(即毁灭即将到来)。市民们想要在任何一份公开出版物上书面攻击科策比,告诉他那些所谓会令他不悦的真相。"

1341. 歌德日记

1803 年 8 月 31 日　星期三

　　早上《文学报》相关事务。中午在家。下午与蒂鲍特①一同散步。晚上与他一同与席勒见面。致信宫廷顾问艾希施泰特先生。关于他周五的到来。致信弗罗曼先生。关于校样以及炉子型号②。致信封•亨德里希少校先生。关于大学事务。夹上给封•齐格萨小姐的信。

380

---

① 安东•弗里德里希•贾斯特斯•蒂鲍特，耶拿的法学教授。
② 9 月 19 日弗罗曼与韦塞霍夫特印刷厂的合伙人约翰•卡尔•韦塞霍夫特（Johann Karl Wesselhöft, 1767—1847，出版商）向贝尔图赫描写了歌德 9 月 7 日的一次到访："我展示了我的炉子。"

1342. 歌德致卡尔·奥古斯特公爵

1803 年 9 月 1 日　星期四

当人们深思熟虑后说出想在耶拿继续开办《文学汇报》的豪言壮语，那么他们已经预见到今后，尤其是在起步之时每一步都将障碍丛生，亟待逐一克服。

如今已在短期内排除了一些困难，且已做好一部分铺垫；那么主要问题接踵而至：我们想要和哪些德高望重的人士建立联系，想要邀请哪些人加入我们的行列？

请允许我首先谈及其中的两位。

赫尔德主席①以其著作、地位及人格早已享誉全国。如果殿下能仁慈地在其疗养归来时给予其至今未得的承认②，那么我们定能为我们的新机构赢得这位出于种种原因以种种方式离群索居的大师。署名者将借此契机重新耕耘不久前重又缔结的老交情，使其熟悉我们的新机构。

保卢斯博士③是耶拿大学，尤其是我们这一机构希望争取到的第二人。因为他与格里斯巴赫的离去，大学的神学系损失惨重，几乎无力修复；与此同时他至今仍在机构中扮演着最积极的角色，其在古代近东与新东方领域的见解卓越，掌握并愉快地品评着大量令人称叹的文献。

381

虽然各方都说他的离去不可阻挡，但在我看来若殿下愿意以任意方式向他表达您的关怀与欣赏，事情仍有转圜余地。

与他私交甚笃的宫廷顾问封·席勒可以为此做不带任何偏见的尝试。

---

① 赫尔德于 12 月 18 日去世。

② 公爵至今拒绝承认巴伐利亚选帝侯马克西米利安·约瑟夫四世1801 年 10 月授予赫尔德的贵族头衔；他无法接受赫尔德的儿子阿达尔贝特接受公爵资助读完大学后想要在巴伐利亚接受"贵族封地"（而非在魏玛担任公职）。

③ 10 月前往维尔茨堡的保卢斯并未为《文学汇报》撰写评论。

　　此刻的处境下，除了从各方考虑大学及其附属机构事宜，并且投入科学与君王的双重力量之外别无选择。我已预见未来的一季度必然充斥辛劳、忧虑、烦恼以及危险，一切赘疣都将被克服，即使没有，也同样能自上而下推动人们的才能，赋予人们善意、恩赐与同情。

　　魏玛，1803 年 9 月 1 日　　　　　　　　J．W．v.歌德

1343. 歌德致 Chr. G. 福格特

1803 年 9 月 1 日　星期四

我首先单独和席勒,接着与尼特哈默尔一同花了好几个小时回顾并再次讨论了这一事件,以至于至少今天我已受够了。结果如往常一样:除非我们能声称:保卢斯会留下①! 否则无法惩罚科策比和他的同党们的谎言。除非我们能声称:保卢斯是委员会的一员,否则便无法将新的《耶拿文学报》广而告之;其他一切抗议与空话都无济于事。

您能否尽快试探到万不得已时我们还能许给他什么好处?拉拢他的方式必须不露声色,才不会引起任何拒绝。

只要我们说上话,就多谈谈今天的商议。目前明天应该也会有所成果。我仍抱有最好的希望;但是没有上层的有力影响只怕不能如愿。

382　为了能安然入睡,我希望得到几卷《硬币赏玩》②,其中的多彩内容令人魂牵梦绕。

魏玛,1803 年 9 月 1 日　　　　　　　　　　G

---

① 保卢斯并没有留下;他于 10 月前往维尔茨堡。
② 福格特随回信一同寄去了《硬币赏玩》(Münzbelustigungen) 第 1 卷与第 11 卷。

1344. 歌德致莎宾娜·沃尔夫

1803 年 9 月 1 日　星期四

夫人!

不久前一位年轻男子①前来找我,向我表达了想受聘于我们剧院的愿望。在仔细的考核后我发现他不乏天赋,而当我进一步询问他的生活与家庭状况时,我得到了与您 8 月 12 日寄来的充满母爱的信②中如出一辙的回答。为此我深受触动,现向您汇报最新情况。

这位演员在我们这儿的状况已与在上德意志迥然不同。自从决定献身这门艺术以来,他既未中断良好的社交,也未放弃其他值得追求的往来;即使有朝一日他离开了艺术,也很容易找到机会担任任何一个市民的工作。一切都取决于他的成就,他的表现以及他是否懂得赢取观众的好感与敬重。

种种顾虑之下,我与沃尔夫先生反复交谈,多次斟酌,仍未能劝说他放弃舞台。若他多年后通过努力、品行以及经营脱颖而出,那么可以预见在幸运的庇护之下以他的天性将会过上满意的生活。

使人们的生活变得痛苦不堪的或静默或呼啸的激情在任何阶层都生生不息,您的家庭亦是如此。幸运的是各个阶层的人们都能以道义约束自我,止乎于礼。

请继续给予令郎慈母的爱以及最初阶段仍需要的支援,直到他可以通过自己日益提升的天赋置身更舒适的处境。

383

---

① 皮乌斯·亚历山大·沃尔夫(Pius Alexander Wolff, 1782—1828),他在魏玛一直待到 1816 年,后成为魏玛最杰出的演员之一。
② 此信未知。莎宾娜(Maria Sabine Apollonia Viktoria, geb. Schropp Wolff, 1754—1821)在回信中写道,对于儿子决心成为演员的决定她曾感到十分担忧。"然而现在我猜想我的儿子一定十分幸福,一个被全德国褒奖、赞赏并投出橄榄枝的男人。"

　　我希望这些观察能令您平静,更何况我敢保证,想要和我们建立
并保持良好关系仅仅取决于这位年轻人的品行。

　　　　魏玛,1803 年 9 月 1 日　　　　　　　　　　J．W．v.歌德

1345. 歌德日记

1803 年 9 月 1 日　星期四至 9 月 3 日　星期六

9 月 1 日

〈亲笔〉学术争论(?)拜访枢密顾问福格特,尼特哈默尔〈机打〉与格普费特也在场然后与尼特哈默尔一同前往席勒处。致信封·莱泽①,哈勒,矿石。致信策尔特,柏林。

〈……〉

9 月 3 日

早上大学相关事宜;与宫廷顾问封·席勒先生散步,在剧院面见新演员们②。〈亲笔〉中午进宫。费尔诺。封·亨德里希〈机打〉就诸多印刷事宜致信弗罗曼先生,耶拿。一些打印稿。

---

① 歌德写给哈勒的植物学家与矿物学家弗里德里希·威廉·莱泽的信并未公开。
② 格吕纳与沃尔夫。

1346. 贝尔图赫致 J. Chr. 洛德
（1803 年 9 月 4 日）

1803 年 9 月 4 日　星期日前

　　关于如何填补您的空缺，歌德想出了一个令人耳目一新的主意，即由两人来填补。其中一人是纯粹的铺路人和准备者，因为这仅仅是手工及记忆劳动，洪堡[1]以及任何一个机灵的解剖医生都能胜任，而第二人则是更高级的自然哲学家，他得精通此门科学，能就动物尸体侃侃而谈。——太妙了！——洪堡和谢林会成为您的继任者，耶拿将拥有诗学解剖学、诗学专利文学报、诗学法律学[2]、诗学数学〈……〉[3]。

384

---

[1] 卡尔·路德维希·洪堡（Karl Ludwig Homburg），耶拿解剖学院的解剖医生。

[2] 正在接洽维滕堡的法学家卡尔·萨洛蒙·察哈里埃（Karl Salomo Zachariä，1769—1843），胡费兰的后继者，他是一位醉心于文学的学者。也许贝尔图赫（错误地）认为这位候选人是诗人尤斯图斯·弗里德里希·威廉·察哈里埃（Justus Friedrich Wilhelm Zachariä，1726—1777）的亲戚？商谈最终并未成功。

[3] 这里也许并不是意指耶拿的某位数学家（该专业也并没有空缺的新职位），而是指由"诗学解剖学"开启的风气的终结。

1347. 歌德致 J. 封·米勒

1803 年 9 月 4 日　星期日

尊贵的尊敬的先生：

　　自从上次在苏黎世的愉快会面后我便不曾与尊贵的阁下直接联系过，但可以说我始终间接地关心着您的情况。

　　也许我不该提起那些未经您许可，更确切地说违背您意愿被公之于众的信件①；只是人们因此得以赞叹您的卓越成就，欣赏您充盈着年轻朝气追求无尽的广度与高度，这对他们来说无疑是巨大的馈赠。

　　我的朋友宫廷顾问封·席勒先生向您致以最诚挚的问候。他目前正着手创作以退尔的传说为背景的一出悲剧，这是他第一次尝试了解您的《瑞士史》②，而我也得以分享其研究的一部分。谁还能比为了自己的作品而搜集资料的诗人更懂得欣赏历史学家！谁还能比他更会区分处理恰如其分的素材与未经耕耘的粗糙之物！

　　请容我补充一句，不久前我从正直的萨尔托里乌斯教授那儿获悉您在他于帝都③病重期间曾给予他身体与心灵的帮助，这为他带来巨大的安慰；由此也许我可以声称我始终关注着您的近况。

　　借此诸多信任，我才胆敢邀请您参与一件对我来说至关重要的事。

　　人们许诺耶拿的许茨教授丰厚待遇，最终他被说服选择哈勒为安身之地；如此一来《耶拿文学报》的团队就破裂了，重新建立一个目标相同的新团队变得刻不容缓。

385

---

① 弗里德里克·布伦在《一位青年学者致其好友的信》(Briefe eines jungen Gelehrten an seinen Freund)中公开了米勒给两人共同的朋友 K. V. 封·邦施泰特的信。

②《瑞士同盟史》(Der Geschichten schweizerischer Eidgenossenschaft Erstes Buch)第 1 卷，莱比锡，1786 年至 1795 年。

③ 此处应是指维也纳。

　　为此魏玛与耶拿绝大多数杰出的学者及博学之士皆联合一心共赴此举。无需我赘述，尊敬的阁下一定一眼便看清并认可其中的困难，即没有比这个新的团体如何号召天才的、科学的著名人士前来参与更为棘手的事儿了。

　　哪里才能找到像尊贵的阁下一般诸多品格皆圆融共存的人才！您对真诚地仰慕着您的我们的支持是何等重要！您配得上已认识并欣赏您多年，心系维护并推动一切美好之物的最明智的君主的感谢。鉴于这种种理由，可否一问最近是否有您愿意一评高下的历史新作？您觉得我们的朋友萨尔托里乌斯的《汉萨城市同盟史》如何①？可否恳请您尽快回信告知我们年前是否能收到您珍贵的来稿？在此我不得不请您原谅我的咄咄逼人，正如我从不敢谈及无价之宝的价值。

386　　我欣慰地感到一些本会引起不安的变故恰恰让我有机会坦率地表达出我长久以来所怀有的真实想法；就此搁笔，希望有幸与您在未来保持联系。

　　　　魏玛，1803 年 9 月 4 日　　　　尊贵的阁下最忠诚的奴仆

　　　　　　　　　　　　　　　　　　　　　J. W. v. 歌德

---

① 米勒在 9 月 21 日的回信中声称准备评论萨尔托里乌斯的著作。该评论发表于《耶拿文学汇报》1804 年第 7 期。1804 年至 1808 年间，米勒是《耶拿文学汇报》十分活跃的撰稿人。

1348. 里默尔①

1803 年 9 月 4 日　星期日

　　我那无关紧要的琐事第一次将我带到了他的家，人们第一次向他介绍了我；但是我并不知道遇上他庄严的注视会令我感到一阵畏惧，抑或仅仅是羞涩与拘束。事实恰恰相反，我一下子充满了勇气；我曾因其作品《维特》《丝苔拉》《伊菲革涅亚》《塔索》而以为他是个多愁善感的人，可他却和其他人一样自然而真实，他是如此温和，令人信赖，人们只能相信一位神父或是神职人员才会拥有这般品质，而同时他又展现出精通世故、知人之明的一面，见到他之前，我从未理解领悟到何为真实、完整的人，此刻我感到无比喜悦与满足。

　　穿着一件简单的蓝色外套，空气与阳光滋养了他线条有力、充满表情的面容，两边垂下黑色的卷发，脑后的头发扎成一个辫子，第一眼看去他就像一个生活富足、轻松惬意的雇工，或是一名身着市民服装，风流倜傥的校级军官，而并非一位多愁善感、羞涩安静的诗人〈……〉。

---

　　① 弗里德里希·威廉·里默尔《歌德实录》（Mittheilung über Goethe. Aus mündlichen und schriftlichen, gedruckten und ungedruckten Quellen），柏林，1841 年，第 1 卷 400 页。

1349. 歌德日记

1803年9月4日　星期日

387　　　关于《文学报》的信件。中午的客人：费尔诺及其随行，封·席勒，克劳斯顾问①以及迈尔教授。晚上克勒的《硬币赏玩》。

---

① 格奥尔格·梅尔基奥尔·克劳斯。

1350. 歌德致 A. W. 施莱格尔

1803 年 9 月 5 日　星期一

我还未曾就《约恩》,就《卡尔德隆》①,就如此诸多美好友善之事向您致谢。刚开了头的信已搁置多时,书信的缪斯从来不在人们期待时到来。而如今一个外在的契机促使我给您写信,以偿还我旧时的债务,缔结最新的联系。

《耶拿文学报》的旧团队解散了,急需组建新的团队,而我因心怀众生之愿而决心走出安宁的生活,参与到全新的组织中来,它定会聚集起我们周围一切正直能干的力量。

我先告诉您,人们也期待着您来自远方的参与②;以免您听到一些消息时措手不及。您在创作抑或评论中都同样才思敏捷的头脑一定会喜欢这样一个不仅愿意集合零星观点,也愿意与自然融和统一的机构。

因此烦请您暂且回复我③:您是否愿意加入我们? 能多大程度地参与其中? 您是否正有计划为哪些书撰写评论? 我们能期待在圣诞节前获得您的稿件吗?

一旦我知道您的心意便会写信向您更详尽地说明,我期待这一契机能使我们的通信重新活跃起来,毕竟尽管心意相通,若非特别兴趣,通信的热情也会慢慢减弱。

您的朋友中一定还有一些能以其异禀天赋与渊博知识将进步的

388

---

① 施莱格尔随 5 月 7 日的书信给歌德寄去了他于 1803 年在汉堡佩尔特斯山版社出版的戏剧《约恩》(Jon)以及由他翻译的《佩德罗·卡尔德隆·德·拉巴尔卡戏剧选》(Schauspiele von Pedro Calderon de la Barca) 第 1 卷(柏林 1803)。
② 施莱格尔在 1804 年至 1808 年间只为《文学汇报》提供了七篇评论。
③ 施莱格尔在 9 月 10 日的回信中表达了尽管手头有各项其他工作仍希望"今年能获得一些为您的机构撰稿的灵感"的愿望。

思想与温和的价值观相结合的年轻人；请您告诉我他们的姓名①和情况。

　　就此搁笔，祝您健康，致以最诚挚的问候。

　　若您给您在巴黎的弟弟去信，请代我送上最真挚的问候。我也同样欠他一封回信，哪里还有我不欠回信的地方！

　　　.　魏玛，1803 年 9 月 5 日　　　　　　　　　　　　　歌德

---

① 施莱格尔在回信中提到施莱尔马赫以及奥古斯特·费迪南德·伯恩哈迪。后者分别于 1804 年、1805 年以及 1808 年发表了共三篇评论，施莱尔马赫到 1813 年止共发表九篇。

1351. 歌德日记

1803 年 9 月 5 日　星期一

《文学报》相关事宜。中午进宫。宴席结束后觐见公爵殿下。晚上与费尔诺一同拜访宫廷顾问封·席勒先生，之后《硬币赏玩》。致信施莱格尔顾问先生，柏林。致信封·亨德里希少校先生，单独快件。

1352. 歌德致席勒

1803 年 9 月 6 日　星期二

今天我才第一次感觉到这件事①的乐趣。您应该看看那些自相矛盾、争执不休的新闻引起的混乱！我让人把所有报道都装订起来，也许等一切风波过后您可以此图个乐子。只有在这样的时刻人们才能体会时刻本身的乐趣。按我的尼罗河量具②,这场混乱可能只会再有小幅的升级,随后整个闹剧便会慢慢偃旗息鼓,而农民们又能播种了！我很高兴您能参与,不久后见。

　　　　魏玛,1803 年 9 月 6 日　　　　　　　　　　　　　　G

---

① 建立《耶拿文学汇报》。
② 此处影射每年的尼罗河洪水,在 9 月达到高潮,农民们以此为依据决定他们的播种、丰收以及农休时间。

1353. 歌德日记

1803 年 9 月 6 日　星期二

《文学报》。散步前往射击房。晚上从维也纳和德累斯顿归来的　389
法尔克先生。

1354. 歌德致 F. A.沃尔夫(草稿)

约1803年9月7日　星期三

我久久不愿相信您真的又到家了①,因为我无法轻易放弃在这儿见到您的希望。您的房间已经安排妥当,欢迎您的聚会也已准备就绪。您的到来对我来说意义非凡。

最近我与您以一种奇特的方式有了意料之外的关联。与费尔诺先生一同从罗马前来的里默尔先生②决定在我们这儿过冬,尤其他还承担了犬子的希腊语与拉丁语课程。您了解我那活泼的儿子,也知道他的古代语言知识并不出众,虽然我至今仍担忧无法弥补这一缺憾,但此刻我感到十分安心,看来这一交往也令我自己受益匪浅。

想必您已经得知由于宫廷顾问许茨先生离开耶拿前往哈勒,我们必须在耶拿也办一份《文学汇报》。我也会密切关注此事,因为在如今的处境中没有人会抛弃那些忠诚的、坚定的人们,而是甘愿倾其所能告别糟粕,建立一所美好的机构。

390　这个全新机构若想赢得人们的好感,就必须深入目前的科学研究现状,防止不公正的阻挠与评判。

若您能以您一贯的大度与坦率就您所精通的专业发表权威之言③,将比我通过与您可敬的学生的交谈探索您的思想更为有效。

我期待吉星能引我俩相会④,希望对于真正的科学与艺术与日

---

① 7月初至8月中旬沃尔夫在皮尔蒙特。

② 里默尔是 F. A.沃尔夫的学生,曾于1798/99年在哈勒担任语文学的编外讲师。1801年11月至1803年7月,里默尔担任威廉·封·洪堡的家庭教师,首先在柏林(特格尔区),随后前往罗马。9月初他与费尔诺一同来到魏玛,并在魏玛定居。至1805年他担任奥古斯特的家庭教师,接着成为歌德的秘书;1812年至1820年他在魏玛高级中学任职教师。

③ 这一隐晦的表达意为请求其为《耶拿文学汇报》供稿。1804年至1806年间沃尔夫每年各发表了一篇评论。

④ 沃尔夫于12月28日前往魏玛,逗留至1804年1月6日。

俱增的兴趣能把我俩连得更近。

　　请您在未来不要让我们的通信停止太久,请让确凿无疑会永远延续的静默的思念变得响亮而激越。

1355. 歌德日记

1803 年 9 月 7 日　星期三至 9 月 11 日　星期日

9 月 7 日

　　早上《文学报》事宜。宫廷财政顾问基尔姆斯。凯斯特纳教师①。柯尼斯堡的封·泰陶先生②。司法顾问基尔姆斯。宴请弗罗曼先生，韦塞霍夫特以及里默尔。晚上莱温处③喜剧。致信尼特哈默尔教授先生。关于参与文学报之事。致信迈尔博士。

　　〈……〉

9 月 11 日

　　政府顾问福格特先生，《文学汇报》事宜。根茨教授，展览会框架④。格里默尔⑤。与格里默尔共进午餐。施吕特⑥，射击馆事宜。格里默尔、格吕纳以及沃尔夫前往戏剧排练。法尔克。与法尔克共进晚餐，关于维也纳的情况⑦。

---

① 约翰·弗里德里希·凯斯特纳，魏玛高级中学教师。
② 具体不详。可能是卡洛琳·埃格洛夫斯泰因生活在魏玛的精神错乱的异父兄弟弗兰茨·泰陶(Tettau)的某个亲戚。
③ 路德维希·莱温，拉埃尔·莱温的兄弟？参见 1530："通过莱温(Levi)先生寄来多次施巴尼奥尔(一种烟草)"——也有可能歌德前往一个名为"莱温边(bei Levi)"的剧院。
④ 1803 年的艺术展；将于 9 月 26 日开幕。可能是关于已经到达的艺术品的展出方式。
⑤ 弗里德里希·奥古斯特·格里默尔(Friedrich August Grimmer)，1803 年至1804 年活跃于魏玛的演员。参见 1803 年《四季笔记》："人们可以期待他展现最好的形态与风格，他尤其深受席勒喜爱，后者正在构思人物繁多的《退尔》，同时也在考虑挑选全剧的合适演员。"在《威廉·退尔》1804 年 3 月 17 日的首演中，格里默尔扮演鲍姆加登。
⑥ 约翰·克里斯蒂安·海因里希·施吕特，魏玛的建筑师。
⑦ 法尔克游历维也纳数周后返回。

1356. 席勒致 W. 封·洪堡(1803 年 9 月 12 日)

1803 年 9 月 4 日　星期日至 9 月 12 日　星期一

里默尔并未在我们这儿引起反感,歌德甚至对他十分欣赏,还留 391
他在此过冬,教授奥古斯特希腊语。

1357. 歌德日记(亲笔)

1803 年 9 月 14 日　　星期三

把硬币陈列室迁往白银之屋①。波利格诺托斯的绘画②。与轮值导演们③共进午餐。晚上《尤利乌斯·凯撒》④台词试排。看望身体不适的席勒。

---

① 硬币藏品日益增多。华丽的白银之屋位于所谓的"黄色宫殿"之中(位于市场与宫廷之间)。
② 可能是《德尔斐希腊式建筑中波利格诺托斯的绘画》(Polygnots Gemählde in der Lesche zu Delphi)。歌德与迈尔在 1804 年 1 月 2 日第一期《耶拿文学汇报》的增刊中报道了艺术展一事,并附上该画作的插图。
③ 海因里希·贝克尔与安东·格纳斯特。参见第 1318 封信注释。
④ 莎士比亚的这出悲剧于 10 月 1 日在魏玛首演。

1358.　歌德致席勒

1803 年 9 月 17 日　星期六

　　请写信告诉我您的近况以及您今晚是否能来观看戏剧①，今天我无论如何都要见您。我需要您的建议。我想给洪堡分篇寄去《自然的女儿》以示我的好意。同时也考虑到他痛失爱子②一事，究竟应该希望通过模仿的伤感减弱真正的悲痛，还是该回避那段回忆？

　　希望听到您康复的消息。

　　　　魏玛，1803 年 9 月 17 日

---

① 晚上上演《奥尔良的姑娘》(Die Jungfrau von Orleans)；席勒到场。
② 洪堡九岁的儿子于 8 月 15 日去世。歌德沉默了一段时间，直到 1804 年 1 月
　 25 日才送上慰唁。

1359. 歌德日记

1803年9月19日　星期一至9月21日　星期三

9月19日

在下罗斯拉,之前拜访政府顾问福格特先生。

392

9月20日

早上准备展会,拜访宫廷顾问封·席勒先生。饭后前往展会。晚上排练《尤利乌斯·凯撒》。

9月21日

《文学报》相关事宜。在展会。宫廷财政顾问基尔姆斯先生。中午进宫,接着在旧花园。晚上 P.迈尔①先生。致信宫廷顾问艾希施泰特先生,耶拿,《文学报》相关。

---

① 海因里希·迈尔。

1360. 歌德致艾希施泰特

1803 年 9 月 22 日？　　星期四

评论家相关

柏林

1. 施莱格尔顾问已得到赞同的回复,可邀请。

2. 伯恩哈迪教授哲学家。语言学,艺术理论。以我的名义邀请。

3. 费希特教授同上。

4. 枢密军事顾问乌登①同上。古董,尤其与艺术相关。

5. 建筑师杰内利②可邀请;已问候。

6. 策尔特可邀请;已得到赞同的回复。

波莫瑞的施托尔佩

7. 宫廷牧师施莱尔马赫思辨哲学,尤擅应用哲学,哲学史,神学的一部分;以我的名义邀请。

哈勒

8. 沃尔夫教授等待回信。

9. 乐队指挥蒂尔克③可邀请。

10. 乐队指挥赖夏特④同上。

莱比锡

11. 罗赫利兹⑤顾问音乐-理论-美学专业,大约八天后邀请;在此期间我会做好准备。

维也纳

12. 国务顾问封·米勒等待回信;在此期间可邀请。

393

---

① 普鲁士国务顾问威廉·乌登并未成为《耶拿文学汇报》的撰稿人。
② 柏林建筑师汉斯·克里斯蒂安·杰内利也未参与。
③ 丹尼尔·戈特洛布·蒂尔克(Daniel Gottlob Türk,1750—1813),哈勒大学乐队指挥;他同样没有给《耶拿文学汇报》供稿。
④ J. F. 赖夏特至 1806 年间在《耶拿文学汇报》发表众多评论。
⑤ 罗赫利兹于 1804 年、1805 年与 1809 年分别向《耶拿文学汇报》撰稿一篇。

13. 宫廷顾问根茨①等待回信；我会马上给他写信。

雷根斯堡

14. 封•格洛比希②希望能接受邀请，因为我在魏玛需要一个对该专业感兴趣的合适人选③。

法兰克福

15. 代办封•施瓦茨科普夫④可邀请；会捎去问候⑤。

罗马

16. 封•洪堡⑥我会马上给他写信。

魏玛

17. 宫廷顾问封•席勒

18. 枢密助理顾问托恩。出版物。

19. 政府顾问福格特⑦

20. 迈尔教授

394　　21. 宫廷侍从封•赫尔达⑧经济管理学，技术，矿井与盐场。

---

① 弗里德里希•根茨1804年及1805年分别供稿三篇。
② 同样未能赢得时任雷根斯堡帝国议会刑事顾问的汉斯•恩斯特•封•格洛比希（Hans Ernst von Globig，1755—1826）。
③ 歌德可能是指克里斯蒂安•奥古斯特•托恩。1804年至1806年间托恩为《耶拿文学汇报》的"国家与警察法"专栏供稿。
④ 约阿希姆•封•施瓦茨科普夫，法兰克福的英国（汉诺威）代办，与歌德母亲有交往。他主要于1804年间供稿若干。
⑤ 很有可能歌德在给其母亲的信中写道此事。信件不详。
⑥ W.封•洪堡并未参与其中。
⑦ Chr. G.福格特（小）并未供稿。
⑧ 路德维希•恩斯特•康斯坦丁•封•赫尔达•楚•勃兰登堡，魏玛的宫廷侍从；他于1804年撰稿一篇。

22. 胡尼乌斯博士①医学。

23. 魏兰助理②法国文学

24. 法尔克顾问③

25. 里默尔④通用语法,尤擅希腊语与拉丁语。

（魏玛诸公的邀请信可寄至我处,以便我附上友好的推荐函。）

耶拿

26. 尼特哈默尔博士⑤

27. 费尔诺教授⑥

巴黎

28. 门德尔松⑦人们推荐他为我在巴黎的通信人;他会尽快来到魏玛,届时双方进一步了解。⑧

---

① 弗兰茨·威廉·克里斯蒂安·胡尼乌斯（Franz Wilhelm Christian Hunnius, 1769—1807）,魏玛医生;《耶拿文学汇报》于 1804 年收入了 3 篇他的评论。

② 菲利普·克里斯蒂安·魏兰,卡尔·奥古斯特公爵的枢密秘书;他未参与《耶拿文学汇报》事宜。

③ 法尔克 1804 年发表了一篇评论。

④ 里默尔也只于 1805 年发表了一篇评论。

⑤ 尼特哈默尔并未参与。

⑥ 费尔诺成为十分活跃的撰稿人。

⑦ 亚伯拉罕·门德尔松（Abraham Mendelssohn, 1776—1835）,摩西·门德尔松（Moses Mendelssohn, 1729—1786,哲学家、作家、莱辛好友）的儿子,柏林的银行家及市委顾问。歌德与他相识于 1797 年 8 月的魏玛。门德尔松并未给《耶拿文学汇报》供稿。

⑧ 策尔特在 9 月 7 日的信中推荐门德尔松为通信人,同时声称后者将会在从柏林返回巴黎的途中经过魏玛。但门德尔松可能并未实施此计划;至少并没有证据表明歌德与他曾在这一时期会面。

1361. 歌德致赫尔德(亲笔)

1803 年 9 月 22 日　星期四

祝归程①顺利! 祝温泉与旅行疗养成效卓著!

在这期间人们也考虑了你的事件。结果如下:

以后寄信你可署上贵族的前缀,办公厅也将奉命统一向你表示敬意。这样你希望的效果就达成了,只是出于始终阻挠此事的种种原因,这一操作将不会公示。

希望能由此为你带来些许安慰②! 一切在殿下回来后便可立刻更正。

待我来后详叙,祝你健康。

魏玛,1803 年 9 月 22 日

你的
歌德

①赫尔德于 7 月 12 日前往波希米亚及德累斯顿,9 月 16 日返回。

②赫尔德在第二天的回信中写道:"衷心感谢你在此事上的尽力斡旋,如今我从容地期待着缓慢到来的恩典。(有或无)封·/你的/H。"而卡洛琳·封·赫尔德紧接着于 9 月 24 日写道:"自我的丈夫收到您的上封信以来我的心情并未放松,相反变得更加沉重。难道他的贵族头衔不是走了后门才得到认可的吗? 这种方式难道不比完全不被承认更为羞耻吗? ——哦,请您不要再给他喝新醋了。"

1362. 歌德日记

1803 年 9 月 22 日　星期四

〈亲笔〉早上展览。蒂弗特赴宴。赫尔德。维兰德。晚上席勒。《尤利乌斯·凯撒》排练。〈机打〉致信财政顾问弗雷格先生，莱比锡。通知信。致信宫廷顾问艾希施泰特先生，内含评论家名录。

1363. 歌德致席勒

1803 年 9 月 23 日　星期五

　　能否请您将附上的书信①转给费希特？很遗憾整件事并不乐观，费希特虽然一贯头脑清明，却执念于法庭能以他的方式保护他的权利，然而一切早有定式。同样，从信中您会看到一事无成的 S. en②将被解雇。我十分渴望见到您。这几日风和日丽，您可愿今日中午与我一同前往蒂弗特③？我将恭候您的消息，人们也一定非常愿意见到您，12 点后我可以出发去接您。

　　　　魏玛，1803 年 9 月 23 日　　　　　　　　　　　　G

---

① 信来自耶拿律师约翰·弗里德曼·扎尔兹曼，应该是事关费希特与耶拿公证人
　克里格以及耶拿出版商加布勒的某一件诉讼。
② 歌德一开始写的是扎尔兹曼。
③ 席勒在回信中拒绝道："因为我今夏虚度了数周与数月，所以我现在必须利用
　每时每刻。"

1364. 歌德致席勒

1803 年 10 月 2 日　星期日

我为昨天取得的辉煌①感到无比喜悦,尤其感谢您的参与。我已经期盼着下一场演出能掀起更大的高潮,这是我们冬天伊始便跨出的巨大一步。

我欣然承认我打算敦促您完成您的重要工作②;我已从我的计划③中获益匪浅。

随信附上给特拉比蒂乌斯的便条④。希望那间幽静的房间能带给您好心情。

大学博物馆拟收回两册图书目录⑤,我已收到相关通知单。

衷心祝您健康。

　　　　魏玛,1803 年 10 月 2 日　　　　　　　　　　　　　　G

396

---

① 10 月 1 日莎士比亚的《尤利乌斯·凯撒》(Julius Cäsar)首演。

②《威廉·退尔》。

③ 指的是歌德的"戏剧学校"。

④ 并未留存下来,但是我们可以从席勒同天的书信中猜出一二:席勒正在前往耶拿的路上,他想在宫殿住上几晚。"您能好心地为我就宫殿房间一事向特拉比蒂乌斯捎去三言两语吗?如此我便不必尴尬地留宿朋友家中,失去我的自由与目的。"约翰·尼古拉斯·特拉比蒂乌斯是耶拿宫廷的长官。

⑤《赫尔维蒂图书馆,现存瑞士历史、政治及评论论文集》(Helvetische Biblioteck, Bestehend In Historischen, Politischen und Critischen Beyträgen Zu den Geschichten Des Schweitzerlands)。9 月 17 日席勒通过歌德向耶拿图书馆借出书卷用于《威廉·退尔》的写作,10 月 3 日他将书卷归还。

1365. 歌德致 A．W.施莱格尔

1803 年 10 月 2 日　星期日或 10 月 3 日　星期一

魏玛，1803 年 10 月 2 日

　　对于尊敬的谢林我实在不知该从何说起，我只能说每个关于他的念头都伴随着对于失去他①的惋惜。据说他真的受聘于维尔茨堡。祝福他无论在何处都能享有他应得的幸运。

　　就在刚才又传来关于昨天演出的溢美之词②。人们注意到这出戏剧在英国从未完整上演过，甚至在近五十年来根本不曾搬上舞台，因为加里克自己都曾马失前蹄。③　人们还回想起之前曼海姆的封·达尔贝格先生曾斥巨资，却仍未能复活这部戏剧，也未能维持其热度。④

　　您一定也对这一成功感到高兴。至少我们从未缺少严谨与慎重。

　　不久再叙。

G

　　《凯撒》首演引起的喧嚣令我很高兴地看到公众自发地认识到只有您的翻译才能促成今日的这般表现。希望您也能成为由此诞生的完美演绎的见证者⑤。

---

① 5 月就已离开耶拿的谢林没有再回来：1803/04 年的冬季学期他接受了维尔茨堡大学的任命。

② 来自席勒以及伯蒂格；根据后文内容可能还另有一封并未留存的书信。

③ 这是伯蒂格的评论。

④ 这一"回想"的始作俑者不详，有可能是 1792 年至 1796 年活跃于曼海姆舞台的卡洛琳·亚格曼。

⑤ 除了 10 月的两场演出外，该剧只于 1804 年 8 月 30 日于劳赫施泰特上演过一场，而此时施莱格尔在科佩。

1366. 歌德日记

1803 年 10 月 5 日　星期三

　　早上构思《五十岁的男人》①。展览。进宫。晚上《造谣学校》②。　397
致信里彭浩森兄弟。展览相关。

---

① 歌德的中篇小说《五十岁的男人》，1821 年收录于《威廉·迈斯特的漫游年代》
　（Wilhelm Meisters Wanderjahre），1817 年首次发表于《1818 年给女士们的
　口袋书》（Taschenbuch für Damen auf das Jahr 1818）。
② 弗里德里希·路德维希·施罗德的喜剧，根据约翰·莱昂哈德翻译的理查德·布
　林斯莱·谢里登（Richard Brinsley Sheridan, 1751—1816，英国戏剧家）的《造
　谣学校》（The School for Scandal）改编，1798 年 11 月 5 日于魏玛首演。

1367. 歌德致 A．W.施莱格尔

1803 年 10 月 6 日   星期四

就我回忆,我寄来的上封信充斥着《尤利乌斯·凯撒》,想必您定能体会我的兴致,绝不会怪罪我过于激动。今、明两晚我都将投身于排练中,以便做些弥补修饰。10 月 8 日星期六将有第二场演出。

我必须告诉您我所使用的一项能刺激感官、引人思考的艺术窍门;我把送葬队伍①拉得比剧中要求地更长,然后根据古代的传说辅以吹奏乐器、手持荆条的奴隶②,旗手,能重现城市、古堡、河流以及先民画面的各种担尸架,被释放的奴隶、哭灵的女人以及亲戚等装饰,希望以此照顾粗鄙的百姓们的感受,使一知半解的观众更好地理解戏剧内容,同时赢得受过教育的观众们的会心一笑。

就此打住,希望您能有机会亲自观看该剧;否则我又该一页接一页喋喋不休地赘述此剧及其翻译的价值,重提我们迄今取得的成就以及庄严的决心了。

与之相对,请您再说说这个评论机构。您在上一封信中关于尚需完成的工作的描述是如此贴切,我无需再做任何补充。

然而补读错过的书籍是一项重大挑战,也可以此充实新年的第一季度。若您能就目录寄给我一些论文,并就其分配给出一些意见,将大大加速并影响我们的决定。

随信附上致斯特芬斯先生③的信;从信中您也可以看到我们是完全一致的。那些看透事件的人也只可能有同一种声音。

祝您一切都好。因为如果那些极富创造力,能在某些方面取得成绩的人们无法以其本来意义真正进行批判,那么偶尔说说引领着

398

---

① 第三幕第二场。
② 最低等的群众或是罗马君主释放的奴隶,他们举着荆条以及荆条中冒出的砍头用的刑具,是处刑权力的象征。
③ 施莱格尔在 9 月 17 日的信中推举斯特芬斯为可能的评论家。斯特芬斯直到 1818 年都是《耶拿文学汇报》的撰稿人(仅发表少量评论)。

我们行为的理念与准则,并通过反省使得那些不可见及不可说者得有附身之所也行。这只可随机而行,不可事先计划,毕竟下此决心并非易事。请允许我就此搁笔,以便信件今日便能发出。

若您能如我所愿前来拜访,请随时告知我,以便我能在魏玛迎接您。

魏玛,1803 年 10 月 6 日　　　　　　　　　　G

1368. 歌德日记

1803 年 10 月 8 日　星期六

《尤利乌斯·凯撒》演出。晚上宴请费尔诺教授先生及宫廷顾问席勒先生。

1369. 歌德致策尔特

1803 年 10 月 10 日　星期一

　　我迫不及待地衷心感谢您通过封·利希滕贝格伯爵①捎来的包裹②。请继续时不时给我寄一些喜剧招贴，即便未收录完整也无伤大雅。

　　既然戏剧展现了一出紧凑的人生，那么命运的潮起潮落也便显得尤其醒目。目前一切都陆陆续续很快规整起来，毕竟幕后还总是有不少能人贤士。

　　温泽尔曼率先提议的戏剧学校③已经扩大到十二名成员。下周日他们会用上所有道具关起门来进行第一场演出④。我希望这一努力能得到丰硕收获。

　　能否请您具体打听一下王室芭蕾舞团指导之子劳谢利⑤的情况？他现任职于柏林军官学校。目前我们需要一个比起会跳舞来更懂得理解舞蹈的人，一个颇具教学心得，对戏剧编排以及嬉游曲有良好品味的教师。人们曾向我推荐他，我希望能通过您进一步了解他。

　　我们的《文学报》进展顺利；已有不少正直的国外友人向我们发

399

---

① 路德维希·克里斯蒂安·克里斯托夫·封·利希滕贝格（Ludwig Christian Christoph von Lichtenberg, 1784—1845,1800 年至 1804 年在吉森和哥廷根读大学，后为黑森-达姆施塔特的公务员），达姆施塔特驻柏林公使弗里德里希·奥古斯特·封·利希滕贝格伯爵之子。

② 策尔特在 10 月 1 日的信中附上了到 10 月 1 日为止（柏林剧院）的喜剧招贴。

③ 参见 1803 年《四季笔记》中的描述："我决定留住他们（青年演员沃尔夫与格吕纳），鉴于我时间充裕且心情愉悦，我对他们开始了彻底的指导，从中我也从他们最纯粹的天性中发展了我的艺术，随着两位学员的进步我也慢慢迎头学习，以至于我对自己迄今为止凭借天性全心奉献的事业有了更清晰的认知。在对待之后的学生时我也遵循自己建立起的语法，其中不少以书面形式流传了下来。"

④ 10 月 13 日日记："今晚私人演出《穆罕默德》（Mohamet）。"

⑤ 阿尔贝特·劳谢利（Albert Lauchery, 1779—1853,柏林舞蹈家，芭蕾舞大师）。策尔特在回信中对其颇有微词。

出声援。

　　您愿意对刚刚完成的一整年的《音乐报》做一番回顾吗①？我觉得这是一个能让您对于整体的音乐风格发表观点，并引领未来评论的绝好机会。

　　我自己尚未收到年鉴②；但想必它很快就会出版。不知是因何事耽搁。

　　下次我会和您说说我们今年非常有趣的艺术展。

　　祝您健康，望您早日回信。

　　　　魏玛，1803 年 10 月 10 日　　　　　　　　　　歌德

---

① 策尔特并未为《耶拿文学汇报》撰稿。
② 所指应该不是收录了歌德《自然的女儿》(Die natürliche Tochter)的《1804 年口袋书》(Taschenbuch auf das Jahr 1804)，而是歌德与维兰德出版的收录了歌德二十余首诗歌的《1804 年口袋书》，两者最终都在 10 月问世。

1370. 歌德日记

1803 年 10 月 11 日　星期二

与那些青年演员们共事。之后拜访枢密顾问福格特先生。 400

1371. 歌德致艾希施泰特

1803 年 10 月 13 日　星期四

恰逢良机在此向尊贵的阁下寄送如下诸物：

1．封·察赫先生以及施莱格尔先生与我的通信；

2．沙德博士的备忘录①；

3．来自柏林的哈尔先生②的一封信件；

4．一些评论与评论者相关的稿件；

5．我关于评论家称呼的想法；

6．一些今年的艺术展及德尔斐集会大厅中的波利格诺托斯绘画相关的广告。若有机会，请尊贵的阁下分发这些广告，以引起人们对于艺术展览评论的更多关注，对于艺术及古典爱好者来说这将是非常有趣的讨论素材。

祝您旅途愉快，致以最诚挚的问候。

魏玛，1803 年 10 月 13 日　　　　　　　歌德

401　　〈附信 1〉

评　论　家	书　　　籍
我想全部收录③；样本也已在我手中	斯塔尔夫人《德尔菲娜》
	《挽毒者的自白》

---

① 约翰·巴蒂斯特·沙德在10月 4 日致歌德的信中阐述了他的评论方法。沙德后成为《耶拿文学汇报》的撰稿人。

② 来自其 10 月 8 日的信件。约翰·保罗·哈尔(Johann Paul Harl，1772/73—1842)是柏林的一位无固定教职的学者，他自荐为"哲学与教育学专业"的撰稿人。但最终他并未在《耶拿文学汇报》上发表文章。

③ 所有该栏提到的作者和作品，歌德最终都未予评论。

续　表

评　论　家	书　　籍
我想全部收录；样本也已在我手中	卡斯蒂①作品集 《能言的动物》 《中篇小说》 《抒情诗》 《歌剧》
	封·别尔列普什夫人《苏格兰之旅》,3 卷
应该把这些重要的作品分配给谁？	施勒策《生平》
	施勒策的《涅斯托尔》②
胡尼乌斯博士已收到。	《阿克曼的假死》③
作品已到,因涉及诸多方面,必要时我想安排集体评论。	赖尔《精神病患的心理治疗法》
策尔特先生；我会就此事专门与他书信。	10 月初终结的去年度《音乐报》
我们魏玛乐意接手。	福斯《诗歌集》④

① 乔瓦尼·巴蒂斯塔·卡斯蒂(Giovanni Battista Casti，1724—1803,意大利诗人)。歌德的图书馆中并未存有卡斯蒂的作品。
②《涅斯托尔。俄国往事,与斯拉夫语原文比较,翻译并解释》(Nestor. Russische Annalen, in ihrer slavonischen Grundsprache verglichen, übersetzt und erklärt)共五部分。施勒策想要自己评论作品的前四部分。约翰内斯·封·米勒撰写了1806 年发表于《耶拿文学汇报》的评论。
③《假死及抢救方法。雅各布·菲德利斯·阿克曼的食糜尝试》(Der Scheintod und das Rettungsverfahren. Ein chymiatrischer Versuch von Jakob Fidelis Ackermann)。胡尼乌斯的评论发表于《耶拿文学汇报》1804 年 89 号。
④ 约翰·海因里希·福斯(大),《抒情诗》,4 卷。歌德亲自撰写了评论,于 1804 年 4 月 16 日及 4 月 17 日发表于《耶拿文学汇报》。

续　表

评　论　家	书　　籍
施莱格尔顾问先生愿意为此撰写评论。	上者《韵律学》①
宫廷顾问封·米勒先生承诺年前交稿。	萨尔托里乌斯《汉萨同盟史》②
402 里默尔先生？	波恩哈迪《哲学语法》，第二部分
	多纳登《希腊神话解析之新理论》
斯特芬斯博士先生基本上已同意评论一系列相互关联的书籍；期待他新的回信中进一步的确定。	《莱因哈德的教义学》
	《朗格的神学道德学》③
	《谢林自然哲学作品集》④
已转交封·赫尔达先生。他还希望横跨矿物学专业。	奥古斯特·封·赫尔德《关于十字穹顶结构法则的博士论文》⑤

① 施莱格尔并未评论该作品。

② 格奥尔格·萨尔托里乌斯，《汉萨同盟史》(Geschichte des Hanseatischen Bundes)两部分。约翰内斯·封·米勒在9月21日的信中承诺的评论1804年1月9日及1月10日便发表于《耶拿文学汇报》。

③ 塞缪尔·戈特霍尔德·朗格，《神学道德学体系》(System der theologischen Moral)。来自基尔的雅各布·克里斯托夫·鲁道夫·埃克曼(Jakob Christoph Rudolf Eckermann, 1754—1837，基尔的神学哲学教授)的评论发表于1804年的《耶拿文学汇报》。

④ 斯特芬斯于1805年的《耶拿文学汇报》上发表了对谢林《自然哲学》(Naturphilosophie)的评论。

⑤ 奥古斯特·封·赫尔德，《关于十字穹顶结构法则的博士论文》(Dissertatio metallico-juridica de jure quadraturae metallicae. Vom Rechte der Vierung)(1802年7月3日赫尔德凭借该论文获得博士学位。)路德维希·封·赫尔达(或其他评论家)的评论并未出现在《耶拿文学汇报》上。

尊贵的殿下询问的施蒂格利茨的作品①尚未到达本地图书馆。

〈附信 2〉

就即将在《耶拿文学报》予以讨论的一些情况我拟有如下考量。

若想将来自五湖四海,思想迥异的人们的评论作品合为整体,且借此名声大噪,就必须有别具一格的特色。因此编辑工作将非常艰难。若人们想要留下些传世佳作,且避免渐渐变得寂寂无闻的厄运——我认为在矛盾丛生的当今保持平衡几乎是不可能的。

因此应当借鉴以往或现存的文学评论机构的范例以字母或是符号区分评论家②。编辑的责任将由此极大减轻,即便偶尔出现不可完全避免的矛盾也无需太过苛责,毕竟即使原则统一,实际应用时也难免经常唇枪舌剑一番。

403

① 艾希施泰特在 9 月 24 日的信中提到费尔诺想要评论克里斯蒂安·路德维希·施蒂格利茨的"全集"。但计划最终没有实现。

②《耶拿文学汇报》从一开始便遵循歌德的建议。

1372. 歌德日记

1803 年 10 月 21 日　星期五至 10 月 25 日　星期二

10 月 21 日

处理各种杂事。枢密顾问福格特先生。晚上宫廷顾问封·席勒先生。

〈……〉

10 月 25 日

施勒策生平。中午左右与宫廷顾问封·席勒先生一同散步。晚上大学①。

---

① 25 日前后指的都是"大学事宜",主要关乎"耶拿的变化"。

1373. 歌德致夏洛特·凯斯特纳①（亲笔）

1803 年 10 月 26 日　星期三

　　除了立刻给您回信,告知您我今天就去信哥廷根向令郎的老师和朋友求取一些成绩单,我不知该如何更好地回应您的思念与信任。一旦我收到有利的材料,就会立刻写信通知市议长穆尔斯先生②,并随信附上所有副本。我多么希望以此令处境艰难的您高兴起来。事关紧急,请原谅回信的简短,请继续怀着旧日的好感与友情思念我。

　　　　魏玛,1803 年 10 月 26 日　　　　　　　　　　歌德

404

---

① 夏洛特·凯斯特纳(Charlotte Kestner,1753—1828),原姓布夫(Buff),是歌德韦茨拉尔时期的女友。10 月 15 日的信中她请求歌德为其想要在法兰克福从医的儿子说情。

② 威廉·卡尔·路德维希·穆尔斯,法兰克福的法院书记员。1802 年 3 月歌德母亲告知"他成了市议长"。

1374. 歌德致 A. W. 施莱格尔

1803 年 10 月 27 日　星期四

请允许我将今日的紧急电报口授于一张残缺的纸上,以便我日后想起什么可再做补充。

如同所有需要大型道具的戏剧一样,我们在上演《尤利乌斯·凯撒》时也只是运用象征性的暗示来表现一些无关紧要的事物。我们的剧院就像一壁浅浮雕,或是一幅拥挤的历史画,仅是主要角色就已填满。莎士比亚的戏剧尤其应如此处理,也许它们最先本就是为了局促的剧院写就而成。如何把它们移植到总是尽可能要求更多真实性的大型舞台上,就其立场出发,伊夫兰[1]是解答这一任务的最佳人选。

关于您特别的问题,我很乐意如您所愿附上我的看法。

为了避开势必会遇到的不适,我的建议如下:把第三幕放在一块儿,以元老会会议开启此幕。只是为了能搬走长凳,不引起公众注意地带走凯撒的尸体,人们在安东尼说出"把你的手臂借给我"[2]后扔下一张简短的传单,然后插入一个场景。这应该并不难写。让一群逃离卡比托利欧的元老们像一部分群众一样加入此举之后的煽动中去。言简意赅、见缝插针地描写对死者的同情,对于更可怕的厄运的个人恐惧等,使其立刻应接上市民们在广场上高呼"我们要解释,立刻做出解释"[3]的场景。

可以在广场上出色表演的诗人辛纳[4]这一场我认为不可或缺;它俏皮又可怕地结束了高度严肃的第三幕:人们看到公众表现出的

---

[1] A. W. 施莱格尔在 10 月 21 日的信中提到了伊夫兰关于《尤利乌斯·凯撒》计划于柏林上演的文章,文中他以达尔贝格的改编为例,建议第六幕中加入一个引子。

[2] 第三幕第一场结尾处。

[3] 第三幕第二场开始处。

[4] Cinna,第三幕第三场。

疯狂与不理性,且永远不会再见。

而三巨头①这一场虽于心不忍,我倒觉得宁可删去,不要衔接在第三幕后,因为我个人认为将一整幕笼罩于高贵宁静的穹顶下大有好处。借助华盖从第一幕布景更换到第二幕对于我们如此有限的道具来说有些过于局促了。

我知道让奥古斯都自我暴露,而李必达被揭露非常精彩;然而这一登场的效果可以借助第四幕伊始布鲁特斯与卡西乌斯之间的陈述得以实现,此刻观众通过寥寥数语便可了解一个强大的敌对阵营正蜂拥而至,而布鲁图斯与卡西乌斯之间的争执为时已晚。

为了使这出宝贵的戏剧更为流畅有力,若您愿意写一些此类场景②,或是有其他任何想法,请告知于我。

我认为在116页上从天而降的诗人③是不可或缺的,他引领观众转移视线,忘却过去的一切。为此我写了十二行押韵的诗歌,它们能更明确地凸显诗人,更生动地展现他的影响。

总的来说我与这部作品始终处于一种也许永远无法解决的矛盾中。在作品为人所津津乐道的无止境的温柔的合理性下似乎没有一个词是多余的,整体所要求的一切亦不会被遗忘,与此同时人们还希望满足外部的戏剧的目的,通过索取与给予时而做出弥补。然而恰恰在莎士比亚的作品中一切皆已存在于素材与情节的基本构架中,一旦人们开始拉扯任意一处,更多的裂缝便会随之崩裂作响,而整体的倾塌也岌岌可危。在柏林剧院的演出④势必令我们更加了然,而我唯一的心愿便是能帮助这样一部宝贵的作品更长久地保留在舞台

406

---

① 第四幕第一场。
② 施莱格尔并没有这么做。
③ 即前面提到的辛纳。
④ 首演于 1804 年 2 月 27 日。

之上。

　　祝您健康，请尽快告知我这一事业的进展①。

　　　魏玛，1803 年 10 月 27 日　　　　　　　　歌德

---

①　歌德再也没从施莱格尔处获得关于《尤利乌斯·凯撒》的消息。

1375. 歌德日记

1803 年 10 月 28 日　星期五至 10 月 31 日　星期一

10 月 28 日

中午进宫。《法国小城居民》①，接着前往宫廷顾问封·席勒先生处赴宴。

〈……〉

10 月 31 日

〈亲笔〉因大学事宜拜访政府顾问福格特。菲奥里洛《法国艺术史》②。晚上拜访席勒。《退尔》③。《浮士德》④。哲学问题（Philosophica）。

---

① 科策比的喜剧。
② 约翰·多米尼克·菲奥里洛（Johann Dominikus Florillo，1748—1821，哥廷根的画家及艺术作家）《绘画艺术史——从复兴到当代》（Geschichte der zeichnenden Künste von ihrer Wiederauflebung bis auf die neuesten Zeiten 5 Bde.）。歌德图书馆中保存了 3 卷的前半部分。
③ 席勒于 1804 年 2 月完成了该戏剧。
④ 无法证明歌德曾在此时积极致力于该戏剧。直到 1806 年春天《浮士德》的创作工作才得以持续开展。

耶 拿

1803 年 11 月 1 日至 11 月 12 日

1376. 歌德日记(亲笔)

1803 年 11 月 1 日　星期二

从魏玛出发。菲奥里洛的《法国艺术史》。与宫廷顾问施塔克①一同。与伦茨主席②一同。德·吕克关于施米德尔③。

---

① 约翰·克里斯蒂安·施塔克(小)。
② 约翰·格奥尔格·伦茨,耶拿矿物学协会主席。
③ 让·安德烈·德·吕克《卡尔·施米德尔博士矿物岩石使用加工学或经济矿物学研究第2部分前言的地理学回答》(Geologische Beantwortung der Vorrede des zweiten Theils von dem Versuche einer Lithurgik oder ökonomischen Mineralogie des Herrn Dr. Carl Schmieder)。

1377. 歌德致 J. 封·米勒

1803 年 11 月 5 日　星期六

　　您手中的信是由给我带来许多关于您的好消息与友好问候的法尔克先生所记录的。请您允许我利用他人之手；这样我才能更自由也更频繁地与朋友们交谈，毕竟我已几乎不再握笔。

　　我已十分友好地接纳了您推荐的瑞典人①，恰逢萨尔托里乌斯教授住在我处，更是欣然给了他一些哥廷根的地址以助一臂之力。若是将来任何人带来您的书信或卡片，我也将衷心欢迎，只要我力所能及，定会代为举荐。

　　您早早参与我们的文学机构实乃吉兆；已有诸多正义之士声援我们，这令我们有信心期待最好的成果。我衷心盼望您的第一封稿件②，盼望远方的您以多样的能力、行动及关系给我们带来的一切；我十分迫切地想了解东南部③正采取何种教育之路？但愿不是可惜已侵袭了所有发展迟滞的文化的喧嚷之法。

　　席勒先生、萨尔托里乌斯先生及艾希施泰特先生向您致以最真挚的问候；我将一如既往地牵挂热爱着您。

　　　　耶拿，1803 年 11 月 5 日　　　　　　　　　歌德

---

① 米勒在 9 月 30 日的信中推荐了正在前往哥廷根途中的送信人，曾任瑞典国王古斯塔夫三世秘书的约翰·阿尔伯特·艾伦斯特伦（Johann Albert Ehrenström, 1762—1847）。

② 关于萨尔托里乌斯的评论 12 月 14 日到达《耶拿文学汇报》编辑处，即艾希施泰特手中。

③ 很可能指奥地利，尤其是维也纳。至 1800 年止米勒在那儿担任皇家图书馆管理员。

1378. 歌德日记

1803 年 11 月 5 日　星期六

408

　　枢密顾问洛德回来了①。波利格诺托斯的绘画。散步。中午小博伊斯特伯爵②。饭后前往艾希施泰特处。讨论报纸的基本收入③。拜访福斯。关于波利格诺托斯的绘画。荷马的《奥德修斯在地狱》。晚上在弗罗曼家,蒂鲍特、费尔诺、洛德、胡费兰以及保卢斯在场④。

---

① 洛德只是回来探友,他已在哈勒生活教学。
② 卡尔·利奥波德·封·博伊斯特伯爵(Carl Leopold von Beust,1780—1849),是同名的枢密顾问及魏玛邦议会成员(1740—1827)之子。
③ 指的是《耶拿文学汇报》的经费问题。
④ 11 月 6 日费尔诺在给伯蒂格的信中写道:"昨晚我在弗罗曼家用晚膳,歌德与洛德也在,同样在场的还有胡费兰与保卢斯两个叛徒。大家都十分愉快,尤其是歌德,我还从未见过他如此幽默。"

1379．F．J．舍尔福尔致谢林
（1803 年 11 月 7 日）

1803 年 11 月 7 日　星期一

　　洛德离开后①，歌德又来到了这儿。今天早上他来拜访我，他声称科学与知识（他是这么说的）互不相容，人们必须将两者区分开来。为此我们争论良久。可正当我想要认真讨论时，他却抽身而去："你们当然还年轻，可以不放弃希望，而我们这些老人则早已失去两者能合二为一的信仰了。"——然而他的科学看上去很糟糕！——他称之为科学的所谓植物的变形只是十分平庸的抽象概念。刚开始时我视之甚高，因为我坚信其名称（Titul）的理念；现在我发现他完全是另有所指。他自满于最糟糕的经验必然性，尽管他嘲笑那些在所有植物还小到不可想象时培育其种子的植物学家，他也只是以另一种方式做着这一切，并没有出色多少。因此他说再多遍必须机械对待两者也无济于事。

---

① 舍尔福尔不知道歌德两天前与洛德见过面。10 月末，他在给谢林的信中写道，洛德把歌德"赶出了"耶拿。

1380. 歌德日记

1803 年 11 月 8 日　星期二

　　与工头科赫①就首先要做的工作的必要事宜进行讨论。下午弗罗曼与舍尔福尔,接着拜访司法顾问胡费兰,晚上拜访福斯。致信萨尔托里乌斯教授先生,哥廷根。致信武尔皮乌斯小姐,上一封信一起放入。

---

① 约翰·克里斯托夫·威廉·科赫。谈话事关宫殿背后的施工办法以及解剖学剧院的储藏室。

1381. 黑格尔致谢林(1803 年 11 月 16 日)

1803 年 11 月 1 日　星期二至 11 月 12 日　星期六

　　歌德十分重视真实与器材,他不仅让舍尔福尔建造一间植物陈列室,而且还要再设立一间生理学展厅,同时他还要求利特尔立刻制定一个电流设备的方案。

409

魏　玛

1803 年 11 月 12 日至 11 月 24 日

1382. 歌德日记

1803 年 11 月 12 日　星期六

　　与封·亨德里希少校一同从耶拿返回。中午邀其共进午餐。晚上观看《玛丽亚·斯图尔特》。

1383. Ph. O.伦格致保利娜·巴森格
（1803 年 11 月 16 日）

1803 年 11 月 15 日　星期二

　　我〈……〉昨晚〈……〉拜访福格特时遇见了恰巧到来的歌德,不得不说我十分喜欢他,他立刻向我迎面走来,询问我从事何事——我们就这样一块儿上演了开场白,他似乎也很喜欢我,好几次他试着通过粗暴的称呼或是他的威严想使我出戏,但我始终沉浸其中,这也是上帝所愿,但是我又一次直视他,直截了当地告诉他我的想法,他定能看到我的认真,这份并非来自我自身,而是万物之上的上帝的认真。他没有时间了,他的马车停在门外,然而他说:"我无法逃脱,那是一个强大固执的男人,面对他我就像一个手无寸铁的孩子,但是我不害怕,无论他站在哪方,在我身边抑或在我对面〈……〉"

410

1384. 歌德日记

1803 年 11 月 16 日　星期三

艺术展。晚上拜访宫廷顾问封·席勒先生。

1385. 歌德致艾希施泰特

1803 年 11 月 17 日　星期四

尊贵的殿下请在此收回沙夫①的信件。我们认为有必要编制一本企业家们的备忘录。下次到来时②我会带上草案。

2. 到 10 月 15 日为止的巴黎图书目录。

3. 一些来自雷根斯堡的好消息③，因此我就不提其他那些烦恼的事儿了。

授奖的铜牌④大约十天后完成；迈尔教授希望把它寄到莱比锡制模，因为除了贝尔图赫的制模厂之外，此地的铜版印刷匠科尔贝也

---

① 11 月 10 日莱比锡的报刊发行部租赁人弗兰茨·威廉·沙夫（Franz Wilhelm Scharf，1762—1823）在给艾希施泰特的信中写道，已移居哈勒的《文学汇报》发行人 Chr. G. 许茨"今天向他出示了一份普鲁士王室的敕命（10 月 27 日），上书若《耶拿文学报》在标题与外观上与现行的《文学汇报》的相似之处有令人混淆之疑，则将在全普鲁士境内禁止其发行"。艾希施泰特于 11 月 13 日将此信寄与歌德。此前，歌德已通过 A. W. 施莱格尔以及福格特的信了解到其可能面临的纠纷。

② 11 月 22 日，艾希施泰特前往魏玛与歌德及福格特商量解决方案。会议记录中写道，今后在耶拿继续存在的《文学汇报》将以耶拿命名，避免与未来的哈勒发行的《文学汇报》的一切混淆可能，以此消除来自普鲁士的责难。

③ 11 月 10 日，自 1789 年便在雷根斯堡多个使馆担任法律顾问的约翰·文森兹·卡梅雷（Johann Vinzenz Cämmerer，1761—1817）致信卡尔·克里斯蒂安·托恩·封·迪特默（Karl Christian Thon von Dittmer，1763/64—1831），表示他已准备好成为《耶拿文学汇报》的一员；当天托恩把这封信转给其在魏玛枢密委员会担任助理顾问的兄长克里斯蒂安·奥古斯特，同时还为《耶拿文学汇报》推荐了多名撰稿人。17 日克里斯蒂安·奥古斯特·托恩把其弟与卡梅雷的信给了歌德。

④ 11 月 29 日海因里希·迈尔写道，"用于嘉奖今年展品的铜牌已交蚀剂，我希望这周能完成。"要表彰的是马丁·瓦格纳（Johann Martin Wagner，1777—1858，画家、雕塑家、考古学家）的《奥德修斯与波吕斐摩斯》（Odysseus und Polyphem），该作品成为 1804 年《耶拿文学汇报》的卷首画。歌德在 1804 年 1 月 11 日的《耶拿文学汇报》的信息页中插入了一篇简短的报道《马丁·瓦格纳先生生平及其艺术生涯二三事》（Einiges von dem Lebens- und Kunstgange Herrn Martin Wagner's）。

不可靠;就此事的必要事项您可直接告知迈尔先生您的意见。致以
最诚挚的问候,祝您健康。

　　　　魏玛,1803 年 11 月 17 日　　　　　　　　　　　歌德

　　赖因霍尔德先生的信又回到了我手中①;若您想把红色下划线
标记的书目交予其评论我并无异议。我会自己带上评论。

　　我还有一则好消息告诉您。斯特芬斯先生年末之前会寄来一篇
有关谢林的物理学著作的评论。

411　　明天您会收到宫廷马车送来的第一箱杂志②,与送货单一同附
上的还有一份关于未来我们该如何寄送稿件的说明。

　　同时附上一些空缺专业的评论人名单③。

〈附信.〉

蜜蜂饲养 狩猎 捕鱼	财政档案管理员克鲁泽④是该领域的专家,同时他文笔犀利,表达精准。他也同样能处理此类英语及法语著作。

① 艾希施泰特 11 月 15 日寄出信件。1793 年从耶拿前往基尔任职教授的卡
　尔·莱昂哈德·赖因霍尔德随信寄去了第一份评论。此外他还就其他评论发表
　了建议。赖因霍尔德偶尔为《耶拿文学汇报》撰稿,直到 1812 年。
② 艾希施泰特于 10 月 28 日寄去了一份《耶拿文学汇报》信息页所需的杂志名
　单。此外武尔皮乌斯还列出了公爵想要赠与图书馆的杂志。艾希施泰特收
　到的"第一箱"杂志很有可能是武尔皮乌斯整理的。
③ 同一天福格特向歌德推举了一些评论人,歌德在下文中部分采纳(克鲁泽,萨
　尔托里乌斯,福格尔)。
④ 列奥波德·克鲁泽(Friedrich Leopold Kruse, 1766—1850),魏玛的财政档案
　保管员。后成为《耶拿文学汇报》的成员。

续　表

森林学	必要时也可由上面提到的那位接手。他拥有丰富的此专业知识,作为猎区管理员之子,他自幼便是兼备理论与实践的能手。
道路建设	爱森纳赫的监理萨尔托里乌斯①。
书法艺术	枢密办公厅秘书福格尔②是该领域真正具备真知灼见的行家;把他的评论统一形式并非难事。
电流学	斯特芬斯先生愿意接手③。我认为应该无条件地将这一部分托付于他,毕竟相隔遥远,不可能因这些稿件反复叨扰。
徽章学	此处图书馆秘书武尔皮乌斯先生毛遂自荐,他同时也可用于古文书学,萨克森历史以及德国古物学。
烹饪书	公爵母亲殿下的宴会厨师古隆④是一名博学之士,精通法语。若您愿意寄来一些烹饪书籍,我会试着与他联系;也许他可以翻译这本并不算晦涩的评论。

412

魏玛,1803 年 11 月 17 日　　　　　　　　　　　　　　G

---

① 格奥尔格·克里斯蒂安·萨尔托里乌斯,爱森纳赫-萨克森-魏玛道路建设委员会的建筑监理。截至 1812 年他共为《耶拿文学汇报》撰稿六篇。
② 克里斯蒂安·格奥尔格·卡尔·福格尔(Christian Georg Karl Vogel, 1760—1819)。他只在《耶拿文学汇报》发表了一篇评论。
③ 歌德何以对此如此确信不得而知。斯特芬斯并未评论任何加尔瓦尼的著作。
④ 勒内·弗朗索瓦·古隆。他在《耶拿文学汇报》上未发表任何评论。

1386. 歌德日记

1803 年 11 月 19 日　星期六至 11 月 20 日　星期日

11 月 19 日

　　艺术展。拜访宫廷顾问封·席勒先生。晚上《萨勒河女妖》第二部分，接着进宫。

11 月 20 日

　　早上参见殿下，接着艺术展。中午演员贝克尔先生。晚上潘趣酒聚会：宫廷顾问封·席勒先生、法尔克先生、迈尔主席先生、勃兰特先生及女伴①、西利小姐②、格吕纳先生、沃尔夫先生、埃勒斯先生、德图什先生③等。

---

① 演员 A.(路德维希?)勃兰特及其姐妹(?)女演员安娜·玛丽亚·勃兰特(Anna Maria Brand)。
② 女演员弗里德里克·彼得西利，俗称西利。
③ 弗兰茨·封·德图什，魏玛的管弦乐队指挥(约翰·弗里德里希·克兰茨的继任)。

1387. 歌德致夏洛特·凯斯特纳

1803 年 11 月 23 日　星期三

　　刚从哥廷根送到的成绩单①已立刻转送市议长穆尔斯先生，但愿这些溢美之词能收到最好的效果。

　　亲爱的朋友，您的信和托付给我带来了巨大的喜悦，我是多么想要来到您的身边，来到美丽的拉恩河，与此同时我也深切地同情您因为艰辛的命运②不得不来到此地；然而您的亲笔书信重新激励我从中真实地体会您的实干精神。祝您健康。请想念着我，必要时请让您的妹夫③告知令郎之事的进展。再次祝您健康！

　　　　魏玛，1803 年 11 月 23 日　　　　　　　　　　歌德

413

---

① 萨尔托里乌斯 11 月 13 日随信寄出："此乃附带成绩单的公开信。"成绩单使得苔奥多·凯斯特纳（Theodor Friedrich Arnold Kestner，1779—1847，医学家及物理学家）如愿以偿：1804 年他成为法兰克福的医生。

② 夏洛特的丈夫、汉诺威的档案馆秘书克里斯蒂安·凯斯特纳（Johann Georg Christian Kestner，1741—1800）。歌德可能猜测作为十二个孩子的母亲，夏洛特是由于经济原因才被迫回到她的家乡韦茨拉尔，而事实上夏洛特·凯斯特纳只是在兰河与美因河地区访友，很快就返回了汉诺威。

③ 科内利乌斯·约翰·鲁道夫·里德尔，魏玛的财政官员，他与夏洛特的妹妹阿玛利亚结婚。

耶 拿

1803 年 11 月 24 日至 12 月 24 日

1388. 歌德日记

1803 年 11 月 24 日　星期四至 11 月 26 日　星期六

11 月 24 日

　　早上与枢密顾问福格特先生发往柏林的信件①。前往新射击馆,接着前往耶拿,安排开始诸项事宜。

11 月 25 日

　　早上就哈尔科夫大学教席之事给波托茨基寄去备忘录②。宫廷顾问艾希施泰特,《文学报》事宜。前往魏玛。致信贝克尔先生。《堂·拉奴多》③的角色。致信枢密顾问福格特先生。致信财政顾问基尔姆斯先生,枝形吊灯之事。致信武尔皮乌斯秘书先生,关于涅斯托尔的评论。致信里默尔先生,波利格诺托斯表格。致信迈尔主席先生,霍夫曼画作④之事。所有信件一并寄给武尔皮乌斯小姐。

11 月 26 日

　　克勒《硬币赏玩》。处理各种杂事。傍晚左右黑格尔博士,舍尔福尔教授,宫廷顾问施塔克,费尔诺教授。

---

① 指的是枢密顾问们就威胁在普鲁士境内禁止《耶拿文学汇报》而写给普鲁士政府的政府公函。
② 10 月 24 日波兰大众议院代表及哈尔科夫大学学监塞韦伦·波托茨基伯爵(Graf Seweryn Potocki, 1762—1829)在信中请求歌德提名一些能聘为教授前往哈尔科夫的人选。11 月 27 日歌德在随信附上的“备忘录”中对每一个教职的任命都提出了具体的建议。
③《堂·拉奴多·德·科里布拉多斯》,科策比的一出滑稽剧,12 月 14 日在魏玛首演。
④ 科隆画家约瑟夫·霍夫曼应交付露易丝公爵夫人卧室天花板绘画的样本。该画 12 月初才到魏玛——此时公爵夫人搬进新造好的宫殿已三月之久。

1389. 歌德致席勒

1803 年 11 月 27 日　星期日

　　若非我时不时写些什么，只怕我日后更难打破沉默；我只想说，这几天我主要用于处理各项事务的回复与备忘。同时我也操劳于正以一种奇妙的方式展现其勃勃生机的全新的评论机构的一些工作。首先我需要八天甚至更多时间完成关于艺术展以及波利格诺托斯绘画的大纲编撰①。等这些交到印刷匠手中，我就想看看是否可能创作一些令人愉悦的作品。若未能如愿，我也有了安慰自己的理由。

　　我与舍尔福尔、黑格尔以及费尔诺度过了十分惬意的时光。第一位在植物学专业的工作是如此出色，以至于我几乎不敢相信自己的耳朵与眼睛。毕竟我习惯于每一个个体出于对生而有之的狂妄的偏执仿佛如一个滑稽的跳梁小丑般远离踏实进取的朴实之路。

　　我对黑格尔的看法是：是否有可能通过演讲艺术的技巧助其赢得更深的好感②。他是一位卓越的人才，但是他的表达过多地阻碍了他的发展。

　　费尔诺属于非常乖巧的类型，他对于艺术现象有着十分正派耿直的观点。和他交谈时，我仿佛刚从罗马回来，甚至可以有些羞愧地说，我感到自己比忍受了这么多年，多少已被同化的北部的卑劣氛围更为高贵了。

／：间隔：／

　　那么多研究庄严事物的历史在遇到平庸甚至可笑的对象时也能自圆其说，挖掘意义，真是令人啧啧称奇。

　　然而有时人们为了形式而不得不付出一切代价，这历来都是一种可悲可叹的状态。

415

---

① 指的是 1803 年魏玛艺术展的大纲。
② 黑格尔因其喋喋不休的施瓦本方言发音而备受诟病。

先生们①都走了，都走了，没有人意识到损失了什么。必要时，大伙打着钟一同走去最能干的市民们在城里的墓穴，活着的人群揣着生的感觉回到家中，而这一值得称颂的无耻的本质能够、将会且必须继续存在。

以此祝您健康，愿您力所能及做到更好。请时不时告诉我一些消息，我想规定自己至少每八天写一次信诉说近况。

耶拿，1803 年 11 月 27 日　　　　　　　G

---

① 那些离开耶拿前往哈勒及维尔茨堡的教授们。

1390. 歌德致黑格尔

1803 年 11 月 27 日　星期日

请您阅读送上的稿件①,有机会相遇时告诉我您对此的看法。

耶拿,1803 年 11 月 27 日　　　　　　　　　　歌德

---

① 施泰格尔推测指的是赫尔德的《上帝。关于斯宾诺莎体系的一些谈话,含沙夫茨伯里的自然颂歌》(Gott. Einige Gespräche über Spinozas System, nebst Shaftesburis naturhymnus),然而推测可能是错误的,黑格尔早就拥有这一作品,并想就此在埃尔朗根的《文学报》发表评论。(并未发表)

1391. 歌德致 J. F. 罗赫利茨（草稿）

1803 年 11 月 29 日　星期二

416　尊贵的

尊敬的先生。

我听说尊贵的阁下决定参与到耶拿评论机构中来①，为此以我的名义致以最真诚的感谢，希望在这一过程中更频繁地听到您的消息。

同时我亦自作主张恳请您再次给予我帮助。之前您已好心替我寻得去年温克勒拍卖品的目录，如今我想要一本包括意大利学派以及附注标价的新版。十分感谢，费用将一并支付，希望听到您安好的消息。

耶拿，1803 年 11 月 29 日

信已封缄我才想起您承诺会在柏林为《自然的女儿》写上几句友好之言②。请您不要忘记。作家们真的只需倾听支持之声，不必理会那些无论上演何种作品都会在德国观众中产生的噪音。因此我渴望每一份能真正鼓舞我继续创作③的评语。

G

---

① 罗赫利茨分别于 1804 年、1805 年以及 1809 年为《耶拿文学汇报》各撰稿一篇。

② 罗赫利茨是否写了这几句"友好之言"不得而知。

③ 歌德并未创作其计划的三部曲中的后两部。

1392. 歌德致谢林

1803 年 11 月 29 日 星期二

收到这封我甚至希望从来不曾寄出的信及其附件时,您很可能已在维尔茨堡,祝您在那儿好运常在,前程似锦。

417

我们正在修补旧的大学状况,因着生生不息的人类的个性,这儿的每一份支援都是在少量动员下天性所能给予的最好的状态。

而您正处于一种特殊的方式所构成的新的状态中;愿美好因您而生,也愿您能享受这种种美好。

耶拿评论机构赢得了许多积极的参与者。这样的团体会越来越接近一所隐形的大学,它拥有众多神秘的教职,他们如同在一所可见的大学中一样诉说着截然不同的天性。

因此当人们在一切进展顺利之时决定撰写一份序言令我兴致盎然。您将通过附件中的抄本得以了解。

序言将会一次性地说明我们的评论有何初衷:我们在意的并非一个矫饰的整体,而是相同的、相近的、不同的、差异的观点与想法的共生共存。

无论是否署上真名,您愿意为这样的一所机构撰写任一著作的评论吗?① 也许正有您愿意欣然推荐,想让大众关注其成就的作品?对他们的赞许也促使我们自己投身积极的创作氛围中,而这总是有利无弊的。

祝您健康快乐,请在美丽的弗兰肯思念着我。在耶拿旧宫殿孤零零的房间中我还总能找到您的幻影,那些与您一同度过的时光的回忆久久不愿退去。

最后告诉您一件定能令您高兴的事:我们已授予一位来自维尔茨堡名为马丁·瓦格纳的艺术家今年价值60杜卡特的全奖,您可以在米歇尔教堂对面打听到他的消息。

418

---

① 谢林为《耶拿文学汇报》撰写了一系列重要的评论。

　　看上去他似乎无依无靠,您这边能想办法提携他一下吗?① 如此您不仅与人为善,也为艺术做出了贡献。确切说来,虽然尚有需要提点之处,但以他的境况能取得如此成就已属奇迹。

　　您能好心地向他解释比喻与象征的区别吗? 许多事物皆以此轴转动。

　　若您认为封•蒂尔海姆伯爵②会友好地接纳我对这位年轻人的引荐,我将欣然从之。尤其请您施加影响,使这位年轻人直接前往罗马而不要先去巴黎,因为这一错误的发展路线并不能扭曲最伟大的才能。

　　衷心祝您健康。

　　　　1803 年 11 月 29 日　　　　　　　　　　　　　　　歌德

---

① 谢林在回信中告诉歌德他已将歌德对于瓦格纳的推荐转达给了蒂尔海姆伯爵并建议任命其为教授。

② 参见歌德1804 年 1 月 30 日写给维尔茨堡的大学学监弗里德里希•卡尔•封•蒂尔海姆伯爵(Graf Friedrich Carl von Thürheim, 1763—1832)的信以及后者1804 年 3 月 9 日的回信。瓦格纳的父亲 1804 年 4 月 29 日写信告知歌德其子于1804 年 4 月"以 600 弗罗林的薪资被任命为高等绘画艺术教师"。

1393. 歌德日记

1803 年 11 月 30 日　星期三至 12 月 1 日　星期四

11 月 30 日

　　大纲。晚上舍尔福尔教授。

12 月 1 日

　　大纲。晚上费尔诺教授先生。通过宫廷律师胡费兰①致信枢密顾问福格特先生。

---

① 卡尔·弗里德里希·维克多·胡费兰 (Karl Friedrich Viktor Hufeland，1776—1853)，魏玛的宫廷律师，Chr. W. 胡费兰之侄。

1394. 歌德致席勒

1803 年 12 月 2 日　星期五

今天下午政府顾问福格特先生前来拜访,打断了我给您的来信,为此我请他尽快拜见您,告诉您我们文学事业的喜人进展。若非您现在选择了更为重要的任务①,我定会请您表明支持之意②。

对我来说这一事物就像一所全新的特别的学校。随着年龄的增长创作力愈发减弱,能更准确地了解他人的情况也不失为乐事一桩。

眼下我正忙于大纲的撰写。它分为两部分,一为展出品的鉴定,二为波利格诺托斯遗迹的重生。虽然迈尔充分考虑并印刷了所有需要记忆的内容,为第一部分做了十分出色的前期工作,但我仍需改写一些地方,而这是一项十分艰难的任务。

对于波利格诺托斯的遗迹我也已竭尽所能,然而想要把一切归整编辑仍需数个早上;这一工作引领我进入许多十分美好的领域,将来定会为我们的机构带来新的转折。现在的压力在于我无法在十四天内完成全部事务。这次的大纲约有四大张纸③。

潮湿使然,我几乎不敢接近巴赫小巷④,因此我才刚见到福斯一面。他现在开始为了词典⑤而记录布克哈特·瓦尔迪斯⑥的用词与成语。我不得不首先再度习惯他及他的圈子,克制我因其温驯而生的焦躁。若来了诗兴,我便如往常般与他共读⑦,那时才是真正的

---

① 席勒正在创作《威廉·退尔》。
② 席勒并未参与《耶拿文学汇报》。
③ 篇幅为四开本 24 页,即三大张纸。
④ 福斯住在巴赫小巷(今巴赫大街)的约翰门前。
⑤ 福斯计划编纂一本从路德到现代的德语词典;但并没有完成前期工作,后格林兄弟编纂词典时曾做参考。
⑥ 布克哈特·瓦尔迪斯,宗教改革时代的戏剧家及寓言作家。
⑦ 日后福斯与歌德经常共聚朗读作品,如歌德的《自然的女儿》或福斯的《德语言的时间测量》(Zeitmessung der deutschen Sprache)。

趣味盎然。克内贝尔搬入了他曾经的邻居赫尔费尔德①位于新门
(Neuthor)的住所②,远离福斯,免受其严肃论③的烦扰。同时他也不
愿搅浑了我们这位韵律学大师④的水,毕竟这位住在小溪的入水口,
而他则住在出水口。

关于您提出的介绍费尔诺与黑格尔相识的建议,我已经开始着 420
手操办。顺便一提,明天晚上我这儿会举办茶会,届时迥然不同的人
们将会齐聚一堂。

可怜的费尔梅伦⑤去世了! 若他继续创作平庸的诗词想必现在
仍还活着。邮政之路⑥对他来说是致命的。今天就此打住,衷心祝
您健康。

　　　　耶拿,1803 年 12 月 2 日　　　　　　　　　　　G

---

① 克里斯蒂安·奥古斯特·弗里德里希·封·赫尔费尔德,耶拿的医学教授。
② 克内贝尔在新城门边上的住所与位于犹太人墓的席勒曾经的花园邻近,但远
　离福斯居住的巴赫葚。
③ 福斯坚持严谨的格律,在他数量众多的希腊及罗马诗人作品的翻译中,福斯
　严守对于原文的绝对忠诚。
④ 影射福斯的《时间测量》。
⑤ 约翰·伯恩哈德·费尔梅伦,他于 11 月 29 日去世。
⑥ 影射费尔梅伦与 1796 年去世的邮政顾问保罗·路德维希·费迪南德·埃博尔
　的遗孀伊丽莎白·亨丽埃塔·约翰娜·埃博尔的婚姻(Elisabeth Henrietta
　Johanna Eber,1765—1842)。后者被公认为男性眼中的尤物。

1395. 歌德日记

1803年12月2日　星期五至12月8日　星期四

12月2日

早上大纲。黑格尔博士,下午政府顾问福格特夫妇①及蒂克先生②。致信宫廷顾问席勒先生,魏〈玛〉。

12月3日

早上大纲。晚上聚会。施塔克,艾希施泰特,舍尔福尔,费尔诺,格里斯③,黑格尔,弗罗曼,亨德里希,蒂鲍特,泽贝克④,尼特哈默尔,伦茨⑤,维塞尔赫夫特,戈特林⑥,财政顾问福格尔⑦。

12月4日

大纲。来自魏玛的访客。晚上拜访福斯。

〈……〉

12月8日

大纲。晚上黑格尔博士先生。致信枢密顾问福格特先生。

---

① Chr. G.福格特(小)及妻子亨丽埃特·卡洛琳。
② 弗里德里希·蒂克,关于蒂克设计的宫廷建筑奖牌模型。
③ 约翰·迪特里希·格里斯。
④ 约翰·托马斯·泽贝克(Johann Thomas Seebeck, 1770—1831),耶拿的物理学家。
⑤ 约翰·格奥尔格·伦茨。
⑥ 约翰·弗里德里希·奥古斯特·戈特林,耶拿的化学教授。
⑦ 格奥尔格·威廉·福格尔。

1396. 歌德致 Chr. G. 福格特(小)

1803 年 12 月 9 日　星期五

亲爱的政府顾问先生,我满怀感激地给您回信,只希望耶拿离魏玛更近些,或者我们能学会洛德①的灵活性。

金属模型加工成奖牌②后,也许您会来拜访我,但是请您早些来,然后与少校③共进午餐,或者请留到夜晚,您钟爱的聚会将会安排妥当。

虽然我平时有求必应,但若非万不得已时我不愿交出我的半身像④。如此完美的浇铸很难再现,而我的家人们对这尊样本有着近乎迷信的喜爱,对此我也甘之若饴。另外这尊胸像的模子在我这儿,必要时也可用来浇铸。我不确定是沃尔夫⑤还是霍夫曼⑥在启程时将它寄给了我。

旧文学牙粉工厂⑦已彻底消失,人们翘首盼望着新的机构是否能在作家们惯于忽视的假牙清洗方面取得更好更深入的影响。

我深信在这个世界上任何人都并非不可或缺,但现在我不得不幻想自己必须存在于此;我的工作源源不断,而我的朋友迈尔先生给了我很大的支持。

请代我问候令尊大人,他将收到一小箱矿石;大量相关文件已经

① 影射前往哈勒,经常因访友或公务往返耶拿与哈勒两地的洛德。
② 福格特信中写道,模型已于 12 月 6 日交给魏玛的宝石工人弗里德里希·威廉·法丘斯,他会"想办法用软金属注模"。
③ F. L. A. 封·亨德里希。
④ 福格特写道:弗里德里希·蒂克希望制作一尊歌德半身像的仿品,因为歌德的仰慕者们对此十分渴望。——半身像诞生于 1801 年 9 月/10 月。
⑤ 约翰·康拉德·沃尔夫,来自卡塞尔的雕刻家及石膏匠;他于 1801 年至 1803 年间参与了宫殿建造工作。
⑥ 斯图加特的石膏匠霍夫曼也参与了宫殿建造。
⑦ 德语为 das Alte Literarische Zahnpulver,与报纸原名《文学汇报》(die Allgemeine Literarische Zeitung)的缩写皆为 ALZ,歌德在此玩了一个文字游戏。

装入一个小盒中,作为偷乘者搭乘下一班运沙车。

很遗憾您的任命未能赋予您更宽广的斡旋空间;如今对于我们,若我没有搞错,也是对于整体都至关重要的时刻令我渴望接近更年轻的天性,以此可在当下有所复兴,并保留至未来。

422　　祝您健康。由于迈尔的来访以及一些杂事我不得不提早收笔。

爱与信任。

耶拿,1803 年 12 月 9 日　　　　　　　　　　歌德

1397. 歌德日记

1803 年 12 月 9 日　星期五至 12 月 12 日　星期一

12 月 9 日

　　大纲。下午迈尔教授先生,尼特哈默尔教授先生。前往魏玛。致信宫廷财政顾问基尔姆斯先生,耶尼施的悲剧①寄回。致信政府顾问福格特先生。致信奥古斯特,附上鸟与耶利哥玫瑰。因周日的聚会致信武尔皮乌斯小姐。

12 月 10 日

　　与迈尔教授先生讨论有奖征答的大纲。晚上费尔诺教授先生。致信彼得·瓦格纳先生②,维尔茨堡,寄去 60 杜卡特。

　　〈……〉

12 月 12 日

　　早上大纲。中午散步。晚上与迈尔教授先生单独见面。

①《尼禄的凯撒皇座》(Neros Cäsarenthron),耶尼施从塔西佗的著作中汲取素材,11 月 30 日他将戏剧寄给歌德。
② 1803 年艺术展获奖者的父亲。

1398. 歌德致席勒

1803 年 12 月 13 日　星期二

423

　　若斯塔尔夫人前去魏玛①,我必将被召回。为了有备无患我思索再三,决定留在这儿②。尤其在这个必须投身于一项艰苦卓绝的任务③的煎熬之月,我已无余力应付他事。从思想概貌到机械排版印刷都需要我亲力亲为,而由于波利格诺托斯的表格而荆棘重重的大纲也迫使我不得不再三审阅。离完成这一切,并在激烈的反对声中巧妙出版④还剩下多少日子? 尊敬的朋友,请带着战栗看看我的处境,虽然迈尔已竭诚相助,却无人能知,无人能解,一切只是有可能做到的事皆被视为理所应当。因此我恳求您代我尽责,⑤此刻没有人比我更像那位潜水者⑥,而没有人比您更了解我。请您尽力斡旋⑦。若斯塔尔夫人想见我,那就该接待她。请提前二十四小时告知我,我会把洛德住所的一部分配上家具,请她入住,并以平常小菜款待。我们确实想见上一面,互诉衷肠,她想待多久便待多久。我这儿需要处理的事只消个把刻钟,剩下的时间将全属于她。然而想要在这种天气引我前往魏玛,进宫访友几乎是不可能的,相信您在相似的场合也会如我所想。

---

① 斯塔尔夫人 12 月 13 日或 14 日前往魏玛,并在那里逗留至 1804 年 2 月底。12 月 13 日的日记:"来自魏玛的快信汇报斯塔尔夫人的到来。"12 月 12 日福格特致信歌德:"今天我参加宫廷宴会,执政的公爵夫人说我应该写信告诉您斯塔尔夫人来到了这儿,希望您能回来,因为这位女士是专程前来与您相识,听取您的看法。"基尔姆斯也在 12 月 13 日通知歌德此事,并受公爵之托敦促歌德回到魏玛。

② 歌德 12 月 24 日才返回魏玛,同日与斯塔尔夫人见面。

③ 歌德正忙于 1803 年魏玛艺术展的大纲撰写。

④ 大纲出版于 1804 年 1 月 2 日(第 1 期《耶拿文学汇报》的增刊)。

⑤ 席勒首先于 12 月 15 日会见斯塔尔夫人。

⑥ 在席勒的谣曲中,勇敢的少年因出于私欲试探上帝而丧生。

⑦ 席勒向公爵说明了歌德的情况,后者第二天致信歌德:"就待在那儿吧,我们会看看能否将这位女士送到你这儿。"

　　一切就拜托您友好的安排了。若能真正见到并认识这位奇特的、令人尊敬的女士，我便心满意足了，只愿她在途中能抽出几小时与我相见。即便此地款待不周，想必她舟车劳顿也已习惯。请您用您温柔、友好的手安排处理这一状况，若有要事发生，请速遣信使快邮告知。

　　愿您在孤寂中创作的一切①都如您所愿！我在陌生的领域随波逐流，是的，我想说我只是在其中拍打水花，失去了外界的同情，内心也未有任何满足。但是既然我们在越发清晰地理解波利格诺托斯与荷马之后②相信地狱就在头顶之上，那么也许这便是人生之所谓。祝您健康！以上天之名。

424

　　　　耶拿，1803 年 12 月 13 日　　　　　　　　　　　　　G

---

① 席勒正在创作《威廉·退尔》。
② 歌德在关于波利格诺托斯的绘画的反思中写道："古人们似乎将无果的努力视为最大的痛苦，这不无道理。西绪福斯不停滚落的巨石，坦塔洛斯永远够不到的果实，向破碎的容器中灌水，这一切都指向无法企及的目标。"

1399. 歌德日记

1803 年 12 月 15 日　星期四

早上一些大纲相关事宜。晚上费尔诺教授先生。

1400. 歌德致黑格尔

1803 年 12 月 15 日　星期四

　　尊敬的博士先生,若您愿以我俩最近探讨的意思就随信附上的作品①撰写一篇评论②,我便能享受达成最终目标的双重喜悦。一来您以此与我们的评论机构建立关联,二来我得以重温与您之间的有趣谈话。

---

① 可能是指 K. A. 埃申迈尔的《过渡为非哲学中的哲学》(Philosophie in ihrem Übergang zur Nichtphilosophie),约翰·弗里德里希·克里斯蒂安·韦内贝格 11 月 24 日给歌德的信中写道他想为《耶拿文学汇报》评论此书。最终该作品由内斯·封·埃森贝克评论。

② 黑格尔并未为《耶拿文学汇报》撰写评论。

1401. 歌德致夏洛特·封·席勒

1803 年 12 月 16 日　星期五

　　尊敬的夫人,首先请您感谢席勒为我奔走说情,如今一切都已步入正轨。接着烦请您将内附的信件转交给斯塔尔夫人,请您尽量于明天寄给我此处列出的各项问题的答案。因为如果我想在这儿对我们的女友尽些许地主之谊①,又不至于令她咒骂在此处逗留的时光,就必须早做准备,毕竟这儿多少还是有些荒芜颓败。

425　　　只要条件允许我就会游泳。如果我们不比我们自己所了解与愿意承认的更为勤勉,纯粹的献身状态便会变得难以忍受。请您在不打扰他创作的前提下问候席勒,我衷心期待他的作品。祝您健康,请您原谅我的烦扰。

　　　　　　耶拿,1803 年 12 月 16 日　　　　　　　　　歌德

---

① 斯塔尔夫人并未前往耶拿;歌德于 24 日返回魏玛,两人于当天见面。

1402. 歌德致安妮·热尔曼尼·德·斯塔尔(草稿)①

1803 年 12 月 16 日　星期五

　　夫人,您如今身在魏玛,而我却不能赶来向您表达我全心全意的钦慕,这难道不是最令人惊讶的矛盾吗? 然而我并不想抱怨将我困于此地的艰难工作以及身体的不适,这些巧合对我来说弥足珍贵,它们让我体会到了一种我从不敢妄想的幸运。您将会见到一位隐者,他愿意竭尽所能排除万难,只为迎接您的顺利到来。您点亮了这些悲伤的时光,无尽的夜晚也如白驹过隙般飞逝。

　　夫人,请您相信我会不计代价确保您的舒适。我翘首盼望着这一刻能向您印证我们是多么的心有灵犀。

　　我为您在我的隔壁安排了一处小小的住所,同时恳请封·席勒夫人转告我您的想法⟨?⟩……②您到来的日子。

---

① 原文为法语。

② 此处不确定,在单词⟨cette⟩后的笔迹显示还有一个双音节的词,但却无法辨认。

1403. 歌德日记

1803 年 12 月 17 日　星期六

早上一些大纲相关事宜。克勒《硬币赏玩》。

1404. 歌德致夏洛特·封·席勒

1803 年 12 月 19 日　星期一

既然斯塔尔夫人决定周六才来,那我干脆省去她的舟车劳顿,在
这周内完成分内的工作。

426

我已将此事在一同寄来的信中告诉了她,并邀请她周六中午到
我的魏玛府上做客。我也期盼着亲爱的夫人与席勒的到来。我们就
如此小聚便好①;但若您想要邀请其他人,请在此期间告知与我。但
愿这位天资聪颖的夫人能多少驱散走一些冬夜的病态与死亡之画
面②,重振我们对于生的信念。

---

① 12 月 24 日的日记:"中午宴请斯塔尔夫人,封·席勒夫妇以及宫廷顾问施塔
　克先生,殿下也来了。"
② 11 月 29 日约翰·伯恩哈德·费尔梅伦去世,12 月 12 日伊丽莎白·封·齐格萨,
　12 月 17 日露易丝·封·伊姆霍夫,12 月 18 日赫尔德都相继离世。

1405. 歌德致安妮·热尔曼尼·德·斯塔尔(草稿)①

1803 年 12 月 19 日　星期一

　　不,夫人,在此风雪交加之时您不该踏上虽然短暂却十分不适的旅程。这周时间足够我完成将我束缚于此的工作。周六我便来与您相见。我希望您能与封·席勒夫妇一同在我这儿享用午餐。夫人,想要见您的迫切渴望与日俱增。若您能理解在我灵魂深处徘徊的思绪,您就一定会因为见到一位老朋友而心满意足。周六见,周日见。请不要忘了这些天的安排,我会在周一②坐您的车进行一次短途旅行,因为我不想错过这些珍贵的时刻。但愿您不会认为我是一位想要自我介绍的纠缠不休/要求苛刻的朋友。也许我会带施塔克先生③来见您。

---

① 该信原文为法语。
② 18 日歌德从斯塔尔夫人处得知后者计划 24 日即周六前往耶拿拜会,她写道,她希望歌德 26 日周日陪她回魏玛。
③ 约翰·克里斯蒂安·施塔克(大),耶拿的医学教授,歌德的医生。他随歌德一同回到魏玛。

1406. 歌德致夏洛特·封·席勒

1803年12月20日　星期二

　　您是如此友好善良①，以至于此刻我心情糟糕至极却仍敢给您写上只言片语。请您在明天的信中告诉我一些魏玛的近况。

427

　　我们的主要工作②进展顺利、流畅乃至完美！要是我能在这儿待到新年该多好！这样我就能舒适地解决赋予我的一切任务。然而周六我应当同时也愿意返回魏玛③，这对我来说是一份必须独自忍受、承担、咬牙坚持的巨大偏离，对此没有任何人能够感同身受。我们的这位朋友，我愿意为了取悦她而在恰当的时机跋涉30公里前去见她，可她偏偏在我最为失意，最想逃避世人注目的时候到来，这真是尘世中最该诅咒的状况。我现在深刻地理解亨利三世为何仅仅因为糟糕的天气而命人射杀封·吉斯大公④，也深深嫉妒据说已被埋葬的赫尔德。

　　尽管如此，周六我仍会友好地现身，而现在我得以允许吐露自己的不满也使一切好了许多。

　　承蒙您的好心，请在周六前再给我写一次信，也请一同附上席勒与斯塔尔夫人的信件。我比以往任何时候更需要友情与善意的支撑与扶持。要是一切不是如此奇妙地交叠在一起就好了，这样我们就能很快再见。祝您健康！我并不奢望您原谅我的坏毛病。今天已经20号了！上帝保佑新年后一切都会好起来。

　　　　1803年12月

---

① 夏洛特·封·席勒是斯塔尔夫人与歌德的中间人。
② 《耶拿文学汇报》的增刊，包括稿件《1803年魏玛艺术展及1804年有奖征答》(Weimarische Kunstausstellung vom Jahre 1803 und Preisaufgabe für das Jahr 1804)以及论文《德尔斐希腊式建筑中波利格诺托斯的绘画》(Polygnots Gemählde in der Lesche zu Delphi)。
③ 歌德于24日返回魏玛，并在同天与德·斯塔尔夫人见面。
④ 1574年至1589年的法国国王亨利三世于1588年12月23日命人谋杀了敌对同盟的首领亨利·封·吉斯公爵。

1407. 歌德日记

1803 年 12 月 20 日　星期二至 12 月 22 日　星期四

428

12 月 20 日

　　早上大纲。前往魏玛。致信宫廷财政顾问基尔姆斯先生。致信宫廷顾问封·席勒夫人。致信武尔皮乌斯小姐,上述信件一并封缄。晚上费尔诺教授先生与黑格尔博士。

12 月 21 日

　　早上大纲,接着散步。傍晚左右弗罗曼先生。晚上宫廷顾问艾希施泰特先生及费尔诺先生。

12 月 22 日

　　大纲,接着与费尔诺教授夫妇以及封·亨德里希少校先生一同乘雪橇。下午政府顾问福格特夫妇以及蒂克先生。晚上费尔诺教授。

1408. 歌德致夏洛特·封·席勒

1803年12月23日 星期五

亲爱的朋友,如之前所约,请您明天,即周六1点与席勒一同光临寒舍,也请再次邀请封·斯塔尔夫人。

请原谅我未能按礼节事先款待她。我没法更早从这儿脱身。

祝您健康,期待着与大家相见。

耶拿,1803年12月23日   G

1409. 歌德致 J. A. 施密特(草稿)

1803年12月23日 星期五

429
尊贵的阁下,我从宫廷顾问艾希施泰特先生处听说您愿意屈尊认真地参与到《耶拿文学汇报》中来①。作为此机构的主要负责人,我在此迫切地向您表达最热烈的感谢。

既然这样一份由迥然不同的元素组合而成的期刊无法时刻保证统一的观点,那么这一时代的能人智士们,无论是以个人还是整体的名义,能不嫌弃通过这一机构发出自己的声音,便是最令人欢欣鼓舞的事了。

通过与宫廷顾问伊默利先生②的多次谈话,通过阅读《眼科丛书》③以及许多其他机会,我深切地体会到了您的努力的价值,我无法抑制博动着的想要向您讨教的心愿。

多年来我致力研究颜色学④,起初是出于美学目的,接着增加了物质与化学考量,而在此诸多努力中我又怎能错过生理学呢?

我希望率先完成上述最后一部分,亦即我的论文的第一部分,以期呈于您面前,听取您至关重要的意见。

然而有时人们还来不及整理并复兴收集之物,日子就已飞逝而去。经验现象的整体如此,个体也同样知易行难。

因此您能乐于参与《文学报》在我看来是至高的恩典,借此我得以更进一步了解支配您处事与评断的原则。即使无法倾听您对拙作
430
的看法,我也能以您的理念审视自己,且殷切期待着有朝一日终能把

---

① 约翰·亚当·施密特(Johann Adam Schmidt,1759—1809),维也纳的眼科医生以及一家治疗机构的创始人,他成为《耶拿文学汇报》的撰稿人。

② 卡尔·古斯塔夫·伊默利,眼科医生,1801年至1803年在耶拿担任医学教授。

③ 伊默利与施密特是一系列《眼科丛书》(Ophthalmologische Bibliothek)的出版者,丛书收录于歌德图书馆。

④ 这部作品的起源与《光学研究》(Beyträge zur Optik)紧密相关;1790年起歌德致力于撰写此部巨著,期间虽多有中断,但最终于1810年以《论颜色学》之名在科塔出版两卷本。

它们寄给您,甚至亲自带给您。我从不敢奢望最后这一愿望能完全实现,更何况我至今仍草率地搁置着一睹帝国之都①风采的计划。

① 指维也纳;歌德之后也从未到过维也纳。

1410. J. H. 福斯(小)致 B. R. 阿贝肯
(1804 年 1 月 26 日)①

1803 年 11 月/12 月

最近有一次歌德 7 点前来要求共进晚餐,这真是美好的一夜。他是如此生气勃勃,兴味盎然而又热情真诚,我从未见过这样的他。即便兴许已多年不曾身处众人之中,他仍坦然处之。他十分注意我的父亲。后者仿佛勃然大怒地对他说:"您出版了一本如此美妙的歌曲年鉴②却向朋友们保密,这真是奇耻大辱。"此时歌德的眼睛闪闪发亮,他搂住我父亲的脖子,喜悦之情溢于言表,正如他所说,他的创作能收到这样一位法官的喜爱令他喜不自胜。他显得越发热情,说起了若干时地利他想要做些什么。他还说到了施莱格尔。他说人们对于事物的观点就像日子一样时时变化。此刻这些观点风靡一时,接着另一些观点又脱颖而出,就好像荷马史诗中这一天狄俄墨得斯还是英雄,第二天就变成了阿喀琉斯。有些观点盛行持久,有些则较短,其间之差无非就像夏日的白天长些,而冬日的白天短些。目前流行的不同观点在于浪漫主义与古典主义,他与我父亲辩道,因为无论何种范畴,一切杰出的自然是经典的。此前他还想辨析造型艺术与浪漫主义的区别——一部造型艺术作品向观察者的想象力展现了一个非常确定与封闭的形式,而浪漫主义则暗示了许多不确定性,赋予想象力以自由编织的空间。前者针对有束缚的想象力,后者则是无拘无束,甚至无边无际的幻想。他认为荷马、索福克勒斯、品达、莎士比亚等属于第一种类。而对于第二种类他只是提及一些主体,即便我相信自己立刻理解了他,此刻我也不想把我的个人猜测与他的评判混为一谈。然而他确实提到了克洛卜施托克。同时虽然歌德从最

---

① 歌德 11 月与 12 月在耶拿逗留期间经常到巴赫巷拜访福斯一家。
② 可能是指歌德与维兰德一同出版的《1804 年口袋书》,或者福斯也可能指同样是科塔出版社出版,但 12 月才问世的歌曲集《吉他配曲歌谣集》(Gesänge mit Begleitung der Chitarra)。

严格的意义上说并不反对任何人,但他也对施莱格尔对于敌对者们的毁灭精神感到愤愤不平。他把人类视为自然的产物,而他又怎能因望加锡的毒木①而恼怒呢? 他敬重每一个独立的个体,即便是凭借亲爱的上帝赋予的蠢驴般天性构建了其势力范围(积极与消极面共存)的科策比也不例外(作为行动的人的歌德自然与作为旁观者的歌德不同)。他和所有人一样懂得欣赏施莱格尔的才华——但若说他像施洛瑟②一般总是仓促宣称自己是施莱格尔无条件的赞誉者则是本质错误的。他丝毫未受施莱格尔神化的影响,毫无芥蒂地评论其成就的局限——要说起这些可是太冗长了〈……〉总之当费尔诺将花束称为粗制滥造之物并谈及其虚无性,歌德立刻拍手称快。

---

① 望加锡檀香木,是一种源自东印度的富含香精油的白色树木;福斯此处显然把它与箭毒木混淆了。
② 克里斯蒂安·施洛瑟,在 1801 年到 1802 年间福斯与其共同在耶拿求学。

1411. 埃内斯坦·福斯

1803 年 11 月/12 月

432

在葡萄收获的时节,歌德再次来到耶拿逗留数月,然而这次他似乎对于拜访我们兴味索然,毕竟烦扰着我们的事儿也远在他的关心之外。尽管如此我们仍得以结识其最令人喜爱的一面。有一次晚上他来到我们这儿,裹着自称在参军时期①便已使用的外套,胸前的钩子上挂着一盏灯笼。正当他脱下外套时,福斯一下抱住了他,剧烈地摇晃着他的双肩,一边说道:"你们做了一件让我们相当恼怒的事。"——"怎么了?"他面容严峻,吃惊地问道。——"你们出版了一本如此美妙的歌曲集,却对我们守口如瓶。"他漂亮的双眼中从严肃到洋洋自喜的转变简直难以描述,我们两人都感到这一话语令他喜出望外。此刻福斯亲自朗读了许多歌曲,大家展开了热烈的讨论。——还有一次他走进房间,当时我正巧收到他的侄女尼克洛维乌斯②纯真的来信。信中她以极其亲切的口吻讲述了我所不知的家族轶事。之前我已数次向他提到这位侄女,我对他说:"如果您读这封信,就能看到她是一个多么可爱的孩子。"他飞快地从我手中拿过信,神情愉悦地开始阅读。渐渐地他变得严肃起来,最后清亮的眼泪不断从他的脸颊滑落。他沉默不语地坐了一会儿,终于深情地唤道:"这位女孩真是科妮莉亚的真实翻版。"

---

① 歌德于 1792 年 8 月至 12 月远征法国,1793 年 5 月至 8 月参与了包围美因茨的战役。
② 露易丝·玛丽亚·安娜·尼克洛维乌斯,原姓施洛瑟,是歌德的妹妹科妮莉亚的女儿。

魏　玛

1803 年 12 月 24 日至 5 月 26 日

1412. 安妮·热尔曼尼·德·斯塔尔致 J. 内克尔 (1803 年 12 月 25 日)①

1803 年 12 月 24 日　星期六

433 　　歌德彻底摧毁了我对维特的美好想象。他个头矮小,相貌平平,似乎想要表现得圆滑世故,却并不成功;他无甚特色,无论目光、思想抑或举止都毫不出众;但他在文学与哲学领域极有见地。〈……〉我与他们〈维兰德,席勒,歌德〉相谈甚欢,聆听他们的话语总能不断丰富我的视野。上述三位,尤其是后两位从不读报。

---

① 原文为法语。

1413. 安妮·热尔曼尼·德·斯塔尔致 C. 奥谢①
(1803 年 12 月 26 日)

1803 年 12 月 24 日　星期六

我在此处朝夕相处的三位先生,即维兰德,席勒与歌德将让·保尔称为一个与众不同变幻无常的人,他拥有一切人们在啤酒馆痛饮时或是吞云吐雾间能保持的才赋。

〈……〉

〈……〉三位文人的精神禀赋胜于拉姆多尔千百倍。〈……〉他们的品位评析与我们一样敏锐,就像我们在法国一样以哲学推论加深自己的成见。歌德并非维特;他发福了,这使他的相貌大打折扣。顺便说一句,这是德国人普遍的弊病。尽管他行动迟缓,却充满精神力量。请您告诉维莱尔,他〈歌德〉对我说他从未喜欢过在德国的生活。我认为我是第一个可能给他们〈?〉留下这一印象的人。

---

① 原文为法语。

1414. 歌德日记

1803 年 12 月 24 日　星期六至 12 月 25 日　星期日

12 月 24 日

一早离开耶拿。中午宴请斯塔尔夫人，宫廷顾问席勒夫妇以及宫廷顾问施塔克先生，殿下也一同前来。晚上一个人。致信韦内堡博士①，哥廷根。致信洛斯先生，奖章制模师，柏林。致信宫廷顾问施密特先生，维也纳。

434　12 月 25 日

早上觐见殿下。中午宴请科德曼先生②与西利③。晚上拜访封·席勒先生。致信宫廷顾问艾希施泰特先生。

---

① 来自魏玛的数学家及物理学家约翰·弗里德里希·克里斯蒂安·韦内堡（Johann Friedrich Christian Werneburg, 1777—1851）于 1803 年前往哥廷根担任编外讲师。歌德回复了韦内堡 11 月 24 日的来信。
② 演员弗里德里希·科德曼。
③ 演员弗里德里克·彼得西利，昵称西利。

1415. 歌德致 F. A.沃尔夫

1803 年 12 月 26 日 星期一

当我在耶拿送来的信中发现您尊贵的字迹时几乎不敢相信自己的眼睛,这真令我欣喜若狂。您在耶拿衷心地欢迎我,如今在这儿您也当享受同等待遇。我原本计划招待您的房间目前正为里默尔和我的儿子占用,但我已在一墙之隔的邻屋为您布置了一间小巧的下榻之处,晚上在此安睡定会比客栈舒适,而白天我则希望您和我们共同度过。您来得正是时候,我们急切需要您这样的顾问与帮手。我们在耶拿的情况想必您早有耳闻,对于魏玛的事务应该也不会陌生。

就您的到来所带来的喜悦在此向您提前表达衷心的谢意。

您愿意周三饭前到来吗? 这样我们能享受几小时惬意的对谈,晚上一同观看《玛丽亚·斯图尔特》。剩下的则可见机再做安排。

请原谅回信的简短,我得赶着寄出此信。敬祝健康。

魏玛,1803 年 12 月 26 日　　　　　　　　　　　　歌德

1416. 伯蒂格

1803 年 12 月 27 日　星期二

歌德第一次前往她（斯塔尔夫人）住所拜访时，后者向他讲述了在公爵夫人处结识席勒的故事。两人应公爵夫人之邀前往觐见，在公爵夫人露面前，便在其房内见到了彼此。（此后原文为法语）"我走进房间，见到里面独自站着一位高大的男士，面容清癯而苍白，却身着佩有肩章的制服。我以为他是魏玛公爵的军队指挥官，并感到全身涌起了对于将军的敬意。他沉默萧索地紧倚着壁炉。我满怀期待地在房内来回踱步，这时公爵夫人走来向我介绍了这位被我当作将军的先生，她称他为席勒先生。我一下愣住了，久久说不出话来。歌德回应道：'如果我穿着同样的制服，您会怎么看？'〈……〉啊，那我绝不会搞错，而且您的体态敦实浑圆、气派十足（此处做了一个清楚说明的手势），穿上一定特别合身。'"

1417. 歌德日记

1803 年 12 月 27 日　星期二至 12 月 29 日　星期四

12 月 27 日

　　早上拜访斯塔尔夫人，中午在家，4 点拜访枢密顾问福格特先生，接着进宫。6 点参加斯塔尔夫人的茶会。晚上在家。

　　〈……〉

12 月 29 日

　　拜访亚格曼小姐，接着拜访斯塔尔夫人。中午在家。晚上宫廷顾问封·席勒先生。沃尔夫教授先生，费尔诺教授先生。致信宫廷顾问艾希施泰特先生。

1418. 伯蒂格

1803 年 12 月末

436　　斯塔尔夫人到来时歌德正在耶拿,他以身体抱恙为由婉拒了夫人急切的邀请。如今夫人提出亲自前往耶拿拜访歌德,这一举动最终打动了他,促使他于圣诞假期回到此处以满足夫人务必见面的心愿。只是他显然并不具备让人一眼爱上的气质,那位夫人始终幻想着见到一位至多是有些衰老的维特,而歌德世俗的面容给她留下了糟糕的印象。因其不可抗拒的坦率天性,夫人在见面之初便提到了她对谢林以及施莱格尔兄弟的热爱。这令他大为不悦,似乎有一阵避免与这位不甚讨他欢心的夫人发生任何接触。斯塔尔夫人十分敏锐地察觉到这一点,于是也破天荒地肆意说了一些关于他的幽默评论,例如(此后原文为法语)“他想说服我们感伤主义已经过时了,因为这如今在他自己身上已荡然无存。”〈或是〉“他一走进我的房间,我就首先得赶紧找来一把椅子好让他安坐。”

这儿纷纷传言她劝说他放弃《自然的女儿》,把它留给施莱格尔。对此歌德回应道:他已经四十多岁了。

一段时间歌德确实,或至少自称身体不适,并拒绝接见任何人,以此他也躲开了斯塔尔夫人以及夫人的疯狂崇拜者、一心想撮合他俩的公爵的所有拜访与要求。斯塔尔夫人并未因此懈怠每天对他身体状况的垂问,并送上邀请的短信。总之她竭尽全力证明对他的敬

437　重。她自然知道在她到来之前,歌德便在一次宫廷宴会上以少见的激情将她的《德尔菲娜》称为划时代的作品,并决定亲自在《耶拿文学汇报》上向大众介绍此部杰作。

1804 年

1419. 歌德日记

1804年1月2日　星期一至1月3日　星期二

1月2日

11点前去拜访斯塔尔夫人。中午沃尔夫先生①，费尔诺先生，伯德先生②。晚上独自一人。

1月3日

一整个白天都躺在床上。晚上宫廷顾问封·席勒先生。

---

① 弗里德里希·奥古斯特·沃尔夫1803年12月28日来到魏玛，一直待到1月6日。

② 魏玛作家、翻译家苔奥多·海因里希·奥古斯特·伯德。

1420. 歌德致安妮·热尔曼尼·德·斯塔尔①（亲笔）

1804 年 1 月 5 日　星期四

　　夫人，上次见面后您一定发现您的朋友的绝对的"我"已经完全被经验的"我"所遮蔽。

　　在此之后我在床上躺了一天，现在感觉好些了；然而我太了解自己的病情，绝不敢妄自揣测它的发展势头，尤其是现在我至少需要在白天保持几小时的清醒头脑。夫人，请您原谅我缺席您盛情邀请的晚宴。当我在昨晚杰出的沃尔夫的聚会上看到他独当一面维系着谈话的进行，便领悟到自己在晚上是多么一无是处。我请求您——请再多等待几日，我希望能恢复到不至于在最有趣的聚会中显得茫然迟钝。悲叹之余，千百次祝您一切安好。

　　　　1804 年 1 月 5 日　　　　　　　　　　　　　　歌德

---

① 原文为法语。

1421. 歌德日记

1804年1月7日　星期六至1月9日　星期一

1月7日

439

　　致宫廷顾问艾希施泰特先生的紧急公函发往耶拿。晚上宫廷顾问维兰德先生与封·席勒先生前来拜访。

　　〈……〉

1月9日

　　多数时间在床上度过。傍晚左右迈尔教授前来拜访。

1422. 里默尔致 C. F. E. 弗罗曼
(1804 年 1 月 11 日)

1804 年 1 月 10 日　星期二

您知道歌德身体欠佳,但尽管他大多时候都卧床不起,我仍不愿声称他患有疾病;这很有可能是由一场已驱散的盛怒所引起,而且看上去除了无法出门,或时有心情不悦,其他并无大碍。昨天晚上我为他朗读了福斯的《伊利亚特》①中的一首颂歌,他表现得十分健谈,我也从中学到了许多学校里学不到的东西。

〈……〉斯塔尔夫人仍在这儿,正如城里流传的那般,她似乎与维兰德和席勒这些伟大的人物相交甚欢,但对歌德却并不热络。传言是否真实我不得而知,也无意得知。

---

① 福斯翻译的荷马史诗《伊利亚特》(Ilias)。

1423. 歌德日记

1804 年 1 月 10 日　星期二

多数时间躺在床上。晚上迈尔教授。致信宫廷顾问施塔克先生,耶拿,致信宫廷顾问艾希施泰特先生,耶拿,托一位邮车夫。

1424. 歌德致艾希施泰特

1804 年 1 月 11 日　星期三

440　尊贵的阁下,

随信附上布特维克的书评①,我觉得十分适用。

另外一篇②则内容平平,虽然我也十分愿意人们间或从事些人类学或经验心理学研究,但必须站在更高的视角观察,显然这位优秀的评论家③并未做到。烦请您拒绝这篇评论。总的来说这支笔未必能为我们带来什么欣喜之作,但也无需绝望。

我希望绍曼先生④能就同样的内容奉上令人满意的稿件。

迈尔教授的《奥古斯都》评论同样也将随后呈上⑤。

随信还附有我对于赖夏特的旅行⑥的评论,同时我也点名了印刷工场,并责问了印刷工人。只要我们向这些不堪忍受的非礼之举宣战,就定能为德语文学做出巨大贡献。

---

① 来自莱比锡的卡尔·戈特洛布·舍勒(Karl Gottlob Schelle,1777—?,学者、古典语文学家)撰写了关于弗里德里希·布特维克的期刊《哲学与文学之新博物馆》(Neues Museum der Philosophie und Literatur)的评论,并于 3 月 7 日和 3 月 8 日的《耶拿文学汇报》上发表。

② 关于卡尔·克里斯蒂安·埃哈德·施密特的《人类学期刊》(Anthropologisches Journal,耶拿,1803)的评论。并未发表。

③ 来自诺伊加特斯莱本的传道士约翰·克里斯托夫·格赖林(Johann Christoph Greiling,1765—1840)。

④ 约翰·克里斯蒂安·戈特利布·绍曼(Johann Christian Gottlieb Schaumann,1768—1821,吉森的哲学教授)发表了关于约翰·戈特弗里德·格鲁贝尔的《试论实用人类学》(Versuch einer pragmatischen Anthropologie,莱比锡,1803)以及克里斯蒂安·路德维希·丰克的《试论应用人类学》(Versuch einer praktischen Anthropologie,莱比锡,1803)的评论。

⑤ 由封·威廉·戈特利布·贝克尔于 1804 年 11 月于莱比锡出版的《奥古斯都,含德累斯顿的古代纪念碑》(Augusteum, Dresdens antike Denkmaeler enthaltend),J. H. 迈尔为此所写的推荐发表于 1804 年 1 月 21 日的《耶拿文学汇报》。

⑥ 约翰·弗里德里希·赖夏特写于 1802 年的《巴黎私信》(Vertraute Briefe aus Paris)共 3 卷,歌德对其前两卷的评论发表于 1 月 21 日的《耶拿文学汇报》,署名"Wf."。

　　您还将收到阿德隆的词典①。布赫纳②的没找到。

　　若已有人评论了迈尔的信件③与坎彭的旅行④,这样甚好。

　　很遗憾我无法寄来任何英语期刊,戈勒斯只肯成册发货。至于法语,我会试着从公爵殿下那儿获得最新的资料。

　　这些天我会就吕特格尔⑤致信萨尔托里乌斯教授。

　　施莱格尔的《欧洲》⑥请您暂且按下勿发,也许有一些能为绍曼

---

① 约翰·克里斯托夫·阿德隆(Johann Christoph Adelung, 1732—1806,莱比锡辞典学家、语法学家、文化历史学家,1787 年起任德累斯顿宫廷顾问及高级图书管理员)的《完整高地德语方言语法－批评词典》(Versuch eines vollständigen grammatisch-kritischen Wörterbuchs der Hochdeutschen Mundart, mit beständiger Vergleichung der übrigen Mundarten)。艾希施泰特先前写道 J. H. 福斯(小)需要这本词典。他对此的评论包含在他对克洛卜施托克的《语法对话》(Grammatische Gespräche)的评论中一同发表于 1804 年 2 月 15 日至 2 月 18 日以及 2 月 20 日的《文学汇报》上。歌德寄去了他从席勒那儿借来的样本,后者讨要后又借出了他自己的。

② 奥古斯特·布赫纳(Augustus Buchner, 1591—1661)的《德语诗学指导》(Anleitung zur deutschen Poeterei),维滕贝格,1665。这本书也是艾希施泰特为福斯索要的。

③ 约翰·洛伦茨·迈尔《来自首都与法国内陆的信笺》(Briefe aus der Hauptstadt und dem Innern Frankreichs,蒂宾根,1802)。歌德在 1 月 7 日的信件中表达了想要评论坎彭与迈尔的愿望,对此艾希施泰特回应说约翰·弗里德里希·赖夏特与卡尔·戈特洛布·屈特纳已经接下了评论,当然也可以为歌德保留。

④ 约阿希姆·海因里希·坎彭《英格兰与法兰西之旅》(Reise durch England und Frankreich,不伦瑞克,1803)。K. G. 屈特纳的评论发表于 5 月 7 日的《耶拿文学汇报》。

⑤ 指的可能是长期生活在英国的汉堡语言教师康拉德·吕特格尔(Conrad Lüdger, 1748—?),也许他在负责搜集歌德想要的"英国期刊"。

⑥ 弗里德里希·施莱格尔 1803 年到 1805 年在法兰克福出版的杂志《欧洲》(Europa)。克里斯蒂安·戈特利布·绍曼直到 1808 年才在 8 月 11 日与 12 日的《耶拿文学汇报》上发表了对其的评论。

所用。今天就说这么多！请原谅我的匆忙。

也许 2 月我能搞到关于福斯诗歌的评论。

魏玛,1804 年 1 月 11 日　　　　　　　　　　　　　　G

1425. 歌德致 A．W．施莱格尔

1804 年 1 月 12 日　星期四

　　您一定能想象我们是如何一天天翘首盼望着您重要的稿件①。
我们还未听到来自您以及斯特芬斯、伯恩哈迪、施莱尔马赫的只言片
语，要是你们能马上一同出现就更鼓舞人心了！不再赘言，谨祝您身
体健康。

　　　　　魏玛,1804 年 1 月 12 日　　　　　　　　　　　歌德

---

　　① A．W．施莱格尔在 1804 年 1 月 12 日的信中声称很快会寄出稿件。1 月 25
　　日施莱格尔给艾希施泰特寄去了对于弗里德里希·列奥波德·楚·施托尔贝格
　　伯爵翻译的《埃斯库罗斯悲剧四部》(Vier Tragödien des Aeschylos)的评论。

1426. 歌德致席勒

1804 年 1 月 13 日   星期五

这当然不是第一幕①，而是一部完整的作品，一部杰出的，令我发自内心祝福并期待很快读到后文的作品。就我第一印象来说一切都恰到好处，这对于因期待收到某些效果而进行的创作想必至关重要。我在两处折了角，其中一处标记的地方希望再添加一句诗行，否则转折显得太过突兀。

另一处我有如下补充：这个瑞士人并非因为在异乡听到牧人歌舞而感到乡愁，就我所知这种音乐在其他地方是听不到的，而恰恰因为听不到他才想家，他的耳朵无法满足年少时的渴望。祝您健康，请您继续用您的创作为我们重新带来生的乐趣。请您在社交的地狱中也保持您的正直与诚实，小心地将芦苇编织成结实的绳索，至少也能有些东西供人咀嚼②。

致以问候，祝您幸福安康。

魏玛，1804 年 1 月 13 日   G

---

① 指《威廉·退尔》(Wilhelm Tell)，席勒很可能随 1 月 11 日的信件寄去了第一幕的第一版——在第三次瑞士游之后歌德原打算就这一题材创作一部史诗，但最后把它让给了席勒。席勒的戏剧于 3 月 17 日在魏玛首演。
② 波利格诺托斯的绘画《奥德修斯在阴间》(Besuch des Odysseus in der Unterwelt)中描绘了一名名叫奥克诺斯的男子，他一边用芦苇编织绳索，身旁的母驴就一边咀嚼他刚刚编完的成果。

1427. 歌德致席勒

1804 年 1 月 14 日 星期六

就您晚上亲切的来信我回复如下：尽管我得十分当心自己的状况，但我仍衷心希望能尽快见到您。昨天和枢密顾问福格特先生会谈时我感到十分不适，直到现在我才意识到自己的虚弱。

您的作品①令我爱不释手，这些天它成了我赖以生存的食粮。您能立刻用行动表达对我们咄咄逼人的女邻居②的不满真是太好了，否则情况必将变得不堪忍受。

我现在身染疾病③，精神抑郁，已经不可能如曾经那般进行这样的对话了。但哪怕是对她最低程度的奉承也是对圣灵的亵渎。要是她曾上过让·保尔④的学校，就不会在魏玛待那么久，考虑到自身的风险她最多只会再待三个星期⑤。

一直以来我都十分忙碌，虽然成果乏善可陈，但也做了一些事儿，学到了一些东西。只不过我得时不时变换一下对象或是休息一会儿。

哈克特的风景画⑥伴我度过了一个愉快的早晨。虽然有些许模仿的痕迹，但人们仍不得不认可它们是当今无人能出左右的杰出作品，其中某些部分甚至永远不会被超越。

442

---

① 《威廉·退尔》第一幕。
② 斯塔尔夫人。参见歌德《四季笔记 1804》："她以坚定的决心满腔热血地贯彻着想要了解我们的状况，并令其臣服于她的理念之下的计划，孜孜不倦地打听每一个人尽可能多的消息〈……〉。"
③ 歌德患上了严重的黏膜炎。
④ 让·保尔第一次在魏玛只待了不到一个月（1796 年 6 月 10 日至 1796 年 7 月 3 日）。在其之后将近两年的魏玛生活期间（1798 年 10 月至 1800 年 9 月）歌德从未与他有过亲近交往。两人最后一次记录在歌德日记中的会面发生于 1799 年 4 月 15 日。
⑤ 斯塔尔夫人（暂时）待到 2 月底。
⑥ 魏玛宫殿预定的雅各布·菲利普·哈克特的两幅油画于 1 月 13 日送达。

祝您健康，如果您明天进宫，请提前些时候来看望我。我的马车随时待命前来接您。

《吕特利》①定会给我带来巨大乐趣。光是介绍就已十分引人入胜，我盼望着读到完整作品。

G

---

① 第二幕后面两场在吕特利发生的场景。席勒将它们随 1 月 14(?)日的信一同寄给了歌德。

1428. 歌德日记

1804 年 1 月 15 日　星期日

晚上迈尔教授与宫廷顾问封·席勒先生。观赏硬币。443

1429. J. H. 福斯致 B. R. 阿贝肯
(1804 年 1 月 24 日)

1804 年 1 月上半月

斯塔尔夫人在魏玛十分愉快。据说在此期间歌德比刚开始(癫痫症)时更常犯病,卧床不起。无法享受与这位大人物相处的时光,斯塔尔夫人真心感到遗憾,也就是说她无法在他面前絮叨个不休。有一次斯塔尔夫人病了,奇迹发生了! 这一天歌德精神奕奕,神采飞扬。〈……〉虽然夫人生性骄横,但也有许多可取之处,歌德应该重视她的才智。

1430. 歌德致艾希施泰特

1804 年 1 月 16 日　星期一

　　我为您缴获了五本《欧洲杂志》①,但是我很快要用,到时请务必寄还给我。

　　这些我们鲜少获得的杂志在哥廷根都能找到,我思量着是否应该就此在那儿雇佣一个人②。萨尔托里乌斯教授目前正承担着类似的监管工作。

　　他还寄来一份关于桑顿的出色评论③,我已随信附上。但愿排字工人与校对员能识别手稿,不然还是值得让人重新抄写再仔细审阅一遍。我愿意承担审阅的工作,因为我对于这一题材以及评论人十分感兴趣。

　　随信还附有关于康德对教育学④的评论。也许您能帮着修改一下蒙混不清的开头部分,使其清晰易懂。我用铅笔加上了"sich"⑤,我觉得这样似乎能更明确地表达作者的意图,然而这一段落仍然不尽人意。

444

　　只要我们的事业一有起色,我就会择时给雅各比写信。

　　关于《知识报》的稿件显然乏善可陈。

---

① 埃米莉·戈雷不久前给歌德寄去了1803 年《欧洲杂志》的前 5 期。
② 同天歌德在一封未能保留的信中就这一事件求助格奥尔格·弗里德里希·克里斯托夫·萨尔托里乌斯,后者在 2 月 7 日的回信中写道歌德可以就"期盼已久的英语期刊"求助耶雷米亚斯·大卫·罗伊斯,但他的建议显然并未实现。
③ 萨尔托里乌斯随 1 月 7 日的信件寄去了关于亨利·桑顿(Henry Thornton,1760—1815,英国国民经济学家及博爱主义者)的《大不列颠支票本质及效果研究》(An Enquiry into the Nature and Effects of the Paper-Credit of Great-Britain)以及路德维希·海因里希·雅各布的德语译文的评论。其发表于 1804 年 2 月 1 日至 2 月 3 日的《耶拿文学汇报》。
④ 《康德论教育》(Immanuel Kant über die Pädagogik),K. G. 舍勒的评论发表于 1804 年 2 月 23 日《耶拿文学汇报》。
⑤ 指的可能是 "Sogar sein lebendiges Instrument muss sich der praktische Erzieher erst zu stimmen wissen."。

　　信中缺少第 7 号样本,等待好心的转寄。

　　不久后我应该会再完成一篇小作①,接着更大些的成果。

　　匆忙之下,就此搁笔。衷心祝您健康,请代向福斯与费尔诺转达真诚的问候。

　　　　　　魏玛,1804 年 1 月 16 日　　　　　　　　　　　　　　G

---

　　① 很可能是指对于菲利普·哈克特的两幅风景画的评论。

1431. 歌德致 N. 迈尔

1804 年 1 月 18 日　星期三

您给我们的厨房、地窖、自然与艺术寄来了好些好东西,对此我们必须向您表达无尽的感谢;希望我的家人已经写信给您,而我也不会忘了亲自向您致以最衷心的谢意。

恭喜您买到好画①。您和您眼光卓越的朋友们②定能以最谨慎的态度清理与鉴别这些为数众多的珍宝。这为您的陈列室奠定了基础,其价值亦将经由交换与购买变得越来越高。

您新年寄给我的作品③令人拍手称快,但若想苛求那些善良的不来梅人民同样欣然倾听只怕是强人所难了。

人们应该多多少少善待能抒发个人情绪的诗歌,应该学会珍视那些思想的灵光与婉柔的情感,这样才能以一定的方式呈现那些无形无义的事物。若您今后想为您的族人留下些什么,我建议您形成一个该做些什么的清晰完善的想法并从各方面进行阐释与表达,放弃一切华丽修饰与自相矛盾,使每一个细节与最终结论都通俗可读。我相信您有能力做到这一切,这样您必能获得大众的褒奖。

我的账单④里附有鲁多尔施塔特彩票点的彩票收据⑤。不太靠

445

---

① 迈尔在 1803 年 11 月 17 日、1804 年 1 月 4 日和 1 月 5 日的信中 3 次讲到自己购买了绘画作品。

② 约翰•海因里希•门肯(Johann Heinrich Menken,1766—1839,不来梅画家、艺术商)以及弗里德里希•阿道夫•德雷尔(Adolf Friedrich Dreyer,不来梅画家、版画家),两人在迈尔购画时提供了建议,现在在帮助他整理绘画收藏。

③ 迈尔寄去了自己为不来梅剧院所写的"为新年创作的独幕喜剧"《有趣的音乐家》(Die lustigen Musikanten)(根据布伦塔诺的同名小歌剧命名)。该剧于 12 月 31 日在不来梅上演。

④ 可能是歌德 1803 年 10 月 24 日寄出的"装着画册,一些文学年鉴等〈……〉的小箱子"的账单。

⑤ 迈尔在 2 月 11 日等信中寄去了歌德希望的票据,并说自己遇到这种事会求助有关部门经理。

谱的运输使我十分担心这一支付，因此请您适当时再附上我所说的收据。时刻挂念着您，致以最衷心的问候。

　　　　　　魏玛，1804 年 1 月 18 日　　　　　　　　　　歌德

1432. 歌德致席勒

1804年1月18日　星期三

《吕特利》载誉而归。立刻兴建一座乡镇的想法①令人称叹，它既能带来威严，又有足以依仗的广度。非常期待下文。祝您创作顺利。

　　　　魏玛,1804 年 1 月 18 日　　　　　　　　　　　　　G

①《威廉·退尔》第二幕的第二场。

1433. 歌德日记

1804年1月20日　星期五

信。关于福斯诗歌的评论。

1434. 歌德致 J. 封·米勒[①]（亲笔）

1804 年 1 月 22 日　星期日

　　尊敬的先生，热烈欢迎！我因琐事耽搁在家。我时刻期待着您 446
的到来。

　　按理估计会请您进宫，请您先等待召唤；否则欢迎您今晚来我这
儿小聚。

　　若您被召唤进宫，我则非常愿意在 12 点前或是 5 点左右宴会结
束您离开后与您见面。请您晚上在我这儿稍待片刻，您将真正沉浸
于年轻人与音乐的世界中。

　　　　　　魏玛，1804 年 1 月 22 日　　　　　　　　歌德

---

① 约翰内斯·封·米勒来到魏玛与赫尔德的遗孀商谈其作品的出版事宜。歌德
　22 日晚上与他见面。

1435. 歌德致席勒

1804 年 1 月 23 日　星期一

我正打算询问您的近况,毕竟分离多时,其中一人最终难免心生好奇。

今天我第一次在我这儿见到斯塔尔夫人①,而我对她的感觉却不曾改变。她机关算尽地假扮乖巧,却仍粗鲁地像是一个要去仍使用着粗壮的旧杉树与旧橡木,或是铁器与琥珀的许佩伯雷人②那儿做客的旅人,与此同时她还强迫别人取来旧地毯当礼物,还要拿出生锈的武器进行防卫。

昨天我见了米勒,今天他应该还会来。我会转达您的问候。他显然为魏玛的野战医院③深深震撼,毕竟大公本人也卧病在床,这绝非好事。虽然烦恼缠身,但您尚在继续创作④便是我的安慰,放眼望去这是唯一不可取代的,而我现在做着的一些微不足道的工作则尽可束之高阁。请您安心等待厚积薄发那一刻的到来。明天我还会告诉您一些米勒的近况。致以最美好的问候。

魏玛,1804 年 1 月 23 日

今晚也许还会寄出最新的《文学报》。

G

① 指的是近三周来的第一次。上一次两人见面还要追溯到 1 月 2 日。
② 希腊神话里传说中生活在北欧的天性愉快的民族。
③ 除了歌德,席勒也生病了,而卡尔·奥古斯特公爵则患上了"耳疮"。
④ 指《威廉·退尔》的创作。

1436. 伯蒂格

1804 年 1 月 23 日　星期一

　　1 月 23 日终于进行了盼望已久的会谈。一大早她就在朋友康斯坦的陪伴下出发,并在他那儿待了将尽一个小时,而前一天她已给他寄去了《大师的问候》①的译文。谈话的主题主要是法国诗歌与德国诗歌的区别。歌德说,那个是反省的诗学,而这个则是场景的诗学;法国人描述表象,而德国人则揭示存在。此外在谈话中两人都意识到他十分反感被追问或探究,如此一来他的整个天性便会躲避起来,变得沉默寡言。当然斯塔尔夫人也并非时时体谅他。例如明知歌德不愿听到,她仍深表同情地提到赫尔德,甚至继续表达了对我(伯蒂格)十分友善的评价,并提到了我的出走②给魏玛带来的巨大损失。他对诸上种种评论的全部回答是:"老人得给新人腾出位置,本来就是如此。"

　　此外,会谈后斯塔尔夫人十分认可歌德的过人才智,然而她补充说(引号中原为法语):"但是我想着,但愿我能将这样的才智放进另一个身体中。如此出众的智慧竟然栖身于如此糟糕的躯壳内,真是不可思议!"她肆意开着各式关于这具承载了伟大智慧的酥皮外壳的恶意玩笑,例如在一次谈论谢林的理想主义的聚会上她说道(引号中原为法语):"作为不折不扣的诗人与无与伦比的诗学的真正表率的歌德展现了理想的美,而作为武尔皮乌斯小姐的丈夫与爱人的歌德则代表了经验的美。"

448

---

① 《大师的问候》(Geistes-Gruß),事实上斯塔尔夫人在 1 月 26 日的信中才声称要在当晚带去她的翻译。此外她还翻译了歌德的谣曲《渔夫》(Der Fischer)以及席勒的诗歌《胜利的节日》(Das Siegesfest)。——其目的在于将这些精心挑选的诗歌的法语译文收录在她关于德国的旅行日志中。1810 年她的新书《论德国》(De l'Allemagne)出版,记录了她出游德国的收获。该书对于法国人心中的德国形象产生了重大的影响。
② 伯蒂格迫于以歌德为首的诸多压力前往德累斯顿,6 月初开始他担任选帝侯侍卫学校的校长。

1437. 歌德致夏洛特·封·施泰因(亲笔)

1804年1月24日　星期二

尊贵的军事顾问①向我通报了他的订婚,为此我表示衷心的祝贺。也许您愿意在如此美好的早晨11点左右与封·黑尔维希夫人一同前来看我,并请允许我在散舍最小的房间里向您展示关于政治与艺术史的十分有趣的硬币收藏。

---

① 弗里茨·封·施泰因在1月17日寄自布雷斯劳的信中提到他与海伦娜·封·施托施(Helene von Stosch, 1788—1808)即将订婚。

1438. 歌德致席勒

1804年1月24日　星期二

　　在这夜晚时分再次送上问候,您过得可好? 我这儿一切都还凑合。今天傍晚约翰内斯·封·米勒来我这儿,看到我的硬币收藏他十分高兴。他事前并不知道会遇到这么多的旧识,由此可以看出他对各位的过往是如何了如指掌,他能想起哪怕是最无关紧要的人物,并说出他们的情况与关联。我希望听到瑞士的英雄们①正勇敢地与邪恶做斗争。

①《威廉·退尔》。席勒于2月18日完成作品。

1439. 歌德日记

1804 年 1 月 24 日　星期二

449　　　福斯的诗歌。封·施泰因夫人来访。晚上宫廷顾问封·米勒先生,之前迈尔教授。

1440. 歌德致卡尔·奥古斯特公爵

1804年1月25日　星期三

最恭顺的备忘

署名者希望通过随信附上的短文恭敬地向尊贵的殿下说明事前已口头提到过的一件事。一些艺术家希望能出版新宫殿各房间的建筑学图样,恳请获得您最仁慈的许可。

与其让这些艺术家们随着时间推移渐渐学会自力更生,不如说他们敢于依靠自身力量挑战的事业值得受到您仁慈的关怀,这样才不至于在如今实干家纷纷出走的趋势中丢了饭碗,或是被迫出外寻求生计。

在本次事件中,他们只是恳求获得您最仁慈的许可得以使用现有的草图并实地进行一些测量。迈尔教授已允诺将关注此事,必要时殿下可将此事托付于他,他将与相关部门进一步交涉①。

〈亲笔〉致以一生的崇敬

尊贵的殿下
魏玛,1804年1月25日最恭顺
最忠诚的

J. W. 封·歌德

---

① 1月29日歌德告知海因里希·迈尔:"公爵殿下会嘱咐施皮尔克顾问在提供凭证之后应迈尔教授的要求交予其所需的宫殿平面图。"

1441. 歌德致卡洛琳·封·洪堡(草稿)

1804 年 1 月 25 日　星期三

450　　　我从未停止对您真切深刻的想念,我也几乎总是惊讶于相隔如此遥远①的两人能说出每月通信这般疯狂的决心。远在天边反而超越了近在咫尺。当声音的来回传递如此缓慢,又该如何倾诉每日的喜悦与忧愁呢?而突然,令人乱了阵脚的变故不期而至,想要继续诉说却不知从何落笔。

　　这次我怀揣着对过去的一些怀想,也倾注着对未来的一些展望而提笔给您写信,好让联系我俩的丝线继续向前铺展。

　　您正经历着痛失爱子②的悲伤,对此我不愿多言。愿您获得人性中一切用于释缓此等悲痛的良药,它将弥补您所遭受的厄运。

　　最近费尔诺来了,他仍是如此正直善良,可惜一场不幸的高烧令他焦头烂额。他对自己正在从事的事业相当认真,又生性善谈,因此我们一起度过了许多美好、有益且惬意的时光。里默尔去了我的奥古斯特那儿,我希望他们能够相处愉快。

　　席勒一如既往地大步前进,他的《退尔》构思卓绝,就我看来定会大放异彩。

　　我则深陷与耶拿诸公,尤其是《文学汇报》各位元老们的斡旋中,不得不再次为这座古老的城市以及全体教师挺身而出,在耶拿如法
451　炮制地保留、构筑、复原一份出色的《文学汇报》,为此我几乎耗费了四个月。这并不意味着我硕果累累,而是因为一切都要兼顾,而所做的一切都需要时间。上一个季度我甚至没有创作一首歌曲的时间。

　　最近生活终于有了些趣味。来自哈勒的沃尔夫教授在我们这儿待了十四天,现在约翰内斯·封·米勒来了,而斯塔尔夫人也已赏光在

---

① 卡洛琳·封·洪堡与丈夫生活在罗马。
② 卡洛琳与威廉·封·洪堡之子威廉于 1803 年 8 月 15 日去世,年仅九岁。洪堡在给里默尔及席勒的信中诉说了此事。

此逗留了四周。

费尔诺捎来的已经过世的卡斯滕斯①的素描令我大为欢喜，通过这些绘画我才得以了解这位罕见的、自然，在早年因为种种原因籍籍无名、最终被不成熟地抹去的天才。

几幅哈克特的画作也已到达，作为现实的实际临摹恐怕再也没有其他作品能出其右。

关于我的研究与兴趣爱好，我不确定是否已和您提过我的现代青、黄铜奖章收藏，其年代自 15 世纪后五十年起一直延续至今。

我是在重新修改《切利尼》时开始对此着迷的，既然北方的人民仅凭面包屑便能知足常乐，看来我只能借助来自不同年代、能体现当时的雕刻艺术的奖章来获得一些对于该艺术的直观了解。通过我的努力，也承蒙各种机缘巧合，我已经囊获了不少意义非凡的收藏。请您允许我在此附上一些委托与愿望。

1. 一些曾为梅尔坎代蒂②所有的旧奖章。

2. 英诺森十三世的教皇勋章，包括克莱门斯十一世的哈默拉尼③勋章我十分想要。

3. 一枚向梅尔坎代蒂订购的奖章。这最后一枚我恳请您与洪堡先生尤其上心；我对这一事业的决心还是十分认真的，即便其最终失败，败了金钱扫了兴，也多少能带来些满意。

452

---

① 阿斯穆斯•雅各布•卡斯滕斯于1798 年去世，费尔诺于 1806 年发表了他的传记《艺术家阿斯穆斯•雅各布•卡斯滕斯的一生》(Leben des Künstlers Asmus Jakob Carstens)。

② 托马索•梅尔坎代蒂是罗马的知名图章雕刻师。

③ 乔瓦尼•哈默拉尼(Giovanni Hamerani，1675—1705)，曾任罗马教皇的图章雕刻师。

1442. 歌德日记

1804 年 1 月 25 日　星期三至 1 月 27 日　星期五

1 月 25 日

　　福斯的诗歌。晚上宫廷顾问封·米勒先生。致信宫廷顾问艾希施泰特先生,耶拿。致信矿务顾问伦茨先生,耶拿,连同我房间内存放石头的柜子的一把钥匙。

1 月 26 日

　　福斯的诗歌。中午散步。晚上斯塔尔夫人以及宫廷顾问封·米勒先生,殿下前来。致信弗罗曼先生,耶拿。

1 月 27 日

　　早上福斯的诗歌。12 点散步。下午寄信给宫廷顾问艾希施泰特先生,耶拿,参见第三册卷宗①。晚上康斯坦特,随后宫廷顾问封·席勒先生。

---

① 在歌德的遗物中发现 3 册注有"耶拿文学报相关事宜"的卷宗,其中第 3 册标记为"文学汇报相关事宜,1804"。

1443. 歌德致席勒

1804年1月28日 星期六

我想知道您最近过得可好？同时我也向您保证，只要我能待在家里，一切便不算糟糕。在此向您介绍两件刚到我这儿的艺术品。

首先是一位17世纪矫饰派①画家的画作，它以充分的智慧、幽默以及幸运展现了一群为了阻拦军队溃败逃跑，驱赶他们重回战场杀敌而赤身裸体的妇女②，唤起了观众由衷的愉悦之感。

其次是卡尔德隆的戏剧③。葡萄牙王子费尔南多因不愿以出让休达作为赎身条件而在非斯④死于奴役。正如之前一样⑤，出于种种原因，人们也许在单独读到他的作品，尤其是第一遍阅读时不知所云，然而一旦度过这一阶段，当他的理念如同浴火重生的凤凰般出现在精神之眼前，人们便会认识到其绝无仅有的过人之处。它绝对能与《十字架的虔信》比肩，若有人对其品评更高，很可能因为他后读到这部作品，且其题材与情节都十分惹人喜爱。是的，我想说，即使世界已经失去了诗，人们也能在这部作品中将它重新找寻。

453

---

① 艺术史中矫饰派是一种在时间上介于文艺复兴与巴洛克之间的风格。

② 这里指的很可能是弗兰斯·弗兰肯（小）创作于1616年至1628年间的画作，现存于柏林古纳森林的狩猎行宫中。它所表现的是普卢塔克的《道德论集》（Moralia）中的一幕：波斯人在对抗米底人的战役中濒临溃败，想要逃跑，此时他们的妻子们撩起裙子站在他们面前，用下列话语将他们赶回了战场："你们这些胆小鬼要跑去哪里？总不至于爬回你们出世的地方去吧？"

③ 指唐佩德罗·卡尔德隆·德·拉巴尔卡诗体剧《坚定的王子》（Der standhafte Prinz），其讲述了基督徒王子及军队首领费尔南多的故事。王子为摩尔人所俘虏，出于坚定的信仰与责任意识而拒绝出让由基督徒占领的北非城市休达，并因此悲惨丧命。A. W. 施莱格尔将其卡尔德隆剧作翻译收录于《西班牙戏剧》（Spanisches Theater）中。

④ 北非城市。

⑤ 施莱格尔的《西班牙戏剧》第1卷中收录了卡尔德隆的戏剧《十字架的虔信》（Die Andacht zum Kreuze）、《超越一切魔法的爱》（Über allen Zauber Liebe）以及《绶带与鲜花》（Die Schärpe und die Blume）。

　　请您在此天时地利之刻附上《退尔》的一幕，好让我在未来的日子里免于厄运的烦扰。

　　衷心祝您享有安宁的夜晚与欢欣的白日。

　　　　魏玛，1804 年 1 月 25 日　　　　　　　　　　G

1444. 伯蒂格

1804 年 1 月 28 日　星期六

　　她〈斯塔尔夫人〉在前一天的舞会上与歌德谈论许久,她关于其哲学的论述令歌德啧啧称叹。她谈到了两个世界,即感官的世界与精神的世界。在一切与感官世界相关的事物中都有可能产生永无休止的精神分层以及想象与发明的优越性。但论及一切精神、思想以及精神与物质的共同作用,"关于这点,"斯塔尔夫人说道,"事实上我知道的并不比我的马车夫更多。这是一个秘密。当能够揭示这一秘密的时刻,我们将不再为人。我们不知道自己是将继续繁衍还是走向灭绝,只有在这一条件下我们才成为人类。必须相信这一点。一切由此而生的冥思苦想虽有其形式上的益处,却不会带来进步。只有两条出路,经院哲学或是形而上学。我们分裂原子,赋予空洞的学派语言以精神存在,或者沉入盖恩夫人①的深渊。让我们认识到人类的极限吧。"

　　此外歌德还与她畅谈了文学与诗学,这促使她做出了下列评判:(以下原文为法语)"您听着,有一个双重的歌德,诗人歌德与玄学家歌德。诗人是他本身,另一重则是他的魅影。但在我看来他似乎自己都常常害怕另一个自我,正如人们所说存在着能看见双重自我的视灵者。当这一魅影出现在他眼前时,本体的歌德惊慌失措,他退缩了,把自己封闭起来。但愿能有一位善良的天才将他从这个不祥的魅影手中解救出来! 因为如能去除这重魅影,他就是并将永远是德国最富创意与纯粹的想象力的伟大人物。"

454

---

① 珍妮·玛丽·布维耶·德·拉莫特·盖恩(Jeanne Marie Bouvier de la Mothe Guyon, 1648—1717)代表了寂静主义的一种流派,其植根于天主教玄学;她教授自我克制以及愉悦沉静地听命于上帝的消极主义。

1445. 歌德日记

1804年1月31日　星期二

致信宫廷顾问艾希施泰特先生,耶拿。晚上宫廷顾问封·席勒先生。

1446. 歌德致夏洛特·封·席勒(亲笔)

1804 年 2 月初

　　最尊敬的朋友,这儿是哈克特画作的评论。我思考再三,觉得最好还是不要承担代理工作,至少不要自告奋勇①。这几天我会给他写信,他从那儿②得到订单后便会开始认真创作。祝您健康快乐!

G

---

① 歌德似乎认为不做哈克特的商业代理人更为合适。在《菲利普·哈克特风景画二幅》的宣传中(发表于 1801 年《耶拿文学汇报》)他并未压抑对于这些为宫殿订购的画作的冷淡。

② 指圣彼得堡。魏玛宫廷显然希望利用因太子卡尔·弗里德里希与玛丽亚·帕夫诺娃成婚而与彼得堡宫廷变得密切的关系来提拔喜爱的艺术家们。弗里德里希·雷贝格(Friedrich Rehberg, 1758—1835,长期生活在罗马的画家)在 4 月 5 日给歌德的信中提到公爵夫人安娜·阿玛利亚"从圣彼得堡订购画作到罗马"的提议。

1447. 歌德致艾希施泰特

1804 年 2 月 1 日　星期三

455　尊贵的阁下，

　　随信寄回您之前给我的评论。如果人们认为我在折角处用红色墨水标注的字行涉及私人事务而要求删除，我想剩余的部分应该也是足以应付的。

　　如果我们能在三到四周内获得赫西俄德地图的图纸，那么也许在复活节前还能完成其版画制作。您自然知道展会将近，铜版雕刻工人与印刷工人总是非常忙碌。

　　关于基利安的《差异》①的评论已有些眉目，希望能够顺利完成。

　　至于哲学相关的评论，请您再留给我们一点儿时间。不少方面都展现出参与的热情，我们定能各尽其用。例如有人给我寄来一篇关于谢林方法论的评论②，他虽非科班出身，文笔却相当准确优美，只是文章略显冗长。当然因为我们还等着别处的撰稿③，所以只能忍痛割爱。

　　《知识报》上对于国外哲学的简介④颇为不错，也甚得读者喜爱。只是有一点我觉得略显蹊跷，这位作者⑤想要对外做出公允的姿态，

① 康拉德·约阿希姆·基利安（Konrad Joachim Kilian，1771—1811，医生）该作有耶拿 1803 年版。艾希施泰特在 1 月 29 日的信中写道他不希望刊登歌德在 1 月 19 日的信中批评过的弗兰茨·威廉·克里斯蒂安·胡尼乌斯的评论，而希望将该任务转交给维也纳的约翰·亚当·施密特（Johann Adam Schmidt，1759—1809，眼科医生，约瑟夫学院教授）。该评论发表于 9 月 4 日与 9 月 5 日的《耶拿文学汇报》。
② 在 1 月 28 日的信中 K. G. 舍勒随信寄去了关于谢林的学术研究方法讲课录的笔记。但其评论并未发表。
③ 施莱尔马赫的评论发表于 4 月 21 日与 4 月 23 日的《文学汇报》。
④ 指论文《最新外国文学纵览。哲学》（Übersicht der neuesten ausländischen Literatur. Philosophie）。其第一部分发表于《文学汇报》的第 5 期《知识报》（Intelligenzblatt）。其后续分别发表于第 13 期，27 期，31 期以及 34 期。
⑤ 可能是约翰·戈特弗里德·格鲁贝尔。

却始终没能形成自由独立的观点。可惜在审阅这篇手稿时我脑中被他事所困,不然我一定会建议他删去一些与全文的自由思想相悖的段落。

从事我们这样的事业,若能立刻对发生的一切进行反思是再好不过的了。即便不能避免所有纷争,最后总能尽快和好如初。有些话就留到不久后见面时①再叙吧,我们的报纸能办得如此出色和全面,真令我高兴。祝您的事业蒸蒸日上,也希望我的热情参与历久弥新。

456

祝您健康、愉快!

魏玛,1804 年 2 月 1 日　　　　　　歌德

---

① 根据歌德日记记录最近的一次会面发生在 2 月 9 日。

1448. 伯蒂格①

1804 年 2 月 3 日　星期五

　　斯塔尔夫人在翻译歌德的《渔夫》中的那句"诱骗我的孩子,在岸上的烈日下丧命"②时用 air brulant 对应最后的单词。只是当她把译作读给歌德听时后者却纠正她说那是厨房中将要煎鱼的热炭的意思③。斯塔尔夫人觉得自己一下从美好的憧憬中跌入了厨房,简直是粗鄙④,毫无品味。这恰恰是我们的大诗人所缺少的东西,所谓"得体"⑤,即对于礼貌的精准感受。而她则确实是个地道的法国人。

---

① 《1804 年冬天斯塔尔夫人在魏玛》(Frau von Stael in Weimar im Jahr 1804), 出自 K. A. 伯蒂格的遗物。
② 原文为: Was lockst du meine Braut｜ Mit Menschenwitz und Menschenlist｜ Hinauf in Todesglut?（你为什么要用人的机巧和计谋,诱骗我的新娘,在烈日下丧命?）
③ 歌德的联想也并非毫无道理,因为法语中 bruler 就是燃烧、炭烤的意思。
④ 原文为法语 maussade。
⑤ 原文为希腊语。

1449. 伯蒂格

1804年2月3日　星期五

　　她〈斯塔尔夫人〉想要在关于我们的文学的评论之后添加一份我们这儿最伟大的诗人们的文献汇编，因此她现在每天都在翻译歌德、席勒等人的作品。她十分喜爱歌德的《渔夫》，甚至少见地严格遵照原诗格律且韵脚工整地翻译了该诗。几天前她亲自带着译文拜访歌德并进行了朗读。当时正在歌德那儿的约翰内斯·米勒也见证了两人的谈话。她从该诗引申到歌德作为诗人的才华，极尽恭维之词，但同时也秉持着她最可爱的坦率正直表达了对歌德的指责与不满。也许这辈子都没人当着他的面说过这些话。她谴责他畏畏缩缩的退隐之姿以及他冷淡的、拒人于千里之外的自我封闭①。总而言之，她道出了始终把女人视为玩物，因此但凡遇见真正有头脑有思想的女性便会感到不适的歌德在与那些懂得自我欣赏的女性交往时必须忘记的一切。

①歌德关于斯塔尔夫人相应的"指责"的复述参见1804年《四季笔记》。

1450. 歌德日记

1804年2月3日　星期五

　　中午枢密顾问福格特先生,政府顾问福格特,宫廷顾问封·席勒先生,宫廷顾问封·米勒先生,枢密助理顾问托恩先生[①],迈尔教授。傍晚时分斯塔尔夫人。致信萨尔托里乌斯教授,哥廷根,讨要书籍。

---

① 枢密助理顾问克里斯蒂安·奥古斯特·托恩。

1451. 歌德致 W. 封·沃尔措根

魏玛，1804 年 2 月 4 日　〈星期六〉

　　尊敬的朋友，请允许我从不为人知的隐居之处烦扰您星光熠熠，熙攘繁忙的人生，祝您此刻起接踵而至的一切命运际遇①皆能顺心如意。请您相信您的英明领导令我们心悦诚服。同时我还要由衷感谢您能屈尊积极参与我们的文学冒险②，我们从未出于放肆的狂妄或是其他任何险恶居心做过任何事，也乐于卸下整件事的职责，只是不能放任那些叛徒逃脱责罚，而耶拿也一刻不能缺少这一自古以来享有声望的大学名下的机构。如今这一机构开局顺利，前程似锦，也成为大学在风暴中能倚靠片刻，等待云开雾散，渐渐修复损失的船锚。我们会即刻使用您上次告知的内容③。恳请您继续以此方式帮助我们，并寻找未来能为我们提供评论与消息，传播这一庞大而重要的帝国④的知识的伙伴。

458

　　请原谅我尽在说些萦绕我心头的事，然而我也坚信如果我们勇敢地坚守，您定会感到欣慰，这也将是您结束外交事务后回归的场地。

　　想必您也从他人处听说魏玛如今的辉煌。我只消提两个名字，已在这儿逗留了四周的斯塔尔夫人以及来自维也纳的宫廷顾问封·米勒先生。这可是我们时代最有趣的两个人了。

　　我可否能再提一个您已知晓的爱好？可否恳请您帮助我继续推动这一爱好？

---

① 1 月 13 日萨克森-魏玛太子卡尔·弗里德里希与玛丽亚·帕夫诺娃公开庆祝两人的订婚，威廉·封·沃尔措根以财政总管以及萨克森-魏玛特派专员的身份留在了圣彼得堡。席勒在 1 月 26 日的信中提到过此事。
② 沃尔措根并未给《耶拿文学汇报》撰写过评论，歌德此处的感谢可能是因为他寄来了圣彼得堡大学的章程。
③ 指圣彼得堡大学的章程，其节选刊登于 1804 年第 17 期《文学汇报》的《知识报》。
④ 指俄国。

　　我的铁制与铜制勋章收藏如今已大幅增长,想来已超过一千枚,其中半数来自 15 世纪。自彼得大帝以来,也许更早,这一类型的纪念品便在俄国盛行,所有君主以及立有功勋的个人都会打造勋章。我的目的仅在于了解这一艺术,因此若您能帮我找到彼得堡的知名工匠所铸造的一些铜制勋章样品,我将不胜感激。若我没有搞错,在那儿还有一所所谓的制模师学校,且收藏有印章,也许这能助您完成我的心愿。因为您的恩惠,我已拥有我的藏品中最漂亮的勋章①,枢密顾问福格特对此爱慕不已。但愿这些铸造的金属在满目金银珠宝面前不会让您感到您的努力太过低微。

　　致以最诚挚的祝福,期待不久后能再次相逢②,共襄义举。

歌德

459

---

① 指魏玛的"世纪勋章"。这枚弗里德里希·法丘斯制作的勋章(很可能是借鉴了 J. H.迈尔的设计)在工艺上经历了失败,柏林的宫廷制模师丹尼尔·洛斯(Daniel Friedrich Loos, 1735—1819)受魏玛委托重新制模,他得到了沃尔措根的支持。

② 沃尔措根 11 月 9 日才返回魏玛。

1452. 歌德日记

1804 年 2 月 5 日　星期日至 2 月 6 日　星期一

1 月 5 日

　　中午贝克尔先生①。晚上宫廷顾问封·席勒先生。

2 月 6 日

　　晚上斯塔尔夫人。

---

① 演员约翰·海因里希·克里斯蒂安·路德维希·贝克尔(原名封·布卢门塔尔)。

1453. 歌德致 J. H. 福斯

1804 年 2 月 8 日　星期三

尊敬的朋友，我从宫廷顾问艾希施泰特先生这儿听说您打算这周过来①。我希望您能安排在明天，即周四，因为枢密顾问福格特先生后几天将会十分繁忙，但明天他会与我们共进午餐并可能留到傍晚时分。您可以直接在我家下车，以便如您所愿隐瞒行踪。若您想在此过夜，住处也已准备妥当。我俩应该都很期待见到宫廷顾问艾希施泰特先生及令郎。向他致以最诚挚的问候。我派一个信使前来，好在傍晚前获悉您的决定。

衷心期待不久后的重逢。

　　　　　魏玛，1804 年 2 月 8 日　　　　　　　　歌德

---

① 艾希施泰特在 2 月 5 日的信中写道，J. H. 福斯很可能想在这一周前往魏玛与歌德以及 Chr. G. 福格特商谈其子任职魏玛中学一事。J. H. 福斯及其夫人以及艾希施泰特 2 月 9 日前来，福斯与夫人留至 2 月 11 日，海因里希·福斯 2 月 12 日到达。

1454. 歌德致格纳斯特及贝克尔(草稿)

1804年2月9日　星期四

　　布兰德小姐①就其缺席《萨勒河女妖》②第一部分钢琴排练一事　　460
的道歉及诉求已在此原封不动地告知轮值导演们,以便在寄回书面
呈辞时向宫廷委员会做进一步的解释。

　　　　魏玛,1804年2月9日
　　　　　　恭顺地隶属于萨克森王室宫廷剧院的委员会

---

① 女演员安娜·玛丽亚·布兰德。
② Chr. A.武尔皮乌斯的浪漫主义喜剧歌剧,改编自卡尔·弗里德里希·亨斯勒
　（词)以及费迪南德·考尔(曲)（Ferdinand Kauer, 1751—1831,维也纳作曲
　家)的歌剧《多瑙河小姐》(Das Donauweibchen)。

1455. 歌德致林登茨威格(草稿)

1804 年 2 月 9 日　星期四

提词员贝林 1 日在剧院对格拉夫先生不敬①,此外布兰德先生缺席《逃兵》②2 月 3 日星期五正式彩排终曲第一幕,在下一发薪日分别扣除 2 塔勒及半塔勒以示惩罚。在此授予宫廷记录员林登茨威格先生剧院账目簿记员的权责。

恭顺地隶属于萨克森王室宫廷剧院的委员会

---

① F. 贝林(F. Beling,魏玛剧院的提词员)究竟犯何过错,具体情况不详。
② 米歇尔·让·塞代纳(Michel Jean Sedaine, 1719—1797,法国作家)(词)以及皮埃尔·亚历山大·蒙西尼(曲)创作的歌剧。该剧于 2 月 4 日星期六在魏玛首演。

1456. 歌德日记

1804年2月9日 星期四

宫廷顾问福斯夫妇从耶拿前来,宫廷顾问艾希施泰特先生随行。中午与三人及枢密顾问福格特先生以及政府顾问福格特先生共聚。晚上宫廷顾问封·席勒先生。

1457. 歌德致格纳斯特及贝克尔

1804 年 2 月 11 日　星期六

461　　　　从本次事件起①,以后一旦有人生病,轮值导演将会要求其出示医生开具的疾病证明,若无此证明,则不能视其生病,而必须作为缺席者予以惩罚。

　　　　魏玛,1804 年 2 月 11 日

---

　　① 同日贝克尔告知宫廷剧院导演们布兰德小姐在前一天告了病假。

1458. 埃内斯坦·福斯

1804 年 2 月 9 日　星期四至 2 月 11 日　星期六

　　1804 年春天前后,开始商谈海因里希前往魏玛任职①的各项事宜,家里又生机勃勃起来。福斯乐于顺应**歌德**之意在他那儿住些时日,以便一同确认此事的最终结果。此外也与**席勒**有了多次近距离的接触,他总是午饭后拜访歌德,并一直待到晚上。

---

①J. H.福斯之子海因里希被任命担任魏玛中学的老师。1806 年末他前往海德堡。

1459. J. H. 福斯(小)致 B. R. 阿贝肯
(1804 年 2 月 21 日)

1804 年 2 月 12 日　星期日

462

　　第一晚就来了一群演员,他们总是在周日聚拢在他这儿练习朗诵。这次读的是《露易丝》①的第三首歌曲。我也在人群中,轮到我时便朗读。歌德坐在长桌的中央,双目闭合,凝神静气,摒弃一切干扰。我的目光始终在他身上。在整场朗诵中,我观察着他的面部表情,他的动作,他泰然自若的活力,一切都比内心感受的更为震撼。轮到他朗读婚礼的段落②。我从未听过如此美妙的朗诵!再也不会有比这更美妙的存在!我从未见过如此动容的男人,他的眼中噙着泪水,几乎读不下去。**这是神圣的段落!** 他发自肺腑地说道,并把书传给了邻座。上帝啊!我的内心哭泣着,我的眼睛离不开他的脸庞,我拼命压抑着自己飞奔上前拥抱他的冲动。——那一刻开始人群中鸦雀无声,只剩下虔诚的专注。第二次轮到他时,他读的是婚礼歌曲的段落,这是我们的福斯在欧丁为我们所谱写的。在他说出这些话语的激情中我几乎可以看见自己迄今从未认识到的对于父亲的爱。我很高兴朗诵没多久就结束了。他站起身走进了大厅,我跟了上去。我哭泣着走向他(请允许我这么说),而他则握住了我的双手:"您有一位高贵的父亲。"——他只说了这一句——上帝啊!我无法形容这对我是多么大的鼓励,但是这一夜歌德格吕瑙神父③的形象在我的脑海中挥之不去。紧接着我们一同共进晚餐,席间进行了风趣幽默的谈话,你定能想象我是多么愉快。饭桌上大家互相取乐,哈哈大笑,最后甚至所有人挨个亲吻,而歌德几乎是最快乐的那位。期间还有一段小插曲。晚餐将尽之时我请歌德之子奥古斯特的家庭教师④

---

① 约翰·海因里希·福斯(大),《露易丝》(Luise),柯尼斯堡,1795。
② 第 3 首牧歌的第 313—344 诗行。
③ 同名主人公的父亲。
④ Fr. W. 里默尔。

给我一拳并说：继续传下去。我又打了我的邻座西利，她接着打了她的邻座，以此类推一直轮到坐在歌德边上的马斯。（我和西利一同商量捉弄她为乐，你看我有多狡猾。为了不穿帮我请求我左边的邻座先开始。）马斯愣了片刻，但她最终还是下定决心狠狠给了歌德一掌。歌德转向她，亲吻了她，接着对他的另一位女邻座说：继续传下去。她似乎老大不情愿，因为她一点儿也不喜欢她的邻座。这时歌德说，如果不想结束，那么就得原路返回亲吻。他又亲吻了一次马斯，就这样一直传到了小西利这儿，她给了我最后一个吻。现在你想想坐在我边上的可怜的里默尔，他不得不**两手空空**地回家，因为到我这儿欢闹的人群就结束了。而当歌德询问恶作剧的始作俑者时，所有人都指向了他，这再次令大伙哄堂大笑。

463

1460. 克里斯蒂安娜·武尔皮乌斯致 N. 迈尔 （1804 年 2 月中旬）

1804 年 2 月 12 日   星期日

〈……〉刚才又有一群非常可爱的朋友来我们这儿做客。其中有诗人福斯与他的夫人。他们现在住在耶拿，十分亲切友好。在我们这儿待了几日后他们又返回耶拿，接着送来了他们的长子，一个温文尔雅的年轻人，他特别喜欢这儿。奥古斯特聪慧的家庭教师与他相当投缘，每天中午他们都会进行深奥的对谈。〈……〉最好的事莫过于年初还身染重疾的枢密顾问终于再度开朗愉快起来。他正在为剧院改写《格茨·封·贝利欣根》，我们大家都十分盼望它的上演〈……〉①。

---

① 歌德为剧院舞台所做的改编最初于 9 月 22 日在魏玛宫廷剧院上演，之后又演出了十四场。现存的只有之后又多次修改过后的版本。

1461. J. H. 福斯(小)致 B. R. 阿贝肯 (1804 年 2 月 21 日)

1804 年 2 月 13 日 星期一

第二天一早 6 点我便起床开始誊写一些贺拉斯的翻译①,然后检查我给歌德带去的几篇作品。10 点我完成了手头的工作,这时一个仆人前来领我进入歌德的书房。我递上我的作品,他当场读完了一首贺拉斯的译作,看上去似乎相当满意。我立刻暗下决心要在这几天内奉献出更多的翻译。我们不动声色地聊到了我的嗜好:古代地理以及神话学,这也成了未来几天我们最主要的话题。我很高兴能够解答歌德提出的关于这一学科的所有问题,而当我向他讲述起《普罗米修斯》中伊奥的漫游②以及品达玄妙的第四首颂歌中阿尔戈英雄的远征时,他显得尤其满意。这一对话引起了他对父亲的《神话书简》③的兴趣,当天就怀着巨大的热情开始阅读,第二天便一气读完。他告诉我如今他也想在样本中夹上纸,只为了在研究古代艺术时能用这种方式与同在研究的父亲相遇。——他还鼓励我在他身边时一方面通过自己的努力,另一方面基于他和父亲的支持多事创作。歌德有着纵览全局的清明视野,他在一天内如此清晰地在想象中感知了这些神话书简,其作为人类的伟大理解力令我几乎目瞪口呆。没有人像歌德这般对于清晰性锱铢必较。〈……〉当天晚饭后,歌德让

464

---

① 2 月 17 日歌德在给 Chr. G. 福格特的信中写道:"手边还有一些贺拉斯的书信,小福斯在这儿翻译。您也做出了相当大的贡献。"——海因里希·福斯并未出版其贺拉斯翻译,可能他的翻译后被其父所用。

② 埃斯库罗斯的悲剧《被缚的普罗米修斯》(Der gefesselte Prometheus)第 700 至 741 诗行,普罗米修斯向伊奥宣布了他们的"漫游"。小福斯在 1806 年的《耶拿文学汇报》上评论了埃斯库罗斯。由他开头的埃斯库罗斯翻译最终由其父完成并于 1826 年在海德堡出版。

③ J. H. 福斯《神话书简,2 卷版》(Mythologische Briefe, 2 Bde., 柯尼斯堡,1794 年)。海因里希·福斯 3 月 18 日前给歌德寄去了一篇其父著作的评论,后发表于 1804 年第 111 至 113 号《耶拿文学汇报》。

我朗读我所翻译的贺拉斯《书信集》中"我的朋友……"①这一段。我们就此契机畅所欲言,但几乎全由歌德主导,很快更是成了他的一家之谈。他谈到了柏拉图的名言,惊讶是一切美好之母。② 这就是个不会感到惊奇的蠢货,他说道,大大小小事物中蕴含的永恒的自然法则——无论事大事小,他都对此无动于衷。他这一番话语的结论便是一旦停止惊叹,智者便不复存在。接着他又回到了"高贵的贺拉斯"的话题上。他大概又说了一个半小时,神采飞扬,手舞足蹈,却始终小心保持着他谈话的真实性与事实相契合。他说:"我们真的知道为什么我们在此共聚一堂吗? 上一次是什么时候? 是何契机? 再往回追溯,再往回,直到无穷的尽头。"然后他还谈到了情感的敏锐,仿佛生气勃勃的灵魂在神明的世界中举目望去皆是奇迹与神圣的启示。

　　我无法向你重现这一场面:请你勉强读读我的描述吧。他说完便拿起他的灯一言不发地离开了——而里默尔和我就像两个哑巴似的面对面坐着。歌德是否**有**意要看我们瞠目结舌的样子,我不得而知,也不愿相信,但我知道他做到了,没有人比此刻的我们更敬畏地注视着这样一位上帝与人类间的通话者。我浑身的血液如沸腾般翻滚,我无法入睡,12 点后仍直直地坐着,思索着我所听到的上帝之言。——你说有可能不爱上这样的人吗? 对于这样一位以圣人之姿

---

① "Nil admirari prope res est una, Numici, | solaque quae possit facere et servare beatum."(我的朋友,努米希乌斯,能使人幸福,并永葆幸福的首要条件/哪怕并非唯一条件/便是无所惊叹。)——贺拉斯,《书信集》(Episteln),拉丁语德语版,C. M. 维兰德翻译并注释。努米希乌斯(Numicius),罗马氏族名。

② 参见《泰阿泰德篇》(Theaitetos)155:"因为这是一位热爱智慧的人的状态,惊讶;哲学的起源莫过于此。"〈……〉

降临的人，难道我们不该以圣人之礼相待吗？——更不要说他还兼具令人叹服的人性。我不知道自己是更喜欢作为来自陌生世界的天才的歌德，还是我们这个世界中最人性的歌德。我们敬畏前者，却热爱后者。他既是《浮士德》的创作者，也是为了格吕瑙的神父落泪的男人——两者在同一个人身上合二为一。他刚才超越尘世万物的表情——正友好地回应道：我和你们一样，我是人！

1462. 歌德日记

1804 年 2 月 13 日　星期一至 2 月 16 日　星期四

2 月 13 日

晚上斯塔尔夫人,接着宫廷财政顾问基尔姆斯先生。

〈……〉

466　**2 月 16 日**

监理科赫①,接着福斯先生。晚上斯塔尔夫人及封·康斯坦特先生。

---

① 约翰·克里斯蒂安·威廉·科赫。

1463．J．H．福斯致 B．R．阿贝肯
（1804 年 2 月 23 日）

1804 年 2 月 18 日　星期六

今天我想和你聊聊科策比。〈……〉《胡斯信徒》①（lacrymosa poëmata Puppi）②已在魏玛上演。〈……〉

演出十分成功。第一幕时便已传来啜泣声以及手帕的窸窣声。〈……〉我又一次与年轻的武尔皮乌斯小姐③打赌她必会哭泣，赌注为五芬尼。她的姐姐声援我以确保我不被欺骗。〈……〉我输了赌注，付了半个辔头（Kopfstück），她们找回了 28 芬尼。〈……〉歌德此刻安静地坐在他的房间里。他派盖斯特（他的仆人就叫这名儿）来到剧院，这个可怜的老家伙每一幕结束后都得跑回家汇报其所见所闻。歌德也输给他儿子一个辔头，肥胖的神甫在火光中噼啪作响。④ 在此处歌德宣称他们不可能站在里面。——歌德说，若是胡斯信徒已偿还了垫款，那么就该交出伯利恒的希律王。否则科策比就不能抱怨，因为为了寿衣与胡斯信徒的铠甲已经花了许多钱。

---

① 科策比的戏剧《1432 年瑙姆堡前的胡斯信徒》（Die Hussiten vor Naumburg im Jahr 1432）首演于 2 月 15 日。

② 拉丁语"普皮乌斯催人泪下的诗作"（贺拉斯，《书信集》I i，V. 67f.）关于罗马剧作家普皮乌斯——公认的极富情感的悲剧的作者——除了贺拉斯的提及以及一位评论家提供的墓志铭外没有该作家的其他信息流传下来。

③ 很可能是指克里斯蒂安娜的妹妹欧内斯廷（1779—1806）。

④ 第四幕第一场中有："〈……〉Wenn in den Flammen dicke Pfaffen knistern，|Ein Kind der Mauer Eckstein blutig küßt/Da gibts ganz andere Töne."（奥古斯特·封·科策比，《1432 年瑙姆堡前的胡斯信徒。一出献给祖国的五幕合唱剧》，莱比锡，1803，第 94 页）。歌德似乎并非唯一一位对此处表示不满的人，在科策比的《戏剧作品》（Dramatische Werke，120 卷，维也纳，1828—1830）中，将此处改为："Wenn in den Flammen alte Weiber knistern.（肥胖的老妇在火光中噼啪作响）〈……〉"（第 8 卷，1828 年，第 53 页）。

1464. 歌德日记

1804年2月18日　星期六

《格茨·封·贝利欣根》。

1465. 歌德致席勒

1804 年 2 月 19 日　星期日

刚才我正打算询问您与您手头工作的近况,无法获悉您的消息 467
实在令我寝食难安。乍读之下,作品本身与角色分配①都甚得我心,
我认为尽管时间紧迫,也必须在复活节前②将其搬上舞台,当然得办
妥誊抄角色一事,我想可以召集一些抄写员同时抄写,一切等我读完
后会立做定夺。现在我只想表达我诚挚的谢意。

　　　　魏玛,1804 年 2 月 19 日　　　　　　　　　　　　G

---

① 席勒在同一天的信中表达了他关于《威廉·退尔》角色分配的想法。
②《威廉·退尔》于 3 月 17 日便已首演,当年的复活节周日为 4 月 1 日。

1466. 歌德日记

1804 年 2 月 19 日　星期日

　　《格茨·封·贝利欣根》。中午弗罗曼先生及费尔诺先生。晚上朗读会及晚宴：布兰德先生及夫人，西利小姐①，马斯小姐②，布拉尼乌斯小姐③，温泽尔曼先生④，格里默尔先生⑤，伯德先生，海因先生⑥，福斯先生。

---

① 女演员弗里德里克·彼得西利。
② 女演员威廉明妮·马斯（Wilhelmine Maaß，1786—约 1834）。
③ 全名不详。
④ 男演员卡尔·奥古斯特·弗里德里希·威廉·沃尔夫冈·温泽尔曼，后与弗里德里克·彼得西利结婚。
⑤ 弗里德里希·奥古斯特·格里默尔。
⑥ 私人教师路德维希·弗里德里希·苔奥多·海因（Ludwig Friedrich Theodor Hain，1781—1836）。

1467. J. H. 福斯(小)致 B. R.阿贝肯 (1804 年 2 月 22 日)

1804 年 2 月 12 日 星期日至 2 月 20 日 星期一

前些天武尔皮乌斯对我说：您真是选对了前来拜访的最佳时机,因为无论是沃尔夫教授还是您的父母都不曾看到过如此长时间兴致高昂的枢密顾问。这我还得回耶拿确认一下。每当我来到歌德的房间或是与他一同散步时,他总是非常严肃地与我谈话——但是在饭席间他时而开朗真诚,时而开怀大笑。听他讲述他的旅行真是至高的幸福,所有人都竖起耳朵凝神静听。有一次歌德正在写生维罗纳城前①的一处古代遗迹时,一群密探围住了他。我很紧张,但立刻就想到了办法。我振作精神,摆出威严的神情开始讲演。我向他们阐释遗迹的庄严优美以及岁月的价值,我斥责他们的麻木不仁和愚昧无知,但很快又略带歉意地为他们开脱起来：你们无法体会到这份美丽是因为你们天天能见到它,对于习以为常的事物,人们是不会怀有崇敬之意的等等。那些密探们惊诧于眼前这名间谍的坦诚,纷纷看向遗迹企图发现其优美之处,然而他们什么都没看到,因此显得十分迷惑。最后歌德拿出他的钱袋,让硬币发出声响。② 这时他们的话语改变了。其中一人对其他同伴说,难道我没有一开始就告诉你们这是位正直的先生吗？你们现在看到了吧！几天后歌德回到维罗纳,从外面看着那里的监狱,"那时,"他说道:"我由衷地感谢亲爱的上帝让我免受这一厄运。"——还有一次我们正在席间进行着一些关于牛肉、土豆、杏仁泥和芹菜之类的市侩对话,这时歌德盛怒地说到了魏玛的屠夫,接着是在偷懒渎职方面与其不相上下的裁缝

468

---

① 这一插曲发生在加尔达湖畔的马尔切内西。
② 根据《意大利游记》(Italienische Reise)的记叙,缓和马尔切内西居民的敌意的关键并非钱币,而是歌德来自法兰克福这一事实：他们找来了一名曾在法兰克福长期居住过的当地人,他证实了歌德所描述的他十分熟悉的意大利家族的事实,最终歌德赢得了他的好感。

(imitatorum servum pecus①），最后还提到了装订工人。"我要把这群混蛋全都赶到一块儿好好训斥一顿，"他说道，"我要唤醒他们的雄心壮志。"接着他说起科策比。关于此事之后我会专门另写一章。

---

① 原文为："O imitators, servum pecus"："啊，你们这些模仿者，被奴役的人群"（贺拉斯，《书信集》I 19,19 诗行）。

1468. 歌德日记

1804 年 2 月 20 日　星期一至 2 月 23 日　星期四

2 月 20 日

　　《格茨·封·贝利欣根》。晚上斯塔尔夫人。

　　〈……〉

2 月 23 日

　　《格茨·封·贝利欣根》。晚上枢密顾问福格特先生。

469

1469. 伯蒂格

1804 年 2 月 24 日　星期五

2 月 24 日。晚上在公爵夫人府上。斯塔尔夫人结束了与歌德的谈话，心满意足地到来。因为她一开始便与他谈起了《阿拉尔柯斯》(alarcos)并指出了其中的乏味愚蠢之处(turpe est difficiles habere nugas①)，歌德的眉间似有一些阴云密布，只得用艺术实验来开脱整部作品的表现。只是现在他处于最高级的中立点的悲剧与雕塑艺术的平衡之中，并予以相当精准的评判。"雕塑艺术引向生活的门槛。"②告别时歌德提到第二天其子将来拜访，后者将向她展示他的宾客题词本③。〈……〉

（她先前曾说今天会告知歌德及席勒有关莫罗被捕的消息④，但他们似乎深深沉迷于自己的玄学中⑤，对此漠不关心。）

---

① 把愚蠢的东西捧得这么高真是可耻。
② 原句为法语。
③ 对此在《为受教育阶层提供的晨报》(Morgenblatt für gebildete Leser)中有下列脚注(681 页)："然后她在里面写道:'Mon amiable enfant, je ne puis pas dire: imitez votre père, parceque les dons du ciel ne s'imitent pas, mais soiez le digne héritier de la gloire de votre père et souvenez vous d'un vers d'un vos plus célèbres poëtes (Schiller): Der Ruhm ist edler Seelen unvergänglich Erbtheil(声名是高贵灵魂的永恒遗产).'"以上法语汉译为:"我亲爱的孩子,我不能说:模仿您的父亲吧,因为上天赋予的才华是无法复制的。但请您继承您父亲的声名,铭记你们最负盛名的诗人之一的一句诗〈……〉"。斯塔尔夫人援引的是她刚刚翻译的席勒《胜利的节日》中的诗行:"世间一切美物/盛誉独领风骚/肉体化为灰土/芳名万载千秋。"(von des Lebens Gütern allen, ist der Ruhm das höchste doch, Wenn der Leib in Staub zerfallen, Lebt der grosse Nahme noch)——斯塔尔夫人的译作 1808 年发表于克莱斯特与亚当·米勒的《福珀斯》(Phöbus)。
④ 大革命时期作为指挥官所向披靡的法国将军让·维克多·莫罗(Jean Victor Moreau)因与拿破仑政见相左于 2 月 14 日被捕,以谋反罪被烧死。
⑤ 此句原文为法语。

1470. 歌德日记

1804 年 2 月 24 日　星期五至 2 月 26 日　星期日

2 月 24 日

《格茨·封·贝利欣根》。

2 月 25 日

《格茨·封·贝利欣根》。傍晚陪同殿下去戏院①，接着拜访宫廷顾问封·席勒先生。

2 月 26 日

《格茨·封·贝利欣根》。

---

① 上演的是保罗·付拉尼茨基的歌剧《精灵王奥伯龙》(Oberon, König der Elfen)。

1471. 歌德致策尔特

1804 年 2 月 27 日　星期一

470　　　尊敬的朋友,我已有多久未与您联系! 我多少次盼望着周一与周二①能来看您! 这个冬天我几乎没有听什么音乐,我觉得生命享受中的一大乐趣已离我远去。

11 月与 12 月主要在准备我们的文学战役。1 月并未善待于我,所幸我心无旁骛,也算并未虚度。2 月我开始改写《格茨·封·贝利欣根》,我要捏就一个德国观众在必要之时可以一口吞下的小点。这是一项棘手的工程,就好像人们想要改建旧房,一开始只是小修小补,最终却耗费巨资,彻底改变,却并未因此而得到全新的房子。

全新出炉的是席勒的《退尔》,很快您也将会看到②。

近来不少惬意的拜访愉悦了我们的时光。沃尔夫教授在这儿待了十四天,宫廷顾问封·米勒也一样,福斯只来了几天,斯塔尔夫人则从圣诞以来便是我们的座上客。这位独一无二的女士即将前往柏林,我会让她给您捎一封信,请您立刻去拜访她。她十分和善,而且虽然比起艺术,她更喜欢文学、诗歌、哲学以及一切与之相关的事物,但是〈她〉一定会爱上您的音乐成就。

封·米勒先生应该已经给您带去了大印章,小一些的那个很快也会到达。关于戒指一事眼下我仍有些赧然。我之前往德累斯顿寄了一枚美丽的黄色爪哇光玉髓,希望从中打磨出一块能镶嵌在戒指上的色泽出众的宝石。不幸的是打磨时人们发现它一半成分贵重,另

471　一半却十分普通,即无法使用。尽管如此我一定会送您一份这样的

---

① 20 日星期一及 21 日星期二是狂欢季。也许歌德想起了 1803 年 9 月 7 日策尔特的来信,信中写道:"为了庆祝狂欢节之时举行的威廉王子的结婚庆典会新做一首序曲与一出芭蕾剧。"然而这更有可能是指每周一与周二举行的合唱协会的排练。

② 伊夫兰导演的席勒戏剧《威廉·退尔》于 7 月 4 日在柏林上演,并在十四天内重演了五次。

纪念品,只是请您对其中的周折再稍加耐心。

如今我们的报纸办得十分顺利。只要开始铺上了沉重的基石,之后就很容易往上建造。我最好的朋友,如果您愿意选个时机聊聊有关音乐的基本理论,我们将十分乐意为您腾出版面。就趁这个冬天吧,莫等春夏召唤您奔赴自己的使命①。

十分期待您能尽快回信说说您的近况,我们已经沉默太久。

〈亲笔〉今天就此搁笔,致以最诚挚的问候。

　　　　魏玛,1804 年 2 月 27 日　　　　　　　　歌德

---

① 策尔特从他的父亲那儿接管了建筑生意,同时自己也是泥瓦匠,比起冬天,这一活计在春天与夏天占据了他更多的时间。

1472. 歌德日记

1804 年 2 月 28 日　星期二

在斯塔尔夫人处共进晚餐。

1473. H. 安许茨

1804 年 2 月

　　我该如何描述第一次看到魏玛时的心情〈……〉。自然我先去了歌德与席勒的住处。我们怀着静默的崇敬悄悄环绕着他们的房子，若他们中的一人来到窗前，甚至走上大街，若我们能偷偷尾随一段，这将是千金不换的幸福。〈……〉在剧院我们尽可能靠近歌德的座椅，偷偷看他与席勒的目光和表情。当我看到肆虐的病痛在席勒的面容上留下的印记，心中不由涌起深深的悲痛。如此短暂的时间里竟发生了如此巨大的变故！而边上则是他在奥林匹斯山上的先驱与同伴，他的灵魂与身体散发着健康的光芒！这朱庇特般的面容，他的神情仿佛在说：世界匍匐于我的脚下！每当我看到歌德，脑海中都会浮现维伦纳①自述的话语："成为唯一的伟人真是一种痛苦。"

472

---

① 席勒戏剧《斐爱斯柯》(Fiesko) 中的人物。

1474. 伯蒂格①

1803 年 12 月 24 日　星期六至 1804 年 2 月 29 日　星期三

　　"能看到斯塔尔夫人与歌德面对面坐着亲切交谈,"一位讨人喜欢、目光敏锐的女士说道,"真是一大幸事。她情感丰富,多愁善感,称得上一位品德高贵、充满了灼热激情的感知者。可正因如此,她并不擅长冷静的审美观察以及纯粹的艺术评判。对于人类的生活与个性,政治的煽动与安抚理论以及人际交往、社交魅力和人生哲学她则有着卓越的见解。这一切在她身上升华为一种高贵的敏捷感知与得体举止,保证她在与不同阶层、不同个性的人群交往时总能以最高的沉着与自信去征服她想要征服的灵魂,并牢牢吸引住已被征服的猎物。而歌德长久以来只浸淫于深刻的感官印象以及纯粹的审美教育。无论何事,他都远更重视形态以及形式化的体验。——如今人们可以想见两个如此深思熟虑的灵魂相对而坐,在永恒的交流中彼此感动,彼此吸引,接着又彼此逃离,彼此厌恶。时而斯塔尔夫人发表了一番令歌德瞠目结舌的艺术评论,时而歌德言辞激烈的批判玷污了艺术纯洁的虚伪的感伤主义以及卑劣的道德倾向,引得斯塔尔夫人重又驳斥此番异端邪说。新的接近,新的排斥,两条相离相吸的线条无穷无尽地延伸,这是一段以两人彼此深深鞠躬而告终的漫长的谈话小步舞曲。"

---

　　① 伯蒂格(《1804 年斯塔尔夫人在魏玛》),选自 K. A.伯蒂格遗作,《为受教育阶层提供的晨报》1855 年 7 月 15 日,第 683 页。

1475. 夏洛特·封·施泰因致克内贝尔
（1804 年 3 月 17 日）

1803 年 12 月 24 日　星期六至 1804 年 2 月 29 日　星期三

　　歌德说起她（斯塔尔夫人），如果她长得漂亮，就不得不杀了她。

1476. 伯蒂格

1803 年 12 月 24 日　星期六至 1804 年 2 月 29 日　星期三

　　有时她(斯塔尔夫人)似乎觉得我们德国人有一些十分风趣或是新奇的表达,实际上那只是我们在拾法语之牙慧而已。例如有一次,歌德称席勒的某一想法为 neuve et *courageuse*①,这令她十分惊奇,最终她才明白歌德只是因为对法语一知半解才在应该使用 hardie② 的地方用上了 courageuse。

---

① 法语,意为"新奇而大胆的"。
② 法语,一位"勇敢的,大胆的"。虽然在形容人时"courageux"和"hardi"几乎是同义词,但是在说到想法或是其他抽象概念时"neuf et hardi"才是惯常的用法。

1477. 歌德日记

1804 年 2 月 29 日 星期三

《格茨·封·贝利欣根》。晚上前往阿玛利亚公爵夫人家赴宴。致信宫廷顾问艾希施泰特先生,耶拿。

1478. 歌德致 A. W. 施莱格尔

1804 年 3 月 1 日　星期四

　　斯塔尔夫人希望能进一步认识您①,她认为由我来写上几句会使得最初的接触容易一些。我很乐意效劳,这样我才担得起二位自发的感谢。请收下我友好的惦念。

　　　　魏玛,1804 年 3 月 1 日　　　　　　　　　　　　　歌德

---

① 斯塔尔夫人在柏林见到了 A. W. 施莱格尔。在那儿她得知在路易十六手下担任金融部长的父亲雅克·内克尔(Jacques Necker, 1732—1804)身染重恙。4 月 19 日深夜她在 A. W. 施莱格尔的陪同下启程回乡,途中再次经过魏玛。4 月 22 日她在魏玛得知内克尔去世的消息,深受打击,一病不起,直到 5 月 1 日才得以继续前往邻近日内瓦的科佩(其父于 1784 年在那里购置了宫殿和庄园)。

1479. 歌德日记

1804年3月1日　星期四至3月11日　星期日

3月1日

474

《格茨·封·贝利欣根》。中午与政府顾问福格特先生散步。下午《威廉·退尔》彩排。

3月2日

《格茨·封·贝利欣根》。晚上迈尔教授。

3月3日

〈亲笔〉《格茨·封·贝利欣根》。晚上《逃兵》。

3月4日

尊贵的费尔诺教授。晚上《退尔》的一些章节。

〈……〉

3月7日

〈机打〉《格茨》。坐雪橇。致信宫廷顾问艾希施泰特先生,耶拿。致信萨尔托里乌斯教授,哥廷根。致信枢密顾问施马尔茨先生,哈勒。

3月8日

《格茨·封·贝利欣根》。〈亲笔〉罗马的雷贝格①。

---

① 大多数时候定居在罗马的画家弗里德里希·雷贝格。歌德在罗马与他相识。他在4月5日寄自汉诺威的信中请求歌德向卡尔·奥古斯特公爵以及安娜·阿玛利亚公爵夫人转达对其亲切接待的谢意。

3月9日

〈机打〉《格茨·封·贝利欣根》。

3月10日

《格茨·封·贝利欣根》。中午罗马的雷贝格。晚上在剧院。

3月11日

《格茨·封·贝利欣根》。散步。中午财政顾问奥尔特曼先生以及上尉芬特先生。晚上宫廷顾问封·席勒先生。

1480. 歌德致席勒(亲笔)

1804 年 3 月 12 日　星期一

　　您能看一下两个第一幕①吗？夹着白纸的地方缺少魏斯林根和阿德尔海德间的一个场景②。如果您想不起来的话,至少我可以让人把角色从头再抄写一遍。

①指《格茨·封·贝利欣根》。
②可能是第三幕的第四场。

1481. J. S. 格吕纳

1804 年 3 月 15 日　星期四前

〈1822 年 8 月 19 日歌德对格吕纳说：〉席勒总能就他的创作、他的计划以及他的安排侃侃而谈，我就没有这种天赋。但因为他的有些东西缺乏恰当的动机，所以我们也时有争论。当他把他的杰作《威廉·退尔》带给我看时，我质疑盖斯勒总督为何会想到让退尔射落男孩头上的苹果①，并指出这里缺乏合理的动机。对此席勒有些不太高兴。

---

① 在退尔试着就未能对总督的监护表达敬意致歉之后，总督——根据导演指示——在沉默片刻后确实直接想到了让退尔射苹果的主意。

1482. C. 吉勒

1804 年 3 月 15 日 星期四前

　　就您感兴趣的《退尔》，我给您带来了一份来自魏玛的旧文。据张贴在席勒家中，由席勒亲笔写下的《退尔》的剧院便条所言，之后与我相熟，且扮演了例如伯利①等诸多角色的宫廷演员海德②是退尔的第一位扮演者。我因与第一位华伦斯坦的扮演者③，同时也出演了多部伊夫兰导演作品的宫廷演员格拉夫之子是中学同学而与其多有来往，从他口中我得知下列轶事：《退尔》首演之前，海德在观景楼的林荫道散步时迎面遇上了歌德，当后者询问他如何看待自己正努力诠释的角色时，在对这一角色极尽肯定与感激之言后，海德也不忘提到其局限之处，他说事实上这个登场时间既分散又短暂的角色并未给扮演者提供真正展示自我的机会，也就是说不能体面地谢幕；这对于演员来说十分重要！歌德聚精会神地倾听了海德的评论，并与其友好地告别。然而很可能这次谈话传到了席勒耳中，因为几天后海德便收到了一份加长并改动过的独白④"经过这条狭窄的小巷等等"并欣然使用。从这点看席勒还是十分赞赏他的意见的。

476

---

① 席勒的《玛丽亚·斯图尔特》(Maria Stuart)中的角色。
② 弗里德里希·海德。
③ 约翰·雅各布·格拉夫在1799 年 1 月 30 日《皮科洛米尼》(Piccolomini)的首演以及 1799 年 4 月 20 日《华伦斯坦》(《华伦斯坦之死》Wallensteins Tod)的首演中扮演华伦斯坦。
④ 第四幕第三场。

1483. 歌德日记

1804 年 3 月 16 日　星期五至 3 月 25 日　星期一

3 月 16 日

　　散步。下午《退尔》演出前彩排。

3 月 17 日

　　11 点在剧院，接着散步。晚上《退尔》演出。之前：费尔诺教授，福斯先生，耶拿的舍尔福尔教授。

　　〈……〉

3 月 20 日

　　拜访俄国使臣①。中午舍尔福尔教授。晚上拜访宫廷顾问封·席勒。

　　〈……〉

3 月 25 日

　　与宫廷顾问封·席勒一同散步。晚上在宫廷顾问封·席勒家。

---

① 彼得·罗曼诺维奇·封·阿尔贝蒂尔男爵（Baron Peter Romanowitsch von Albedyll，俄国中校，1804 年赴魏玛任公使）。他刚到魏玛不久。

1484．H．C.罗宾逊

1804年3月28日 星期三前

前不久我找到歌德,想看看是否能争取他出面调停公爵与大学 477
生之间那最终以一场撤退,即天之骄子们的离去收场的争端。听完
我的陈述,他冷静地说:"学生们从自己的立场看待这件事完全在理,
但是公爵也没有错。他有他处理事务的模式,作为统治者这么做同
样无可厚非。"这是此事最无望的观点。我无法期望从一个已经做出
过无数妥协的男人这儿获得任何妥协。①

---

① 与前几年一样,1803年的除夕夜在耶拿发生了小型的学生暴动。这次一名
商人家中的玻璃窗被打碎了。军队出动,在一名学生受伤被捕后,众人扭打
一片。学生们释放他的请愿失败了,他们被军队驱赶。学生感到屈辱,要求
赦免参与者,同时要求未来遇到类似情况只得动用当地部队,不得调度魏玛
军人。此外超过两百名大学生威胁要离开耶拿。作为高年级生的 H．C.罗
宾逊与大学评议会斡旋,且表达了妥协的意愿,然而卡尔•奥古斯特公爵却坚
称自己的士兵受到了侮辱。该信原文大部分为英语。

1485. 歌德致夏洛特·封·施泰因（亲笔）

1804年3月28日　星期三

　　亲爱的朋友，如果您能明天早上11点来拜访我，我将无比欣喜。我会在前房恭候您，请坐车来。上次降雪后通往花园的小路变得泥泞难走。若您的哪位女友也想来聚会，我也十分欢迎。我有一些新收集的有趣的铜版画要展示。一幅绝美的克劳德·洛兰①作品。

---

　　① 很有可能是克劳德·洛兰翻刻自 W. F. 格梅林的《绘有翩翩起舞的一对舞伴的风景画》(Landschaft mit tanzendem Paar)。

1486. 歌德致策尔特(亲笔)

1804年3月28日　星期三

　　正如您的作品一经问世,便为不少旅行者所见。您沁人心脾的来信让我审视自己的内心,它并非为笔尖所驱使,而是一颗搏动着的生生不息的灵魂。看到您孜孜不倦地将自创的原理发扬光大,看到您长此以往将会取得不俗的成就,我感到无比喜悦。我想,为了表达对大众的敬意,必须进行讲演。虽然饱受苛责,但他们毕竟贡献了多变可塑的声音,并提供了继续发扬成果的方法。我们这些小圈子里的人则像魔术师一般创造转瞬即逝的奇迹,看着每一个凭空捏造的幽灵转瞬重又消融在空气中。

478

　　若您有已提交的文章①的副本或草稿,也请赐我一份拜读。您的所思所写十分合我心意。

　　总的来说人们只有惯常的相邻与相互的概念,而没有相融与相交的感觉,这是因为人们只能理解自己能做的事,只能领悟自己能创造的东西。在他们的经验中一切都是分裂的,于是人们便相信能用碎片拼凑出至高无上的存在。

　　可惜我已远离您带来的美妙享受,但是脑海中的记忆对我已是莫大的慰藉。请偶尔给我寄来您欢快、生动的话语!

　　我本已想收笔,但再写几件特别的事。

　　《退尔》的完美诠释已经证明了我们的戏剧所能取得的成就,与此相对,我们的歌剧却不尽人意。昨天我收到了您关于乐队的一些

---

① 在3月5日的信中策尔特提到了他关于"我们国家艺术事业的现状"的论文,论文针对艺术大学学监K．A．封•哈登堡的要求并获得一致称颂。在文中策尔特致力于制定一个大学应当及可以如何存在的概念,并将其与如今大学和整个艺术事业的现状进行对比,希望以此让学监意识到"某一学科不同观点的堆积〈……〉永远不会也不能使艺术成为一个完整、不可分割的整体"。——在5月1日的信中策尔特告知歌德他的妻子会寄来论文完整的副本,并恳请歌德将论文读给安娜•阿玛利亚公爵夫人听。公爵夫人在5月13日的信中就论文表达了谢意。

犀利点评,可惜却不能为我所用,因为我已被迫放弃了这个烂摊子。我能将这些短文刊登在《耶拿文学汇报》的《知识报》上吗①? 就在最下方横线下能读到关于艺术与语言的独到点评的地方。我可以在下面署上 W. K. F.②吗? 通过这种方式我们③标注出我们自己或是按照我们意愿所写的评论。可能的话也请您尽快给我们写一篇评论。

479

　　我的抄写员离开了我,所以多年后我不得不再次提起钢笔。不知道还能不能再找到一名与我相处如此融洽的抄写员。我的亲笔书信到底更好还是更糟还有待证明。

————————

　　我刚刚找到了您写给我的关于乐队评论的信。当您看到它们付诸印刷后,定会深受激励,在这条道路上继续前行,继续表达。我恳请得到您的允许把它们公之于众,我们所有人都会因此受益匪浅。

　　祝您健康。我盼望着今年无论如何能有机会见到您。

　　感谢您的喜剧招贴。请继续发扬您的这一才能。

　　魏玛,1804 年 3 月 28 日　　　　　　　　　　　歌德

————————————————

① 策尔特在 5 月 1 日的回信中写道,虽然"关于乐队的评论"并非为出版而写,但歌德可以尽管拿去使用。——1805 年《耶拿文学汇报》的《知识报》(第66—77 期)中刊登了:乐队规划形式、乐队指挥、首席小提琴、乐队长处、乐队声音、彩排、节奏以及乐器排列。

② 魏玛艺术爱好者的德语缩写。1799 年起歌德以此命名他与席勒以及海因里希·迈尔的合作关系。歌德为《耶拿文学汇报》撰写的一些评论也以缩写"W. K. F."署名。W. 封·洪堡,F. A.沃尔夫以及再之后的费尔诺也参与其中。

③ 除了歌德还包括席勒和 J. H.迈尔。

1487. 歌德日记（亲笔）

1804年3月31日　星期六至4月6日　星期五

3月31日

福斯诗歌评注。与席勒散步。中午福斯。

〈……〉

4月3日

福斯评注。拜访枢密顾问福格特。中午京特①，凯斯特纳②，舒尔策③，施蒂希林④。晚上席勒。

〈……〉

4月6日

《格茨·封·贝利欣根》。晚上《麦克白》彩排。

---

① 魏玛宫廷牧师威廉·克里斯托夫·京特。
② 高级中学教师约翰·弗里德里希·凯斯特纳。
③ 魏玛市长卡尔·阿道夫·舒尔策。
④ 财政秘书卡尔·威廉·康斯坦丁·施蒂希林。

1488. J. H. 福斯(小)致博尔姆
(1804年5月2日)

480　**1804年3月29日　星期四至4月8日　星期日**

　　我之前说起过有一群演员时不时聚在歌德身边练习朗诵。他与他们一起朗读最精心挑选的东西,因为他希望同时培养他们的美德。有一次他说:一旦真正的真善美来到身边,丑恶将被永远焚毁。如今他想与我、里默尔、奥古斯特·伯德以及其他一些人组成一个类似的团体。我们将在温馨的夜晚时光共同朗读讨论不同语言、不同专业的作品,歌德说这是最能激发人们倾诉愿望的时刻。同时这个团队也是为了《文学汇报》而组建的,通过这一以歌德为首的约定,届时定能诞生不少值得一读的评论。我已在歌德的命令与指导下写了一篇神话评论①。奥古斯特·伯德②也同样如此,若没有歌德的支持他定不敢评论如此重要的作品,而如今他的评论在几周前收获了广泛好评。比起写作,歌德本人更愿意说。那些他在谈话中脱口而出的金玉良言未能为更广泛的受众所知着实令人扼腕。此外,我想借用席勒对于波萨侯爵的评论来形容歌德:"他的精神碎片便足以供养千人。"③

　　我还要和你讲一件让我对歌德心醉神迷的小事。我第二次拜访歌德时,人们刚刚签发了我的博士学位,并从耶拿寄给歌德让他转交给我。他没有告诉我这事儿。为了摘一些月桂和柠檬枝回来,奥古

---

① 海因里希·福斯在3月24日给歌德的信中表达了他想要评论卡尔·弗里德里希·多纳登的《希腊神话阐释新理论》(Neue Theorie zur Erklärung der griechischen Mythologie)以及马丁·戈特弗里德·赫尔曼的《荷马及赫西俄德神话手册》(Handbuch der Mythologie aus Homer und Hesiod)的想法。

② 伯德关于《丘比特,1804年诗意口袋书》(Cupido, ein poetisches Taschenbuch auf 1804)的评论发表于1804年3月30日的《耶拿文学汇报》。

③ 《唐·卡洛斯》(Don Karlos) V, 4——卡洛斯向阿尔巴说起刚刚遇刺的波萨侯爵:"Die Splitter seines Geistes hätten Sie/Zum Gott gemacht."

斯特还特意去了一次观景楼。吃饭时我还对此‐无所知。饭后歌德 481
对武尔皮乌斯说:"我的孩子福斯看上去还是那么饿,可不能伤害了
客人享受款待的权利,至少得让朋友吃饱吧。"我也以同样轻松的口
吻请求原谅,并保证自己已经饱了。但这于事无补。奥古斯特被支
出去拿饭后甜点。他拿着一个大碗回来,并把大碗放在我的头上。
现在我不得不保证至少再吃一口。接着餐点就摆到了我面前。你可
以想象我有多震惊。我看着歌德,不知该说些什么。这时歌德、奥古
斯特和武尔皮乌斯衷心地祝贺我获得新的头衔,歌德把我拥入怀中,
第一次称我为"他亲爱的儿子",这奉承之言他之后又重复了多次。
紧接着他的兴致高涨起来。"照道理,"他对武尔皮乌斯说:"我们应
该为新晋博士的健康喝一杯香槟。"她去地下室取来了美酒。我们之
前已经喝了一瓶半,然而这琼浆玉液仍不嫌多,最终我们把酒喝得一
滴不剩。在这期间我始终被称为博士先生。我对此提出抗议。
"不,"歌德说:"今天就这么叫,明天也是,这是对他成为博士的惩罚。
明天晚上我们有一个小型聚会,新晋博士伯德也会来。届时我们要
为两位先生尊贵的健康畅饮,然后才摘下你们的博士头衔。"接着他
亲切地与我握手并对我说:为了我们,请您继续做那个"好福斯"。
这时香槟开始发挥作用。我不但兴致高昂,更是喜不自胜。我从来
没有如我所望般向歌德表达谢意,也从来不曾尝试,如今我做到了。
当我们站起身时,我感觉脑袋比平时要重一些,也许歌德也是如此,
他显得异常高兴。我们又散了几小时步,在公园里歌德给我上了一
堂自然史课。〈……〉

　　〈……〉对于这样的男人,除了敬畏,难道不该有同样的喜爱吗? 482
但或许你认为可以在他面前抛却敬畏的感觉? 不! 根本做不到。对
我来说,即便在我最坦率最自然地面对他时也是鼓足了勇气的。就
像莎士比亚曾经说过:"当太阳照耀大地时,即使蚊子也能在他的光

芒下嬉闹，而当它躲起来时，一切都得爬回洞里。"①

我并不是说歌德在场会令人拘束。恰恰相反，他最喜欢无拘无束的表现。只不过即使他绝对不会当面生气，也不会有任何人在歌德面前肆无忌惮地说笑逗趣。我想和你打个类似的比方：你能在教堂里举办酒宴吗？老实说如果隔壁有人在吹风笛，我都没法好好听格劳恩的受难曲②。——对于席勒就完全不同。在他面前有时我可以放下虔诚的敬畏（不要误会我），我有时可以忘记**席勒**，只看到眼前这个神采飞扬的男人。但是歌德，即便在他最轻松愉快的时候，我也始终忘不了使之成为歌德的东西。

歌德以一种已然功德圆满的人才有的方式观察着人类，并相应地与之交往。他处事沉静，他在每一个人身上都能看到人性的某种特定变化，他是真正的自然学家，他赋予每一种动植物光荣的等级。一个自然学家怎么会对一棵毒树或是一只蟾蜍（该死的，它居然与歌德押韵③）生气呢？所以，区区一个科策比，甚至是默克尔都不会烦扰到歌德。他想着，亲爱的上帝给了他们蠢驴般的天性，他们也不得不忠于自己的天性。哪怕他们只会发挥负面的影响，也同样是为了得到全体福祉而不可或缺的因素。因此这些人也获得了为所欲为不受惩罚地咒骂他的自由。——在这种情况下歌德就是一位安静的观察者。若他想有一番作为却受到拖累，便自然变成了另一个人，他绝

483

---

① 摘自莎士比亚《错误的喜剧 Ⅱ，2》(The Comedy of Errors)：When the sun shines let foolish gnats make sport，| but creep in crannies when he hides his beams.

② 卡尔·海因里希·格劳恩(Karl Heinrich Graun，1701—1759，作曲家)的受难曲大合唱《耶稣之死》(Der Tod Jesu)，在魏玛只于 1792 年 4 月 6 日上演过一次。

③ Kröte 和 Goethe 在德语中押尾韵。

对不会容忍任何阻碍他好事的东西,他会奋起攻之直至扫清障碍。
我也曾看到他因为愚蠢丑陋之事勃然大怒,但这是高贵与正义的怒
火,是一针见血、掷地有声的责备,而非不受控制的怨恨与激
情。——想想他在诗评①中就容忍的界线所说的包罗万象的精妙话
语吧。

　　亲爱的歌德,谁能赋予你应得的爱,谁又能探索你无尽的价值?
亲爱的伯尔姆,人们从这个男人的眼中就能看出他的品格,不是吗?
他天性中的庄严在他脸上一览无余。自从我认识了令人难忘的施托
尔贝格之后,歌德是能给我留下相似的、不可磨没的高贵美好印象的
唯一一人。

　　〈……〉他〈席勒〉最喜欢日常对话的内容(歌德则恰恰相反)
〈……〉。

---

① 指的可能是歌德对 J. H. 福斯《抒情诗选》(Lyrische Gedichte)的评论中的下
　列内容:"难道人们应该遵循狂妄地要求真正的宽容即便面对狭隘也应当宽
　容这种拉帮结派、完全错误的准则吗? 绝不! 狭隘始终蠢蠢欲动,蛊惑人心,
　只有通过不容异说的行动与作用才能加以控制。"

1489. 歌德致夏洛特·封·施泰因（亲笔）

1804 年 4 月 9 日　星期一

衷心感谢您这封亲切的来信①。我仿佛看到女友从柏林的宫廷镜子前款款而过。

在此说一些十分深奥,但可能您已略知一二的事②。下次详说。祝您晚安。

　　　　　1804 年 4 月 9 日　　　　　　　　　　　　G

---

① 不详。
② 不详。

1490. 歌德致夏洛特·封·施泰因(亲笔)

1804年4月11日　星期三

您愿意来看看我,为我扫去晦暗早晨的阴霾吗? 484

1491. 夏洛特·封·施泰因致其子弗里茨
(1804 年 4 月 11[12]日)

1804 年 4 月 12 日　星期四

我从歌德那儿回来，他有一次邀请我每周四前去观赏他的艺术收藏。我总会带上一位女士①一同前往，在那儿我受益匪浅，毕竟人得一直学习到老。我从 11 点待到 1 点，我觉得斯塔尔夫人令他意识到想要接触比他日常所见更有文化的女性的需求。

---

① 这里指的肯定不是同一位女士。夏洛特·封·施泰因通常不单独拜访歌德，阿玛利亚·封·伊姆霍夫或是夏洛特·封·席勒常常与其作伴，有时也会有其他女士。

1492. 歌德致席勒①（亲笔）

1804 年 4 月 16 日　星期一

I.

1）一些人和麦克白及班柯走在一起，这样后者才能问：到弗利斯（Foris）还有多远？②

II.

2）大钟在呼唤。大钟不会自己响起，通常人们听到的是敲钟声。③

3）老人应该坐下，或者离开。一个小小的变动麦克德夫便能结束这一场。④

III.

4）伺候麦克白的小伙子应该穿得更好些，他应该打扮得像个贵族子弟。⑤

5）埃伦斯泰因⑥的袍子太紧了，应当再加宽一幅。

6）应当呈现谋杀班柯的整个夜晚。⑦

485

7）餐桌上的果实应该画得更红些。⑧

8）班柯的灵魂⑨附在上衣中在我看来太平淡了，但是我也说不

① 此信就席勒改编的莎士比亚戏剧《麦克白》（Macbeth）提出建议。该剧于 4 月 7 日和 4 月 14 日再度搬上舞台。
② 第一幕第五场开始。在书中（1801 年，蒂宾根）以及魏玛的台本中之前的导演指示写道："麦克白与班柯。三女巫。"
③ 第二幕第三场结尾，麦克白的独白："大钟在召唤我——邓肯，不要听！"
④ 第二幕第十三场结尾。在书和魏玛台本中"老人"结束了这一场，与麦克德夫以及罗斯一同下台。
⑤ 第三幕第三场麦克白与一名"仆人"说话，一句话后仆人便下场了。
⑥ 约翰·伯恩哈德·埃伦斯泰因很可能扮演了班柯的一位刺杀者。
⑦ 第三幕第七场。
⑧ 第三幕第八场的导演指示为："装点隆重的大厅，熠熠生辉。背景为摆满佳肴的长桌。"
⑨ 它与上文出现在同一场景中。

清该如何改动。

IV.

9) 女巫们①应该躲在铁丝支架的幕布下,这样她们的脑袋看起来不至于太光秃秃。也许可以模仿古时的女祭司,给她们带上修剪过的花环。

10) 因为在女巫这一场过后,舞台背景落下,所以麦克白不需要说:"外面的人进来。"这会让人觉得这一场仍在洞穴中。②

V.

11) 女士洗手或搓手时一只手包裹着另一只手。③

12) 要画好盾牌④。

13) 在舞台上麦克白至少要有一部分时间身穿铠甲,不然他说的太多,却没有任何感官的联想。⑤

14) 他不该穿着鼬皮大衣决斗。⑥

---

① 她们在第四幕的第二、第三以及第四场出现。

② 女巫的几场戏发生在洞穴中。最后女巫消失后,因为"舞台背景"落下了,所以显然需要一个新的舞台背景,表明麦克白已不再身处洞穴。

③ 第五幕第一场。

④ 最后一幕第三场第一次提到了绿色的盾牌,即士兵们挡在胸前的树枝:"我们眼前的森林是什么?"

⑤ 第五幕第五场。

⑥ 第五幕第十二场。

1493. 歌德致艾希施泰特

1804年4月25日 星期三

尊贵的阁下，

先附上您要求的信件①，余下的②也将很快送到。我们觉得刊登克雷奇曼的文章③并无不妥。

请您谨慎对待瓦格纳先生④。您可以带给他谢林和黑格尔的《批评杂志》⑤，这值得研究一番，同时也能借机了解他。第3和第4篇已有人评论，第2和第5篇尚无人选。

把一位重要人物的所有作品托付于一位评论者之手，这有悖我们报纸的精神。能评论谢林的部分作品他就应该知足。但若这些评论家先生们中真有人想独占宝座，相信您一定懂得如何和平地处理这一切。

奥古斯特·施莱格尔在这儿拜会斯塔尔夫人，他让我向您转达他的衷心问候。

魏玛，1804年4月25日   歌德

486

---

① 在4月23日的信中艾希施泰特急迫地要回约翰·雅各布·瓦格纳的信以及苔奥多·康拉德·封·克雷奇曼（Theodor Konrad von Kretschmann，1762—1820，萨克森-科堡的公务员、作家）的回复。

② 艾希施泰特在4月22日的信中附上数篇作品及评论，歌德一一做了边注并随4月28日的信寄回。

③《文学汇报》（1804年第99期起）刊登了对克雷奇曼的著作《科堡-萨尔费尔德的管理》（Die Organisation der coburg-sallfeldischen Lande）的评论。艾希施泰特4月22日寄来了克雷奇曼的回应同时写道，虽然回应中有一些"激烈措辞"，但仍应该予以刊登。文章发表于《耶拿文学汇报》的《知识报》（1804年第51期）。

④ 艾希施泰特寄来一封约翰·雅各布·瓦格纳的信；此人想要"毁灭"谢林，因此要小心对待。

⑤ 谢林与黑格尔出版的《哲学批评杂志》（das Kritische Journal der Philosophie）于1802—1803年间在蒂宾根出版。《文学汇报》中并未刊登与其相关的评论。

1494. H. C. 罗宾逊①

1804 年 4 月 26 日　星期四

　　初识歌德已有一月,恰逢斯塔尔夫人在 A. W. 施莱格尔的陪同下从柏林返回,我与施莱格尔,雕刻家蒂克②以及写了许多歌德轶事的作家里默尔一同在歌德家用餐。除了歌德夫人外别无他人。我深深惊讶于两人的迥然不同。歌德展示了超乎寻常的沉静泰然,而施莱格尔则极力玩弄着文字游戏和各种噱头。他的话我已忘得一干二净,只记得他将伯蒂格与巴尔多夫③做比较加以嘲讽。至于歌德,我仍记得他说的寓意深刻的只言片语。他对施莱格尔说:"我很高兴听到令弟打算翻译《沙恭达罗》④。我很期待读到诗歌原来的样子,而非那个'道德的英国人'⑤的演绎。"他以讥讽的口吻强调"道德的英国人"这几个字。他接着说道:"事实上我厌恶一切东方的东西。"也许他是想说他觉得希腊精神远远超越东方思想。接着他说:"我很高兴有真正憎恶的东西,否则人们就有可能堕入一味寻找事物美好一面的无聊习惯中。这对真正的感受有着致命的摧毁作用。"这解释了他对于起源于东方的这两种宗教的许多见解。然而这可能只是他暂时的感受,因为不到十年之后他便逃离了对于围绕着他的痛苦的沉思,投身于东方文学的研究以期求得慰藉。其成果可参见《西东合集》。

487　　在偶尔的拜访中我看到了与他共同用餐的同伴,即他的孩子们⑥

---

① 原文为英语。
② 弗里德里希·蒂克。
③ 莎士比亚《亨利四世》(King Henry IV)中福尔斯泰夫的一个同伴。
④ 迦梨陀娑(Kalidasa,公元 5 世纪,印度诗人)的《沙恭达罗》(Sacontala)。弗里德里希·施莱格尔的翻译并未出版。
⑤ 指的是东方学家威廉·约纳斯。
⑥ 除了奥古斯特,歌德和克里斯蒂安娜还生了四个孩子:一个是 1791 年 10 月 14 日出生即天折的儿子,一个是 1793 年 11 月 21 日出生,1793 年 12 月 4 日落葬的女儿卡洛琳,儿子卡尔(1795 年 11 月 1 日至 1795 年 11 月 16 日)以及女儿卡森喀(1802 年 12 月 16 日至 1802 年 12 月 19 日[并非 21 日])。

的母亲。她面容姣好,嗓音悦耳,她的举止不拘小节,自由随性。在她年轻时,人们也曾说起过她有失体面的生活方式以及自由奔放的人际交往等趣闻逸事。如今她已摆脱了一切诸如此类的毛病。

1495．F.劳恩

1804 年 4 月末/5 月初

　　我在魏玛〈……〉最大的愿望自然是亲自结识一些生活在那儿的德国诗歌与文学的英雄人物。然而仅仅一天的时间〈……〉不能奢望过多,因此歌德和维兰德始终是我最先追逐的对象。

　　〈……〉我刚向**法尔克**倾诉了我的愿望,他就在给歌德的短信中提出了希望接待我一小时的请求。很快就有了回复,信上说歌德从 12 点起会在家中。我对这位功德圆满之人充满了最深沉最真挚的敬意,仅仅站在他的门前我的整个灵魂便已欢呼雀跃,游荡在希望与敬畏之间。楼梯口的 Salve① 表达着那位高高在上的男人对每一位访客的热情欢迎,多多少少平复了后者的忐忑心情。人们刚把我引入二楼的一个房间并向主人通报我的到来,歌德便出现了,日后**劳赫**精彩生动的描绘②巧妙真实地再现了他的穿衣风格。他的身型与姿态,他令人印象深刻的朱庇特般的头颅,两道浓密、匀称的穹形眉毛下深邃专注的眼睛,他高贵的面容,一切的一切共同构成了围绕着他的高不可攀的气场。但紧接着当他轮廓优美的嘴唇开始说话时,他便以那慷慨振奋、温暖人心的阳光般的目光亲自打破了这一切。没有什么比天才的 H.海涅不久前所写的拜访歌德的报道③更能令我

① 拉丁语的"欢迎"。
② 雕刻家克里斯蒂安·丹尼尔·劳赫曾多次为歌德绘制肖像,这里很可能指的是 1823 年至 1825 年的小塑像或是《穿着家居服的小塑像》(Statuette im Hausrock,1828)。
③ 海涅于 1824 年 10 月 2 日拜访歌德,在他的《浪漫学派》(Die Romantische Schule)的第一本末尾处他描绘了此次经历:"真的,当我在魏玛拜访他时,即便没有在他身边见到喙中含着闪电的雄鹰,我仍然不由自主地看向一边。我差点要用希腊语与他攀谈;但是我想起他是说德语的,于是我用德语对他说:连接耶拿与魏玛的路上的李子非常美味。在许多漫长的冬夜我都苦苦思索见到歌德该说些什么高贵深刻的话,当我终于见到他,我对他说萨克森的李子很美味。而歌德听完微笑起来,那对微笑的嘴唇,是曾经亲吻过美丽的利达、欧罗巴、达那厄、赛梅勒以及其他诸多公主与仙女的同一对嘴唇。"

488

同想起自己当时的思想状态。毋庸置疑,包括海涅与我在内的许多人都时常长久地思索若有机会与这位伟人交谈时该说些什么。但是一切都好像被一阵旋风猛烈地吹离了我的记忆!我虽未能像海涅一样借由前往魏玛路上的李树巧妙地连接起对话,但我仍深信至少我也再找不到更好的话题了。当歌德听说我刚察看了魏玛宫殿后,便问我是否喜欢才到达那里的哈克特的风景画。就我回忆所及,我虽不认为那是一副多么伟大、精湛的构图,但它却见证了这位知名画家非比寻常的技巧以及老练的手笔。我如此赞扬地表达了我的看法。"不管怎么说,"歌德回答道:"此等勇气仍值得褒奖,而哈克特亦是开拓进取之人。甚至可以说,他走得太远了! 他想要对自然无所不知,他认为再不需要今后的研究,这将会误入歧途。绘画艺术与其他所有艺术一样应视自然为其永恒源泉,即便最为集大成者也一刻不可停下继续创作的步伐。自然是无穷无尽的,只有通过这一办法才可捕获并再现真正的生动。"

接着他还把话头转到了德累斯顿的艺术与艺术家们。他说起哈特曼,对其巨幅油画《埃涅阿斯》以及素描《被复仇女神纠缠的俄瑞斯忒斯》赞不绝口。他还问起杰出的风景画家梅肖的最新艺术作品,尤其提到了画家那幅著名的名为《逃往埃及》的画幅巨大、技艺精湛的作品。歌德询问了画作的价格,也许他希望能为魏玛宫殿送去一份装饰品。即使已经回家,我仍未停止为他打听相关消息。

489

歌德还问及曾在德累斯顿生活过的天赋异禀的青年画家伦格的最新成果。伦格的艺术作品独一无二,充满隐喻的画作主要表达其宗教与诗学理念。其笔下形象寓意深刻,令人愉悦,同时又巧妙融合了阿拉伯风格的形式,这为他招来数量众多的朋友与崇拜者。而其不幸英年早逝无疑是艺术的巨大损失。

〈……〉

　　歌德称赞了几幅他曾见过的**伦格**的早期作品。但如果一位艺术家除了此类作品不愿再有创新——他补充道——人们又该说些什么？艺术又能赢得些什么？

　　直到后来我才领悟，正如之前他指责**哈克特**在后期作品中缺乏对自然的充分观察，**歌德**也许正想借这一评判同时给我以教育启发之暗示。

　　我与他告别时，他友好地对我说下次再来**魏玛**应当多停留些时间，并不要忘了再来拜访他。

　　当我离开因为他的存在而神圣永驻的屋子时，这位不朽的巨人的全部音容笑貌给我留下的印象是如此汹涌，以至于若一切关系可以安排停当，我愿意立刻选择**魏玛**作为我永久的栖息之地，只为了在他的身边接受其思想的滋养与洗礼。

490

1496. 里默尔

1804 年 5 月 20 日　星期日

根据歌德贴切的评述,语言无法表达个体(即我所谓的现象的个体性)和特殊性。我们关于种类的词汇仍十分普通宽泛。因此若非对方持有相同观点,根本不可能明白他的意思。比起词汇本身,必须更关注说话者的目的。

　　　　　　　　1804 年圣灵降临节的星期日,
　　　　　　　　前往观景楼的散步途中。

1497. 里默尔致 C. F. E. 弗罗曼
(1804 年 5 月 22 日)

1804 年 5 月 22 日　星期二前

您是为了《格茨》而来——您来早了：我们很可能冬天前都见不到它。几周前歌德曾想前往耶拿,但是您与艾希施泰特等人并不在,此外还有一些琐事阻挠,最终未能成行。

我过着甚为游手好闲的日子：吃饭,饮酒,睡觉,散步,时而亲吻,但却没有更进一步的举动。我在歌德那儿听了几个关于植物进化以及颜色理论的讲座。我们用七足的赫舍尔望远镜①观察了月亮,此外还进行了无所不包的谈话。〈……〉

来自罗马的小姐②第二次来到这儿,很快还会再来。

---

① 根据天文学家 Fr. W. 赫舍尔命名的望远镜。参见 1800 年的《四季笔记》："我们为我们的科研机构采购了一架六足(正文为七足)的赫舍尔望远镜。"
② 卡洛琳·封·洪堡3月5日从罗马出发,5月14日至5月17日在魏玛停留,5月29日至6月1日再度回到魏玛,之后继续其前往巴黎的旅程。

1498. 法尔克致克里斯蒂安娜·封·赖岑施泰因 (1811 年 12 月 29 日；草稿)

1804 年 1 月 24 日 星期二至 2 月 3 日 星期五以及 1804 年 5 月

491

　　昨天晚上我们在鲁博士那儿，德·阿尔顿博士和林德纳博士也在场。借此机会德·阿尔顿博士讲述了一则关于我和歌德的轶事，所有人听后都义愤填膺。据说歌德六年前曾向本地政府提议立刻将我驱逐出境，他从前就打算给我尝尝封·雅利格斯先生[1]日后同样经历过的遭遇的滋味：然而根据政府顾问福格特先生对德·阿尔顿先生的讲述以及后者在宫廷顾问迈尔先生那儿打听到的进一步消息，政府认为其列举的理由不足挂齿且并不充分，因此根本不愿批准这一霸道的无理取闹。歌德对此勃然大怒，指天发誓——就像许多老女人习惯发的毒誓一般——从今往后再也不许我出现在他的眼前。

　　歌德萌生想要把我驱逐出境的友好想法一事的来龙去脉大致如下。1805 年复活节前后我曾于维也纳图书馆拜访并交谈过的约翰内斯·封·米勒来到魏玛我的家中。那时我还与歌德相交甚欢，每周都会在他那儿度过数个中午与夜晚。因为我与约翰内斯·米勒一直以来都十分惺惺相惜，他便问我最近在做些什么。我回答说，我在创作一部名为《长着猪鼻子的公主》[2]的童话。他请我朗读给他听，为

---

① 作家、翻译家卡尔·封·雅利格斯(Karl Ferdinand von Jariges，1773—1826) 在其广闻博见的旅行之后在 1804 年左右开始定居魏玛，并为《高雅世界报》 (Zeitung für die elegante Welt，自 1806 年起)以及《耶拿文学汇报》撰写数量 众多的评论。1809 年由于其尖锐的戏剧批评而被驱逐出魏玛。

② 《长着猪鼻子的公主。一部全新的，至今尚未出版的二幕剧》(Die Prinzeſſin mit dem Schweinerüssel. Ein newes, bis jetzt noch ungedrucktes Spiel in zwey Akten)，刊于：《最新讽刺小品集，J. D. 法尔克诗歌及小说》(Neueste Sammlung kleiner Satiren, Gedichte und Erzählungen von J. D. Falk)，柏林 1804，第 142 至第 223 页。——盖瑟尔布莱希特的木偶舞台 5 月至 6 月间在魏玛访问演出，它在魏玛市政厅上演了法尔克的戏剧，但并未声明戏剧的作者。——观众们为此心醉神迷，然而所有魏玛的演员们却勃然大(转下页)

492

此他还准备某个早晨特地来我这儿。他确实这么做了。当我把《公
主》读给他听后,他径直将其称为我所写就的最天才的笑剧,我刚读
完,就不得不再次从头开始朗读。同一天米勒在歌德那儿用餐,席间
提到了我,他便盛赞了我的《公主》。这引起了歌德的注意,以至于他
请我给他看看手稿。此时机械师盖瑟尔布莱希特正巧带着他的木偶
来到魏玛,并获得了演出许可。在某个周日上演了《浮士德》(根据寓
言故事的原始改编版①,歌德自己的创作也以此为依据。),歌德与我
一同前往观看。在回家路上他对我说:您的《公主》十分有趣,读来
予人享受之乐。您应该把它交给盖瑟尔布莱希特表演。我立刻根据
建议行动起来,周一盖瑟尔布莱希特收到了手稿,同一周便在魏玛市
政厅上演,获得无尽掌声。宫廷剧院的演员们早就心怀不满默默注
视着木偶表演家场场爆满的剧场。然而两样东西最终导致他们怒意
的爆发。第一,对于席勒骑士人生②的戏仿,包括曾数百次以类似方
式进行的对于演员生涯的轻微嘲讽。第二,一个微不足道的戏谑,当

(接上页)怒,他们觉得受到了戏谑(尤其是海因里希·贝克尔)。观众们希望的重演
  因为文中提到的演出禁令未能实现。当人们知道其作者是法尔克后,他差点
  儿受到暴力袭击。《高雅世界报》(1804 年 6 月 9 日第 69 期)报道了这一事
  件,11 月 6 日还刊登了对于《公主》的友好、正面的剧评。

① 指的是英国戏剧家克里斯托弗·马洛(Christopher Marlowe,1564—1593)于
  1587 年至 1593 年间根据民间话本的基础而创作的戏剧《浮士德博士》
  (Doctor Faust)。17 世纪该剧成为德国巡回演出剧团的保留剧目。歌德
  1818 年才读到马洛的剧本,因此从少年时代以来他是通过一出改编的木偶
  剧才知道它。

② 指的是《华伦斯坦军营中的骑士之歌》(Reiterlied aus Wallensteins
  Lager)。——在法尔克《长着猪鼻子的公主》的结尾处出现了一段"对长着猪
  鼻子的公主的木偶收场白。由作为第二位牧猪人的小丑机械师盖瑟尔布莱
  希特先生在魏玛市政厅说出"。它包括一段名为《席勒骑士诗戏仿》的小丑
  吟唱。

牧猪人和他的猪群道别时，影射了《奥尔良的姑娘》中的独白："永别了"①等等。他们一同跑去歌德那里挑拨离间——这是轻而易举的事——并立刻搞到了针对盖瑟尔布莱希特的警方通知，禁止其在魏玛继续演出。此时我为他敞开了我的家门，他以我尚存的小木偶在我家中开设了一个剧院，并免费演出了三场《长着猪鼻子的公主》，收获一致好评。那些演员见我这边笑声连连，便在歌德的花园公开向席勒与歌德致以欢呼，同时对我高喊"去死吧"。为了给予这一威胁以举足轻重的力量与支持，枢密顾问正式请求将我驱逐出境。

---

① 约翰娜："Lebt wohl，ihr Berge，ihr geliebten Triften，Ihr traulich stillen Taeler lebet wohl!"（永别了，山川，亲爱的牧场，亲密的、寂静的山谷，永别了!《奥尔良的姑娘》，序幕，第四场）。

魏　玛

1804 年 6 月 1 日至 6 月 22 日

1499. 歌德致卡尔·奥古斯特公爵(亲笔)

1804年6月5日 星期二

493 　　承蒙您仁慈的惦念,在此附上席勒的短信①。明天我将择时前来晋谒。

歌德

---

① 席勒在信中告诉公爵,他4月26日至5月21日在柏林,为了"进一步了解与我有多年往来的当地剧院,并为我将来的作品建立有利的联系"。人们邀请他长期留在柏林。席勒在信中暗示希望能获得可能的经济上的改善,同时指出他无法为他的家人留下任何家当这一事实,以此请求提高其在魏玛的收入。

1500. 卡尔·奥古斯特公爵致 Chr. G. 福格特（1804 年 6 月 6/7 日）

1804 年 6 月 6 日　星期二

我与歌德就席勒之事达成下述约定：

我会从约翰尼日①起给他增加 400 塔勒，时机恰当之时再追加 200 塔勒，在这期间我们要秘密行事，这样的话，若是席勒能与柏林人达成某种协议，在柏林逗留一段时间进行创作，或是在那儿指挥他的戏剧演出，也许他还能从那些柏林人手里狠狠地骗来一笔钱：我之所以想到这个主意，是鉴于席勒的正直品格而助他一臂之力，改观他在信中敢于直言的生活状况，同时也为了逗弄一下那些柏林人。

① 6 月 24 日。

1501. 席勒致卡尔·奥古斯特公爵
（1804 年 6 月 8 日）

1804 年 6 月 6 日　星期三至 6 月 8 日　星期五

　　尊贵的殿下仁慈地表达了您宽宏大量的高贵姿态①，我心中的巨石终于落了地。〈……〉

494　　若尊贵的殿下如枢密顾问封·歌德对我所言愿意施舍我更多您的恩惠，准许我去柏林待几个月②，将会拓宽我的见识，为我的创作带来有利的影响。

---

① 显然歌德向席勒传达了公爵的决定。

② 席勒没有再去柏林。

1502. 歌德致伊夫兰

1804 年 6 月 14 日　星期四

我正打算回复尊贵的阁下的友好信件,就听说我们的朋友席勒正在您这儿。我相信即便没有我的委托,他也定会向您转达我对您无尽的敬意和真诚的信赖。

剧院的情况有些动荡不定,因此得始终准备着应对变化。眼下让我们感到有些不适的是我们的演员们在相对更大、装备更齐全的舞台上获得良好反响,因此我们必须重视由此表达的敬意,至少想象我们为推动艺术,培养艺术家们贡献了绵薄之力。此外对于新的聘用①并无反对之声,只是旧任期过后,才会开始新的合约;在此我还想补充一点,马斯小姐请求提前解除聘用,但这是我们无论如何都不会允许的。

一旦《格茨·封·贝利欣根》②有所进展,我会立刻向您汇报。可惜它现在还无法搬上舞台,其与生俱来的顽劣甚难驾驭。

请允许您最谦卑的臣仆以一如既往的姿态署上姓名。

　　　魏玛,1804 年 6 月 14 日　　　　　　　　　　歌德

---

① 在 4 月 17 日的信中伊夫兰写道威廉敏娜·马斯在魏玛的工资不够用,他已聘用她前往柏林。基尔姆斯并未向伊夫兰派来的导演秘书米歇尔·鲁道夫·保利提出任何异议。1804 年 5 月 3 日《正直人》(第 88 期)中报道:她从柏林回来后"被拘捕了八天",因为她超休假结束没有及时归来,并且在没有许可的情况下在柏林进行了演出。威廉敏娜·马斯在魏玛一直待到 1805 年的复活节。

② 歌德的改编于 1805 年 9 月 4 日在柏林首演,之后在歌德有生之年又演出了二十三次。

1503. J. H. 福斯(小)致 B. R. 阿贝肯
(1804 年 7 月 21 日)

495

1804 年 6 月 19 日　星期二

　　我经常看见席勒;每周三和周日我们都会相聚,此外有时晚上在他那儿,或是在歌德那儿,或是在沃尔措根那儿。你一定会觉得她是个十分可爱的女人。最近她邀请我去她那儿,我到达时席勒夫人已经到了,接着封·施泰因夫人和阿玛利亚·封·伊姆霍夫(现在已叫黑尔维希)也来了。8 点左右席勒到了,出人意料的是歌德也一同前来,你不会相信这引起了怎样的欢呼。我们一直待到 11 点。那是一个至福的夜晚,席勒讲述了《一千零一夜》里的故事,歌德则在一旁做着最认真同时也是最滑稽的解释。——阿贝肯,我在这儿过着诸神般的生活。我在这两位我同样无以复加地深爱着的男人这儿获得了儿子与朋友的权利。——武尔皮乌斯告诉我,每当歌德听到有人说十分喜欢我时,总会非常高兴。〈……〉

　　这儿的课堂也给我带来无穷的乐趣。你无法想象学生们有多么喜欢我。〈……〉如果我好好地完成在这儿的工作,是否就能永远听到歌德称我为他亲爱的儿子,他的小福斯,小教授呢?

1504. 歌德日记(亲笔)

1804 年 6 月 19 日　星期二至 6 月 22 日　星期五

6 月 19 日

　　《皇家学会史》。拜访演员,交涉。晚上在花园,与席勒散步。在封·沃尔措根夫人处用晚餐。

　　〈……〉

6 月 22 日

496

　　早上陪同殿下前往罗马人之家。图书馆。整理东西。晚上和奥古斯特前往耶拿。

耶 拿

1804 年 6 月 22 日至 7 月 7 日

1505. 歌德日记(亲笔)

1804 年 6 月 29 日　星期五至 7 月 7 日　星期六

6 月 29 日

《格茨·封·贝利欣根》。矿物学相关。宫廷顾问艾希施泰特。晚上在福斯家。迈尔教授。三个马约里卡陶碗①。赛勒斯②。就马斯一事致信基尔姆斯③。V.④

6 月 30 日

早上经过布尔高并返回。《格茨》。下午和奥古斯特以及少校先生⑤前往齐根海因。

〈……〉

7 月 2 日

在殿下处。晚上启程。

〈……〉

7 月 7 日

晚上从耶拿出发。

---

① J. H. 迈尔在 6 月 27 日的信中写道为了他的《关于马约里卡容器》(Über Majolica-Gefässe)的论文,他想开始描绘马约里卡陶碗。他问歌德,克内贝尔的马约里卡收藏中哪些适合用来临摹。歌德寄去了三个碗。

② 歌德在给迈尔的信的补记中写道:"一块绮丽宝石的拓印已经到我手上,您也可以从随信附上的潦草涂画中评判一二。它是所能想到的最完美的赛勒斯。"至于这是宝石切割师赛勒斯的哪一块宝石,后人不得而知。

③ 基尔姆斯在 6 月 30 日的信中写道,不久将发出对威廉敏娜的决议。

④ 克里斯蒂安娜·武尔皮乌斯。

⑤ F. L. A. 封·亨德里希。

魏 玛

1804 年 7 月 8 日至 8 月 13 日

1506. 歌德日记(亲笔)

1804 年 7 月 8 日　星期日

早上在殿下处。各项事务。晚上席勒。

1507. 歌德致夏洛特·封·施泰因（亲笔）

1804 年 7 月 11 日 星期三

如果我早上没有福气见到您与您的朋友们,请允许我下午前来 497
询问一下泉水①的疗效。我还没能收回赖夏特的信②,我会马上派人
打听。

1804 年 7 月 11 日 　　　　　　　　　　　　　　　　G

---

① 夏洛特·封·施泰因很有可能正在饮用某一温泉的泉水,也许是派尔蒙特
温泉。
② 在 1 月 29 日的信中夏洛特·封·施泰因提醒歌德,斯塔尔夫人还保有赖夏特
《巴黎私信》中的前两部分。但并不清楚歌德最终有没有"再度收回"这些
信件。

1508. 歌德致 F. A.沃尔夫

1804 年 7 月 11 日　星期三

　　眼下我下定决心写的诸多信件都将以对于我长久的沉默的道歉而开场。尊敬的朋友，对您我也犯下了同样丑陋的错误①，若依往常对待疏忽大意之过，我是断然没有勇气打破这沉默的。只是如今发生了不少事能让我通过邮差向您汇报，之后也会有进一步的后续补充。

　　那份令我们望眼欲穿的评论②已在我手上，它展示了作者③的渊博学识，我希望能与您，也与他本人亲口聊聊。

　　我所记得最主要的不同观点是他自认为抓住了作品的理念，正如第一页划出的段落所示，虽然充满了智慧与敏锐，但只是看到了现象的结果。请您多加感谢他对我的作品所投入的关注。

　　请收下我与我的家人对您的衷心问候〈亲笔〉，请深信我们始终挂念着您。

　　　　　　魏玛，1804 年 7 月 11 日　　　　　　　　　　　歌德

---

① 歌德上一封信写于 3 月 21 日，且未能流传。
② 沃尔夫·约翰·弗里德里希·费迪南德·德尔布吕克（Johann Friedrich Ferdinand Delbrück, 1772—1848，柏林的高中教师）在 1 月 31 日的信中寄去了对歌德《自然的女儿》的评论。它刊登于 1804 年 10 月 1 日至 10 月 4 日的《耶拿文学汇报》上，后又重载于：奥斯卡·法姆巴赫《歌德与他的评论家们》（Goethe und seine Kritiker），杜塞尔多夫，1955，第 72—98 页。
③ 1809 年 8 月 J. F. F.德尔布吕克拜访歌德时两人才初次相识。

1509. 歌德致 N. 迈尔

1804 年 7 月 11 日　星期三

　　我的家人总是彼此信任,父亲、母亲与儿子总是认为对方已对寄　　498
来的馈赠表达过感谢,这反而成了我们似乎不知感恩的原由。

　　您寄来的一箱牡蛎①令我们大为惊喜。它们送达时天气正暖,
看上去鲜美多汁。随信附上的作品②十分精彩。谁若在这样的情况
下仍不愿承认其成就,那只能说他是个极为暴虐的评论家了。

　　在诸如此类的享受之余,我常常希望您能像从前那样参与其中。
尤其今年冬末《退尔》的上演取得了瞩目的成就,只是图书要到米歇
尔日③前后才能印刷出版④,届时我一收到就立刻给您寄去。与此同
时,请您时不时记得给我们送来一些您的海货和商品⑤,并时常告知
我们您的近况。

　　致以我与我的家人对您热切的想念。

　　　　　　魏玛,1804 年 7 月 11 日　　　　　　　　　　歌德

---

① 尼古劳斯·迈尔在4月28日的信中据称受一位封·科迪先生之托送来三百枚
　牡蛎。
② 《卡洛特普·封·科迪的一部论战戏剧》(Kalloterpe. Ein polemisches Drama
　von v. Corti)。
③ 9 月 29 日。
④ 《威廉·退尔》图书版于 10 月出版。
⑤ 迈尔在 7 月 14 日的信中就已寄上了一条鲑鱼。

1510. 歌德致芬特(亲笔)

1804 年 7 月 12 日   星期四

我刚才去察看图书馆的建造工程,发现曹比策躲在木板和旧家具下面舒舒服服地抽着烟。最尊敬的上尉先生,我请求您严厉地处罚这个我已经警告、禁止多次的老家伙①,并烦劳您告知我处理经过。

魏玛,1804 年 7 月 12 日   歌德

---

① 芬特在 7 月 12 日的回信中写道,他提议立刻开除玩忽职守的吸烟者曹比策(Zaubitzer,魏玛工人),并建议今后"永不"雇用。

1511. 夏洛特·封·施泰因致其子弗里茨 (1804 年 7 月 13 日/14 日)

1804 年 7 月 12 日　星期四

　　昨天歌德在我这儿待了两个小时,但是我感觉他坐立难安。我们的思想是如此背道而驰,以至于每看我一眼都令他不由自主地感到痛苦。不巧的是正在那时送来了《正直人》①,他说到其读者之愚蠢,而我也是其中一员,他根本不想看到它,我只能把它藏了起来。——

　　〈……〉泽巴赫妈妈②〈……〉有着能将所见的一切栩栩如生地展现出来的异禀天赋。她描述了一艘行驶在丹麦航线,载着八十六枚大炮迎送丹麦太子前往挪威的轮船上的一场舞会等诸如此类的事。我读给歌德听,他说希望能有一位这样的来自中国的通信者。

　　拉哈珀③前几天从这儿经过,他只在歌德和沃尔措根处稍做停留。前者对我说,他觉得他是个非常理性、毫无激情的人,哪怕他的法国故事中只有极少部分④是真实的,那么法国的优势就足以使世界成为地狱:歌德盛赞理性精神,他认为最终没有任何暴政可以凌驾于理性之上,沃尔措根则深感这世上不再有避难栖身之地,诸如此类。拉哈珀往德累斯顿去了,他曾说过他很高兴跨越了莱茵河〈……〉。

---

① 《正直人或严肃与玩笑》(Der Freimüthige oder Ernst und Scherz),由加利布·默克尔和 A.封·科策比在柏林发行的一本杂志,歌德以及浪漫主义作家是其猛烈抨击的对象。

② 艾伯丁·奥古斯特·威廉敏娜·封·泽巴赫(Albertine Auguste Wilhelmine von Seebach,原姓 von Ingersleben)。

③ 瑞士政治家弗里德里克·塞萨尔·德·拉哈珀(Frederic Cesar de La Harpe,1754—1838),1798 年至 1800 年赫尔维蒂内阁成员,1800 年至 1814 年任职于法国,于 7 月 9 日拜访歌德。

④ 原文为:199te Teil。

1512. 歌德致策尔特

1804 年 7 月 13 日　星期五

尊敬的朋友,您的文章为我和另外几位有幸先睹为快的先生们带来了巨大的喜悦,是的,它令我们醍醐灌顶,坚定了我们对美德与公正的信念。它深深扎根于您的品格与天赋,定会带给那些开明善感的人们以最生动的感化。然而世人对此又会作何感想,有何反馈呢?那些不愿听到反对之声的人自然无法体会他们所不理解的高贵享受,他们只会汲汲于那些源自自身的稍纵即逝的快感,自得其乐。

每一种艺术本应只为活着的人带来福祉,它应振聋发聩,永世流传,可这恰恰与如今的时代自相矛盾,这简直糟糕透顶。真正的艺术家们因为深信自己拥有并能告诉人们他们所要寻找的东西而常常孤独地活在绝望中。

您认为首先且只有教堂圣乐才能帮助音乐①,您认为对于政府来说,没有比滋养艺术与高雅情感,纯洁雅俗咸宜的宗教之源更为迫切的事情,对此我们深表认同。您在文中言简意赅地表达了您的观点,已无需任何赘言补充。

如今,为了取得广泛影响,我们恳请您设法隐藏起您长期面对的反对意见,比起艺术的期待,请多谈谈宗教与习俗从这样的一个机构中获得的优势。对于那些我们深信可以鼓舞世人的美德,我们不能利用自己的论点,而必须得思考对方,以其矛攻其身。

为了发出已在我这儿搁置良久的信件,今日我便不再多言。随信附上您的文章,我已命人抄写,以便我时时重读或是在友人间传阅欣赏。

我多么希望您在我们身边,远离我们想来您的生活也未必称心如意。

---

① 在 5 月 1 日的信中策尔特写道,在他寄来的文章之前他给 K. A. 封·哈登堡写了一封信,信中他抱怨说很遗憾看到在普鲁士大学中音乐"完全缺失"。

若您为我或是其他朋友谱写了曲子，请好心地寄来给我①。虽然如今周围已无鼓乐之声，但只要是您寄来的，我一定设法聆听，这定能为我带来长久的慰藉。

我还想说，柏林来了一位非常有趣的先生，那便是来自纳沙泰尔的特拉勒斯博士②。他精通数学，对于物理与自然历史也颇有研究，拥有开明、自由的思想。我建议他前来拜访您，在此也同样以此恳请您。若您未能与他相交甚欢，那真是令我大感意外了。

祝您健康，请惦记着我，期待您的来信。

　　　魏玛，1804 年 7 月 13 日　　　　　　　　　　　　　　　G

---

① 策尔特在与歌德的回信交叉的 7 月 12 日的信中便寄去了席勒《山歌》（Berglied）的谱曲。在 7 月 22 日至 7 月 29 日的信中他寄去了歌德诗歌《夜歌》（Nachtgesang）的谱曲。

② 策尔特在 7 月 22 日至 7 月 29 日的信中写道，他刚刚结识了 1804 年成为柏林科学院一员的数学家及物理学家约翰·格奥尔格·特拉勒斯（Johann Georg Tralles，1763—1822）。

1513. 歌德日记(亲笔)

1804 年 7 月 16 日　星期一

　　过去的几天主要忙于《格茨》。中午塞德尔。① 鲨鱼。② 晚上和席勒在蒂弗特。致信策尔特,柏林。关于音乐的文章。我和席勒的信③。《阿尔卑斯山的猎人》④。就供应的铅和黄铜奖牌致信格拉特瑙尔。致信宫廷顾问夫人克勒贝尔⑤,《威廉·迈斯特》翻译。

---

① 菲利浦·弗里德里希·塞德尔。
② 可能是一道宴会餐品。
③ 歌德的信没有留存下来;席勒在 7 月 16 日的信中以与歌德相似的方式表达了对策尔特的文章的看法。
④ 席勒的诗歌《阿尔卑斯山的猎人》(Der Alpenjäger)。
⑤ 卡洛琳·露易丝·威廉敏娜·封·克勒贝尔(Caroline Luisa Wilhelmine von Kröber,1765—?)在 5 月 27 日给歌德的信中附上了《威廉·迈斯特的学习年代》(Wilhelm Meisters Lehrjahre)的法语翻译,她(徒劳地)期望借助歌德的回复能够找到一家出版社。歌德的回信并未留存。

1514. 歌德致克里斯蒂安娜·武尔皮乌斯(亲笔)

1804年7月17日　星期二

　　我已经很久没有像这几天这般神清气爽了,我甚至重又燃起了对《格茨》的兴趣,因此听说你在劳赫施泰特过得悠然惬意我感到双倍的喜悦。只要你喜欢,你尽可在那儿①多待些时日,需要什么就问账房先生拿。期待听到你的莱比锡之旅的好消息,撇去展览不谈,你也能看看这座城市真是太好了。

502

　　格纳斯特会详细告诉你马厩账房夫人②的故事。她的愚蠢更甚于她的罪行。别再想了,一切都已于事无补。

　　祝你健康愉快。家里一切井然有序,我十分满意,仿佛你的灵魂还在这儿穿梭奔忙,指挥安排。祝一切都好。

　　　　魏玛,1804年7月17日　　　　　　　　　　　　G

---

① 克里斯蒂安娜·武尔皮乌斯8月6日从劳赫施泰特返回。——生于1765年6月1日的克里斯蒂安娜(也许是出于不知?)在8月6日她妹妹的生日当天庆祝自己的生日。

② 指布尔夏特夫人。克里斯蒂安娜在7月31日给N.迈尔的信中写道:"您认识马厩账房夫人布尔夏特吗? 她真有两下子,把她的丈夫折磨得半死不活。不久前她又怀孕了,她在洛特生下了孩子并杀了他。耸人听闻,不可置信!"9月13日克里斯蒂安娜继续写道:"今年夏天发生了一件悲剧。您认识的布尔夏特的妻子在洛特生了个孩子,为了隐瞒这一事实她杀了孩子。(出于公爵的仁慈)她被带往爱森纳赫判处四年监禁,然后被逐出本国。"

1515. 歌德日记

1804 年 7 月 19 日　星期四至 7 月 21 日　星期六

7 月 19 日

封·施泰因夫人,宴请京特①。

〈……〉

7 月 21 日

整理《格茨》。

---

① 魏玛宫廷牧师威廉·克里斯托夫·京特。

1516. 歌德致克里斯蒂安娜·武尔皮乌斯(亲笔)

1804 年 7 月 24 日　星期二

　　你的信到得正是时候,今天的信也可由邮差送出。听说你一切安好我感到十分欣慰。家里一切秩序井然。福斯一家来这儿待了四天,宴席安排得相当妥帖,没有发生任何不快。尤其是卡尔①做事深得我心。

　　我正全力创作《格茨》,如果这样继续下去再有十四天应该就能完成了。

　　我思量你最好在 29 日星期天把车送来,这样 7 月 31 日星期二奥古斯特和里默尔先生就能动身出发,至于你是 8 月 6 日星期一还是再过八天回来则完全取决于你自己。只要你高兴,我就心满意足了。平日里与你闲聊的时间如今我都用于《格茨》之上,这样等你回来也好让你大吃一惊。

　　请问候戏剧爱好者们,告诉他们只有煽起人们的怒意,那些正直高贵的妒忌者②才真正达到了他们的目的。当普鲁士的母后③到处重申柏林④无法呈现她在劳赫施泰特看到的《退尔》这样的表演时,那些眼红者自然恼羞成怒,跑去他们的杂志大肆倾倒那满腹的苦水。

　　祝你健康愉快,请勤快地给我写信。洗脸水⑤会一起送到,葡萄酒随后就来。

---

① 约翰·卡尔·根斯勒,自 1803 年起成为歌德的仆人,1806 年因斗殴被解雇。
② 影射期刊《正直人》和《高雅世界报》。前者以反歌德而臭名昭著,后者则抨击歌德以及 A. W. 施莱格尔。
③ 弗里德里克·露易丝,弗里德里希·威廉二世的遗孀,6 月 28 日曾到过魏玛。
④ 由伊夫兰导演的席勒的《威廉·退尔》于 7 月 4 日在柏林上演,并在十四天内重演了五场。
⑤ 可能是指"库默尔费尔德水",曾经的女演员卡洛琳·舒尔策(Katharina Caroline Schultze, 1745—1815)后成为库默尔费尔德夫人(Kummerfeld),她于 1798 年起开始出售该水。——据发明者撰写的使用说明所言,它可以"去除一切脸部痤疮与热疹"。

503

1517. 歌德致席勒(亲笔)

1804 年 7 月 25 日　星期三

《文学汇报》在我这儿已经放了好久没有打开,因此您的样本也迟迟未发①。这次一下全部送来,应该能供您好好消遣一番。

这段时间以来我一直忙于《格茨》的创作,希望在演员们回来前②能完成手稿以及角色分配。接着我们便可将其公之于众,并考虑下步计划。如果长度③还可以的话,接下来我就没有什么顾虑了。

请告诉我您正才思泉涌地写作着,愿您的家人一切都好。

感谢您盛情款待艾希施泰特,④他非常愉快。

祝您健康,请惦记着我。

　　　　魏玛,1804 年 7 月 25 日　　　　　　　　　　　　　G

---

① 科塔把给歌德和席勒的《文学汇报》的样本都寄到歌德家。
② 在夏季,魏玛剧院在劳赫施泰特客座演出。1804 年从 9 月 15 日起他们再度返回魏玛。
③ 在 9 月 22 日的首演时,演出进行了六小时。接着歌德进行了分段,9 月 29 日第三次演出时上演了前三幕,10 月 13 日再次上演第三幕以及之后的两幕。最后 12 月 8 日的演出中再次上演了全篇的缩减版。
④ 艾希施泰特与席勒在耶拿相聚,他在 7 月 22 日给歌德的信中提到了此事。

1518. 歌德致艾希施泰特

1804 年 7 月 29 日　星期日

尊贵的阁下，

504

　　随信附上我与迈尔教授审阅过的评论①。他还在哥达为我们找到了不少好东西并带来了素描。现在可以走版了。若您想用彩色印刷样本，非但不会花费过大，且定收效甚佳，因为马约里卡陶器的精髓便在于其能生动展现整体个性的色彩。

　　即使我们的福斯对附加的对句毫无印象，斟酌再三后我仍希望原封不动地把它刊登出来。

　　此外我满怀谢意地寄回：

　　1. 关于裴斯泰洛齐的信件②。此事也渐渐明朗起来，终于可以不吝褒扬之词，

　　毕竟之前所有一切都只是摇摆不定的正反对峙。

　　2. 巴尔迪里的文章③。它给我带来许多乐趣。我们期待的效果已经达到，请您让我们和这位哲学家继续保持现状。我希望瓦格纳先生④

---

① 7 月 27 日艾希施泰特寄去了迈尔的《论马约里卡器具》第 4 版印刷评论。

② 艾希施泰特在某封未流传的信中提到了约翰·海因里希·裴斯泰洛齐（Johann Heinrich Pestalozzi，1746—1827，瑞士教育家、作家）在布格多夫的教育机构。斯帕策尔（Johann Gottlieb Karl Spazier，1761—1805，作家、作曲家）的文章《科学论述裴斯泰洛齐的教学体系》（Pestalozzis Lehrsystem, wissenschaftlich dargestellt）发表于 1804 年 3 月 9 日与 3 月 10 日的《耶拿文学汇报》上。在他之后相继于 3 月 12 日以及 4 月 24 日至 26 日的《耶拿文学汇报》上刊登了裴斯泰洛齐本人撰写的以及关于他的文章。

③ 艾希施泰特寄去了克里斯托夫·戈特弗里德·巴尔迪里（Christoph Gottfried Burdili，1761—1808，斯图加特的高中哲学教授）的信，并写道"这将给他自己以及我们带来极大的安慰"。

④ 早在 3 月 21 日给艾希施泰特的一封信中歌德就表达了对于维尔茨堡哲学教授约翰·雅各布·瓦格纳的一封希望参与《耶拿文学汇报》的自荐信中"高高在上的口吻"的批评。但是在 10 月 13 日的报纸上还是刊登了他对于克里斯蒂安·弗里德里希·克劳泽的《哲学体系构想》（Entwurf des Systems der Philosophie）的评论。

也能意识到在当今不能让哲学家一人在评论报纸上侃侃而谈。

3. 斯帕策尔①的文章。对此我真希望能给予惩戒。其满纸闲言碎语在任何情况下都令人厌烦,只会招惹事端,得到罪有应得的惩罚后恐怕又要大呼小叫。此外这完全符合尊贵的阁下希望这位高贵的先生获得灵魂救赎的心愿。

接下来还有一些政府官文。

我同时接到了宫廷顾问封·席勒先生得病以及病愈的消息,这让我甚感安慰。

致以最诚挚的问候。

魏玛,1804 年 6 月 29 日　　　　　　　　　歌德

---

①《文学汇报》的发行人克里斯蒂安·戈特弗里德·许茨就约翰·戈特利布·卡尔·斯帕策尔在其出版的报纸《高雅世界报》上的一篇文章对其提出控诉。斯帕策尔被判处强制道歉并公开撤下该文。

1519. 歌德致策尔特

1804 年 7 月 30 日　星期一

衷心感谢您通过阿梅隆小姐寄给我的喜剧招贴，我十分期待席勒的歌曲，一旦乐声在我们这儿重新开始回响，就应当全力以赴地演绎它。

我希望在四周后举行《格茨·封·贝利欣根》的台词对练排演。能进行到这一步全归功于您一人①。之前我不明白为何一年来我仿佛珀涅罗珀②一般一次次编织又一次次拆开这部作品。这时我读到了您的文章：人们无法做好己所不爱之事。顿时我感到醍醐灌顶，我清楚地认识到至今为止我都把这部作品看作一场可以和其他东西一样被抛弃的买卖，因此它就如同创作时那样毫无留存之价值。如今我对它投入了更多关注与情感，搜集了更多的资料，我不敢说这部作品有多好，但至少它是一部完结之作。

在此我想向您讨要几首小乐曲，首先是格奥尔格的歌曲：《男孩捉住了小鸟》，③我相信您已经谱好了乐曲。第二是一首柔和、虔诚、鼓舞人心的四声部合唱，歌词是意大利语，大约八分钟，可以是弥撒中的一段，或是其他类似的曲子。④

我多么希望我们能住得近一些，或者能走动地更勤些，若是我们能长期互通有无，定能取得不可估量的成就。请您至少偶尔与我们写信交流。

① 策尔特为其舞台改编谱曲，并曾多次敦促歌德完成作品。
② 珀涅罗珀，奥德修斯的妻子，她以在重新开始一段新的婚姻前要先为公公拉厄耳忒斯织完裹尸布为借口阻挡蜂拥前来的求婚者，她在夜晚拆开白天织好的布段以此赢得时间。
③《格茨·封·贝利欣根》第三幕的倒数第二场。在 8 月 4 日的信中策尔特回复道这首歌不在他之前谱写的曲子中，并寄去了曲谱，在 8 月 12 日至 8 月 18 日的信中他又一次寄去曲谱，并称这次"降低了半调，变得更加圆浑完整"。
④ 在 8 月 4 日的信中策尔特询问出自《弥撒曲颂歌》(Gloria der Messe) 的一段礼拜文是否合适。

505

〈亲笔〉席勒的《退尔》是一部旷世佳作,我们所有人都为之振奋。千百次的问候。

　　魏玛,1804 年 7 月 30 日　　　　　　　　　　　　歌德

1520. 歌德致 W. 封·洪堡(草稿)

1804 年 7 月 30 日　星期一

您面前的第一封信是我数月前写给您亲爱的夫人的。当时她在此逗留,而我则有幸与她交谈。我听说她十分愉快地到达了巴黎,并在那儿居住下来①,愿她能早日拥抱您那九死一生②的弟弟。您 2 月 25 日的信到得正是时候,在那段漫长的沉寂时光中我再三思索,如今我已体会到这段岁月是以何种独特的姿态在我的生命中流逝。

席勒的《退尔》完成并上演已有些时候,那是一部杰出的作品,他的戏剧造诣在其中冒出新的枝芽,情理之中地引起了轰动。剧本已交付印刷,您很快就能收到。

我引诱自己尝试改编《格茨·封·贝利欣根》,使其得以演出。这是一项几乎无法完成的事业,因为它的基本方向恰恰是反戏剧的。我就像珀涅罗珀一般整整一年都在不断地编织与拆解,在此期间我虽学习良多,却恐怕无法完成全部的既定目标。我想大约在六周后交稿,也许席勒会向您说起此事。

您收到我们今年的《耶拿文学汇报》了吗? 其中可有引起您兴趣的内容?

非常感谢您告诉我您的即兴创作③,我可以把它用于《文学汇报》的《知识报》中吗④? 我一定会想尽办法修改内容,使其适合那些并不需要知道全部实情的读者们。若您能不时与我们分享您的敏锐观察,我们将倍感喜悦。

506

507

---

① 7 月 2 日卡洛琳·封·洪堡生下女儿露易丝,但后者不久后夭折。
② 亚历山大·封·洪堡从他持续将近五年的南美之旅返回。
③ W. 封·洪堡在2月25日的信中描述了一位从《圣经》中即兴创作出的十七岁女孩的形象。
④ 这并未实现。在 8 月 23 日的回信中洪堡写道:"您是否该使用我的即兴创作,我真的不敢说,因为我也不知道我写了些什么。"

　　亚格曼去世后①,费尔诺任职于公爵母亲的图书馆,他的社会关系对于夫人以及在那儿聚集起来的人群是无价之宝,他激发了人们对意大利文学的热爱,为充满真知灼见的阅读与谈话创造了契机。

　　自从伯蒂格的鬼魅被驱散后,魏玛的人们简直如沐春风,我们的教学也相当顺利。福斯的长子已被聘为教授,他从他的父亲那儿继承了对于古代文明,尤其是语言方面的由衷热爱,他具备一位教育工作者所应具备的一切。

　　里默尔在我家也过得甚好,我的儿子显然更喜爱实物而非表述,对于他的进步我也还算满意。

　　斯塔尔夫人想要在这儿度过一段夏日时光的计划因其父过世而告吹。她在柏林捎上了施莱格尔,他们现在在科佩,也许会在冬天前后前往意大利②。尊敬的朋友,这样的拜访定会给您带来不可比拟的欣喜。

　　衷心感谢您对品达颂歌③的翻译,我和里默尔因此进行了一个小时非常愉悦的交谈。

　　烦请您差人订购随信附上的给梅尔坎代蒂的备忘录④,并请他亲自谈谈此事,如此一来您热心的仆人中有朝一日也会出现慧眼独具的人才。我很想向我们的老主顾公开表达感激之情,这对艺术也意义重大。尽管如此,相隔如此遥远的距离进行购买也非易事,因此

---

① 克里斯蒂安·约瑟夫·亚格曼,安娜·阿玛利亚的图书馆管理员,于2月5日去世。

② 斯塔尔夫人和A. W. 施莱格尔于1805年初前往罗马,并在那儿待了半年。

③ 这里说的是《皮提亚颂歌Ⅱ》(Ode Pythia Ⅱ)。其诞生于3月中旬,洪堡立刻寄给了他在德国的妻子卡洛琳,后者将它带给了歌德。

④ 并未留存下来。W. 封·洪堡在8月23日的信中说他已经就歌德想要的勋章与梅尔坎代蒂取得联系,而后者已经改变了答复。

我恳请您能好心地参与进来。

关键在于梅尔坎代蒂的价格尚且公道。他出售阿尔菲里①只要价 3 个皮阿斯特，这与他的加尔瓦尼②差不多。如果他对已经**订购**、理应不会更大的大宰相勋章③提出更高的要价，那也必须适可而止。反之若他要价便宜，我便敢保证再给他找到二百名订购者，正如他在备忘录中注明的那样，再也没有比这枚勋章更能令他在德国人中出名了，这对想要出版上世纪权贵们的组曲的他来说可谓恰到好处。请原谅我在您百忙之中还来烦扰，请您安排好此事，尽量免去期间的书信往来，并让梅尔坎代蒂在回信中应允此事，毕竟如今写信费尽周折，从佛罗伦萨的来信需要二十天甚至更长。

您说喜爱我的《自然的女儿》，这令我甚感宽慰。在关山相隔的友人面前，我已沉默太久，我希望自己在这段沉寂中创作的作品能终使我与您再度相连。只可惜我已才思竭尽，不知何时才能完成。

您读过今年由我出版的口袋书④中的二十首诗歌了吗？其中一些想必该很讨您欢心。请您投桃报李，尽快给我回信。请为我写下您对国家、民族、人情以及语言等博古通今的评论。也请不要忘了告知我您与您亲爱的夫人的身体状况。

508

---

① 纪念意大利诗人维托里奥•迪•阿尔菲里的纪念币。
② 纪念路易吉•加尔瓦尼的纪念币。歌德将其陈列在"石膏校样"中。
③ 指的是计划献给卡尔•苦奥多•达尔贝格的感谢勋章，歌德在罗马就与梅尔坎代蒂定立了委托。歌德把他的计划写在了《赞成票》(Pro Voto)中，并于 2 月 8 日寄给了班贝格的宫廷法院主席暨普法尔茨警察署前副主席费迪南德•阿德里安•封•拉梅仙-萨林，后者协调了普法尔茨方面的敬意表达，并负担了钱款。他在 3 月 11 日同意了歌德委托梅尔坎代蒂的计划。
④ 歌德与维兰德出版的《1804 年口袋书》。

1521. 歌德致席勒(亲笔)

1804年8月5日　星期日

509　　能再见到您的手笔对我来说是至高幸福。事后我才知悉您的事故①,正如我平常释放痛苦一般,我变得气闷难耐,满腹牢骚。衷心盼望着您能早日康复。在这炎热的季节请您只管静心休养。

策尔特寄来了给我俩的信。他天性正直,品格优秀,生来本该成为乱世中的教皇或大主教,看着他脚踩沙石,苦苦追寻自己的本源真是令人扼腕②。

格斯勒伯爵③向您致以最衷心的问候——如果可能,我下周会去您这儿。

关于科策比的评论,我十分赞同您的观点④。若您愿意给宫廷顾问艾希施泰特先生出出主意,这发炮弹定能一发而出。

我热切挂念着您一家老小及新成员⑤的安康,希望我们能很快相见。

封·沃尔措根夫人⑥诚挚问候。

魏玛,1804年8月5日　　　　　　　　　　　　　　G

---

① 指的是席勒得病。
② 指策尔特想要提高普鲁士的艺术品位及艺术教育的努力。
③ 普鲁士驻德累斯顿的代表卡尔·格斯勒伯爵,他7月30日至8月8日在耶拿逗留。
④ 奥古斯特·伯德就科策比的《1804年巴黎追忆录》撰写了一篇评论,席勒在8月3日的信中说道,应该对其进行修改,"尤其要进行删减,以上帝之名刊登"。评论最终并未出版。
⑤ 7月25日席勒的女儿埃米莉出生。
⑥ 卡洛琳·封·沃尔措根在耶拿逗留,她是席勒女儿的教母。

1522. 歌德致奥古斯特·封·哥达王子(草稿)

1804年8月6日　星期一

　　迈尔教授向我讲述了在尊贵的殿下这儿受到的悉心款待①,这提醒我久经时日后②再度向最尊贵的您写下我的敬重与热爱之言的义务。

　　每当我见到来自哥达的人,都会小心地打探尊贵的殿下的近况,也总能欣慰地听到您的豁达与爽朗一如既往地战胜了那些人生在世终难避免的厄运。说到我自己,这段时间以来我一直忙于一些不期而至、非我本愿的事务,正如世上之事常有背道而驰之时,我们不再像年轻时那样因为缺少见解与门路而不知该往何处释放自己的精力,随着年龄的增长,我们越发无力处理堆积起来的诸多要求。尊贵的殿下,请允许我表达这一泛泛而谈的观察,而非是我书写之时涌入脑海的具体想法,也请您一直等到我有幸觐见您的那一时刻③再向我诉说您的喜怒哀乐,我将竭力尽快促成这一时刻的到来。此外,眼下我正在改写《格茨·封·贝利欣根》,在这过程中我就像一条咬着自己尾巴的蛇,仿佛永恒时间的真实象征。我希望六周后能够上演,并在三十年后二度摆脱这一重生的怪物的束缚。如果可能,我就到您这儿做礼拜,哪怕我本不该如愿,至少也想提前感受节日的到来。请您仁慈地惦记着我,请代我问候尊贵的弗兰肯贝格一家,请坚信我虽时常沉默、却永远忠诚的热爱。

　　〈亲笔〉1804年8月6日寄出

510

---

① J. H.迈尔在6月的上半月参观了哥达的王室艺术收藏,为其论文《论马约里卡器具》寻找素材。
② 歌德的上一封信很可能写于1802年9月20日。
③ 歌德之后的日记并未记录下与奥古斯特·封·哥达王子的会面,王子于1806年去世。

1523. 歌德致策尔特

1804 年 8 月 8 日　星期三

衷心感谢您飞快地寄来了歌曲,我想就《格茨》的合唱说一些更具体的想法。它本该在玛丽亚与济金根的婚礼上演唱。随着回荡在剧院上空的歌声,开始简单的进入教堂的仪式。人们很远就能听到管风琴,而因为小礼拜堂近在咫尺,在那儿歌声仍然飘荡。此时外面正上演一幕场景。因此烦劳您从《旧约》的《诗篇》中挑选一些词句。正如您注意到的那样,这个角色的性格庄重而温柔,因为变故而陷入悲伤,这也为下一幕新婚的俩人似乎遭遇格茨驱赶做了准备。一切都计划周全,您说得很对,八分钟太长了,四分钟足矣,填满这些时间对我来说易如反掌。

关于烟草①我可以做如下汇报:

我们仁慈善良的女侯爵,即公爵母亲在那不勒斯获得了一盒馈赠,并长期保管着这一瑰宝。您要问哪里还能搞到? 这是个很难回答的问题。这取决于是否还能在哪儿发现类似的货品。时不时还能在我们高高在上的施主衣中看到,到时一定不忘打听,一旦有货,一定寄来。若能再为您争取到一笔酬金,我将感到万分喜悦。

小夜曲的旋律十分优美,比起赖夏特可歌可泣的旋律②,用它搭配我的歌词更为浑然天成。为此应当向您表达最美好的谢意。

给格奥尔格的歌曲不用器乐配乐另有目的。我们想看看那个男孩能有何表现。

我十分渴望向大众展示这一改编后的《格茨》。要不是它的篇幅之长令人殚精竭虑,我早已完成了。我越想使它更适合戏剧舞台,它便越发冗长而非精练。虽然零星散落之处已得规整,然而原本可一

① 在 7 月 22 日至 7 月 29 日的信中策尔特请求歌德告诉他后者一年前赠送于他的"施巴尼奥尔"(西班牙鼻烟)的来源,并推测它很有可能来自安娜·阿玛利亚公爵夫人,抑或克内贝尔知其来源。

② 策尔特在信中赞扬了 J. F. 赖夏特对于歌德的《夜歌》的谱曲。

笔带过的却沉积下来。演出应该还得将近四个小时。若它在柏林上演，我恳请您立刻写信告诉我您的第一印象①，因为除了最开始一场半的结构还几乎保留不变外，整部作品已经彻底拆解重组了。

　　请代我问候您亲爱的夫人，感谢她对于我的子女们的兴趣。可惜对我来说，《自然的女儿》②的继续创作仍远在计划之外。我有时甚至想为了能在剧院上演而毁掉第一部分，从计划的前三部分的整体中创作一部单独的作品。当然这样一来，那些第一版看起来浓墨重彩的场景如今自然显得过于粗略。祝您健康，请原谅我今天杂乱无章的来信。

512

---

① 策尔特在 1805 年 8 月 25 日至 9 月 8 日的信中汇报了柏林的第二场演出。
② 歌德的戏剧本计划作为三部曲的第一部分，但最终未能实现。

1524. J. H. 福斯(小)致 B. R. 阿贝肯
(1804 年 8 月 17 日)

1804 年 8 月上半月

　　对我来说,歌德始终如我去年冬天在魏玛初识时的第一刻起一般不曾改变。他真心待我如同慈父,我也将他视为我的第二位父亲。我无法向你诉说我有多感激他,事实上我的一切都因他而有。他是给了我职位的那个人,更重要的是他还给了我曾经严重缺乏的勇气与自信。在他身边,我总是无比轻松和舒适,哪怕有人觉得他的存在令人压力倍增,但我感到的是持久的鼓舞与振奋。过去的八天,我沉浸在极度的幸福中。我已经放假了,而歌德的朋友们和日常打交道的人们都不在家,因此我便经常陪伴在他左右。十四天前的周日我们在外用餐后,一起读了几小时希腊语,出自《特拉基斯少女》①的大约百来首诗。接着歌德要求我翻译《安提戈涅》②中最美妙的合唱曲,同时他来校阅希腊语。为此我们喝了不少波特酒,到了最后我确实有些醉了,当然歌德的欢快以及索福克勒斯文字的隽美也有着不小的功劳。第二天他对我说,未来我们应当经常在一块儿读希腊语,他非常喜欢这样。他以前经常说起要与我们一起组成一个小型的文学俱乐部,冬天的时候每周欢聚几次。如今他又重新全情想起这个念头,似乎相当满意。最后他说道:"只是开始不要过于热烈:如果不能掌握这种东西的节奏将会成为一个耻辱。宁可在发展中慢慢升温,也不要在激情中渐渐消退!"〈……〉到时我们什么都读,希腊语,更近代些的文献,抑或任何亲爱的上帝摆在我们面前的东西。最近我和歌德以及里默尔一同去了一趟蒂弗特:一路上他始终兴致高涨。他提及许多着手要做的事情(对此我不能透露)。"到了我这个年纪,他说道,慢慢就会觉得也许要结束了。"你看,歌德从前从未想

① 索福克勒斯的悲剧。
② 索福克勒斯的悲剧。

513

过这些,这和他很像。还有一次他说到了一位已经十分年迈,母亲却依然在世的老者。他说,这个男人至少还有他母亲①比他年长的那么些年可活,这真是太好了。我不由想到了歌德的母亲,一想到我们的歌德至少还能活二十年,我就感到由衷的高兴。他那么早上天做什么呢?那儿有许多他的同龄人,而地上只剩寥寥数人。——歌德曾写给我两封信,我将它们像圣物一样保存起来。但是从他嘴里听到的所有话,我一句也不敢忘怀。想要抹去由笼罩在歌德之上的力量镌刻进心中的话语是绝无可能的。

---

① 歌德的母亲生于 1731 年,即比歌德年长十八岁,于 1808 年去世。

魏 玛

1804 年 8 月 16 日

1525. 歌德致夏洛特·封·施泰因(亲笔)

1804 年 8 月 16 日　星期四

514
　　我今天能恭候您与您的小女友吗①? 我有一些他国的趣事想要告诉您。

　　公主殿下②和克内贝尔小姐③会来吗? 恳请您安排此事。还有一些报纸,请您在我读完后寄给迈尔教授。明天我想去劳赫施泰特。

　　魏玛,1804 年 8 月 16 日　　　　　　　　　　G

---

① 夏洛特·封·施泰因是否来访后世不详。
② 萨克森-魏玛-爱森纳赫卡洛琳公主。
③ K. L. 封·克内贝尔的妹妹亨丽埃特·克内贝尔。

魏 玛
1804 年 9 月 3 日至 9 月 13 日

1526. 歌德致席勒(亲笔)

1804 年 9 月 10 日　星期一

这是一本特别的,我几乎想说令人伤感的读物①。如果人们之前乃至现在没有那么多错误的倾向,意识半醒,就不会理解人类怎能创作出如此美妙之物。我今天就想见您②。

　　　　1804 年 9 月 10 日　　　　　　　　　　　　　　　　G

---

① 具体所指不详。
② 根据日记及通信无法考证两人是否见面。

耶 拿

1804 年 9 月 14 日至 9 月 17 日

1527. 歌德致艾希施泰特

1804 年 9 月 15 日　星期六

伯恩哈迪先生①参与到我们机构中来意义重大，我迫切希望人们能就目前的情况达成一致。时间紧迫，我只是笼统、即兴地说说我的想法。

每位诗人作品中自然有一些部分能够更有机地交织结合，另一些则不尽然。但是观察者所倚赖的原则也至关重要，如若他倾向于分离，便会或多或少毁坏艺术家孜孜追求的统一性；如若他更愿意结合，就能协助艺术家共同完成其心愿。

人们可以在拉斐尔的湿壁画中看出其绘制的不同阶段，期间某一天艺术家下笔如神，而另一天则不在状态，为此人们必须非常贴近地研究绘画。然而每幅画都应该站在一定的距离之外欣赏。

如果近在咫尺地拆解类似铜版画或是马赛克等机械处理方式的技术因子，即便是《奥德赛》或是《伊利亚特》这样的至高艺术品也会轰然倒塌②。是的，谁能否认哪怕索福克勒斯偶尔也会用白线缝制他的紫色长袍呢？

这一切点到为止即可，只要诗人们，尤其是那些现代的、在世的诗人们有权对读者以及评论者们提出要求，有权相信人们会与他共同建构，而非通过分离的方式撕毁纤柔的、甚至娇弱的织物或是扩大已经存在的裂痕。

伯恩哈迪先生似乎自己也感觉到他那出色的评论十分尖锐。他说：一些话语显得生硬严厉，因为我未能执行与个人相结合的原则，因为缺乏与纯粹艺术的关联等等。此外：高贵的诗人身上的不和谐恰恰是一个美好天性中尘世的局限，是高贵灵魂中人性的弱点，是美妙

---

① 奥古斯特·费迪南德·伯恩哈迪评论了席勒的诗歌。他的评论并未发表。
② 这援引了以 F. A. 沃尔夫为代表的论点，即《荷马史诗》并非一个作家的产物，而是不同来源的单独作品的合集，它们经漫游艺人口口相传得以留世。

的对立中负面的环节。

　　如果伯恩哈迪先生在品评我们的朋友的作品时能以此充满生气、鼓舞人心的原则为出发点，如果他在评论时能秉持公道的温和，就无需对他的想法与信念有所缄默，也定能获得诗人及其朋友乃至公众最为喜闻乐道的结果。

516

　　还有一点！严格审视我在人生和艺术中走过的自我与他人的道路之时，我时常觉得那些被人们理所当然称之为错误的追求恰恰是个体为了达成目标而不可或缺的弯路。每一次从错误中回返都在细节与整体上极大地锻造了人类，以至于不难理解对于心灵的探索者来说，一个忏悔的罪人胜过九十九名正义之士。是的，人们经常有意识地追求一个看似错误的目标，就好像船夫逆流而行，因为他的目标只是登上对岸。

　　人们最终怎会彻底否认我们的诗人的可爱，我百思不得其解。以《华伦斯坦》为例，难道不应以崇高的、梦寐以求的优雅来展现马克斯与特克拉的关系以及由此而生的一切吗？

　　若有机会能与像伯恩哈迪先生这样的人就我们的文学形式面对面交谈①，想必是相当愉快且受益匪浅的，而那些在箴言式的书面往来中显得严肃、苛刻、片面的话语也将很快化为对于无限艺术的热烈颂扬以及有限的诗意个体的温和赞许。

　　　　耶拿，1804 年 9 月 15 日　　　　　　　　　　G

---

① 歌德与伯恩哈迪并未见面。

魏　玛

1804 年 9 月 18 日至 1805 年 5 月 9 日

1528. St. 许茨致 K. 封·雅利格斯
(1804 年 9 月 20 日)

1804 年 9 月 20 日   星期四前

517   法尔克还没进来,我也还没见到歌德。在斯帕策尔的提议下我拜访了奥古斯特·伯德。他说,歌德或是席勒会以冷淡的礼貌沉默地接待普通的拜见,以便可以随时送客。他认为如果法尔克愿意引荐我便再好不过了。〈……〉就我所知的前去拜访歌德与席勒的陌生人的数量,两人看来如此淡漠寡言毫不为奇。此种招待方式才有可能接见如此众多的陌生人,毕竟几分钟已经足够让对方陷入尴尬的沉默,进而促使其告辞。据说席勒比歌德平易近人些,因此拜访后者时我想带上手持盾牌的卫兵①。——歌德现在正全力修改他的《格茨·封·贝利欣根》,它本该在上周六就上演了。据我的擦靴匠,剧中的一个龙套演员说,排练只进行到第十五幕,因此演出不得不推迟到下周六(后天)。第一场演出是《多瑙河仙女》,这儿是《萨勒河女妖》,随它去吧。长期戏票下个月才生效。我非常期待《格茨》。

〈……〉魏玛的居民非常热衷于这些(演出和节庆),以与歌唱演员亚格曼有私情的大公以及纳了武尔皮乌斯做情妇的第一枢密顾问为榜样,这里几乎所有人都追求着超脱婚姻的恋爱。

---

① 歌德的日记并未记录许茨在 1804 年 9 月的拜访,因此无从得知他带了哪位"手持盾牌的护卫"。

1529. 歌德致科塔

1804 年 9 月 22 日　星期六

您寄来的口袋书①证明了您对我的思念,令我分外欣喜,它们是如此精美,绝对配得上读者的掌声。

温克尔曼的书信②已经印刷完成,艺术史则还在印刷,全部完成要推迟到米迦勒节后,但这只会令作品受益良多。哈勒的沃尔夫先生对此颇感兴趣,他会找时机向我描述温克尔曼的语文学成就。

随信附上关于《格茨·封·贝利欣根》最新改编的纸条,为了实现今日的演出花了不少心血。那时我想着,它应该在舞台上多待些时候。

及其夫人殿下即将来临③,为此还有诸多事务需要商议奔忙。此外我们也不能忘了我们的其他职责以及那些国外的朋友们。

致以最诚挚的问候。

魏玛,1804 年 9 月 22 日　　　　　　　歌德

① 除了《女士年鉴》(Almanach des Dames)以及《给女士的口袋书》(Taschenbuch für Damen)之外,1805 年科塔还出版了一本《纸牌年鉴》(Karten-Almanach):是有着席勒的戏剧《奥尔良的姑娘》中角色的纸牌游戏,并附有路德维希·费迪南德·胡贝尔的注释附册。

② 歌德与海因里希·迈尔以及路德维希·费诺自1799 年起开始编写的《温克尔曼与他的世纪》(Winkelmann und sein Jahrhundert)中就登有其书信资料。该作 1805 年在科塔处出版了 1000 份。1804 年 9 月至 12 月歌德修改了迈尔根据书信撰写的《18 世纪艺术史略》(Entwurf einer Kunstgeschichte des achtzehnten Jahrhunderts),紧接着还有由歌德、迈尔以及 F. A.沃尔夫合写的《温克尔曼其人略记》(Skizzen zu einer Schilderung Winkelmanns),它包括附录、由歌德撰写的引言式的温克尔曼介绍以及关于《18 世纪考古学》(Altertumkunde im 18 Jahrhundert)(J. H.迈尔)、《温克尔曼的大学生涯》(Winckelmanns Studiengang)(F. A.沃尔夫)等文章。撰写工作于 4 月结束。

③ 玛丽亚·帕夫诺娃以及萨克森-魏玛-爱森纳赫的卡尔·弗里德里希太子8月3日成婚。他们于 11 月 9 日抵达魏玛。

〈亲笔〉还有一事。

再给我几份《雅典娜神殿入口》以及《切利尼》的完整样本对您来说应该不是什么太大的牺牲。也许可劳驾您将此任务委托给您在莱比锡的书商①。

G

---

① 亚当·弗里德里希·伯梅（Adam Friedrich Böhme，莱比锡书商、出版商）。

1530. 歌德致策尔特

1804年9月24日　星期一

　　通过莱温①先生再次送上一份施巴尼奥尔。我们尊贵的阿玛利亚公爵夫人将其交付于我,并转达对您的诚挚问候。我希望它和之前的一样好,也希望今后能再给您送一些来。

　　《格茨》已经上演,在此送上彩色招贴②。莱温先生会向您转达剧本与演出情况。我自认为若不是如此冗长,这可以称得上一部出色的戏剧。接下来我会分几部分上演,这样就能看出观众最喜欢哪些场景,它们将得以保留。

　　莱温先生会告诉您,您的合唱曲是多么美妙动人,它们贴切地突出了最关键的时刻。随信附上今年艺术展的宣传单③。下次详叙,请尽快传来您的消息。

519

　　　　魏玛,1804年9月24日　　　　　　　　　　　　歌德

---

① 恩斯特·弗里德里希·路德维希·莱温(罗伯特),拉埃尔·莱温的弟弟。
② 在10月7日至11月15日的信中策尔特感谢歌德寄来了"令人受益匪浅"的"喜剧招贴"。
③ 一份标题为"第6届艺术展,魏玛,1804年9月21日"的印刷纸,上有有奖征答的主题以及递交的作品的目录。

1531. 歌德致卡尔·奥古斯特公爵(亲笔)

1804 年 9 月 29 日　星期六

尊贵的殿下

　　您在全世界面前宣称您的枢密顾问们为阁下①,为此我们务必向您表达最恭顺的感激。最杰出的君王,只要我还在您的疆土上作为,还在努力践行您的命令,完成您的心愿,我的所有愿望便都能得到满足,这令我格外动容。请您一如既往地赐予我您的仁慈与爱护。

---

① 卡尔·奥古斯特在太子妃玛丽亚·帕夫诺娃11 月 9 日抵达魏玛前宣称下列枢密顾问为阁下:雅各布·弗里德里希·封·弗里奇男爵,歌德,约翰·克里斯托夫·施密特以及克里斯蒂安·戈特洛布·福格特(大)。

1532. 歌德致 N. 迈尔

1804 年 10 月 10 日　星期三

我许下承诺后,《威廉·退尔》立刻在这儿出版了。我希望出版商不要比我先行一步。按照计划,这部定会令您爱不释手的杰出作品应该首先送到您的手里。

《格茨·封·贝利欣根》如今已上演,我相信以其现有的形态定能广泛流传于德意志的剧院中①。

请您在信中说说不来梅的戏剧事业,您是否还有兴趣间或投身其中? 请说说您现在于公于私亲力亲为或是通过志同道合的朋友们正在做些什么②。

令兄③非常友好地给我寄来了一些由闪电而生的珍贵的利珀矿石④。感谢您向他提及了我的愿望,我也将亲自感谢他助我愿望成真。⑤

您寄来的画作⑥已经顺利到达,引起了大伙儿的关注。然而请恕我直言:我本期待着只有一幅作品。这位聪慧能干,才思泉涌的

520

---

① 歌德 1804 年的改编除了在柏林之外还曾在达姆施塔特(自 1817 年 11 月 28 日起共四次)以及莱比锡(自 1826 年 4 月 4 日起共四次)上演。他的改编在戏剧舞台上只获得了不足为道的成功。卡尔·弗兰茨·格吕纳为维也纳剧院而做的改编首演于1809 年 3 月 18 日,之后(直到 1863 年 7 月 8 日)共演出四十五次。

② 在 10 月 19 日的回信中尼古劳斯·迈尔说道他正在创作《知识女性圈》(Zirkel von gebildeten Damen),同时作为俱乐部新任命的负责人,他还想要举行"近代文学作品讲座",其中包括歌德的《埃格蒙特》(Egmont)。

③ 明登商人赫尔曼·迈尔(Hermann Meyer,1760—1816)。其书信并术流传。

④ 可能是来自森纳草原和利珀草原的四块矿石,保存于歌德的矿石收藏中。参见《歌德矿石收藏,地质学及古生物学。目录。》(Goethes Sammlungen zur Mineralogie, Geologie und Paläontologie. Katalog.),柏林,1978。

⑤ 歌德给赫尔曼·迈尔的信并未流传。对照 10 月 10 日的日记:"迈尔(小)……就利珀矿石表示感谢。"

⑥ 画作出自约翰·海因里希·门肯。

艺术家深知如何用他的画笔挥斥方遒，但他若能懂得以超乎常人的谨慎约束自我，就像已在最小的那幅画上隐约闪现的那样以最本真的艺术价值填满一方小小的空间就好了。如此才华横溢的人应该视其面前的画布为一方圣域。这内容丰富的素描令我们目瞪口呆，心情沉重。

关于我们的小账目，烦请您用三言两语解释一下。我们向坦罗达寄去了差不多50塔勒①（收据恰巧不在我手上）。请说明哪些可以以此结清，哪些是我们还需支付给您的。如果您在霜冻前还能为我送来一些美味的陈年弗兰茨葡萄酒②，我将万分感激。若是我们这边有任何回信未能及时到达，请务必写信询问，以便一切重回轨道。您是知道的，如今我们这儿生机勃勃，各种兴致盎然不息，有时能找到片刻安宁给多时不见的老友写去只言片语，已是过去数月有余。

尽管如此，请您坚信我们常常怀着真挚的感情想念您的双亲以及孩子，一旦有您的消息，就仿佛是一个小小的节日。请不要忘了在这个冬天给我们寄来您的想念，我们也会尽可能多地向您描绘年轻的太子夫妇带来的全新生活。

521　　祝您健康，致以我们所有人诚挚的问候。

　　　　　　魏玛，1804 年 10 月 10 日　　　　　　　　　　歌德

---

① 可能是支付食品的费用。9 月 19 日克里斯蒂安娜·武尔皮乌斯致信 N. 迈尔："根据您的指示，我们已将已知的账目寄往坦罗达。枢密顾问希望确切知晓我们寄去的并未细分的账目能换来什么。"更具体的过程已无从得知。

② 10 月 24 日 N. 迈尔告诉歌德他会在当天送来一昂克（一种地区性的葡萄酒容量单位）上乘的弗兰茨葡萄酒以及同样多的波特酒。

1533. 席勒致科塔(1804 年 10 月 16 日［至 19 日？］)

1804 年 10 月 16 日　星期二前

歌德正考虑要以朴实无华的手掌书的形式出版他的全部作品①。就我从他那儿打探到的消息,他有意用三年半的时间出版全部卷册,而从第 1 卷出版算起的五年后再版的版权应当归他所有。为了在如此短暂的时间内卖出书籍,出版商自然得忙活奔走一番。就我所知,他的期待是一页不少于 4 卡洛林,他估算着总共约为 380 到 400 页。一些他青年时代未付诸印刷的稿件②也在其中。与此同时,即便到那时《浮士德》③仍未完成,他也希望将已写就的部分交付出版。

现在请您考虑一下是否愿意接受他的建议④。如若您有兴趣,最好能请求他允许您为他出一份普通的出版物,以便促使他将全部作品托付于您。

---

① 歌德与科塔最终的合约协议日期为 1805 年 8 月 12 日,之后科塔获得歌德全部作品的出版权,一直持续到 1814 年复活节,为此他分四次(1805—1808)支付给歌德共计 10000 萨克森塔勒。歌德的 13 卷全集(原计划为 12 卷)在 1806 年至 1810 年间出版。

② 参见 1805 年 5 月 1 日歌德给科塔的信:主要是歌德最新的　些诗歌,此外还有《恋人的脾气》(Die Laune des Verliebten),《埃尔佩诺尔。一部悲剧。残篇》(Elpenor. Ein Trauerspiel. Fragment),《阿喀琉斯》(Achilleis),《浮士德。一部悲剧。第一部》(Faust. Eine Tragödie. Erster Teil)等。

③《浮士德》第一部手稿于 1806 年春天完成,而将其作为第 8 卷出版则一直推迟到 1808 年的复活节弥撒。

④ 科塔在 1805 年 1 月 7 日给歌德的信中首次同意了这一建议。

1534. J. H. 福斯(小)致 B. R. 阿贝肯及 Chr. W. 伊登(1804 年 10 月 29 日)

1804 年 10 月 29 日   星期一前

对《欧仁妮》①的评论十分中肯,歌德也很高兴。他对我说,只有在几个地方评论家还得再转转风向:但是至少他每次都直抒胸臆。——歌德说,能生活在一个为世人所理解的时代真是太好了。接着他补充道:要是二十五年前我的《维特》②也能获得如今《格茨·封·贝利欣根》③这般深刻的评价该多好! 为人称颂非其所愿,能被透彻地理解才称他心意。接着他又补充道:如果现在有一个陌生人能理解我,同时也赞许我,那自然是双重喜悦。你看! 这个伟大的男人是如此坦诚,如此童真!

522

---

① J. F. F. 德尔布吕克对歌德的《自然的女儿》的评论。

② 歌德的长篇小说《青年维特的痛苦》第一版(1774 年)出版时,当时的公众几乎没有将其视为一部文学作品,而首先从道德上对其进行评判,而且是针对他所谓的对于自杀的辩白。

③ 一方面当时的文学先锋派(其中包括哈曼以及 J. M. 伦茨)欢欣鼓舞地接纳了歌德的《格茨·封·贝利欣根》,另一方面年长一辈则持有批判意见甚至生硬抗拒。

1535. 歌德致奥古斯特·封·哥达王子(草稿)

1804 年 11 月 7 日　星期三

　　人们任何时刻都不应奢望一项工作结束后随之到来的是一段安宁的时光,能身在其中享有相对的自由,度过惬意的一天。即使在首演之后,我仍花了不少时间修改《格茨》。您或许已有耳闻,整出戏太长了,还得在此基础上试着进行一次手术,但这要等到第二次演出后才能实现。就这样十四天过去了,现在迎接新婚夫妇的各式庆典的准备又接踵而至。托这儿的良好习俗的福,一切都推迟到了最后一刻,这样一来,日子日益临近,需要思考实施的事儿只会增多而不会减少。最尊贵的殿下,以及我在哥达的其他最仁慈的供养者们,这段时间我实在无法前来拜见您们,为此致以我最真挚的歉意。我无比希望能再次深信最尊贵的殿下的爱护与仁慈仍像从前那样笼罩着我。

1536．J.施瓦布

1804 年 11 月 9 日　星期五前

523

　　1805 年新婚后的太子妃玛丽亚·帕夫诺娃来到魏玛,受到了隆重的欢迎,其中席勒的《艺术的效忠》①自然是拔得头筹。但是歌德的诗人之血也在流淌。在以其举世美貌与高贵气质赢得了所有人心的年轻的侯爵夫人进入这座布置华丽的城市时,也少不了著名的身着白衣的女孩朗诵歌德创作的欢迎诗歌②。这次挑选出的是知名雕刻家克劳尔那体格健壮的金发女儿小明妮③·克劳尔。为了以防因其生病或是其他不可预见的事故影响表演,还增加了另一位年轻的魏玛女子露易丝·施密特作为替补,她日后成了我的母亲。两位女孩认真地背诵了歌德以八行诗体写就的诗歌,并在欢迎庆典开始前的第五或第六天早上 11 点来到了歌德家中,在他的指导下练习朗诵。一位仆人给她们端上了高级糖果和一杯马拉加葡萄酒,几分钟后歌德来了,他友好地问候了两位年轻女士,接着让她们朗诵他的诗歌,就表达、重读、发音等方面给出了十分贴切的建议,有些地方甚至让她们读了十来遍,直到他满意为止。他始终如一的耐心以及指导时亲切友好的方式令两位年轻女孩心醉神迷。在此期间发生了一件令我的母亲在高龄时仍会满怀喜悦与几分自豪回想起的小事。在指导

524

的第一或第二天,小明妮·克劳尔在朗读一句诗行中的词语"auch"(也)时发音始终无法令歌德满意。土生土长的魏玛人一向习惯于读错这个复合元音,其发音有些扁平,并不会以十分重视的态度发出饱满、圆润的读音。"请您再读一遍这行诗,请您读出我刚才读给您听的'auch'正确的读音。"小明妮又读了一遍,但是"auch"听起来仍然充满魏玛风格。"亲爱的孩子,"歌德说道,"这个词不念'aich',而是

---

① 席勒于 11 月 4 日至 8 日写下了这出抒情戏剧,后于 11 月 12 日上演于魏玛宫廷剧院。

② 诗歌没有流传下来。

③ 原名威廉明妮·克劳尔,此处应该是其昵称。

'auch'！再来一遍!"可是第三遍、第四遍的"auch"仍然不对。"请您读一遍这行诗,施密特小姐,"①歌德转向我的母亲。她第一遍就成功地把"auch"这个复合元音读得既饱满又圆润。"这样才对,"歌德高兴地说道,他的双手抚上我母亲的脸,给了她一个吻,而此时眼泪已在可怜的小明妮眼眶里打转。歌德立刻抚摸她金色的头发,试着安慰她,鼓励她。小明妮应该也没有太过灰心丧气,因为在重要的日子到来的前一天最后一堂课结束后,歌德不但友善地感谢两位女孩展现出的耐心与坚韧,告别时更是在两人的唇上印下了真挚的、父亲般的亲吻。正如同她在太子妃到来时朗读歌德诗歌所展现的那般,经过努力的练习,小明妮·克劳尔准确地读出了"auch"。

① 露易丝·施密特(Luise Schmidt),后冠夫姓施瓦布(Schwabe)。

1537. 席勒致克尔纳(1804 年 11 月 22 日)

1804 年 11 月上旬

为欢迎太子妃的到来而举行的庆典如今已告一段落,我们重又渐渐回到了习以为常的市民生活中。〈……〉

一开始,我们并不愿为了讨她欢心而在剧院耗费巨大心血,但是在她到来的几天前歌德变得惴惴不安,他担心光靠他一人将一无所成,而全世界又期待着我们有所展示。

在此窘境之下,人们便软磨硬泡要我创作一些戏剧作品,既然歌德殚精竭虑亦徒劳无获,最终我也只能以我的想象力施以援手。在四天内我创作了一出短小的序幕①,人们立刻背诵记忆,并于 11 月12 日上演。

①《艺术的效忠》(Huldigung der Künste)。

1538. 歌德致艾希施泰特

1804 年 11 月 14 日　星期三

我与亲爱的福斯教授达成一致,附信可视为对于阿斯特的解释的回应①。如若尊敬的阁下认为还有值得提及的地方,我们愿闻其详。请让我们避免两位贡献卓越、且在同一领域辛勤耕耘的年轻人之间产生不可弥合的裂痕。

封·洪堡先生只允许我在不提及其姓名的前提下使用其书信内容②。

我希望短期内偿还我的债务,但我最热切的期盼是不久后能再度在耶拿您的身边度过几日安宁的时光。

据说封·奥尔登堡侯爵主教③今天会到我们这儿,一旦我知悉此事便派人告知您。但愿可敬的福斯能在我家凑合着住,至少这儿比客栈清净不少。

最真切的问候!

魏玛,1804 年 11 月 14 日　　　　　　　　　　歌德

---

① 海因里希·福斯在10 月 24、25 以及 26 日的《耶拿文学汇报》中评论了格奥尔格·安东·弗里德里希·阿斯特(Georg Anton Friedrich Ast,1778—1841,古语文学者、哲学家)的《索福克勒斯悲剧翻译》(Übersetzung der Trauerspiele Sophokles',莱比锡,1804)。紧接着阿斯特寄来了一封言辞侮辱的反驳,这封反驳与随此信寄来的歌德以福斯名义所写的有理有节的回复发表于第 141 期《知识报》。

② 参见 W. 封·洪堡8 月 23 日的信,《一封来信》(Aus einem Brief)的节选发表于1804 年《耶拿文学汇报》的《知识报》。

③ 彼得·弗里德里希·路德维希·封·奥尔登堡(Peter Friedrich Ludwig von Oldenburg,1775—1829),福斯先前的君主。

1539. 歌德致艾希施泰特①

1804 年 11 月 20 日   星期二

526   尊敬的阁下，

听说您认识一位不能区分所有色彩的大学生。我能知道他的姓名和住处吗？

1804 年 11 月 20 日   歌德

---

① 歌德与席勒早在 1798 年就开始尝试研究色盲。

1540. 歌德致艾希施泰特

1804 年 11 月 21 日　星期三

送回到这儿的关于赖尔作品的评论①足够有趣。诚然，它怀着敌意强调这一著作的不足之处，对其精华鲜有公道之言，且以一种十分阴险狡猾的方式结尾。与之恰恰相反，我们的评论家②以温和亲切的姿态对待此作品，一切值得提及的方面亦无一遗漏。

关于加尔《头颅学》的论文③十分精彩。但是如果这位作家不亲自出马，谁还能评论由此材料而生的著作呢？④ 对他来说这轻而易举，因为关于加尔成就的观点已经存在，此外，他的支持者或敌对者与他的关系也显而易见，正如曾经在法语文本上发生的那样。275的作品⑤自然无法与之比拟。

373⑥ 的信件也同样送回。很高兴您能如此巧妙地引导这位正

---

① 约翰·克里斯蒂安·赖尔的著作《国家按其情况所需之医学事务的军事学校课程》(Pepinieren zum Unterricht äerztlicher Routiniers als Bedürfnisse des Staats nach seiner Lage wie sie ist)(哈勒，1804)。艾希施泰特 11 月 19 日寄去了刊登于 1804 年 11 月 13 至 14 日〈!〉《文学汇报》的评论。

② 克里斯蒂安·戈特弗里德·丹尼尔·内斯·封·埃森贝克。他的评论发表于 11 月 8 日与 9 日的《耶拿文学汇报》。

③ 约翰·约瑟夫·封·格雷斯(Johann Joseph von Görres, 1776—1848, 政治作家、科布伦茨的高中自然及物理教授，1806 年至 1808 年在海德堡，1827 年成为慕尼黑的历史教授)对加尔的《头颅学》(Schädellehre)所做的评论，发表于 1805 年 1 月 8 日至 10 日的《耶拿文学汇报》，艾希施泰特在一封未注明日期的信中将其寄给歌德。

④ 艾希施泰特在信中提议在印刷格雷斯的评论前先观望一下对于研究该主题的德国书籍的评论。

⑤ 艾希施泰特寄了马库斯·哈格多恩(Marcus Hagedorn, 1771—1813, 德绍的医生)关于亚当·贝尔《关于维也纳的加尔先生的大脑与颅骨理论的注释与质疑》(Bemerkungen und Zweifel über die Gehirn- und Schädeltheorie des Herrn Galls in Wien)的评论。

⑥ 指内斯·封·埃森贝克(Nees von Esenbeck)。艾希施泰特寄去了他的三封信。

直的先生。如果能慢慢鼓动他更细化他的评论，那么我们将拥有一位有用的、杰出的同仁。

　　我不喜欢关于韦伯的《威廉·退尔》的评论，至少得稍许降低对于铜版画的艺术贡献的大肆宣扬，它只会让人觉得作者是雕塑艺术领域的外行。因此我姑且按下不发。

527　　另两封信①则十分优秀。我会借机向两位先生的天资与参与表达我的感谢及欣赏。

　　可惜下周日还是太仓促，因此尽管十分向往，我仍无法回应您好心的邀请。我只能遗憾地在脑海中出席您的庆典②，并期盼12月初天气宜人，我能在您这儿度过一段安宁、愉悦的时光。

----

① 来自施莱尔马赫与 J. 封·米勒。
② 艾希施泰特在 11 月 19 日的信中邀请歌德 11 月 24 日参加以大学节为契机的"在大学玫瑰举办的一场晚宴"。"玫瑰"是耶拿一所古老的大学餐馆。

1541. 歌德致 C. J. H. 温迪施曼(亲笔)

1804 年 11 月 23 日　星期五

　　翘首以盼的《物理学观点》①现已到达,为此致以最真诚的谢意,我渴望能有几个安静的冬日夜晚献给这本著作。连带着您的评注,我又重读了一遍之前就已熟知的《蒂迈欧》的翻译②,并为我俩相近的观点感到高兴。如果那些我在单独的体验、感知与希望中长期视为真理的事物如今在普遍的观察与通览中也被广为接受,这对我来说该是多大的喜悦。

　　若有机会代我问候您那位杰出的主人与师傅③,请务必不要错过。希望您能拨冗积极参与到我们的耶拿文学机构中来。

　　　　魏玛,1804 年 11 月 23 日　　　　　　　　　　　　歌德

---

①　卡尔·约瑟夫·希罗尼穆斯·温迪施曼(Carl Joseph Hieronymus Windischmann,1775—1839,医学家、自然科学家、哲学家)《物理学观点》(Ideen zur Physik),第 1 卷,维尔茨堡与班贝格,1805。温迪施曼通过他的出版商给歌德寄去了第 1 卷,而他于 11 月 11 日的信中亲自给歌德寄去了第 2 卷,但未留存于歌德图书馆中。

②　柏拉图《蒂迈欧——真实物理学的一份真正的证书,温迪施曼译自希腊语原著并注释》(Timäus. Eine ächte Urkunde wahrer Physik. Aus dem Griechischen übersetzt und erläutert von K. Jos. Windischmann),哈达马尔,1804。

③　指谢林。

1542. 歌德致策尔特

1804 年 11 月 24 日　星期六

528 　　很高兴听说莱温先生①那令我着实担忧的笨拙并未给您贵重的施巴尼奥尔烟草带来损失②。这一产品原是在塔兰托的莱切加工而成,我想看看是否有可能通过封·洪堡先生从那儿搞到一些。目前我两次寄来的货品已有十四年以上的年份,这是它们的可贵之处;它们已在德国保存了如此之长的时间。现在我也有些许关于此等至宝深藏于其他某处的线索,一旦我能将其唤醒,必定与您分享。在此期间还请您节省地享受存货。

　　就您对《加略人犹大》一图的描绘③,在下一页您将收到一个根据您的描绘所提供的一个对应物(e Diametro)。对于一幅已经失传的旧图画的描述,为了简化其所突出的反省,我以我们最新的哲学家们惯用的形象、简短的表达方式在背面画了一张图表。我坚信它定能令您恍然大悟。

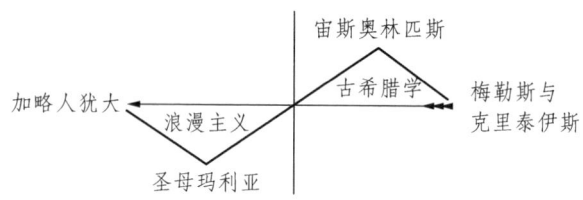

　　祝您一切都好。

　　　　1804 年 11 月 24 日　　　　　　　　　　　　　G

---

① 恩斯特·弗里德里希·路德维希·莱温(罗伯特)。

② 策尔特在 10 月 7 日的信中写道,鼻烟一开始被柏林的城门卫士查收了。

③ 策尔特描绘了他在柏林艺术展上看到的卡尔·路德维希(Johann Karl Andreas Ludewig,？—1810,柏林画家)的绘画《加略人犹大下地狱》(Höllenfahrt des Judas Ischarioth)。

〈附信〉

梅勒斯与克里泰伊斯
寓言

泉水仙女克里泰伊斯爱上了河神梅勒斯，两人生下了爱奥尼亚血统的荷马。

绘画

梅勒斯以年轻的青少年形象呈现。他的泉水直接连接着与大海交汇的入海口，此时仙女虽无渴意，却仍从中饮水。她掬起一捧泉水，深情的眼泪从脸庞滑落，仿佛在对着潺潺的清泉倾诉衷肠。

河神再度爱上了她，为这温柔的献祭而感到高兴。

画作中至高的美体现在梅勒斯的形象上。他靠在鳄鱼皮上，爱抚着莲花与风信子，与他的年少气质十分相符。他身型年轻而纤细，但却十分智慧，人们甚至可以说，他的眼里闪烁着诗意的光芒。

但最能显露他绰约风姿的是他并没有让猛烈的河水奔涌而出，而是用手掠过地球的表面，让温柔的泉水在他的指尖流淌。这看上去就像是能创造出爱情梦想的灵水。

但这不是梦，克里泰伊斯！你静默的愿望不会白费。很快泉水便会奔腾，而你与河神将相亲相爱地隐匿在它青紫色的波穹下。

女孩是多么的美丽，她的形象是多么的温柔而又充满讽刺！羞涩装饰了她的形象，这一抹红晕恰到好处地衬托了她的脸颊。

长发系在耳下，饰以紫色绑带。她看起来如此甜蜜单纯，即便是泪水亦不曾改变她的温柔。更美丽的是那未经装扮的脖颈，而当我们观察她的双手时，看到的是修长纤细的手指，与隐藏在白色衣裙下显得更加白皙的手臂一样洁白无瑕。此外还有形状姣好的胸脯。

　　然而缪斯们在这儿要创作些什么？对于梅勒斯的泉水她们并不陌生，她们曾经假扮蜜蜂将雅典臣民的舰队引到此处。

　　但若此刻她们在这里翩翩起舞，那么她们就像是愉快的命运女神，庆祝着即将来临的荷马的降生。

1543. 歌德日记（亲笔）

1804 年 12 月 2 日　星期日

致信伊夫兰，柏林。《格茨·封·贝利欣根》。

1544. J. H. 福斯(小)致 B. R. 阿贝肯
(1804 年 12 月 7 日)

1804 年 11 月末/12 月初

还有一次我们大概聊了三小时的魔术以及各种零碎琐事,即使这样你仍会觉得歌德十分和蔼可亲。间或也会(以西昂之齿①)谈及伯蒂格或是阿斯特的《克罗伊斯》,他们令好人们不仅觉得头皮发麻,甚至感到揪肤之痛。他对伯蒂格是如此深恶痛绝,以至于将其贬得不值一文。除此以外,歌德还是相当温和宽容的,只是面对罪恶的资本他铁面无私,毫不留情,只为了替代善意从根本上做到公正公平。因为我对其索福克勒斯的评论,你很快就会在《文学报》上读到阿斯特博士针对我的措辞严厉的威胁。我本已写好了针锋相对的回复——当然也是有理有节的。但是当我读给歌德听后,他不慌不忙地摇了摇头,说道:我必须直截了当地告诉您,您是个愣头青。您难道想要用暴力延续一段敌意,不顾它迟早会败坏了您对索福克勒斯的兴致吗?最后他说,请您让我来回复。您应该再让他大吃一惊,但不是通过激情,而是通过平静。请相信我,他接着说,比起以同样的激情予以回应,若您通过平静赋予自己更高的姿态,他只会愈加气恼。前者正中他下怀,后者则出其不意。此外,他最后说道,我们这些长者在此,正是要劝阻年轻人切莫草率行事。在我们年轻的时候,做的不见得更好,但它却使人陷入无边的愤怒中。现在,亲爱的阿贝肯,当你看到歌德是如何以我的名义打发了阿斯特后,定会拍手叫好。〈……〉据说阿斯特因为《俄狄浦斯》未署名的译者②而大发雷

531

---

① 西昂是古罗马的一名被释放的囚犯,他因其牙尖嘴利,好搬弄是非,诽谤污蔑而臭名昭著。
② 在他对索福克勒斯译作的评论里,海因里希·福斯高度赞扬了他的朋友卡尔·威廉·费迪南德·佐尔格(Karl Wilhelm Ferdinand Solger,1780—1819,古语文学家、哲学家)在柏林和莱比锡匿名发表的译著《俄狄浦斯王。一部索福克勒斯的悲剧作品》(König Oidipos, eine Tragödie des Sophokles),同时——在译者的要求下——并未提及其姓名。

霆,很有可能是出于对他的畏惧。因为歌德的赞赏,佐尔格也多少能获得一些慰藉。歌德最近曾说,尽管最初的作品还十分艰深晦涩,不够灵活,但是他预感他能成为一名出色的索福克勒斯译者①。粗糙的棱角总会被打磨平滑,接着他说,我们有一位索福克勒斯。上周我给歌德带去了按格律翻译的《理查三世》②中的一幕,他十分喜爱。现在他请我改编《奥赛罗》③,使其得以搬上舞台,在此期间他也愿意提供帮助。

① 佐尔格的译著《索福克勒斯的悲剧作品》(Des Sophokles Tragödien) 1808 年于柏林出版。参见:1808 年 12 月 4 日佐尔格给阿贝肯的信:"至今没有关于我的索福克勒斯的评论,这几乎令我十分不满。连歌德也始终没有给我回复,老实说,这让我有些失落。所有人中我最希望能令他感到满意。"

② 莎士比亚的戏剧。

③ 参见第 1569 封信——《莎士比亚的〈奥赛罗〉,约翰·海因里希·福斯博士翻译,附策尔特谱曲 3 首》(Shakespeare's Othello übersetzt von Dr. Johann Heinrich Voß. Mit drei Compositionen von Zelter),耶拿:Fr. 弗罗曼,1806。席勒对于海因里希·福斯译作的改编版于 1805 年 6 月 8 日在魏玛首演。

1545. 席勒致 G. J. 戈申(1804 年 12 月 10 日)

1804 年 12 月 10 日　星期一前

　　歌德非常努力地翻译拉莫,他是如此潜心于创作,我们大可期待一部杰作的诞生。1 月中旬他可以完成翻译第一稿,接着很快可以开始印刷。我已全权代表您与他达成了 100 卡洛林的协议,之前他要得更多。——倘若作品大获成功①——我已以您的名义就再版向他做了额外承诺。

532

---

① 期待的成功并未到来,因此并未再版。

1546. 歌德致艾希施泰特

1804年12月12日 星期三

尊贵的阁下,

此封短信多有耽搁,敬请谅解。

1. 索弗斯457号精彩绝伦的评论请您务必悉心对待。

2.《阿米达》的评论。有些冗长,但还凑合,毕竟这一糟糕的样式能得到认真公正的评判也是好事一桩。如果尚无人选,我建议让这位评论者转而评论拉克雷马斯①,帕列格林或是类似作品。不过我们对此还是有着很高期待的。

3. 我对坎内歌曲的评论开篇做了些许修改,盛大的赞誉并不符合评论本身给人的印象。

4. 喜爱哲思的养蜂人或许可以忽略不计。在我看来他说的有理,只是其构架过分雕琢,令人困惑。也许可以先言简意赅地提出优缺点,然后在人们所能理解的基础之上进行论述。

5. 很遗憾无法使用《威廉·退尔》的评论,我本想修改一下开头,但是其评判却贯穿全文。也许德尔布吕克能接收这一棘手的作品,赶快做个了断。

6. 温迪施曼的《物理学观点》可以给斯特芬斯或是施莱尔马赫,前提是对前者不能抱有太多期待。另一位则会给予著作主要倚赖的形式以足够的赞赏。

7. 如果我再次读完关于瓦格纳最近出版的作品的评论,也会就其信件说说我的想法。在谢林身上只看得到黑暗,这种人该是有多阴暗啊!温迪施曼在《观点》中并未重提谢林最后的迷途,而是以深刻的见解为其解释,以温柔的手与之调和,这真是太好了。

533

8. 韦内贝格已经无可救药。施塔尔能接手作品吗?韦内贝格并非毫无功绩,但是他沉浸于如此古怪的渣滓中,几乎没人能将他们

---

① 威廉·封·许茨《拉克雷马斯,一出戏剧》(Lacrimas, ein Schauspiel)。

分离。

    9. 随后会有一些官文。

   10. 恳请您为第 3 卷标上页码。

   11. 项目①已全面开工,您的其他愿望也即将得到满足。

   12. 至于捕捉能力出众的狮鹫②,您应当感谢我们的朋友福斯。
致以问候,祝您平安顺遂!

      1804 年 12 月 12 日　　　　　　　　　　　　　　G

项目的黄铜③此次能在这儿铸造吗?

---

① 1804 年魏玛艺术展暨 1805 年有奖征答(由歌德与迈尔主办)。

② J. H. 福斯(大),《论狮鹫的起源》(Über den Ursprung der Greife),载于:
1804 年 12 月《耶拿文学汇报》副刊《知识报》。

③ 12 月 9 日艾希施泰特寄来了"福斯项目的黄铜试印",12 月 19 日的信中他急
切恳求 J. H. 迈尔帮忙购买黄铜。

1547. 歌德致策尔特（亲笔）

1804 年 12 月 13 日　星期四

　　这是您要求的信①。接着会告诉您一些令您愉快的消息。

　　已经请人根据演出听记了骑兵之歌（Reuterlied）的总谱②，您不必再为此费心。

　　千次告别。

　　　　1803 年 12 月 13 日

---

① 在 12 月 8 日的信中策尔特请求收回 K. 路德维希的画作《加略人犹大下地狱》。

② 出自《华伦斯坦的兵营》，歌德在 11 月 5 日的信中请策尔特寄来总谱。

1548. 歌德致席勒（亲笔）

1804 年 12 月 20 日　星期四

　　请您原谅我还未就之前说过的事①做出回复。我的脑袋仍是一片荒芜。

534　　　我只是想告诉您韦莱特里的密涅瓦②到了，要一块儿庆祝基督徒的节日，她看上去一脸惊诧。

　　祝您一切顺利。

　　1804 年 12 月 20 日

---

① 可能指的是席勒委托歌德翻译狄德罗的相关事宜。
② 巴黎卢浮宫的一尊罗马仿制公元前 5 世纪希腊雕像的石膏复制品。

1549. 歌德致席勒

1804 年 12 月 21 日 星期五

借着询问您近况的机会我想就我们的事儿简单说两句,以便您知晓暂时进展。我想 1 月中旬能交出一半的译稿①,剩下一半大概在月末②完成。在这过程中值得一提的事已比预想要多③。刚踏进水里时,还以为能蹚着过去,直到水越来越深才意识到必须得游起泳来。这一对话④的炸弹正是在法国文学中爆炸的,若想予以如实呈现,必须非常小心谨慎。此外要是帕利索⑤去年没去世的话,现在应该是七十四岁了,诸如此类必须加以提防,以免闹出笑话。

对话中的一些批判标准也比我预想得更难。《哲学家们》这出戏剧在刚开始十分简短,并于 1760 年 5 月 20 日⑥在巴黎首演。那时老拉摩还活着。也就是说这至少将时代设置到 1764 年他去世前。可

---

① 《拉摩的侄子。狄德罗的一篇对话。译自手稿,附歌德的注释》(Rameau's Neffe. Ein Dialog von Diderot. Aus dem Manuskript übersetzt und mit Anmerkungen begleitet von Goethe, 莱比锡, G. J. 戈申, 1805 年)。席勒通过威廉·封·沃尔措根获得了弗里德里希·马克西米利安·封·克林格尔在圣彼得堡狄德罗的遗物中找到的长篇小说手稿《拉摩的侄子》,并找到戈申作为出版人。(参见第 1545 封信,参见歌德在《1804 年四季笔记》中的描述。)——因为在法国的手稿原件丢失,1821 年在法国出版的该作品实为歌德翻译的法语再译。
② 歌德于 1 月 24 日将手稿寄给席勒。
③ 歌德在翻译后附上了关于在对话《拉摩的侄子》中提到的人物与物品的注释。
④ 作曲家让-菲利浦·拉摩的侄子让-弗朗索瓦·拉摩在一家巴黎的咖啡馆中与小说的"第一人称"叙事者见面,并与他进行了一场关于个人与社会,艺术与哲学的对话。
⑤ 法国作家查尔斯·帕利索·德·蒙泰诺伊(Charles Palissot de Montenoy, 1730—1814)属于反对启蒙运动的"反哲学家",是狄德罗想借讽刺作品予以抨击的对象。
⑥ 正确应为 5 月 2 日。

是再想想 1772 年才出版的《跨越三个世纪的文学》①。于是只能认为对话写就的时间更早,但之后又进行了补充,只有这样也许才能解释年代的错乱②。要想明白无误地说出这些,不得不到处查看。这一附加物③何时能完成很难估算,因为在复活节前我还得交出关于温克尔曼的叙述④,这可不是能一蹴而就的东西。以上便是目前我要汇报的情况,供您参考。此外如今我状态尚可,也并非完全无所事事。期待一切更好,也同样祝福您。

12 月 21 日   歌德

---

① 安托万·塞巴蒂埃·德·卡斯特尔(Antoine Sabatier de Castres,1742—1817,法国作家)《跨越三个世纪法国文学,或自弗朗索瓦一世起至 1772 年间我国作家思想史》(Les trois siècles de la littérature française, ou Tableau de l'esprit de nos écrivains depuis François I, jusqu'en 1772)。
② 狄德罗在 1761 年第一次写下这部讽刺作品,但由于文学政治原因未能出版,直到 1770 年后他才进行了修改。
③ 歌德于 1805 年 4 月 23 日与 25 日将"注释"寄给了席勒,后者 25 日才把第一批注释传给戈中。
④ 收录于歌德的合集《温克尔曼与他的世纪》(蒂宾根,1805 年)。

1550. 歌德致席勒(亲笔)

1804 年 12 月 23 日　星期日

但凡我今天能出门,我是很想来拜访您,告诉您手头的工作进展顺利。有一些棘手之事①我想听听您的建议。我想一切都是可以做成的,只是暂时还不能向大众透露风声。如果作品出版,必须是毫无准备,不期而至的。关于此事见面再聊②。

祝您精神焕发,文思泉涌。

G

---

① 其中很可能包括必须要注意的魏玛宫廷的政治与人际关系。
② 歌德在 1805 年 1 月 2 日的日记中记录了两人的下次会面。

1551. 夏洛特·封·席勒致弗里茨·封·施泰因
（1804 年 12 月 27 日）

1804 年 12 月 27 日　星期四

　　家妹、小姨及我刚和您亲爱的母亲一同在歌德家,露易丝公爵夫人也在,我们一同欣赏了韦莱特里的密涅瓦复制品;歌德将它收为己有,并陈列出来。雕像中栖息着独特的高贵灵魂,令它显得十分纯洁可爱。创作者只想着密涅瓦的特征,这种印象堪比触动所有人心的巨大朱诺,①只是密涅瓦比朱诺更加人性。

　　歌德也病了,他生怕得了重病。为了免受任何形式的风寒的侵扰,他不再正式出门。——官廷的空气让这个美丽的灵魂感到不适。——每次席勒进官后也总生病。

---

① 可能是指罗马的巨大雕像“朱诺·卢多维西”,大约诞生于公元 39/45 年,歌德于 1787 年获得了雕像头部的石膏复制品,他把它陈列在罗马的家中,离开罗马时把它送给了安杰丽卡·考夫曼。歌德在弗劳恩普兰广场家中的复制品是他 1823 年 10 月 7 日才从 C. L. F. 舒尔茨这儿收到的礼物,歌德宅中的“朱诺屋”因此得名。

1805 年

1552. 歌德致席勒（亲笔）

1805 年 1 月 1 日　星期二

　　在此致以新年最诚挚的祝福，并送上诸多戏剧①。若您看时兴　　536
致盎然，便请对每部作品写下只言片语。最后会有一个结果。厄
尔②确实未在《淮德拉》③中扮演角色。他向我告假，我亦欣然批准。

　　我能很快读到几幕戏④吗？期限⑤已一天天逼近眼前。

① 可能是指为了在魏玛剧院上演而接受审核的戏剧。
② 演员卡尔·路德维希·厄尔（Karl Ludwig Oels, 1771—1833）前往柏林旅行，
　 他的休假直到 1 月 26 日才结束。
③ 由席勒所翻译的拉辛的《淮德拉》（Phädra），席勒去世后译作于 1805 年在蒂
　 宾根的科塔处出版。
④ 1 月 2 日晚席勒为歌德朗读了三幕戏。
⑤ 1 月 30 日公爵夫人露易丝的生日。——1 月 14 日席勒在他的日程安排中写
　 下作品已完成，1 月 20 日第一次试排，1 月 30 日首演。

1553. J. H. 福斯(小)致 Chr. 尼迈尔
(1806 年 8 月 12 日)

1805 年 1 月 1 日　星期二

　　在席勒有生之年的最后一个元旦,歌德给他写了一封祝福短信。可是当他检查时,却震惊地发现他不自觉地写道:"最后的元旦"而非"全新的"或是"再度到来的"等诸如此类的话语。他惊恐万分地撕碎了信,重又写了一封。当他再次写到这不祥的段落时,竟不得不努力控制自己才没又写下"最后的"元旦。他的心中充斥着这一预感!──同一天他拜访封·施泰因夫人,向她讲述了这一经历并表示,他感到今年他或席勒将有一人与世长辞。

1554. 歌德日记（亲笔）

1805 年 1 月 1 日　星期二

前来问候的人们。里默尔从耶拿来。病了。晚上和家人一块　537
儿。处理各种杂事。福斯教授。《奥赛罗》。

1555. 歌德致艾希施泰特

1805 年 1 月 2 日　星期三

尊贵的阁下，

随信附上

1. 格雷斯的文章与评论，其中我只改动了一处过于奇怪的比喻。

2. 其他两篇关于加尔的评论①，两者的修改与使用完全听任您的安排。

3. 施莱尔马赫的作品②，对此致以衷心祝贺。

这一与我向来不和的季节也拖延了项目的进程。目前它已基本完成，黄铜已命人制作。

请您精力充沛地开始新的纪年，请务必惦记着我。

　　　　魏玛，1805 年 1 月 2 日　　　　　　　　　歌德

---

① 除了哈格多恩关于贝克的《关于维也纳的加尔先生的大脑与颅骨理论的注释与质疑》的评论外，还有克里斯蒂安·戈特弗里德·格鲁纳针对同一部作品的评论。艾希施泰特在 1804 年 12 月 28 日的信中建议将两篇评论转化为单纯的告示，最后发表了哈格多恩的评论。

② 施莱尔马赫关于约翰·弗里德里希·策尔纳的《关于国民教育的想法，以普鲁士各国为重点》(Ideen über Nationalerziehung, besonders in Rücksicht auf die königlich-preußischen Staaten) 的评论刊登于 1 月 15 日至 1 月 17 日的《耶拿文学汇报》。

1556. 歌德日记（亲笔）

1805 年 1 月 2 日　星期三至 1 月 4 日　星期五

1 月 2 日

克内贝尔-亨德里希事件①。中午封·泽肯多夫，封·格宁。晚上在席勒处。《淮德拉》三幕。致信艾希施泰特。耶拿。项目。

〈……〉

1 月 4 日

早上。《拉摩的侄子》②。晚上在女主人赫尔茨以及特谢尔③处。《屈打成医》④。

538

---

① 1804 年 12 月 25 日约翰·伊萨克·封·格宁下榻在耶拿的克内贝尔家中，但是后者忘了替他在耶拿城防司令弗兰茨·路德维希·阿尔布雷希特·封·亨德里希处登记。歌德在 12 月 30 日给格宁的信中请求他进行调停。在此期间事态一再扩大，连 Chr. G. 福格特以及卡尔·奥古斯特大公都被牵扯其中。在反复的书信往来以及个人插手后，争端终于在 1 月末得以解决。

② 参见第 1549 封信。

③ 特谢尔（Texier）为当时著名的巴黎演讲艺术家，"他的天赋是能用变幻多端的噪音像演员一样欢快而聪慧地朗读法国喜剧，他在宫廷连着好几个晚上为人们所惊叹"（1805 年《四季笔记》）。

④ 莫里哀的喜剧作品，该剧 1 月 4 日及后来都没有上演，直到 9 月 25 日才搬上舞台——时为乔克（Johann Heinrich Zschokke, 1771—1848, 作家）根据莫里哀作品改编的《神医》（Der Wunderarzt）。

1557. J. I.封·格宁

1805 年 1 月 8 日　星期二

8 日是俱乐部聚餐〈……〉。接着散步去歌德家,在那儿待了将近一小时。我们谈了许多,他说道:"赫尔德在最后的日子里身心皆饱受折磨,因此许多事情必须给予他谅解。如果他活得更久些①,他一定已经疯了!"他对于《欧仁妮》的积极评价②令歌德不得其解,十分不快,因为从另一方面来看它也可以是糟糕不堪。是正是反,赫尔德很容易因他轻率而模糊的写作方式而误入歧途。(我联想到他作为**雄辩家**的异禀天赋:)从《反批判》③起他开始陷入不幸。"在《阿德拉斯泰拉》④中存在着丑恶的东西。赫尔德的思想非常受限于时间,且在许多理应详细描述之处只有寥寥数语的概述,因此很难流传后世。"哦,痛苦啊! 太强烈了! ——"人们乐于见到年轻的天才头脑陷入矛盾之中,可若年长之人摆歪了直角,那便是过错等等。"至于福斯⑤,歌德并未提起。"那些热心肠的人们到底在哪儿? 我们与自己人敌对已经够受了。若福斯还是'**天才诗人**',你们必须五体投地。"——(我提到他与克洛卜施托克)"如果你们能指责我们些什么,你们也会这么做"等等。是啊! 这话说得真高。

---

① 赫尔德于 1803 年 12 月 18 日去世。
② 歌德在 1813 年 1 月 25 日与 J. D.法尔克博士的谈话中说到了赫尔德对《自然的女儿》的积极评价。
③《理智与经验。关于纯粹理性批判的反批判》(Verstand und Erfahrung. Eine Metakritik zur Kritik der reinen Vernunft),第 2 部,莱比锡,1799。
④ 赫尔德的杂志于 1801 年至 1803 年间在莱比锡出版。
⑤ J. H.福斯(大)。

1558. 歌德致席勒(亲笔)

1805 年 1 月 9 日 星期三

亲爱的朋友,请和我说说您与您的作品①。我试图接近高贵、美丽的世界,却并不十分成功,至少有那么几天我又再次躲回了家中。因此我想从您这儿听些令人高兴的事。此外不知您的夫人是否愿意明早与女友在我这儿一同欢度周四②? 祝您健康,愉快!

539

     1805 年 1 月 9 日   G

---

① 席勒翻译了拉辛的《淮德拉》。
② 从 1804 年春天起,歌德便在周四早上邀请宾客,其中大多为女性,夏洛特·封·施泰因夫人常常出席,卡洛琳·露易丝公主也经常前来。

1559. 歌德日记（亲笔）

1805 年 1 月 11 日　星期五至 1 月 12 日　星期六

1 月 11 日

修改整理《拉摩的侄子》。感觉不适。

1 月 12 日

卧床。法国文学。

1560. 歌德致席勒

1805 年 1 月 14 日　星期一

但愿您能好好利用这一危险时期①。我兴致勃勃地阅读了这三幕②。作品显得短小精悍,被煽动起的激情③赋予其生命力,我认为它大有潜质。其中一些主要段落只要添上主题,便会产生极佳的效果。这里的文体也相当契合。此外我在几处做了些许改动,但只是因为在应是抑扬格的地方多次出现了元音重叠或是两个简短的(无关紧要的)音节,两者都使原本便简短的诗行④变得更短。我在演出中还注意到,演员们在这些地方似乎容易崩溃,失去控制,尤其当他们的情绪特别激动时。在此处给予一些辅导不会耗费您太多功夫。另外,烦请您尽快公布角色分配,毕竟大家还得学习、排练。

540

我很愿意寄来《马蒙特尔的一生》,它能带给您好几天的惬意消遣。其中您会看到因为《拉摩的侄子》而变得十分有趣的大资本家布雷⑤,烦请您标记出页码,这寥寥几笔对我的附注将大有用途。

如果我们的所作所为能为年轻的侯爵夫人⑥带来乐趣,便了却了我们的心愿。我们的一员反正也只能对使者说:金银非我所有,但是我所拥有的,便会以主人之名献出。请您再想想借此机会能为她展现些什么,篇幅必须简短,却要包罗万象。我一如既往地一筹

---

① 也许是在影射这一年来折磨着歌德与席勒的病痛。

② 席勒翻译的《淮德拉》。

③ 克里特国王米诺斯的女儿淮德拉是忒修斯的第二任妻子,她疯狂地爱上了自己的继子希波吕托斯。第一幕描绘了淮德拉绝望地想要远离希波吕托斯,想要隐瞒那份不幸的爱恋,为此她假装憎恨对方。

④ 席勒选择了无韵诗(即不押韵的重音或非重音结尾的五音步抑扬格),而拉辛的原文则采用了成对押韵的亚历山大格式诗句(六音部抑扬格,且第三音步后进行停顿的格式)。

⑤ 艾蒂安-米歇尔·布雷(Etienne-Michel Bouret,1710—1777)是法国王室司库,歌德在《拉摩的侄子》的某一评语中评论过他。

⑥ 玛丽亚·帕夫诺娃。

莫展。

　　祝您健康,请您惦记着我。只要我敢于再度迈出家门,便挑个晚上来拜访您①。出于无聊我读了各式书籍,例如《高卢的阿马迪斯》②。只是人们白白老去,却只能从戏仿作家③口中得知如此杰出的作品,真是一大耻辱。

G

　　之后读到的最后几页④也令我十分欢喜。

---

① 歌德从 12 月以来便感到身体不适。他下次拜访席勒的时间不详。
② 阿马迪斯(Amadis)是骑士小说中的英雄,曾被多次改编,在欧洲广为流传。
③ 其中最著名的便是塞万提斯,他的《堂吉诃德》中有许多阿马迪斯的痕迹。
④ 席勒的《淮德拉》剩余的部分。歌德可能在 1 月 15 日才拿到。

1561. 歌德致科塔

1805 年 1 月 15 日 星期二

一些内外烦事耽搁了我与远方朋友的通信,以至于我不得不以道歉开始每一封信件。此外请您相信,在此期间您寄给我的各类美好的礼物都给我带来了无比的喜悦。

温克尔曼以及与其相关之物①复活节前后应该已经准备妥当。我们衷心期待着您能到来一同商讨一些重要事务②。

541

胡贝尔的去世③令我们深感震惊。他的离去想必在您的不少事业中留下了巨大的空缺。我愿在我身边寻找能或多或少为您所用之人。

非常感谢您为我买到了韦努蒂④。请报一个对意大利书籍来说便宜的价格,并请尽快妥善包装好作品给我寄来。

再次感谢您向我展现的一切好意,祝您健康。

　　　　魏玛,1805 年 1 月 15 日　　　　　　　　　　　歌德

许久以前我曾寄给您一篇关于纽伦堡的手工艺人格吕贝尔出版的民歌集的小文章⑤,曾刊登在《文学汇报》上。现在我想要回它。

---

① 参见第 1529 封信。

② 指的是出版全集的计划。参见第 1533 封信。

③ 路德维希·费迪南德·胡贝尔,身为《文学汇报》以及《女士口袋书》(Taschenbuch für Damen)等的共同出版商,同时也是科塔的顾问,对当时的文学事业产生了重要的影响。他于 1804 年 12 月 24 日去世。

④ 罗多尔佛·韦努蒂(Rodulphinus/Rodolfo Venuti, 1705—1763,意大利考古学家)。此处指他的《罗马教廷钱币》(Numismata Romanorum Pontificum, Rom, 1744)一书。参见第 1450 封信,歌德很可能于 1804 年 4 月 22 日进行了预定,科塔随 2 月 5 日的回信给歌德寄去此书。

⑤ 歌德对于《〈约翰·康拉德〉格吕贝尔的纽伦堡方言诗歌》(《Johann Konrad》 Grübels Gedichte in Nürnberger Mundart)的评论发表于 1798 年 12 月 23 日的《文学汇报》。——1800 年格吕贝尔的诗歌集出了第 2 卷。歌德为《文学汇报》撰写了一篇关于两部诗集的简单讨论,文章发表于 2 月 13 日。

也许您的发行部有相关目录，若您能替我找到这篇文章，我将不胜
欢喜①。

①科塔随2月5日回信寄去了刊有歌德文章的《文学汇报》样本。

1562. 歌德致艾希施泰特

1805 年 1 月 16 日　星期三

　　要想评价法尔克的评论①，我得先读读《阿雷曼方言诗歌》。我已经如此做了，却遗憾地发现这一无所用。这位善良的先生无法与自己和他的原则取得一致，如今他的原则以一种奇特的方式与阿雷曼诗歌争执起来。它们相互撕扯，以至于看客们不知该往哪儿瞧。但既然我对这些诗歌颇感兴趣，我想看看是否能在这几天里为此写一篇短小的评论②。也许我还该拿起格吕贝尔的诗歌，如果我没记错的话，法尔克对其评价甚高，而我则可能会把它与《阿雷曼方言诗歌》视为同级。

542

　　寄回的评论③相当不错，我们对这位作者的高水准已习以为常。

　　衷心祝福您身体安康。

　　　　魏玛，1805 年 1 月 16 日　　　　　　　　　　歌德

---

① 艾希施泰特 1804 年 12 月 19 日给歌德寄去了 J. D. 法尔克关于约翰·彼得·黑贝尔（Johann Peter Hebel, 1760—1826）《阿雷曼方言诗歌》（Allemannische Gedichte）的评论。评论未能刊登在《耶拿文学汇报》上。

② 歌德于 1 月 26 日寄去了评论，它刊登在 2 月 13 日的《文学汇报》上。

③ 艾希施泰特 1 月 14 日寄去的 J. A. 施密特关于约翰·雅各布·瓦格纳《唯心主义哲学体系》（System der Idealphilosophie）的评论，其发表于 1805 年 3 月 12 日的《耶拿文学汇报》上。

1563. 歌德致席勒

1805 年 1 月 17 日　星期四

　　无论是古老学说所言的有害的液体①在体内游走,还是最新研究②宣称的相对虚弱的部分情况不佳,总之我浑身难受,不适从内脏转移到横膈膜,从那儿又来到胸部继而进入喉咙甚而眼睛,它们现在最不想看到的便是您。

　　感谢您愿意出席昨日的演出③。作品反响颇好,为此还得继续做些什么:因为做了一些改动。我想关键在于弱化并掩盖一些太过直接有违礼俗的地方,同时渲染一些欢快、愉悦、衷心的内容。在我在场的几次排练中我产生了一些灵感。我会时不时给您寄来一些样本,以便您能直接评价我所做的修改,给予我一些建议。此外也可给予演员们更多的辅导,这必将有所收获:要知道能使一部作品登上剧目单,其意义比人们想象的要重要得多。

　　我想尽快去看《市民将军》④,这个教条式的贵族形象⑤已经呼之欲出,只是人们必须要有一个欢快的念头,才能在最后用一个笑话来统一这一切令人作呕的元素,从而不需要"来自机器的神灵"⑥。人

543

---

① 原文为拉丁语(humores peccantes)。根据(后)古典主义时期体液病理学说,人体内有四种体液,而它们的配合比影响着人们的健康。

② 歌德指的也许是约翰·布朗关于强壮与虚弱的学说。

③ 1 月 16 日魏玛剧院上演了歌德的喜剧《同谋犯》(Die Mitschuldigen)以及《市民将军》(Der Bürgergeneral)。

④ 诞生于 1793 年,并于同年在魏玛首演的喜剧,讲的是诡计多端的无用之人施纳普斯欺骗一名单纯的农民,在他面前自称是服役于法国雅各宾派的市民将军。在十七年的静寂后,该剧 1800 年又再度登上魏玛剧院的节目单,直到1805 年每年上演一次。

⑤ 地主在法庭谈判结束时以贵族阶级理智的代表者的形象登场,并建议人们不要醉心于政治,而要专注于自己手头的工作。歌德本想用其他角色替代此人,未果,改写并未成功。

⑥ 原文为拉丁语(Deus ex machina),意为"来自机器的神灵"。此处援引的是古希腊悲剧中有时由于(借助舞美技术展示的)神灵的出现而化解了本不可解的纠葛这一典故,意指戏剧冲突非自发地、由外部力量得以解决。

们得时不时想想这些。

　　因为厄尔休假到 26 日,所以还是维持早前的分配。我想知道您准备得怎么样了,您觉得何时能进行彩排?

　　我仍无法出门,也许您能在合适的时辰来我这儿小坐片刻,也许在中午时分①? 我会派车前去接您。

　　祝您身体健康,工作顺心②。

G

---

① 席勒很可能并未前去拜访,因为他自己也饱受病痛折磨。
② 席勒打算着手创作《德米特里乌斯》(Demetrius)。

1564. 歌德致夏洛特·封·施泰因（亲笔）

1805 年 1 月 18 日 星期五

千百次感谢您的挂念。一些病痛在我体内游走，最后到达眼睛，这令我恼火不已。不过现在情况似乎有所好转。我多么希望您贵体安康，多么希望很快又能邀您做客。最近发生了各式各样有趣的事儿。

　　　　1805 年 1 月 18 日　　　　　　　　　　　　　　　G

1565. 歌德日记(亲笔)

1805 年 1 月 22 日　星期二

到目前为止疾病与康复。一些文学作品。特别是高卢人①的。

① 可能是指歌德为了翻译狄德罗《拉摩的侄子》而参考的法国文学。

1566. 歌德致席勒(亲笔)

1805年1月24日　星期四

544　　我最亲爱的朋友,作品①在此。烦请您仔细通读一遍,在页边做一些笔记,告诉我您的意见。接着我想再过一下,纠正一些注释,填补上空缺,也许更温和地表述某些挖苦的片段,如此便可公之于众②了。我曾期盼着在您和您的家人面前朗诵这部作品,但如今希望业已破灭③。孩子们好些了吗④?

　　　　　　1805年1月24日　　　　　　　　　　　　　G

---

① 歌德翻译的狄德罗的《拉摩的侄子》。
② 席勒于2月25日把手稿寄给了戈申。
③ 席勒和他的家人都病了。
④ 席勒的孩子们正在出水痘。

1567. 歌德致 F. A. 沃尔夫

1805 年 1 月 24 日　星期四

　　我尊敬的朋友,我能再一次打听您的近况,并和您说说我的事儿吗? 这个冬天我从未离开魏玛,有好几个星期甚至没有出门,然而我从未完全放下任何一项工作。我希望那些曾给我带来乐趣的事儿也能在明年春天供您娱乐。

　　温克尔曼的书信以及包含其中的艺术史已经交付印刷,我也得抓紧马上写完相应的布道之词。您也可想念我? 如果您能连同一打您的评论给我寄回《未公布的古迹》(Monumenti idediti)①,接下来的几天我将无比快乐。②

　　美丽的雪橇道应该能吸引您前来拜访我们。即便现在您因为手头的工作无法脱身,也请不要剥夺我们在春天相见的希望。已经为您准备好了一间小房间,小明妮③的也已安排妥当。

　　还得请您对我们的《耶拿文学汇报》说些友好的话! 如果您还想补充一些鞭挞或是希望之言那便更好了。

　　您现在还在研究那三个福音教士吗④? 请您和我说说这事儿。

　　您的图书馆有没有收到些重要的新书? 您这儿还发生了些什么吗?

　　如果您来我们这儿,就会发现这里有不少新鲜事,其中最美丽亦是最重要的便是我们的太子妃,要接近她就仿佛踏上一场漫长的朝

545

---

① 该书作者为瓜蒂尼(Giuseppe Antonio Guattini, 1748—1830),意大利律师,古代研究者。书名原为：Monumenti antichi inediti ovvero Notizie sulle antichità e belle arti di Roma〈...〉,第 3 卷,罗马,1784—1786 年出版。歌德何时把书借给沃尔夫,后者何时归还均无从考证。
② 沃尔夫于 3 月 18 日寄去了他对于歌德的《温克尔曼与他的世纪》的评论。
③ 沃尔夫的女儿威廉明妮。
④ 沃尔夫在 2 月 11 日的信中写道因为健康状况不佳他不得不暂时停止关于"讨厌的福音教士"的讲座课。

圣之旅。此外,韦莱特里的密涅瓦头像①也值得一提,在流失多年后,它终于在费尔诺的安排下从罗马抵达此地。

我多么希望能向您介绍我们那渐渐从施工的尘土中破茧而出的图书馆,在新的纪元倾听您的真知灼见。

剧院也有一些变化,但是我不能在此处将其引为论据,毕竟我们还想让您更近地了解我们的艺术。

〈亲笔〉我的全家向您致以最诚挚的问候。

魏玛,1805 年 1 月 24 日　　　　　　　　　　歌德

---

① 参见第 1548 封信。

1568. 歌德致 J. 封·米勒

1805 年 1 月 25 日　星期五

尊敬的朋友,请原谅我借他人之手①写下此信,在这一伤感的季节下定决心与亲爱的远在他乡的友人们倾诉衷肠对我来说尤为困难。

在面临如此巨大而重要的改变时,您不仅在精神上一如既往地站在我们一方,而且还想要身体力行地推动这一机构②,首先请您接受我最真挚的谢意。毫无疑问您是我们最有威望的作者之一。感谢您答应今年继续在精神与行动上给予我们支持,如此我们便能更容易战胜那些艰难、不快之事。

可以预见,在新纪年来临之际,一些居心巨测之徒大肆发挥他们恶意中伤的天赋,以此污蔑一个他们一开始便心持怀疑的机构③,而这也不会是最后一次。以实际行动使其蒙羞仍是最好的应对办法。那个耶拿人终究会将他的本事彻底公之于众,我想他不会比他的十二个兄长差到哪儿去。

另外,宫廷顾问艾希施泰特先生应该已经和您讲了一些近况,而深知这一机构文学与经济状况的我也可以向作为友好的参与者的您保证,整体上任何方面都不会有哪怕一丁点儿的危险。

我们能期待春天在这儿见到您吗④? 我们这儿现在来了一位年

---

① 里默尔之手。
② 指的是《耶拿文学汇报》,自 1804 年年初起米勒便是其积极的供稿者。在 2 月 9 日的信中米勒回答道,只有当歌德"抽回执掌之手",他才会停止与报纸的合作。
③ 在 1 月 20 日的信中,艾希施泰特请求歌德给米勒写"几句话",后者收到了写有《耶拿文学汇报》"最糟糕最可怕的消息"的一封书信,艾希施泰特现在把这封信继续传给了福格特。从歌德的书信往来中无从得知这些"居心巨测之徒"是谁。
④ 曾于 1804 年 1 月 22 日至 2 月 7 日逗留于魏玛的米勒直到 1807 年的 11 月才再次拜访此地。

轻而美丽的圣人,要想见她哪怕得通过徒步朝圣都值得。我尊敬的朋友,我尤其希望您能见到我们的太子妃,您见多识广,一定比凡夫俗子更懂得欣赏这一稀世珍宝。

请您顺便和我说说您最近过得如何,主要在忙些什么呢? 至于我,今年冬天虽然没做太多事,但还是写了一些东西①,也许能在复活节供您消遣。

您经常见到特拉勒斯先生吗? 他过得可好? 我希望能认识他一下,还有费希特先生,我觉得他的教学活动相当不错。

您一定也认识并欣赏策尔特先生。我希望能在柏林一同拜访你们,只是但愿这样的长途跋涉中不要发生其他我无力承担的冒险。

席勒让我代为问候。他这个冬天身体不佳,然而仍多少坚持着创作。您那总是事务缠身的同乡迈尔先生也向您致以衷心的问候。

斯塔尔夫人在意大利。她那热情洋溢的无拘无束②是否能通过这次逗留变得规矩一些,她回来后对艺术是否更加热衷,让我们拭目以待。《马蒙特尔回忆录》想必给您带来了许多乐趣。

〈亲笔〉衷心问候。

魏玛,1805 年 1 月 25 日　　　　　　　　　　　　　　歌德

---

① 主要是狄德罗《拉摩的侄子》的翻译。
② 影射斯塔尔夫人的《关于激情对于个人与国家福祉的影响》(De l'Influence des passions sur le bonheur des individus et des nations),洛桑,1796。1800 年歌德通过 W. 封•洪堡获得了作者的书作为馈赠。

1569. J. H. 福斯(小)致 B. R.阿贝肯
(1805 年 1 月 27 日)

1804 年 12 月/1805 年 1 月

过去六周我把所有的空余时间都花在了《奥赛罗》上,翻译工作举步维艰,尽管如此我还是得到了歌德与席勒的一致赞赏。〈……〉许多次我翻译完一些篇章后,就会去歌德那儿读给他听,席勒则与我一起通读了译稿。

1570. 歌德致策尔特

1805年1月29日 星期二

小萝卜和鱼①已顺利送到,前者晒得很干,后者则冷藏完好。肝脏诙谐诗②等暂且欠着。在能重新考虑一些能给您带来乐趣的事情之前,我得先摆脱各种琐事烦扰。从现在到欢颂日(Jubilate)③之间您会时不时获悉我和其他朋友们的动向,也许您会愿意参与其中。

我希望能从厄尔④那儿获得一些您的消息以及您承诺过的歌曲⑤。

548

新版的《格茨·封·贝利欣根》已于12月上旬交付伊夫兰。在此种情况下保持沉默,把东西放在身边反复蒸馏,再焖煮一会儿,直到确信能将其公之于世是他的一贯作风。对此请您不要透露风声。像他这样成就卓越的人即便放任其有些怪癖也无伤大雅,退一步说,以他的处境或许确实需要这样的手段。

今天就到这儿吧。请替我感谢您亲爱的夫人寄来的东西。我们严格按照菜谱烹饪,菜肴相当美味。

下次再说说对立两极现象,希腊绘画以及塔伦丁的施巴尼奥尔。祝您生活愉快,请勿忘我。

魏玛,1805年1月29日　　　　　　　　　　歌德

---

① 1月19日策尔特寄去了勃兰登堡的小萝卜和一条梭子鱼,希望以此激发歌德创作一首新诗。

② 广受欢迎,但往往格调不高的诙谐诗,因其惯以"肝脏〈……〉"开头而得名。范例如(歌德显然是在影射该诗):"肝脏属于一条梭子鱼,而非……"(后文要补充一种动物的名字,而下句诗则要与其押韵。)

③ 复活节后的第三个星期日,1805年为5月5日。

④ 卡尔·路德维希·厄尔在柏林度假。

⑤ 席勒的《当下的馈赠》(Die Gunst des Augenblicks)。

1571. 席勒致科塔(1805 年 2 月 10 日)

1805 年 2 月 1 日　星期五至 2 月 10 日　星期日

我们所有人都或轻或重地生了病①。歌德肺部感染了好些天，现在已经脱离了危险。

---

① 席勒之前得了黏膜炎,迟迟未好。

1572. 夏洛特·封·施泰因致其子弗里茨
（1805 年 2 月 10 日）

1805 年 2 月 1 日　星期五至 2 月 10 日　星期日间

　　在确认病重的歌德脱离危险前,我不打算结束这封信。一切得到早上施塔克①说了才能知道。昨晚他睡得很好,今天仍十分虚弱,但愿危险已经过去。他得了胸膜炎〈……〉。刚才奥古斯特奉歌德之命来告诉我施塔克已经宣告他脱离了危险。

---

　　① 歌德的医生 J. Chr. 施塔克。

1573. J. H. 福斯致 Chr. 尼迈尔(1804 年 4 月)

1805 年 2 月 1 日　星期五至 2 月 13 日　星期三

今年冬天死神几乎从我身边夺走两位亲爱的朋友。1 月末两人同时病了,病得很重,病因也相同,是严重的梗阻。在十二天的时间里我四次夜里被叫醒赶到席勒家,两次在歌德这儿。——歌德是个有些狂躁的病人,席勒则十分温顺柔和。

549

1574. J. H. 福斯致 K. W. F. 索尔格
（1805 年 2 月 24 日）

1805 年 2 月 1 日　星期五至 2 月 13 日　星期三

　　我的上封信给你和阿贝肯带去了许多欢乐。〈……〉在我提笔写信的同时，歌德正在病榻上垂死挣扎。我本想再告诉你们一些他的状况，然而当我提起笔时，我的手因为恐惧与害怕而不停颤抖。我没法写下死这个字，正如我不敢在歌德面前说出这个念头。〈……〉同一天傍晚施塔克从耶拿赶来（周五傍晚），他说如果歌德能活到星期天，便还有希望。相信我〈……〉我不敢在明天早上前去打听；在反复说服自己要坚强勇敢之后，即便是最苦涩的结局我亦能承受。然而，情况令人喜出望外。晚上病情就有所好转，痉挛减轻了不少，烧也退了，亲爱的歌德安详地睡了半夜。11 点钟时他把我叫到身边，因为他已经有三天没见到我了。当我走向他时，内心无比动容，尽管竭尽全力泪水仍喷涌而出。他友好而亲切地看着我，向我伸出手来，他的话令我悲伤欲绝：好孩子，我还在你们身边，别再哭了。——我握住他的手，亲吻它，发自本能地一遍遍地亲吻，却说不出话来。哦〈……〉多年后我第一次领悟到重新拥有所爱之人是何感觉。〈……〉亲爱的、人性的、伟大的歌德，你还不该离开我们。

　　从这天起歌德的身体就明显好转了。星期六夜里到星期天我在他那儿守夜，清楚看到了他取得的进步。当他 12 点第一次醒来时，他用不安的声音问我：我是不是又说梦话了？我也许可以问心无愧地照实否认，不过我还是说了谎。"很好，"他说，又停顿了一会，"又向康复迈进了一步。"——如果我接着好好恭维他一番，他每次都会耐心地吃药，但内心必是十分勉强。然后我还得用烈酒为他擦拭身体，照医生的命令，每晚得有两次。对此我得费很大劲才能说服他。但是我毫不退让，且越发奉承，他最终也便平静地说：好吧，以上帝的名义。——有一次他从梦中醒来，梦里他参加了一场比赛，那一刻他精力充沛，兴高采烈地讲述着，虽然饱受病痛，却仿佛又回到了那个完整的歌德。在所有一切中,他对我真挚的父亲般而又温柔的关怀最为令我感动(我现在想不想煮咖啡,想不想喝杯酒等等,他总是叫我亲爱的小福斯)。总的说来我感到十分羞愧,因为我的整个灵魂只想着他,也只能想着他。——当他再度入睡,面庞显得黯淡无光,他看起来似乎一直在忍受痛苦,就好像一个刚刚开始挣脱巨大不幸的人,神情中还留着过往的痕迹。我想到有几次听到的关于他意气风发的青年时代所做过的欢乐之事,不禁比较起两者的巨大落差。

551

　　那个晚上过后的两天,他第一次起床,并吃了一个煮鸡蛋。——很快他又开始让人朗读。只是想令他满意十分困难。歌德想听幽默的东西,你知道的,现在已经没人写这些了。我给他带去了路德的宴会演讲,并读给他听。他还算满意地听了一个小时。可是接着他又开始大声谩骂诅咒,他斥责我们这位宗教改革家该死的恶魔幻想,斥责他令这个可见的世界住满了魔鬼,甚至赋予其魔鬼的形象。借此机会他发表了一番关于宗教改革的优劣以及天主教与新教教义各自长处的见地高深的讲话。我完全赞同他认为新教独立要求个体承受太多的控诉。从前良心的重负可以借助他人卸下,如今却必须独自承受负罪的良心,因而失去与自己重新和解的力量。——耳语忏悔,他说道,根本不该从人们身上夺走它。——这个男人说出了精彩绝伦的真话,那一刻我仿佛醍醐灌顶。〈……〉歌德享受地读完路德的第二天便叫人把他搬出门外,而我这时发现这个可怜人,如何带着万般谦恭站在门外请求入内。① 现在歌德在读塞万提斯的中篇小说,并乐在其中。

① "请求入内"的原文为"antechambrierte",德语释文该是:"vor der Tür stehen und um Einlass bitten",直译为"站在门前请求入室"。这里似有对路德(著作)在歌德那里之遭遇的戏谑之意。

1575. 歌德致夏洛特·封·施泰因（亲笔）

1805年2月15日 星期五

552　　　我的处境并不如我充满谢意给您寄回的便条①中所说的那么好。邮差会告诉您我的大概情况。感谢您的牵挂与关心。或许您今天能向尊贵的侯爵夫人转达这个刚刚九死一生，因这几天可悲的垂死挣扎而备受折磨之人最真挚的祝愿与最衷心的敬仰。祝您健康，愿您惦记着我。

　　　　　　　1805年2月15日　　　　　　　　　　　　　　　G

---

① 2月12日夏洛特·封·施泰因寄去了玛丽亚·帕夫诺娃关于歌德《维特》的一张便条。

1576. J. H. 福斯(小)致 B. R. 阿贝肯
(1805 年 2 月 25 日)

1805 年 2 月 23 日　星期六前后

我给歌德朗读了最后三幕①。读到第三幕第三场最后时,他由衷地向我喊了一声太棒了,你不难想象我便无法再以冷静的心继续朗读了。——歌德希望我翻译《李尔王》②,前几天我收到你的信后告诉他也许柏林这边会给予我帮助。借此机会他说他并不介意多人翻译一部作品,只是不能各个部分就这么相互堆砌,而得有一个人统一审阅并将其融为一体。显然他说的有理。

〈……〉《奥赛罗》中令他惊叹的是其结构的无尽秩序以及主角性格中的巨大真实性。他说起卡西奥,他喝醉了,却醉得仍不失风度。——接着他说,每每想到有人竟能以高涨的兴致将如此简单的一个事件编织成五幕的戏剧,总不由地肃然起敬。有一次他说,莎士比亚是自然孕育的第一个天才,若未亲自体验过,是不会理解的。

553

---

① 福斯翻译的《奥赛罗》。
②《莎士比亚的〈李尔王〉,约翰·海因里希·福斯博士翻译,策尔特谱曲两首》(Shakespeares König Lear übersetzt von Dr. Johann Heinrich Voß. Mit zwei Compositionen von Zelter),耶拿:弗罗曼,1806。与《奥赛罗》不同,福斯的《李尔王》翻译并未在魏玛上演,1822 年 3 月 28 日戏剧于维也纳城堡剧院首演。

1577. 歌德致席勒

1805 年 2 月 24 日   星期日

在此寄出《拉摩的侄子》，请您明天随邮车寄往莱比锡。劳驾您让人套上一个结实的信封，以免手稿受损。就先这样吧，哪怕印好送回后发现还有一些需修改之处也无妨。对这样的作品进行最后润色显然不是康复期病人①的任务。

等我完成温克尔曼的稿子②，我会看看是否有时间与勇气补充一些关于《拉摩》的按字母顺序编排的文学注释。

我写了一些关于手稿的意见，能多少指导下印刷商。

无论如何我都很愿意读一下《淮德拉》③。

此外，在能有所突破前，我们必须沉下心来，顺其自然。我每天都会出门，与这个世界重新建立一些联系。

期盼能很快前来拜访您④，愿您振作精神。

〈亲笔〉一并寄上《退尔》的铜版画⑤及各类新东西若干。

---

① 歌德刚刚经历了可能是由于肾绞痛引起的肺炎与痉挛。
② 指歌德对温克尔曼的刻画。
③ 席勒翻译的拉辛的悲剧《淮德拉》。
④ 歌德于 4 月 25 日最后一次有记录地拜访席勒，席勒于 3 月 1 日拜访歌德。
⑤ 铜版画由格奥尔格·梅尔基奥尔·克劳斯绘画，由约翰·克里斯蒂安·恩斯特·米勒（Johann Christian Ernst Müller，1766—1824，画家、版画家）刻制。

1578. 歌德致 F. A. 沃尔夫

1805 年 2 月 25 日　星期一

　　虽然不能马上自称身体全然恢复硬朗,但在经历了上次的事故后仍能与您聊上只言片语我已感到十分幸运。您亲切的来信是我莫大的安慰。当我收到它时,我已在康复之路上,能在圣灵降临节接待您与令爱的希望大大加速了我的恢复。请坚持这一美好的计划,谁知道期间会发生些什么呢。

　　接着是温克尔曼的信件,他试着在区区几页中讨论 18 世纪的艺术史,还有迈尔的一篇文章,他将温克尔曼视为真正意义上的古典艺术知识的推动者。您愿意像之前约定的那样从语文学方面补充一些看法吗? 我也准备从我的角度将其作为人类来刻画。

　　您对您专业的认识最为完整,因此您也定能借此机会制定出最为完美的任务。例如上世纪前半叶温克尔曼求学时语文学的总体状况,以及当时中小学与大学的一些情况,用以查证温克尔曼在其支离破碎的求学生涯中可能学到了哪些语言学及古代史知识。观察那时人们主要将语文学知识用于何种目的,也许是为了阐释圣经等等。温克尔曼在内特尼茨当图书管理员时获得了哪些外部的辅助及其知识与使用,例如期刊、评论等。有哪些关于希腊文学及其作品传播的证明? 他是如何完成每个部分的铺陈与修改,远古的文学是否也如雕塑古迹一般给他留下一些遗憾?

　　这看起来自然有些冗长;您只需基于您宽广的知识与见解储备对此说上警句般的阐释即可。如此,您便是为我们那不足为道的工作戴上了熠熠生辉的阜冠。

　　请您尽快给我回信,哪怕是只言片语,赋予我康复的勇气,早日回归工作。

　　如今,我接见客人已无大碍,也可阅读与聆听,只是总结和复述仍是较高的挑战。我希望尽快收回已装订成册的书籍和迈尔的文稿;一来是为了能在打印完成后立刻给您寄去完整的版本,二来我们

554

555

现在手边也没有副本。

　　同时，无论是印刷版还是手写版，我都恳请您切勿外传。如今的盗版实在是太猖狂了①。

　　最后谨代表我本人与我的家人向您及您的千金致以最诚挚的问好。到圣灵降临节之时，我们定已收拾妥当，衷心迎候你们的到来。在这之前，我们会尽可能小心谨慎，以便再次精神抖擞地出现在您面前。〈亲笔〉祝您一切顺利，万事顺心。

　　　　　　魏玛，1805 年 2 月 25 日　　　　　　　　　　歌德

---

　　① 很可能歌德这里指的是臭名昭著的伯蒂格。

1579. 歌德日记

1805 年 2 月 25 日　星期一

《拉摩的侄子》，由宫廷顾问封·席勒先生捎往莱比锡。温克尔曼。寄往哈勒沃尔夫教授的信件等等。

1580. 歌德致席勒

1805 年 2 月 28 日　星期四

556　　　您能赞同我的评论①,真是莫大的安慰。对于这种东西,我们永远无从得知自己是否事倍功半甚至一无所获。

我现在正慢慢让人听写《拉摩》的注释。我想这一类文本的注释应当也可以添加点儿佐料。趁此机会,我想自由地说说对于法国文学②的想法。过去我们总是要么视其为榜样,要么视其为对手,这种观点往往太过僵硬。也正因为如今全世界都在上演同样的童话,在忠实展现那些现象的同时,我们也仿佛身临其境。

我非常期盼能见到您,但天气严寒,请您不要过早外出。

今天并无新事,衷心祝您早日康复。

魏玛,1805 年 2 月 28 日　　　　　　　　　G

---

① 歌德 2 月 26 日寄出评论,它们分别发表于 2 月 13 日和 2 月 14 日的《耶拿文学汇报》,其中包括对于格吕贝尔和黑贝尔的诗集的评论。

② 尤其是对帕里索的喜剧《哲学家》(Die Philosophen)以及《拉摩的侄子》的"品味"的注释。

1581. J. H. 福斯(小)致 Chr. 尼迈尔
(1806 年 8 月 12 日)

1805 年 3 月 1 日　星期五

在那之后的几周两人都病倒了,既不能见面,也无法写信。席勒先好了起来。刚能出门,他就让我通报,然后拜访了他亲爱的歌德。两人重逢时,我也在场,即便现在每每想起,也仍感动万分。他们互相拥抱,在开口说话前先长长地、衷心地亲吻了对方。没有人提起自己或对方的疾病,而是享受着与另一欢快灵魂合二为一的纯粹的喜悦。

557

1582. J. H. 福斯(小)致 B. R.阿贝肯
(1805 年 3 月 9 日)

1805 年 3 月 7 日　　星期四

　　昨天〈……〉又是灰暗的一天。歌德旧疾复发①。最危险的是，这一次毫无征兆。大前天晚上和下午我都陪伴在他身边，那时他心情愉快，容光焕发，仿佛青年般才思敏捷。我已经很久没见过他如此充满朝气，身心放松了。我们一起喝了半瓶葡萄酒，他喝了大约一又二分之一杯。他开起玩笑，说到了大学时光，接着我们共同阅读卡尔普尼乌斯②。10 点我离开的时候，奥古斯特来了，他一直陪父亲待到11 点，离开时也觉得他精神矍铄。但是他前脚刚走，歌德就感到难以忍受的腹痛。至深夜 2 点，腹痛仍一再加剧。他是如此痛苦，以至于医生、药剂师和理发师③不得不纷纷赶来。

---

① 指歌德之前就发作过的痉挛。
② 提图斯·卡尔普尼乌斯·西库勒斯(Titus Calpurnius Siculus，公元 1 世纪)，古罗马诗人。
③ 在歌德的年代，理发师还会进行小型医疗处理，例如用放血器放血。

1583. J. H. 福斯(小)致 B. R.阿贝肯
(1805 年 3 月 9 日)

1805 年 3 月 8 日　星期五

这一状况一直持续到昨天下午 5 点,然后他洗澡,湿敷,才慢慢开始有所好转。——昨天晚上 9 点我去拜访他,他虽然很虚弱,但心情还算不错。

1584. 歌德致艾希施泰特

1805 年 3 月 20 日　星期三

558

　　我已眼睁睁看着数个周三与周六流逝,却无法参与到您那令我们所有人都兴致勃勃的机构事务①中,真是令人哀叹。我希望现在能重新开始。我深信您一定十分不愿听到我反复的不幸,希望您的陪伴能使我在耶拿的怡人季节从疾病的后遗症中恢复过来。

　　烦请您从现在开始重新给我寄来您看中的稿件。遗憾的是我想要在 3 月写些什么的良好心愿只得搁置不前了。

　　祝您身体健康,请您将信中的发票转交给有关部门。

　　　　　魏玛,1805 年 3 月 20 日　　　　　　　　　　　　歌德

---

① 指《耶拿文学汇报》。

1585. 歌德致克内贝尔

1805 年 3 月 20 日 星期三

在此充满谢意地寄回三个盘子①，我愉快地期待着它们能至少得到得体的对待。衷心感谢你惦念着我的康复。我很清楚今年夏天我得出去走走，只是去哪儿还无从决定。

你很满意今年的项目，我感到十分欣慰。然而你赋予我的赞赏其实只属于迈尔一人：因为我的编辑工作实在微不足道。虽然我为这一机构付出了一些精力与金钱，但我仍希望它多延续几年。每年它都为我们毫无艺术气息的圈子带来全新的生活，它激发我们思索评判，创造了多种多样的娱乐与教育机会。

如果你肯时不时寄来参孙和达利拉的木雕②，我将不胜感激，如果你肯把它转让给我就更好了。我们沉浸于形形色色的历史观察中，正四处搜索寻觅。格宁身边有一些好东西，真是给我们带来不少乐趣与教义。

我希望复活节时能给你寄一些作品，你应该会感兴趣。其中有些耗费了长期的准备与修改③，有些则是即兴之作④，希望它们要么发人深省，要么寓教于乐。

祝你健康，谨代表全家问候你的家人。

魏玛，1805 年 3 月 20 日　　　　　　　歌德

---

① 参见 1804 年 6 月 29 日歌德日记。
② 可能是《达利拉剪去睡梦中的参孙的头发》（Delila schneidet dem schlafenden Simson die Haare ab），歌德的铜版画收藏中包含一幅根据卢卡斯·封·莱登（Lucas van Leyden，约 1489/1494—1533，荷兰画家、版画家）的绘画创作的铜版画。
③ 指《温克尔曼与他的世纪》，狄德罗《拉摩的侄子》的翻译以及歌德为将《格茨》搬上舞台进行的修改。
④ 可能是指他为《耶拿文学汇报》所写的评论。

1586. 席勒致 W. 封·洪堡(1805 年 4 月 2 日)

1805 年 2 月/3 月

今年冬天,歌德又一次病重,至今仍忍受着病痛带来的后遗症。一切都暗示着他去寻觅更温和的气候,尤其是逃离这里严酷的寒冬。我非常希望他重游意大利①,但是他却因为害怕高昂的费用和旅途劳顿而犹疑不决,也许还有一些其他因素束缚着他。在这种情况下,他自然无法进行太多的诗意创作。但您是知道的,他从来不会无所事事,他的懒散只是忙碌的另一种形式。今年冬天,他翻译了狄德罗未出版的一部充满思想的讽刺作品②,今年夏天会在戈申那儿出版。此外,他还忙着出版温克尔曼未发表的信件,并兴致勃勃地不时为《文学报》撰写评论。如果健康允许,他也一定会给您写信。这个冬天我们鲜有见面,因为我们两人都寸步不能离开家里。

---

① 歌德再也没去过意大利。
②《拉摩的侄子》。

1587. K. L. 费尔诺致 L. G. K. 瑙维克
（1805 年 4 月 14 日）

1805 年 2 月／3 月

　　歌德在这一整个冬天病危了几次，令我们不由地担心他的生命〈……〉在冬天他反复发病的时候，我傍晚经常待在歌德那儿，因为我知道在这些他无法工作的时光里，陪伴和娱乐能让他感到愉快。除我以外，只有为数不多的几位朋友可以随意出入他家。席勒自不必说，他与他的天神兄弟的友情坚不可摧。——

　　能偶尔在歌德和席勒的娱乐下度过几小时时光，我不胜满意。

1588. 歌德致艾希施泰特

1805年4月3日   星期三

无论我这几天是否前往耶拿,是否能期盼与尊贵的阁下会面,在此先提前寄出这个包裹,以备此期间的不时之需。

GDZ 先生①又一次让我们领教了他荒谬的深渊。您还有耐心与这种怪胎多少认真地周旋,真是令我叹为观止。如果您还不想彻底摆脱这个怪人,我建议您多惹惹他,说不定他会变得比现在更加古怪。

莫利托的书②我已经有了。他和我们的另一位新哲学家一样严肃。我建议让阿莎芬堡的人们评论这部书③。

我很期待阅读新到的审美评论。我建议谨慎夸奖《奥罗拉》④,如果我没搞错,这本杂志并未跳出它的同类,未来或许还是要和《正直人》以及《高贵报》相提并论。更多事情见面再谈。

魏玛,1805年4月3日   G

---

① 指《时代的天才》(Der Genius der Zeit)杂志的出版人奥古斯特·封·亨宁斯(August Adolf Friedrich von Hennings, 1746—1826),他以"GDZ"的代号为《耶拿文学汇报》写稿。艾希施泰特 3 月 31 日寄来了他的一篇"非常有趣的推论"(对安德烈·米肖的《前往阿莱甘尼山脉西侧的旅行》(Voyage a louest des monts alleghanys) 的评论,发表于 1805 年 7 月 17 日的《文学汇报》)。
② 弗兰茨·约瑟夫·莫利托(Franz Joseph Molitor, 1779—1860,法兰克福的哲学教授)《对历史的未来动力的想法》(Ideen zu einer künftigen Dynamik der Geschichte),法兰克福,1805。歌德图书馆并未保存该书,艾希施泰特 3 月 31 日又寄了一本样册。
③ C. J. H. 温迪施曼和 J. 封·米勒的评论发表于1806 年 8 月 16 日的《耶拿文学汇报》。
④ 约翰·克里斯托夫·阿雷庭(Johann Christoph von Aretin, 1772—1824,慕尼黑的宫廷图书管理员)和约瑟夫·玛丽亚·封·巴博(Joseph Marius von Babo, 1756—1822,骑士戏剧与歌剧作家)于 1804 年至 1806 年在慕尼黑出版的杂志。谢林为此所写的评论并未发表在《文学汇报》上。

1589. 克里斯蒂安娜·武尔皮乌斯致 N. 迈尔 （1805 年 4 月 12 日）

1805 年 4 月 10 日　星期三至 4 月 12 日　星期五

这三个月来，枢密顾问几乎没有健康的时候，人们担心他会丧命的时刻也时有出现。您想想我，除了您和枢密顾问，我在这世上再无朋友〈……〉。

〈……〉两天前奥古斯特和一群伙伴前往法兰克福参观展会①，我陪他到爱尔福特。离开时，宫廷顾问还好好的，没过几小时我就收到来信说他不行了。我马上往回赶，他的情况十分糟糕。现在我提笔写信时，他在宫廷顾问施塔克的帮助下已经有所好转，但仍不能下床。我感到很悲观。请您把回信寄到我的兄弟或是布赫霍尔茨医生②那儿，因为我知道枢密顾问一定不愿意我告诉别人他的病情。——上帝啊，您要是在这儿就好了！我觉得医生们并不了解他的病情，或者他已无药可救。

我也不知道自己该怎么办，一般每四周发病一次，每次他都遭受极大的痛苦。我觉得可能是痔疮③，因为疼痛都在下体处，但施塔克却不置可否〈……〉就在我写下这些的时候，他小睡了片刻。〈……〉即便我不给您写信，我们也没有一天不说起您，枢密顾问也总是提到您〈……〉。

---

① 奥古斯特 5 月初返回魏玛。参见歌德母亲 5 月 2 日写给她儿子的信件，也可参见第 1599 封信。
② 可能是威廉明妮·路易斯·多罗西娅·布赫霍尔茨（Wilhelmine Luise Dorothea Buchholz），她是 1798 年去世的魏玛医生威廉·海因里希·塞巴斯蒂安·布赫霍尔茨（Wilhelm Heinrich Sebastian Buchholz, 1734—1798）医生的遗孀。
③ 事实上可能是肾绞痛。

1590. 里默尔

1805 年 4 月上半月

　　1808 年 123 号《晨报》不无遗憾地抨击了一个"多了半个音步的诗行"的韵律学错误①，即："男人们总是不公正，而爱情的时光飞快流逝"。②

　　这一诗行并未得到修正，但是——我们补充道——将其保留在最终版本中③是有意为之。我之前就提醒过歌德，但因为这一诗行并不因此失去它的格言性威望，且这小小的疏忽无伤大雅，所以不必修改。我还记得 F. A. 沃尔夫也曾提到这句诗，他不但为它开脱，更是通过荷马史诗的例子进行论证：就让它去吧，不用管它。之后小福斯也注意到了它。据他转述，歌德曾说："这个七音步怪兽可以作为象征保留下来！"

---

① 卡尔·菲利普·孔兹在科塔 1808 年出版的第 123 号的《为受教育阶层提供的晨报》(Morgenblatt für gebildete Stände) 中抨击了这一"诗韵学错误"，他是在评论科塔刚出版的歌德作品集第 10 卷和第 11 卷。
② 出自《赫尔曼和多罗西娅》(Hermann und Dorothea) 第 2 首歌的第 186 诗行：Ungerecht bleiben die Männer *und* die Zeiten der Liebe vergehen。
③《赫尔曼和多罗西娅》的"最新版"1803 年在不伦瑞克的菲韦格处出版。

1591. 歌德致 F. H. 雅各比

1805 年 4 月 19 日　星期五

　　简单说来，你 6 月①到魏玛见到我时，我要么已经死了，要么还活着。我希望是后者，我非常期待能问候已跨入新生活的你②。

　　如果我的健康状况有所稳定，我会为你在我的宅子里准备一个住处；若情况糟糕，那么这对于客人、主人还有家庭成员来说都是难以忍受的痛苦。否则我们便可随性共处。

　　我很好奇你会带谁一同前来，无论是谁，我们都十分欢迎。至于你是否能找到席勒，我无从得知。

　　谢谢你寄来的莱辛的信③，我会好好利用。也请以我的名义感谢格斯滕贝格。借此机会我又通读了一遍作品，即使以我现在的见地和信念，也依然钦佩不已。今天就到这儿，衷心祝愿。 563

　　〈亲笔〉你的

　　　　魏玛，1805 年 4 月 19 日　　　　　　　　　　　　　G

---

① F. H. 雅各比 6 月下半月来到魏玛。
② 雅各比以科学院主席的身份前往慕尼黑。
③ 雅各比在 4 月 11 日的信中写道，他深受歌德关于卡西米尔·乌尔里希·博伦多夫的《乌戈利诺·盖拉尔代斯卡》(Ugolino Gherardesca) 的启发，随信附上了莱辛写给海因里希·威廉·封·格斯滕贝格关于其悲剧《乌戈利诺》的信件 (1768 年 2 月 25 日)。格斯滕贝格允许公开该信，歌德在 1805 年第 56 期《文学汇报》的《知识报》上宣布了这一消息，在紧接着的第 57 期上印刷了该信。

1592. 歌德致席勒

1805 年 4 月 20 日　星期六

　　衷心感谢您审阅了文件①，很高兴我们对那些职责②观点一致。这自然是对那些稍纵即逝而又截然不同的时代的美好看法。我们之后也可偶然再进一步探讨③，请您找人安排一下，并准备一些后续的修改。

　　基于温克尔曼的描述所做的三幅草稿昨天已经上路。我不知道是哪位画家或半吊子爱好者在一幅画下方写了 in doloribus pinxit④。这一签名倒也符合我目前的创作情况。我只希望读者对此毫无察觉，就像人们在阅读斯卡龙⑤的乐趣之余不要感受到他的痛风之苦。

　　目前我正在研究《拉摩的侄子》的曲谱，因此自然而然进入了音乐的广阔领域。我只想贯穿一些主线，然后尽快重新跳出这个陌生的王国。

　　祝您创作顺利，期待早日见到您的新作。

　　　　魏玛，1805 年 4 月 20 日　　　　　　　　　　　　　G

---

① 在前一天的信中，歌德附上了关于他先前与戈申的业务关系的文件。
② 主要是关于科塔处计划出版的歌德文集以及他先前在戈申处出版的合集，后者是歌德第一次授权出版其合集：《歌德文集》，8 卷本，莱比锡，1787—1790。但这一版的装帧印刷令歌德很是失望，除此之外，戈申还违背了最初约定，基于上述文集于 1791 年出版了一部特别便宜的 4 卷版版本。
③ 歌德与席勒接下来的一次有见证人的见面发生于 4 月 25 日席勒家中。
④ 拉丁语："在痛苦中作画。"没有人知道是谁写了上述话语。
⑤ 法国诙谐诗人保罗·斯卡龙（Paul Scarron，1610—1660），因病瘫痪。

1593. 歌德致席勒

1805 年 4 月 25 日　星期四

　　谨此终于呈上手稿的剩余部分①,请您再看一下,然后寄往莱比　　564
锡②。如果人们所做所想最终不都是即兴所为,那么我倒是有点儿
担心这过于即兴发挥的注释了。我最大的慰藉是可以说：sine me
ibis Liber!③ 因为我并不想四处旅行。

　　眼下我已开始差人听写颜色学历史,其中艰难的一章即将完成。

　　此外,只要每天骑马,我就感觉良好。但偶尔歇息时会有一些不
适。期待很快见到您。

G

---

① 歌德为《拉摩》翻译附上的注释第二部分。
② 据席勒的日历记载,他于当天寄出,戈申在 4 月 28 日的信中证实收到文稿。
③ 拉丁语："书啊,没有我你就会离开!",参见奥维德(Ovid,公元前 43 年—公元
　 18 年)的《哀歌》(Tristia)："Parve — nec invideo — sine me, liber, ibis in
　 urbem"(没有我,我的小书——并非我不舍——你就会进入城里")。

1594. 歌德致玛丽安·封·埃本贝格

魏玛,1805 年 4 月 26 日　星期五

　　亲爱的女士,无论距离远近,您都应当马上得到我的音信。我现在过得还算凑合。人们建议我把骑马当作主要疗法,我也天天这么做。短期来看,效果确实不错。

　　如果您听从医生的建议想要换个地方生活,那您 9 月恰可以前往罗马,在洪堡附近住下。那里空气良好,而且您也立刻身处众多重要的古迹之中。您也可以继续往那不勒斯走,但这都取决于您自己。

　　感谢您捎来美好的剧院及绘画方面的消息①。类似报道在那不勒斯也多有出现。在人们可以选择各具特色的美丽形象的大型聚会中,相同的现象以其最高程度的完美形式得以展现。您还惦记着我的旧硬币真是太好了。您寄给我的收藏目录概览②十分重要,但这也许是供整体订购者阅览的,如果想要个别购买,是否有更细节的目录呢? 没有具体目录,显然很难远距离挑选。因此请您再具体问问。

　　如果有漂亮的希腊金币,我也十分向往。若您的行家朋友推荐,我将满怀谢意地替换我的陈列。至于价格,自然不能太偏离黄金的价值。

　　这个冬天我在不间断的病痛中完成了一系列文学及美学创作。若非担心邮资和审查,我很愿意给您寄去两卷。不过您应该还是可以通过雷策先生或其他人得到下列两本很可能都出现在禁书目录上的作品。我很期待得知我为您带来了几小时的娱乐时光。

　　《温克尔曼及他的世纪的艺术史》

---

① 玛丽安·封·埃本贝格在4月3日从维也纳寄出的信件中描述了当地人们的戏剧生活,还提到了由舒瓦洛夫伯爵夫人(Gräfin Katharina Petrowna Schuwaloff)安排的舞台群像,即一群人站在舞台上的图画。
② 玛丽安寄去了一份亟待出售的硬币集目录。关于目录的进一步消息并未流传下来。

《拉摩的侄子》，狄德罗的一次谈话，译自手稿，附注释。

加尔医生①在柏林行了大运，收入颇丰。我很有兴趣结识他，希望他能来我们这儿②。

自从太子到来后我就再也没给您写过信？③　不然我一定早就告诉您，太子妃真是高贵与优雅的奇迹。在我的记忆中，还从未见过有人如此完美地结合了上流社会对于高雅女性应有特征的所有期待。

566

您在信中提到米勒先生④，从他的作品中可以看出他是个有趣的男人。认识他应当是件愉快的事。只是若他前来，必须坚定地来通报我，以免我把他和许多其他陌生人或同名者混为一谈，拒绝他的拜访。

万分感谢您的鱼子酱，它来得正是时候。

我已很久没享用上乘的巧克力了，若您能捎来些许，我将感激不尽。千万次祝福！

G

---

① 加尔是头颅学说的代表，歌德主要通过前者在耶拿的崇拜者路德维希·弗里德里希·弗罗里普了解了他的信息。

② 8 月初，加尔在一份巡回演讲的框架下来到哈勒举行讲座，歌德参加了这次讲座。参见他在 1805 年《四季笔记》中的描述。

③ 玛丽安写到，她并未收到 1804 年 10 月 10 日所写信件的回信，因此认为歌德忙着应对太子妃玛丽亚·帕夫诺娃的到来。

④ 歌德有亚当·海因里希·米勒的《矛盾学说》(Die Lehre von Gegensatz)，第 1 册：《矛盾》(Der Gegensatz)，柏林，1804——但是两人直到 1818 年 7 月 27 日才在卡尔斯巴德第一次见面。

1595. 歌德致席勒

1805 年 4 月 26 日　星期五或 4 月 27 日　星期六

　　烦请您将随信附上的注释①寄往莱比锡，另请您有空通读一下随信附上的颜色史试论。在我寄出该章结尾前,请您代为保管手稿。之前是通览全局的一个简图。

---

① 歌德显然是附上了一份"关于《拉摩的侄子》中提到的人物与物品的注释"的补遗,但不确定席勒是否将其寄往莱比锡了。

1596. 歌德致克内贝尔

1805 年 5 月 1 日　星期三

　　我平时并非贪嘴之人，往年也总是安然等待各种可食植物的萌芽，但今年芦笋的生长之缓慢真是令人万分愠怒：在冬季经受了如此漫长的病痛折磨后，除了指望接下来的植物，医生也已束手无策。显然我们现在已经等待太久了。

　　因此我衷心感谢你最近寄来的菜肴，请勿忘我们相处的美好时光。

　　我现在又勤奋起来，希望这次能幸运地跳出病痛反复无常的时光，很快给你寄去一些新作。

　　魏玛，1805 年 5 月 1 日　　　　　　　　　　歌德

567

1597. 歌德致 F. A. 沃尔夫

1805 年 5 月 2 日　星期四

在您即将到来之前，我满怀感激地收到了您亲切的急先锋来信。虽然我仍有些担心自己的健康，但战胜每三到四周卷土重来的病痛的希望越来越大。我每天骑马，希望通过运动使全身恢复功能，顺利度过进食缺乏的阶段。

温克尔曼及其所有附件，包括您好心的供稿都已交付排字工人手中，unde nulla redemtio①。我和您感觉一样，我自己也不太清楚自己写了些什么；因为经常中断，我不得不多次从头开始，以至于最终几乎已毫无感觉。

在这冬天的悲叹中，我这儿还有另外一个乐子，便是《拉摩的侄子》，狄德罗的一次谈话，译自手稿，还有一些只能称之为浮皮潦草的注释。也许在我能寄给您一份更完善的样稿前，您已在展会上得到了这个新鲜玩意儿。

568　如果您能暂时借我蒙蒂克拉②，真是帮了我大忙了。我不得不羞愧地承认自己没有此书。就我目前的观点来看，斯普拉特有个非常灵光的大脑，也许可以利用，但不能轻信。我认为他的王室史绝对是一个恰如其分的修辞学作品，而听听他人对其文章的指摘更是令我受益匪浅。

衷心感谢您在广泛阅读之余仍惦念着我。请继续这么做，时不时为我的厨房猎取一块肉排。

我让奥古斯特和一位爱尔福特商人一同前往法兰克福观展，好让他也熟悉其间运作。他在那儿心情愉悦，尤其提到了许多宴会。

我谨代表全家致以最美好的问候，为了能高兴地迎接您的到来，

---

① 拉丁语："就此再无回头。"（援引一位古罗马作家的作品？）
② 让·艾蒂安·蒙蒂克拉(Jean Etienne Montucla, 1725—1799，法国学者)的《数学史》(Histoire des mathématiques)，巴黎，1758 年。艾希施泰特于 5 月 26 日寄来该书。

我会尽力康复。祝您健康,请尽快告知我们何时能见到您与可爱的明妮。如往常一样,请您住在我家,还望您多多将就。

如果您给英国写信,烦请您打听,托马斯•伯奇的《伦敦皇家学会史》(4 卷,伦敦,1756 年版)①的价格。这是一部任何图书馆都不应缺少的好书。

魏玛,1805 年 5 月 2 日 歌德

随信附上给亲爱的小明妮的法兰克福信件。

〈附件〉

我一点儿也不愿想起您与我们之间的距离。这也许是发生在我身上的最大的不幸。能很快再见到您是对于痛苦与虚弱中的我的莫大慰藉,也是我对即将到来的时节的最大期盼。我该就未来说些什么呢?

569

魏玛,1805 年 5 月 2 日 G

---

① Thomas Birch, History of the Royal Society of London. London,1756,4 Bänden in 4°.

1598. 歌德致夏洛特·封·席勒(亲笔)

1805 年 5 月初

亲爱的夫人,请告诉我席勒到底怎么了? 若非不愿一起徒劳痛苦,我早就亲自来访了。

G

1599. 歌德致其母(亲笔)

1805 年 5 月 6 日 星期一

亲爱的母亲,千百次感激您对我们的奥古斯特展现出的所有善意![①] 希望他留给您的回忆只是他的讲述带给我们的喜悦的一小部分。光听他的讲述,我们就忍不住想要来看望您和我的老朋友们。请您代为感谢所有热情接待他的人们。这踏入世界的第一步尝试非常成功,我们对他的未来充满了希望。他度过了无忧无虑的青少年时光,我祝愿他也能愉快开朗地跨进更为稳重的年纪。他说您一如既往地健康矍铄,我们是如此高兴,百听不厌,他也不得不多次反复提及。这些天来我运动颇多,身体恢复得相当不错。向所有人致以最美好,最真挚,最感激的问候。

---

① 奥古斯特 4 月 7 日来到歌德母亲位于法兰克福的住处。在 4 月 8 日的信中她写道:"可亲的他(奥古斯特)先是陪祖母去了剧院,然后我马上给他订了十八场演出的戏票〈……〉。"

1600. J. H. 福斯(小)致 K. W. F. 索尔格
(1805 年 5 月 22 日或 5 月 26 日)

570

1805 年 5 月 9 日　星期四或 5 月 10 日　星期五

　　这一打击以尽可能温和的方式击中歌德。周四晚上席勒已经过世,但坚强的武尔皮乌斯振作精神,除了提起席勒从漫长的昏迷中苏醒以外,对一切都缄默不语。歌德相信了她的话,却隐隐预感发生了糟糕的事。他上床时,已经彻夜未眠的武尔皮乌斯睡意蒙眬地站起身,只为确保歌德不会遭遇任何不测。听到歌德安宁的呼吸后,她也终于睡着了。第二天清晨,她只字不提死亡,以最委婉的方式向歌德揭露了真相。歌德听闻后一个音节也说不出来,转向一边默默哭泣。他在温柔的悲伤中度过了白天,晚上便已重新振作。在那之后的第三天我才见到歌德。我也不知为何,但他的注视让我感到又害怕又惊慌。他也对武尔皮乌斯说,他希望再见到我。

1601. J. H. 福斯(小)致 Chr. 尼迈尔
(1806 年 8 月 12 日)

1805 年 5 月 9 日　星期四或 5 月 10 日　星期五

　　席勒最后一次病重期间,歌德极其消沉。我有一次看到他在自己的花园中哭泣。但这不仅仅是他眼中闪烁的泪水。并非他的眼睛,而是他的灵魂在哭泣。从他的目光中,我读到他正感受着一些巨大的、超尘的、无尽的内容。我给他讲了许多席勒的事,他以某种不可名状的坚忍仔细聆听着。"命运太无情,而人类太渺小了!"这就是他说的一切。过了没多久,他开始说起开心的事。但是当席勒去世时,大家都非常担忧,不知该怎么把这消息告诉歌德。没有人有勇气去他那儿。当外面传来席勒去世的消息时,迈尔就在歌德家。他被叫了出去,却没有勇气再回到歌德那儿,于是便不辞而别。歌德置身于孤寂中,他感受到四处的纷乱,以及人们想要躲避他的努力——这一切令他愈发不安。"我知道了,"他终于说道,"席勒一定病得很重,"这一晚接下来的时间他就一个人躲了起来。他预感到真正发生了什么。有人听到他在夜里啜泣。——第二天清晨他对一位女性友人①说:"席勒昨晚病得很重,是不是?"他对"很重"二字的强调深深击中了对方,使得她再也无法坚持。她没有回答歌德,而是开始大声地抽泣。"他死了?"歌德坚定地问。"您自己说出来了!"她回答道。"他死了!"歌德又重复了一遍,用双手捂住了眼睛。

571

---

① 克里斯蒂安娜·武尔皮乌斯。

1602. J. 施瓦布

1805 年 5 月 9 日　星期四或 5 月 10 日　星期五

〈……〉从周围谨慎的措辞中,歌德很可能已经预感到此生最大的痛苦,即与挚友的分离在所难免。有人听到他深夜在床上哭泣。知名诗人之子福斯当时在魏玛任职教授,与歌德及席勒私交甚好。在歌德第一次敢于出门,在自己花园里短暂散步的时候拜访了他。他看着他眼中充满泪水,慢慢地在花坛间来回走动。"席勒还活着吗?"他惴惴不安地向福斯提出第一个问题。"他还活着!"福斯犹疑不决的声音暗藏悲讯。歌德一手遮住脸,另一手沉默地挥向福斯,示意他离去。

572

〈……〉席勒去世两天后,人们再也无法向歌德隐瞒噩耗。歌德把自己锁在房间里,痛哭流涕,悲叹自己的一半生命已被夺走。

〈……〉

人们按照席勒夫人的意愿安静简单地安葬了挚友,歌德对此表达了悲伤的满足。"他一声不响,毫不引人注意地来到魏玛,"歌德说,"如今也悄悄地离开此地。死亡游行非我所爱。"

1603. 里默尔致 C. F. E. 弗罗曼
(1805 年 5 月 11 日)

1805 年 5 月 9 日　星期四或 5 月 10 日　星期五

　　席勒去世的消息一定令您深感震惊。我们所有人都对此措手不及。〈……〉不难想象歌德是多么深受打击。尽管如此,他还是像他这样身份的男人应该做到的一般迅速振作起来,平静地出现在我们面前。

1604. C. F. A. 封·孔塔

1805 年 5 月 9 日　星期四或 5 月 10 日　星期五

　　当我对歌德尚在世的交情最长的朋友〈……〉宫廷顾问迈尔夸赞歌德是有史以来最幸运的凡人时,对方并不认可,他声称歌德所遭受的、往往是由于自身原因发生的不幸用来抵消他所经历的幸运绰绰有余,而且恰恰是那些强加于他的过度盛赞促成了敌对者对他更无情的责难,给他带来了最苦涩的伤害。虽然看起来歌德对一切来自外部的憎恶无动于衷,但这只是表象;事实上他对此感受更深。我们为此共同收集的各个例证似乎就能证实这一说法。

　　当席勒的死讯传来时,迈尔就在歌德身边。"现在,又一位离去了。"这就是歌德对于死讯的唯一回应。

＊　＊　＊

未注明日期的谈话
1794—1803

1605. 席勒致夏洛特·封·席梅尔曼伯爵夫人
（1800 年 11 月 23 日）

　　我所能得到的美好多由为数不多的几位杰出人物种植在我体内，善意的命运将我引向生命中最关键的阶段，我的交友史即是我的生命史。

　　这一点以及您信中的一些表述自然而然地令我想起与歌德的相识，时至六年后的今日，我依然认为这是我一生中最美好的事件。对于这位男人的**精神**，我自无需多言。即便不如我如此感同身受，您也一定认可他作为诗人的建树。我真切地坚信没有任何一位诗人能在情感的深度与温柔，在自然与真理以及高超的艺术造诣上哪怕只是远远望其项背。莎士比亚之后，再也没有人的天性比他更加丰富。除了他从自然中所**获取**的这些，他通过孜孜不倦的研究给予这个世界的也远非他人可比。二十年来，他不知疲倦地钻研着自然的所有三个领域①，深入到了这些科学的核心。他收集人类物理学最重要的成果，在他那安静孤单的道路上的发现遥遥领先于人们如今在这一学科所取得的大张旗鼓的收获。他在光学领域的发现的价值在将来定能被认可，因为他已经能举证足够的证据证明牛顿光学说的错误，而当他年长到足以完成这一专著，这一争议也将不可辩驳地盖棺定论。在电磁学方面，他也有非常新颖独到的观点。他对于雕塑艺术的品位也远超世人，雕塑家们可以从他身上受益良多。任何一位诗人的综合知识与他相比只能望尘莫及，然而除此之外他还将生命的一大部分献给了宫廷事务。公国地少人稀，他的工作因此可谓举足轻重。

　　但是这些精神的高光并非歌德吸引我的地方。若不是他还在我认识的所有人中拥有最伟大的人性，我也只会在远处钦佩他的天才。

---

① 即无生命（无机）的自然（矿物学，地质学等），以及两个有生命（有机）的自然领域：a) 动植物（植物学，动物学），b) 人类（人类学）。

我甚至可以说,在我们共同生活的六年间,我从未有片刻怀疑过他的
性格。他的天性中拥有高度的真实与忠诚,以及对于公正与善良的
至高追求。因此,空谈家、伪君子和诡辩家们在他身边必然坐立不
安。他们恨他,因为他们害怕他,因为他真心鄙视生活与科学中的伪
善肤浅,憎恶虚伪的表象。在如今的市民世界与文学世界中,他必然
会与许多人断了来往。

　　您也许会问,凭他的品性,又怎会和施莱格尔兄弟之辈相交?如
果以旁观者的角度评判,这绝对只是文学关系,而非友情。歌德珍视
他发现的一切美好,因此他亦能公正对待大施莱格尔①吟诗作赋的
天赋及其在古代与外国文学上的博学,赞赏小施莱格尔②的哲学天
赋。因为这俩兄弟和他们的拥趸过分夸大了新哲学与艺术的基本原
则,更因为糟糕的应用使它们变得可笑又可恨,所以这些原则更应坚
守自我,绝不能由于他们糟糕的游击战而流失。至于两位施莱格尔
强加在歌德身上的可笑崇拜,歌德本人是无辜的。他非但没有鼓励
他们这么做,反倒是深受其扰,他清晰地认识到这一崇拜的源头绝不
纯粹。这些虚荣之徒只是将他的名声用作与敌人作战的旗帜,最终
他们只关心自己。我现在写下的这些评论正是歌德亲口所言,他和
我之间就是用这种口吻谈论施莱格尔兄弟的。

　　但倘若这俩人和他们的拥护者能勇敢反抗蔓延的哲学仇恨以及
某种绵软无力、浮皮凉草的艺术批评,哪怕因此而陷入另一种极端,
那么比起那些更有害的团体,人们还不至于彻底埋没他们。出于对
科学发展的着想,理性也要求在唯心主义哲学家与非哲学家间建立
某种平衡。

① A. W. 施莱格尔。
② F. 施莱格尔。

575

真希望我对于歌德的家事也能像对其文学与市民生活一样进行坚定的捍卫，只可惜他因为对家庭幸福的一些错误概念以及某种不幸的恐婚情绪而陷入了饱受家人压力的局面中。他虽然并不幸福，可惜太过软弱心软，因而无法自拔。这是他唯一的弱点，但除了他自己，不曾伤及任何人，想必这也与他性格中非常高贵的部分相关。

请您原谅〈……〉我冗长的絮叨，这事关一位我深爱且敬重的尊贵的朋友，我十分不愿看到你们对彼此有所误解。如果您能有机会像我一样认识并了解他，您会发现这世上鲜少有人值得您如此去尊敬与爱戴。

1606. 法尔克

　　歌德有时在阿玛利亚·楚·蒂福特公爵夫人这儿用午餐。他抱怨那里的宫廷厨师总是喜欢上酸菜。有一天,人们又用酸菜来款待他。他闷闷不乐地站起身,走到隔壁房间,发现桌上放着一本打开的书——那是让·保尔的《木乃伊》①。歌德读了一会儿,然后跳起来说道:"不,这太过分了! 先是酸菜,然后是 15 页的让·保尔!谁受得了啊!"

---

① 《看不见的包厢》(Die unsichtbare Loge,第 2 页)的副标题(扉页,柏林,1793)。

1607. 法尔克

"让·保尔"——歌德说道:"向我承认他这一生从没能写出一句诗,这证明这一像无情的敌人般到处拒绝他的形式对他来说有多陌生。他所有天才的,直至高烧般的优点或多或少来自天才的惊慌失措。他的灵魂与他的作品一样充满了教条主义者的关联。"

1608. B. G.尼布尔^①致多萝·亨斯乐
（1812 年 12 月 11 日）

在共同生活于魏玛的多年间,歌德与赫尔德从未真正交好。他　　577
们的关系始终很紧张,在赫尔德生命的最后八年里甚至已然断裂,说
起来这也都是后者的过错。我自然也听说过赫尔德在歌德面前故作
姿态,高高在上:然而这是一种令人难以忍受的狂妄。他既然曾言
辞放肆,使歌德不得不沉默以对,那肯定也经常妄加评论,搞得随从
们心惊胆战。关于这一点,尼克洛维乌斯^②可以转述雅各比曾提到
的许多例子。〈……〉〈赫尔德〉所有后期作品中有许多令人难以忍受
的地方,唯独他的悲叹还能让人多少辨认出他已然扭曲的青年时代
的光彩。想到此人,想到歌德友好的心灵能独自忍受迁就此人这么
多年。

---

① 不知尼布尔何时在魏玛与歌德和赫尔德相识。
② 指奥伊廷的格奥尔格·海因里希·路德维希·尼克洛维乌斯,他和歌德的侄女
　玛丽亚·安娜·露易丝·施洛瑟成婚。雅各比是怎么知道这些事,又是如何(口
　述?)给尼克洛维乌斯已无从考证。

1609. J. H. 福斯致博尔姆

1804 年 5 月 2 日

在耶拿我经常听闻关于他与赫尔德交恶的抱怨。我自己也相信两人并非挚友。但是当歌德三年前垂死躺在榻上时①，有人比赫尔德更忠诚地照顾过他吗？当赫尔德去世时，有人比歌德更为难过吗？歌德听说赫尔德的一个儿子②欠了 80 塔勒债务（这是我从施塔克教授那儿听来的）。因为担心债主打扰赫尔德最后的弥留时光，自掏腰包偿还了所有欠款。昨天我在一位夫人这儿用午餐，她对我说，歌德是魏玛的福祉，他使一切步入正轨，他是所有需要帮助者的救世主。

---

① 歌德 1801 年年初病重危及生命。
② 奥古斯特·封·赫尔德，歌德的教子。

1610. 法尔克

歌德

因其早年与演员、小丑和戏子们的长期交往,歌德自己也成了善良、美好、高贵的国度中的一名演员。他缺乏诚意,视其所作所为为**一场戏剧**,当戏剧结束,生活开始时,他的认真并不比配角演员们多几分。因此与歌德交往时,连一点儿信赖,一点儿可靠都谈不上;因此他控诉赫尔德不合时宜地将其本性带入生活而非艺术①,而已经仙逝的赫尔德则多次口头向我抱怨歌德把一切当成一场戏,无论是生活、艺术、爱情、宗教抑或友情。在歌德眼中,这个时代的一切都已没落衰败,徒劳无功。这个朋友饮弹自尽,那个朋友忍饥挨饿,或是另一个沦为乞丐,没有任何事能令他惊讶。他无意提倡任何美好之事,而且一旦恶意经由任何哪怕和他最不相关的私事——他不妨碍美好,人们就该谢天谢地了——②

578

---

① 可能是针对赫尔德在艺术面前也无所畏惧的道德主义。
② 此句原文未完,是残句。

1611. 卡洛琳·封·赫尔德

歌德、席勒和福格特（大学校长）是批判哲学的公开捍卫者。——有一次魏玛的上流社会齐聚一堂，赫尔德正巧在场，他坐在歌德对面，便借此机会开了一个关于批判性语言的玩笑。歌德当着所有人的面说："它前无古人，全是因自己而生，它是伟大而唯一的；它推翻了整个旧框架，宣告了新时代的开始。没有人能违背它还不受惩罚。"（即不完全了解康德哲学，又没有好好研究过的）歌德说这话时是如此狂妄，以至于整桌人都目瞪口呆，且非常反感他对赫尔德的态度。

579

未注明日期的谈话
1801—1805

1612. 夏洛特·封·席勒

他〈席勒〉从未以他人为榜样，他始终遵循着自我。拥有伟大力量的两个灵魂必然在途中相遇，但没有人需要强迫另一人进入自己的轨道。只有那些无法理解天性之丰富的庸人才会宣称席勒以歌德为榜样。伟大力量两相结合能产生更大的影响，但这两个天才卓绝的天性绝不会互相模仿。

当人们听到歌德与席勒谈话时，总会惊叹于歌德天性的丰富、深度与力量，而席勒则始终拥有将其天性的成果转化为精神形式的至高的精神力量。

1613. 法尔克①

〈……〉我们〈歌德与席勒〉其实从相识的第一刻起就从未对任何
事物有过完全一致的看法,只不过席勒比我更善解人意,他所拥有的
某种与人交往的乖巧有礼使得他总是一再迁就我。可以说就这一点
我既为他痛苦又乐享其中,他看我很可能也同样如此。席勒坚信唯
心主义,或者说康德主义。

580

---

① 歌德应该是在 1813 年 3 月 29 日向法尔克说了下述话。

1614. 德德莱因

此时席勒已站在名声巅峰〈……〉，有声音①提出警告，切勿将一日昙花误当作真正的诗人〈……〉；因此意见相左者认为有必要与他们对峙；其中首当其冲的一位，一位既懂得这门艺术，又有权发言的人说道："我有自由声称席勒是一位诗人，而且是一位伟大的诗人，哪怕我们最近的文学皇帝和独裁者们拍着胸脯说他并不是。问题就是，谁说了算呢。"这个人叫歌德，当他情绪激昂地又一次读完已读了数遍的《华伦斯坦》后如是说。他还亲自补充了事实证据："这些戏剧就像是陈列的美酒，年份越长，滋味越好。"〈……〉

让我们回想一下歌德半开玩笑半认真的话语②："奇怪的民族，德意志人啊！能拥有像席勒和像我这样的两个家伙应该感到高兴啊；可他们却反而把我们塑造成引起争端的苹果；他们非但不能相安无事地欣赏我们，还要为了我俩谁更有价值而争个你死我活！"

---

① 大概是沃尔特曼。
② 1825 年 5 月 12 日与爱克曼的谈话。

1615. 多萝西娅·维特

　　听说歌德曾说:"我知道现在有些人声称席勒不是诗人! 只要我还活着,看谁胆敢这么说。"

1616. F. 弗尔斯特

581　　〈歌德,1831 年 8 月 4 日:〉"在这方面,我们的天性大相径庭。席勒在没有反复讨论之前是不会落笔创作的。在开始写作前,他已经向我详细口述了《华伦斯坦》,《退尔》等戏剧的全部场景,他描述如此准确,我甚至可以替他写完《德米特里乌斯》。〈……〉"他盛赞体弱多病的席勒所拥有的非凡勤奋。"当我刚认识这个病恹恹的男人时,我认为他活不过一年,而我们最终一起生活了十二年。他进步得多么快啊①——每次我再见他时,他都又有所长进,他就是这样创作着,这样阅读着。"

---

① 参见孔塔 1820 年 5 月 27 日给其妻的信中写到的 5 月 26 日与歌德的谈话:"是的,他(席勒)的进步是如此飞速,以至于他常常在四天后就认不出他了。"参见歌德 1825 年 1 月 18 日与爱克曼的谈话:"每八天他(席勒)就变成了另外一个人,一个更完美的人;每次我再见他,都发现他在博学、见识和判断力上都进展迅速。"

1617. 亨丽埃特·封·比利-马可尼

在蒂弗特的逗留恰恰展示了这句名言的真理：les jours se suivent, mais ils ne se ressemblent pas①。这里并非每一天都和上述描写的一样，因为亲爱的公爵夫人的心情取决于访客给她留下的印象。有时也会响起搅扰宁静和谐的蒂弗特生活的不和之音。在与那些将魏玛塑造成缪斯之都的著名男性们每天的密切交往中，人们深切认识到这句话的正确性："有光之处必有影。"因为每个人在阿玛利亚公爵夫人面前都可以不拘礼数地坦率表达并捍卫自己的观点，蒂弗特的天赋异禀的访客们进行着最才思敏捷的谈话。然而这些谈话太过频繁地变为激烈讨论，维兰德任性地吹毛求疵，赫尔德开着尖酸刻薄的嘲讽玩笑，克内贝尔无法抑制自己的激动，首当其冲的则是歌德强势显现的独裁般的天才。他唇齿间多次流出的尖锐的伤害之词总会激烈地点燃人群中早已存在的燃料，即便在场的阿玛利亚好言相劝也无法扑灭人们熊熊燃烧的激情火焰。

在这诸多难以掌控，参差不同的因素中，席勒总是安然若素，心明如镜地站在那儿，就好像温柔闪耀着的明月，乌云掠过亦不留痕迹。

席勒与这一友好的夜之星球的充满象征意义的相似之处并不仅仅在于他俯视碌碌众生的始终不渝的安宁，更在于当如白日里火焰般的行星——歌德——伸张其权利时，他总会谦逊地退到一侧。

也许正是席勒始终如一地秉持着这一做法，他与他的强大敌人才得以建立亲密关系，并奇迹般地在不受干扰的和平中长存下来，成为文学上最令人欣喜的一段佳话。

①法国谚语：一日复一日，日日不相同。

1618. 弗里茨·封·施泰因致夏洛特·封·席勒
（1805 年 4 月 12 日）

　　歌德的病令我深感悲痛,哪怕他的友情对我来说已形如槁木。多年来,他至多只会在需要效劳时才会赏赐几句好话,除此以外对我置若罔闻。在对我的一生产生过影响的人物中,他是最重要的之一,因此怀念他总还有些意义。

编后记

　　1799 年 12 月，席勒离开已住十年的耶拿，迁至魏玛，度过他生命的最后五年。正因为同在魏玛，他与歌德的见面机会大增，两人之间的往复书信，在 1800 年至 1805 年间，较之前五年的约七百封，降至三百多封（其中还包括一些便条），但它们同样记录下两人互相扶持的珍贵史实，其中包括歌德如何在席勒督促下续写《浮士德》。此外，该卷还展现歌德在这个时期与其他一些文坛友人（包括施莱格尔兄弟和法国作家斯塔尔夫人）的交往，他从事的文化活动（如组织艺术展览）和自然科学研究（如颜色学研究），以及他生活中的其他情况（如饮酒、旅行和生病等等）。

　　该卷第 804 篇至第 1220 篇由王羽桐博士翻译，第 1221 篇至 1618 篇由孙瑜博士译成。她们均为上海外国语大学德语系的青年教师，在繁忙的教学工作之余，完成这样极具挑战性的翻译工作，实属难能可贵。该卷有些篇目，还涉及英语、法语及其他欧洲语种，两人未有懈怠，均完整译出，其翻译质量也令人敬佩。

　　该卷译文提交时留有个别疑难问题，最后由主编解决。对于译文中依旧可能存在的错讹，欢迎识者纠正。

　　统稿期间，主编昔日德国海德堡大学的老师绍尔博士（Dr. Walter Sauer）帮助解答释疑，在此谨致谢意。

卫茂平

2021 年 10 月 29 日